明清戲曲序跋纂箋

九

郭英德
李志遠 纂箋

人民文学出版社

國家出版基金項目
NATIONAL PUBLICATION FOUNDATION

卷九 戲曲劇本

明清雜劇傳奇七(清咸豐至宣統)

南征記(杜文瀾)

《南征記》傳奇,吴書蔭《明清戲曲存目鉤沈録》著録(彭慶生主編《中華文化論叢》第一輯,中國文學出版社,一九九八),云『作者未詳』。按俞樾《春在堂雜文續編》卷五《杜筱舫觀察六十壽序》稱:『著有《南行》、《北行》詩各一卷,《南征傳奇》四卷。』則此劇當爲杜文瀾撰。杜文瀾(一八一五—一八八一),字筱舫,一作小舫,號憩園,秀水(今浙江嘉興)人。入貲爲縣丞,官至江蘇候補道員、署兩淮鹽運使。光緒三年(一八七七),被劾歸鄉。喜文辭,工書法。編纂《古謠諺》。著有《曼陀羅華閣瑣記》、《采香詞》、《憩園詞話》、《萬紅友詞律校勘記》、《芝蘭四説》、《江南大營記事本末》、《平定粤寇紀略》等。撰《南征記》傳奇,已佚。傳見俞樾《春在堂雜文四編》卷二《墓志銘》(《續碑傳集》卷三八)、《歷代兩浙詞人小傳》卷一一、《昭代名人尺牘續集小傳》卷一九等。參見黄義樞《清代戲曲作者考三題》(《文獻》二〇一〇年第四期)。

南征記傳奇序（代）

劉毓崧〔一〕

《東坡志林》有取於王大年之言，謂：『塗巷中小兒聽說古話，聞劉玄德敗，有出涕者；聞曹操敗，即喜唱快。以是知君子、小人之澤百世不斬。』旨哉斯言！足證直道自在人心，雖稗史猶存公論矣。況乎仁賢必當有後，本天道之好還，而運數或不能齊，好事者恆欲彌其闕陷。是故楊無敵子孫，則言其能復耶律之讐也；岳鄂王子孫，則言其能繼朱仙之績也；于少保子孫，則言其能辨奪門之妄也；曾總制子孫，則言其能成復套之勳也。甚至衍述蜀漢之事者，謂北地王遇救獲全，既而起義中興，翦除曹、馬，一時翊運佐命者，仍出自諸葛、關、張、趙、馬諸家。閱者明知其爲子虛烏有之談，然猶撫掌雀躍，津津樂道者，豈非以其有合於章癉之大義也哉？

《南征記》之作所敍者，鄂國羅勇公裔孫之事也。唐初功臣果毅忠壯者，以鄂公爲最著。惜其未及見太宗之嗣統，遂不獲圖像凌烟，與馬伏波之弗列雲臺，同爲憾事。今得此記，爲之鋪張點綴，覺鄂公之功烈所以垂蔭其後世者，實與褒、鄂並驅而爭先，以視張亮、侯君集之忝竊榮名，終歸刊削者，相去不啻霄壤。而其捭闔縱横之致，清商變徵之聲，能使千載精神勃勃紙上，足以作勇敢之氣而激忠義之心。古人謂：『聞磬則思封疆，聞鼓鼙則思將帥。』作者欲借優孟之描摹，動婦孺之觀感，其用意殆本乎此。慘澹經營，良工心苦，度曲之精，特其餘事矣。昔劉文清公告英煦齋相國謂：『每於說部瑣事中，悟出正道。』然則閱斯記者，盍亦作如是觀歟！

（《續修四庫全書》第一五四六冊影印民國間劉氏刻《求恕齋叢書》本清劉毓崧《通義堂文集》卷一四）

【箋】

（一）劉毓崧（一八一八—一八六七）：字伯山，一字北山，儀徵（今屬江蘇）人。劉文淇（一七八九—一八五四）子。道光二十年庚子（一八四〇）優貢生。受曾國荃（一八二四—一八九〇）聘入書局，協助杜文瀾輯《古謠諺》。著有《通義堂文集》。傳見程畹《嘯雲軒文集》卷五《家傳》、劉恭冕《廣經室文鈔·墓志銘》、韓夢周《理堂文集》卷八《小傳》、《清史稿》卷四八二、《清史列傳》卷六九、《續碑傳集》卷七四、《國史文苑傳稿》、《顏李師承記》卷三等。《通義堂文集》卷一四有《杜觀察古謠諺序》及《古謠諺凡例（代秀水杜小舫觀察作）》（頁五六八—五七六）。

空山夢（范元亨）

范元亨（一八一九—一八五五），初名大濡，字直侯，別署問園主人，德化（今江西九江）人。咸豐二年壬子（一八五二）舉人。次年會試落第，遂絕意功名，築園歸隱。後太平軍攻江西，流寓顛沛，貧病而逝。工詩擅曲。著有《四書注解》、《五經釋義》、《問園詩鈔》、《問園遺集》、《問園詞稿》等。另有《紅樓夢評批》三十二卷。撰傳奇《秋海棠》、《空山夢》。傳見高心夔《傳》（咸豐七年刻本《問園詩鈔》卷首)、同治《德化縣志》卷三〇等。參見鄧長風《二十九位清代戲曲家的生平材料·范元亨》(《明清戲曲家考略三編》)。

《空山夢》傳奇,《古典戲曲存目彙考》著録,現存光緒十七年辛卯(一八九一)冬范履福良鄉官廨刻本《問園遺集》附刻本。

(空山夢)序〔一〕

范元亨

《空山夢》八篇,不知何許人作也。讀其文,感聚散之無常,傷美人之零落,殆有大不得已者歟? 女小字曰容逑,隱『空谷求之』之意。杜少陵詩:『絕代有佳人,幽居在空谷。』當是此所自仿。惟無和親事,容娘之和親,爲朝廷靖邊患,勝老死空谷多矣。作者寫此,悲之耶? 抑羨之耶? 但其製譜,不用古宫調,知爲曲子相公所訶。然有其繼之,必有其創之。元人樂府,孰非創自己意者? 若以爲不便梨園,則名家依譜循聲,可被之管絃者,亦無幾也。《離騷》、《九歌》,隨情成音,壯夫握管,何暇爲氍毹計哉? 世有知音,當賞之牝牡驪黄外已。

問園主人漫書。

【箋】

〔一〕版心題『空山夢序』。

（空山夢）題詞

種秋天農〔一〕

隨住生情，因情換境。擬之成法，可謂不倫；核其攸歸，亦無定在。大都綺靡，發爲悲哀。當情文之相生，遂洋溢而莫遏。不歸矩尺，難語正聲；尋彼卮言，或由寄託。楚騷痛哭，玉溪解人，工則不能，意則悲矣。今觀其時而銅琵鐵撥，時而曼竹哀絲，擬世外之纏綿，灑盧龍之頸血，是何意態，感激如斯？然而幻逐情生，夢回烏有，既都無奈，遂付觀空。全無結構之規模，不仿金元之院本。詞窮意竭，淚盡腸枯，傾墨凝殷，停杯變紫。殆所謂自憑悲憤，別作文章者歟？抑果勞人有悟，聊以自娱也？

種秋天農漫題。

【箋】

〔一〕種秋天農：即范淑，字性宜，元亨胞妹。此詩收入《憶秋軒詩鈔》，題爲《題空山夢傳奇》，作於道光二十一年（一八四一）。

空山夢題詞〔一〕

范元亨

五百梅花，一箇茅廬結。流水空山，小避昆明劫。笑煞書生情恁呆，敢尋常、惜玉憐香，唐突了、月寒花潔。　同心篆，今磨滅；袖花痕，休熨貼。何嘗有、夢裏邊關？强湊出、悲歡離別。

祇合向、甌頭邊一炬焚燒，莫教他、斷腸人又添饒舌。自題

【箋】

〔一〕底本無題名。

(空山夢)題辭

問園種菊秋農 等

人爲多情始讀書(直侯句)，此中消息更模糊。人間兒女紛如蟻，夢到空山夢裏無？

流水空山盡有情，天涯何處哭風塵？英雄旖旎蛾眉俠，總是幽人自寫眞。問園種菊秋農題〔一〕

曲成不惜梨園譜，吐屬都頻率性眞。若使文章須格律，傷心可也要隨人。問園問竹主人題

悲歡離合瞬銷沈，始信塵寰夢最深。大地無非情蟻耳，空山獨見女兒心。美人命薄原千古，才子愁多直到今。此是人間腸斷曲，《高山流水》屬知音。問園傳柑令史題

情到深如此，人間女子奇。濃歡原慟哭，壯往更相思。幻影方成夢，空花卽是癡。茫茫天宇外，特寫一蛾眉。玉階主人題

俠氣淋漓絶塞行，從軍慷慨出長城。飄零環珮香千里，潦倒風雲夢一生。滿地干戈猶惜別，空山泉石尚多情。阿容亦是癡兒女，誰解方回痛哭聲？問園籟虛酒徒題

莫被逃禪誤，春無不落花。夢原非幻境，愁是好生涯。一死情難悟，三生事可嗟。攜來腸斷曲，讀罷夕陽斜。梅花居士題

黃卷金樽了半生，多愁消息未分明。夢回讀罷《空山夢》，始信人間書有情。
文章也自有前因，幻影空花恨總眞。不羨娥眉死君父，獨憐空谷有佳人。借夢軒主人拜題
隱處空山自不羣，漫言生作女兒身。試看兵起蠻荒地，不詔英雄詔美人。
空山一片可憐情，讀到分離淚欲傾。一死寫來郎夢裏，貞魂也要拜先生。翠華女士拜題
住愁天，離別地。試展新詞，知是阿誰意？正自模糊無所異。反覆尋思，盡是傷心字。
僅幽居，明主棄。流水空山，豈是才人志。知己情懷兒女意。一片啼痕，都是英雄淚。（寄調【蘇幕遮】）崇光學士題

（以上均清光緒十七年冬范履福良鄉官廨刻本《問園遺集》附刻《空山夢》卷首）

【箋】

〔一〕問園種菊秋農：與以下八位作者，姓名、籍里、生平均未詳。

賞春歌（黃雲鵠）

黃雲鵠（一八一九—一八九八），字翔雲，一字祥人，號芸穀、緗芸，蘄州（今湖北蘄春）人。黃侃（一八八六—一九三五）父。道光二十三年癸卯（一八四三）舉人，咸豐三年（一八五三）進士，授刑部主事，遷兵部郎中。歷官至劍南道署鹽茶道、四川按察使，以老歸。主講鍾山書院、江漢書

院。編《清畫家詩史》、《益州書畫錄續編》、《粥譜》等。著有《羣經引論大旨》、《學易淺說》、《實其文齋文鈔》、《緗芸詩錄》、《祥人詩草》等。撰雜劇《賞春歌》。傳見《碑傳集補》卷一八。《賞春歌》，《明清傳奇綜錄》著錄，現存同治九年（一八七〇）刻本，中國藝術研究院圖書館藏。

賞春歌跋〔一〕

黄雲鵠

予蚤承庭訓，服膺儒先經世之學。後稍稍學爲古文，海内知言君子猥見推許，遂頗自憙，吐辭力避凡俗。嗣敭歷部曹，日習官文書，雖碌碌然，職係焉，且利弊動關當世，每爲説事，文代蹇舌，意不在文，亦無敢不文。

今出守雅州，與士民相處近一歲，漸習其土性情，官民頗相信，思欲勸加訓迪。顧言太文則難曉，太莊則難入，太陳則難動，太高遠則難行，太古則聽易倦，示諭則文告置之，因事公言，又苦難遍及。會度歲事，閒念遠宦，無以娱太淑人，乃用方言編爲春曲，自歌自舞於太淑人之前。太淑人溫語曰：『不意汝能爲諧俗文詞如是！汝心良苦，我聞之甚樂，此間人亦必樂聞之，其急刊布而無緩。』雲鵠唯唯退，遂付梓。

同治九年立春後五日識〔二〕。

（中國藝術研究院藏清同治九年刻本《賞春歌》卷末）

【箋】

〔一〕底本無題名。

〔二〕題署之後有陰文方章『黄雲鵠印』。

梨花夢（何珮珠）

何珮珠（一八一九？—？），字芷香，號天都女史，歙縣（今屬安徽）人。兩淮鹽知事何秉棠四女，同里張某室。居揚州。姊佩玉（字浣雲）、佩芬（字吟香），俱有詩名。著有《津雲小草》、《竹烟蘭雪齋詩鈔》、《紅香窠小草》、《環花閣詩鈔》等。撰雜劇《梨花夢》。傳見徐世昌《晚晴簃詩彙》卷一八七、《正始集續集》卷一〇。參見嚴敦易《何珮珠的〈梨花夢〉》（《元明清戲曲論集》，一九八二）、王永寬《明清女戲曲作家生平資料補證》（《戲曲研究》第三四輯，一九九〇）、任榮《清代徽州女詩人、戲曲家何珮珠考論》（《淮北師範大學學報》二〇一一年第二期）。

《梨花夢》，《今樂考證》著錄，現存道光二十年庚子（一八四〇）刻《津雲小草》附刻本（《北京師範大學圖書館藏稀見清人別集叢刊》第一八册據以影印）、道光間覽輝堂刻本、清鈔本。

（梨花夢）題辭

程鍔等

只爲三生未了緣，靈槎何處覓游仙。美人聰慧才人筆，一曲梨花萬古傳。

神仙隊裏舊詩人，摘去釵鈿換角巾。漫說登場同葉子，木蘭原是女兒身。雲想衣裳雪想膚，南柯幻境未模糊。如卿意氣干牛斗，愧煞人間賤丈夫。味蘭程鍔拜題〔一〕滿腔如有怨，姑付曲中論。□是身爲婕，何妨骨化鴛。月愁圓夜影，雲懶了春痕。一笑仙蹤誤，梨花墮滿門。綠卿張蕚呈草〔二〕一曲梨花午夢餘，才人詞藻美人書。世間不少奇男子，欲比卿才總不如。少亭杜守恩拜題〔三〕

（《北京師範大學圖書館藏稀見清人別集叢刊》第一八册影印清道光二十年庚子刻《津雲小草》附刻本《梨花夢》卷首）

【箋】

〔一〕程鍔：號味蘭，籍里、生平均未詳。

〔二〕張蕚：號綠卿，籍里、生平均未詳。

〔三〕杜守恩：號少亭，籍里、生平均未詳。

梨花夢題辭〔一〕

陸　漕　等

笑排場，看裙釵，更了冠裳。借吐才華，萬斛淚珠難量。俏無聲影韶光。去殢離愁，春夢方長。深院靜、爐香細，頓教酣入甜鄉。休問巾粧幗粧。憐是女兒身，百轉柔腸。刻羽引商，測測聲猶繞梁。淚痕灑作梨花雨，嘆畫眉翠冷張郎。知否麽？前生證果，原是蘭香。虞山靜香氏陸漕

倚聲〔二〕

登場一曲唱郎當，夢雨梨雲盡慘傷。譜入玉簫聲裏聽，二分月色也蒼茫。
角巾釵索兩無分，筆吐奇花舌吐芬。知是才人弄柔翰，靈心如織錦迴文。
借得梨花識亦奇，幻身入夢總傷離。情天若使媧皇補，月可常圓石可移。
旖旎年華綺麗才，借和宮羽寄懷來。爲郎憔悴羞郎甚，唱到雙聲豔《玉臺》。燕山夢九陳宏勳拜草〔三〕

是假卻還真。小謫紅塵。相如才調女郎身。幻出梨花春。夢短忒，可憐生。仿佛記前因。無限柔情。好憑仙管展胷襟。紅粉烏紗爭换得，煞卿卿〔四〕。

（同上《津雲小草》附刻本《梨花夢》卷末）

【箋】

〔一〕底本無題名。
〔二〕陸潛：號靜香，虞山（今江蘇常熟）人。生平未詳。
〔三〕陳宏勳：號夢九，燕山人。生平未詳。
〔四〕底本如此，似後有殘闕。

暗香媒（王增年）

王增年（？—一八五三後），字逸蘭，天津人。諸生，屢應鄉試不第。幕遊南北，結交文士。

晚年浪迹山左，咸豐三年（一八五三）後，老死異鄉。工詩，尤擅詞曲。著有《妙蓮華室詩草》、《妙蓮華室詩餘》、《妙蓮華室詩詞鈔》等。撰傳奇《暗香媒》。傳見民國《天津縣新志》卷二三。《暗香媒》，《古典戲曲存目彙考》著録，現存咸豐元年辛亥（一八五一）稿本（吴曉鈴藏）、民國三年（一九一四）《小説月報》第四卷第一〇號至第一二號連載本。

暗香媒序言

王增年

辛亥之冬〔一〕，寓居都門僧院。風雪載門，局促隘巷中，轍迹都絶，惟泠友王古香，時相過從。一日，折簡招予，爲煖寒之會。辭不獲免，踏雪而往。又苦不能飲，一蕉輒醉，遂相與縱談古今鬼狐諸變異，可喜可愕者，以代觴政。時北風怒號，庭卉俱腓，祇几上盆梅，含苞欲破，娟娟如空山美人，遺世獨立。客因舉吴下一事，頗新耳目，與蒲柳泉所記嬰嬣事絶相類。衆皆愕然驚，囅然笑，且嘆曰：『是可傳也。』古香因屬予傳之，衆復慫恿。予亦喜其事之奇，欣然諾。

歸而構思，不欲直指其人，乃取嬰嬣本傳爲緯，以己意經之，並稍設神道，以合關目。凍雲壓屋，積雪照窗，青燈熒熒，萬籟悉絶。試一拈豪，似覺腕中有鬼，每晚或成一二首，二十餘夕而畢。濡殘墨，拂故紙，振筆疾書。書竟，拍案狂歌，其聲泠泠然，忘泠竈之無烟也。

辛亥歲杪，津門王逸蘭自序於京師宣武坊南之千佛僧舍。

【箋】

〔一〕辛亥：咸豐元年（一八五一）。

（暗香媒）題詞

徐嵩年　等

獨自尋芳向若耶，二分春在玉梅花。青山路入羅浮境，莫誤桃源洞口霞。

上元風景試燈初，邂逅驚逢絕代姝。笑擲花枝一回顧，問卿端底有心無。

白楊風雨暮天哀，十六年中閉夜臺。畢竟幽香關不住，珊珊環珮逐春來。

無諱妄語卻成眞，始信三生有夙因。羨煞瑯琊佳子弟，不曾情死轉相親。

翠黛明妝縞袂翩，美人憨態實堪憐。牽絲費盡氤氳力，成就拈花一笑緣。

才思王郎曠世無，最宜彩筆架珊瑚。《牡丹亭》後翻新調，佳話傳聞到鬼狐。壬子暮秋〔一〕，題於津門寓舍之不繫舟中，古鄖徐嵩年〔二〕

化日光天罔兩行，空山況復月華明。東坡鐵杖今烏有，安得狐禪一例驚。

無情人住有情天，一爲追歡一黯然。萬樹梅花應笑我，羅浮還有夢中仙。

魚鑰沈沈漏箭遲，一鐙如豆寫相思。無端蜃氣樓臺化，正是晨鐘撥響時。泰聶〔三〕

【箋】

〔一〕壬子：咸豐二年（一八五二）。

〔二〕徐嵩年：古鄖（今江蘇如皋）人。其子徐子鈞，同治三年（一八六四）任蔚州吏目，隨之任所。工詩善畫。傳見民國《察哈爾省通志》卷一六。

〔三〕泰蟲：字號、籍里、生平均未詳。

暗香媒題詞

朱啓福〔一〕

得聖賢三昧之旨，合國初諸老之長。論古則議歸平允，綜核始終；寫景則思入風雲，描摹書後。無論題之難易，總以戛戛獨造，不拾前人牙慧，極題之能事而止，所謂『詩中有我』。彼拘拘於一字一句，優孟衣冠者，曷足語此。

咸豐三年歲次癸丑，奉題逸蘭表叔大人試帖。姪朱啓福拜讀〔二〕。

（以上均民國三年《小說月報》第四卷第一〇號《暗香媒》卷首）

【箋】

〔一〕朱啓福：字號、籍里、生平均未詳。或爲溧水（今江蘇南京市溧水區）人。

〔二〕題署之後有印章二枚：陰文方章『啓福私印』，陽文方章『□□』。

梅花夢（張道）

張道（一八二一—一八六二），原名炳傑，字伯幾，號少南，别署雪翁、劫海逸叟，錢塘（今屬浙江杭州)人。廩貢生,候選訓導。著有《漁浦草堂詩集》(附《補遺》、《詩餘》)、《漁浦草堂遺稿》十九種(含《漁浦草堂文集》、《張伯幾詩》、《鶴背生詞》、《舊唐書疑義》、《舊唐書勘同》、《唐浙中長官考》、《臨安旬制紀》、《定鄉小識》、《字典翼》、《雪煩叢識》、《鷗巢閒筆》、《雪煩廬記異》、《全浙詩話刊誤》、《蘇亭詩話》、《鷗巢詩話》等)、《影香詞》、《雪煩詞》、《南翁外集》等。撰傳奇《梅花夢》。傳見譚獻《復堂文集》卷二《傳》、《兩浙輶軒續錄》、《畫家知希錄》卷三等。

《梅花夢》,《古典戲曲存目彙考》著錄,現存光緒二十年甲午(一八九四)錢塘張氏刻本,《傳惜華藏古典戲曲珍本叢刊》第九八冊據以影印。

梅花夢自敍

張道

古學不講久矣。詩人詞客,寥寥如琴上星,矧金、元樂府哉?顧賤貧不及交海内士,往欲就海鹽韻珊黄先生爲我正譜〔一〕,其女夫宗君子城〔二〕,又余友也,而數訪不得秏。

去冬,避難出走,老屋被焚,所積書與余他著,太半燼焉。此編以藏石樓獲免,然浮沈泥污中者,凡二百餘日,而後復歸於余。而知音如黄先生,則已聞矢節蕭山城矣。(預曰〔三〕:韻珊先生宦游湖湘間,并未殉節。先君子所聞,蓋亂中訛傳之秏也。)嗟乎!身不自保,何有於身後名傳不傳?亦聽之浩劫而已。

壬戌五月既望〔四〕,劫海逸叟書於冠山之麓。(預曰:壬戌爲同治元年,二月間,在諸暨遇亂,返徙蕭山,依王氏戚以居。先君子旋於是年閏八月棄養，去書此序時，僅四閱月也。悲夫！）

【箋】

〔一〕海鹽韻珊黄先生：卽黄燮清（一八〇五—一八六四）。

〔二〕宗君子城：卽宗景藩（一八二五—一八八〇）。

〔三〕預：卽張預（一八四〇—一九一〇），張道子，生平詳見本卷後文《刻梅花夢後跋》條箋證。

〔四〕壬戌：同治元年（一八六二）。

梅花夢雜言

闕　名〔一〕

余十七歲時〔二〕，曾取小青事演雜劇四折。去冬，偶然檢覽，殊悔少作，遂改絃更譜，爲是書緣起。

生、旦者，傳奇之正色也，一陰一陽，道之所在。但馮雲將不能庇一弱女子，嫌於無陽。故是書專以旦色爲主，自扮小青外，不扮別色，獨立不羣，要是創格。

小青事蹟無多，幺絃獨彈，何以奏雅？故兹半以幻筆，相雜成文。讀者毋曰不才好僞。

首末四折，在正文之外，雖仿《桃花扇》格，而小變其例。《評疑》一折，借荼寮問答，爲考據之資，以視覼縷序言，頗覺省便。

折尾下場詩，昔人輒集唐賢舊句。獨《桃花扇》、《漁村記》之類，自撰新作，絕妙好詞。若清容輩，復矯而去之。兹之三十折，悉取平韻押句；其首尾四折，則用側韻，亦創例也。

《漁村記》以觀音、王母，面如滿月，靈姿絶世，不宜以老旦枯朽之質，作村嫗老婢乞兒之相，輕爲唐突。兹《梅花夢》，觀音亦扮以小旦，從韓氏例也。

小青死於大婦之手，千古痛心。如將妒鱗情狀當場演出，未免殺風景矣。然慈悲一案，乃胎禍之根，不能抹卻。兹特從旁聽側窺，曲曲傳寫，使其有影無形。《夢了》一折，雖俱登場，而中隔一門，曾未覿面。此中殊費打算。

馮雲將暮年，曾與張卿子、李太虚、顧林調、汪然明爲『五老會』，皆一時名勝，則亦非俗子矣。《評疑》折未引及此。或云馮生，字子虚。

曾見一書云：馮生酒友劉無夢過梅嶼，於小青臥處窗縫中，拾殘紙少許，得【南鄉子】詞三句云：『數盡懨懨深夜雨，無多也，只得一半工夫。』

舊人所作《療妒羹》，不見全本。惟《綴白裘》中采有《讀曲》一折，尚爲梨園所演，顧於小青身分殊不相稱。是書自出機杼，翻卻臼科。若云突過，則吾豈敢。

曲例有正文，有襯字。然自來塡詞家，以正作襯，以襯作正，往往任意增減。即平仄四聲，陰陽之間，及句末用韻與否，亦復不同如面。甚至一人所譜，前後參差，則將焉用譜爲哉？前輩以東嘉雜甌音、玉茗失宮調爲詬病。而石巢、東塘，號爲知音，且無定矩。區區之作，無能更正。愧非子野，請俟周郎。

【箋】

〔一〕此文當爲張道撰。

〔二〕余十七歲時：張道十七歲，爲道光十七年（一八三七）。

刻梅花夢後跋

張預〔一〕

先君子是書，成於咸豐己未之冬。時有方先生者，來寓余家老屋之南園，故善歌。先君子每填詞一折成，呼僮奴，翦園葵，貰村酒，招方先生共飲〔二〕。方先生飲既酣，則按拍而歌之，其聲淒厲幽咽。預時侍側，聞之，往往泣下。書成，方先生趣付刻。而先君子謂：『須海鹽黄先生爲正譜。』遷延未果，而寇難作。

庚申、辛酉〔三〕，杭州再陷，全家出走，老屋被焚。是書與先君子他著述稿本，先包裹藏屋外石樓上。預後取得，則負之，奔走顛頓於泥汙鋒鏑中，幾三年。比寇平，而先君子棄養已再朞。自是三十餘年來，他稿本既刻者才四五種。光緒辛卯冬，預入湘後，乃得檢出《蘇亭詩話》及是書，先後鋟諸板。於是遺書梓行，又得兩種。夫庚、辛之燹，烈於秦火，楮灰墨燼，奚啻萬萬。而先君子生前述造之多，淪晦之甚，天若憫之，故留此以顯於後，俾慰藉於無窮焉，尤爲子孫者所甚痛且幸矣。

方先生，名步青，仁和諸生，死於亂。海鹽黄先生，訖未相遇，今殁亦久，故終不及見是書。是書成後，卽丁寇難，朋交死散，聞問遠絕，故亦無人爲序跋之文。簡首所書，唯先君子亂中自書一篇。題詠諸作，則皆預亂後乞人補題者也。

嗚呼！塡詞之圖不傳，逸梁之音俱絕。鮮民老大，故園久蕪。今之撫手澤而心悽，又異於昔之聞歌聲而泣下矣。校勘之事，則以饒生智元、吳生克明之力爲多〔四〕，不敢沒也。

光緒甲午九月既望，男預謹識於長沙使院。

【箋】

〔一〕張預（一八四〇—一九一〇或一九一一）：字孟凱，一字子虞，號南孫，又號慕陔，別署虞盦、腹廬，錢塘（今浙江杭州）人。張道子。光緒九年癸未（一八八三）進士，選庶吉士，散館授編修。官至松江府知府、江蘇候補道，補徐州知府，遭母憂去官。著有《崇蘭堂詩初存》、《崇蘭堂駢體文初存》、《崇蘭堂遺稿》（含《詩初存》、《文存外集》、《虞庵詞》、《日記北行紀程》、《赴京日識》）、《崇蘭堂文初存》等。傳見唐文治《茹經堂文集三編》卷八《墓表》、《歷代兩浙詞人小傳》卷一一、《詞林輯略》、《清代科舉人物家傳資料彙編》等。

〔二〕方先生：卽方步青，仁和（今屬浙江杭州）人。諸生。生平未詳。

〔三〕庚申、辛酉：咸豐十年（一八六〇）、十一年（一八六一）。

〔四〕饒智元：字石頑，一字珊叔，長沙（今屬湖南）人。官中書舍人。著有《明宮雜詠》、《十國雜事詩》等。傳見《光宣詩壇點將錄校注》。吳克明：字號、籍里、生平均未詳。

梅花夢自題〔一〕

張道

劇憐無益費精神，烟墨同留劫外身。一字宮商一行淚，傷心何似夢花人。

細譜閒情入管絃，自誇風調接詞仙。枉拋心力今須悔，腸斷知音一惘然。

七尺殘生付亂離，已無清興動吟髭。偶然感觸鐙邊寫，便當題餻更語誰？庚申九日〔二〕，校譜訖，劫海逸叟自題

故國田園盡廢萊，草堂書史亦飛灰。攜來不忍重開看，老淚從新墮幾回？（預兒竊回里中，是編新由石樓取來。）

聞道西興風雪天，青衫僵凍驛亭烟。荒城更恐詞仙化，名士名山總廢然。（近聞老友董杏塍，去冬自杭州逸出，死於西興。而黄叟韻珊，亦聞殉節蕭山城，或云遠遊湖湘間。賊中末由探其確耗。）夢裏故園歸不得，天涯淪落賸驚魂。烽烟如此家無定，翰墨千秋更弗論。壬戌五月又題〔三〕

【箋】

〔一〕底本無題名，版心題『自題』。

〔二〕庚申：咸豐十年（一八六〇）。

〔三〕壬戌：同治元年（一八六二）。

梅花夢題詞

秦緗業　等

一枝彩筆爲傳神，想像羅浮夢裏身。此曲當時問誰識？漁翁樵父老山人。（是書以清虚山人及漁樵爲起結。）

漫將苦調譜哀絃，雨妒風欺萼綠仙。自古還魂本無術，從今讀曲益悽然。

變相勝佗圖地獄，新詞費汝撚霜髭。而今妒女津頭過，惡浪顛風知爲誰？（中有《判醋》一折。）

放鶴亭邊認草萊，荒丘未化劫餘灰。秋英可與寒香似，累我年年絮酒回。（孤山小青墓，或云是谷學使葬其小婢秋英處。）

打破情關莫問天，悲歡離合等雲烟。何須更辨眞和假？事事逢場作戲然。

名士美人同薄命，人間天上總銷魂。一編也歷華嚴劫，重與挑鐙細細論。無錫秦緗業澹如（次卷後《自題》詩原韻六首。）

妒女津頭浪不停，何如不嫁惜娉婷。只今譜作《梅花夢》，見著梅花弔小青。

總是人天未了因，飛花墮溷與飄茵。何能一滴楊枝水，度盡寒閨搵淚人？

清歌便可付梨園，翦盡新詞接宋元。好與天池道人說，寫哀此亦《四聲猿》。

跌宕才華值亂離，舊時庭館已無遺。劫灰撥盡楹書在，珍重人間絕妙詞。全椒薛時雨慰農（一）

修到梅花負此身，塵凡小謫悟前因。癡心欲化望夫石，苦恨難填妒婦津。睡意迷離愁說夢，病容顦顇怕傳神。紫雲易散垂楊老，風雨湖山泣美人。

獅吼河東笑季常，那堪郎署困馮唐。傳奇略仿《桃花扇》，說部新翻玉茗堂。幸喜干戈銷劫運，始知鐵石鑄心腸。陰差陽錯都休怪，此是人間療妒方。侯官李家瑞香苹（二）

倩女芳魂洛水神，梅花萬樹夢中身。從來好事多磨折，偏是才人與美人。

西湖驚破舊鯤絃，老死詞人子野仙。留得新聲同寄慨，一回拍調一悽然。

我亦傷心感亂離，苦吟撚臏幾莖髭？當年老友全彫謝，（謂伊遇羹、吳擷蘅、李元李、錢耐青諸知交，俱死於庚、辛之難，同聲之應幾絕矣。）兩鐵風流更問誰？（少南贈余詩，有『兩鐵風流及得無』之句。一謂徐鐵孫太守也。）　錢塘王埅小鐵〔三〕（用卷後庚申九日《自題》原韻三首。）

傷心樂府譜哀絃，換羽移宮意惘然。劫海才人桑梓恨，情天倚女畫圖禪。生成慧業原非福，訴盡柔腸倍可憐。我向孤山一憑弔，黃壚增感舊詞仙。（余與少南交最久，遭亂後竟不復相見。）

熒熒墨淚灑詞場，重見風流玉茗狂。地下埋愁都是夢，人間療妒本無方。桃花命薄空悲妾，榴子心酸總怨郎。冷翠殘膏護遺稿，千秋韻事兩錢唐。（謂頤道堂主人）　錢塘王彥起研香〔四〕

難乞人間文字靈，秋墳鬼唱淚空零。名花都付閒風雨，豈獨傷心是小青？（本詩）

前塵影事總茫然，淚點成珠玉化烟。愧我未參摩詰座，鬢絲低處一逃禪。

哀絲豪竹各銷魂，一片秋聲不忍聞。療妒奇方千古少，斷腸何止惜紅裙？

便從玉茗鬬新詞，秋鞠春松各一時。十萬江南紅豆樹，根芽到處是相思。　仁和譚獻仲脩〔五〕

【小桃紅】幽香吹醒玉梅魂。仗一角春旛引，酹酒踏青來，柳絲短短夕陽墳。更何處、喚眞眞。弔不盡、風前絮雨中蘋。軟心腸怕向情天問，便從他豔迹成塵。只索把小嬋娟，一腔幽怨替傳神。

【下山虎】西陵松柏，結箇芳鄰。不合紅塵墮蘭閨現身。爲甚藕孔心苗梨渦臉暈，只博得、繡佛幢前香自熏。死纏綿，心一寸；活煎熬，愁十分。別院東風很，鶯嬌燕瞋。早不道、西子湖波是妒女津。

【五韻美】鏡雲空，爐烟燼。文鴛比翼棲未穩。悄房櫳鎮把玉人困。愁香怨粉。拚割棄荷絲難盡。形和影，朝復昏，莫也是慧業前修，折今生福分。

【五般宜】禁不住夢搖搖桃花墮茵，捱不過悶懨懨梨花閉門。好韶光閒卻錦屏春。鎮日價眠裏坐裏對飛蓬雙鬢。芳華暗損，霜華太忍。賸衹有一紙斷腸書，與蘭姨通問訊。

【山麻稭】嘆身世如朝槿。卻恨多事媧皇，黃土摶人。酸辛，莽蒼天不把人兒憫。怎消受三生現業，十分才調，一種溫存。

【黑麻令】種就了愁根病根，染遍了啼痕血痕，撇下了香溫酒溫。猛可的一縷柔腸暗化作朝雲暮雲。懺悔這新恩舊恩，徹悟那前因後因。誰把他冷豔千秋都寫入奇文至文？

【江神子】端不獨傷心是翠顰。嘆青衫一樣沈淪。只爲他風流文采忒繽紛，磨蝎纏宮命不辰，爭忍把霜毫細吮。

【尾聲】碧天不遞青鸞信，彈折了玉徽瑤軫。恨只恨讀曲樓空，落紅萬陣。錢塘張景祁藴梅〔六〕

（【南越調】全套）

牢落遺編四十春，桐陰浣誦暗傷神。湖雲江月年年在，愁見天涯莽戰塵。（甲午秋試畢，恭校是編，時有倭警。）

風濤嗚咽赴鯤絃，回首孤山意惘然。嶺上寒梅三百樹，落花如雪葬嬋娟。長沙饒智元石頑

（以上均《傅惜華藏古典戲曲珍本叢刊》第九八冊影印清光緒二十年刻本《梅花夢》卷首）

【箋】

〔一〕薛時雨（一八一八—一八八五）：字慰農，一字澍生，晚號桑根老人，全椒（今屬安徽）人。薛鑫子。咸豐三年癸丑（一八五三）進士，以知縣分發浙江，補嘉興縣事，攝嘉善篆。擢杭州知府，署糧儲道。以病乞休，歷主崇文書院、尊經書院。著有《疏通知遠》、《藤香草堂詩稿》、《藤香館詩鈔》、《藤香館詞鈔》、《藤香館詩刪存》、《藤香館詞刪存》、《藤香館小品》等。傳見顧雲《盋山文錄》卷四《行狀》、譚獻《復堂文續》卷五《墓志銘》、《續碑傳集》卷八〇）、馮煦《蒿庵類稿》卷二六《墓表》、《墨花吟館感舊懷人集》、《昭代名人尺牘續集小傳》卷一九、《近世人物志》、《近代名人小傳·文苑》、《歷代兩浙詞人小傳》卷一五、民國《全椒縣志》卷一〇、民國《安徽通志·列傳五》等。參見朱德慈《薛時雨行年考》（《近代詞人行年考》，當代中國出版社，二〇〇四）。

〔二〕李家瑞（？—一八七六）：字清臣，號香苹，別署四憂主人，室名蕉雨山房、停雲閣，侯官（今福建閩侯）人。諸生。嘉慶九年（一八〇四）試京師，不捷，以從九品需次浙江。咸豐間入延平幕府。同治五年（一八六六），署嘉興縣丞。翌年，調上虞縣尉。八年（一八六九）後，任職於高涼、茂名等地。著有《蕉雨山房詩集》、《停雲閣詩話》、《小芙蓉幕詩餘》等。傳見林昌彝《射鷹樓詩話》卷一六。

〔三〕王堃：字厚山，號小鐵，錢塘（今浙江杭州）人，原籍丹徒（今江蘇鎮江）。居北京。王文治曾孫（一說孫）。道光二十四年甲辰（一八四四）舉人，以中書出官雲南澄江知府。工詩詞，善書畫。著有《自怡軒詩存》、《宛委山房詩詞剩稿》。傳見《清畫家詩史》辛上、《清代畫史增編》卷一七、《畫家知希錄》卷四、《皇清書史》卷一六。

〔四〕王彥起：原名起，字研香，錢塘（今浙江杭州）人。祖籍丹徒。王堃弟。咸豐九年己未（一八五九）舉人，官會稽教諭。著有《鐵硯齋詩草》、《綠淨軒詞》。傳見《皇清書史》卷一六、《歷代兩浙詞人小傳》卷一一等。

〔五〕譚獻（一八三二—一九〇一）：字仲修，仁和（今浙江杭州）人，生平詳見本書卷十二《燕市羣芳小集》條解題。

〔六〕張景祁（一八二八或一八二七—約一八九九）： 原名左鉞，字孝威，一字蘩叔，又作蘩甫，號蘊梅，一作韻梅，又號玉湖，別署新蘅主人，錢塘（今浙江杭州）人。同治十三年甲戌（一八七四）進士，選庶吉士。散館改知縣，官福建建安、連江等縣，陞道員。晚年宦遊臺灣淡水、基隆。著有《揅雅堂詩文集》、《新蘅詞》等。傳見《詞林輯略》卷八、《昭代名人尺牘續集小傳》卷二三、《皇清書史》卷一五、《廣印人傳》、《歷代兩浙詞人小傳》、《清代科舉人物家傳資料彙編》、《杭州府志》等。

玉獅堂傳奇十種（陳烺）

陳烺（一八二二—一九〇三），字叔明，號雲石山人，晚年號潛翁，別署玉獅老人，陽湖（今江蘇常州）人。邑增生，失意科場，以教館、佐幕爲生。同治十年（一八七一），以鹽官分發浙江候補。光緒十六年（一八九〇）起，督嚴州關，署三江、龍山鹽務，調桐廬關。二十七年，辭官歸里。著有《雲石山房剩稿》、《讀畫輯略》等。參見謝伯陽《晚清戲劇家陳烺繫年考略》（《學林漫錄》第十集，中華書局，一九八五）、李占鵬《陳烺及其〈玉獅堂傳奇〉述論》（《中國古代小說戲劇研究叢刊》第二輯，二〇〇四）。

撰傳奇《仙緣記》、《蜀錦袍》、《燕子樓》、《海虬記》、《梅喜緣》（以上前集）、《同亭宴》、《迴流記》、《海雪吟》、《負薪記》、《錯姻緣》（以上後集），合稱《玉獅堂傳奇十種》，一名《玉獅堂十種曲》，現存光緒十七年（一八九一）武林刻本（《傅惜華藏古典戲曲珍本叢刊》第九九—一〇〇冊據以影印）。

（玉獅堂傳奇前集）總序

俞　樾

潛翁陳君負幹濟之才，筮仕吾浙，浮沈下僚，溫溫無所試，乃以聲律自娛。所著傳奇五種，曰《仙緣記》，曰《蜀錦袍》，曰《燕子樓》，曰《海虯記》，曰《梅喜緣》。雖詞曲小道，而於世道人心，皆有關係，可歌可泣，卓然可傳。余尤喜其《蜀錦》、《海虯》二種，音節蒼涼，情詞宛轉。視尤西堂《黑白衛》等四種、吳石渠《綠牡丹》等四種，可以頡頏其間矣。

乾隆四十六年，巡鹽御史伊公伊齡阿〔一〕，奉敕於揚州設局，修改曲劇，四年而事竣。從事局中者，有淮北分司張輔〔二〕、經歷查建珮〔三〕、大使湯維鏡諸人〔四〕。使君生其時，與其役，得以釐正音節之得失，考訂事蹟之異同，豈出張、查諸人下哉？何至一官落托，徒以引商刻羽，一倡三嘆，自鳴其得意也？然詞曲之工，則人所共賞矣。《陽春白雪》，必有知音，勿如陳子昂之碎琴於市上也。

光緒戊子長夏，曲園居士俞樾序。

【箋】

〔一〕伊齡阿（？—一七九五）：字精一，佟佳氏，滿洲鑲黃旗人。乾隆十年乙丑（一七四五）進士。歷任兩淮鹽政、浙江巡撫、工部右侍郎、兵部左侍郎等。乾隆四十五年庚子（一七八〇），任兩淮巡鹽御史，於揚州設局改曲。工詩能畫。傳見《國朝耆獻類徵初編》卷九一。參見《大清高宗純皇帝實錄》卷一一一八、李斗《揚州畫舫錄》卷五《新城北錄下》等。

〔二〕張輔（一七二三—一八一八）：原名承治，字英閣，號瑤村，漢陽（今屬湖北武漢）人。監生。乾隆十年（一七四五），分發兩淮，候補鹽運判。歷任池州府通判、通州分司判、海州分司運判。四十一年，任淮北監掣同知。四十六年，陞兩淮鹽運使司。四十八年，薦陞延安府知府。官至延榆綏兵備道。參見武漢市東西湖區地方志編纂委員會辦公室編《（武漢）東西湖區專志·人物志》（武漢出版社，二〇〇六）。

〔三〕查建珮：海鹽（今屬浙江）人。監生。乾隆四十二年（一七七七），任兩淮鹽運使司經歷司經歷。

〔四〕湯維鏡：名一作惟鏡，字亮齋，長洲（今江蘇蘇州）人。貢生。乾隆二十五年（一七六〇）、三十一年，先後兩任掘港場大使。三十五年，任板浦場鹽課司大使。四十五年，任泰壩監掣。四十七年，轉餉赴京都。五十七年，任掖縣知縣。傳見光緒《如皋縣志》卷一五。

〔五〕光緒戊子：光緒十四年（一八八八）。

《玉獅堂傳奇後集》總序

譚廷獻〔一〕

夫以太史輪摧里巷，則徒詩並散；伶官翟冷樂府，則法曲亡傳。堂上逡鼓應之宮，田間歇喁于之唱。聲音通於政事，絕續待於文人。玉茗飄蕭，不逢若士；稗畦蕉萃，疇識昉思。至若東嘉菽帛之言，鉛山忠孝之志，蓋爲其難，庶幾一遇而已。

陳叔明先生，驥德已老，雀鳴在陰。蝨處一官，冶匈中之冰炭；蟫餘千卷，數眼底之滄桑。跌蕩陽秋，揮斥儒墨。藉梨園之塗面，引椽笛以寫心。玉師堂前五種曲，旗亭傳唱，一片城孤；酒所舊聞，雙淚河滿。已而獨居深念，老去填詞。新釀初熟，澆壘塊以一杯；舊事重提，數贏文於五指。俄而後五種曲又成。

其一曰《同亭宴》。躍入壺中，費長房之日月；飛來城上，丁令威之人民。若乃采藥年徂，避秦人語；下方華落，仙府酒香。虹飛天際之橋，鳳脆雲中之管。須糜亡恙，世間有此曾孫；歌舞方張，上界未妨行樂。然而西風山水，朝露興亡。惟人間兮可哀，豈神仙爲妖妄？山亭一醉，岐路千年，亦可慨已。

其二曰《迴流記》。咽殘精衛之波，長銜片石；寒澈孝娥之水，來賽叢祠。若乃諷諫田歌，銷沈劫火。瞑九淵而一往，挽東逝以西流。孰弔餒王，不洗降旛之辱；好歌妃子，長流在山之清。曲弄神弦，江通帝子。然而彼君子女，爲百世師，忠愛不愧儒門，精氣始回造化。平章逸事，箋注史家，不可廢已。

其三曰《海雪吟》。七弦調古，五體書工。畸人未死之年，鼓吹從軍之樂。時也蠻烟蜑雨，客子畏人；矛淅劍炊，行歌互答。土司世系，古諸侯之附庸；女子知兵，大布衣爲上客。卒之迹違俗吏，節抗遺民。泠泠海雪之琴，犖犖夜泉之研。依相思砦之知己，謝《燕子箋》之生徒，可以興矣。

其四曰《負薪記》，譜蒲留仙《張城傳》也。煎同根之豆萁，天潢涕淚；歌隔谷之橫吹，兵間弟兄。何圖隴畔之氓，長同薪采之役。阽危虎口，慬此餘生；急難鴒原，幻成奇遇。至於存九死之皮骨，集一時之笑噱。孝廉許武讀書，祇以噉名；夷、齊首陽誓死，乃由天性。昆弟之奇而正也。

其五曰《錯姻緣》，又譜《志異》姊妹易嫁事也。諸侯嫁娶，從一姓之姪姑；學士詼諧，弄兩姨之大小。未有蚤定鴛鴦之牒，換開姊妹之華。士豈長貧，水幾成覆；大不憐壻，嫁乃先兄。一撾回疊鼓之帆，落子變爛柯之局。至於幾年井臼，將父命以從夫；一旦稾碪，識郎君之官貴。吉符墓兆，女作門楣。婚姻之變而正也。

先生按拍傳聲，得言忘象。一唱三嘆，旨在風騷；五角六張，感兼身世。未絕廣陵之散，重題黃鶴之樓。以視前五種曲，稱心而言，我聞如是。可歌可泣，直到古人；愈唱愈高，別有懷抱。令眾山之皆響，遏輕塵而不飛。作金石聲，擲孫興公之賦；有井水處，歌柳耆卿之詞。

辛卯鞠秋[二]，仁和譚廷獻序。

（以上均《傅惜華藏古典戲曲珍本叢刊》第九九冊影印清光緒十七年武林刻本《玉獅堂傳奇十種》卷首）

【箋】

［一］譚廷獻：即譚獻（一八三二—一九〇一），生平詳見本書卷十二《燕市羣芳小集》條解題。

［二］辛卯：光緒十七年（一八九一）。

(玉獅堂傳奇十種)後序

劉炳照[一]

《玉獅堂傳奇》,前後凡十種,吾師叔明陳先生所作也。嗟乎!天高地下,搬演傀儡之場;古往今來,曼衍魚龍之戲。人非情移絲竹,那堪消遣中年;詞不律協宫商,曷克流傳大雅?原夫雜劇之作,創自元人;傳奇之名,盛於昭代。黄文暘之《曲海》,博采兼收;葉廣平之《書楹》,尋聲按譜。然而中郎爭唱,每多假託之詞;曇陽寓言,厥有《離魂》之記。大抵歡愉境少,愁苦詞多;抑或兒女情長,英雄氣短。疇陳言之務去,羌古調之獨彈。

先生人海鳳麟,詞林《韶》、《濩》。高山流水,賞音未遇鍾期;鐵板銅琶,豪情不減蘇子。於是采稗官之軼事,譜樂府之正聲。猿證仙緣,悟玉環之解脱;袍輪蜀錦,表巾幗之忠勤。廿年節殉,樓中獨宿,空憐燕子;百萬雄誇,海上歸誠,共服虯髯。前生結梅喜之緣,閨閣無慚孝義;異代敍同亭之宴,神仙亦樂兒孫。貞烈爲神,腸斷迴流之記;畸才不遇,恨填海雪之吟。讀《負薪記》,使人兄弟之愛生;譜《錯姻緣》,使人夫婦之倫篤。胷羅錦繡,筆挾風霜。挽既倒之狂瀾,闡未光之潛德。振聾發聵,竊取勸懲;立懦廉頑,足資觀感。洵才軼王、關,識超袁、李矣。井水能歌,隨風落九天之唾;氍毹試演,繞梁餘三日之音。

光緒庚寅長夏,受業劉炳照謹跋於武林繼園之七十二峯山房。

【箋】

〔一〕劉炳照（一八四七—一九一七）：原名照行，字光珊，一字柏蔭，號語石，别署蕢塘、復丁老人、語石詞隱、泡翁，陽湖（今江蘇常州）人。劉念勛子。諸生，候補訓導。工詩詞。嘗寓浙中，居南潯最久，創文藝社於九友堂。著有《復丁老人詩紀》、《復丁老人詩紀續》、《感知集》、《無長物齋詩存》、《留雲借月庵詞》、《留長物齋詞存》等。傳見《清代毗陵名人小傳稿》、《歷代兩浙詞人小傳》卷一六等。

（玉獅堂傳奇十種）後序

徐光鍌〔一〕

歲之菊秋月，爲陳叔明太先生七秩誕辰，同人擬製屏幛，爲我先生壽浼。光鍌以請，先生曰：『壽文非古也。近世士大夫亦或爲之，然必名位顯達，功業有足傳於世者，庶幾無愧。僕少孤露，中歲遭兵革，流離播越。至五十，始以鹺官需次浙中。二十年來，宦海浮沈，一無成立。今耄矣，用以自赧，奚足稱慶？子其爲我辭焉。』

光鍌退，竊與同人計議，先生詞意堅決，未便相强。盍思有以慰先生者？先生生平著述甚夥，文詩半皆散失。已刻者惟《玉獅堂五種傳奇》，爲當時所稱賞。而續譜五種，脱稿年餘，每以無力付梓爲憾。今若集資校刊，壽之文字，以炫目前，何如壽諸梨棗，以垂久遠？請以是爲先生祝，先生必樂從焉。

光鍌復以此意告先生，先生怡然曰：『子其得我心也，僕敢復有辭乎？』爰集同志三十餘人，鳩貲開雕，閱兩月而告成，從先生志也。

辛卯季秋中澣〔二〕，門下晚學生徐光鎣謹識。男振翥、振翰、振翮、振翼、振翱仝校字。

（以上均《傳惜華藏古典戲曲珍本叢刊》第一〇〇册影印清光緒十七年武林刻本《玉獅堂傳奇十種》卷末）

【箋】

〔一〕徐光鎣：字號、籍里、生平均未詳。

〔二〕辛卯：光緒十七年（一八九一）。

仙緣記（陳烺）

《仙緣記》傳奇，一名《仙猿記》，又名《碧玉環》，《玉獅堂傳奇》第一種，《曲錄》著錄，現存光緒十一年（一八八五）刻《玉獅堂四種曲》本、光緒十七年刻《玉獅堂傳奇十種》本（《傳惜華藏古典戲曲珍本叢刊》第九九册據以影印）。

（仙緣記）自序

陳　烺

噫！宇宙大矣，品類繁矣。凡有生知血氣者，其精靈凝結，寓形於人間，俾好奇之士搜羅采摭，著於篇章，令讀者心駭目眩，如《齊諧》、《堅瓠》之類，何可勝道？ 然事或涉於怪誕不經，於世道人心無所繫，不足動人歌泣之懷，斯其事不彰，其言亦不足重。

辛巳冬〔一〕，寓武林劉氏齋中。 朔霙灑牖，短檠對影，庭前枯木聲簌簌。 夜半，寢不成寐，挑燈檢《袁氏傳》讀之。 歎夫情之至，義之正，雖異類同歸，其至誠所感，激厲所成，卒能懸崖撒手，不爲情欲利名所牽累。 是其胷襟知識，夐絕高遠，以視世之宴安酖毒，留戀於綺麗之場，終身惑溺而不知返者，相去不綦遠哉！ 此余《仙緣記》傳奇之所由作也。

書成，夢白衣女子冉冉而來，申詞致謝，並求將『猿』字易去。 醒而異之，因改今名，又名《碧玉環》云。

壬午立春後三日〔二〕，玉獅老人自序。

【箋】

〔一〕辛巳：光緒七年（一八八一）。

〔二〕壬午：光緒八年（一八八二）。

（仙緣記）序

吴唐林〔一〕

天下之事，必有所因。 因也者，自無而生有者也。 自無而生有謂之因，則有一因必有一象，有一象必有一形。 形者，物之固有者也。 然有形之物，不能常有，仍視其物爲有無。 而何以物之無形者，竟有赫然常在人心目間者，則究何恃而得此？曰：以有形肖有形，恃乎畫工之手；以有形狀無形，恃乎文人之心。

同里陳叔明詞丈，高才不遇，以鹽官需次浙江，絕韋脂，杜奔競，公餘惟以吟嘯自適。紘詩讀畫以外，撰成傳奇四種，《仙猿記》其一也。其事胚胎於唐人說部，而比辭屬事，績句緯文，灑灑成篇，聲聲入破，使精靈光怪之物，長留影事於人間。蓋以有形狀無形，至此而極工矣。又聞叔明脫稿之後，夢一白衣女子珊珊而來，斂衽再拜。是蓋鏤心琢肝，描橅盡態，結撰於心竅，脫活於筆簡，遂與晤對於寤寐，頓使無形之物，不啻凝結而有形，此有因之一念之所致之也。而況夢中所見之形，一瞬而卽逝；卷中所繪之形，千劫而常存。作者與仙猿，其殆有夙因與！

夫佛家言因，必繼之以果；道家言因，必通之以緣。此皆吾道所不取。而因之一說，則儒者固常言之，此固其確然可信者也。叔明問序於予，因本斯意，書之於眥，以與同志共證之。

甲申冬月〔二〕，同里吴唐林序。

【箋】

〔一〕吴唐林（一八三五—一八九〇）：字晉壬，號西臣，又號子高，別署蒼緣，一作蒼篆，室名横山草堂，陽湖（今江蘇常州）人。吴頡鴻子。咸豐十一年辛酉（一八六一）舉人，候補郎中，改捐知府，光緒三年（一八七七）分發浙江。輯刻《侯鯖詞》。著有《横山草堂詩集》、《横山草堂詞》、《蒼山留别詩》。傳見吴禮紳等《誥授資政大夫晉壬府君之行述》、《昭代名人尺牘續集小傳》卷二二、《清代毗陵名人小傳稿》卷八、《皇清書史》卷六、《歷代兩浙詞人小傳》卷一五等。

〔二〕甲申：光緒十年（一八八四）。

（仙緣記）題詞

錢元涪　等

洪、蔣當年曲調新，紅牙彈遍大江濱。《陽阿》、《房露》今何在？罨畫溪邊尚有人。嘉定錢元涪叔魯〔一〕

名士窮途喚奈何，青衫憔悴淚痕多。仙人何意成嘉耦？千尺情波溢愛河。

塵世姻緣轉眼空，歸眞仍返舊山中。琳宮梵宇今何處？剩有猿啼答晚風。同里周舫載帆〔二〕

解脱根塵撒手還，四聲猶嘯望夫山。累他一墮天魔界，都爲羊家碧指環。

戀葉迷根苦奈何，悤悤春夢出南柯。可憐一掬相思淚，若比窮途恐更多。

無端舌本現青蓮，爲有癡蟲世外緣。底事干卿煩撮合，禪心未到四禪天。

名士中年悲骯髒，神仙結局悔鍾情。多君併入桓伊笛，半作商聲半羽聲。鐵嶺宗山嘯吾〔三〕

才子青衫，仙姝縞袂，偶來忉利情天。一點靈犀，偏教繫住心猿。維摩丈室嬉游地，問誰貽、碧玉彎環？惹迴腸，哀嘯聲聲，悟徹浮緣。從今逐伴歸山去，任水流花放，春色年年。隔斷紅塵，人間無限悲歡。髯翁慣說生公法，演虛空、舌本青蓮。展氍毹，十八天魔，膜拜尊前。（調寄【高陽臺】）任丘邊保樞竺潭〔四〕

一線紅牽，盼千里奇緣相共。暢好事、漫驚翡翠，定交鸞鳳。富貴原非眞偈諦，神仙本是多情種。最難堪、名士嘆窮途，愁懷動。雲漠漠，林烟籠；山寂寂，梵音送。記前游如昨，歲華倥傯。休問桃花源裏事，偏成雲雨山頭夢。但空留、夜月聽猿啼，聲聲痛。（調寄【滿江紅】） 受業劉枏吉六〔五〕

來因去果，不信眞如此。二十華年一彈指。算重重仙劫，了了塵緣，料有箇，碧玉雙環終始。悵幾番春夢，無限癡情，泡影浮漚到頭是。儘翠管芸楠，譜就《陽春》，亦游戲文章之旨。祇想像當時怪老僧，打破者迷團，劇憐此豸。（調寄【洞仙歌】） 受業吳彬華序東〔六〕

無端墮落，向紅塵顛倒。底事天生玉環巧。縱同心結就，說甚仙緣，都只爲，一縷情絲纏繞。阿誰揮慧劍，恩怨難分，人世情緣甚時了？驀地悟禪機，逐伴歸山，翻自悔鴛盟草草。悵一枕游仙總成空，仗棒喝當頭，讓伊先覺。（調寄【洞仙歌】） 受業劉炳照光珊

（以上均《傅惜華藏古典戲曲珍本叢刊》第九九冊影印清光緒十七年刻本《玉獅堂傳奇十種》所收《仙緣記》卷首）

【箋】

〔一〕錢元涪（？—一八九六後）：字叔魯，號印秋，別署甓翁，嘉定（今屬浙江）人。靖江訓導錢慶曾（一八〇九—一八七〇）三子。諸生。例遷鹽大使，光緒七年（一八八一），署浙江雙穗場。通小學，工篆隸。卒年五十餘。續成其父慶曾《隸通》一書。傳見民國《嘉定縣續志》卷一一。

〔二〕周舫：字載帆，陽湖（今江蘇常州）人。生平未詳。

〔三〕宗山（？—一八八六）：字嘯吾，一作小梧，亦作歗梧，姓魯氏，奉天鐵嶺（今屬遼寧）人，隸內務府鑲黃

旗漢軍。監生，仕至浙江候補同知，權乍浦理事同知。參訂江順詒輯《詞學集成》。重鐫舒位《瓶水齋詩集》，臨終囑邊保樞續成其工（現存光緒十三年刻本）。著有《嘯吾遺集》（含《窺生鐵齋詩存》、《窺生鐵齋詞》、《希晦堂遺文》、《雜著》）。校正陳烺《玉獅堂十種曲》。傳見楊鍾羲《八旗文經作者考》卷三、《歷代兩浙詞人小傳》卷一五、民國《奉天通志》卷二一一、《遼東文獻徵略》卷八等。

〔四〕邊保樞（一八四八—？）：字申甫，號竺潭，一作竹潭，任丘（今屬河北）人。同治九年庚午（一八七〇）舉人，官浙江鹽大使。光緒九年（一八八三）前後，曾舉詞社。十三年（一八八七），於杭州刻潘慎生《徵息齋遺詩》。著有《劍虹盦詞》。傳見《歷代兩浙詞人小傳》卷一五、《清代科舉人物家傳資料彙編》等。

〔五〕劉栩：字吉六，或爲陽湖（今江蘇常州）人。生平未詳。

〔六〕吴彬華：字序東，或爲陽湖（今江蘇常州）人。生平未詳。

蜀錦袍（陳烺）

《蜀锦袍》傳奇，《玉獅堂傳奇》第二種，《曲錄》著錄，現存光緒十一年（一八八五）刻《玉獅堂四種曲》本、光緒十七年刻《玉獅堂傳奇十種》本（《傅惜華藏古典戲曲珍本叢刊》第九九冊據以影印）。

（蜀錦袍）序

宗　山

山己巳入川〔一〕，下榻石砫官署，聽演董芝嵒太史所譜《芝龕記傳奇》。帝王仙佛，雜沓登場，觀者目眩。亟索原本讀之，以秦良玉、馬千乘爲經，以客、魏擅權迄闖獻授首，二十餘年可驚可愕之事爲緯，搜采極博。惜遣詞命意，不足動人歌泣之懷。每以文與題不稱，爲之歎然。

壬午需次杭州〔二〕，與陳叔明先生結文字交。一日，出《蜀錦袍》傳奇示山。讀之，歎夫先生之才之大，其徵引一踵正史，褒貶凜然，無小說詼詭之習。播州克敵、平臺奏勳等齣，忠義憤激之氣，騰躍紙上。起結淡處著墨，餘絃外音。良史三長，略具於此。視昔人之恣意妝點，正苦才短耳。天生奇女子，得奇文以傳，幸矣。

昔蔣苕生譜《四絃秋》，洪昉思製《長生殿》，一洗元人《青衫記》、《梧桐雨》之陋，先生命意，得無類是？此編出，不獨壓倒芝嵒，卽謂之媲美蔣、洪，非妄語也。

甲申仲秋〔三〕，鐵嶺宗山序。

【箋】

〔一〕己巳：同治八年（一八六九）。

〔二〕壬午：光緒八年（一八八二）。

〔三〕甲申：光緒十年（一八八四）。

《蜀錦袍》題詞

宗得福 等

社稷倉皇已不支，九州何處乞援師？絕憐勝代淪亡日，賴有勤王女土司。
連營石砫鎮叢蠶，劍佩花迎曉露涵。畢竟英雄遜兒女，芳名應愧左甯南。
孱軀耿耿抱孤忠，二百餘年王氣終。留得錦袍顏色好，脂花紅暈血花紅。
板蕩中原一瞬過，《冬青》樂府近如何？傷心更有《桃花扇》，合付紅兒取次歌。上元宗得福

犵鳥蠻花擁畫旂，美人小隊簇燕支。西川多少閒冠蓋，肯爲天家再出師！
夔府城高百雉雄，擒渠一戰得元功。征衣自是無顏色，不及宮袍蜀錦紅。
武陵失律雁門死，猿鶴沙蟲亦可哀。莫笑兒家是巾幗，蠻韡親踏陣雲來。
脅月穿雲筆一枝，英雄兒女寫淋漓。曲中無限興亡感，併入紅牙小拍時。任丘邊保樞竺潭

須知奇女勝奇男，報國捐軀死亦甘。秦、左兩人分兩姓，同名莫訝是甯南。
侯封難得覓紅裙，天子平臺喜策勳。扇底桃花輸蜀錦，英雄愧煞李香君。
莫挽狂瀾實可憐，獨留孱婦抱孤堅。杜鵑啼血滄桑變，遺恨媧皇未補天。
樂府新編妙入神，蜀江花繡錦袍春。論功若賜麒麟閣，好倩丹青寫美人。婺源朱文玉筱琴〔二〕

英雄豈料出裙釵，一騎桃花轉戰來。流寇披猖疆吏懦，愧無尺寸報平臺。

載之〔一〕

錦袍五色陣雲迷，太息夔巫尚鼓鼙。譜入紅牙聽不得，一聲聲是蜀鵑啼。平江俞廷瑛筱甫〔三〕

樞臣邊將嘆庸庸，幸有巴夔間氣鍾。巾幗無雙誰敵手？甲兵數萬盡羅胷。劇憐夫壻遭金虎，仍豎功名壓石龍。弔古倍傷前代事，茫茫何處覓遺蹤？

三百年來骨已寒，遙遙石砫鎮江干。欲尋軼事添花樣，更譜新腔續稗官。青史尚嫌生氣少，黃沙終憶戰場寬。奇男不數數奇女，才子文章是大觀。同里黃裳吉夢九〔四〕

錦江春水桃花濃，女將軍馬桃花紅。雕鞍簇擁蛾眉出，殺賊曾經百戰雄。女兒生長苗疆僻，不誇傾城誇無敵。同袍兄弟共馳驅，閨中粉黛無顔色。第一功先説播州，沉埋獄底不封侯。兒夫屈死君恩重，白桿縱橫據上游。援遼遠赴勤王詔，平臺奏對天顔笑。特賜新詩寵大功，沙場拜倒男兒纛。長驅直解成都圍，壯志豈爲黃金灰？諸將閉門不肯見，鬚眉亦懾巾幗威。歸來專辦蜀中寇，寇避雄鋒不敢鬭。驅賊入川楊嗣昌，地利已失那可救？督師大帥皆庸材，一木難支天傾覆。果然鐵騎如建瓴，三萬人已同日傾。餘燼搜合雖可得，吾謀不用終無成。二十年來傷孱婦，一隅石砫猶堪守。江山錦繡屬他人，斑斑血漬征袍透。樂府空傳嗚咽聲，人民已換滄桑後。蠻花犵鳥陣雲摧，一代紅顔終不朽。旌德江順詒秋珊〔五〕

何必英雄，共惆悵、前朝遺迹。縱西望、幾餘灰燼，銅駝荊棘。蜀錦長留紅粉淚，蛾眉深鎖青山色。漫高歌、歷歷數滄桑，同霑臆。　錦江水，長安日。增骯髒，悲今昔。恁男兒豪氣，不如巾幗。萬目空餘城上草，傷心幾化山頭石。怕一聲、樵唱獨歸來，吟秋笛。（調寄【滿江紅】）　山陰許慶

霄篆雲〔六〕

烽烟擾攘，正中原多事。楊、邵諸軍等兒戲。賴天生石砫，巾幗英雄，洵不愧、萬里長城堪倚。矗叢支半壁。破敵勤王，女子居然勝男子。血濺錦袍紅，蜀道鵑啼，眞箇是回天無計。只賸得芳名著千秋，覷世上鬚眉，也應羞死。（調寄【洞仙歌】）受業劉炳照光珊

（以上均《傅惜華藏古典戲曲珍本叢刊》第九九冊影印清光緒十七年刻本《玉獅堂傳奇十種》所收《蜀錦袍》卷首）

【箋】

〔一〕宗得福（一八四一—約一九〇九）：字載之，上元（今江蘇南京）人。杭嘉湖兵備道宗源翰（字湘文，一八三四—一八九七）弟。官浙江知縣，光緒間擢湖北知府。著有《足可惜齋詩鈔》、《墮蘭館詞存》等。

〔二〕朱文玉：字筱琴，一作小琴，婺源（今屬江西）人。以鹽運司經歷，需次浙江。日遊湖山，偕陳烺、江順詒諸文士，嘯傲聯吟。善書畫，兼以習醫濟人。著有《葆眞堂吟草》、《葆眞堂文稿》、《雜説存疑內外篇》、《呰窳子商榷》、《字典標幟》、《便用良方》等。進士江峯青曾爲立傳。撰《蝴蝶夢傳奇》，未見著錄，已佚。傳見民國《重修婺源縣志》卷三五。

〔三〕俞廷瑛（一八二五—一八九〇後）：字筱甫，一作小圃，號紫卿，吳縣（今江蘇蘇州）人。諸生。歷官鄞縣縣丞、候補通判。著有《屑瓊集》、《瓊華詩詞集》等。傳見《歷代兩浙詞人小傳》卷二一。

〔四〕黃裳吉：字夢九，陽湖（今江蘇常州）人。生平未詳。

〔五〕江順詒（一八二三—一八八九）：字子谷，號秋珊，晚號窳翁，別署願爲明鏡生、願爲明鏡室主人，旌德（今屬安徽）人。廩貢生。同治十年（一八七一），署浙江錢塘縣丞。與曲家宗山等酬唱，編有《西泠酬唱集》。工

詩詞，善戲曲。輯《詞學集成》。著有《願爲明鏡室詞稿》、《夢華草堂詩鈔》、《夢華草堂詩話》、《讀紅樓夢雜記》等。撰《鏡中淚傳奇》，謝章鋌《賭棋山莊詞話》著録，已佚。傳見《歷代兩浙詞人小傳》卷一五。

〔六〕許慶霄：號篆雲，山陰（今浙江紹興）人。生平未詳。

燕子樓（陳烺）

《燕子樓》傳奇，《玉獅堂傳奇》第三種，《曲録》著録，現存光緒十一年（一八八五）刻《玉獅堂四種曲》本、光緒十一年碧梧山莊石印本、光緒十七年刻《玉獅堂傳奇十種》本（《傅惜華藏古典戲曲珍本叢刊》第九九册據以影印）。

（燕子樓）序

俞廷瑛

僕嘗客遊汴水，道出彭城。緬西楚之故都，溯東坡之舊治。馬不戲而臺冷，鶴已去而亭空。則且訪列戟之官衙，訊賜鞭之節度。亦復琴尊久閴，劍舄長韜；珠箔烟飛，金釵雲散。認取牆邊苔礎，空想鴛棲；墮來梁上芹泥，如聞燕嘆。此所以紀遊有作而懷古獨深也。

毗陵陳君叔明，品重琳琅，才羅錦繡。倚新聲於玉樹，白首能狂；摹豔體於金荃，紅牙頻拍。所著有傳奇四種，《燕子樓》其一也。弔淒涼之碧血，易冷空山；傷窈窕之紅顔，難填巨海。腸斷舍人短句，儘帶抛衫棄，莫諒苦衷；心銜故主深恩，倘粉殉脂埋，恐妨清範。抽毫寫怨，爲傳夜狖之吟；擁髻含顰，曲繪春蠶之死。樓無百尺，筆有千秋。嗟乎！鸞鏡塵封，烏衣夢斷。話鰈鶼身世，居然操凜霜筠；數鶗鴂光陰，久矣命輕風絮。試摭姬姜軼事，何慚名教完人？固宜證彼蘭因，付諸菊部。么鳳之妍詞乍按，元龍之豪氣都除。銀燭光中，君成晚翠寒香之傳；銅絃聲裏，我服漢卿、仁甫之才。

吴縣俞廷瑛序。

《燕子樓》序

汪學瀚〔一〕

潛翁既感仙猿之異，辨蜀錦之誣，載闡幽芬，三疊雅奏。稽唐代之軼事，衍長慶之清詞，復成《燕子樓》院本十六折，以授學瀚，綴辭卷端。學瀚未能識曲，敢附知音？方陽春之寡和，幾游夏之莫贊。第夙覽唐賢所述，久軫於懷，眞想斯欽，誦言曷已！夫質抱金石，非託響於拂羽懸黎；樂播管絃，必選材於龍門孤竹。是以飲冰茹蘖，節操盟其素心；結蘅愛荃，詠歌寄之彤史。豈女德之不爽，亮閨怨之易工。至閒情宛轉，流爲倚聲；綺語纏綿，極於倖色。雖有作者，可無論已。乃或悲哀爲主，徒留離恨之天；或寂寞求音，莫識埋憂之地。商羽流徽，鞶帨揚華。從未有驚才絕豔，藴志含貞，曠禮之戒，媿於敬姜；秉心之勖，同於仲氏，如盼盼其人者。潛翁詩徵本事，劇合定場。締品豔於夢因，結憐香於感舊。雙飛覩燕，十載殉樓。固不待抽祕騁妍，可信其識高意遠也。

嗟乎！玉帳建牙，控上游而作鎮；金臺買骨，開東閣以延賓。月冷星沉，風流雲散。銀刀跋扈，幾覆司徒之宗；華屋淒涼，空到洛陽之墓。未廣孝標《絕交》之論，翻來魏武分香之嘲。豈知黃金不惜，賸有蛾眉；紅粉未灰，啼成鵑血。詩人老去，詎同飄泊之楊枝？公子安歸，不比倉琅之燕尾。須臾忍死，恐累平生。老嫗猶能解詩，舍人竟難會意。情深兒女，識過鬚眉。始信小家碧玉，報主身輕；足令司馬青衫，聞聲淚濕矣。獨是空樓望斷，已成化石之形；寡燕聲銷，幾等銜碑之口。不藉文人之筆，誰傳名媛之才？非特紅豆譜成，表微足稱知己；卽白楊和寄，作歌亦以告哀。貞魄有靈，珊影如見，其有不激楚於生前，欣慰於身後也乎？

然而塡海之禽長恨，未解呼名；在爨之桐半焦，何心入聽？況玉簫蛛網，不冀再生之緣；錦瑟蠶絲，豈有華年之憶？清名無玷，信史報以千秋；素志旣伸，泉臺隨於旬日。遺詩三絕，長留天地之間；奇烈孤蹤，足壯閨幃之色。是則詩吟太傅，教成歌舞，唐突應愧失言；曲記中郎，演向氍毹，揣摹尚嫌多事。質諸潛翁，當亦拊掌掀髯。其謂惠子之知言，抑笑豐干之饒舌也。

光緒乙酉六月，同里汪學瀚序。

【箋】

〔一〕汪學瀚（一八四六—一九一五）：原名學溥，鄉榜名學瀚，改名洵，字子淵，號淵若，陽湖（今江蘇常州）人。光緒二年丙子（一八七六）舉人，十八年壬辰（一八九二）進士，選庶吉士，散館授編修。兩年後辭官，僑寓滬上，以鬻書爲業。爲題襟館金石書畫會首任會長。傳見《皇清書史》卷一八、《清代書畫家筆録》卷四、《詞林輯略》卷九、《清代毗陵名人小傳稿》卷九、《清代科舉人物家傳資料彙編》等。

（燕子樓）題詞

東允泰　等

尚書門第慘斜暉，賸有斯樓燕獨歸。無數花間舊蜂蝶，春來何處不雙飛？
紅線重來意倍親，當年汝亦此嬉春。祇今同病相憐甚，不話傷心與別人。
一死非難獨處難，十年耐盡舞衣寒。如何杜宇催歸急，不信樓中燕子單。
彩筆才人替寫生，孤棲心事更分明。《四絃秋》裏琵琶語，尚是空牀蕩婦情。曲阿東允泰季符（一）

旌節花寒夜隕霜，《霓裳》舞罷泣空牀。可憐一片彭城月，流照繁華影不長。
宛轉愁腸日九回，舍人偏又寄詩來。蛾眉一死尚書玷，不是春心不肯灰。
小樓一角賸荒烟，燕子飛來亦黯然。賴有紅牙收拾得，牡丹春色似當年。（用香山詩原韻）平江俞廷瑛筱甫

尚書舊宅美人樓，燕子芳名自昔留。忠節從來爭一死，幾人到此猛回頭。
願作鴛鴦不羡仙（成句），追思往事淚潸然。春來燕子秋來月，伴妾空閨十一年。
多情感舊復憐香，淚濕青衫白傅狂。譜出梨園新樂府，風流玉茗擅詞場。受業左運昌子鳴（二）
東洛星芒大幕寒，幾回腸斷淚汍瀾。劇憐夜月空堂燕，無復書傳郭紹蘭。

十年幽獨伴樓居，釵股分將玉匣儲。紅杏花時春寂寂，不堪回憶老尚書。

彭城遺迹尚依然，賴有文人彩筆傳。讀罷衍波三十幅，好憑往事勘情禪。受業吳彬華序東〔三〕

烏衣門巷弔斜陽，寂寂幽魂千載芳。蝶夢至今尋廢苑，燕泥終古落空梁。青衫應濕離筵淚，紅豆初拈記曲娘。多少英雄兒女事，但憑長笛譜《伊》、《涼》。同里李寶章斐園〔四〕

畫樓高高傷獨處，燕睇珠簾學人語。不訴繁華衹訴愁，悽絕當年浣紗女。朱門冷落海棠深，翠蛾蟬鬢俱銷沉。樓空皎月白於練，照見冰霜一寸心。寸心甘爲主恩死，十載單棲守孤壘。憑他對乳話呢喃，從今豔福抛羅綺。尚書墓上風雨哀，紙錢買樹飛寒灰。黄金不惜買紅粉，玉骨自合埋蒼苔。香魂一去絕消息，紫鳦歸來尚相憶。梨園爭唱《燕子箋》，疇爲貞姬寫顔色。陳髯健筆天賦成，含宮咀徵別有情。紅牙拍到斷腸處，猶帶樓中嗚咽聲。江左風流盛歌舞，烏絲院本從頭譜。王謝堂前幾度聞，香巢繡幕皆新主。勞燕分飛春復秋，忍教烈性付東流。憑將寡鵠孤鸞曲，演出彭城第一樓。任丘邊保樞竺潭

玳瑁梁空，鴛鴦夢醒，廿年人老樓中。閉了閒門，任他蛛網塵封。捲簾肯放雙飛入，有一襟憔悴孤紅。算繫來縷縷長繩，歲歲相逢。　夭桃不短今生命，比綠珠慘墜，特恁從容。有甚商量，怕聽軟語惺忪。氍毹三尺淒涼色，最難傳冷雨淒風。怕新詞唱到秋宵，欲遣玲瓏。（調寄【高陽臺】）
旌德江順詒秋珊

花落東風卷。忍教他、歸來燕子，更無人管。賸粉遺香留得在，舊恨新愁欲翦。誰擘破、同心珍繭。好待詞壇和淚織，一絲絲譜出情深淺。千古恨，幾時展？　美人塵土空名顯。記樓頭、

蛾眉峯蹙，翠鬟雲扁。欲挂簾鉤人怕倚，夜月休教照遍。恩與怨、從來未免。濺得江州衫上淚，訴相思不盡心難轉。多薄命，韋腸斷。（調寄【金縷曲】）受業劉梠吉六

繁華夢醒，悵今生緣短，玳瑁梁空悄誰喚？賸愁儂獨自，樓鎖春深，拌不惜、顦顇當年人面。畫簾閒半捲。燕子歸來，雙宿雙飛怕儂見。紅縷尚依然，軟語呢喃，依稀是憐儂無伴。算只有、詞人識儂心，好譜入歌絃，替儂傳怨。（調寄【洞仙歌】）受業劉炳照光珊

（以上均《傅惜華藏古典戲曲珍本叢刊》第九九冊影印清光緒十七年刻本《玉獅堂傳奇十種》所收《燕子樓》卷首）

【箋】

〔一〕東允泰（？—一八九五後）：字季符，丹陽（今屬江蘇）人。咸豐十一年辛酉（一八六一）拔貢，光緒二年丙子（一八七六）舉人，歷知浙江鎮海、平湖、桐鄉、錢塘等縣。曾爲金和（一八一八—一八八五）撰《金文學小傳》（《碑傳集補》卷五一）。績學工文，善書法。著有《味青館課徒草》。傳見民國《丹陽縣續志》卷一三。

〔二〕左運昌（一八六〇或一八五六—一八九三）：原名運乾，字元亨，改名運昌，字子鳴，號盛齋，又號鳳山，星子（今屬江西）人。光緒五年己卯（一八七九）舉人，次年庚辰（一八八〇）會試進士。九年癸未（一八八三）補廷對，欽點內閣中書。後以病死於京師。傳見《光緒六年庚辰科會試同年齒錄》。

〔三〕吳彬華：字序東，籍里、生平均未詳。

〔四〕李寶章（一八四九或一八六四—？）：一名寶璋，字穀宜，一作穀遺，又作穀貽，谷伊，號斐園，別署待庵、待庵老人，武進（今江蘇常州）人。李寶嘉堂兄。晚年僑寓吳縣（今江蘇蘇州）。東昌府知府李翼清子。同治

十二年癸酉（一八七三）舉人，官浙江候補道，總辦滁州土釐局。工畫山水，喜藏名迹。著有《谷遺詩存》、《待庵題畫詩存》、《待庵題畫詩餘》、《待庵題畫摘句》等。傳見《清代科舉人物家傳資料彙編》、《清畫家詩史》壬上、《毗陵畫徵錄》等。

海虬記（陳烺）

《海虬記》傳奇，《玉獅堂傳奇》第四種，《曲錄》著錄，現存光緒十一年（一八八五）刻《玉獅堂四種曲》本、光緒十七年刻《玉獅堂傳奇十種》本（《傅惜華藏古典戲曲珍本叢刊》第一〇〇冊據以影印）。

（海虬記）序

宗　山

客有問於余曰：『《玉獅堂院本》四種，僕已得窺其崖略，然不能無疑焉。《仙緣記》證夙因也，《燕子樓》哀苦節也，《蜀錦袍》刺邊將也，被諸管絃，皆足爲世教人心之助。若夫海寇嘯聚，疆臣招撫，史冊所載，代不勝書，既無奇可傳，亦無徵不信，不幾令楮墨笑人乎？』

余曰：『君所謂知二五，未知一十也。燕藩入承大統，外患未平，深山大澤之間，龍蛇潛匿。乃神機燭照，如魑魅鑄鼎，物無遁形，不煩一旅之師，一紙畫圖，渠魁授首，雖劉季梟雄，貞觀神武，無以過之。此奇之可傳者也。海杰一亡命男子，跳身海上，巢窟數十，悍卒數萬人，虎視神州，相時而動，其才誠有大過人者。雖識天命攸歸，幡然改圖，亦不失一扶餘國主，竟束身來歸，飲刃以死，不作螳臂之拒，識時務者爲俊傑。此又奇之可傳者也。且夫瀛海之大，茫無涯涘，在物色之者，不免望洋興嘆。幸天覆其舟，使之展轉牽引，得藉手以告成功，匪寇之中，占婚媾焉。此則奇而又奇者也。以視夫仙佛鬼魅，荒誕支離，徒悅人耳目者，相去不綦遠哉！考之《明史》，永樂七年，命總兵李珪平海盜於欽州。相傳卽此事所祖。特史筆謹嚴，不能如稗官之纖悉備舉。君乃曰「無徵不信」，得毋有膠柱之見存乎？』

客唯唯而退。因敘次其問答之詞，質之玉獅老人，卽以爲序何如？

鐵嶺宗山序。

（海虯記）題詞

吳唐林 等

黑水洋中浪撲天，仙山樓閣莽雲烟。十洲萬里平如鏡，海外寧容張仲堅。
從古英雄大度恢，倚牀平視兩無猜。衛公兵法虯髯授，未許庸材乞得來。
天與生花筆一枝，清奇濃淡總相宜。羨他表海雄風裏，偏有《西廂》待月詞。
蜃市蛟宮蒼茫開，眼前蠻觸正喧豗。洗兵誰挽東瀛水，橫海歌風想霸才。同里吳唐林晉壬

睥睨中原氣不馴，英雄會見起風塵。豈知一變蚪髯局，正恐田橫客笑人。悽絶銅鈴咽海風，横刀人醉畫堂中。詞場別與開生面，染出胭脂一點紅。平江俞廷瑛筱甫

圖畫迷離煞費猜，强藩的是帝王才。金陵燕子高飛後，那許鯨鯢跋浪來。百八銅鈴激怒濤，横行滄海亦人豪。東南一劫輸全局，不惜頭顱飲孟勞。地接三韓島嶼浮，鬣飄出沒海天秋。雁門裨將風狂甚，白浪堆中拜粉侯。鐵嶺宗山嘯吾

銅琶唱徹『大江東』，楊僕樓船第一功。妙絶生花雙管下，半歸兒女半英雄。何來宮殿，在窮巖幽嶼。破浪乘風倏來去。笑蚪髯海外，竊據東南，偏僥倖，容作扶餘國主。猛然塵夢醒，粉黛盈前，撒手長辭莫迴顧。一死謝君王，血濺龍泉，休更問、玉人何處。羨一管如椽筆生花，卻半寫英雄，半描兒女。（調寄【洞仙歌】）受業劉炳照光珊

（以上均《傳惜華藏古典戲曲珍本叢刊》第一〇〇冊影印清光緒十七年刻本《玉獅堂傳奇十種》所收《海蚪記》卷首）

梅喜緣（陳烺）

《梅喜緣》傳奇，《玉獅堂傳奇》第五種，《曲錄》著録，現存光緒十七年（一八九一）刻《玉獅堂傳奇十種》本（《傳惜華藏古典戲曲珍本叢刊》第一〇〇冊據以影印）。

（梅喜緣）序

查亮采〔一〕

從來才子，必生孝筍之鄉；非有傾城，誰唱夫蓉之曲？是故孟郊寸草，白社長貧；卒令韓起雙環，紅絲並締。就茅檐而先辭華屋，寧維月老持柯；歷萍蹤而同證蘭因，信矣天公旌善。章皇風世，新聲合按紅牙；粉墨登場，明發常懷白首。今之作者，意在斯乎？

且夫俗薄雲羅，塵昏月旦。嬌藏么凰，唯求一斛明珠；士笑寒蟲，敢問連城白璧？縱或廁腧宵滌，訝萬石爲完人；雞黍晨供，知茅容是孝子。方且銅山障目，紗帽薰心。陸厥懷鉛，焉信此郎似玉；殷芸吮墨，但愁貯屋無金。雉豈敢於爲媒，尨且肆其狂吠。是誠昭昭巨眼，鬚眉愧此青琴；落落知心，巾幗推茲紅拂也已。雖然，藥號寄奴，胡緣向日？花開近侍，只好隨風。心非石而能堅，緣如璧其奚合？不道梅香一曲，鸞簫先奏秦臺；居然蔬食平生，鴻案甘承梁廡。羊叔子不如銅雀妓，是誠何言？小家女得嫁汝南王，乃有今日。然而種花得果，酌水知源。貽青案於中郎，文姬誰贖？擲朱提於瀨水，漂女難酬。牒買鴛鴦，曾撤閨中之翠珥；蹤分鶼鰈，空尋舊主於烏衣。何期繭竟同功，珠能如意。曹娥韲臼，遭挫折於酸風；大士蓮臺，導因緣於法雨。諷殘貝葉，忽聯紅葉之緣；散罷天花，同受金花之誥。斯則畀雙珠於京兆，碧翁早有安排；留全璧於緹縈，彤管所當表式者也。

嗟乎！鵝笙象版，戶習倚聲；苔網花箋，家精點拍。度銀箏之曲，徒詡風流；傳紅蠟之歌，不根天性。十年黼製，坐收輕薄之名；一卷新詞，橫受俳優之目。茲則筆刪綺語，義取白華。陶令清高，托言夫翠簞鴛幬之事；屈原忠孝，寄興於虙妃玉女之間。《廣陵散》不入塵寰，此曲祇應天上；有情人都成眷屬，幾生修到梅花？

龍山查亮采怡軒序。

【箋】

〔一〕查亮采（？—一九〇二後）：字敬元，號怡軒，海寧（今屬浙江）人。同治十年辛未（一八七一），廩貢生，選授寧波府學訓導。光緒十四年（一八八八），任紫陽書院監院。二十七年，任崇明知縣，見民國《崇明縣志》卷一〇《職官·文官表》。

（梅喜緣）題詞

鄧嘉純等

詩婢何勞說鄭家，新辭譜就按紅牙。移將梵宇菩提樹，開作深閨並蒂花。

水有源頭木有根，出身何敢忘朱門。黃花飼雀銜環外，尚有青衣解報恩。

焚香薦士競相高，沙裏黃金子細淘。多少英才誤皮相，裙釵眞是九方皋。

虯髯高唱海山秋，石砫勳名記蜀州。寫遍英雄寫兒女，哀絲豪竹一般愁。

燒尾遲遲且食貧，儒冠容易誤風塵。居然識得青雲士，慧眼如卿有幾人？江寧鄧嘉純笏臣〔一〕

賦罷青衣賦感婚，驪歌一曲最銷魂。他年風雨重相見，天意分明爲報恩。
畫堂合巹喜團圞，猶作當年主婢看。喚到芳名儂欲笑，怕他還帶一分酸。
才似留仙久擅名，而今製譜有先生。登場我欲稱三絕，贏得吳兒口齒清。平江俞廷瑛筱甫

寥落青衣感命宮，飄零人海幾英雄。風塵獨具知人鑒，紅拂終歸李衛公。
浮萍斷梗嘆無家，墮溷飄茵悵落花。不有蘭閨佳女伴，險教彩鳳也隨鴉。
一笑重逢玉鏡臺，王孫末路幾人哀？當年莫訝張賞延，誰識韋郎是異才！
玉茗風流四百年，玉獅詞譜壓前賢。不須粉白登場奏，也觸雄心一惘然。南城劉鼎履塵（二）

一曲求凰譜管絃，儒酸何幸得閨賢。不知別具人倫鑒，純孝端推百行先。
終風陰雨古今嗟，補恨無從乞女媧。若使人如卿巨眼，何愁彩鳳誤隨鴉。
貴交富娶俗情多，況復攀援託女蘿。不信聘錢無十萬，雙星終古隔銀河。
纔出侯門入佛門，無端認父暗移根。天教異姓英皇合，如願何嫌舊分存。錫山王綜勛丹（三）

誰是知音者？古今來、孝子賢媛，鍾情非假。貧賤識人垂青眼，如此裙釵更寡。眞愧殺、鬚眉流亞。料得聘錢無十萬，盼星期偏阻天孫駕。庸俗見，大都也。良謀先遣雲英嫁，賴天公、牢繫紅絲，別離休訝。挫折更番成嘉耦，兩美同心忍捨。借妙筆、流傳佳話。不墮尋常兒女淚，讀新詞熱淚無端瀉。忙掩卷，燭將灺。（調寄【金縷曲】）受業劉炳照光珊

緒十七年刻本《玉獅堂傳奇十種》所收《梅喜緣》卷首）

【箋】

〔一〕鄧嘉純（一八三七或一八三八—一九〇六）：字笏臣，號筠孫，江寧（今江蘇南京）人。雲貴總督鄧爾恆（？—一八六一）子。咸豐九年己未（一八五九）恩科副貢生，光緒五年己卯（一八七九）舉人，次年庚辰（一八八〇）進士。世襲騎都尉，分省盡先補用知府，官浙江處州知府。著有《空一切盦詞》。傳見《光緒六年庚辰科會試同年齒錄》、《清代官員履歷檔案全編·光緒朝》、《清代硃卷集成》等。

〔二〕劉鼎：號履廛，南城（今屬江西）人。生平未詳。

〔三〕王綜：號勖丹，錫山（今江蘇無錫）人。生平未詳。

同亭宴（陳烺）

《同亭宴》傳奇，《玉獅堂傳奇》第六種，《玉獅堂後五種傳奇》之一，《古典戲曲存目彙考》著錄，現存光緒十七年（一八九一）刻《玉獅堂傳奇十種》本（《傅惜華藏古典戲曲珍本叢刊》第一〇〇冊據以影印）。

《同亭宴》序

俞樾

神仙富貴，二者難兼。兼而有之，惟幔亭一宴。清歌妙舞，鳳脯麟肝，饜飫遍乎雲仍，音響傳於後世。余從前作《廣樂志論》，有云：『仿幔亭之例，定緱嶺之期。召異代之兒孫，聚同時之父老。霓旌虹旆，備天上之威儀；霞褥雲裀，見仙家之富麗。』蓋心豔之矣。今得潛老爲作傳奇，使仙迹靈蹤表襮於天下，不亦美乎？尤妙者，借秦皇求仙，作石壁之返照，使人知祖龍之力，可以滅六雄，不可以致羣仙。滄海之舟未回，驪山之冢已就。函谷一炬，阿房成灰。其子若孫，曾不得爲咸陽之布衣，何如武夷君之子孫，猶得與山中盛會也。讀此一過，殊令人輕軒冕，傲王侯，有超然高舉之思矣。

庚寅初夏〔一〕，曲園俞樾序於右台仙館。

【箋】

〔一〕庚寅：光緒十六年（一八九〇）。

(同亭宴)題詞

李維翰 等

至性孩提篤弟昆，神仙也復樂兒孫。闡幽述異潛翁筆，莫作尋常院本論。

品絲評竹日相過，說到臨岐別緒多。（君子役獅江，瓜代在即。）安得紅兒按檀板？尊前一唱當驪歌。

獅江傳播玉獅詞，玉茗風流今見之。我亦湘中舊吟侶，豹斑猶惜未全窺。郃陽李維翰藝淵〔一〕

鳳琯鸞笙樂未停，羣真同日降雲軿。下方不聽賓雲曲，爭識仙居有幔亭。

樓閣空中結撰新，寓言十九亦微塵。書生或在孫曾列，我亦更生再劫人。南城劉鼎履塵〔二〕

塵寰遊戲亦偶爾，匆匆日月兩輪駛。忠姦賢醜判幾希，非其所非是其是。

寶劍在匣琴在囊，九垓八埏聊翱翔。榮枯境界各勘破，猛斫利鎖紓名韁。海寧馬慶蓉澹泉〔三〕

（以上均《傳惜華藏古典戲曲珍本叢刊》第一〇〇冊影印清光緒十七年刻本《玉獅堂傳奇十種》所收《同亭宴》卷首）

【箋】

〔一〕李維翰：號藝淵，郃陽（今屬陝西）人。著有《慕萊堂詩文徵存》。

〔二〕劉鼎：號履塵，南城（今屬江西）人。生平未詳。

〔三〕馬慶蓉（？—一八九二後）：字澹泉，號竹堂，別署竹中叟，海寧（今屬浙江）人。諸生。幕遊兩浙，有名於時。工駢文。光緒十二年（一八八六），爲蔣左賢《梅邊笛譜》撰序；十八年爲空塵《枯木禪琴譜》撰序。著有《書平寇》、《竹堂詩文稿》等。傳見民國《海寧州志稿》卷一六。

迴流記（陳烺）

《迴流記》傳奇，《玉獅堂傳奇》第七種，《玉獅堂後五種傳奇》之二，《古典戲曲存目彙考》著錄，現存光緒十七年（一八九一）刻《玉獅堂傳奇十種》本（《傳惜華藏古典戲曲珍本叢刊》第一〇〇冊據以影印）。

（迴流記）序

吴唐林

行吟帶荔，弔流放於湘纍；距躍斫衣，託揚狂於漆厲。孤臣報國，烈士酬知。甘三黜而不辭，歷九死其靡悔。然而北走胡而南走越，或挺險以行；朝游楚而暮游秦，每拂衣而去。獨至仳離淑女，憔悴姬姜，暴遇終風，棄嗟陰雨。性含貞固，寧傳累德之詞；身已分明，終守一齊之義。以故綠衣隕涕，厘痦寐於碩人；紈扇成吟，守箴規於婕妤。伊古有之，然又有甚者。

《迴流》一書，以才人之妙筆，譜軼事於前朝。百折心悽，三升淚下。彼婁妃生於胄族，長嬪驕王。江汜知恩，差免娥眘見嫉；潢池竊弄，早知螳臂無功。屢諫不從，空託良言於畫本；徒死無益，猶期悔禍於强藩。而乃彼昏，不知夜郎自大；王失機地，真成讖熾火焚。巢婦出走，歸已無家；清流畢命，望夫先化。匪崩杞婺之城，殉主無名；近傀梟姬之石，事有難言。吁嗟闊矣！然而忠貞獨抱，德惠旁流。袒服嚴縫，縱沈淵而逾潔；并刀未斷，儼喝水使倒流。卒逢篝火於胥漁，云是賣珠之舊嫗。深深埋玉，並貽香火於黄陵；赫赫題碑，渥賁絲綸於玄壤。夫而後明夷蒙難，人天共鑒。艱貞處變得仁，溝瀆匪同小諒矣。

迄今柏社已屋，椒錄同焚。商女之唱不傳，水仙之謠誰續？而詞家選韻，委悉爲之傳神；法曲登場，英靈亦當頫首。余習聞本事，謬託賞音。魂招青冢而常留，殞比綠珠而更慘。一聲《河滿子》，每聞歌輒喚奈何；千古傷心人，或借酒以澆磈壘乎！

己丑冬月〔一〕，同里吳唐林序。

【箋】

〔一〕己丑：光緒十五年（一八八九）。

《迴流記》題詞

俞廷瑛　等

八駿方揮逐日鞭，忽看滕閣起烽烟。後宮枉抱靈均怨，玉碎珠沈絕可憐。
休疑西子逐鴟夷，休認湘妃殉九嶷。一縷冰魂招不得，滿江風雨黯靈旗。
白髮元龍六十餘，《雍熙樂府》早成書。揮毫更作《賢妃傳》，特與清容補闕如。平江俞廷瑛筱甫

往迹荒涼費討論，事關宮壼最銷魂。東風細雨江城路，如雪梨花擁墓門。
精靈不泯自《迴流》，故國難忘正首丘。椽筆撰成貞烈傳，藏園《片石》並千秋。涇縣朱澐廉昉〔一〕

玉骨沈江浪不腥，當年曾此弔芳靈。逆藩不聽賢妃諫，讓與紅顏照汗青。
《片石》碑文次第開，清容居士不凡才。而今重補《迴流記》，應有靈風繞筆來。受業劉炳照光珊

（以上均《傅惜華藏古典戲曲珍本叢刊》第一〇〇冊影印清光緒十七年刻本《玉獅堂傳奇十種》所收《迴流記》卷首）

【箋】

〔一〕朱澐：字廉昉，涇縣（今屬安徽宣城）人。生平未詳。

《海雪吟》，《玉獅堂傳奇》第八種，《玉獅堂後五種傳奇》之三，《古典戲曲存目彙考》著錄，現存光緒十七年（一八九一）刻《玉獅堂傳奇十種》本（《傳惜華藏古典戲曲珍本叢刊》第一〇〇冊據以影印）。

海雪吟（陳烺）

（海雪吟）序

楊葆光

嗟乎！抑塞磊落，王郎有斫地之歌；搔首問天，謝朓①多驚人之句。而況姿由神授，數遇時艱。演秋駕於故鄉，遂遭白眼；值冬烘之學使，幾黜青衿。四壁無歸，惟聞琴嘯；三河十上，祇嘆囊空。卒之舊日師資，猶廣絕交之論；盈年城守，不虛授命之心。以古方今，會心不遠，而此猶非我叔明先生意所慊然也。

先生胷抱驪珠，手披鴻寶。登高能賦，皆六代之文章；吐詞爲經，述先士之盛藻。而乃乍探祕府，遽就卑官。能如柳下之和，不嫌裎裼；善讀《花間》之集，悉協宮商。然必推本性情，激揚孝義。蒼涼恣其遐矚，胷目偏孤；山川觸其沖襟，琴尊妙合。此《玉獅堂》諸曲，俱有遙情，而《海雪》一吟，淒涼獨絶已。

方其摩挲柔翰，跌宕清流。季女斯飢，守貞不字。齷齪隸何知愛士，空作蹇脩；守財虜竟辱斯文，遂圖下石。乃使白雲贈客，青山招人；映被靈巖，潛蹤嶺嶠。歷峻阪而足繭，懷故國兮神傷。靈均放而作《離騷》，賈生窮而賦《服鳥》，豈復有過於此乎？昔人遨遊洛汭，邂逅陽臺，半屬寓言，非眞奇遇。然而宋玉工愁，必藉東鄰白慰；相如作賦，不以長門爲嫌。借閫内之風流，瀹胷中之磊磈。於是席尊上客，禮備土司。出愛女以紘詩，重才人而進爵。平羌樂奏，信麗質之知兵；竹引詞工，聽雲裳而顧曲。闌魚媵鯛鱅之祕，證子規王母之篇。將以解其牢愁，足可消其阨塞矣。無何而時逢鼎革，室盡睽離。父子爭願爲國殤，夷齊義不食周粟。而詞中既全令嗣，復假神威。此則先生覺世之苦心，憐才之盛意。

葆光生平綺語，自信天眞。羅袖拂衣，難負香閨之知己；氈包嚙雪，親嘗亂日之景光。聞此清歌，能無隕涕？美人香草，四絃傳猺洞之音；羌笛孤城，一曲睹旗亭之酒。

光緒庚寅閏花朝後五日，紅豆詞人雲間楊葆光蘇盦序。

【校】

①朓，底本作『眺』，據人名改。

（海雪吟）題詞

劉鼎等

五嶺孤忠獨抱琴，女蘿山鬼託知音。中年哀樂黄門感，亂世蕭騷《海雪吟》。秋老骷髏同入甕，帳前裙釵亦推襟。名山一卷留嶠雅，悽斷投荒萬里心。

牂牁西溯客心憂，才美誰貽紫鳳裘？幾見蟲魚分五體，可無杵臼共千秋？殊方草木因時變，頽俗文章與鬼謀。我爲畸流向天泣，莫將甘露降南州。

譜入平羌絶妙詞，青袍紅粉不勝悲。戲編《爾雅》箋王母，更搨殘碑訪藥師。碧軫磨穿琴教授，鑾韡飛出女軍諮。英雄至竟輸兒女，石砫當年亦土司。

蕭蕭白髮滯閒曹，老去看花首重搔。銀燭夜填《金縷曲》，玉簫春唱《鬱輪袍》。紫裘腰笛江東去，紅袖翻歌席上豪。獨惜《陽春》嗟和少，祇憑朱格寫霜毫。南城劉鼎履塵

書記翩翩信軼倫，美人巨眼識風塵。一編《赤雅》搜羅盡，不負征途歷苦辛。

短衣匹馬歷幽燕，羞澀囊空劇可憐。典到南風與綠綺，行厨連日斷炊烟。

東林異己盡誅鋤，植黨營私憤莫攄。要使乾坤存正氣，絶交早寄大鋮書。涇縣朱澐廉昉

絲桐自賞高音，天涯奚屑求知己！瘴江綿邈，鑾酉清雅，暫投棲止。地主雖嘉，鄉心難割，言旋故里。嘆中途梗阻，身琴合命，只同付，東流水。借著這般奇氣，好消磨、冷官閒吏。輕敲

鐵板，低吹玉管，澆開塊壘。多少精神，咀宮嚼羽，偷聲減字。要移情渢渢，揚清激濁，力①挽人世。（調寄【水龍吟】）　平江陳祖昭子宣〔一〕

庭垂甘露，堂開海雪，罡風吹墮鑾方。才大數奇，曲高和寡，一身人海難藏。熱淚灑灕江。有天涯知己，雲嚲岑孃。《赤雅》書成，桂林三嶠壓歸裝。半生潦倒名場。只夜泉硯守，（君有《天風吹夜泉硯銘》，八分書下小行楷「鄺湛若」三字，並「明福洞主印」，爲王蘭泉先生所得。）綠綺琴張。（有二琴：一曰南風，宋理宗宮中物；一曰綠綺臺，明康陵御前所彈也。綠綺歸某錦衣子。）書遺（去）絕交，（少嘗師事阮大鋮，洎阮羅織東林，乃貽書絕交，侃侃千言。）名傳死節，（父子均殉國難，《南疆繹史》失載。）休教認作（去）詩狂。遺事軼《南疆》。有詞人憑弔，譜入《伊》、《涼》。試鼓鵾絃，潮聲終古咽斜陽。（調寄【望海潮】）　受業劉炳照光珊

（以上均《傅惜華藏古典戲曲珍本叢刊》第一〇〇冊影印清光緒十七年刻本《玉獅堂傳奇十種》所收《海雪吟》卷首）

【校】

①力，底本無，據文義、詞律補。

【箋】

〔一〕陳祖昭（？—一九〇三後）：生平詳見本卷《甕中天》條解題。

負薪記（陳烺）

《負薪記》傳奇，《玉獅堂傳奇》第九種，《玉獅堂後五種傳奇》之四，《古典戲曲存目彙考》著錄，現存光緒十七年（一八九一）刻《玉獅堂傳奇十種》本（《傳惜華藏古典戲曲珍本叢刊》第一〇〇冊據以影印）。

負薪記序

俞廷瑛

淄川蒲留仙先生著《聊齋志異》，凡四百餘則，漁洋山人獨於《張誠》一則評曰：『一本絕妙傳奇。』豈非以其悲歡離合，有足以譜諸詞曲、被諸管絃者耶？然漁洋雖有是語，而作爲傳奇者，曾無其人。不意遲遲至今，始得之叔明陳君也。

君以才人官鹺尹，從公之暇，惟以著述自娛，先後作傳奇十種。其《負薪記》一種，卽采《聊齋》張誠事。以文章之波瀾，爲戲劇之關目，翦裁有法，翰采爛然，以視《聊齋》，殆所謂異曲同工者。吾知此劇一出，梨園小部必且競相肄習。而一唱三嘆，使人友于之愛油然而生，其於風俗人心，所裨匪細，雖作《孝友傳》觀可也，傳奇云乎哉！

吴縣俞廷瑛序。

（負薪記）題詞

司馬湘 等

手足相憐出至誠，從知友愛性天成。斧薪自欲同勞苦，誼篤無分異母生。

離合人難自主持，折磨歷盡鬼神知。譜成歌曲傳奇事，羨煞先生筆一枝。冶城司馬湘晴江〔一〕

脊令原上調翻新，黄九才名迥絶倫。（海鹽黄韻珊大令譜《脊令原》傳奇，即《志異》曾友于事。）更譜《負薪》傳至性，當筵誰不淚霑巾？

姜被同溫我獨無，新詞讀罷更欷歔。休言四海皆兄弟，一任庭前荊樹枯。受業劉炳照光珊

（以上均《傅惜華藏古典戲曲珍本叢刊》第一〇〇册影印清光緒十七年刻本《玉獅堂傳奇十種》所收《負薪記》卷首）

【箋】

〔一〕司馬湘：字晴江，上元（今江蘇南京）人，一説常州（今屬江蘇）人。官浙江鹽大使。工琴善畫。編醫方《一效集》。傳見《清朝書畫家筆録》卷四、《清代畫史增編》、《清代畫史補編》、《畫家知希録》卷一等。

錯姻緣（陳烺）

《錯姻緣》傳奇，《玉獅堂傳奇》第十種，《玉獅堂後五種傳奇》之五，《古典戲曲存目彙考》著録，現存光緒十七年（一八九一）刻《玉獅堂傳奇十種》本（《傳惜華藏古典戲曲珍本叢刊》第一〇〇册據以影印）。

《錯姻緣》序

俞樾

蒲留仙《聊齋志異·姊妹易嫁》一節，相傳實有其事。潛翁吏隱西湖，雅善度曲，乃取其事，譜成傳奇，名曰《錯姻緣》。余讀而嘆曰：此一事有可以警世者二：夫婦人女子初無巨眼，欲其於貧賤中識英雄，良非易易。買臣之妻，既嫁之後，尚以不耐貧賤，下堂求去，況張氏長女尚未于歸乎？然以一念之差，成終身之誤。鳳誥鸞章，讓之小妹；晨鐘暮鼓，了此餘生。清夜自思，能不悽然淚下？是可爲婦女鑒者一。至於男子，當食貧居賤，與其妻牛衣對泣，孰不曰『苟富貴，無相忘』？乃一朝得志，便有貴易交、富易妻之意，秋風紈扇，無故棄捐。讀『上山采蘼蕪，下山逢故夫』之句，能勿爲之酸鼻哉！若毛生者，偶萌此念，尚無此事，似亦無足深咎，然已黄榜勾消，青雲蹭蹬。使非神明示夢，有不潦倒一生乎？是可爲男子鑒者一。滑翁此作，不獨詞曲精工，用意亦復深厚。異日紅氍毹上，小作排當，聚而觀者，丈夫女子咸有所警醒。夫夫婦婦，家室和平，則於聖世雎麟雅化，或亦有小補也夫！

庚寅初夏〔一〕，曲園居士俞樾序。

【箋】

〔一〕庚寅：光緒十六年（一八九〇）。

（錯姻緣）題詞

祝良等

瑤想瓊思運不窮，一經妙手翦裁工。幾多離合悲歡事，併入先生十卷中。

似此仙才有夙因，銅琶鐵板邁前人。梨園他日爭相演，花樣翻來分外新。元和祝良謙之〔一〕

巧將鴛牒試庸奴，悔嫁無端淚暗枯。卻笑癡人還說夢，大姨夫作小姨夫。

漫道無神卻有神，姻緣顛倒爲何因？從今寄語癡兒女，莫羨當年富貴人。受業劉炳照光珊

（以上均《傳惜華藏古典戲曲珍本叢刊》第一〇〇册影印清光緒十七年刻本《玉獅堂傳奇十種》所收《錯姻緣》卷首）

【箋】

〔一〕祝良：字謙之，元和（今屬江蘇蘇州）人。生平未詳。

甕中天（陳祖昭）

陳祖昭（？—一九〇三後），字子宣，别署楓江漁子，吴縣（今江蘇蘇州）人。附貢生。入詁經精舍，師從俞樾。光緒二十七年（一九〇一），攝寧海丞，至二十九年，始受代而歸。著有《西湖棹歌》、《鑒湖棹歌》、《佐寧見聞録》等。撰傳奇《鏡重圓》、《甕中天》，《古典戲曲存目彙考》著録，均存。

《甕中天》傳奇，現存鈔本，山東省圖書館藏。

甕中天傳奇序

朱鳳毛〔一〕

夫流徵寡里人之和，《折楊》致魁士之譏。雅俗共賞之文，其惟樂府乎？然而歸昌奇律，罕製新聲；伴侣淫詞，每登俳調。花驚郎目，游仙之春夢何多；語解人頤，涉俗之夏雲太幻。托儀身於粲者，幾協丹朱；誣影事於古賢，易淆黑白。塵談厭聽，木伯羞看。則且縱目寰中，舉頭天外。借驚世先生之筆，寫憑虚公子之廬。洗將俗耳箏琶，壺天不老；露出枯腸芒角，酒國長春。如《甕中天》者，洵爨本之標新，傳奇之别致也已。

則有元龍妙裔，驚蝶奇才。夢回月府，《霓裳》知音。自許家住蘇臺，金粉顧曲原工。暢名士之胷襟，抽下官之手版。偶臨白艾，時擘紅箋。媚晚花娟，籠晴樹瘦。碧雲初合，今雨忽來。其中有振奇人焉，蔣濟酒徒，任華詩伯，愛茲容膝，戲爲題眉。麴秀才大好家居，瓦學士不愁跌倒。眞箇拓開酒國，自有乾坤；恍如擲過陶輪，依然世界。甕天之名，所由起也。

於是曲翻談段，拍按新腔。仗媧皇爲補苴，使酒星得安枕。靈通七十二化，拾摶人之土以陶成；界出三十六重，測渾天之儀而懵若。隔紅牆於銀漢，騰白醉於金鑼。墜可以曉人勿憂，渴可以請君先入。伊誰臣甕，何妨鼾睡糊涂；有客談天，試聽宮商節奏。縱使圃宜樊柳，鄰或爭桑。頂生王謀，帝釋之天宮；公孫黑伐，良霄之壑谷。而酒魔一去，歡伯旋歸。醉卽堪休，不管如天事大；居之何陋，但逢美醞心開。分黍翁鬱婦之居，別成小有；縱壺腹井眉之譃，日飲亡何。

幻此烟雲，付之絃管。采和則方歌踏踏，昌黎亦自詫奇奇。帝江之歌舞誰知，衹應天上；稗海之臼窠盡脫，不讓人先。嗟乎！連犿無傷，書原瓌瑋；觭偶不忤，人謂聖聰。苟曠劫所同情，豈吾曹而異致。君則無多鶴俸，少試龍媒。棲枳猶卑，粲花空妙。而能不書空咄咄，入想非非。官本神仙，自無凡語；氣豪湖海，舊有家風。於哀絲豪竹之場，成石破驚天之作。聽《鈞天》之徵羽，君且隨夢蝶而升；開新甕於牀頭，我亦快醯雞之舞。

光緒己丑修禊節，義烏朱鳳毛敍於壽昌學署之漱芳廬。

（山東省圖書館藏鈔本《甕中天傳奇》卷首）

【箋】

〔一〕朱鳳毛（一八二九—一九〇〇）：字濟美，號竹卿，義烏（今屬浙江）人。同治十二年癸酉（一八七三）拔

山房詩集》)、民國《義烏縣志稿》卷七、《清代科舉人物傳記資料》。集》、《虛白山房駢體文》、《一簾花影樓試律賦》等。爲《甕中天傳奇》評文。傳見朱敍芬《朱鳳毛小傳》(見《虛白頁,歷署常山、新昌、龍游、仙居、石門、壽昌等縣教諭,奉化縣訓導。工詩。著有《虛白山房詩集》、《虛白山房詩續

瘞雲巖(許善長)

許善長(一八二三—一八九一),字季仁,一字元甫,又字伯輿、沐生,號栩園,别署玉泉樵子、西湖樵子、西湖長,仁和(今浙江杭州)人。原籍德清(今屬浙江)。道光二十九年己酉(一八四九)優貢生,屢試鄉闈不售。咸豐六年(一八五六),入京供職,陞内閣中書。同治八年(一八六九),外放江西,歷任建昌、饒郡、廣信知府等。著有《碧聲吟館譚麈》、《倡酬録》、《倡酬續録》等。撰傳奇《瘞雲巖》、《胭脂獄》、《茯苓仙》、《神山引》、《風云會》五種,雜劇《靈媧石》(含十二種單折短劇),均存,收入《碧聲吟館叢書》,現存光緒間刻本。傳見民國《德清縣新志》卷八引許德滋撰狀。參見趙景深《許善長年譜略》(《明清曲談》,古典文學出版社,一九五七)、鄧長風《許善長家世及生平補考》(《明清戲曲家考略續編》)、晁崇《晚清曲家許善長研究》(南京師範大學碩士學位論文,二〇一二)。

《瘞雲巖》傳奇,《古典戲曲存目彙考》著録,現存光緒三年(一八七七)碧聲吟館刻本,《傅惜華藏古典戲曲珍本叢刊》第一〇一册據以影印。

瘞雲巖序〔一〕

鄭忠訓〔二〕

天地，一情區也；古今，一情界也；男女，一情種也。無論才士英雄，卽俗流傖父亦有之；無論貞姿烈質，卽淫女陋婦亦有之。顧或正用之而爲深情、爲癡情，其邪者則爲縱情、爲淫情。而其情之或正或邪，用情者又不能自言也。自後世才士多情，本《國風》言情之旨，按譜選聲，倡爲歌曲，取其情之或正或邪，曲爲摹傳，惟妙惟肖，而正者流芳，邪者貽臭。寫兒女之私情，卽以定正邪之公案，孰謂詞曲爲小道哉！雖其間悲歡離合，類多參差，或一合而不離，或一離而旋合，或偶合而卽離，而且永離，情也而數存焉。

夫以雲之玉貌冰心，葳蕤自守，困頓飄流，屢抗强暴，其欲得同心事之久矣。而洪君以倜儻豪邁之姿，雅歌緩帶，儒將風流，其一見鍾情，贈佩訂盟，人也，卽天也。乃天旣生之，而不卒成之；卽暫成之，而復終棄之。阨於橫逆不死，瀕於兵戈不死，而猝戕於非意所及料之物。『兩美必合』，古今來竟不能實此一言，豈天之果不情哉？實天之深寄情於兩人，以待多才多情者之寫其情，傳其事，播爲千秋佳話也。

僕居賤食貧，碌碌株守，於詞曲素未究心。冬杪游獅江，晤饒枚訪太史〔三〕，言及西湖名流玉泉樵子箸《瘞雲巖》一書，遠近傳鈔，爭先快覩。僕請於太史，得盡讀之。事多徵實，語必生新。其寫洪君也，則一往而深，纏綿宛轉，如遊絲一縷，無限低徊也；其寫愛娘也，則百折不移，淋漓悲惻，如鏡花水月，不染一塵也；其寫豪俠諸君也，則遙情畢揭，渾厚和平，清超拔俗，如成連海上，使我情移也。其寫流蕩之輩也，則諸醜備陳，嬉笑怒罵，亦雅亦諧，又如秦鏡高懸，魑魅魍魎，形神逼肖也。千錘百鍊之中，具細鍼密縷之致。三河少年，幽燕老將，各擅勝場。作者洵有心人哉！足以維持風化而主持風雅矣。其與《桃花扇》、《香祖樓》諸傳本，其文、其事、其人，並堪千古，作傳奇觀可也，作正史讀亦可也。還憶燈前月下，得意揮毫，攄闡揚之隱念，發悲鬱之幽情，香魂冉冉，有不感慨欷歔，低鬟下拜者乎？顧或謂虞、賈等輩，何足挂齒頰？愛娘雖賚恨輕生，泉臺抱憤，而玉佩猶存，銀蚨尚在，洪君見物如見人，天上人間，兩心相印，又何必形影相親，始爲同心耶？獨憾老鴇梟惡爲心，狼貪成性，淩虐荼毒，身受難堪，致令國色捐身，英雄短氣，實有令人痛心疾首者。僕曰：噫嘻！是宜取洪君殺賊刀，斷頭瀝血，祭愛娘之墓，庶足少伸義憤，而一洩幽鬱之氣歟！異日者被諸管絃，於一丈紅氍毹上，粧點描摹，循聲按節，嘉俠士之深情，弔佳人之薄命，僕倘獲侍諸君子後，俯仰縈迴，百感交集，更當滿浮三大白以酬之。

南屏鄭忠訓懋齋甫序，時在庚午仲冬月下澣〔四〕。

【箋】

〔一〕底本無題名。

〔二〕鄭忠訓：字懋齋，南屏（今浙江杭州）人。生平未詳。

〔三〕饒枚訪太史：即饒佩勛（一八二二—？），字光策，號枚訪，一作梅舫，鉛山（今屬江西）人。咸豐九年己未（一八五九）進士，選庶吉士。散館授知縣。同治十三年（一八七四），任廣西信宜。書法見稱於時。傳見《詞林輯略》卷七、《咸豐九年己未科會試同年齒錄》等。

〔四〕庚午：同治九年（一八七〇）。是年仲冬下浣，公元已入一八七一年。

瘞雲巖序〔一〕

王天璧〔二〕

夫蒼生望重，東山不廢絃歌；《白紵》詞成，中禁遂傳聲韻。天籟送廣寒仙樂，拍按《霓裳》；風流演絕代佳人，製裁雲錦。故《四絃秋》裏，琵琶彈商婦之愁；《一捧雪》中，刀劍壯名姬之色。園開《翡翠》，俠女停蹤；記寫《鵑紅》，才人飲恨。事苟可歌而可泣，人皆斯愛以斯傳。況燕子樓間，人比黃花更瘦；女郎墳上，心偕紅草同枯。學裝束於大家，明璫翠羽；露英雄之本色，緩帶輕裘。所謂伊人，丰神獨絕；不有佳句，心事誰傳！此玉泉樵子，必重翻水調於生花；俾水月觀音，得盡現金身於莖草也。

玉泉子烟霞作骨，星斗羅胷。壓元、白之驚才，吐蘇、黃之豪氣。呼鸝鴣而不愧，賦鸚鵡以奚慚！問誰是我賞音，甘儕嵇散；何必盡人解道，纔識方回。月額供錢，小試掞天之手；江心鑄鏡，細磨浣雪之腸。句陋《十香》，觸閒情而罷賦；詞工『三影』，藉逸事以攄懷。慧拾牙間，笑若輩才皆碌碌；毫添頰上，爲斯人喚起眞眞。固已妃白儷黃，極文人之樂事；裁紅刻翠，傳閨閣之柔情矣。

獨是太史采風，語歸忠厚；詩人詠物，意在表章。芍贈蘭投，《三百篇》雖存《溱洧》；荇流萊芼，『十五國』必首『河洲』。設閨房有甚於畫眉，而筆墨卽因之添足。矜奇炫異，瑤思煩乙乙之抽；蕩魄驚魂，綺語作庚庚之露。摹『莫須有』之三字，舌走風雷；證『將毋同』之一言，心搖花月。淫哇滿耳，繪形則事等《祕辛》；豔語撩人，設色而智欺餘子。虛虛實實，繫王孫芳草之思；色色空空，鬬妃子名花之豔。誤聰明於有用，文瀾縱漾以千尋；顯法力於無邊，孽海總歸之一炬。惟其有矣，毋乃傎乎！而茲則刻畫麗娃，筆騰俠氣；範模儒將，輪轉迴腸。颯颯英風，斫倚天之長劍；噥噥軟語，瀉激水之哀絃。春宵買如水之年，黃金亂擲；夜月解臨皋之珮，青玉曾抛。小鳥依人，掌上作迴風之舞；啼鵑志恨，眼中添滴血之痕。續命無絲，冤銜金玦；返魂乏藥，殮合玉魚。無不慢度聲聲，訴離恨於哀絲豪竹；雙聯字字，顫驚魂於急管繁絃。化朽腐爲神奇，敲金戛玉；走雷霆之精銳，摘宋薰班。減字偷聲，舊調盡翻柳絮；移宮換羽，新詞直續《桃花》。譜幽怨於綠窗，秋水逗蛾眉之恨；寫妙詞於黃絹，《春燈》笑《燕子》之箋。允爲白石之嗣音，詎讓黃熙而獨步！

僕斂脣抵腭，六韻難分；刻肉吹絲，九宮莫辨。按人月雙圓之曲，祇益酸心；唱家山入破之歌，不堪回首。擬倚聲而正譜，鴂舌貽羞；望饌玉以炊金，鴻文欲範。嗚呼！翦彩作渡迷之寶筏，擲地成金；鋪棻揚不染之心香，補天鍊石。倚牆偷學，有人擫笛而來；畫壁爭詩，彼美低鬟欲拜。三更楊柳月，徒拈紅豆以相思；一闋『荔枝香』，願讓青衣而正拍。

白下楚遺王天璧題於獅江之寄傲齋。

【箋】

〔一〕底本無題名。

〔二〕王天璧：别署白下楚遺，當爲楚人，寓居金陵（今江蘇南京）。生平未詳。

（瘞雲巖）跋

海陽逸客〔一〕

作者愛讀孔季重郎中《桃花扇》，而鄙棄《笠翁十種》。故其爲文，以細意熨貼爲主。此作不半月而成，是其率意之筆。然建安之藻采，齊梁之華腴，元和之古淡，無美不臻。捧讀一過，僭評眉間，寸莛擊鐘，難宣祕奧，謹志數語於篇末。至爲左思作序，皇甫謐亦云豈敢！

庚午穀雨節，海陽逸客書於獅江寓齋之小停雲館。

【箋】

〔一〕海陽逸客：别署停雲逸客，休寧（今屬安徽）人。姓名、生平均未詳。此本卷首署『海陽停雲逸客評點』。

瘞雲巖傳奇題辭

黃明灼 等

班密張腴，荀心宋骨。五百篇風流競秀，無非黃絹之詞；三十韻聲調胥諧，請按紅牙之拍。奇文共賞，韻事韻人。作者既一往情深，閱者那禁低徊欲絕也。並得二十八字書後：

離恨綿綿莫問天，紅顏黃土我猶憐。憑誰乞取鴛鴦牒，爲結來生未了緣。長沙黃明灼子俊（一）

南曲譜自《九宮》，下里流爲《十種》。引商刻羽，漫衍新聲；選韻徵辭，難言雅唱。讀《雲巖》之數闋，儼《水調》之重翻。雒誦迴環，詠歌擊節。鐘鏞振響，瓦缶無聲；珠玉騰輝，碔砆失色。小巫見大巫而咋舌，藏拙爲工；東施效西施以捧心，爭妍反醜。唯荷菲葑以逮下，敢揚糠粃以在前！勉弁數言，未免佛頭著糞；謹成七律，還祈郢鼻施斤。

耆卿纖豔子瞻豪，掃盡淫哇格調高。傾國名花新樂府，美人香草續《離騷》。玉埋此日題蘇墓，珮贈他年話漢皋。紙貴洛陽傳誦遍，手鈔脫腕敢辭勞！南豐黃煦霽亭（二）

彩筆描摹一縷情，喁喁兒女話三生。曉風殘月紅牙拍，不比關西鐵板聲。

剩粉零脂付管絃，亭亭倩女已如仙。檀郎從此應銷恨，莫灑啼痕向碧天。

益信詞人化筆工，繞樑聲逐杜鵑紅。愛雲當醒梨花夢，劃斷癡情付碧空。善化吳紱棨麟周（三）

一甌香茗讀清詞，勝飲葡萄酒幾巵。動墨難銷才子氣，拈豪替寫美人思。落花過眼空餘夢，芳草多情不厭癡。何敢較量空擬議，旗亭風趣想參差。婺源李昭煒蠡莼（四）

黄絹才高海内傾，雷霆精鋭雪聰明。鐘鏞不作箏琶響，珠玉真隨咳唾生。楊柳曉風傳逸調，江東鐵板唱新聲。從今菊部翻歌譜，一曲《霓裳》字字清。

一幅佳人薄命篇，紅顔墮溷實堪憐。蜂狂難使芳心改，鴆毒悲將玉質捐。贈佩自含情脈脈，題碑長此恨緜緜。淋漓大筆爲雕鏤，好把離愁付管絃。鉛山饒佩勳枚訪

才子佳人信有之，多情薄命竟如斯。饒君一管生花筆，寫盡風流旖旎詞。

萬緒千條意不窮，云亭、玉茗筆兼工。想當刻羽調宫候，中有靈犀一點通。

疑色疑空任自憐，一時齊唱『奈何天』。淋漓大筆憑揮灑，定有香魂拜座前。

回書宛轉竟成空，此恨綿綿結寸衷。百折千迴摹寫遍，一聲聲似怨秋風。

好句如仙脱口新，幾回讀罷幾愴神。怦怦我亦增愁思，同是天涯落拓身。

無端忽作不平鳴，兒女英雄並寫生。願得杪欏鐫萬本，遍傳海内判貞淫。上饒鄭忠訓懋齋

金粉家山鐵石腸，天涯淪落恨茫茫。蓮花一朵天然淨，便認青泥作道場。

離鸞别鵠譜深情，吹竹彈絲助嘆聲。北里新聞南董筆，用心滋厚輩茗生。忠州李士棻芋仙（五）

不數微之又牧之，自家按拍自題詞。名花命薄還多幸，付與才人筆底知。

兒女英雄等聚漚，詞場南、董自風流。一篇豔史傷心曲，傳遍梨園菊部頭。歸安甄旣月帆（六）

成還好倩拂征塵，不見江皋解珮人。縷縷恨纏才子筆，新聲淒過《秣陵春》。

拍遍長歌復短歌，依稀舊事未銷磨。洞簫纔擫聽如訴，説與人生哀樂多。山陰萬同倫仲桓（七）

紅顏白骨自荒丘，逸事何人說故侯。傳出《瘞雲巖》一曲，英雄兒女各千秋。南海潘衍桐嶧琴〔八〕

曾聽當筵一曲歌，冰肌玉質久消磨。名花去後春如許，爲數年華感慨多。

幸有淋漓大筆傳，紅顏黃土已如仙。箇中無限傷心事，都託鴻篇付管絃。

一回摹擬一精神，婉轉纏綿爲寫眞。十二闋詞吟詠遍，溫柔敦厚是詩人。南城周友檀卓園〔九〕

【箋】

〔一〕黃明灼：號子俊，長沙（今屬湖南）人。生平未詳。

〔二〕黃煦：字霽亭，南豐（今屬江西）人。同治四年乙丑（一八六五）進士，選庶吉士。散館改禮部主事，官至給事中。工書。傳見《詞林輯略》卷七。

〔三〕吳紱棻：原名炳，字麟周，一作麟洲，善化（今屬湖南）人。道光二十六年丙午（一八四六）舉人，任江西定南同知。同治元年（一八六二），任嘉禾珠泉書院山長，次年增纂《嘉禾縣志》。著有《循餘筆記》、《靖寇日記》、《金粟詩文集》、《金粟詞鈔》。

〔四〕李昭煒（一八三六—一九一六後）：字理臣，號蠡蒓，婺源（今屬安徽）人。同治十三年甲戌（一八七四）進士，選庶吉士。光緒二年（一八七六）散館，授檢討。官至戶部、工部右侍郎。年七十，典試江西。享年八十餘歲。傳見《同治十三年甲戌會試同年齒錄》、《詞林輯略》卷七、民國《重修婺源縣志》卷二三。

〔五〕李士棻（一八二一—一八八五）：字重叔，號芋仙，一作毓仙，別署迂仙、悔餘道人、童鷗居士、同漚居士、二愛仙人、天補道人，忠州（今重慶忠縣）人。道光三十年庚戌（一八五〇）拔貢，會考第一，未參加廷試。爲曾國藩賞識，名動京師。同治初官江西知縣，歷署彭澤、臨川、南城、東鄉等縣。爲劉秉璋劾罷。後流寓上海，教女伶度曲自給，凡二十餘年。工詩，善書法。著有《天瘦閣詩半》、《天補樓行記》、《同漚館隨筆》。傳見陳三立《畸人傳·李士棻》、《皇清書史》、光緒《南昌縣志》卷八、《晚晴簃詩匯》卷一五四、《清詩紀事·道光朝卷》等。參見《清人詩集敍錄》卷七四、康清蓮《巴蜀才子：詩人李士棻考略》(《新疆大學學報》二〇〇六年第四期)。

〔六〕甄皃：號月帆，歸安(今屬浙江)人。生平未詳。

〔七〕萬同倫(？—一八九〇)：原名廷翊，字仲桓，號寄漁，室名補蹉跎齋，山陰(今浙江紹興)人。官兩淮運判，歿於揚州官幕。工詩，善書。著有《補蹉跎齋詩存》。傳見《晚晴簃詩匯》卷一五一。

〔八〕潘衍桐(一八四一—一八九九)：原名汝桐，字峯庭，一字繹琴，號孝則，南海(今屬廣東)人。咸豐十一年辛酉(一八六一)舉人，同治七年戊辰(一八六八)進士，選庶吉士。十年散館，授編修，歷官至侍讀學士。光緒間，督學浙江，以振興文教爲務。著有《朱子論語集注訓詁考》、《爾雅正郭》、《兩浙輶軒續錄》、《靈隱藏書紀事》、《緝雅堂詩話》、《拙餘堂詩文集》。傳見《碑傳集三編》卷一〇、《清代科舉人物家傳資料彙編》等。

〔九〕周友檀：號卓園，南城(今屬江西)人。咸豐九年己未(一八五九)舉人，同治三年癸亥(一八六四)恩科進士。授内閣中書，候選同知。善書法。傳見同治《南城縣志》卷七。

瘞雲巖傳奇題詞

張德容　等

【金縷曲】來泊獅江宿。是何人、曉風殘月，爲翻新曲。我亦頻年嗟落拓，歷盡悲歡歌哭。便合擬、嬌藏金屋。不信人間無限恨，卻偏教金粉傷心目。情滿紙，從頭讀。　引商刻羽何曾促。嘆年來、茫茫塵劫，紅羊偏酷。天意從來高難問，青冢黄壚誰續？看無數、灰飛烟沒。兒女英雄

千古事，賴才人爲爾傳風骨。休悵恨，埋香玉。衢州張德容松坪〔一〕

【滿江紅】浪走天涯，是到處、馬蹏車轍。空想煞、綠蕪紅豆，年年拋撇。鼓角驚殘征戍夢，黄昏吹落關山月。把別離、情事數從頭，眠不得。　割不斷，同心結；滴不盡，相思血。對青燈孤影，欲明還滅。雁鯉不來人已杳，衾裯空賸情難絕。問蒼天、良會續前緣，何時節？嘉興吴昌言穎函〔二〕

【滿庭芳】鐵笛聲悲，銅琵音壯，往事豔說高唐。英雄兒女，離合嘆何常？漫道埋愁莫訴，才子筆、能闡幽芳。　眞堪羨、巫山多幸，千古烈名揚。思量欲補恨，蒼天杳杳，大地茫茫。況焦桐未遇，一樣淒涼。《白雪》、《陽春》孰和？澆塊磊、只藉壺觴。暢好是、沈酣風月，三萬六千場。錢塘汪曰賓子嘉〔三〕

【虞美人】飄茵墮溷全無準。說甚殘金粉。悲笳聲裏落花風。付與子規枝上血啼紅。　幾生修到姜夔筆。譜入梅邊笛。桃根桃葉總心酸。難得琵琶卻遇白香山。浚儀周慶昌禹言〔四〕

【滿江紅】應悔多情，空賺了、天涯淪落。更誰料、桃花入命，比花還薄。冰雪未教風月涴，鴛鴦纔訂相思約。奈烽烟、驀地挾愁來，傷飄泊。　盼不到，音書確；挨不過，娘心虐。拚斷盡柔腸，杜鵑聲惡。愛惜每深豪俠感，輪迴欲訟閻羅錯。縱登場、鼓板也淒涼，難爲樂。江寧潘敦儼清畏〔五〕

【一翦梅】青冢紅樓一夢中。笑向春風，哭向秋風。分攜深悔太倥傯。難得重逢，怕憶初逢。　不是清商訴曲衷。歡也無蹤，恨也無蹤。嬌鸞么鳳分樊籠。無意相同，不意相同。山陰萬同倫

仲桓

【滿庭芳】鳳琯吹酸，鵾絃撥斷，悲來都入淒吟。玉人何處，孤月自花陰。未遇封侯夫壻，珠簾影、鞞過春深。愁蹙損，燕拘鶯管，蕉萃怎生禁？驕驄留不住，江干鞞鼓，驚破同心。賸酒澆黃土，魂去青林。乞取春風詞筆，傷心語、嗚咽成音。英雄老，徵歌選舞，往事算重尋。前人

【金縷曲】淚灑西江雨。嘆蒼茫、天荒地老，瘞愁如許。卻怪采花衣袖裏，拋作隨風墜蕊。枉用說、提戈逐虜。腰下龍泉三尺劍，不扶危、何事存君處？持此詰，應無語。青山飲恨成終古。劇淒涼、斜陽衰草，鵑啼如訴。試問墓門寒食節，誰弔香魂一縷？忍回憶、當年歌舞。淪落琵琶千載恨，莽潯陽、半是無情土。賴詞客，調重譜。長沙王先謙逸梧〔六〕

【滿江紅】落日無情，猶照徹、青蕪一片。曾記得、東風倚笑，花如人面。解贈暗留神女珮，棄捐肯學班姬扇。誓今生、白首結絲蘿，無中變。郎何事，從征戰；妾何日，重相見。盼天涯信杳，闌干倚遍。冤恨已成填海鵲，離魂悔作棲梁燕。嘆巫山、從古瘞愁雲，空悲戀。南海潘衍桐繹𡰥

【金縷曲】紅灑桃花雨。淚斑斑、啼痕滿紙，杜鵑聲苦。夫壻封侯空有願，楊柳牽絲不住。翻變作（去）、浪萍風絮。揉得春光如粉碎，悔當初、牢繫金鈴護。腸斷也，一抔土。情天缺陷誰能補？嘆聰明、總輸聾啞，到頭都誤。多少青衫同寄慨，一樣傷心未遇。平白地、反招疑妒。福慧雙修曾幾見，竟綿綿、此恨成今古。原不獨，騃兒女。錢唐汪綬之佩珊〔七〕

【金縷曲】聚散無非數。忽然間、分鸞拆鳳，斷歌殘舞。去既難從留不可，到底終歸兩誤。縱

絮絮、空談何補？　畢竟男兒多薄倖，任飄零、弱柳隨風妒。驀地起，戰場鼓。　封侯本是英雄路。問此際、如花美眷，倩誰爲主？情重功名輕惜别，總算紅顔命苦。更忍見、愁雲慘霧。以死報君君莫恨，料茫茫、孽海何能渡。天杳杳，銷魂處。上海蕭雲經卿臺〔八〕

【玲瓏四犯】此恨緜緜，問鏡裏紅鸞，春光何短？　傲骨芳心，結盡萬愁千怨。叢殘翠匣珠鈿，葬獅江、歲時悽戀。最堪憐、寒食清明，淚灑桃花片片。　美人香草增綣繾。誤姻緣、他生再見。愛海塵根今割斷，一笑輪迴轉。棱棱風骨如生，再休說、蓮花泥踐。新翻十二闋，傳神曲曲，紅氍試演。南城劉鳳俵虞九〔九〕

【金縷曲】把酒青天問。果何爲、傾城傾國，沈淪自分。金谷墜樓千載事，一樣柔情怨忿。空想像、玉釵清韻。今日倖錢如許積，奠清齋、一點難沾醖。兒女淚，應頻抆。　人間天上心心印。最淒涼、筆花楮葉，靈犀默運。自古情天難補恨，賴有新詞解愠。我疑是、芳心未燼。報國勳名原有願，想重泉、脈脈期精進。青鳥逝，憑取信。湘陰姚暹智泉〔一〇〕

【綺羅香】兒女癡心，英雄情膽，血淚濺紅花瓣。底事拚生，忒把韶光看賤。便算是、金屋魂銷，那抵得、青樓腸斷？　任年年、春色撩人，夢遊怕到雲巢轉。　埋愁香冢咫尺，一帶蘼蕪烟冷，杜鵑啼怨。舊恨纏綿，化做雨絲風片。使昔也、桴鼓催征，爲夫壻、封侯助戰。何忍教、鈿碎珠沈，累歌喉哽咽。新城陳景謨葆珊〔一一〕

【長亭怨慢】已難剪、離愁千縷。子夜招魂，斷腸無數。負了卿卿，杜鵑聲裏，奈何許？　情深緣淺，應自悔，浮名誤。忍憶舊歡場，更忍憶、臨岐吩咐。無語。笑媧皇鍊石，此恨料應難補。青天碧海，問環佩、歸來何處？付彩筆、譜入冰絲，寫不盡、風淒雨楚。只留得芳名，喚起眞眞能否？嘉興汪熙敬芷卿〔一二〕

（以上均《傳惜華藏古典戲曲珍本叢刊》第一〇一冊影印清光緒三年碧聲吟館刻本《瘞雲巖》卷首）

【箋】

〔一〕張德容（一八二〇—一八八八）：字師寬，一字少微，一作少薇，號松坪，又號安之，衢州（今屬浙江）人，西安（今屬陝西）籍。咸豐二年壬子（一八五二），由選拔試京兆。三年癸丑（一八五三）進士，選庶吉士。散館授編修，改刑部。同治十年（一八七一）、光緒五年（一八七九），兩任岳州知府。著有《二銘草堂金石聚》、《海東金石苑》、《二銘草堂遺稿》等。傳見民國《衢縣志》卷二三、《詞林輯略》卷七、《清代科舉人物家傳資料彙編》等。

〔二〕吳昌言：字穎函，嘉興（今屬浙江）人。咸豐七年（一八五七），刻《陳炯齋著述》。詞作見《詞綜補遺》卷九。

〔三〕汪曰賓：字子嘉，錢塘（今浙江杭州）人。生平未詳。

〔四〕周慶昌：字禹言，浚儀（今河南開封）人。生平未詳。

〔五〕潘敦儼（一八四三—一九〇二）：字清畏，江寧（今江蘇南京）人。雲貴總督潘鐸子。蔭生，授工部、刑部郎中。同治十三年甲戌（一八七四），遷監察御史。光緒元年（一八七五），以立言失體斥罷。歷二十餘年卒。著有《燕臺吳中詩詞草》。傳見《清史稿》卷四四五、《續金陵通傳》、《近世人物志》、《續碑傳集》卷一九、《詞綜補遺》卷二六等。

〔六〕王先謙（一八四二—一九一七）：字益吾，號逸梧，晚號葵園，室名虛受堂，長沙（今屬湖南）人。同治四年乙丑（一八六五）進士，選庶吉士。散館授編修，遷侍講，擢國子監祭酒、江蘇學政。光緒十五年（一八八九）歸鄉，先後主講思賢講舍、城南書院、岳麓書院。主持校刻《皇清經解續編》。編纂《十朝東華錄》、《續古文辭類纂》。著有《漢書補注》、《後漢書集解》、《荀子集解》、《莊子集解》、《詩三家義集疏》、《虛受堂文集》等。傳見《清史稿》卷四八二、《碑傳集補》卷七、《碑傳集三編》卷九、《清儒學案小傳》卷十九、《清代樸學大師列傳》卷二五、《清代七百名人傳》、《近代名人小傳·官吏》、《桐城文學淵源考》卷一一。參見王先謙《葵園自定年譜》（光緒三十四年刻本）、王祖陶《葵園公年譜節鈔》（民國三十七年排印《葵園述略》本）。

〔七〕汪綬之（一八二七—一八九七）：字芍卿，號佩珊，錢塘（今浙江杭州）人。咸豐五年乙卯（一八五五）舉人，次年考取覺羅官學教習。同治三年（一八六四），奉旨以知縣用，歷官江西臨川、南昌、寧都等縣。傳見王立元《誥授中憲大夫先考汪公芍卿府君行狀》。

〔八〕蕭雲經（一八三六—一八九八）：字卿臺，又字曼公，上海人。以監生助餉，敍知縣，分發江西，墨絰從戎，歷十五年。積功累保花翎三品銜，即補知府，歷任江西萍鄉、廬陵、贛縣、龍南事，皆有政聲。著有《天梅閣文集》、《懷湘閣詩集》等。傳見民國《上海縣續志》卷一八、民國《南匯縣續志》卷一六等。

〔九〕劉鳳俄：字虞九，南城（今屬江西）人。生平未詳。

〔一〇〕姚暹：號智泉，湘陰（今屬湖南）人。同治二年癸亥（一八六三）進士，歷任江西峽江、安仁、瑞昌、南城等縣知縣。加知府銜。主修《瑞昌縣志》（同治十年刻本）。

〔一一〕陳景謨：字葆珊，新城（今屬浙江）人。官戶部候補郎中。

〔一二〕汪熙敬：號芷卿，嘉興（今屬浙江）人。同治六年丁卯（一八六七）舉人。著有《秋影樓詞草》。

茯苓仙（許善長）

《茯苓仙》傳奇，《古典戲曲存目彙考》著録，現存光緒九年（一八八三）碧聲吟館刻本，《傳惜華藏古典戲曲珍本叢刊》第一〇一册據以影印。

茯苓仙自序〔一〕

許善長

神仙，遊戲者也；神仙而至麻姑，則尤神仙之游戲者也。傳奇，游戲者也；傳奇而傳麻姑，則尤傳奇之游戲者也。雖然，事不奇不傳，傳奇而筆不奇，則又無可傳。爲麻姑爪而癢處難搔，爲方平鞭而疼處易著。噫！傳之難，奇之難也；奇之不難，實傳之難也。神仙也，傳奇也，則亦歸於游戲焉可也。

光緒丙子冬仲，玉泉樵子戲筆〔二〕。

（《傳惜華藏古典戲曲珍本叢刊》第一〇一册影印清光緒九年碧聲吟館刻本《茯苓仙》卷首）

【箋】

〔一〕底本無題名。

〔二〕題署之後有印章二枚：陽文方章『玉泉樵子』，陰文方章『於五百世作忍辱仙人』。

茯苓仙跋〔一〕

許德滋〔二〕

此家大人光緒丙子歲，權守建昌，秋間卸篆後，登麻姑山，飲麻姑酒，感興而作也。嘗諭德滋曰：『梨園搬演各劇，未見麻姑仙一上氍毹，此亦缺陷。』歸舟無事，倚篷按譜，成四五折。旋省後，酬應坌至，遂爾閣筆。至冬月，始足成之，凡十四折。篇中脚色，按《麻姑仙壇記》及《建昌府志》，考訂詳晰，皆實事，無假借也。惟《獻壽①》一折，《西王母傳》中有王方平而無麻姑，世俗繪畫家嘗作《麻姑獻壽圖》，祝壽者從而附會之，亦欲於冷淡中，略加渲染，以新觀劇者之目，非羼入異說也。

男德滋謹識。

（同上《茯苓仙》卷末）

【校】

①壽，底本作『籌』，據文義改。

【箋】

〔一〕底本無題名。

〔二〕許德滋：仁和（今浙江杭州）人。許善長子。字號、生平均未詳。

集唐自題

許善長

古碑苔字細書匀（陸龜蒙），承露盤晞甲帳春（李商隱）。曾按瑤池白雲曲（王禹偁），平生心迹最相親（白居易）。

其二

漁舟時問武陵人（元好問），浪迹江湖白髮新（李商隱）。更覺良工心獨苦（杜甫），可憐無益費精神（韓愈）。

（同上《茯苓仙》卷首）

茯苓仙題詞〔一〕

汪世澤　等

至道本無爲，眞仙不露相。狡獪笑麻姑，已先落塵障。肆筵蔡經家，鞭背頻誚讓。西池復獻壽，紛擾更無狀。太虛方冥冥，淋漓墨池漲。不得意才人，游戲恣狂放。何當攜酒來，喚彼紅兒

唱。一笑姑聽之，心飛雲漢上。昆明汪世澤少谷〔二〕

文人狡獪神通耳，潑墨何殊仙擲米。擲米成砂墨爲雨，落紙烟雲欲飛舉。平原太守去不還，玉泉樵子留人間。前後文章藏石室，千秋盛業麻姑山。我今疾不乞松根，藥癢不倩麻姑搔。願從陳尉去驅鬼，差免隨人如桔槔。歙縣鄭由熙曉涵

狡獪農家女，逍遥上界仙。偶然舒指爪，堅坐看桑田。小字蠅頭記，長空鶴背烟。南城山下路，懷古一停轎。嘉興張鳴珂玉珊〔三〕

滄海桑田滿眼前，幾人背上著仙鞭。世間萬事皆游戲，擲米何妨學少年。

青山寥落古壇秋，魯國文章片石留。併入西江新樂府，紅氍毹上唱仙遊。

獅子江濱榷算緡，麻姑山下宰官身。至今重聽歌楊柳，老矣旗事畫壁人。（叔曾製《瘞雲巖》曲，河口猶有能歌者。）

街頭野馬飛揚處，甕底醯雞得意時。怕與癡人爭說夢，閉門一笑製新詞。許德裕韻堂〔四〕

（同上《茯苓仙》卷首）

【箋】

〔一〕底本無題名。

〔二〕汪世澤：字少谷，昆明（今屬雲南）人。咸豐三年癸丑（一八五三）進士。同治九年（一八七〇），任江西南昌知縣，主修《南昌縣志》。官至知府。著有《不可無竹居詩草》。傳見《新纂雲南通志》卷七八。

〔三〕張鳴珂（一八二九或一八三五—一九〇八）：譜名國檢，字公束，一字玉珊，又作玉山，別署公之束、寒

松老人、疢翁，嘉興（今屬浙江）人。咸豐十一年辛酉（一八六一）拔貢，選訓導。後官江西德興縣知縣、義寧州知州。辭官後，僑寓嘉興石佛寺鎮。著有《寒松閣談藝瑣錄》、《寒松閣詩集》、《寒松閣詞》、《疑年賡錄》、《駢體正宗續編》、《駢文》、《懷人詩》等。傳見《昭代名人尺牘小傳續集》卷二一、《皇清書史》、《清代科舉人物家傳資料彙編》等。

〔四〕許德裕：號韻堂，仁和（今浙江杭州）人。許善長姪。生平未詳。

靈媧石（許善長）

《靈媧石》傳奇，初名《女師篇》，《古典戲曲存目彙考》著錄，現存光緒十一年（一八八五）碧聲吟館刻本，《傳惜華藏古典戲曲珍本叢刊》第一〇二冊據以影印。

靈媧石自敍〔一〕

許善長

自古性情之用，屈到嗜芰，劉邕嗜痂，性各有所偏也；佝僂承蜩，蜣螂摶糞，情各有所專也。未能執一。余之愛詞曲，無乃類是，暇輒爲之。

嘗與憨寮主人論列國名姝之可記者〔二〕，主人曰：『元明以來，工此者多矣。如驪姬登臺、敫女進食，皆可排演，已先有爲之者。』因與決擇，得十二人，均有關目，可寓勸懲。余唯唯，燈前酒後，信筆揮灑。人事冗雜，不免作輟，逾月而始成篇。質之主人，主人曰：『游戲之文，如是焉已矣。』因思同里項蓮生自序其《憶雲詞》〔三〕，曰：『不爲無益之事，何以遣有涯之生？』余之爲此，其亦此意也夫！

光緒癸未秋七月，玉泉樵子自敍於碧聲吟館〔四〕。

（《傳惜華藏古典戲曲珍本叢刊》第一〇二册影印清光緒十一年碧聲吟館刻本《靈媧石》卷首）

【箋】

〔一〕底本無題名。

〔二〕憨寮主人：即趙之謙（一八二九—一八八四），初字益甫，號冷君，後改字撝叔，號悲庵，别署僞卿、無悶、鐵三、梅庵、憨寮、憨寮主人、憨寮居士等，會稽（今浙江紹興）人。咸豐九年己未（一八五九）舉人，歷官江西鄱陽、奉新、南城諸縣知縣。善書畫、篆刻。著有《悲庵居士文》、《悲庵居士詩賸》、《勇廬閒詰》、《補寰宇訪碑錄》、《六朝别字記》等，刊印《二金蝶堂印譜》等。傳見許善長《談麈》卷四『趙撝叔』條。

〔三〕項蓮生：即項廷紀（一七九八—一八三五），原名繼章，後名鴻祚，字蓮生，錢塘（今浙江杭州）人。家世業鹽，道光十二年壬辰（一八三二）舉人，再上春官不第，歸卽病不起。善塡詞，著有《憶雲詞甲乙丙丁稿》。傳見《歷代兩浙詞人小傳》卷一、《碑傳集補》卷四六等。

〔四〕題署之後有印章二枚：陽文方章『玉泉樵子』，陰文方章『香消酒醒樓主人再傳弟子』。按『香消酒醒樓主人』卽趙慶熺（？—一八四七），字秋舲，道光二年壬午（一八二二）進士，不登館閣，以帖括課徒，家居二十餘年。銓選陝西延川令，中途病作，歸。再授司訓之職，舊疾復作，遂不起。著有《香消酒醒詞》（附曲，收入許善長《碧聲吟館叢書》）。參見許善長《談麈》卷一《香消酒醒集》條。趙慶熺乃許善長叔父許穀之授業師，故云『再傳弟子』。

靈媧石跋〔一〕

許善長

余初製此編，與憨寮擬議〔二〕，擇可譜者譜之，勸懲兼寓，原無成心，非一律彰美德也。乃憨寮命名曰《女師篇》，出示同人。或曰：『十二人者不類。如伯嬴等十人，皆可爲師。而西子爲亡國之孽，鄭袖爲工妒之尤，豈足並列？』余因更名曰《靈媧石》，似於本意無傷矣。或仍以爲不然，必欲删去此二齣〔三〕。余不忍割愛，遂附於篇末，亦《三百篇》正變並存之意云爾。

玉泉樵子又識。

（同上《靈媧石》卷末）

【箋】

〔一〕底本無題名。

〔二〕憨寮：即趙之謙（一八二九—一八八四）。

〔三〕此二齣：指《西子捧心》、《鄭袖教鼻》二齣。

靈媧石序〔一〕

趙之謙

夫中兩殊稟，畢訖合誼。慨妾婦之有道，識巾幗之當遺。妙察所均，閨態非病。矧河間軼事，僅憶談娘；豫章儈人，熟聞《子夜》。老婢之聲可作，女郎之詩自傳。碧聲館主，鴂鶗不鳴，鴛鴦若待。醇酒觸緒，香草留詞。靡曼施之芳澤，華丹箸其窈窕。冰霜萬里，雷霆一呼。忘刻畫而戒唐突，黜孽嬖而尚貞義。方斯鬒目，繹彼德容。洵乎拂鑒迴影，與隴廉釋情；列錦辨文，令閒娵吐氣者矣。莢佩初結，楸勝乍飛。呼《秋水》而識莊，誦小山而感屈。裙帶何處，癡絕望塵；彄環忽成，悵深繫羃。異時謜流玉撥，製想銀泥。惟覺眾篇並作，有上官采麗益新；詞理無滯，隨太守心形俱服而已。

癸未九月〔二〕，憨寮。

（同上《靈媧石》卷首）

【箋】

〔一〕底本無題名。

〔二〕癸未：光緒九年（一八八三）。

靈媧石題辭

汪世澤　等

昔聞人化石，今借石傳人。一片烟雲幻，千秋面目眞。名姝留小影，明月認前身。步步虚靈境，先生筆有神。昆明汪世澤少谷

僝風僽雨碧空破。補天不牢石飛墮。墮地化爲形影神。姸者媸者態畢眞。爲忠爲孝爲節操，衣冠罕此巾幗倫。詞人亦具造化手。甄陶松烟入虀臼。故是坡老操銅琶，肯逐耆卿歌楊柳。米顛拜石石不樂。先生寫石石能活。乾坤撐拄完堅貞。不是人間摶土人。歙縣鄭由熙曉涵

巾幗鬚眉愧，零璣鍊女媧。纏綿託忠愛，歌哭見才華。樂府千秋業，優曇一霎花。何當喚雙髻，尊酒侑琵琶。嘉興張鳴珂公束

《吟館詩》成手自編，《女師》一卷又新傳。蛾眉心事留文藻，麟筆精神入管絃。歷宦情知蟬翼薄，憐才心似繭絲圓。可能更製《霓裳》曲，回首觚棱隔眾仙。應山何焕章端甫(二)

【滿江紅】摘豔薰香，要比作、千秋奩史。亦不是、情天寫恨，慾都夸美。窈節同湔脂粉習，姱音待砭箏琶耳。想連宵、彩筆吐穠華，光簪珥。　門前過，妻顔泚；墦間乞，閨人恥。嘆古今多少，鬚眉泥滓。解穢無須撾羯鼓，揭芬且自搴洲芷。鍊雲根，補此漏蒼穹，存微旨。德清許德裕韻堂

（同上《靈媧石》卷首）

【箋】

〔一〕何焕章(一八四八—?):字德楨,號端甫,一號筱丞,應山(今屬河北)人。光緒二年丙子(一八七六)舉人,三年丁丑(一八七七)進士。傳見《光緒三年丁丑科會試同年齒録》。

神山引(許善長)

《神山引》傳奇,《古典戲曲存目彙考》著録,現存光緒十一年(一八八五)碧聲吟館刻本,《傅惜華藏古典戲曲珍本叢刊》第一〇二册據以影印。

神山引自跋詞〔一〕

許善長

仙風縹緲。把箇人海外,吹入瑤島。月老多情,牽引藤蘿,紅絲扳住枝杪。深宵兩兩琴心逗,想暗裏、幽香盈抱。累蝶兒、粉褪烟消,隔斷一塵魂杳。　無奈鄉關闊絶,便思覓舊侶,誰整歸棹?幸有仙娥,繫上湘裙,頃刻南來風飽。收藏藥裹兼胡餅,已早見、瓊山峯繞。更一年、曲譜團圓,爲寫豔情新稿。(調寄【疎影】)　玉泉樵子自題

(《傅惜華藏古典戲曲珍本叢刊》第一〇二册影印清光緒十一年碧聲吟館刻本《神山引》卷末)

【箋】

〔一〕底本無題名。

（神山引）題辭

汪世澤　等

遭逢不險不成奇，海上神山忽到時。仙子島中生面熟，侍兒燈畔慧情癡。琴音激蕩魂猶悸，蝶夢惺忪世已移。我久厭塵思遠避，御空安得好風吹？昆明汪世澤少谷

神仙寂無爲，有時尚聲氣。所親憩白雲，凡骨亦嫵媚。佳麗再世藥長生，琴絃譜出求凰聲。虚舟瞬息萬千里，子高歸自芙蓉城。爲寫新詞上瑤瑟，如見仙人好顔色。安得胡餅恣豪啖，免被飢驅走阡陌。丈夫意氣殊不凡，破浪當如馬脱銜。鴻毛遇順等閒耳，肯借湘裙作布帆。歙縣鄭由熙蓮漪

破浪驚魂定，神山縹緲間。側聞海濤曲，來叩白雲關。雞黍聯親串，鸞翹想髻鬟。奇緣欣遇合，再世玉簫還。嘉興張鳴珂公束

入耳素琴鳴，奇緣意外成。仙凡驚異遇，媚婭溯前情。海國波濤響，天風環佩聲。一宵神女夢，爲爾謫瑤京。

苦憶庭闈隔，塵心未敢灰。湘裙貽六幅，高挂竟西回。錦瑟一朝御，玉簫再世來。良姻如此締，應不羨天台。

譜出《神山》曲，拓開萬古愁。宮商調一室，風雨過三秋。蒲《志》遺文考，珠厓逸事搜。如逢滄海客，抵掌説瀛洲。

秋諾仙家重，春懷世俗忙。怕將桑濮語，濫入管絃場。徵典惟其雅，言情獨擅長。一般兒女事，不似《會眞》荒。許德裕韻堂

（同上《神山引》卷首）

胭脂獄（許善長）

《胭脂獄》傳奇，《古典戲曲存目彙考》著録，現存光緒十年（一八八四）碧聲吟館刻本，《傳惜華藏古典戲曲珍本叢刊》第一〇一册據以影印。

胭脂獄自敍（一）

許善長

余既成《神山引》八齣，觀者謬加許可。或曰：『子以《隨園詩注》云康熙十五年事，信以爲眞，因有是製。然神仙之説，究屬渺茫。《聊齋》内《胭脂》一則，層折頗多，奇冤超雪，且有施愚山先生一判，膾炙人口，事更徵實，何不譜之？』余唯唯。

歸取蒲《志》，細加尋繹，讀至公討其招供，反覆凝思，拍案曰：『此生冤也！』其冤在何處？並未明言。掩卷代思，恍然有得。宿介假無心之詞，問女家閨闥甚悉，初次踰垣，直達女所，何至二次誤諧翁舍？迷妄如此，前後顯係兩人，以是知其冤也。若毛大者，兇殺之際，已遺繡履於牆下，脫然而去，毫無贓證。非若《釵釧記》之釵釧，在韓時中家，可以計賺；《十五貫》之釵，得於鼠穴，可以智求。設非愚山先生託以神明，加以愚弄，直不能指其實以罪之。甚矣，聽訟之難也！

吳公訊出宿介，釋鄂拘宿，遂成鐵案，共稱神明。其誤在得情則喜，遽曰『宿娼者無良士』、『踰牆者無所不爲』，二語非『莫須有』乎？果再詳思而細審之，當亦有所得。異史氏曰：『棋局消日，紬被放衙』，『嘵嘵者以桎梏靜之』，此輩何足論！如吳公者，尚不能無議，何況其他！因爲《胭脂獄》院本十六首，於《繹供》、《提鞫》二齣，特申明蒲《志》未詳之意旨云。

光緒甲申春日，玉泉樵子自敍。

（《傅惜華藏古典戲曲珍本叢刊》第一〇一冊影印清光緒十年碧聲吟館刻本《胭脂獄》卷首）

【箋】

〔一〕底本無題名。

風雲會（許善長）

《風雲會》傳奇，《古典戲曲存目彙考》著録，現存光緒三年（一八七七）碧聲吟館刻本（《傅惜華藏古典戲曲珍本叢刊》第一〇二册據以影印）、光緒四年仁和許氏刻《碧聲吟館談塵》本。

風雲會自敘〔一〕

許善長

嘗思《九歌》寄慨，託言香草美人；《四夢》傳奇，寓意名花傾國。詩以言志，歌以言情，大率類是也。僕幼耽聲樂，長涉詞章。月夕花晨，偶聯觴詠；雨窗燈牖，時託風謡。翻舊例於新編，攄幽愁爲陳迹。寫英雄之氣概，豪邁逾常；摹巾幗之情懷，聰明絶世。偷聲減字，漫云望古興懷；低唱淺斟，聊復及時行樂。所謂『祇可自怡悦，不堪持贈人』者也。乃大慚大好，儼步昌黎；小叩小鳴，暫勞筑氏。不能爲楊喬之閉口，詎敢望沈約之知心。嗟乎！《白雪》無聞，千古久成絶調；『黄河遠上』，雙鬟誰解高吟哉！

玉泉樵子自識，並繫以詞。

【摸魚兒】撫幽懷、萬千隱恨，何人可與傾吐？持將一卷《離騷》讀，鎮日愁絲牽住。徒自誤。

忽喚醒、癡騃拔劍仙仙舞。豪情快語。把烈士心腸，美人肝膽，躍躍筆端露。　傷心事，屈指誰能細數？不須重與淒楚。差强人意團欒月，光滿綺樓珠戶。君莫妒。是玉殿、神仙暫向紅塵聚。相逢故侶。有曠世交情，沖天氣誼，奇迹駭今古。

（《傅惜華藏古典戲曲珍本叢刊》第一〇二冊影印清光緒三年碧聲吟館刻本《風雲會》卷首）

【箋】

〔一〕底本無題名。

風雲會序〔一〕

王鳳池〔二〕

風雲會固奇，得天風鼓籟、噓氣成雲之奇筆傳之，益奇矣。玉泉樵子之譜斯詞也，其有情於當世者乎？世有英賢蹭蹬，巾幗能識之，而卿相不能禮之，亦有名花荒雜於蜂狂蝶癡之間，而不見賞於高人者，指不勝屈。乃張紅拂以權貴內寵，瞰無數軒冕矣，而獨心李衛公於布衣。衛公具將相才，能物色天下士，不以紅拂之私奔屈節，而慨然納之。是偉衛公於偉人之上，佳紅拂於佳人之外者。情以識深也，造物有情，兩全其福。

而又恐天下萬世之情薄者乖，情暱者邪，遂以律呂中和之氣，付諸多情之才子，播之聲調，傳其款曲，呼之吸之，抑之揚之，如怨如慕，若斷若續，暢其人其事之大有情者，以動凡有情者之情。

歌者悱惻，聽者纏綿，覺乾坤萬里，豈無文賦未召之相如？使第締契於文君，則可惜。亦有勳績未侯之韓信，使僅見飯於漂母，則可嘆。情之所托，不止爲一二人、一二事而言。古之樂府樂曲，大屬類此。

玉泉樵子，西湖大雅，今古情含。檢六十家詞而撮其要，翻八十四調而叶於和。前譜《痙雲巖》，卽《離騷》美人之意也。兹復標《風雲會》之奇而傳之，卽廣平賦梅花之意也。玉泉樵子其有情於當世者乎？至其鏤月裁雲，移宮換羽，則又非姜白石、柳屯田諸公所能耑美於前者。乙亥夏〔三〕，午章門多雨，起歌挑鐙，以亂其譜，曰：『我獨何心，按拍沈吟。風定雨歇，無音有音。』又曰：『奇書借鈔，百慮俱清。日再韻之，心氣和平。風雲萬古，人孰無情？』

富川王鳳池丹臣筆錄於豫章西垣之昨非今未是齋。

【箋】

〔一〕底本無題名，版心題『序』。

〔二〕王鳳池（一八二四—一八九八）：譜名隆桃，字兆木，一字丹臣，號翰飛，别署敬庵、雲樵、福雲小樵、詞垣癡客等，興國（今湖北陽新）人。咸豐九年己未（一八五九）舉人，同治四年乙丑（一八六五）進士，選庶吉士，散館授編修。光緒初，以候補知府改發江西。三年，署南康府事。六年，解官回籍。工詩文書畫。纂修《興國州志》（光緒十五年刻本）。著有《福雲堂詩稿》。

〔三〕乙亥：光緒元年（一八七五）。

風雲會傳奇題詞

彭玉麟　等

盥讀大箸一過，出風入雅，齒頰生香，洵才子文章，英雄氣概，敬佩敬佩。時將赴金陵，倚裝書此。甲戌五月二十五日〔一〕，志於石鍾山之六十本梅花寄舫。衡陽彭玉麟雪琴

【滿江紅】晉水清時，笑王、竇枉爭蠻觸。誰省識、海天深處，別留奇局。王氣早知龍有種，霸圖不用蛇添足。造戈船一夜出扶南，功何速。　萬言上，柯亭竹；雙美合，藍田玉。更眼明人傑，助成豔福。日月新圖麟閣贊，風雲舊事《霓裳》曲。訪遺蹤片碣醴陵山，剜苔讀。（紅拂墓在吾楚醴陵西山，《志》云：『從衛公征歿，葬於此，碑碣極多。』予曾過之，題一律云：『大將仍軍壘，佳人此夜臺。鵑啼青壁血，蝸篆翠碑苔。世亂無高識，途窮有俊才。流傳亦不偶，碌碌總塵埃。』事閱十年，不復省記。因讀大箸，附識於此。）長沙王先謙逸梧

【金縷曲】放眼乾坤裏。莽中原，黃塵擾擾，奇才有幾？不信手提三尺劍，偏讓裼裘公子。天種就、蟠根仙李。劫急蒼黃風信緊，猛推枰、一局全輸矣。從此逝，東流水。　人生難得惟知己。便千金何妨持贈，玉成雙美。指顧風雲新會合，好佐眞人崛起。須記取、陰符宗旨。若問他年龍起處，看海門日照迴瀾紫。相逢賀，一杯釃。

聞道人奇遇更奇，相知多在布衣時。古來豪傑風雲會，譜入才人月露詞。南海潘衍桐繹庈

【滿江紅】大地風雲，忽虎嘯龍吟而起。安排著、胷中成算，瞭然如指。王霸輸贏爭一局，英雄作合全雙美。歎滿腔熱血古來無，虯髯子。　六韜授，陰符祕；萬金擲，孟嘗義。待昂頭天

外，東南千里。尅日膚功追赤電，拏雲手段垂青史。助才人筆底壯波瀾，昇平記。錢塘汪綬之佩珊

【齊天樂】笙歌撤盡風雲沸，羣才捉鞭爭起。半面傾心，千金結客，往往視同兒戲。天涯浪寄。忽未斂殘棋，早驚奇氣。家國何爲，局中輸卻霸圖矣。　贏得朱門尺地。喜英雄眷屬，相逢偏易。俠骨同憐，知音獨賞，今古非常之際。三郎一妹。看如此江山，毋虛身世。酒熟旗亭，莫輕留鐵騎。上海蕭雲經卿臺

名世智襟國士風，金樽檀板燭花紅。新詞譜作千秋鑒，彩筆輝生萬丈虹。青眼獨推奇女子，赤心誰似古英雄？繞梁餘韻何須數，壓倒當年李笠翁。錢塘汪曰賓子嘉

【南鄉子】高唱大江東，蟻鬭隋唐一夢中。豔說華堂歌舞夜，燈紅，描摹粉黛與英雄。　公子帝王風，幾載催成汗馬功。俠客掀髯從此去，如龍，海外雲山幾萬重。南城劉鳳儀虞九（二）

《霓裳》高詠廣寒清，譜作千秋金鑒明。大將鬚眉渾欲動，彼姝環珮尚如生。龍吟虎嘯山河壯，鳳管鸞笙鼓吹聲。從古英雄兒女事，才人點綴殆天成。南城周友檀卓園（三）

【滿江紅】自古英雄，孰具此觀人隻眼？早省識、傾城名士，秀靈天產。逐鹿紅塵知有定，掣鯨碧海誰能限？緬眞人瞥覩決輸贏，心爲懸。　《虬髯傳》，唐人纂；《風雲會》，今賢撰。擷奇人韻事，絲牽帶綰。麟閣勳名垂玉策，鷹揚事業書金版。問主人邂逅幾賢豪，顏應莞。湘陰姚暹智泉

【滿江紅】不是英雄，爭省識美人才子？便拚得、千金投贈，漫稱知己。枉笑中原空鹿逐，誰知晉水騰龍起。算輸贏一著早分明，飄然避。　滄海外，雄圖啓；十年後，雄藩峙。祇全憑巨

眼，竟成奇事。舊業都教同掣電，新詞端合調流水。有鸞笙鳳管共悠揚，風雲際。嘉興汪熙敬芷卿

【摸魚兒】霎時間、雲車風馬，劈空飛落星斗。一生福慧全修到，機遇賴天成就。王氣驟。且莫論、英雄末路人知否？掀髯非偶。歎紅袖頡頏，青衫瀟灑，護著帝龍走。中原事，盡被蛾眉看透。茫茫逐鹿誰有？傾家持贈尋常甚，別挽乾坤在手。成算久。早料定、東南霸業纔能彀。革囊匕首。問天下負心，頭顱幾許，都付酒消受。新城陳景謨葆珊

（以上均清光緒四年仁和許氏刻《碧聲吟館談麈》卷二所收《風雲會》卷首）

【箋】

〔一〕甲戌：同治十三年（一八七四）。

〔二〕劉鳳儀：字虞九，南城（今屬江西）人。道光二十九年己酉（一八四九）拔貢，朝考二等，任八旗官學教習。咸豐八年戊午（一八五八）大挑，任國史館謄錄。授同知銜，同治六年（一八六七），署湘鄉知縣；八年（一八六九），任清泉知縣。

〔三〕周友檀：字卓園，南城（今屬江西）人。同治二年癸亥（一八六三）恩科進士，任內閣中書。

如夢緣（陸和鈞）

陸和鈞（一八二四—一八六四），原名秉銓，字伯和，改名和鈞，字掌衡，號鞠生，改號菊笙，蕭

山（今屬浙江）人，直隸宛平（今北京）籍。道光二十四年甲辰（一八四四）舉人，曾官大姚教諭。留京師十餘年，屢困公車，病歿京邸。著有《登瀛瑣躓擬樂府》（道光二十九年蕭山丁文藻聽松聲樓刻本）。撰傳奇《如夢緣》。傳見許善長《碧吟山館談塵》卷二『陸菊笙』條。參見鄧長風《十二位明清戲曲作家的生平材料·陸和鈞》（《明清戲曲家考略續編》）、《關於〈明清戲曲家考略〉及其〈續編〉的若干補正·陸和鈞》（《明清戲曲家考略三編》）。

《如夢緣》傳奇，《古典戲曲存目彙考》著錄，現存清鈔本（《綏中吳氏藏鈔本稿本戲曲叢刊》第一七冊據以影印）。

如夢緣傳奇自敘〔一〕

陸和鈞

昔東坡謫居黃州，喜聽人說鬼。彼說既窮，每强之曰：『姑妄言之。』一似深有好焉者。豈東坡政事文章，焜耀一世，顧嗜此荒誕不經之語，聽之而無厭哉？蓋其一肚皮不合時宜，無可發洩，而且動輒得咎，轉不若荒誕不經之言，可以消窮愁、遣寂寞耳。《聊齋》之志鬼夥矣，倘在數百年前，俾東坡見之，吾不知其嗜好當如何，要斷不唾而棄之者，可共信也。

僕一技無可稱道，而十餘年來，客處都門，其窮愁之況，寂寞之懷，殆更勝於東坡在黃州時者。當夫涼月入牖，踈雨敲窗，斗室婆娑，孑影自弔，無論思覓一說鬼之人，杳不可得，即欲如《聊齋志》中最劣、最下之鬼，庶幾伴我於無憀，亦且莫我肯來矣。鬼雖棄余，余曷棄鬼哉？於是借其陳迹，譜我新腔，抒眞性情，飾假面目。積久成帙，共計南北曲三十套，題之曰《如夢緣》。因本傳有『十餘年如一夢』句，亦借以自況焉耳。至若歌場之搬演，自有知音識曲之人，或爲之就譜填腔，或爲之偷聲減字。余惟知消窮愁，遣寂寞，而無暇顧及之矣。然而窮愁益深，寂寞更甚，則人亦無暇顧及於余也已。

咸豐十年太歲在庚申七夕，陸和鈞自識於都門之倚紅杏處。

（《綏中吴氏藏鈔本稿本戲曲叢刊》第一七冊影印清鈔本《如夢緣傳奇》卷首）

【箋】

〔一〕底本無題名，據版心補題。

海濱夢（胡盍朋）

胡盍朋（一八二六—一八六六），字子壽，一字簪廷，一作簪庭，號澹庵，别署小樵亭主人、勿疑軒主人，室名勿疑軒、白榆堂，沭陽（今屬江蘇）人。胡翹漢（一七九四—一八四七）三子。湯顯祖後人湯希哲（字允明）壻。道光二十二年壬寅（一八四二），補博士弟子員，屢應鄉試不第。以教館爲生。工詩詞，善作賦。著有《白榆堂詩》、《白榆堂賦》、《擬十國宫詞》、《九秋詩》等。撰傳奇《海濱夢》、《汨羅沙》、《鶴相知》、《中庭笑》四種，總名《勿疑軒傳奇》，今存。傳見民國《重修沭陽縣志》卷九、吴紹矩《胡子壽先生事略》等。參見張增元《清代戲曲作家事蹟考略》（《文獻》一九九四年第一期）。

《海濱夢》傳奇，《古典戲曲存目彙考》著錄，現存民國五年上海國光書局排印《古僮文獻擴遺》第三種本，《傅惜華藏古典戲曲珍本叢刊》第一〇三冊據以影印。

海濱夢傳奇自序

胡盍朋

按《淮安府志》，載張大齡《支離漫語》：『淮陰侯滅三族，世皆云無後矣。而予會廣中人言曰：「予鄉有韋土官者，自云淮陰侯後。」當鍾室難作，侯家有客匿其三歲兒。知蕭何素與侯知己，不得已爲皇后所劫，私往見之，示侯無後意。相國仰天嘆曰：「冤哉！」淚涔涔下。客見其誠，以情告，何驚曰：「若能匿淮陰侯兒乎？中國不可久居矣，急往南粤。我與趙佗善，佗亦重淮陰侯，必能保此兒。」遂作書遺客，匿兒於佗，曰：「此淮陰侯兒，公善視之。侯功塞宇内，必不絕其後。」佗養以爲己子，而封之海濱，賜姓韋，用韓之半也。今其族世豪於海壖間，有趙佗所賜之詔，酇侯所遺之書，勒之鼎器。夫呂氏當惠帝末，已無血廕，而淮陰侯至今存，是亦奇聞，史家不識也。惜其客名不傳，比於嬰、杵，有幸有不幸耳。』張大齡所載如此。

逮順治初年，聞蘇州司李吳百朋之父字思穆，爲粤西縣令，巡行山峽間。見少年將軍廟，英風雅概，敬而拜之，命工修飾其堂廡。卽有土官，率宗族數百人，稽首稱謝，云廟神卽淮陰侯子。當呂后難時，蕭相國馳書託孤於南海尉佗，佗封於此地，子孫繁衍，自漢至今，奉祀不絶。因舉相國與佗書及佗所賜敕諭以示吳，甚以爲異。後與趙君時揖言之。趙晚年爲吏部司務，客遊淮上，舉以告人。岸齋張君，淮上山陽人也，與聞此事。後在燕臺遇余梅洲編修，余亦云：『韓侯之後韋土官，在廣西，地與廣東接壤。』説皆與大齡《漫語》相合，事益爲不虚矣。岸齋著《淮南擬樂府》四十七首，中有《韓侯客》詩，即言此事。

道光丙午，余假館玉茗堂。涼秋九月，鄉試失意，與湯君蔭藻夜話，偶舉此事。湯君囑爲長歌以紀之，予謝未能，因述岸齋《樂府》以告，湯君固請。是夕，臥不成寐，月色穿櫺，秋風瑟瑟，寒氣逼人，就枕上敲詩，至曉不就。明夕燈下，乃就前事填詞一折。後於諸生請業之餘暇，即拈筆爲之，或成半首，或成一首。越八日而稿粗脱，攜示湯君，曰：『此可以作長歌否？』湯君稱善，並加評語。余曰：『勉承君囑，但宫商未協，不足爲外人道也。』湯君曰：『何傷乎？倘非誤拂琴絃，安得周郎一顧？我乃五柳先生，尚抱無絃琴矣。』余笑而退。是爲序。

海西胡盍朋子壽氏自識。

附　張鴻烈岸齋樂府一首

漢業成，韓侯滅，悔不當時聽蒯徹。孤兒存，呂將絶，有客能憑三寸舌。説酇侯，悲且悦，送客尉佗走南越。呂族誅，兒爵列，易韓爲韋綿瓜瓞。韋姓昌，客名缺，無名有名眞豪傑。

海濱夢傳奇序〔一〕

胡翹漢〔二〕

憶二十年前，先君子爲漢言及淮陰侯有後事，見於某志某書。漢因取觀之，以爲其事如眞，固足見功臣之報；即無其事，而有此書，亦足壯義士之心。惜不見於正史，莫如載之傳奇，但使庸人俗士咸爲感泣，斯爲妙已。余以不諳宫商，卒未能。

及今兹冬仲，因經理先君子葬事，長夜中於兒子盍朋書案，見其所著《海濱夢傳奇》，適爲此事。余每閲一折，爲之泣數行下，非其能令人悲，能令人感也耶？噫！盍朋以弱冠之年，不過於秋風毾㲪之後，假以消遣，而運筆竟能入妙，雖爲吾子，亦不得不詫爲才人之極筆也。閲訖大慟，敢不得令先君子見之耳。

丙午仲冬〔三〕，棘人胡南樵。

（以上均《傳惜華藏古典戲曲珍本叢刊》第一〇三册影印民國五年排印《古僮文獻攟遺》第三種本《海濱夢傳奇》卷首）

【箋】

〔一〕底本題爲《古僮文獻攟遺序》，據版心改。

〔二〕胡翹漢（一七九四—一八四七）：字南樵，自號南里樵人，沭陽（今屬江蘇）人。胡盍朋之父。清嘉慶十七年壬申（一八一二）舉人，以明經終其身。著《四書特解備存》、《爾雅擷英》、《詩春秋評本》、《錐末錄》、《建元錄》、《閏唐紀年》、《樵山錄》、《樵人野史》、《息樵亭詩草》、《星槎制藝》等。傳見吳紹矩《胡南樵先生事略》（載《海濱夢傳奇》卷首）、民國《重修沭陽縣志》卷九等。

〔三〕丙午：道光二十六年（一八四六）。

（海濱夢傳奇）總評

闕　名〔一〕

淮陰之死，蕭相實爲呂后所劫，然亦與有責焉。故借小旦口責之曰：『說鹽梅賴汝羹調，卻原來伴食堪貽笑。』借生口責之曰：『送你個庸臣號。』借外口責之曰：『口已如緘，心空似火，早難言成敗非由我。』若後無寄書一事，厥罪奚辭？幸得手書遠送，投往南粵，乃借末口原之曰：『有心人幸得箇蕭丞相。』借小生口原之曰：『謝魚書萬里江天外，鳥窺籠早放纔，南溟始奮淩雲翮。』惜史家不載，後人但云『成則蕭何，敗則蕭何』也。

（同上《海濱夢傳奇》卷末）

【箋】

〔一〕據《海濱夢傳奇自序》，此評當爲湯應藻撰。湯應藻，別署得月軒居士，籍里、生平均未詳。

汨羅沙（胡盍朋）

《汨羅沙》傳奇，一題《汨羅沙還魂記》，《古典戲曲存目彙考》著録，現存民國五年上海國光書局排印《古僮文獻擴遺》第二種本，《傅惜華藏古典戲曲珍本叢刊》第一〇三册據以影印。

汨羅沙傳奇自序

胡盍朋

余幼喜讀《騷》，初得《楚詞集注》八十四家評點，繼得林西仲《楚詞燈》〔一〕。風晨月夕，每一展過，如見瘦細美髯之狀，如聞呼號太息之聲。竊欲傳之歌場，俾庸夫俗子，勃然生忠孝心。聞尤悔庵著有《讀離騷》〔二〕，恝然愧止。旋從友人處，借得《西堂全集》，獨削去傳奇數種，心嘗怏怏。後館親串之玉茗堂，於諸子破書簏中，翻得古板《西堂全集》，不禁狂喜。及檢閱至末，傳奇數本，又俱缺矣。而每涉冥想，心口間輒汨汨將有所吐。

辛亥秋試〔三〕，遊金陵之妙香庵，得拜三閭大夫畫像〔四〕。歸後，決意作《汨羅沙還魂記》以弔之。值秋風颯颯，無聊侘傺，爰按拍成二十折。稿甫脱，會嚴君宇樊購得金陵張漱石所著《懷沙記》〔五〕，知余有此作，亟爲郵示。閲之，洋洋灑灑三十二折，未免自慚形穢，怵他人之我先矣。因寄書宇樊，欲將舊稿焚棄。宇樊爭之曰：『君無然。豈賈長沙寓書湘水，便不許杜少陵投詩贈汨羅耶？』余感其言，乃序其顛末而存之。至三間志行，廿五文章，前人議論甚詳，兹不復贅。

沭陽胡盍朋子壽氏書於勿疑軒。

【箋】

〔一〕林西仲：即林雲銘（一六二八或一六三四—一六九七），字西仲，號損齋，別署浮漚隱者，閩縣（今福建閩侯）人。清順治十五年戊戌（一六五八）進士，官徽州府推官。著有《楚詞燈》、《損齋焚餘集》、《林西仲先生文集》、《挹奎樓選稿》等。傳見《國朝耆獻類徵初編》卷二四九、《昭代名人尺牘小傳》卷等五。

〔二〕尤悔庵：即尤侗（一六一八—一七〇四）。《讀離騷》：雜劇，尤侗撰，現存清康熙間刻《西堂樂府》本等。

〔三〕辛亥：咸豐元年（一八五一）。

〔四〕胡盍朋撰《金陵妙香庵謁三間大夫畫像》七律四首，見後一篇。

〔五〕張漱石：即張堅（一六八一—一七六三）。《懷沙記》：張堅《玉燕堂四種曲》第三種，現存乾隆間刻本。

汨羅沙傳奇後序

胡盍朋

《汨羅沙院本》稿始脫，置諸座右，每於酒酣耳熱時，呼三間大夫，高歌一折，勝臨江續《大招》矣。歲癸丑〔一〕，寓居如來庵，與周君蔭喬爲鄰〔二〕，知余有此稿，强爲攜去。是歲大祲，盜賊蜂起，瘟疫流行，邑人以饑死、疾死、盜死者，十居其五。余每夕坐長明燈前，望荒郊磷火，燦若繁星，恍如屈大夫賦《山鬼》篇。四山啼嘯，兼之蒿目時艱，潸然下淚，又如屈大夫倚耒呼號時也。且粤匪初陷金陵，妙香庵罹於兵火，屈大夫畫像不可復識。想顧誤周郎，倚聲按拍，當亦有感於斯。

孰知曲本在蔭喬處，一夕爲羣鼠穿蝕殆盡。君慍甚，貽書相告。並寄絶句四章〔三〕，屬作檄討之，以洩其忿。余意不然。夫鼠晝伏夜動，畏人故也。今南中流賊横行，非徒鼠竊。我輩不能草檄飛書，聲罪致討，徒操戈於穴隙中，不亦餒乎！况斯鼠咬文嚼字，正恐生死書叢者，無此清楚。且君家經籍鱗次，齧其齒者，惟余此曲，安知非有味於痂嗜耶？或曰：『楚子蘭、上官靳尚，麞頭鼠目人也。此鼠當是佞臣後身，忌君此詞而齧之。』則余曲中已討之矣。因恐日久遂忘，存者録之，亡者補之，越十五日而草稿復成。

勿疑軒主人再筆。

【箋】

〔一〕癸丑：咸豐三年（一八五三）。

〔二〕周蔭喬：石龍人。周永泰次子（？—），少岐（一八六三—一九二五）弟。參見《石龍周氏家譜》。

〔三〕並寄絶句四章：周蔭喬七絶四首，見下篇。胡盍朋和詩四首，題《周蔭喬索汨羅沙傳奇夜爲羣鼠竊食殆盡蔭喬有詩戲和之》，亦見下篇條。

附　汨羅沙附詩

金陵妙香庵謁三閭大夫畫像

胡盍朋

生戴南冠作楚人，美髯依舊想丰神。釁開六里商於地，魂斷三湘杜若春。漁父也知身察察，女嬃何事詈申申！不堪門外聲嗚咽，淮水環流尚姓秦。

武關西望亂雲屯，夔府山中舊有村。人盡傷心重五日，公難瞑目兩東門。汨羅潮落無沙影，玉米田荒失淚痕。知否年年寒食節，月明飛入楚王魂。

也栽修竹歲寒柯，十客祠堂比若何。半偈心持靈氣合，一庵身後妙香多。春風秋草遺三戶，暮鼓晨鐘續《九歌》。可是當年蕭尺木，芙蓉裳色寫委紽。

手著《離騷》廿七篇，南音都作土風傳。燈前擲筆呼山鬼，江上揚旍祀水仙。千載誰司難了夢，再生休問奈何天。微詞更有悲秋賦，一瓣香分宋子淵。

爲公添仿後身圓，但寫亭亭橘一株。南國同心惟憶爾，西山高行本猶吾。何勞司命星垂象，豈有招魂帝告巫？不識后皇嘉樹好，遺民愛比召棠無。

周蔭喬索汨羅沙傳奇夜爲羣鼠竊食殆盡蔭喬有詩詠之戲和

胡盍朋

偶從書社暗憑來，鼠竊如斯果黠哉。縱使函中工射覆，也應錯把蠹魚猜。

翻盆窺壁夜來欺，惟有芝香味不知。新授南宮書佐職，故應咀嚼到文詞。
炯炯雙眸說寸光，不隨雞犬到仙鄉。自從偷飲靈均淚，一日三番要吐腸。
擬向當筵吊汨羅，新詞四首半差訛。被他偷入胷中去，料比紅紅記曲多。

附　蔭喬寄詩

名士風流敢自豪，不辭痛飲誦《離騷》。怪儂醉臥高歌後，忘借東坡卻鼠刀。
鎮日書牀懶拂座，每留行迹鼠天眞。誰知慣汝剛三歲，竟學西窗嚼字人！
手著新詞記得無？烏闌小字費工夫。若將舊曲從頭寫，還向先生覓鼠須。
漢家初定法三章，盜竊由來比殺傷。此事要援肱篋例，爰書早與付張湯。

汨羅沙傳奇例言

闕　名(一)

一、嚴滄浪云：『《風》、《雅》、《頌》既亡，一變而爲《離騷》，再變而爲西漢五言，三變而爲歌行，四變而爲沈、宋律詩。』余謂五變而爲宋人小詞，六變而爲元人雜劇。然則南北曲亦源流於楚詞者也。今以郢中之曲，投贈汨羅，雖謂之《續離騷》也可。

一、屈子《橘頌》篇，以橘自比，林西仲云：『句句是頌橘，句句不是頌橘。但見原與橘分不得是一是二。』此篇中所謂屈子化身也。至屈子還魂，原係補天之石。而以橘爲反魂樹，亦有所本。

《橘頌》云：『蘇世獨立。』注謂：『死而復生曰蘇。』文章天成，如是如是。

一、原以頃襄二年二月，被遷江南。十一年四月，由遷所往汨羅，《涉江》、《懷沙》等篇可證。五月五日赴清泠之水，見沈亞之所著《外傳》。今將還魂寫作九月九日，賜環寫作三月三日，原屬子虛。然《遠遊》篇云：『集重陽入帝宮。』附會其詞，亦無不可。至《招魂》篇云：『目極千里傷春心，魂兮歸來哀江南。』則亦反其詞曰：『暮春三月，江南草長，陌上花開，可緩緩歸矣。』

一、《招魂》爲宋玉作，《大招》爲景差作，相傳已久。自林西仲定爲屈原自作，謂一自招其魂，一招懷王之魂。細玩語意，確當不移。但二子同爲靈均高足，鹿溪子之《九辯》，既爲閔惜其師而作，則《懷沙》之後，自應別有哀詞。或古有二子《招魂》，今逸不傳，後人遂以屈之二招當之與？今用林說而仍不沒二子《招魂》之名。

一、女嬃爲屈原賢姊，見《水經注》。林西仲泥『申申詈予』句，謂『被女嬃當面搶白，絮絮叨叨。原既不得於君，不諧於俗，甚至不見諒於家。』實皆焚琴煮鶴之談。今用金氏、洪氏之論，以貞烈褒之，亦就姊歸村所由得名，女嬃砧所由不朽，稱量而出之者也。不然，女嬃有弟，靈均獨無姊哉？

一、漁父是楚狂、沮溺一流人。而『太卜用君之心，行君之意』數語，足使靈均首肯。且非慧眼人看破世情，亦道不出。今寫二人偕隱，固求文字整飭，亦以類相從也。

一、賜環歸功宋玉，文勢應爾，而亦略表昭睢者。蓋商於之詐，大夫皆賀得地，陳軫獨弔。奈軫又往仕秦，楚廷中惟昭睢議雪藍田之恥，諫阻武關之行，差强人意。《離騷》所謂蘭椒，將指此公，故特拔出之於黨人之外。

一、傳奇貴雅俗共賞。近人張漱石著《懷沙記》，頗極五花八門之奇。然《著騷》等篇，點竄原文，雖因難見巧，奈當場扮演，不獨歌者聱牙，即聽者倦而思臥，只聞工尺字樣耳。余詞全以意寫，即間有鋪敍原文，要必采其菁華，無苦澀艱深之語。

一、《懷沙記》作者自云：『但爲屈子寫怨，非爲秦楚編年。』與余意同。然其敍秦楚事蹟，終涉繁冗。且楚懷出場，自稱『楚國懷王』；秦惠出場，自稱『秦國惠王』，令人失笑。又按《史記》本傳，上官大夫與用事臣靳尚，明係二人。伊但寫作一人，未免放他一箇漏網。余於《還朝》折，並令當場出醜，以快人心。至於輕放子蘭，則以屈子愛君之意，體懷王愛子之心。若鄭袖在襄王時，不過一白髮宮人耳。

一、漱石作《天問》折，謂靈均呵壁於楚先王廟中，似不近情。夫先王之廟，有司修除之，其祧則守祧黝堊之，何容妄爲塗抹？屈子不應狂悖如斯。今以屬之夔府，謂有故宮禾黍之感，正與夏丘、門蕪二語，隱相激射。

一、《懷沙記》寫女嬃致命時，似嫌太早。始遷漢北，白髮來歸；初放江南，已先碎首，反非諭令寬全之意。今寫作汨羅信至，乃畢命於砧前，方見得烈性柔腸，各不相背。

一、神仙鬼怪，似涉荒唐。然所援引，究不出《離騷》二十五。且出場入場，布局總取整飭，不似《懷沙記》以散行見奇。及至挂一漏萬，倘令漱石見之，得毋以板重譏我。

一、此編寫屈子還魂，至《還朝》已完，末寫《巡江》一折，仍以水仙作收。蓋橘樹還魂，本效莊生寓言，認眞不得。優孟衣冠，聲容酷肖。《懷沙》、《碎石》，莫不觀場太息，泣下數行。忽而《還魂》，忽而《還朝》，以無聊不平之感，爲得未曾有之談。向之搔首呼天者，不禁解衣起舞矣。殆至《巡江》一折，復化筆墨爲雲烟，正如虎頸上鈴，惟繫者解之耳。

一、下場詩，卽用本宮韻，作絶句一章，別具無窮感喟，不習集唐套語。以爲詠史也可，以爲題詞也亦可。

一、詞中引用故實，不拘時代先後。如《碎石》折用蘭亭眞本，《卜居》折用韓非、松雪之類，亦猶《琵琶記》用『小秦王三跳澗』也。如以讀史不熟，謂與今人對策，有稱唐之王阮亭、宋之白樂天者同譏，則余亦不復置辨。

【箋】

〔一〕此文當爲胡盍朋撰。

汨羅沙傳奇序

王詡〔一〕

予前後館朐浦者三，咸豐甲、乙、丙之交〔二〕，其始也。維時紅羊運厄，礪大不合之際。避風鶢鶋，與都人士文采互映。曾一攜子壽所演傳奇炫耀之，謂吾鄉乃有東塘、藏園替身。諸君少年氣盛，酒酣耳熟，輒抵掌撫髀而歎。鄙人甫放筆爲歌詩，亦未暇引商刻羽，爲曲子相公標赤幟也。

數十年來，舊雨飄零殆盡。最後溥齋且蹈海而死〔三〕，我子壽則墓木之拱久矣。今年自鹽瀆歸，與哲弟子遠明經接席，重以《汨羅沙》院本見示。倚聲按拍，靡摘匪豔。泛濫山經海志，柏翳九牧所不能名之神姦物怪，絡繹奔赴腕下。而楚魂銜冤化鳥，點綴尤靈奇生動，偉乎鉅觀矣。愧非都尉協律之才，較之尋常里耳，固自有間。讀《神迓》一折，『蜃氣樓臺鈞樂作，魚龍齊拜水仙王』，哭顛張舊句，以之吊屈正則可，以之酹胡澹庵亦無不可。

光緒戊子荷夏，童稚交王詡序於邑之懷文書院。

【箋】

〔一〕王詡（一八三三—一九〇七）：字子揚，沭陽（今屬江蘇）人。同治十二年癸酉（一八七三）舉人，四上公車不第。歷權山陽、鹽城教諭，泰州學正，海門訓導。光緒五年己卯（一八七九），主講懷文書院。二十九年癸卯（一九〇三），辭講席，養痾於家。著有《建陵山房詩鈔》、《續集》等。傳見民國《重修沭陽縣志》卷八。

〔二〕咸豐甲、乙、丙之交：咸豐四年甲寅（一八五四）、五年乙卯（一八五五）、六年丙辰（一八五六）。

〔三〕溥齋：姓名、籍里、生平均未詳。

附　汨羅沙傳奇補序

湯潤略〔一〕等

且夫金石丹亡，致多化鶴重來之恨；《春秋》筆健，不補獲麟以後之編。由來風絮前因，祗爲癡人說夢；曇花小劫，亦須忉利超生。從未有蜀鵑墮地，重還帝子之靈；飛鯢觸天，再鍊媧皇之石者。乃余讀胡子壽先生《汨羅沙還魂記》而有異焉。

先生里黨才人，桑梓前輩。華譽播於綺年，俊名成於齔歲。義門醇茂，七世舉秀才；家學淵源，五代有專集。揮毫五色之箋，眞使阿爺閣筆；（先生年十四，與同人賦《五色詩》，父南樵深加歎異，亦有和作。）周賦十洲之景，常教童子荷囊。（先生常纂海、贛、沭三州古蹟作賦，尤多州志所未及者。）負郭貧無，死磨鐵硯；束脩早得，盡棄詩書。舉凡釋典道藏、海志山經，酉陽之蟫、羽陵之蠹，珠囊玉笈之遺、金匱石室之祕，下及高、王小曲，辛、柳詞章。當其未度驊騮，方翔雛鳳，即已手操成竹，思若湑湯。生不逢時，才難勝命。詞壇卓礫，坐瘦而狂；雜珮陸離，病瘻且死。鄉闈十載，襴衫偕燈影齊青；春夢三生，醉眼並窮途俱白。淪落之況，伊可悲也！

然而跼天蹐地，撫古證今。尋茲身世，不無異同。則有瞻羅望汨，湘干之踵武欷心；飲酒讀《騷》，名士之風流可想。焚香清夜，夢醒山陰；共語冤魂，詩懷天末。秋風藝苑，夜雨梧心。席帽歸來，幾笑于思棄甲；麻衣著破，何時不律生花？遂乃感蒲柳之秋零，作荃蓀之理想。筆精嚴、樂，寧須寫訣摹離；才壓馬、班，自可作忠反恨。以胷中之鬱勃，庶能增紙上之烟雲；推平日之畸零，用可轉伊人之侘傺。寓言十九，何難竟質通人；苦海千年，不妨更迴仙棹。餘心尚存，莫認菴蔵便死；生氣猶在，須知仙果常春。悟蓮花爲如來化身，指菩提爲釋迦變相。寫出美人香草，是我廬山；散來海國天花，證君上果。無論少加以道，即能奴僕命《騷》；抑知既竭吾才，定博《陽春》和郢。豈非情以文生，不固堅白守辨；辭因境遣，能爲別解引伸者乎？

夫其夢探玉茗，感極云亭。妃青儷白，刻翠翦紅。雙聲疊韻，無慮參差；合拍應絃，不過毫秒。《國風》好色，而此則但協哀絲；《小雅》怨誹，而此則多傳豪竹。二十曲宮商大調，《一百種》元宋遺音，庶幾無愧新聲，遠留影響。顧或謂先生但繹新詞，未諧賓白。徒學累棋之勢，不識減黍之工。未免炙輠先窮，閱者常苦其率；棼絲莫治，度者應慮其繁。不知詞華漭布，要思內縕之深；才氣縱橫，何計白描之失。油然生忠愛之心，自足副是腰腹；純乎著風華之旨，豈用取以話言！況乎繁莫可刪，方見蟻珠之曲；條而不紊，亦觀魚網之綱。是知玉貝十雙，不以涅緇爲貴；山川九折，斯爲入勝之方。尤可異者，《楚辭》廿五，本爲作者寫生；《曲禮》三千，已失當時詮釋。而先生象胥善譯，掌弄智珠；束皙補亡，心通古篆。排比成書，危竅不求三耳；等身借證，注腳可本六經。是又集腋能成，食古而化，非徒《孤憤》、《說林》，吃公子笑其訛豕；金聲玉振，莽大夫侈舉雕蟲之一端也。

略也未居善謳之地，寧聞治世之音。子貢各難自執，東坡三不如人。卽今二十青年，拋盡三升紅豆。移宮換羽，難望諧聲；流水高山，兼無同調。前家兄劍秋（二），得先生手稿院本。知余幼好，持以相示。迴環婉誦，齒頰餘香。蓋當洛下二雲，今歸化土（謂先生令子錫卿、仲連二先生（三））；劉家三妹，後無替人（謂古香女史，以是歲春間卒（四））。遲二十載攬鬼谷之芬（篇首有外從大父子揚先生序（五）），近三百年無太白之樂。流年逝水，撫卷生哀。後學軨材，當仁不讓。欲將每折加箋，爭奈治經無暇。舊拈小詞，情深景仰（余前題有【水調歌頭】一闋）；復此短識，首弁卮言。

嗟嗟！樂咋唶而怪鈞韶，世多怗懘；聞鼓鼙而思將帥，客有緯憂。三過門間，一彈指頃。能傳郊寒島瘦，誰兼樂旨潘詞？飛升長吉，才鬼寧唱秋墳；不第方干，地下應餘死者。天道悠悠，尚多難問；余懷渺渺，不盡欲言。安得廣譜《大招》之篇，臨風爲誦百折；遍歌小海之唱，擬古而續《七哀》也？

古僮湯潤略劍修。

湯君劍修，爲溯軾先生（袖海）之子〔六〕。溯軾先生物故時，劍修甫十齡左右，便自知讀書。十四五時，便耽吟詠，有子壽胡先生風。此序作於今春，年甫二十，博雅淹通，疑爲名宿。溯軾先生以曠世軼才，未得通顯。僅以一明經，遭時坎坷，煩冤勃鬱，齎志以終。得劍修爲有後矣！聞劍修頃投考江蘇省立第八師範校，已取列，今而後爲有師之學，且學成而後，駸駸其爲人師矣。師人甚難，學爲人師亦不易。以劍修之才，何學而不得？惟余所望於劍修者，不可不以文鳴，不可徒號『文人』，爲亭林所羞稱。於古所云，固當先器識而後文藝；生今之世，尤應蓄道德而富技能。劍修家治東之湯家溝，離城八十里。前弔於邑北張氏，迂道進城，曾過訪余。惜交臂而失之，未獲以此義面證。然以劍修之學之識，鐵厚一寸，射而洞之，抑何待乎嗇夫之喋喋爲也？

民國五年八月，鐵秋識〔七〕。

【箋】

（一）湯潤略（一八九七—？）：字劍修，沭陽（今屬江蘇）人。湯袖海（一八六六—一九一〇）子。生平未詳。

（二）家兄劍秋：即湯劍秋，沭陽（今屬江蘇）人。湯袖海（一八六六—一九一〇）子。生平未詳。

（三）錫卿、仲連二先生：胡錫卿、胡仲連，胡盍朋子，沭陽人。生平未詳。

（四）古香女史：即劉清韻（一八四二—一九一六）。

（五）外從大父子揚先生：姓名、籍里、生平均未詳。

（六）溯軾先生（袖海）：即湯袖海（一八六六—一九一〇），號溯軾，別署東海化禽生，沭陽人。屢薦不中，以明經終。肆意經世學，高自期許。晚歲爲家難，奔馳南北。著有《避紅團賦》、《述舊德賦》。傳見民國《重修沭陽縣志》卷九。

（七）鐵秋：即吳紹矩（一八七五—一九六三），字鐵秋，以字行世，沭陽人。光緒二十二年（一八九六）秀才。三十一年（一九〇五）廢科舉，於縣城創辦私塾改良社。後創辦新書報社，發行《明新報》。宣統二年（一九一〇），創辦沭陽縣立小學堂。民國間任沭陽縣初級中學校長，始終以教育、創作爲業。編《古僮文獻攟遺》，由上海國光書局出版發行。著《我的長壽之道》、《蒼梧片影》、《片嘯集》等。

胡香仙先生嵩林汨羅沙題句

胡嵩林（一）

秋老湘江橘柚丹，有人弔古淚汍瀾。天然流水高山曲，抱得牙琴便會彈。

才大誰能補缺天？忠魂竟返楚江邊。鏡中花影機中錦，壓倒西堂《反恨》篇。（尤悔庵《反恨賦》）

中，皆爲千古失意人吐氣，屈子其一也。）

【箋】

〔一〕胡嵩林（一八一五—一八六七）：字中峯，一字香仙，沭陽（今屬江蘇）人。廩生。工詩，與王詡、胡盍朋相頡頏。同治六年（一八六七），死於捻亂。著有《東溪草堂詩》、《東溪草堂筆記》等。傳見民國《重修沭陽縣志》卷八。

汨羅沙樂府題詞戊申作〔一〕

張潤珍〔二〕

勝代雪庵是謫仙，化身游戲東海邊。手握醴陵五色筆，口誦左徒廿七篇。左徒生來不稱意，明珠暗投誰所棄？羌無董道而不豫，鮌直遂遭宵小忌。被髪行吟走江潭，舊鄉臨睨知難堪。抽思終日迴腸九，離憂一篇致意三。申徒抗迹志莫回，魯連蹈海心所甘。夏丘門蕪幾刹那？魂歸來兮哀江南。《汨羅》樂府臨川派，《牡丹》嗣響人稱快。精衛填平滄海流，媧皇補得情天壞。返魂燒散聚洲香，説夢打透閻浮界。嚴陵扁舟江上去，子晉仙鳬網中來。長生草或殖少室，不死藥可采蓬萊。千年華表渾未改，三生石上莫相猜。鐵板銅琶唱『江東』，錦城絲管入雲中。《霓裳》不是人間曲，製譜傳自清虚宮。噫嘻三閭適樂國，絳帳笛賦多失實。何若『后皇嘉樹』好，千秋猶頌『徠服橘』。

古僮張潤珍瑟農。

（以上均《傳惜華藏古典戲曲珍本叢刊》第一〇三冊影印民國五年排印《古僮文獻攟遺》第二種本《汨羅沙傳奇》卷首）

【箋】

〔一〕戊申：光緒三十四年（一九〇八）。

〔二〕張潤珍：號瑟農，沭陽（今屬江蘇）人。民國六年（一九一七），鈔録劉清韻《望洋嘆》、《拈花悟》雜劇二種，並撰《望洋嘆傳奇敍》，今存民國二十八年（一九三九）謝方同過録本。

鴛鴦印（黄鈞宰）

黄鈞宰（一八二六—約一八七六），原名振均，字宰平，改名鈞宰，字仲衡，號天河，别署天河生、鉢池生、鉢池山農等，山陽（今江蘇淮安）人。道光十四年甲午（一八四四）貢生，二十九年己酉（一八四九）拔貢，咸豐二年（一八五二）任奉賢訓導。中年喪偶，益侘傺不自聊，以詩古文辭名於時。著有《金壺七墨》、《比玉樓遺稿》、《寰海新聞》、《國朝名人可法録》、《比玉樓閒話》、《閨秀詩評》等。二〇〇九年陝西人民出版社出版王廣超校點《黄鈞宰集》。撰《比玉樓傳奇》四種，包括《十二紅》、《鴛鴦印》、《呼夢么》、《雙烈祠》，葉德均謂現存光緒二年丙子（一八七六）刻本（《戲曲小説叢考》卷上《讀曲小紀·曲家黄鈞宰》），未見；另有《管城春》、《鶺鴒原》等，均佚。傳見光緒《淮安府志》卷二九、民國《續纂山陽縣志》卷一〇、王錫祺《山陽詩徵續編》卷三一、冒廣生《鉢池山志》、《清詞綜補續編》卷六等。參見蘇毅謹《文心似明月——清代文學家黄鈞宰簡介》（《淮陰志林》一九八七年第二期）、江蘇省淮安市政協文史資料委員會《淮安名人·戲劇文學家黃鈞宰》（淮安文史資料委員會，二〇〇一）、孔慶龍《黃鈞宰文學創作研究》（暨南大學碩士學位論文，二〇一一）附錄《黃鈞宰年譜簡編》、高銀花《黃鈞宰及其創作研究》（南京師範大學碩士學位論文，二〇一三）附錄《黃鈞宰簡譜》。

鴛鴦印傳奇始末

黃鈞宰

《鴛鴦印》傳奇三十六折，感蜀女秦碧憐作也。壬子秋月〔一〕，同宗生客遊金陵〔二〕，會飲妙香庵，偶題舊作【百字令】詞於東廊壁上。後三日，寓主人蘭君過其地，見有女子和焉。生聞之，命駕往觀。果見雲箋一幅，墨迹娟秀，詞意蒼涼，署名曰『碧憐』，尾鈐鴛鴦小印。諷詠至再，私念閨閣中無此清才，或者朋輩托名，姑屬蘭君訪之。

生原作云：『漏聲幾下，看月輪初上，雨絲纔歇。萬里山河同照影，總是一般清澈。歌舞樓臺，蕭條庭院，恩怨相生滅。是誰分與，一家一箇明月。　便道碧落因緣，紅塵福分，咫尺相殊絕。記得年時游覽處，也是一般清澈。好夢烟沈，春華水逝，爭又悲歡別？是誰換卻，一時一箇明月。』蓋文闈見月，隨筆所成。碧憐讀之，淒感累日，和作云：『滄江浩渺，問古今才人，多少英華銷歇？剩有臨川詞筆健，一點文心照澈。芍藥春濃，芙蓉秋老，莫漫悲興滅。一般花影，夕陽何似新月。　回憶劍閣風光，巫山雲氣，鄉思徒淒絕。忽見新詞添舊恨，旅雁數聲悲澈。彩筆雲飛，羅衫露冷，畫舫秋風別。青天難問，古人曾見今月。』上闋誤多二字，姑仍之，存其眞也。

他日蘭君至，笑謂生曰：『何以飲我？我得其人矣。』蓋女父秦翁者，蜀人，而挈眷賈江南。女年十齡，喪母。繼母袁，愛女若己出，命從舅氏學詞翰，出語即工。舅某與蘭君故相識，語及妙香題句，互詢其人，喜爲文字因緣，殷然作合。既定議，客中不能備禮。秦翁慮其謊也，設盛饌，延諸文士爲詩會以試之，生果居首選。因乞生詞卷以爲聘，而以玉鴛鴦印報之。期明年冰泮娶焉。

及春，洪賊圍攻金陵，居民數驚。一日訛言城破，袁方窖藏珠玉，不見女，穴窗窺之，結繯將縊矣。急破窗入，奪其繯而止之，許以設法出城覓安土。乃乘夜賄守門卒，以破衾席藁裹女，僞爲死者，哭而送之。而先使鄉農艤舟月下以待。既免，遂徙於溧陽。

已而溧陽又警，兵勇乘勢刼掠。秦攜妻女鄉居，望見前途戈矛洶洶。鄉民大呼曰：『賊至矣！』女懼，自投於池，夫婦倉皇哭泣。比至，實富民練勇自衞者也。相與挽女起，救治未絕。以漁船載之蘇州，驚魂少定，而女已九死一生矣。

先是，生得金陵警報，鋭身渡江，縋城而入，而秦氏已遷。探諸鄰人，曰：『渠當山居，不遠出也。』生貌爲醫卜狀，出入兵燹中，風餐露宿，遍訪於句容、溧水之間，卒不得秦氏耗。已乃幕遊江南北，藉以蹤迹秦氏。

秦翁既抵蘇州，袁與碧憐皆大病，久而後安。屢寄生書，皆不達。庚申之亂〔三〕，閶門火起，風雨交作。夜半，馬鳴犬吠，男女雜沓，哭聲震天。翁嘆曰：『吾力竭矣，今復何處避耶？』女持母袁哭曰：『卽有避處，兒亦不願行矣。』言未已，土寇入室，女遽出利刃自刎仆，寇驚而去。袁與秦翁趨視之，血淚成汪，首面襟袖皆沾污。幸咽喉未斷，氣息僅存，急取創藥傅之。時避兵者皆趨上海，翁有中表親在滬，不得已亦往投焉。舟至崑山，忽遇潰兵虜翁去，母女益悲痛。及滬，資斧告匱，暫以紡織爲生。女病弱，不能耐勞，顛連疾苦，非復昔日之綠窗刺繡、香閣吟春矣。

辛酉春〔四〕，生以他事至上海。聞有蜀女能詩，問其姓，曰秦，訪之，碧憐也，大喜。袁聞生至，亦喜。顧曩時未嘗相見，問鴛鴦印猶存否。生卽從篋中出之，曰：『前言在耳，固未嘗一息離身也。』袁嘆曰：『印則猶是，而詞卷亡矣。』婢曰：『吾見碧姑藏之笥中，當是。金陵、蘇州之難，嘗以殉葬命我矣。』袁私詢之，果然。女初聞生至，私念九年之別，如彼其才，或者登金馬，躡玉堂，爲文學清華之選，不則，風雲際會，騰達飛黄，意中事耳。及聞生一領青衫，依然蠖屈，父又被虜不返，悲生不遇，轉而自悲，蓋掩泣私啼者閲三晝夜，而病又作矣。

生以袁命卜吉。前二日，女病益篤。袁泣曰：『碧姑性烈，三自經而不絕，以爲前緣固未斷也。今好合有期，吾亦得所倚，而疾不可爲矣。奈何薄命之至於斯耶？』乃招生與女相見，示以頸創。時女已彌留，向壁臥，扶而面之，目直視不能言。生對之哭，女搖手，欲解兩當衣，又勉力探取牀頭翦，自指其髮。袁皆會意，許之。（事見生悼逝詩中）又一日，而眼枯淚盡，玉冷香銷矣。至是，始知生所題卷，猶置懷間也。

予感其事，爲成《鴛鴦印》院本，以生與秦女爲綱，緯以近年兵事。始於陸建瀛，終於何桂清，而結以大兵肅清江南，示曲終奏雅之意。惜丙寅清水潭決，稿本付諸東流，故錄其梗概於此。

女之初死也，生情傷氣促，哽不成聲，祇得《卽事》四語，云：『十年思憶苦長征，盼到相逢病已成。一縷青絲雙指甲，互藏懷袖畢今生。』又《除夜焚寄碧憐》云：『地遠天高兩不聞，沈沈鐘鼓月黃昏。眼枯見骨難通語，心死成灰不返魂。夢裏曇花誰得失？懷中詩稿自溫存。千尋海底尋乾土，密種珊瑚結恨根。』《重過碧憐寓樓》云：『知是蓬萊是翠微，小樓如故綠窗非。有生便合情爲累，垂死眞無淚可揮。半臂貼膚親換與，雙釵分股密攜歸。青天碧海憑相證，化作輕塵也並飛。』其他悼逝作甚多，不盡錄。女詩詞亦多焚去，祇存《絕命》一章，云：『鴨爐香燼了無溫，從此黃沙掩墓門。儂是僵蠶卿是繭，托憑絲絮裹春魂。』

（《續修四庫全書》第一一八三冊影印清同治十二年癸酉蕭絳盛刻本《金壺七墨》所收《心影》下卷）

【箋】

〔一〕壬子：咸豐二年（一八五二）。

〔二〕宗生：當卽宗咸（一八二六—？），字感澤，籍里未詳。與黃鈞宰初識於揚州酒肆，遂訂交。讀書過目成誦，詩古文詞，一見輒能之，冠其儔侶。因喪偶，潦倒頹廢。參見黃鈞宰《金壺逸墨》卷三《宗感澤》。

〔三〕庚申：咸豐十年（一八六〇）。

〔四〕辛酉：咸豐十一年（一八六一）。

附　十二紅

黃鈞宰

道光二十五年乙巳，予至清江。豫章某久爲河工幕客，時方賦閒，一日過予曰：『君知十二紅乎？』曰：『不知。』曰：『君善填詞，倘以此事譜成院本，此場上絕新關目也。』

予請其詳，則曰：『某當事姬妾甚多，其最寵倖者三人。裏河廳月進供給銀，則諸姬要而分之。南河廳員十八缺而裏河爲之長，故上官供給，主於裏河。時内有官親、幕友、門丁，爲當事所信任；外則市賈、僧尼、優伶、妓女、脩髮匠之屬，出入衙署，又與親幕僉門相援引。文武員弁營求善地者，展轉賄托，力能達諸寵姬之前，爲之説項，而皆得如願以償。俗以得時乘運爲紅，背時而不通聲氣爲黑。若輩同黨用事者，合得十有二人，故有「十二紅」之目。君能點綴成書，爲梨園增長聲價，何患不選聲徵色，奉巵酒爲作者壽乎？』

予以事涉閨闥，素所不言。惟念南河積弊之深，爭頂虚縻之衆，奢靡習於此日，禍患必中於他時，因擇其可言者，去其不可言者，兩旬而成十六折，冀以垂示鍼砭耳。某君見之大喜，借去數日。予亦置之不問也。

他日，李蓉村見予大笑，亟叩其故，蓉村曰：『某客得君大稿，繕錄端楷，裝潢極工，袖之以示裏河。謬言作者與當事同鄉，故有嫌隙，且其交游甚廣，行將入都，付之優人，刊印以行世。』時河員自知侵蝕太過，深畏人言，尤懼科道聞之，故京官過浦者饋遺甚厚。裹河驟聞某言，曰：『若爾，興大獄矣。顧其人安在？不畏文字禍耶？』某曰：『畏禍不敢作矣，彼固有所恃也。』裹河繙閱三五齣，曰：『君與彼相識否？』曰：『不識。然某之友人識之。因劇中關涉多，義不可默也。』裹河曰：『事固無涉於我，君第問彼意何居。倘其可已，我餽數十金，至多百金，彼此相安。不然，當事卽損名，獨不銜恨於彼乎？』某曰：『且試圖之。』他日復見，故作難色，謂作者意不在錢。挾制之中，間以軟語，竟得二百金，不知所之。

（同上《金壺七墨》所收《金壺浪墨》卷五）

附　劍秋題詞

黃鈞宰

《十二紅》傳奇題詞者五人，惟喬君劍秋二絕最佳，云：『一夕秋風瓠子生，筵前歌舞月三更。黃金盡付宣防用，千里長堤鐵鑄成。』『弱歲驚才負綺思，繁絃急管度新詞。憑君演出魚龍戲，莫遣梨園供奉知。』予自聞蓉村語，卽火其書，不以示人矣。

（同上《金壺浪墨》卷五）

佛門緣（楊組榮）

楊組榮（一八二七—一八六八），字筱坡，又作小坡，號嵐樓，懷遠（今屬安徽）人。諸生，屢試不第，布衣終生。工詞章之學，擅丹青篆刻。著有《西山鼓詞》、《牙牌詞》及詩文詞曲數十稿，輯爲《蠡管錄》。撰傳奇《佛門緣》。參見鄧長風《〈鷃鵲媒〉傳奇作者楊組榮生平考略》（《明清戲曲家考略續編》）。

《佛門緣》傳奇，一名《鷃鵲媒》，《古典戲曲存目彙考》著錄，現存光緒二十年（一八九四）上海寶文書局石印本，《傳惜華藏古典戲曲珍本叢刊》第一〇三冊據以影印。

（佛門緣）序

方濬頤〔一〕

壬子秋〔二〕，余客淝上，與王謙齋話及僧尼匹配之事〔三〕，戲擬標目二十齣。歸，囑筱坡填詞。寒窗按拍，口舌生香，致足樂也。明年春，謙齋來，而是書已成大半。一時借觀傳鈔者，殆無虛日。無何，皖城失守，江南戒嚴。余與筱坡有平阿之役，《鷃鵲媒》固在行篋中，一日不忍去也。孰知文字之劫，若有前定。四月中，賊犯於淮，平阿居人，十室①九空。余與筱坡復棹舟，避居荊山湖側。兵燹後，筱坡著作已灰燼矣。嗟乎！古今鴻文巨製，不幸而淹沒於荒村破屋中者，何可勝道？況干戈滿地，荊棘塞途，懷才抱異之人，夫亦苟全性命而已，區區文字之存亡，奚能自主哉！是役也，今曩所作帖拓數百首，略散無有存者。余皆漫不經意，而獨不能忘情於筱坡之《鸎鵡媒》一編。因囑筱坡追憶而續成之，爲志其原起如此。他日讀者，應歎茲編之歷劫不壞也。嗚呼！筱坡傳矣。

賜進士出身、國史館纂修、翰林院編修、己酉科雲南正考官、愚表兄方濬頤子箴拜手，時在咸豐四年歲在閼逢攝提格二月望日，書於竹笑蘭言之室。

【校】

①室，底本作『空』，據文義改。

【箋】

〔一〕方濬頤（一八一五—一八八九）：字子箴，一作子貞，號夢園，又號飲茗，別署忍齋，定遠（今屬安徽）人。道光十九年己亥（一八三九）恩科舉人，二十四年甲辰（一八四四）進士，選庶吉士，散館編修。二十九年，任雲南正考官，未行，以丁父憂還里。同治八年（一八六九），授兩淮鹽運使，轉兩廣鹽運使。光緒二年（一八七六），遷四川按察使，旋詿吏議。僑寓揚州，主講安定書院。著有《二知軒詩文集》、《方忍齋所著書》（凡二十四種三十六卷，稿本）。傳見金天羽《方濬頤方濬師傳》（《廣清碑傳集》卷一三、《皖志列傳稿》卷六、民國《安徽通志稿》）、《皇清書史》卷一四、《昭代名人尺牘續集小傳》卷二二、《近世人物志》、民國《江都縣續志》卷一九等。

〔二〕壬子：咸豐二年（一八五二）。

〔三〕王謙齋：卽王尚辰（一八二六—一九〇二），字北垣，一作伯垣，號謙齋，別署木雞老人、遺園老人、五峯居士，合肥（今屬安徽）人。王世溥（一七九六—一八五九）子。貢生，官翰林院典簿。咸豐九年己未（一八五九），以招降苗沛霖，有聲於時。跌宕奇氣，一寓於詩。曾彙其先世詩爲《王氏詩徵》，又有《合肥王氏家集》，今存。著有《遺園詩集》、《謙齋集》等。傳見《近代詞人考録》、民國《安徽通志稿·列傳八》、《皖志列傳稿》卷六等。

（佛門緣）新序

趙酌蓉〔一〕

余與小坡相處爲最久，亦相交爲最深。其平生著作，得寓目者輒藏稿。是編脱草時，愛其情詞清麗，亦録之，小坡未知也。兵燹後，原本遺失，每話及，輒悵悵。因録所録者，志一詞以歸之。小坡旋奉其尊人蘭坡先生之黟縣教諭任〔二〕，游黄山歸，若有悟，遂化去。合肥王謙齋，小坡契友也，時主余舍，聞耗，輓以聯云：『生别尚黯然，那堪嶽色江聲，客路頻揮才子淚；死者長已矣，最傷老親弱息，秋風空返故園魂。』屬余書寄之。小坡才霸而性傲，遇不當意者，恆竊以白眼。故所如多不合，卒以抑鬱終。悲夫！

余檢所藏稿，得《西山鼓詞》、《牙牌詞》，暨詩文詞曲數十篇，收入《蠡管録》，將壽世。惟是編以已歸和璧，稿不復收。近有友言，余向所歸者復失去，親知中亦無有藏者，其爲《廣陵散》乎？余聞之，亟搜篋笥，旋得諸破紙中，鼠嚙蟲蝕過半矣，因以意補成之。噫！翰墨因緣，何如是之酷而且虐？豈亦顯晦有時耶？三番手録，卒保《蘭亭》。録之時不自知，藏之時亦不自知，若有默使之者而不能自已也，異矣！

申江有石印局，能照印，美而捷，行寄往以永其傳。新書告成，當以一卷效書中淵老故事，攜往山頭焚化。小坡有知，其慰也？其悲也？青燐蔓草間，當必有能唱鮑家詩者，噫！

光緒十一年仲春上浣花朝日，富波趙酌蓉椒谷甫識於寄我齋中。

附　題詞（【金縷①曲】）

往事今重講。細參詳、荷花桂子，莊嚴妙相。（『荷花桂子』，曲中聯語。）一枕驚回鸚鵡夢，認得烏衣門巷。（曲中鸚鵡化身王淵如者，合肥詩人王謙齋尊甫育泉先生也〔三〕。）都引到、三生石上。老衲機鋒才子賦，（襧②衡有《鸚鵡賦》。）對如來、交拜眞奇創。歌宛轉，聲悲壯。荊榛滿目增惆悵。問嫏嬛、當年福地，塵埋烟莽。（小坡家兩被兵火，藏書著作，悉歸烏有。）色卽是空空是色，兒女英雄一樣。又走入、相思魔障。（余方選《紅豆相思集》，收君各豔體。）發出幾枝紅豆子，幸鴛鴦、舊牒偏無恙。（余處存有稿本，因題此曲以歸之。）再領取，當頭棒。

（以上均《傅惜華藏古典戲曲珍本叢刊》第一〇三冊影印清光緒二十年上海寶文書局石印本《繪圖佛門緣》卷首）

【校】

①縷，底本作『僂』，據曲牌名改。

②襧，底本作『彌』，據人名改。

【箋】

〔一〕趙酌蓉：號椒谷，富波（今安徽阜南）人。生平未詳。

〔二〕蘭坡先生：即楊廷甲（一八〇五—一八七五後），號蘭坡，懷遠（今屬安徽）人。同治五年至七年（一八六六—一八六八），任安徽黟縣教諭。

〔三〕育泉先生：即王世溥（一七九六—一八五九），字濟周，號育泉，合肥（今屬安徽）人。貢生。咸豐元年（一八五一），薦舉賢良方正。後以功晉知州。磊落好義，性耽圖史，尤留意經世之學。著有《王育泉全集十二種》。傳見方濬頤《二知軒文存》卷三〇《王育泉先生家傳》、光緒《合肥縣志・義行》、光緒《續修廬州府志》卷四四、民國《安徽通志稿・列傳八》、《皖志列傳稿》卷六等。

霧中人（鄭由熙）

鄭由熙（一八三〇—一八九九後），字伯庸，一字曉涵，號嘯嵐，又號堅庵，別署歗嵐道人，歙縣（今屬安徽）人，寄居江寧（今江蘇南京）。屢試不第，同治間優貢生，因軍功保舉知縣，光緒間歷任江西分宜、瑞金、新昌、靖安諸縣。著《晚學齋詩鈔》、《晚學齋詩文集》、《蓮漪詞》等，合刻爲《晚學齋集》二十六卷（光緒二十四年戊戌靖安縣署刻本）。撰傳奇《霧中人》、《鴈鳴霜》、《木樨香》三種，合稱《暗香樓樂府》，現存光緒十六年庚寅（一八九〇）暗香樓刻本（光緒二十四年靖安署刻本《晚學齋集》據以收入）。傳見民國《歙縣志》卷七。參見朱萬曙《清代曲家鄭由熙的生平和創作》（《戲曲研究》第七五輯，文化藝術出版社，二〇〇八）。

《霧中人》，《古典戲曲存目彙考》著錄，現存光緒十六年庚寅暗香樓刻《暗香樓樂府》本，《傅惜華藏古典戲曲珍本叢刊》第一〇五冊據以影印。

霧中人序

程秉銛〔一〕

大著律度謹嚴，詞歸雅正。創巨痛深之旨，正使局外局中，同聲一哭。誰謂雜劇中無南史董狐筆也？猶記辛、壬之間〔二〕，蒙亦有小詩紀事。其二章云：『叢山峨峨舊有關，一夫力守萬夫艱。如何纔下當關令，已見紅巾滿故山。』『深源枉自書空字，騎劫原非善將兵。今日登臨經廣武，絕憐豎子未成名。』亦自附言者無罪之義。讀此編，覺爾日倉皇景象，不啻君家監門圖矣。信今傳後何疑？

光緒庚辰七月，績溪弟程秉銛謹識。

【箋】

〔一〕程秉銛：即程秉釗（一八五〇或一八三七—一八九一），榜名秉銛，字蒲孫，號公勖，別署蒲庵，績溪（今屬安徽）人。監生，候選教諭。光緒十六年庚寅（一八九〇）進士，選庶吉士。深研龔自珍之學，著述頗豐。著有《瓊州雜事詩》、《龔學齋遺集》、《程蒲孫遺集》（含《龔學齋古今體詩》、《少恩長室文存》、《知一齋尺牘》）等。傳見《詞林輯略》卷九、《清代硃卷集成》卷六八、《翰林院庶吉士程君墓志銘》（安徽師範大學圖書館藏鈔本《龔學齋遺集》卷首）

〔二〕辛、壬：咸豐元年辛亥（一八五一）、二年壬子（一八五二）。

（霧中人）序

張檢之〔一〕

談兵杜牧，陳法戒於罪言；避地蘭成，哀江南而作賦。一編循誦，百感交並。慨自氛起粤西，遍流湘楚；禍延皖北，遂失江淮。僅效狐鳴篝火之爲，竟成蟻穴潰堤之勢。時則叢山關峻，天險可憑；黄海雲深，人心亦固。方恃老臣碩畫，保此巖疆；豈知閫帥新來，頓翻全局！盡撤防秋之戍，揖盜門開；堅持清野之謀，擁兵自衛。才非青兕，劫召紅羊。逆焰鴟張，運籌無策；軍心瓦解，棄甲于思。地老天荒，萬民塗炭；吴根越角，獨客飄零。宜乎聞警星奔，憤時雨泣。脱全家於虎口，單舸宵移；覩四境之狼烟，樂郊誰適？忽逢蘭若，卽是桃源。八口流離，暫寄維摩之室；一天風雪，請參米汁之禪。未幾偵騎潛窺，姎徒肆掠。覬覦華嚴之藏，將同瓜蔓之鈔。齋供八關，未饜長蛇之噬；霧迷五里，終藏玄豹之姿。刁雙漏刃而歸，生還可告；孟明喪師之恥，筆削難寬。痛定追思，有呵壁問天之意；酒闌起舞，爲拔劍斫地之歌。他年風采輶軒，允繼杜陵詩史；何日宴開滕閣，遍徵江上才人？

光緒丙戌夏六月，細林山樵張檢之拜手纂。

（以上均《傅惜華藏古典戲曲珍本叢刊》第一〇五册影印光緒十六年暗香樓刻本《霧中人》卷首）

【箋】

〔一〕張檢之：別署細林山樵，籍里、生平均未詳。

（霧中人）跋

胡承謨〔二〕

禍福之說，雖曰天命，豈非人事哉？人欲召禍，天亦無如之何也；人能召福，天亦樂爲之從也。禍莫烈於兵，福莫大於免於不可免之兵。徽郡據萬山之險，咸豐年間，四鄰賊踞三年，卒無敢窺其境者，誠福地哉！乃福之於三年，而禍之於數日，天爲之，人爲之歟？夫以堂堂大帥，握兵符，統勁旅，尚不能免一郡之禍，且延及鄰封億萬生靈荼毒之慘。矧一介書生，手無寸鐵，扶老攜幼，流離困苦於荒陬古寺中，又猝加以迫不及防之變，此誠所謂天之阨我，莫可如何者矣。乃神奇變幻，卒免於不可免之兵，所謂『人能召福，天亦樂爲之從也』。

或曰：『天既從而福之，胡不使之酣豢於富若貴，以償出入兵戈之苦，而顧令浮沈宦海中，茫無涯涘，何哉？』夫祿位名壽，皆彼蒼所慳惜不與者，而名尤甚。霧中人自脱難後，學業日富，名譽日隆，歷宰劇邑，所至有聲。天蓋爲宇宙間存一文人，並爲民社存一賢有司，東坡所謂『長不死』者，福在此不在彼也。若斷斷於八騶七尺、烜赫一時者以爲榮，是淺之乎測天心矣。

承謨與校刊役，校畢，偶有所見，爰綴語以志私衷云。

光緒庚寅秋七月，壻胡承謨謹跋。

（同上《霧中人》卷末）

【箋】

〔一〕胡承謨：鄭由熙壻，字號、籍里、生平均未詳。

（霧中人）題辭

甘菊傭　等

爲愁碧血滿青谿，桑土綢繆返舊棲。隱霧文章自流露，南山玄豹不終迷。

明知人事多乖迕，畢竟天心釀禍胎。三十六峯環繞處，雄關偏讓一夫開。

夢裏含酸痛定思，一門都仗佛慈悲。儒家不肯談因果，儌幸生逢全盛時。

君孝於親格鬼神，我因奉母脱烽塵。（咸豐庚申，浮海入浙，曾繪《慈航出險圖》。）百重障霧千尋海，一樣矜全刼外人。甘菊傭〔一〕

【上江紅】非雨非烟，把塵海、混成一片。記爾日、倉皇形狀，似眞疑幻。清白正嗔當局誤，糊塗轉覺藏身便。向迷離、影裏作排場，開生面。　過去事，長留戀；眼前路，渾難辨。怎空中常有，愁雲遮遍？世事休嗟塞翁馬，何時重遇神仙犬？且外孫、虀臼譜新聲，書黃絹。志道人〔二〕

（同上《霧中人》卷首）

【箋】

〔一〕甘菊傭：籍里、生平均未詳。《燕蘭續譜》（清宣統三年鉛印本）題『菊傭筆述』，或即其人。

〔二〕志道人：姓名、籍里、生平均未詳。

鴈鳴霜（鄭由熙）

《鴈鳴霜》傳奇，現存光緒十六年庚寅（一八九〇）暗香樓刻《暗香樓樂府》本，《傅惜華藏古典戲曲珍本叢刊》第一〇五冊據以影印。

（鴈鳴霜）序

鄭由熙

韓子曰：『凡物不得其平則鳴。蟲鳥鳴於春秋，風雷鳴於冬夏，皆鳴也，皆不平也。』然未可以概論。東施之顰，自信妍於西子，有醜之者，輒謂無目；巴人之唱，自信雅於《陽春》，有俚之者，輒謂無耳。雖自鳴，未有與其鳴者也。若雙卿者，庶幾可以鳴。乃所爲詩詞，皆粉書於葉，雖鳴而不欲人之聞其鳴。聞者輒咨嗟太息，若不得不爲之鳴。栩園所謂『雖鐵石心腸，有不能已於言』者也〔一〕。

余讀《篋中詞》，見選錄《孤鴈》一闋，溫柔敦厚，風雅之遺。以氣格論，易安應讓一頭地。因憶栩園《談麈》〔二〕，曾載《西清散記》所錄詩詞事蹟。才由天授，又復厄窮堙鬱，爲人所難堪，殆斯世之眞不平者。諸子雖各爲之鳴，然皆類列，非特書，其鳴不彰。余非能鳴者，然好爲人鳴，與諸子同。爰掇拾其事，譜爲《鴈鳴霜院本》，瑣瑣然爲之鳴。竊念詩詞既在人間，安知非好事者搜羅哀集，俾傳於世？故末齣借繪圖人爲收場結束，雖涉傅會，亦想當然語也。

或曰：『君之鳴，庶幾彰矣，第不識東施之顰乎？巴人之唱乎？』曰：『余鴈聲也，霜晞聲嘽，霜淒聲切，不自知其鳴而鳴也。賞音者，其在烟江蘆葦間乎？』

光緒戊子首夏，嘯嵐道人自序於東湖寓廬。

（以上均《傅惜華藏古典戲曲珍本叢刊》第一〇五冊影印光緒十六年暗香樓刻本《鴈鳴霜》卷首）

【箋】

〔一〕栩園：即許善長（一八二三—一八九一），生平詳見本書卷九《瘞雲巖》條解題。

〔二〕栩園《談麈》：許善長有《碧聲吟館譚麈》，收入《碧聲吟館叢書》，現存清光緒間刻本。

鴈鳴霜跋〔一〕

鄭由熙

製曲，當考律於《大成九宮譜》，選韻於《中州音韻輯要》，旁參《元人百種》諸書，則分唱合唱之例，陰平陽平之音，抗墜疾徐，庶幾無謬。余於此藝，既非專家，諸書又非尋常坊肆所能購。興之所至，任意弄翰，僅就習見《四夢》、《九種》各曲，彷彿腔拍，歷年成院本三種。意在書事書人，寄託豪素，非欲淺斟低唱，風月賞音也。同郡友湖上醉漁，見而擊節，謂事關懲勸，義合興觀，非瑣瑣兒女子語，爲付剞劂氏，殆阿好歟！倘欲被之管絃，傅之粉墨，登氍毹場，探喉而出，俾市人咸知觀感，婦孺亦解笑嘅，則拂絃顧誤，自有公瑾其人，操觚家未遑盡能事也。

光緒庚寅夏五月，天都歗嵐道人識於荊波寓廬。

（同上《鴈鳴霜》卷末）

【箋】

〔一〕底本無題名。

《鴈鳴霜》序

劉光煥〔一〕

夫鬱伊萬感，凡物鳴其不平；悽斷一聲，使人愴然涕下。芳歲徂而嚴霜被，商飆振而朔鴈翔。月冷鐙昏，形景獨弔；歌殘酒濁，壘塊頻澆。目渺渺以愁予，天蒼蒼而莫問。誰能遣此？輒唤奈何！彼遲暮之美人，善懷之女子，有不觸緒傷心，聞聲動魄者乎？

有賀雙卿者，產自農家，居然孀女。甘泉涌醴，不問源頭；蓬塊生芝，原無荄蔕。聆吟聲而若悟，有似書癡；訂繡譜而翻新，自成鍼絕。摘花插髮，丰姿則楚楚可憐；倚竹臨風，衣袂亦飄飄欲舉。香溫粉膩，書殘芍藥之箋；蘸碧研青，題遍芭蕉之葉。可謂擢孤芳於荒穢，標逸韻於空山者矣。

泊而女貞已字，姑惡時聞。郎是牽牛，妾能挽鹿。拋將鉛黛，椎髻來前；浣罷碧紗，捧心善病。腰支酸透，猶嫌餉饁來遲；麥黍炊成，卻被爨烟熏損。雖極劬悴之況，曾無觖望之嗟。猶復篤嗜風騷，不忘結習。以絕豔驚才之筆，寫哀鳴避弋之情。落葉亂飛，秋心如訴。則所作《孤鴈》詞一闋，何其悲也！觀其役精委宛，託興幽微。小弁鸒斯，尚覺怨懟；薋葹蘭茝，敢判薰蕕。纍纍鮫泣之珠，點點鵑啼之血。譬諸韓娥之哭，雍門之歌，不是過焉。

嗟乎！黃崇嘏不變男兒，趙才人竟歸廝養。屈令僕於州吏，辱名士之馬曹。顛倒不倫，古今同慨。鸞棲枳棘，孰辨鏘和；鷃搶枋榆，翻來嘲笑。不有風人寫照，誰傳憐子之心？應知幼婦工辭，中有受辛之字。是以張衡不樂，乃爲《四愁》；陶令《閒情》，寄之一賦。此歗嵐道人《鴈鳴霜》院本所由作也。

其製局嚴而有體，其綴藻婉而多風。寄感喟於無端，空中傳恨；溯雅音於協律，字外生稜。禰正平之枹鼓參撾，王處仲之唾壺盡缺。被之絃管，繞梁定有餘音；載在《玉臺》，此種斷推壓卷。迺知作《列女傳》者，不必更生；撰《遺芳集》者，復生牛女。不待登場學步，始現化身；即茲低唱淺斟，如聞太息。洵偃師之肖像，愷之之傳神已。

而乃索我卮言，弁之簡首。本無誤曲，不煩過事吹毛；既遇賞音，何妨互爲擊節。則且和歌《白雪》，僭附青雲。等糠秕之在前，笑積薪之居上。仰天擲筆，殷深源何事書空；倚柱憂時，魯漆室初非欲嫁。若雙卿者，作《離騷》佚女觀可也，作《莊》、《列》寓言論可也。

光緒己丑年冬月，江夏劉光煥拜序。

【箋】

〔一〕劉光煥：號雯山，會稽（今浙江紹興）人，江夏（今屬湖北）籍。同治十一年（一八七二）撰《唐安寺古柏歌》（現存碑刻）。十二年癸酉（一八七三）鄉試，以湖北籍中式（《重修浙江通志稿》，頁九三〇九）。光緒十八年（一八九二），授大庾知縣。二十一年，爲范漣（一八四六—？）《世守拙齋詩存》撰序。二十六年，任山西萬榮知縣。次年，任臨汾知縣。著有《聽鐘吟》、《自鏡齋詩存》。傳見民國《湖北通志》卷一三八、民國《大庾縣志》卷五等。

《鴈鳴霜》跋

余瑞璋〔一〕

此吾外舅嘯嵐先生，感雙卿之遇而作也。先生抱鴻博大雅之才，工詩古文詞，箸書等身。間出其餘，成樂府數種，以攄寫懷抱，《鴈鳴霜》其一也。而顧以不悉雙卿事始末，讀者或疑爲寓言八九。

歲己丑〔二〕，璋秋試金陵，假館青谿退廬。適丹陽賀子安茂才與同下榻，一夕酒次，舉雙卿事，並及《鴈鳴霜》之作。子安蹙然曰：『此吾族所自出也，適金壇綃山周氏，才不偶命。《曲阿詩綜》曾載詩詞事略〔三〕。迄今且百數十年，漸卽澌滅，遲之又久，將湮沒不傳。得君舅特筆表幽，吾族感且不朽。行將歸訪遺軼，以屬於君。蓋既悲女史之遇之窮，而亦重致慨於憐才者之不數覯也。』

越明年春，子安書來，曰：『女史歿久矣。生卒始末，故老鮮道其詳。《詩綜》自罹兵燹，無重刊者。《潤州詩錄》不列事蹟，家乘例不得載。邑志以綃山隸金壇，又不爲立傳，僅附見於《藝文志》，載所箸有《雪壓軒集》。今其書亦風飄雨蝕，與粉書花葉，同蕩爲寒烟冷灰，而渺不可復見矣。』

璋於是益嘆女史之遇之窮，而又重爲女史幸也。夫古今來才人畸士，懷貞抱愨，湮鬱老死於荒烟蔓草，與鼯鼪狐兔爲鄰，而不遇於時者，何可勝道？卽幸而遇，而不用其才，用之又不盡其用，使之困阨屈抑，窮愁著書，以消耗其壯心，激宕其志氣，藏之名山，傳諸其人，或不幸而風飄雨蝕，散佚淪沒，不一見知於世者，又何可勝道？今雙卿一弱女子，雖賦才不偶，知者寥寥，而曠世相感，猶獲見賞宗工，被諸絃管，使天下後世，相與讀其文而想見其人，則不得謂女史之不幸，而所遇之終窮也。然則是編之作，先生卽不僅爲雙卿慨，固足以傳雙卿矣。宜賀氏之族感且不朽也。校讎役畢，舉所聞於子安者，以實其事，俾讀是編者無疑於子虛烏有云。

光緒庚寅夏五月，受業壻六合余瑞璋謹跋。

【箋】

〔一〕余瑞璋：六合（今屬安徽）人。鄭由熙壻。光緒二十六年（一八九〇），校刊鄭由熙《蓮漪詞》。

〔二〕己丑：光緒十五年（一八八九）。

〔三〕《曲阿詩綜》： 丹陽人劉會恩，嘉慶十二年（一八〇七）舉人，曾輯刻《曲阿詩綜》三十二卷、《曲阿詞綜》四卷，收錄西漢至清道光間丹陽籍及與丹陽有關之九百餘名詩詞作者、六千餘首詩詞作品，現存清道光四年（一八二四）劉九思堂刻本，上海圖書館藏。

（鴈鳴霜）題辭

許善長　等

【惜黃花慢】依曲中雙卿韻

莫補情天。歎化工弄巧，異樣新鮮。豔姿爭羨，慧根素具，偏逢厄運，苦海無邊。怨容消盡辛勤耐，遇姑惡、誰更生憐？抱恨眠。奈何境界，孤鴈爲緣。晨炊畫餉難言。又病魔暗擾，歲歲年年。帕羅齊鬢，碧衫襯體，芳情錦思，都付雲烟（節本詞語）。畫圖寫出淒清景，謝騷客、重話纏綿。趁宦閒，種成玉（於具切）暖藍田（君方讀《禮·閒居》）。仁和許善長栩園。

【前調】和作

夢雨迷天。正暗爇焰剔，蓓蕾花鮮。爨琴慵撫，蠹編倦展，新詞絕妙，叫鴈愁邊。皺池春水干何事？恁禁得、憔悴堪憐。悄未眠。洞簫怨咽，知甚因緣？冤禽最好無言。便石銜大海，填滿何年？鳳棲叢棘，燕酣鬧杏，花飛絮卷，過眼雲烟。問天默默空呵壁，任終古、纏恨綿綿。夜更閒，淺斟醉倒屯田。（栩園書至，漏已三下。）嘯嵐道人

（以上均《傳惜華藏古典戲曲珍本叢刊》第一〇五

冊影印光緒十六年暗香樓刻本《鴈鳴霜》卷首）

木樨香（鄭由熙）

《木樨香》傳奇，現存光緒十六年庚寅（一八九〇）暗香樓刻《暗香樓樂府》本。

（木樨香）序

鄭由熙

昔譜《霧中人》院本，寄示同邑生，復書曰：『創鉅痛深，怵既往，儆將來，可以懲矣。然某公未至之年，歲乙卯〔一〕，賊初陷郡，吾邑侯廉公死事〔二〕，桂樹春榮。賊退，四方無遠近，爭潔溪毛往薦。倘引商刻羽，被之管絃，可爲守土者勸。君遺此錄彼，非野史彰癉義也。』余心識之。

羈紲人事，忽忽者十年。丙戌冬〔三〕，抱銜恤慟，堊壁息影，翰墨盡廢，忽忽者又二年。事久益湮，年就衰則筆益退，寸心耿耿，寤寐常若不釋。今踰親喪將兩朞，援祥琴禮，漸親絃誦。乃追維往事，纂組成章，目曰《木樨香》，紀實也，豈云表忠烈、扢揚清芬哉！

夫事必逆料其可爲而後爲之，則天下無可爲之事。孔行道德，孟言仁義，豈不知春秋戰國，爲爭淩攘奪之天下，乃皇皇然行之，侃侃焉言之？蓋盡其所當爲，不以顯晦沮也。諸葛公與左將軍定大計於草廬，乃前後出師，毅然以漢業爲己任，豈不知吳魏山河不可以爭尺土，而必一再陳情，至於鞠躬盡瘁，死而後已？亦盡其所當爲，不以成敗利鈍計也。廉公下車伊始，卽諄諄以團練召士民。議未定而賊至，猶復出郭門，躬自勸勉。非迂也，以爲其許我也，則徼倖於萬一，以能保我土地人民；其不許也，然後身之存亡，惟城是與，不敢僅以一死告無罪於有司也。是則我公之志也。夫一郡一邑之存亡，其關繫與古聖賢言行殊，而爲所當爲之志，則無或異。天鑒其志，靈爽著焉，豈尋常禍福殃祥相感召者所可同日語哉！

光緒戊子首夏，歙嵐道人自序於東湖寓廬。

（清光緒十六年庚寅暗香樓刻本《木樨香》卷首）

【箋】

〔一〕乙卯：咸豐五年（一八五五）。

〔二〕邑侯廉公：卽廉驥元（？—一八五五），字星瞻，號惺齋，寧河（今屬天津）人。道光十七年丁酉（一八三七）舉人，考取景山官學教習。咸豐四年（一八五四）期滿，選授安徽歙縣知縣。五年，死於難，恤贈知府銜。傳見光緒《寧河縣志》卷八、民國《歙縣志》卷二等。

〔三〕丙戌：光緒十二年（一八八六）。

（木樨香）後序

余瑞璋

溯自風騷遞降，謠什代興；慢令既衰，傳奇有作。標體斯別，導源則同。義實等於興觀，旨亦均夫美刺。譬之淄澠異味，並滌煩襟；灘渙成文，各彰采色。是以東塘《桃花》之作，致意興亡；紅雪《桂林》之篇，標題節烈。如怨如慕，可泣可歌。固未可等諸俳優，下同爨弄也。

然而刺促者迷於津逮，儻蕩者決其藩籬。《折楊》、《皇荂》，取悅於里耳；幺絃急拍，無當乎雅音。視若游戲，鮮所矜擇；綜其流弊，略有數端。揣摩牀笫，汙穢中閨；傳綺思於秋波，締幽情於夢雨；胡天胡帝，憐我憐卿。若是者其詞淫。附會流俗，巧構語言；嫁韓偓以香奩，坐中郎以薄倖；事同吠影，病等失心。若是者其詞誣。客是子虛，公原烏有；遑牛鬼蛇神之怪，幻蜃樓蝕市之觀；但取新奇，羌無故實。若是者其詞誕。揆厥所昧，良亦有由。蓋情縱則思邪，理失則辭詖。譬諸師涓奏曲，豈知玄鶴之舞；瓠巴鼓絃，乃致游魚之聽。理固然也。

外舅歗嵐先生，甄心道矩，覃思藝林；間假宮商，發抒志義。匪直音窮抗墜，律協雲韶；抑亦習蕩淫哇，旨歸風雅。已三復是編，以言乎招魂，則楚客之辭也；以言乎哀忠，則汧督之誄也；以言乎表微闡幽，廉頑立懦，則又《書張中丞傳後》、『記王彥章畫像』也。珠玉錯落於行間，蛟螭盤拏於腕下。逸情霞舉，壯采烟高。存青史之遺文，著丹心之偉節。碧化萇弘之血，何待三年；春歸杜宇之魂，如聞五夜。遂覺風雲變色，草木皆秋；鬚眉如生，鬼神可泣。豈比夫裁紅刻翠、溺情綺靡之詞，雕空鏤塵、獵豔虛荒之作？揮殘兔穎，極繪聲繪影之能；翻出《龜茲》，有聽水聽風之妙。清商發而行雲遏，變徵出而梁塵飛。鸞皇之韻自高，龜黽之噤斯絕。是知鳴瑟向趙，始聞《激楚》之歌；鼓缶入秦，寧識《陽阿》之曲。固宜一編跳出，萬口爭傳。宛委可藏，輶軒用采。玉壺擊處，中含金石之聲；鐵笛吹來，一洗箏琶之耳。

歲在上章攝提格律中蕤賓之月〔一〕，受業壻余瑞璋校畢謹序。

（清光緒十六年庚寅暗香樓刻本《木樨香》卷末）

【箋】

〔一〕歲在上章攝提格：庚寅年，光緒十六年（一八九〇）。

（木樨香）題辭

范金鏞〔一〕

親掐檀槽教小伶，烽烟如夢說惺惺。天留南、董垂詞史，回首家山一髮青。

循吏休言擘畫迂，山城斗大勢全孤。黃巾下拜豚魚格，天性何嘗盜賊無？

斡旋秋運藹爲春，正氣聊憑大筆伸。頰上添毫人活現，始知彰癉有微臣。

不愧廉頗好子孫，《木樨香》裏護靈魂。從容地下應含笑，一曲《陽春》碧血溫。新建范金鏞藕舫。

【箋】

〔一〕范金鏞（一八五四—一九二三）：原名明榕，字福廷，號藕舫，一號漚舫，別署漚道人、心香室主人，新建（今江西南昌）人，一說廬陵（今屬江西）人。光緒六年庚辰（一八八〇）進士，授禮部主事。二十九年，謁選得授雲南曲靖知縣。旋辭官歸里。工詩善畫。著有《寒松閣談藝瑣錄》、《心香室詩鈔》、《心香室詩餘》、《漚道人題畫詩》。傳見《寒松閣談藝瑣錄》、《清代畫史增編》、《清代畫史補錄》卷四、《近代名人小傳》、《新建近代人物志稿》等。

輓辭·木樨香曲（《晚學齋詩集》）

闕　名〔一〕

君不見象山史氏開秋花，忽變玉樹爲丹葩。又不見淮南佳種産巖谷，八公才士應運出。尋常瑞應非奇徵，不及我公忠誠動草木。父老且勿悲，士女且勿哭，我歌《木樨香》一曲。一解。妖氛突熾旄頭星，烽烟無堠車無耕，士卒如夢初叫醒。兵不足，壯丁續，壯丁者誰髮半禿。陣馬權當耕牛騎，有米有錢軍中嬉。二解。里魁應募夜郎大，寇來邏營兵不在。道路拾遺半軍械，壯丁壯丁甚矣憊。三解。元戎十乘先啓行，孤城斗大公能當。鼓闐如雷旌旗張，瞭火燭天日月光。四解。全軍皆墨賊氛逼，十里五里偵探疾。我寡賊多，公無奈何。行三十里，求援赤子。耕者爾來，耰鋤是抵；負者爾來，製梃可使；居者爾來，揭竿而起。諄諄藐藐，行行止止。豈無天良，所惜者死。五解。登陴四望，肝腸寸斷。乃升公堂，乃召隸卒。齎印鄰封，鑒前車覆。望闕再拜，頓首出血。城不克全，賊不克滅。臣罪當誅，臣死有餘辜。撫桂花樹，自經於署。忠魂能香，秋花春芳。六解。天欲斯人傳不朽，直把清明當重九。廣寒分與十分秋，杏豔桃嬌一齊醜。寇雖不仁，畏公如神。謂公亦猶人，胡不明哲以保身？越十日，賊行亂平，公顔如生，花香滿城。七解。噫嘻乎！枝上花，腔中血；地下冤，天上雪。蒼蒼冥冥表忠烈，青史無權筆如鐵。八解。

（以上均清光緒十六年庚寅暗香樓刻本《木樨香》卷首）

【箋】

〔一〕此曲錄自《晚學齋詩集》，當爲鄭由熙撰。

桃花聖解盦樂府（李慈銘）

李慈銘（一八三〇—一八九四），初名模，字式侯，後更名慈銘，字炁伯，號蒓客、蓴客、蒓老，室名越縵堂，故別署越縵、越縵生、越縵老人，會稽（今浙江紹興）人。同治九年庚午（一八七〇）舉人，光緒六年庚辰（一八八〇）進士。官至山西道監察御史。著有《越縵堂詩集》、《杏花香雪齋詩》、《白華絳跗閣詩集》、《越縵堂文集》、《湖塘林館駢體文鈔》、《越縵堂駢體文》、《越縵堂詞錄》、《越縵堂日記鈔》等。撰雜劇《舟覯》、《秋夢》，總名《桃花聖解盦樂府》，《清代雜劇全目》著錄。傳見平步青《樵隱昔寱》卷一八《掌山西道監察御史督理街道李君蓴客傳》（附民國二十八年鉛印本李慈銘《白華絳跗閣詩集》卷首）、《清史稿》卷四九一、《碑傳集補》卷一〇、《碑傳集三編》卷一一、《清儒學案小傳》卷一九、《近代名人小傳·官吏》、《近世人物志》、《清代七百名人傳》、《同光風雲錄》卷上、《昭代名人尺牘續集小傳》卷二四、《寒松閣談藝瑣錄》卷三、《清畫家詩史》壬下、《清代畫史補錄》卷三等。參見張桂麗《李慈銘年譜》（上海古籍出版社，二〇一六）。

《桃花聖解盦樂府》，現存光緒三十二年（一九〇六）杭州創刊之《游戲世界》半月刊第五、六期連載者，光緒三十三年（一九〇七）上海創刊之《小說林》月刊第二、第三期所載者（阿英《晚清文學叢鈔·傳奇雜劇卷》之《越縵生樂府外集》據之排印），清末鍾峻文崇實齋校刻本（《傳惜華藏古典戲曲珍本叢刊》第一〇四册據以影印）。

桃花聖解盦樂府外集自記〔一〕

李慈銘

庚申初秋〔二〕，閒居京師。風雨積晦，賓客不來，當門草長，沒砌苔迹。日與東鷗主人分據敗榻，琅琅讀書聲，與窗外老樹數十株，自爲秋籟相答和。時江浙日警至，家書杳然，念輒心悸。因讀稍倦，則分題作樂府雜劇，以延寸晷之景。素不識曲，依譜填之，按於宫商，亦往往有合。所作多得於茶餘燭燼時。會海上事又急，夷舶入據津門，都人士相率避去，而兩人益讀且作不已。每一篇成，互相歎賞，絕不以時事參懷。惟老僕質衣糴米，一啓關而已。知我罪我，其在斯乎？

會稽蒓老自記。

（《傳惜華藏古典戲曲珍本叢刊》第一〇四册影印清末鍾峻文崇實齋校刻本《桃花聖解盦樂府》卷首）

【箋】

〔一〕底本無題名。

〔二〕庚申：咸豐十年（一八六〇）。

舟觀（李慈銘）

《舟觀》雜劇，一名《蓬萊驛》，著錄、版本參見本卷《桃花聖解盦樂府》條解題。

舟觀跋[一]

李慈銘

余嘗見唐小說，載支觀察施弄珠事，當其單車上道，所眷被奪，冷落之況，爲之感唏。及持節錦歸，邂逅津館，遽捐萬金，竟脱其籍攜去，不覺慨然於前後榮悴之殊，爲之忽笑忽涕。唯①稱支已離家十餘年，年已老大，又銜驛吏仇壬構郄之憾，竟致其死，皆於情事有未能愜。故稍爲變易，以就觀者。其中載僚屬名氏甚詳，而按之史傳，殊無可考，浙東廉使，亦無其名。又稱支嘗官鳳閣舍人，其爲觀察時，官文昌左丞。按唐改中書省爲鳳閣，尚書省爲文昌省，皆在高宗龍朔時，旋即改故。而觀察使之名，在玄宗開元末，由黜陟使改置。然唐人傳記，多喜爲鳳閣、文昌之稱，蓋一代稱謂固如此也。唐自憲宗諱純，凡『淳』、『醇』等字皆避，則支事當在永貞以前。余既感其事，又喜所載皆吾鄉人事，爰爲譜之樂府，以傳無窮，事之有無，不足深究耳。

越縵自跋。

原傳支君之遇施弄珠，在蘇州驛舍，而仇壬以潤州司戶參軍，攝丹徒尉，支因屬浙西觀察使，謫之爲杭州武林驛吏，未行，杖殺之。予因移之越地，所以爲傳奇也。改支爲茲，則竟例其人於子虛烏有矣。又記。

【校】

①唯，底本作『倠』，詞義不明，據文義改。

【箋】

〔一〕底本無題名。

舟覯跋〔一〕

漚老譽〔二〕

人生瑣屑恩怨之故，有道者睬之，誠不滿其一哂。而功名之士，方其勛藏太室，佐正揆席，聲施極於海朔，自視若無足異；而獨於窮時，一顧盼之恩，一睚眦之隙，輒流連鄭重，斤斤焉不能一刻忘。嗚呼，此其故可感矣！

長安西風，槐市積葉。秋氣肅枕，客居易悲。尊客因讀唐小説《支生傳》，忽忽有所觸。夜起爇炬，通昔而來，次夕脱稿垂示。僕不能言文之所以工，顧讀之而使吾心之悲喜愉怨，一若受節於子文，而吾不能自主。吾不審尊客讀《支生傳》時，與吾讀尊客此文時，其所謂忽忽有觸者，果同焉否也？又不審千古後之讀此文者，與吾心又果同焉否也？嗚呼，不重可感哉！

七月下旬，漚老譽書。

（以上均《傅惜華藏古典戲曲珍本叢刊》第一〇四冊據以影印清末鍾峻文崇實齋校刻本《桃花聖解盦樂府》第一種《舟覯》卷末）

【箋】

〔一〕底本無題名。

〔二〕漚老譽：姓名不詳，當即李慈銘《桃花聖解盦樂府外集自記》所云『東鷗老人』，亦即《秋夢跋》之『漚公』、『東鷗生』。

秋夢（李慈銘）

《秋夢》雜劇，一名《星秋夢》，著錄、版本參見本卷《桃花聖解盦樂府》條解題。

秋夢跋〔一〕

漚　公

至人無夢，忘情也；愚人無夢，不及情也。安豐有言：『情之所鍾，正在我輩。』情也者，其夢之帥乎？越縵生幼痼於情者十餘年，已而悔之。近方研經學道，痛自砭治，絕口不言情。秋室伏景，屏俗勿營，感寂入幽，忽忽而夢。既寤，述夢中狀，爲雜劇樂府。東鷗生受而誦之，憮然曰：

『善哉乎！情譬水也，堤而過之，孰若順而導之。使情之泛濫而失其閑者，納諸歸墟，斯日習於情而幾乎忘焉，殆夢忘之矣。則《秋夢》一篇，其越縵防情之學乎？僕昨夢糞穢盈廁，占其兆，謂當獲財，不知於六夢七情當何屬也？請越縵生爲僕詮之。

漚公跋。

【箋】

〔一〕底本無題名。

秋夢後跋〔一〕

漚公

詩降而詞，詞降而曲，況斯下矣。搢紳學士，屏之弗談，而一二鄉曲脣吻之徒，又率意爲之，曲之爲道，遂以日晦。由是推之，詩若詞，趨異而阨則同。僕嘗謂天地間既有一種文字，必有一種眞理包藴其間。善爲文者，先卽其理，目擊而心存之，積久生悟。方其既悟，於是伸紙蘸筆，追此理於冥茫之中，驅以靈心，弋以快腕，直使我之精神氣力，與天地之理呼吸膠固，發而爲文，斯其所以歷千古而不敝也。

僕間以此語質尊客，尊客撫掌曰：『此語非君不能言，非我不能會。』故其於文章，未嘗苟作，作卽無勿工。日者偶讀元人傳奇，悄然有感，紬經之暇，輒擬爲之。浮①思古意，哀感頑豔，幾幾與玉茗翁《驚夢》、《叫畫》諸曲，較分刌之出入，下者猶與《南柯》、《紫釵》二夢爭長。人但賞其用意之婉篤，措詞之緜麗，以爲才人極筆，不知其移情蕩氣，有溢於字句之外。僕亦不能言其故也，殆所云悟之通於理者矣。吾師乎！吾師乎！

漚公再書。

（以上均《傅惜華藏古典戲曲珍本叢刊》第一〇四册據以影印清末鍾峻文崇實齋校刻本《桃花聖解盦樂府》第二種《秋夢》卷末）

【校】

①淫，底本作『謠』，據文義改。

【箋】

〔一〕底本無題名。

秋夢識語〔一〕

籀　齋〔二〕

此會稽李炁伯慈銘先生之遺著也。先生爲我國近世一大文豪，其詩文詞之刊布於世者，若《越縵堂文集》、《白華絳跗閣詩詞》，有井水處類能諷之，獨雜劇院本則不少概見。昨歲偶於郡城汪氏聯珠閣得《蓬萊驛》、《星秋夢》二種雜劇，讀之，其淫思古意，哀感頑豔，幾與法國囂俄《秋葉》、《晚霞》諸曲爭校分刌。玉茗《四夢》，清容《九種》，殆不足云。我國若尊悲劇家，先生其祖之矣。兹於小說林社報出版時，亟爲刊登，以餉我國青年之嗜悲劇者。

籀齋附識。

（阿英《晚清文學叢鈔·傳奇雜劇卷》據清光緒三十三年《小説林》月刊第三期《越縵生樂府外集》之《星秋夢》排印本卷末，頁七一五）

【箋】

〔一〕底本無題名。

〔二〕籀齋：姓名、籍里、生平均未詳。

梅花夢（汪敍疇）

〔一〕汪敍疇（一八三〇—一九〇七），一名樹烈，字蓉洲，號蒓庵，别署桃潭歌者，長壽（今屬四川）人。同治三年甲子（一八六四）舉人，次年乙丑進士，選庶吉士，散館授編修。陞文淵閣校理、國史館協修。同治九年（一八七〇），出任雲南鄉試考官、國史館編修。光緒二十年（一八九四），任雲南學政。尋罷官還鄉。編《字學舉隅續編》。撰傳奇《梅花夢》傳奇。傳見光緒《長壽縣志》卷八。參見李朝正《清代四川進士徵略》（四川大學出版社，一九八六）、政協長壽縣委員會文史資料研究委員會編《長壽縣文史資料》第七輯汪希舜等《清代翰林汪敍疇》（一九九二）、政協長壽縣委員會《長壽風情》（楊文遠撰傳）等。

《梅花夢》傳奇，《古典戲曲存目彙考》著錄，現存光緒十年（一八八四）成都龔氏刻本，《傳惜華藏古典戲曲珍本叢刊》第一〇四册據以影印。

梅花夢傳奇序

吉唐道人〔一〕

元人以詞曲取士，凡百種詞，盛行於世。其中《西廂》、《琵琶》最爲傑出，至讀其詞者，以化工、畫工喻之。嗣是，《祝髮》、《幽閨》、臨川《四夢》、《燕子》、《春燈》，雖間有警策，究不能通體完善。我朝李笠翁、袁于令，稱詞曲高手，而《十種曲》、《西樓記》，亦未克盡善盡美，至插科打諢，賓白坦率，又卑卑不足論矣。蔣苕生太史，掃除一切，獨標新穎，《九種曲》出，高樹詞壇一幟，然音律之間，尚多舛錯。求其諧聲合拍，無乖音律，孔云亭、洪昉思庶乎近之。

長壽汪蒓庵明經，以不羈之才，作爲元人院本《梅花夢》傳奇，其傑構也。全書摹仿蔣苕生《空谷香》，其組織之工，音律之細，賓白之佳，又差與《桃花扇》、《長生殿》伯仲。演諸氍毹，眞足逸情動魄，可感可興。書成未梓，蒓庵已作古人，得其稿者甚少。同好以傳鈔難遍爲嫌，就予藏本，詳加校正，付諸棗梨以公世。刻即竣，仍以序屬予，特墨其緣起於簡端。

光緒癸未嘉平月，成都吉唐道人敍。

【箋】

〔一〕吉唐道人：成都（今屬四川）人，姓名、生平均未詳。

梅花夢贅言十四則

龔墨園〔一〕

一、傳奇百種，不外言情。此書寫情，全在骨肉室家之間，愈覺懇切不浮。惟梅花仙子，不無託諸神仙縹緲之談。然『理之所無，未必非情之所有』，人視爲太虚浮雲，空中樓閣也，予仍不視爲太虚浮雲、空中樓閣也。

一、人言是書爲汪蒓庵先生作，某以百金易去。或又云卽出廣漢張某手。未知孰是。我輩祇就文論文，不必作經生語，紛紛辯著書人姓名也。『奇文共欣賞』，卽是人生一大快事。予之刻是書也，或可無譏。

一、曲既名《梅花夢》，梅花，猶珠也；試章、幼嫺，猶龍也；王公、金母、孟引、侍書等，猶風雲烟霧也。珠之婉轉盤旋，不離乎龍；龍之夭矯飛騰，不離乎珠；而其餘之風也、雲也、烟也、霧也，又復爲襯之托之，點之染之。畤我巨眼，覷彼匠心，不要使他瞞過。

一、時曲多用小人打鬧，如《西樓》之池同、趙伯將，《桃花扇》之阮圓海、馬瑤草，《燕子箋》之鮮于佶，《珊瑚鞭》之張軏如、蘇有德、楊廷詔等，不可勝記，亦屬濫觴。作者獨能不落此套，故微嫌轉折太少。然其筆之曲，意之靈，仍復一波不已，又起一波，未可卽此厚非之。

一、所謂『龍合貢雨疇』者，龔晴皋先生也〔二〕。『龍共』爲龔，雨疇、晴皋，意取對待。元試章者，晴皋埒黔西張某『原是張』也。夢鶴居士所謂『更名易姓，不欲以眞面目示人』者。然較之百子山樵之全改面目，不可捉摸，則又大不同。

一、姻連黔蜀，情篤好合，夫婦唱酬，連篇累牘。厥後鏡破鴛飛，遺孤在抱，皆屬實在情事，並無假借。至狀元宰相，作者故美其說，意在爲才人吐氣，亦吾輩無可奈何之談，可笑也，亦可哭。

一、傳奇才子佳人，固屬濫套。每每佳人則青樓妓女，才子則短行文人。否則密約幽期，踰牆鑽穴，爭奇立異，各逞精思。揆其故，皆以便於縱筆爲文，無所顧忌起見。此書始無贈芍之嫌，終遂《關雎》之詠，家庭樂事，兒女私情，仍能暢所欲言，並無一語滯礙，既麗既則，亦正亦葩。乃復別借梅花，反覆演說，異常新穎，無斧鑿痕。讀之可知文字之妙，不在題目，生發題意，自在各人之三寸毛錐也。

一、古人著書，原欲啓善心而懲逸志，傳奇小道，意亦猶是。近來則《金雀》、《玉簪》，文於誨淫者多矣。看作者寫試章之孝友和樂，幼嫺之溫柔貞靜，使家庭之間，融融洩洩，不爲不蹈時弊，兼可啓迪後人，直爲有功世道人心文字。

一、設科之嬉笑怒駡，所以助曲文之精神。他本多未能分明，今皆別以小字旁寫，使閱者一目了然。如白描人物，鬚眉畢現，捫之紙上，躍然欲生，好看好看。

一、曲中襯字，宜用小字中寫。間有未能畫一者，以與文理無妨，皆仍其舊。如必播之管絃，摹以優孟，務求詞曲名家，按拍訂正。如以潦倒伶人，妄爲加減，或另删定成書，或改爲蜀中排子，吾知著書人必爲厲鬼而奪其魄。

一、《聘梅》、《閑情》等齣，科白太多，敍事直捷，有一齣可分數齣者，未免簡易，是尺璧之微瑕。得此中三昧者，細讀必能知之，若夫改作，俟諸能者。

一、原本得於成都吉唐道人，道人得於王小餘，以次傳鈔，已逾數手，不無妃豨帝虎之疑。且曲文科白間，亦有未協處，雖曾妄加添改，尚多未盡善美，統俟高明斟酌之。

一、是刻於癸未冬月。原本蚊腳細草，惡楮毛書。日與書傭手民相廝守，尋行覓字，正僞訂訛，不憚煩數，兩越月而成功。適草堂梅花盛開，約同人攜之花下，痛飲讀之，覺落花著紙，香氣襲人，古往今來第一快事。席上有掩袂唏嘘，獨坐不語者，則曾抱鰥魚之痛者也。

一、得是書時，予適賦鼓盆，大兒子纔數齡耳。日惟孤鶴同眠，獨絃自理，房敖棖觸，盡是傷心。閒卽評贅數言，藉消愁魔病鬼，並無一語道著痛癢，何敢示人。同人愛忘其醜，慫恿錄存。見哂方家，自知不免，諒之諒之。

醉齋繼主墨園氏偶筆。

（以上均《傅惜華藏古典戲曲珍本叢刊》第一〇四冊影印清光緒十年成都龔氏刻本《梅花夢傳奇》卷首）

【箋】

〔一〕龔墨園：此書封面題『光緒甲申四月成都龔氏開雕』，而此文云『予之刻是書也，或可無譏』，然則墨園應姓龔，別署醉齋繼主。此劇正文卷端署『鳳仙博士評文／桃潭歌者填詞／夢梅外史正譜』，而此文云『閒卽評贅數言』，然則墨園又別署鳳仙博士。龔墨園，籍里、生平均未詳。或與龔晴皋同里、同族。

〔二〕龔晴皋（一七五五—一八三一）：名有融，以字行，別署綏山樵子、拙老人、避俗老人等，巴縣（今屬重慶）人。乾隆四十四年己亥（一七七九）舉人，曾任山西崞縣知縣。以詩書畫名世。著有《退溪詩集》。

梅花夢傳奇總評

闕　名〔一〕

自《西廂記》以《草橋警夢》終篇，傳奇家輒效之，無目者輒賞之，無論數見不鮮也。言盡而意亦止，是夢不如醒也。臨川四種皆夢也，而皆不以夢終，何害其爲古今絶唱乎？此書雖終以夢，而全書之意實在文字語言之外。善讀者雖謂之不以夢終，而以夢始，可也。至其痛哭流涕，寄慨遙深，而又無人解得者，此章之中則有三句，如云『原説是夢』，又云『但求此夢』、『眞實不虛』是也。斯言也，一讀而心酸，再讀而腸斷矣。

（同上《梅花夢》卷末）

【箋】

〔一〕此劇卷端署『鳳仙博士評文／桃潭歌者塡詞／夢梅外史正譜』，然則此文爲鳳仙博士撰，即龔墨園，詳見上條箋證。

儒酸福（魏熙元）

魏熙元（一八三〇？—一八八八後），字玉巖，別署玉玲瓏館主人，仁和（今浙江杭州）人。咸豐八年戊午（一八五八）舉人，曾任桐鄉教諭。著《玉玲瓏館詞存》。早年撰傳奇《梨樂軒》、《玉棠春》、《西樓夢》、《寶石莊》四種，合稱《餐英館樂府四種》，已佚。晚年撰傳奇《儒酸福》。傳見民國《杭州府志》卷一一三。

《儒酸福》傳奇，《古典戲曲存目彙考》著錄，現存光緒十年（一八八四）杭州魏氏玉玲瓏館刻本，《傳惜華藏古典戲曲珍本叢刊》第一〇四冊據以影印。

（儒酸福）例言

闕　名[一]

一、傳奇各種，多至四十餘齣，少只四齣，均指一人一事而言。是曲逐齣逐人，隨時隨事，能分而不能合，乃於因果兩齣中，暗爲聯絡，而以十六個『酸』字貫串之。

一、詞中借用唐宋七言，皆家絃戶誦之句，不復贅注姓名。

一、帝君口中，有『蠢奴吐氣』之語，不得不借白家駒描寫一通，知音者切勿謂眞有是人。

一、每齣脚色出場，所述科白一篇，隱括一生大概，與家門俗套不同。

一、是曲之成，乃二三知己，酒酣燭跋，相對涕泣，因而援筆按歌，抒其憤悶之胷，以自快樂。本無意於問世，自無煩敍明籍貫、名號，會心人當得之言外。

一、齣中關目，曲中互犯，逐節逐句，界畫明晰。庶乎演者精神畢現，歌者喉舌一清。

一、《酸警》齣是實有其事，餘係憑空結撰出來，閱者定不泥煞句下。

一、曲中易犯嬉笑怒駡等弊，然因緣丑相，附會子虚，粉墨場中科諢處，在所不免。如云言者無罪，聞者足戒，是有成心寓乎其間也，夫豈其然？

【箋】

〔一〕此文當爲魏熙元撰。

（儒酸福）跋

魏熙元

曩余撰傳奇四種：曰《犂樂軒》，曰《玉棠春》，曰《西樓夢》，曰《寶石莊》，付梓初竣，頓遭劫灰。嗣後南北奔馳，不彈此調者二十餘年。前稿忘如隔世，亦遂置不復憶。庚辰春〔一〕，禾城歲試，歡聯寅好，寒酸逼人，非可描繪。蓮舟倪子囑爲此中人寫一小傳〔二〕，不揣荒陋，選韻循腔，閱五月而稿脱。好友汪薇伯見而愛之〔三〕，心摹神追，鬚眉欲活。今薇伯歸道山矣，晴榻雨窗，酒醒燈熖，只與蓮舟談笑而歌之，唏嘘而讀之。噫！世不乏知音之士，竊恐許我者，搔不著癢處，如使我入生地獄，情何以堪？急爲之刊印千百本，結文字緣，路計千里而遥，人待百年以後。光緒七年歲在辛巳十月之望，玉玲瓏館主人志。

【箋】

〔一〕庚辰：光緒六年（一八八〇）。

〔二〕蓮舟倪子：當卽撰《儒酸福序》之倪星垣，號蓮舟，蕭山（今屬浙江）人。官桐鄉訓導。

〔三〕汪薇伯：卽汪繩武（？—一八八一），號薇伯，錢塘（今浙江杭州）人。生平未詳。

（儒酸福）序

倪星垣

世味兩端，非甘則苦。至介於甘苦之間，而出於甘苦之外者，吾曹之所謂酸也。儒者讀書賫志，不克奮迹雲霄，至折腰於五斗，其抑塞磊落之氣，已無可洩。而又知己人少，違心事多，履荊棘於坦途，慨炎涼之反復。侏儒何飽？臣朔何飢？天耶命耶，抑其所自取之耶？顧或者謂老死牖下，昔人所悲，爲貧而仕，賢者不免。旣榮之以軒冕，又尊之以師儒，有文字之媚緣，無風塵之鞅掌。出則朋儕宴遊，入則骨肉團聚，食詩書之報，是亦足矣。必欲吐其抑塞磊落之氣，惟此三寸不律，抒寫胷臆，以自快其生平。此吾友玉巖魏君所以有傳奇之作也。

君於古今詩文，無不精妙，尤善詞曲。同人咸集之際，設想傾談，無奇不有，而君悉以傀儡當之，演爲十六齣，命之曰《儒酸福》。噫！福云乎哉？抑長歌當哭之意？吾不敢知，徒知其結撰之妙，眾美畢臻，非尋常詞餘所能望其肩背。具此清才，欲享濃福，熊魚兼得，自古爲難。然能以骫髒之衷懷，爲吉祥之文字，君之老福，亦無俟蓍龜卜也。爰弁數言，以爲他日之券。

光緒辛巳仲秋，古越弟倪星垣題於殳山冷齋。

（以上均《傅惜華藏古典戲曲珍本叢刊》第一〇四冊影印清光緒十年玉玲瓏館刻本《儒酸福》卷首）

返魂香（宣鼎）

宣鼎（一八三二—一八七九），字子九，號素梅，又號瘦梅，别署香雪道人、邋遢書生、金石書畫丐，天長（今屬安徽）人。遊幕四方，司筆札。善書畫，售書賣畫爲生。著有小説集《夜雨秋燈録》、詩書畫冊《三十六聲粉鐸圖咏》等。撰傳奇《返魂香》。參見吳瑞俠《宣鼎事蹟編年》（《古籍研究》二〇一六年第一期）。

《返魂香》傳奇，現存光緒丁丑三年（一八七七）仲夏上海申報館活字印刷本。

（返魂香傳奇）序

宣　鼎

淮郡鹽城，即漢之鹽瀆，宋陸忠節公故里也。余避粵匪之亂，幕游是邑者四年。簦啓之暇，登范堤，摹秦鐵。偶遇樓村主人王晉之廣文，招之村，暢聚匝月。酒闌，爲余述先世百度公，以文庠獲武解；其弟揆一公，袖鐵錐擊賊，爲兄報仇；其妹秀姑未嫁，爲急夫家難，戰斃。事甚奇，而邑乘不書焉。村有庵，庵有墓，墓有碑，野老曰：『此王道人墓也。』道人卽庵之廟祝，與晉三遠禰學禮公善，多善行，罹慘死，易簀時，學禮公題臂志憤。越廿年，有魯中丞來謁，英年巍科，僕從雲立。公愕然，中丞揎袖露臂，筆蹟宛然如新，惟『不』字易作『還』字，方知卽道人再世也。贈與王甚厚，自加封植而去。墓有道人手植梅，槁已久，是日復萌，寒香馥郁。噫！其返魂香與？余怦然心動，屢欲作王道人傳，而筆笨墨蹇，不敢書。夫道人，一廟祝耳，財色不能擾其心，生死不能易其性。王公以貴介識寒畯，堅友誼，志奇憤，卒能享大年，食厚報，亦人傑矣哉！

因憶吾鄉當明季，倭寇犯天長，官民震慴，無所措。揚州都司沃公諱田，奮勇追勦。材官杜、向二公，以天長隔省，非應轄之地，請凱旋。公撫膺太息曰：『吾殺賊報國！吾驅賊害鄰乎？』令肅無可違。賊至崇家岡，掘陷馬坑數十丈，伏兵以俟。比公至，大霧迷天，昏夜進發，賊突起，馬逸，遂遇害。杜千戶、向百戶均同死。賊旋颺，城賴以完。有司收葬，詳請奏恤。三冢巍然列路衢，碑曰：『明敕封鎮遠將軍殉倭難沃公之墓』。岡有祠，時有神燈出沒岡嶺間，如火城。吾鄉以之驗豐歉，祀甚虔。亂後，余回里尋母墓，痛哭榛莽間，聲震岡阜。見沃公墓尚巍然，祠圮而碑獨完好。余舊居與祠鄰，時有亂鴉飛集屋宇，余父曰：『此沃公神鴉也。』公之事蹟，已與吾鄉宋包希文、邑宰朱壽昌孝子相輝映，而道人亦生於神宗倭亂時，錚錚皎皎，一抔雖在，卒埋沒於荒烟蔓草間，何有幸有不幸歟？抑鹽之人卑瑣齷齪，惟解聽肥妓歌唱，仰鹺賈顔色，不解發潛德之幽光歟？

余曾以道人事告吾父，曰：『爾曷舉沃、王兩公作傳奇，俟吾遊倦歸山時，茅檐下父子團圞，命優伶歌之，以當爾兄弟萊舞，何如？』余謹受命。同治庚午，應桃源邑宰孫進士聘爲書記〔一〕，地僻，鮮游覽。暇輒探其事，塡詞一篇，挑燈疾書，竟夕不寐，聲震震出金石，淚琅琅溢筆端。館僕驚，且詈以顛，不顧也。八月望日起，十月望日止，成院本初稿，名《返魂香》，四十首，敍事雜沓，吐詞鄙俚。因將呈吾父，不敢作兒女相思爛套，非余眞能斷綺語戒也。倘蒙大人先生如青藤、白石其人者，不惜郢斤，成就巴曲，則沃、王二公之靈，當銜感於天上。吾父他日銜酒聽歌，當按拍而首肯。余癡笨漢，惟有奉瓣香，稱弟子，感大德，永志弗諼而已。至卷中以神道作關鍵，足見報應昭昭，其應如響，使貧賤如道人者，知所勵焉。

庚午十月廿日，香雪道人書於桃源幕中。

（清光緒丁丑三年仲夏上海申報館刊本《返魂香傳奇》卷首）

【箋】

〔一〕桃源邑宰孫進士：即孫夢麟，聊城（今屬山東）人。同治元年壬戌（一八六二）舉人，四年乙丑（一八六五）進士，授桃源（今江蘇泗陽）知縣。

紅羊劫傳奇（朱紹頤）

朱紹頤（一八三二—一八八二），字子期，一字養和，號劫餘道人，溧水（今江蘇南京市溧水區）人，世居江寧（今江蘇南京）。以諸生援例爲訓導，歷署邳州、海州學正。後入浙江學使幕。光緒二年丙子（一八七六）舉人，次年赴京春試，報罷。終入天津戎幕，卒於軍。著有《挹翠樓詩文集》，現存《挹翠樓詩存》二卷（翁長森輯《石城七子詩鈔》，光緒十六年庚寅刻本）。撰傳奇《紅羊劫》。傳見陳作霖《可園文存》卷一一《朱子期孝廉傳》、《金陵通傳》卷三九《朱子期傳》等。參見鄧長風《〈紅羊劫〉傳奇作者朱紹頤生平考略》（《明清戲曲家考略續編》）。

《紅羊劫》傳奇，《古典戲曲存目彙考》、《中國近代傳奇雜劇經眼錄》著錄，現存同治元年（一八六二）小泉氏鈔本、舊鈔本、民國間石印手鈔本、影印本。

《紅羊劫》自序

朱紹頤

滄桑世事，傀儡稱①王。問六代之雲山，又經殘局；對三春之花柳，祇囗新愁。於是借江南哀感，聊抒庾信之悲；譜月府宮商，更擫李謩之笛。歌慚《白雪》，劫說紅羊。則有賸水殘山，頹唐野老；飄蓬斷梗，落泊羈人。遍歷豪華，草草醒鶯花之夢；低徊往事，茫茫飭(?)瓦礫之場。自憐世事蹉跎，飄零杜曲；卻借文章遊戲，更按梨園。亦知離合悲歡，人生是假；誰解夢幻泡影，即境皆空？三尺紅氍，聊借戲場指點；兩行畫燭，且隨局外平章。

良以始召妖氛，罪歸敗師。西門治水，未靖鯨瀾；北闕上書，遂思兔脱。曾無擒虎之才，便效臥龍之《表》。以致江州一敗，早失先機；白下重關，竟成坐困。假使潯陽決戰，先張撻伐之威；皖口屯兵，便作屏藩之計(?)。則王濬樓船，豈能遽下？苻堅虜騎，未必生還。而乃纔聆鶴警，遽效狼奔。不聞禦侮韜鈐，轉作敵人嚮導。胷無成竹，敗有先徵，良可慨也！

然而敵騎雖東，我師未北。誰强誰弱，分主客形；足食足兵，握安全策。雲連粉堞，何憂荼峻之軍？雨集援師，不假霽、雲之請。設當日星羅棋布，十三門高壘相環；泣鬼驚神，鼓百騎偏師出擊。虎賁既奮，烏合羣消。則棋局東山，自見謝安丰度；金甌江左，堪銘陸抗功勳。而乃滿地髑髏，望氣慨全軍皆墨；處堂燕雀，盈庭笑肉食不謀。不思秣馬利兵，勢成犄角；轉使偃旗息鼓，防撤連營。以致庸師壓境，楚人未啓申、息之門；考叔獻謀，鄭伯早賦隧中之樂。連珠一響，旗拔螯弧；大廈旋傾，城轟儀風。干戈滿地，可憐吳苑千家；烟焰迷天，悉付楚人一炬。而督師者，卒之一死難辭，萬人同殉。莫挽可迴之勢，徒增身後之羞。失策若此，豈不哀哉？

若夫武惠一麾，未臨建業；黃巢三載，尚據長安。既肆鯨吞，便成虎穴。深溝固壘，劉闢恃險稱尊；化日光天，夜郎偏隅自大。鼓浪興波，天驕跋扈；撼山倒海，地軸翻騰。荒唐人紀，强開荊柳之花；淒絶民生，空灑杜鵑之泣。襲餘氛於張角，百卷妖書；演陣法於吳宮，千行粉黛。

紅蓮碧粳，倉囷之厚積先儲；白鏹黃金，搜括而窮簷殆盡。淒涼廢苑，空嗟仙佛無靈；顛倒殘編，果是文章有厄。蓋梟獍原無君父，何知事上尊親；而豺狼別具肺腸，祇解食人吮血。徒有感焉，無足怪也。

惟是漢家壁壘，命發胥蒲；上將旌旗，營開細柳。轟雷掣電，軍容爭荼火之光；擊鼓鳴金，號令肅風雲之氣。是宜宣方叔壯猷，追召公政（？）績。擣茲巢穴，直同拉朽摧②枯；復我金湯，旋見獻俘執馘。何以壺漿簞食，方望紅霓；封豕長蛇，更容糜爛。人歸誇鶴，烟塵迷瓜步洲邊；侶絕援枹，鼓角警黃天蕩裏。長江襟帶，空憐楚尾吳頭；汴水縱橫，更覩刀光劍影。荒荒戰壘，相對孤城；黯黯征雲，偏圍塞草。

徒以士怯軍戎，兵多桀驁。三軍況瘁，將軍未必天神；一味慈悲，經略果然佛子。老熊臥道，近郊無鋒鏑之驚；押虎潛逃，江國有艨艟之擾。致使蠻烟瘴雨，影怯含沙；白日暗霾，甕深入鮓。同室起戈矛之釁，一軍如水火之分。自屠自戮，烏巢之糧餉先焚；爰處爰吉，河上之師徒半老。花名莫按，魚混影以疑龍；草澤難湔，狐有威而假虎。遍插金貂之影，紈袴偏多；空分玉虎之符，繭絲莫障。未必天山奠定，果教壯士生還；但看幕府周旋，即是羣公方略。此所以南瞻鄉國，驚心歲序愆延；北望京華，引領天威震迅也。

所異者，之子青衿，名媛紅粉，同伸義憤，各鬪心兵。方欲啓管鑰於重圍，殲渠魁於深窟。班超絕域，誓將談笑封侯；費女明宮，肯把裙釵報國。豈不見夫棘闈秋老，寵說鰲頭；蓉帳春深，黯矜螓首。未醒槐柯之夢，大半冠裳；居然椒殿之恩，遍圍珠翠。然而自甘淪落，同歷艱辛。落落高懷，思效仲連之節；纖纖女手，欲投博浪之椎③。無如功不身償，天教事敗。秋氣澄鮮，空見白衣相送；曉風寂寞，何曾紅線歸來？酹義士於秣④陵，我眞欲泣；仰英鳳於鄂渚，氣總如生矣。

欽惟本朝，自天立極，浩德在民。聖聖相承，心心遞印。深仁厚澤，慶洽春臺；免賦蠲租，恩隆夏諺。郊有麒麟之集，野無鴻雁之哀。以故景象昇平，民守農桑之業；閭閻靜乂，羣安耕鑿之天。而乃久際昌明，頓忘艱苦。值文武恬嬉之世，爲身心宴逸之謀。踵事增華，浪説乾坤繡錦；笑刀腹劍，果然口舌鋒針。矧夫地接三吳，黯傳兩晉。翩翩白袷，舊巷烏衣；曲曲青溪，新橋紅板。漲滿淮流之水，燈影春深；陰迷蕭寺之烟，山容秋老。叢臺蕭瑟，尚餘脂粉之香；勝地繁華，未滿風流之業。是以天厭驕盈，運迴冥漠。殘灰潦□，飛上隨堤；故國蒼茫，空圍蔣阜。爰借氣數循環之理，證佛氏前後之因。花過眼而鏡空，飆迴天而香散。蜃雲綺麗，倏更鄭俠之圖；蝶影迷離，早醒蒙莊之夢。此誠可借暮鼓晨鐘⑤之韻，爲發聾振聵之音矣。

至於睢水兵來，張巡亮節；石頭城破，羊侃孤忠。壯志淋漓，碧灑含冤之血；仁言悱惻，朱題絕命之詞。況夫文物名邦，衣冠望族。貞逾珉璞，人間深瞻斗之思；操媲冰霜，天上重騎箕之位。貞姜皓節，折瓊閨短命之花；志士捐生，長芳冢斷腸之草。是皆品絕塵氛，義存天壤，蓮花青潔，松柏堅凝。霓旌雲旆，定知神返仙班；毅⑥魄忠魂，信許名垂芳史。

若乃草澤編氓，餘生偶戀；窮簷黔赤，弱質猶存。本來爨火炊烟，家家白板；忍使提戈披甲，處處紅巾。徒教辛苦羣生，艱危盡歷；畢竟腦肝塗地，喘息難延。沙場秋冷，望思火而淒清；故里春歸，痛人烟之冷落。緬苦況其若斯，早憂心之如擣。然而循轉天災，祥徵苦竹；醞釀帝澤，國奠邑桑。六七作仁厚流傳，保惠即深子惠；億萬載黎元愛戴，民心自見天心。垂裳受萬國之休，旋見人皆革面；干羽協兩階之舞，從知鳳⑦自來儀。先慶隆平，預徵收復。刀頭盼斷，淮蔡猶羈；筆底功成，燕然早勒。眉飛色舞，是閟宮獻捷之時；武偃文脩，於紫閣論勳之日。仰聖代久宣恩澤，洵知奏凱非遥；願戎行速整神威，莫使鐃歌空唱。

僕棲蹤鄉國，繫念家園。雲烟滿目，屢驚烽火之飛；筆墨怡情，聊托笙歌之韻。用寫亂離之感，借抒抑鬱之鳴。惟是律吕未嫻，聲音素昧。吳歈越調，深愧和諧；周誥殷盤，笑同佶屈。若欲被以管絃，是以加之桎梏。嗟呼！弔家室之仲宣，我亦斯人；聽賀老之琵琶，情深作者。紅牙拍板，想笙簧宛轉之時；玉樹徵歌，慨□柳荒涼之地。此日零烟斷雨，聊復彈天寶之詞；他時綠酒紅燈，應不乏周郎之顧。

咸豐四年歲次甲寅五月下澣，高平劫餘道人自序。

【校】

①稱，底本殘，據文義補。

②摧，底本作『催』，據文義改。

③椎，底本作『樵』，據文義改。

④秝，底本作『秫』，據文義改。
⑤鐘，底本作『鏡』，據文義改。
⑥嗀，底本殘，據文義補。
⑦鳳，底本作『風』，據文義改。

（紅羊劫）序

聽秋道人〔一〕

吾友有劫餘道人，□抱王粲登樓之感，值黃巢肆雪之年，偶對南國之雲山，遂製龜年之樂府。是眞是假，托優孟之衣冠；或貶或褒，寓董狐之書法。殘山賸水，萍梗生涯；越調吳歈，梨園鼓吹。悲浮生之若夢，傀儡登場；合雅俗以皆知，和聲鳴感。此《紅羊劫》之傳奇所由作也。

慨自渭水秋風，大星先隕；蔡州雪夜，絳節空持。智遜韓雍，未銘勳於藤峽；勇輸武穆，反縱寇於洞庭。山走海飛，横池禍烈；寒來暑往，瓜戍期愆。擾擾烽烟，既擁戍樓之旆；悠悠天塹，誰爲鐵鎖之沉？

則有沔水書生，南中關府。因選三千之弩，難射鯨濤；遂驅十萬之師，齊排鸛陣。軍興皖水，偏慚余闕之忠；節領江州，空濕樂天之淚。棘門兒戲，等涿厲之備期；河上逍遙，笑鄭人之禦狄。以致蠻烟瘴雨，軍化沙蟲；棄甲抛戈，警傳風鶴。征雲點點，聲聞班馬之悲；芳草淒淒，血灑杜鵑之泣。怯敵若此，罪有所歸矣。

然而秣①陵勝地，金粉名區。城堞雲連，稱雄直同函谷；倉儲露積，掘鼠詎類睢陽。投鞭中流，曾敗苻堅之衆；鏖兵淮水，亦梟茶崚之頭。縱使險隘重重，勢如竹破；何至漆城蕩蕩，陣逐花空。定期二月繁華，春歸白下；浹旬守禦，寇陷台城。赤焰彤天，儼楚人之一炬；黄巾滿地，襲張角之餘威。斬木揭竿，陳涉之師徒盡脅；脂痕粉漬，吳宫之壁壘方新。誇紅粟之陳陳，于囊于橐；指白鏹之纍纍，民脂民膏。瓊軸瑤編，又見秦灰之慘；琳宫梵宇，難尋蕭寺之遺。等人命於草菅，莫攖蜂毒；嘆干戈之滋蔓，大肆鯨吞。

伊極惡之難堪，早憂心之如擣。既而快馬輕刀，鴉軍共集；長槍大劍，虎隊飛馳。方期掃穴擣巢，韓擒虎江頭制勝；豈料縱剽肆掠，史道鄰幕府周旋。安國以亡，孰貶桓溫之爵？穰苴不作，莫治莊賈之刑。倉廩粟空，蕭牆禍起；客兵弗戢，流寇相安。三令難申，邊鎬似慈悲佛子；十檄不至，良玉爲跋扈將軍。笳鼓聲喧，總屬自屠自戮②；道途梗塞，居然予取予求。遂令李廣耄荒，未平胡虜；赤眚肆擾，尚據長安。滚滚波流，江上之血痕猶灑；荒荒野日，鐘山之戰壘高張。

嗚呼！關山戎馬，已極縱横；荊棘銅駝，徒深感慨。幾疑隨波之上下，泛泛盡江上之鳧；秉性清高，矯矯無離羣之鶴矣。乃有膠庠碩彦，素抱孤忠；閨閣名姝，自安薄命。見夫《霓裳》同詠，盡喪斯文；蓉帳低垂，爭誇愛寵。猴有冠而局促，棘院秋深；狐善媚以宣淫，畫堂春暖。遂不禁計成借箸，憤切填膺。虎穴謀精，思啓北門之管；魚腸劍冷，欲追紅線之蹤。雖事敗垂成，多魚之師竟漏；情殷一擊，荊卿之術未成。亦足以見同仇③同胞，公義與私仇交併；乃眷乃顧，人心卽天命之符。已用是先唱鐃歌，預書露布。苟鷹揚之克振，自烏合之旋消。窮□孫盧，等拉朽摧枯之勢；中原郭李，成獻俘授馘之勳。非徒筆墨怡情，隱寓規箴之意；實乃雲霓垂象，同深仰望之心也。

總之，禍自天來，孽由人造。白楊泣露，卽當日之繡戶珠簾；畫棟飛雲，不轉瞬而頹垣斷井。盈虛④消長，實造化之相因；福善禍淫，本轉圜之有主。億萬姓奢侈競尚，既暗召夫妖氛；六七作仁厚相傳，自重調夫烈焰。於是表揚青史之芳，歷述紅塵之運。因人心之思治，假神道以立言。將見發聵振聾，共證佛家之因果；悲今仰古，流連六代之山川矣。傷哉！離合悲歡，當場卽是；鏡花水月，轉眼皆空。城郭人民，有今是昨非之感；桑田滄海，動時殊事異之悲。士女豐茸，蜃消海市；人烟輻輳，蟻夢槐柯。泛宅浮家，莫抒其亂離隱恨；摛華掞藻，爰托諸雅頌和音。試觀筆墨森嚴，君不繼紫陽之史；迴憶家山殘破，僕亦抱庾信之哀。

時維咸豐甲寅季夏六月之吉，秣陵聽秋道人序。

【校】

①秣，底本作『秫』，據文義改。
②戮，底本作『戳』，據文義改。
③仇，底本闕，據文義補。
④虛，底本作『盈』，據文義改。

【箋】

〔一〕聽秋道人：秣陵（今江蘇南京）人，姓名、生平均未詳。

（紅羊劫）題詞

耐庵道人〔一〕

金堤莫障水東流，更請雄師禦寇讐。趙子談兵何太易，蕭娘怯敵本無謀。黄州萬艦遺江口，黑夜孤篷走石頭。寇至煩君爲引導，一城逃過一城休。

爭紮紅巾作賊兵，扶持節義仗書生。絕裾殉國思溫嶠，蓄計降讐學景清。英魄無慚趙氏鬼，挽歌爭唱石頭城。最憐妻女潛逃後，存恤多緣烈士名。（張子無子，有一女，與其夫人皆於甲寅秋間逃出，依於外家。）

賊巢選舞復徵歌，隊裏誰知謝小娥？虎穴寄身新殿宇，鶴樓回首舊山河。丹心誓欲除强懟，碧血何辭濺綺羅。有志莫將成敗論，人間須識女荊軻。

江南江北幾元戎，帷幄深謀處處同。大寨結成惟坐守，空城占得便居功。殘民共憤重瞳賊，蕩寇誰如獨眼龍？曾否捫心清夜想，頭銜疊晉聖恩隆。

耐庵道人題。

【箋】

〔一〕耐庵道人：姓名、籍里、生平均未詳。

紅羊劫題識〔一〕

聽秋道人

甲寅秋〔二〕，朱門告警，余匆匆遠徙①，《紅羊劫》原本已經遺失。既抵椒陵，旅邸無事，因就記憶之所及，爲錄出之。其間不無舛錯遺忘，惟祈閲者見諒焉。

聽秋道人識。

（以上均清同治元年鈔本《紅羊劫傳奇》卷首）

【校】

①徙，底本作『徒』，據文義改。

【箋】

〔一〕底本無題名。

〔二〕甲寅：咸豐四年（一八五四）。

筆談劇本（秦雲）

秦雲（一八三三—一八九〇），原名楨，字貞木，改名雲，字膚雨，一字小汀，別署西脊山人、胥母山人、秦七詞孫，長洲（今江蘇蘇州）人。諸生，候選訓導，授修職郎。工詩善書，與朱堉、汪芑合稱『吳中三山人』。著有《伏鷲堂詩剩》、《伏鷲堂詩評》、《裁雲閣詞鈔》（附《詞餘》）、《富山樓詩鈔》、《百衲琴》（與秦敏樹合撰）、《西脊山人剩稿》、《十國宫詞》、《瑤臺仙夢記》（王韜《淞濱瑣話》卷一一）等。撰《筆談劇本》。傳見《皇清書史》卷九、《詞綜補遺》卷二二等。參見《江蘇藝文志・蘇州卷》。

《筆談劇本》，署『西脊山人』，刊載於同治十二年癸酉（一八七三）三月《瀛寰瑣記》第六卷。

（筆談劇本）序

秦雲

毫端言富，文人洵堪華國；牀頭金盡，壯士遂爲削色。所以白鳳一夕，口夢吐於楊雄；青蚨萬貫，胷成癖於和嶠。甚至手執綠沈，度烏飛兔走無閒晷；身求赤仄，視鯨波鳥道爲坦途。孰能甘於才盡，擲還景純，慕其風高，選學劉寵者哉？至於名屬棗心，品珍栗尾。珊瑚作架，翡翠爲牀。鋒掃千軍，力扛百斛。神鬼因以驚泣，風雲助其揮灑。足使鶉衣窮士，謝白板以揚眉；蠹簡寒儒，步青雲而吐氣。甚或馬卿獻賦，頓免四壁之貧；呂氏懸書，肯以千金之贈。況更江花鄭草，經風霜而不枯；屈黶班香，偕雲日以常麗。是故健揮詩筆，存少陵皮骨而猶操；含盡吟毫，嘔李賀心肝而不已。迺若形取龜文，質輕鵝眼。半兩五銖之式，銅芽鐵葉之稱。窮鬼見而顏開，貪人重而身忘。空來囊裹，起愁城於月地花天；有向杖頭，變樂國於繩樞甕牖。無怪牽牛聘室，借天帝而莫償；騎鶴昇霄，作神仙而尚戀。

然而，常見繡口詞家，錦心騷客，晨揮犀管，夕染兔毫。碑版雖工，誰賞心於黃絹？文章憎命，苦障眼於紅紗。縱懷丘遲一束之錦，而不能易尺布；雖抱東阿八斗之才，而難以求粒米。遂使金多之子，直堪輕鸚鵡才人；竟教銅臭之流，足以傲鴛鴦都尉。至此則孔方兄因而得志，管城子爲之短氣矣。

更見粟紅貫朽之家，肥馬輕裘之輩，金銀雖富而才窘，文繡雖美而形穢。處以文梁綺戶之華居，而未許闖曹、劉之堂室；饜以熊掌駝峯之珍味，而偏靳嘗韓、蘇之糟粕。故探諸詞林藝海，錢神有時而不通；游乎詩國騷壇，錢刀至是而無用。始信才藻之華，華於錦衣鮮服；著作之富，富於金穴銅山。至此則管城子因而生色，孔方兄爲之低首矣。

竊慨夫握筆詞人，空歌《白雪》；數錢姹女，祗愛青銅。安得起狗監於九原，投筆者免沉淪之嘆；輟蠅營於一世，守錢者懷施濟之心。聊以炎涼感慨，托諸彩筆金錢；且將嬉笑怒罵，摹出梨園菊部。

同治十年歲在辛未夏五，西脊山人自序。

（筆談劇本）題詞

秦雲

篳門寒士突無烟，錦繡篇章不值錢。笑倒豪華年少子，五陵裘馬自翩翩。

怪底家兄世共呼，此生憑汝判榮枯。黄金白鏹知多少，换得才華一斗無。

容易駒光百歲身，牀頭阿堵棄如塵。輸他一管生花筆，吐出文章萬古新。

未辨腰纏十萬多，窮年握管嘆蹉跎。傷心今古才人淚，付與優旃一曲歌。西脊山人自題

（以上均同治十二年癸酉三月《瀛寰瑣記》第六卷《筆談劇本》卷首）

筆談劇本跋〔一〕

蓉湖漁隱〔二〕

西脊山人所著詞曲，久已流播藝林，膾炙人口。此劇其未刻稿也。寫筆與錢之利害，包刮殆盡，不可再增一齣，此眞絶唱。至其曲筆之妙，遠可追蹤關、王，近得接迹孔、洪。望附刊《瀛寰瑣記》，以廣其傳。俾有心人付諸優孟衣冠，登場唱演，未始非懲戒人心之一助焉！

蓉湖漁隱命福兒錄寄。

（同上《筆談劇本》卷末）

【箋】

〔一〕底本無題名。

〔二〕蓉湖漁隱：姓名、籍里、生平均未詳。按，馮桂芬有《顧侍萱學博蓉湖漁隱圖》詩。顧翔雲，號侍萱，長洲（今江蘇蘇州）人。顧珊（聽玉）之子，嘉慶二十四年己卯（一八一九）舉人。喜藏書。未詳是否其人。

蘇臺雪（文光）

文光（一八三三—一八九二後），字鏡堂，別署秋江居士，滿洲鑲藍旗人。中舉後，六上春官，同治十年辛未（一八七一）始成進士。光緒十年（一八八四），任潼商道，陞四川按察使。撰傳奇《蘇臺雪》、《梅影梅》。參見鄧長風《二十九位清代戲曲家的生平材料·文鏡堂》（《明清戲曲家考略三編》）。

《蘇臺雪》傳奇，《古典戲曲存目彙考》著録，初載光緒三十一年（一九〇五）刊《娱聞日報》，凡二十六齣；另有古吴蓮勺廬鈔本（《鄭振鐸藏古吴蓮勺廬鈔本戲曲百種》第二三冊據以影印）。後經王蘊章補訂，刊《小説新報》第二期至第十二期（民國四年至五年，一九一五—一九一六），署『秋江居士原著』、『西神殘客補訂』，僅刊至十一齣。參見梁淑安、姚柯夫《中國近代傳奇雜劇經眼録》。

蘇臺雪傳奇題詞

劉嘉淑〔一〕

妖彗貪狼射不滅，白虹經天日流血。昏犬坐號荒雞啼，寒食雨冰四月雪。大燕象舞警人事，仙蝶圖成競稱瑞。月四十五奇功居，南軍解體此失計。小勝勿喜敗勿憂，昔賢昭戒神筮繇。十萬金錢樂元夜，三千鐵騎輕防秋。防秋何惜三千人，憾無請劍誅庸臣。戍卒朝歸寇夕至，電疾雲屯西湖濱。鐵合九州鑄錯始，援師不集枕藉死。徒邀爵賞貪天功，竟縱豺狼肆吞噬。堂堂開府傅粉郎，军旅才短清議長。不令分擊牽賊勢，擁兵坐視梟獍張。羽檄星飛紛雪片，將军奏凱喜開宴。還師不敢過毗陵，賊出奇兵截餉斷。副帥張侯足智勇，頗恂禮讓賁獲猛。心堅一死銜深恩，血戰十年荷殊寵。勢成犄角計還救，專閫將軍令不受。狼奔豕突傾其巢，奈何謀定失臂右。督師士開何昏庸，豎子成名羞英雄。誰弄威權渙眾志，使來讒間忘和衷。延陁雖勇軍勢孤，督師先去爭逃逋。一身殿後救百姓，災黎十萬悲重蘇。閏三月晦全軍敗，萬里長城一朝壞。生坑趙卒填濠平，九節度師相州潰。風鳴鶴唳搖驚魂，督師開府先後奔。督師自殺何足論，開府投止傷無門。中丞徐君謀誓師，登陴矢死排陣疑。誰召外兵我心怨，部署未定城先危。庚申四月十三日，昧爽門啓蘇州失。中丞冠服氣凜烈，罵賊闔門死忠節。嗚呼畏死何常生，泰山之重鴻毛輕。臬臣朱君俞大令，與公競美爭光明。嗟我於君負一死，海上偷生愧知己。待挽天河甲兵洗，英雄苦無用武地。我歌未終宵冥冥，陰雲疾雨昏窗櫺。劍嘯古壁風生屏，蝙蝠亂飛燈影青。仰天嘆息呼英靈，秋河耿耿沉疎星。西蜀石泉劉嘉淑斗山

（《鄭振鐸藏古吴蓮勺廬鈔本戲曲百種》第二三册影印古吴蓮勺廬鈔本《蘇臺雪》卷首）

【箋】

〔一〕劉嘉淑：字斗山，號石泉，西蜀人。光緒間拔貢生，任直隸州州判。

附　蘇臺雪序〔一〕

王蘊章〔二〕

是書爲江西文鏡堂先生所著。以金梅癡、杜琴思二人爲主，而參以紅羊浩劫時之遺聞逸事。凡金陵大營潰敗之由，蘇、常各屬淪陷之慘，與夫何桂清之恣横，張國樑之忠勇，靡不瑣屑備載。殆由作者身親其境，欲昭一代之信史，而又轉喉觸忌，不便明言，故託諸紅牙檀板，以寄其抑鬱不平之氣。《霓裳》法曲，猶是人間；《桃葉》閒情，別工感慨。傳奇至此，歎觀止矣。

惜原書未鏤版刊行。哲嗣小堂君覓得舊鈔本，自贛垣郵示。轉輾繕寫，脱訛遂多；亥豕魯魚，所在皆是，每多不能句讀之處。而上卷自《棄常》以下，句白未全；《死墅》一齣，竟全行脱漏。下卷《驚虹》等數齣，又多不著一字。零珠碎玉，雖美勿彰。因窮一月之力，博采他書，殘者續之，缺者補之。至書名回目，則一仍其舊，示不敢掠美也。拾遺補闕，雖難以全璧自矜，而庶幾爲紅氍毹增一番搬演故實。鏡堂先生有知，或不以貂續見誚乎？

旃蒙單閼孟陬〔三〕，無錫王蘊章尊農識於海山仙龕。

【箋】

〔一〕底本無題名。

〔二〕王蘊章（一八八四—一九四二）：生平詳見本卷《碧血花》條解題。

〔三〕旃蒙單閼：即乙卯，民國四年（一九一五）。

蘇臺雪傳奇題詞〔一〕

張絢〔二〕

軍門棨戟散祥烏，又搨翩翩撲蝶圖。猿臂將軍獨酣戰，幾人零落説姑蘇。
軍書日夕闔閭城，無復兜鍪舊典兵。太息憂時徐節度，居然一死晚成名。
響屧廊空鹿豕來，《治安》三上賈生才。詩人健筆干戈老，豈獨鍾情燕子媒。
吾家宛委山前住，不見杭州歌舞時。待寫繁音付阿閣，曉風殘月唱新詞。山陰張絢元素題詞

（以上均民國四年《小説新報》第二期《蘇雪臺傳奇》卷首）

【箋】

〔一〕底本無題名。

〔二〕張絢：字元素，山陰（今浙江紹興）人。生平未詳。

梅影樓（文光）

《梅影樓》傳奇，《明清傳奇綜録》著録，誤題「王廷鑒」作。現存鈔本，署「秋江居士塡詞」，浙江圖書館藏。

梅影樓後序

闕名

嗟乎！風饕雪虐，始知松柏之操；漱石枕流，聊作林泉之想。吟來魏武之歌，心傷烈士；譜到張徽之曲，腸斷孀娥。撫時勢之奈何，輒情懷之難已。蓋以名教之維持，尚賴忠臣烈婦；而瘡痍之補救，尤須竭力勞心。是以文公造衛，猶傳布帛衣冠；句踐報吴，惟是卧嘗薪膽。乃敏殊龐統，耒陽之案牘偏停；酷異商鞅，渭水之纍囚長繫。豈汲黯之名高，眞堪卧治；何壬夫之欲熾，徒事貪求。翩翩公子冶遊，飛杜牧之觴；碌碌庸夫投合，進弘羊之策。圍襄城之甲馬，尚聞似道笙歌；泣洛市之銅駝，莫解王戎籌算。辛棄疾從戎勵志，偏來好事之譏；白樂天憂世關情，輒致浮言之謗。天難悔禍，痛已切夫剝膚；人竟貽笑，毒尤虞夫噬臘。想𤊑羊之致誚，翻貽蘭蕙之羞；覩續徇以堪譏，大有薰蕕之別。鬢雟如許，愧茲巾幗芳型；耳目所經，剩有循良故迹。此《梅影樓傳奇》之所由作也。

原夫暗香疏影，景趣偏殊；玉骨冰肌，根苗自異。鐵石心腸，宋廣平何妨作戲；湖山伴侶，林和靖曾許爲妻。想幾生之修到，現來名士之身；嘆一夢之低徊，識得美人之面。吐奇花於凍雪，既烈性以堪徵；等勁草於疾風，亦忠情之足擬。湘蘭沅芷，寄他騷客心思；杏豔桃嬌，遜此癯仙骨格。磨鍊風霜，情深一樣；錯盤根節，義取雙關。當斯境也，有深感焉。

當夫虞苗難格，夏扈方滋。漢道興隆，尉佗偏恣；唐宗勤惕，淮蔡猶張。釁由嗜利，每剝膏脂；禍起養癰，致貽心腹。冰消瓦解，潯陽之棄甲堪嗟；蟻聚蜂屯，豫章之圍兵難卻。來鄱湖之戰艦，友諒軍雄；守饒郡之頹城，杲卿力竭。張能助許，雙烈流芳；俞不負桓，一時並命。樓投金谷，可憐識驗潘安；井隕銀瓶，怕使身歸吒利。其存其沒，幾經死別生離；爲烈爲忠，不比癡兒騃女。是則其奇之可傳者也。

以彼皖江碩彦，池郡奇英。休文少俊，已著文章；慶之老成，更精韜略。記連翩於甲第，鰲禁馳名；羨踔厲於丁年，蠡江調任。懲姦除暴，桃難鄭國之援；拯溺救饑，棠愛召公之憩。思冠恂之可借，去自扳轅；喜郭伋之重逢，來爭迎馬。談經講學，方期化洽弦歌；按劍提戈，忽爾聲驚鼙鼓。顔平原之募卒，志切勤王；戚繼光之練兵，心期敵愾。奉文山之母，還移孝以作忠；藏李固之兒，竟割恩而就義。兵援溫嶠，用鼓氣於三軍；屍返伏波，冀收功於一戰。乃卒竟思家，未能盡敵而返；而寇旋臨境，居然乘釁而來。驚濤駭浪之餘，莫沉鐵鎖；斷石頹垣之下，難據金城。風鶴皆驚，士民先竄；沙蟲胥化，兵勇潛逃。奮臂李陵，空呼天而飲恨；捐軀沈勁，同入地以含悲。遂使班超已逝，邊塞難安；國僑方殂，萑苻莫靖。東西南北，屈靈均徒招楚澤之魂；正直聰明，寇萊公定授酆都之職。此奇之可傳者一也。

至若蘇臺賢媛，偶締文鸞；浙水清流，才夸繡虎。竇滔、蘇蕙，千里追隨；徐淑、秦嘉，一時唱和。梅是前身，畫圖省識；樓堪聚首，杯酒流連。客有鄒、枚，都向兔園長集；人如溫、石，曾從烏幕隨來。訂譜蘭於戴友，咸夸藝圃之英；邀品藻於山妻，盡屬竹林之俊。神疑姑射，允宜鄉戀溫柔；夢認羅浮，難得福兼清豔。豈料樹成連理，莫禁狂雨盲風；頓都花作將離，竟到焚琴煮鶴。赤眚頻擾，翻將江華爲俘；素志堪銘，甘作綠珠效死。摧殘意蕊情根，了輪回於塵世；成就銅柯鐵幹，證因果於羅天。畫中影裏，休尋雨迹雲蹤；林下樓前，只剩殘脂零粉。此奇之可傳者，又其一也。

別有周昉名流，蘇洵令子。擅宋家之三絶，寄興雲山；集徐勉之一筵，縱談風月。才原不俗，偶尋花徑之遊；品自非凡，預備玉堂之選。安排松管花箋，添得佳人之豔；惆悵隻雞斗酒，酬茲故友之情。況乎本保裔之忠懷，托對山之逸趣。元龍豪氣，詎甘問舍求田；同甫雄才，輒欲飲杯看劍。乃謝翱之慷慨，義旅方興；而鄧弼之猜嫌，壯心孤負。遂使灑毛生之膽，空向平原；知管子之心，難逢鮑叔。憐原同病，戚更相關。未免有情，誰能遣此？

嗟乎！食毛踐土，誰無效義之思；棄地尋師，執①貽殃之咎。向使忠皆遇吉，何來李闖縱橫？還虞制受孝侯，早被萬年逆料。朝朝防堵，禦室而不禦門；處處捐輸，益上而非益下。藉練勇以壯官威，知殺民而不能殺賊；尋私讐以危故里，欲禦兵而反以稱兵。頒來綸詔，猶深感泣於斯民；數到行囊，忍肆貪夢於有位。應識綱常正氣，猶餘嵇血嚴頭；不圖義烈高風，已覩烏紗紅粉。寫兒女英雄之態，長歌當哭，何愁千載音沈？入梨園菊部之場，舊曲翻新，不啻一聲《河滿》。

（浙江圖書館藏鈔本《梅影樓傳奇》卷末）

【校】

①『執』字前，當闕一字，或爲『我』字。

梅影樓題詞

石汝礪〔一〕

晚粧樓上拂多羅，杏袖桃衫沐翠蛾。底事東風嗟薄命，梅花樹下送貞娥。冰肌玉骨豔娉婷，修到前生竟體馨。燕子不歸簾半捲，芳魂從古憶銀瓶。坐使江州失要津，羽書空自蹴紅塵。如何一樣鬚眉者，不及梅花影裏人。詞壇領袖姓名香，滿眼干戈欲熱腸。到底諸公輸一死，英雄誰似沈東陽。曉風殘月柳耆卿，譜到佳人筆亦清。巾幗鬚眉同一傳，靈魂終夜起悲聲。

沁園石汝礪拜題。

（浙江圖書館藏鈔本《梅影樓傳奇》卷首）

【箋】

〔一〕石汝礪：字沁園，籍里、生平均未詳。

娩嬧封（楊恩壽）

楊恩壽（一八三五—一八九一），字鶴儔，號蓬海（一作朋海、鵬海），又號坦園，别署蓬道人、朋道人，長沙（今屬湖南）人。咸豐八年戊午（一八五八）優貢生。同治九年庚午（一八七〇）舉人，遊幕湖南、廣西。光緒初，授湖北鹽運使銜，陞候補知府。著有《坦園全集》、《詞餘叢話》、《坦園日記》及小說集《蘭芷零香錄》等。撰雜劇《娩嬧封》、《桃花源》，傳奇《桂枝香》、《理靈坡》、《再來人》、《麻灘驛》，合稱《坦園六種曲》，《曲錄》著錄。另有傳奇《雙清影》、《鴛鴦帶》，均存。參見劉奇玉《末世商音——楊恩壽及其〈坦園六種曲〉》（《湖南工程學院學報》二〇〇二年第二期）、王夏迎《楊恩壽戲曲研究》（華東師範大學碩士學位論文，二〇〇九）。

《娩嬧封》雜劇，現存同治九年（一八七〇）刻《楊氏曲三種》本、光緒元年（一八七五）長沙楊氏刻《坦園六種曲》本、光緒間長沙楊氏刻《坦園全集》之《坦園傳奇六種》本。

《娩嬧封》自序

楊恩壽

庚申仲夏〔一〕，薄游武陵。公餘兀坐，無以排遣。偶記娩嬧將軍已事，衍爲塡詞。每成一折，卽郵寄回家，索六兄爲余正譜〔二〕。鈔寫成帙，置篋中且十年，幾忘之矣。頃因刊《桂枝香》，搜得原本，並以付梓。時六兄遠宦邕管，余亦將理裝北上，每檢斯編，不勝風雨對牀之感。顧安得弟與兄偕歸田里，展紅氍一丈，命伶人歌此曲以娛親，儻亦萊衣之樂哉！至婉嫿事，雖見《紅樓夢》，全是子虛烏有。閱者第賞其奇，弗徵其實也可。

長沙蓬道人自序於坦園花韻軒。

【箋】

〔一〕庚申：咸豐十年（一八六〇）。

〔二〕六兄：即楊彤壽（一八三〇—一八七七），字麓笙，一作麓生，長沙（今屬湖南）人。監生，候選府經歷、縣丞。清咸豐十一年（一八六一），因軍功以知縣用。同治三年（一八六四），任廣西陽朔。次年，調北流。五年，改宣化。以政績擢南寧府，補授泗城府。光緒三年（一八七七），因積勞成病，卒於廣西候補守備任。傳見《清代官員履歷檔案全編》第二六册。

（婉嫿封）序

王先謙

在昔繡幰油絡，高涼建百越之麾；氈甲裳旗，沙里樹黃龍之柵。完顔運矢石於城下，命婦一軍；紅玉執桴鼓於江中，樓船百里。灌能督戰，陸亦先登，類皆彪炳旗常，發皇簡册。然而鴛鴦隊裏，曾無速化之陰磷；鵝鸛陣中，豈有不揚之兵氣？若乃欃槍芒大，留劍答君；金鼓聲淫，引刀效死。貞心炳如日月，亮節固於山河。則趙姊含反斗之悲，磨笄以報襄子；毛后奮空壁之勇，彎弧而拒姚萇。前美彰焉，嗣徽閴矣。

乃有續宋稗之閒談，記明藩之遺事。林外留其仙眷，黄家號以四娘。丁女神光，胡芳將種，結淑儀於青社，驚眞氣於白亭。秉含靈握文之英，洞圜居方正之妙。習騎射以教侍妾，劉后知兵；嚴部署而令美人，吳姬斂笑。時則臥邊亭之鼓，滅幽障之烽。海嶠笙歌，遙連午夜；岱宗鸞鳳，齊舞清暉。恆王則油戟停驅，雕屏坐列。呼寵妃爲隊長，擬壯女是新軍。六院皆奇，布花鬘而作陣；十旌俱建，施錦障以成圍。舞出宫腰，營眞細柳；移來仙步，軍盡淩波。縱聞鼓而止聞金，前視心而後視背。叱咤輕則蘭麝生於口角，威容熾則雲霞爛於亭臺。立號將軍，肇嘉婉嫿。醉月坐花之候，僮婢三撾；刀光燭影之旁，君王一笑。捷將菸竹，爭誇處女神奇；敕到錦袍，不賞平陽歌舞。宫惟講武，館不忘憂。武鄉侯肯用巾幗相遺，李光顔豈以女色爲樂？洵磐宗之盛事，枝昵之美談也已。

無何，動漁陽之鼓，驚破《霓裳》；灌西谷之堤，壅來縑幔。蚰蜒塹塞，龍武軍孤。書白土於洛陽，封徐内應；鑄金枷於梨樹，結贊陰權。報國納光弼之短刀，受降按蕭王之輕轡。師將授孑，楚鄧曼見而長嘆；送不出門，越夫人立而飲泣。蓋不待三軍紛雨，一纛愁雲，而早已毁此娥媌，厲塡土去笄之節；思君陫側，作挾弓帶劍之辭。俄而松柏哀於國人，福祿斟於兇虜。金甌破碎，花淚驚濺；錦瑟淒涼，刀頭罷唱。既不能引篪度曲，如朝雲之吹散生羌；復不能持節登車，似馮嫽之説降外域。黄泉碧血，妾身願得同歸；素甲白㡠，姊妹因而合隊。信蛾眉之肯讓，嫪面尋仇；餌虎口以横挑，張拳冒刃。陣皆設牝，鬼豈忘雄？卒之百騎奮而猶孱，兩甄鳴而更敗。精士垂盡，夜將仍飛；游魂不歸，皓齒何在？君子人也，臨大節而棱然；丈夫女哉，蹈危機而不顧。以視呂將軍買刀賒酒，但報私讐；潘將軍同坐齊鑣，罕傳戰績。此尤一時之冠絶，隻千古而無倫。

嗟夫！皇覺一飛，國維四立。然而二十五宗之屬，騰笑桐山；三百餘歲之間，銷聲珪社。燕王畫炭，徐姬但解續鬚；國主稱戈，妻妃空聞製曲。若茲之煥煥蕭纖，增重宗英；揚揚繡旗，流輝女史。始則飛蟲同夢，軌秀天嬪；終則寡鵠悲鳴，義成地道。實足式蕃閫以引訓，峻徽音而永歎。所由高陽傳淥水之歌，杜老詠青州之血者矣。夫蒙莊《秋水》之篇，不談忠義；宋玉《高唐》之賦，祇說風流。猶且馨逸來今，蜚騰眾目。況乃立女之重，陳人之綱。寫出宮詞，彷彿風飄神雨；吹來急管，恐教鬼哭天陰。娘子稱兵，不復張鄂司小隊；夫人崇義，恨未奪仙地佩刀。能無興百世之風，聞泣數行而感動也哉！

客有寄懷荒忽，引興無端。蜀國搜奇，樊梨花不妨有墓（在松潘廳界）；秦州覽古，王寶釧何必無窯（在長安城外）。蒼狗白衣，空諸事變；金聲玉色，視此精神。東坡姑聽妄言，班固漫稽世典。試看褰裙逐馬，不愧雍容小妹之名；笑他開府置官，空負貞烈將軍之號。

同治九年歲在上章敦牂嘉平月，王先謙益吾甫序於雲安驛館。

（以上均清光緒元年長沙楊氏刻《坦園六種曲》第一種《姽嫿封》卷首）

桂枝香（楊恩壽）

《桂枝香》傳奇，現存同治九年（一八七〇）刻《楊氏曲三種》本、光緒元年（一八七五）長沙楊氏刻本《坦園六種曲》本、光緒間長沙楊氏刻《坦園全集》之《坦園傳奇六種》本。

（桂枝香）自序

楊恩壽

秋日新晴，閒窗遣興。偶閲《品花寶鑒》，摘取桂伶往事，塡南北曲如干，閲十日而成。持以示客，客滋疑焉。以爲『塡詞院本，類多闡揚忠孝節烈，寓激勸之意，使閲者有所觀感，此奇之所由傳也。子獨多夫伶人，特爲傳之，厥旨安在？』余曰：『否否。桂伶操微賤業，能辨天下士，一言偶合，萬金可捐，雖俠丈夫可也，是烏可不傳？且田君以偉男子乞食長安，當時所謂負人倫鑒者，未嘗過而問焉。卒令乞憐鞠部，成豪俠一日之名，斯亦足以羞當世矣。感憤所積，發而爲文，豈僅爲梨園子弟浪費筆墨哉？』客唯而退。爰記於簡端。

蓬道人識。

（桂枝香）序

王先謙

夫黄河引吭，揚旗亭之芬；青童念世，入廣陵之夢。知音苟存，風塵非污；情感所結，因緣斯會。從來韻事，都在歌場，詞人豔稱，亶其然矣。況乃三生石上，別有精魂；萬人海中，特標奇賞。此君小異，不撫掌而卽知仙；君子何嫌，願交魂而羞送抱。泥憶雲而香遠，木擇鳥以枝榮。方雅爲之解顔，鄙薄聞而短氣。遂使玉堂金室，王夷甫借作清談；兼之月扇雲衣，劉夢得錄爲嘉話。其爲傳播，夫豈尋常？

若夫千紅萬綠之郊，小袖禿衿之客。仙步紆鬱，花貌參差。飛上九天，鳳皇叫矣；坐觀千古，丹青杳然。惹戲蜨之娟娟，繞飛螢之箇箇。聘將素練，少陵還有纏頭；解卻羅襦，于髡願聞薌澤。顧乃摧折自守，飄飖獨立。冰霜扶其弱質，雲水洗其清臚。尋杜牧於維揚渡頭，識馬周在新豐逆旅。替舒華幔，宵張有味之燈；密界烏絲，朝課深情之帖。果使王唱第一，郗策無雙。喚作夫人，揩溧陽公之老眼；論伊內助，發隨園叟之清歌。

嗟乎！江山憔悴，尚有文人；絲管流連，都非樂地。方其蕭辰偃蹇，塵鞅淒涼，鬱鬱剛腸，茫茫俗物。軟裘快馬，擁他赤縣官曹；姸迹丹脣，送出綺窗歌笑。窮巷生魚之地，不立王商；古原詠草之章，罕逢顧況。子眞褦襶，鬼亦揶揄。遂乃良游寫懷，哀弄睦耳。安石寄情於吹竹，子野叫絶於聞歌。寸心欸傾，兩美適合。奪羅虬之秀句，紅兒百篇；掃白傅之閒愁，陽陶一曲。然而高歌望子，對青眼以增悲；酒杯借人，照朱顔而自惜。實途窮之隱痛，非情累之不遺。此吾蓬海所爲擲簡，哀來搖毫涕下者矣。

是則情以雙奇，義以獨貴。塵夢那知鶴夢，桃花肯逐楊花？啓夕秀於長安道旁，占春色於少男風裏。嚼爲宫徵，含雞舌以生芬；肖就榮華，向蟾宫而證果。一掬英雄之淚，灑遍當場；千秋風月之詞，助誰下酒？客有彈成豔曲，還應想入雲花；惹得名香，從此不知蘭麝。

同治九年歲次庚午十二月既望，長沙王先謙序。

（以上均清光緒元年長沙楊氏刻《坦園六種曲》第二種《桂枝香》卷首）

理靈坡（楊恩壽）

《理靈坡》傳奇，現存光緒元年（一八七五）長沙楊氏刻《坦園六種曲》本、光緒間長沙楊氏刻《坦園全集》之《坦園傳奇六種》本。

（理靈坡）自敘

楊恩壽

前明崇禎末，張獻忠陷長沙，司理蔡忠烈公死事最烈，迄今邦人士類能言之。同治戊辰冬，重修《省志》，余濫充校錄，讀公傳，略焉弗詳，考《明史》本傳，亦多譌脱。亟求公《年譜》參益之，未得。越明年，從舊書肆購得新化鄧氏所定《遺集》，附刻《行狀》，紀軼事較詳，多本傳所未載，喜甚，如獲珙璧。至是，於公生平，十悉八九矣。庚午夏〔一〕，以余不任事，爲總纂所屏，遂辭志局。家居多暇，輒取公事，譜南北曲爲院本，以廣其傳。敍次悉本《行狀》暨各傳記，不敢意爲增損，懼失實也。

夫以公之才之識，與治兵之能，得民之深，使得徑行其志，無敗乃事者，雖百獻賊烏能爲。乃王聚奎以附璫任封疆，醉飽昏庸，視公蔑如也。公陳萬全策，瞀不能用。賊至，遽挾藩以去，棄土地人民，陷公於兇燄而不顧。嗟乎！聚奎非儼然自命爲重臣哉？胡喪心若斯之甚也！雖然，聚奎往矣，吾恐建高牙、樹大纛者，當志得意滿時，非無老成，瞻言百里，於治忽得喪所在，痛哭陳辭，其不姍笑而訶詆者亦罕。彼之意若曰：『吾朝廷重臣也，智豈出末吏下哉？』舉軍國大計，糜爛決裂而不可收拾，至於死生之際，大節攸關，彼所謂重臣者，微獨有愧於末吏，曾隸卒之不若。此余所爲喟然歎，悄然悲，急援聚奎以奪其恃也。

長沙楊恩壽自敍。

【箋】

〔一〕庚午：同治九年（一八七〇）。

楊彝珍（二）

（理靈坡）楊敍

世之降也，舉天下習於詭，隨走聲利，其變將無所底，厥賴提槧握鉛之縫掖，有以轉移之。其立說纘言，無不有裨於世，匪徒騁其筆墨之能，與古人較工拙而已也。

長沙蓬道人，少負有偉，既蹇不遇於時，其心究不能忘情斯世，乃爲著《理靈坡傳奇》一篇。蓋謂世俗不可與莊語，若欲正襟而談，則聽之匪欲卧，卽掩耳而走。不如取往事之可歌可泣者，以南北曲譜之，一唱三歎，有遺音焉，直與律吕，應其宫徵，足令讀者渢渢乎心動而情移，極與夫子論《詩》，謂可以興觀之旨有合。在平日，心切欲救世之弊，嘗不惜爲危苦之言，雜嗚咽泣洟而出之，以警憒憒者。至於是編，則以古準今，一宣洩其無端憤鬱，意氣悲遠，舉見情辭。俾邦人士有以激發其忠烈之忱，而維持夫氣數之變，則他日成仁取義之風節，實出於此。而冒訾忍訽之徒，亦聞之而有愓心焉，更足以補懲創之所不及。其磨世厲鈍之功，匪淺鮮也。

蓬道人闢古無鋭，以其所蓄，發爲詩歌，其思沈而采鮮，直足與千百世以上之作者，分席而處。所著有《坦園叢稿》等編，予不及爲之序，而惟序此編，以其有補於世道至宏且遠耳。

武陵移芝老人楊彝珍。

（以上均清光緒元年長沙楊氏刻《坦園六種曲》第三種《理靈坡》卷首）

【箋】

〔一〕楊彝珍（一八〇七—一八九七後）：字湘涵，一作季涵，又字性農，別署移芝老人，室名移芝室，武陵（今屬湖南）人。清道光三十年庚戌（一八五〇）進士，選庶吉士。散館改兵部主事，旋告歸家居守靜。年九十餘卒。工古文，學文於梅曾亮。著有《移芝室全集》。傳見《清史列傳》卷四九、《儒林瑣記》、《詞林輯略》卷六、《桐城文學淵源考》卷七等。

桃花源（楊恩壽）

《桃花源》雜劇，現存光緒元年（一八七五）長沙楊氏刻《坦園六種曲》本、光緒間長沙楊氏刻《坦園全集》之《坦園傳奇六種》本。

（桃花源）自敍

楊恩壽

光緒新元，雲貴制府劉公述職南歸〔一〕，調余往滇、襄籌善後。五月之杪，隨之而西。道經武陵，適制府病暑，爰止旅館而休焉。長晝炎蒸，塊居無俚。同人有賦《桃花源詩》者，余謂：『前有靖節，後有輞川，我輩自當閣筆。』顧亦忍俊不禁，輒填南北曲六折，藉以消夏，非敢出偏師與晉唐人爭勝也。

昔靖節之記、之詩，原是寓言八九。後人就縣治之西，穴山爲洞，並植桃花以實之，已覺無謂。余又從而衍之，逐一登場，幾若確有其人其事，豈非無謂之尤邪？顧就世外人，説興亡，淡榮利，舉人間世無足攖吾心者，或亦熱腸中清涼散也。閲者其不愚我乎？

中秋夕，楊恩壽自敍於武陵行館。

（清光緒元年長沙楊氏刻《坦園六種曲》第四種《桃花源》卷首）

【箋】

〔一〕雲貴制府劉公：即劉嶽昭（一八二四—一八八三或一八二三—一八八二），字蓋臣，湘鄉（今屬湖南）人。以文童投效湘軍。清咸豐間，積軍功，以知縣用，累擢同知、知府、道員、按察使、布政使。同治五年（一八六六），擢雲南巡撫。七年，擢雲貴總督。光緒元年（一八七五），被劾罷官。傳見郭嵩燾《養知書屋文集》卷一九《墓志銘》（《續碑傳集》卷二八）、楊恩壽《坦園文録》卷七《傳》、《清史稿》卷四一九、《清史列傳》卷五九、《近世人物志》、《近代名人小傳》等。

再來人（楊恩壽）

《再來人》傳奇，現存光緒元年（一八七五）長沙楊氏刻本《坦園六種曲》本、光緒間長沙楊氏刻《坦園全集》之《坦園傳奇六種》本。

（再來人）自敘

楊恩壽

見讀書澤古之士，窮愁潦倒，困於場屋，以至老且死，有不憐之者乎？ 見少年英銳，飛黃雲路，取科第如拾芥，生平不遭拂逆之境，有不羨之者乎？ 夫憐之羨之者，鈞人情也。 然烏知今之所憐，不爲後之所羨；今之所羨，不爲昔之所憐邪？ 又烏知憐者不受其憐，吾自有可羨者在；羨者不樂其羨，吾自有可憐者在邪？ 更烏知憂患則生，大任斯降，第見其可羨，不見其可憐；世網牽人，相尋無已，第見其可憐，不見其可羨邪？ 此余所由譜《再來人》傳奇，合生死窮通於彈指頃，願憐者不必憐，羨者不必羨也。

福建老儒，自傷不遇，瀕死自緘其文，繫以詩云：『拙守窮廬七十春，重來不復老儒身。 煩君盡展生平志，還向遺編悟夙因。』踰二十稔，其後身典試入閩，重見其妻。 啓其緘，則獲雋之文，皆老儒宿構，遂昌其前生之門而去。 語見沙氏《再來詩讖記》、葉氏《閩事紀》、張氏《感應篇廣注》，雖傳述各異，而其詩則同，習聞之有年矣。

于役南詔，自桃源解纜，溯流而上，歷辰龍關、清浪灘諸險隘，舟行危瀨中，水激石嘯，如雷霆風雨、兵戈戰鬭之聲。 四圍峭壁叢篁，天寬一線，伏坐篷窗，晴晝輒暝，懼鄉愁之成痗也。 爰取老儒事，衍爲十六折，猶是老儒寫其前生如是之困，寫其後身如是之亨。 境遇既殊，選聲頓異，時而悽風苦雨，時而燕語鶯歌。同舟人雖飲博叫呶之不暇，偶聆其音，亦未嘗不忽焉悲，忽焉笑也。

嗟乎！老儒特三家村學究耳，非有匡時濟世之略，亦非有卓絶千古、不可磨滅之文。其嘖嘖者，不過制科應舉，猥瑣帖括已耳。平日徒苦於衣食，溺於妻子，時有妻妾宫室、車馬衣服之見攖於中，亟求科第以饜其欲。求之不得，則固求之，挾百折不回之志，生可以死，死可以生。券署其易世而後之富與貴，一若余取余求，應念而獲者，豈如彼教之了然去來哉？心爲之也。向令超於科第之外，以進於道，則爲忠爲孝，爲名臣、爲碩儒，雖百易其身，而不一死其心，非吾道之幸哉？惜老儒所求如彼，所得如此，適成爲老儒耳。人苟從而憐之、羡之，亦老儒而已。

光緒乙亥季秋月下浣之五日，蓬道人自敍於龍標芙蓉樓下舟次。

（清光緒元年長沙楊氏刻《坦園六種曲》第五種《再來人》卷首）

麻灘驛（楊恩壽）

《麻灘驛》傳奇，現存光緒元年（一八七五）長沙楊氏刻《坦園六種曲》本、光緒間長沙楊氏刻《坦園全集》之《坦園傳奇六種》本。

（麻灘驛）自敍

楊恩壽

曩見《芝龕記傳奇》〔一〕，以前明秦良玉、沈雲英二女帥爲經，以明季事之有涉閨閣者爲緯。秦、沈雖同時，未嘗共事，作者必欲綰之使合，支離牽附，已失不經，且隸事太繁，幾如散錢失串。論者謂其軼《桃花扇》而上，則非蒙所知也。嘗欲析秦、沈爲二，各爲院本，匆匆①未果。

今夏寓武陵，譜《桃花源》雜劇畢，猶未成行。旅館秋寂，無以自娛，乃伸前願，以沈將軍事在道州，遂先及之，藉張吾楚。每夕翦鐙，輒成一折，悽風打窗，落葉如雨，若懔懔有生氣也。編中第取毛西河本傳，循序而衍，未敢汎②涉它事。惟瓊枝、曼仙二女伎，以其與賈萬策同死荊州，牽連而及，俾附沈將軍以傳，其亦費宮人哉？

咸豐庚申，游幕武陵。客有談周將軍雲耀者，勇敢善戰，其婦亦知兵。乙卯〔二〕，守新田，以輕出受降而死，婦亦戰以殉之。當卽演成雜劇〔三〕，詭其名於說部之林四娘，卽所謂『姽嫿將軍』也。事頗與沈將軍相類，顧彼則徒託子虛，不若此之徵實。詞筆雖不必强與相避，亦未嘗相犯，豈或有片語雷同哉？惟庚申距今十有六年矣，兩傳其事，均在武陵，其事同，其地同。而余則顛倒風塵中，無所建樹，依然操不律，作無益事，以悅有涯生。噫！志雖荒而遇可知已。

光緒乙亥九月朔，蓬道人自敍於武陵行館。

（清光緒元年長沙楊氏刻《坦園六種曲》第六種《麻灘驛》卷首）

【校】

①匆匆，底本作『勿勿』，據文義改。

②汎，底本作『汛』，據文義改。

【箋】

〔一〕《芝龕記傳奇》：董榕（一七一一—一七六〇）撰，詳見本書卷七該條解題。

〔二〕乙卯：咸豐五年（一八五五）。

〔三〕當卽演成雜劇：指《姽嫿封》，詳見本卷該條解題。

雙清影（楊恩壽）

《雙清影》傳奇，《古典戲曲存目彙考》著錄，入『明清闕名作品』，現存同治九年（一八七〇）冬月刻《楊氏曲三種》本。

（雙清影）自序

闕　名〔一〕

歲丙午〔二〕，余年十二，甫學臨池。一日得道州所書陳恭人墓銘，輒爲臨摹。因而讀其文，爲今湘鄉侯相所撰，紀恭人刲臂療太守甚悉，心識其事，擬爲詩以章之，卒未果。越八年，而太守及於難。先是，粵匪東犯，覆安慶，吏議行省改設廬州，江忠烈拜巡撫之命。舒、桐告陷，廬城孤立。忠烈雅重太守，亟檄之來，偕繕守備。時太守正知池州也。太守至，以戰爲守，支三十餘日而城陷，太守與忠烈皆死之。規復後，求太守遺骸不得，媒孽者二三其説，數年未邀恤典。廬州父老有目擊其縊於明倫堂者，爭之大府，始得彙奏請恤，易名之典，尚缺如也。士君子不幸至於執節死綏，人猶以無稽之言，肆其污衊，是何心哉？湘鄉挽以楹帖，云：『衆口鑠兼金，誰知烈士丹心苦；大江養明月，長照忠臣白骨寒。』烏虖，可以悲矣！

余生也晚，未獲親炙太守。顧悉其死事最烈，亟思一雪浮言，並恐恭人刲臂事久而就湮，爰牽綴①成章，衍南北曲若干，成《雙清影》院本。時束裝將北上，日間人事叢沓，夜就篝燈，伸紙創稿，麗譙三促猶未已。朔風怒號，卷窗外芭蕉破葉，悽悽作繁響，宛然與吟聲相應，輒不禁淚涔涔與筆俱下。信至性之感人哉！編中姓名爵里，仿鉛山《桂林霜》例〔三〕，據實書之，凡生存者概不闌入。至胡、徐從賊，則據李氏《先正事略》、徐氏《廬陽戰守記》，非故甚其辭也。

（清同治九年刻《楊氏曲三種》所收《雙清影》卷首）

【校】

①綴，底本作『掇』，據文義改。

【箋】

〔一〕此文當爲楊恩壽撰。

〔二〕丙午：道光二十六年（一八四六）。

〔三〕鉛山：即蔣士銓（一七二五—一七八五）。《桂林霜》傳奇：蔣士銓撰，詳見本書卷七該條解題。

後緹縈（汪宗沂）

汪宗沂（一八三七—一九〇六），原名恩沂，字仲伊，一字詠春，一作詠村，號弢廬，歙縣（今屬安徽）人。光緒二年丙子（一八七六）舉人，六年庚辰（一八八〇）進士，籤分山西以知縣用，告病歸。九年，入李鴻章直隸總督府爲幕僚。後主講蕪湖中江書院、安慶敬敷書院、徽州紫陽書院。治學嚴謹，人稱「江南大儒」。著有《周易學統》、《尚書今古文輯佚》、《詩説》、《詩經讀本》、《孟子釋疑》、《三家兵法》、《三湘兵法》、《黄庭經注》、《傷寒論雜病論合編》、《管樂元音譜》、《聲譜》、《漢魏三國樂府詩譜》、《金元十五調南北曲譜》、《律譜》、《弢廬詩文稿》等。撰傳奇《後緹縈》。傳見汪福熙《汪宗沂事略》（安徽博物館藏鈔本）、《碑傳集補》卷四一劉師培《傳》（又見民國《皖志列傳稿》卷五）、民國《歙縣志》卷七、《皖志稿·集部考·詞典》等。參見黄賓虹《汪宗沂小傳》（《藝觀》一九二六年第一期）、汪允清《汪宗沂和他的著録》（《杭州徽學通訊》二〇〇三年第二期）。

《後緹縈》，一名《後緹縈南曲》，《言言齋刼存戲曲目》、《古典戲曲存目彙考》著録，現存光緒十一年（一八八五）泰州夏氏刻本。

後緹縈敍

劉貴曾〔一〕

《後緹縈》者，歙汪君仲伊之所作也。君學綜九能，術研七始。洞杪銖於律呂，聖譯能通；闖窔奥於宫商，天弢自解。凡《咸》、《英》、《韶》、《濩》之奏，趙、代、秦、楚之謳，莫不搜逸掇殘，希伶倫之絶響；審音考度，定樂府之正聲。固已志覃古初，思牟造化矣。後以肄樂之暇，深訓俗之心，取泰州蔡孝女事，譜入聲歌，被之絃管。

孝女以蓬門弱質，痛椿庭奇冤，一疏陳情，九重鑒隱。青衣伏道之際，哀擬叫閽；玉輅巡方之年，仁施解綱。厥後賽祠營奠，勒石旌閭，孝行聿彰，恩綸疊錫。凡茲概略，悉載斯篇，用清新莊雅之詞，傳貞亮婉孌之志。

最其大要，有三善焉。粤自小海輟唱，雜曲之類以繁；《白雪》罷歌，散樂之名競作。勸懲旨失，觀感意微。遂謂詞摭實而難工，事蹈虚則易巧。誣中郎爲薄倖，記衍《琵琶》；泥漆園之寓言，夢尋《蝴蝶》。巵詞日出，古義寖衰。茲則博訪耆英，近稽志乘。表傷槐之女，徵舊説於齊嬰；嘉河津之姝，核傳文於中壘。卞和剖玉，不受燕石之蒙；離婁鑒珠，能辨魚目之僞。其善一也。

玉陽仙史之編〔二〕，元曲略備；吴興臧氏之本〔三〕，百種能存。舊式相沿，成規不紊。自倚聲家循流忘初，炫奇逞博。玉茗《四夢》，寫綺靡而傷繁；静山《雙忠》，狀艱危而失實。辭餘則意晦，文勝則情漓。茲則摹鄭德輝之院本，音自協乎《九宮》；仿馬致遠之新詞，制匪踰乎十折。易文繡爲疏布，禮不忘初；返大輅於椎輪，轍猶守舊。其善二也。

譜區南北，德符著《顧曲》之言〔四〕；調析異同，挺齋成《中原》之韻〔五〕。或乃裒集兩體，强就五聲。越調忽雜以正宮，笙笛亦參以絃索。洪昉思《長生》之劇〔六〕，節度或乖；陽初子《紅梨》之詞〔七〕，分刌多舛。主名無定，韻叶斯訛。茲則專取南音，不羼北響。選聲入妙，無箏琶溺濫之譏；研律造微，有琴瑟專一之用。燕鴈代飛，各循其逵路；淄澠異派，能別其瀾漪。其善三也。

或謂：『道貴探原，言必酌雅。昌黎應制，且自比於俳優；子固通儒，詎求工於韻語？茲之所述，立意雖厚，託體終卑。』然而談詞家之宗派，僅嗣響於齊梁；溯曲律之先聲，實討源於漢魏。曲不如詞，詞不如詩，非定論已。君於太常掌故，曲臺聲容，既勸有成書，昌明古誼，纂茲小品，亦具別裁，祗導和於元音，非求工於俗目。昔者升庵博物，曾賡雅奏於《太和》〔八〕；西河傳經，亦擅英辭於《連相》〔九〕。讀是曲者，或可指爲半豹之斑，詎可目爲雕蟲之技也哉！

同治癸酉夏四月，儀徵劉貴曾識。

【箋】

〔一〕劉貴曾（一八四五—一八九八）：字良甫，號少崖，別署抱甕居士，儀徵（今屬江蘇揚州）人。劉毓崧（一八一八—一八六七）次子，劉壽曾（一八三八—一八八二）弟，劉師培（一八八四—一九一九）父。十二歲爲太平軍所掠，歷十二旬逃脫。清光緒二年丙子（一八七六）、十五年己丑（一八八九）副榜貢生，候選直隸州州判，棄不就。

遊幕南昌等地，後返揚州理家。爲學靡不通，尤邃於《易》。著有《春秋左傳歷譜》、《尚書歷草補演》、《抱甕居士文集》、《餘生紀略》。傳見劉師培《左盦集》卷六《行略》（《碑傳集三編》卷三三）、魏谿《墓志銘》（梅鶴孫《青溪舊屋儀徵劉氏五世小記》）等。

〔二〕玉陽仙史：　即王驥德（一五五七？—一六二三），字伯良，號方諸生，別署方諸外史、玉陽仙史，生平詳見本書卷四《題紅記》條解題。編纂《古雜劇》，一名《顧曲齋元人雜劇選》，收錄元雜劇二十種，現存明萬曆間顧曲齋刻本（《古本戲曲叢刊四集》據以影印）。

〔三〕吳興臧氏：　即臧懋循（一五五〇—一六二〇），編纂《元曲選》，參見本書卷十一該條解題。

〔四〕德符：　即沈德符（一五七八—一六四二）。

〔五〕挺齋：　即周德清（一二七七—一三六五），號挺齋，編纂《中原音韻》。

〔六〕洪昉思《長生》之劇：　指洪昇（一六四五—一七〇四）《長生殿》，參見本書卷六該條解題。

〔七〕陽初子《紅梨》之詞：　指徐復祚（一五六〇—一六三〇）《紅梨記》，參見本書卷四該條解題。

〔八〕「升庵」二句：　升庵，即楊慎（一四八八—一五五九），號升庵。《太和記》，一作《泰和記》，呂天成《曲品》著錄，作許時泉（即許潮）作。沈德符《萬曆野獲編》卷二五「太和記」條云：「後聞之一先輩云，是升庵太史筆，未知然否？」焦循《劇說》卷三云，得見楊慎《太和記》，有《陳仲子》一折。疑許潮原撰《泰和記》，楊慎據以改竄，題《太和記》。現存《太和記》中單劇流傳，而明人歸於楊氏名下者，有《蘭亭會》、《武陵春》二種，《盛明雜劇》二集收錄。

〔九〕「西河」二句：　西河，即毛奇齡（一六二三—一七一三），改名甡，號西河。《連相》，即《擬連廂詞》。參張曉蘭《毛奇齡擬連廂詞的本來面目——兼論擬連廂詞非雜劇》（《戲劇》二〇一二年第三期）。

後緹縈題辭

陳作霖　等

萬乘南巡萬物春，煢煢弱女志能伸。拜章夕入恩朝降，千古緹縈有替人。

記得羈遊江北時，慈烏聲急雨絲絲。泰城南去橋邊路，古木荒寒孝女祠。

維揚志乘事難忘，譜入宮商更擅場。絕勝是非身後錯，《琵琶》一曲演中郎。江寧陳作霖雨生〔一〕

水雲先生眞天人，便便腹笥經紛綸。六藝絕學闡律呂，濁宮清徵調五均。閒來倚聲譜院本，乾坤正色搴松筠。觵觵孝女蔡氏子，縲絏無罪悲其親。嚴霜岸戶白日短，孤兒籲天天爲春。立志願與古人競，千秋何者幗與巾。緬維聖祖盛功德，堯舜在上無冤民。沾被醲化不自覺，頌聲之作今方新。獨怪漢文亦令主，三代以下純乎純。緹縈一書肉刑廢，史冊浩浩如其仁。胡爲樂府不稱述？但瑞赤鴈夸白麟。馬、班儻使不箸作，豈非主德終沉淪？先生用意特忠厚，文字要共山嶙峋。況迺列女有佳傳，天祿劉向今其倫。讀罷掩卷再三歎，誰謂今日聞《韶》、《鈞》？泰州城遠惜未到，空想祠廟羞蘩蘋。我欲更爲神絃詞，詞成卻恐神酸辛。溧水朱紹頤子期

手定宮商傳絕學，由來古樂少人知。更從院本翻新調，一曲中聲譜盛時。

古木斜陽孝女祠，問誰駐馬讀殘碑？史家彤管幽光發，壓倒才人筆幾枝？

豔體難登大雅堂，言情說夢遞當場。藏園嗣響分明在，文到無邪翰墨香。江寧秦際唐伯虞〔二〕

欲傳孝女肫誠志，恭頌聖朝寬大恩。昭雪人才施法外，旌揚典又到蓬門。

不淆南北《九宫譜》，分明重濁問輕清。哀音悽惋感頑豔，允矣先生移我情。江陰繆祐孫柚岑〔三〕

孝女陳書感聖君，緹縈軼事續前聞。康熙天子時全盛，刑措原來勝漢文。

曲演《琵琶》聲自宜，何須羽換更宫移。他年芟盡繁華唱，定抵曹娥絶妙碑。長洲朱孔彰仲我〔四〕

艇子清秋住石城，騷壇豔述《後緹縈》。海邦軼事翻絃管，譜出悽孤蔡女聲。（敝邑孝女蔡氏名蕙上書事，在康熙二十八年。）

書成冤若歷諸艱，弱質公然覲聖顔。此曲也應天上有，六飛重過九龍山。

闡幽傳補海房文，（張海房太史舊作《孝女傳》，近劉君恭甫作傳較詳。）樂府篇章屬水雲。一夢廿年徵倚伏，與君添作舊傳聞。（咸豐初，邑某侵毁孝女祠，夢女責之曰：『吾祠終不廢，廿年後，汝室墟矣。』今果然。）

雅調清聲繼孔、洪，荒祠俎豆復淮東。神絃邇日賡新曲，少女徵題屬蔡邕。（光緒癸未，夏丈少舫謀諸邑侯程公悦甫〔五〕，以西門大街振如庵改孝女祠。是秋，官紳致祭。事詳程邑侯並夏丈兩記中。）泰州袁錦子文〔六〕

憶昔吴陵童試時，緹縈救父教成詩。國朝蔡蕙繼其後，曾惜場中人不知。（李小湖師於故友試卷中曾及此）

少舫先生擴所聞，（同治甲子，夏丈少舫輯《蔡氏旌孝録》付梓。）一編盥誦快香焚。陋軒詩集蒙攜贈，（夏丈曩曾以《吴野人詩集》見贈。）今日重披南曲文。

九龍山畔御舟停，演出悲號不忍聽。寄語世間①兒女輩，挑燈應廢《牡丹亭》。江都詒孫臧穀〔七〕

社鼓神絃孝女祠，《後緹縈》曲按新詞。鉛山詩老應心折，此是人間第二碑。

新聲十折譜南崑，妙筆天教付水雲。任使閭閻兒女換，千秋歌泣仰遺芬。

前哲遺文手自搜，書刊《旌孝》好傳流。（夏丈少舫刊有《蔡氏旌孝錄》。）寄園家學淵源在，舊有藏書萬卷樓。（夏丈令祖春舟公著有《寄園詩集》，姜先生桐軒序稱：『邑中藏書之家，首推夏氏。』非虛譽也。）

臣家癡叔舊同袍，（咸豐初，從堂叔麥生君爲海陵獄吏，與丈至好。）兩世通門結誼高。相贈囊書識公意，歸舟爲我壓風濤。長白建侯黃樹臣〔八〕

奇筆擅傳奇，不厭百回讀。樂府叶宮商，梨園被絲竹。嬌小一女郎，生長文姬族。痛父冤莫伸，天閽思叩告。茹素復毀容，夜禱神祇篤。仁廟適南巡，上疏龍山曲。至行感天心，平反勵風俗。于以雪戴盆，恩全出犴獄。大府體皇仁，反坐鄉閭服。舉室慶團圞，連年綿似續。兩弟英嶷姿，家聲日以足。于歸夫期年，神傷終不祿。旌表立崇祠，年湮任樵牧。黃公闡幽光，始輯《旌孝錄》。更賴賢有司，祠宇重規復。地址本昔居，烝嘗從此肅。緹縈千載後，蔡蕙繼其躅。漫謂桃潭深，深情君占獨。歸安朱域德甫〔九〕

冰雪清詞善寫生，登場重覩女緹縈。試從古樂推新樂，宮調分明有正聲。
中郎有女擅詞章，伯道無兒默感傷。辛苦人前爭曲直，不知黃雀伺螳螂。
悤悤挽髻就江船，一疏精誠達九天。疆吏公明朝政肅，康熙皇帝太平年。
清辭一字一兼金，誰識先生用意深？收斂史才歸樂府，感人尤易是聲音。績溪程秉釗蒲孫

呼天不被守閽呵，想見清時省釋多。我讀斯篇忽垂涕，傷心不獨爲曹娥。

女子偏能脱父囚，男兒竟未復兄讎。（吳野人事，見《陋軒詩》。）新詞若向吳陵演，應有詩魂地下愁。集問《東臯》人莫識，（元末馬士麟居泰之樊川，有《東臯集》，其書久佚，惟鄉先達陳硯薌先生有手録本。）鄉尋古士事難稽。（敝居西南有「古士鄉」，相傳三字爲董香光書，州志不載緣起，今併三字不復存。）陋邦文獻多零落，安得先生盡品題。　泰州顔駲仁卿〔一〇〕

一卷新詞勝畫圖，文章歌哭豈殊途？　寫生不假丹青手，里巷謳吟動烏烏。

字字都成血淚篇，管絃譜與萬人傳。　聖朝軼事誰能説，該覺前賢讓後賢。　歙縣程朴生石洲〔一一〕

大雅誰能起？　想輶軒、采風入樂，言情持禮。　千載楚詞傳屈宋，香草美人滿紙。　縱才子、文章弔詭。　正變由來非異轍，要删除面目留眞髓。　忠孝語，何妨綺。　新聲十折誠觀止。　甚紛紛、郢書燕説，搜神談鬼。　刊落浮華歸本色，漫道偏驚里耳。　信鄭衛、繁音易靡。　歌哭要令關世教，寫一腔血性忘讐毁。　彤管煒，君知矣。（調寄【賀新涼】）　歙縣徐巽齊仲〔一二〕

一枝斑管怒花生，譜出宫商韻自清。　也似《琵琶》傳孝婦，不教擲地亦金聲。

試看泣籲龍舟日，何異陳情象闕時？　前有緹縈後蔡蕙，兩人赴急勝男兒。

海角叢祠傍舊廬，魂歸東閣昔曾居。　女巫奏曲翻新調，至性猶堪泣里閭。

《旌孝》一篇曾付梓，南詞十闋又鋟梨。　闡揚孝行勤讐校，卓絶西溪與貴溪。　歙縣洪文翰筱圖〔一三〕

薜蘿被門樹遮屋，中有靈妃不敢哭。　生無災難養金閨，莫把深恩款骨肉。　興門之男衰門女，雪虐風饕見松竹。　世間傀儡縱多棚，瓠史緹縈愁誤曲。　環谷先生調宫商，吳陵孝女爲旌揚。　熱戲不教羼樂府，新聲獨自按《霓裳》。細寫眞形隸本事，豈同盲說誣中郎。龍山峨峨岳阜峙，五花爨弄悲登場。楊椒山妻趙括母，學識皆從讀書有。吳娃越女鬭針神，班《誡》七篇供覆瓿。不然清麗《易安詞》，寵柳驕花稱妙手。北宮環瑱猶煇煌，伏生書傳成臭朽。誰持院本宣陰教，歌吹竹西換雅調。獅筋弦奪姦回魂，麟皮鼓振混沌竅。試看和聲盛世鳴，何來冤語天閽告？因書立功丈夫志，叱咤陳巫摹鬼笑。往偕張子尋荒祠，洪君亦示旌孝詩。不解推琵與擫笛，一篇冰雪哦傳奇。皖公山色秀在目，他時問字江舟艤。乞借施旃衍至行，犧牲玉幣勞典司。（仲伊先生時主講敬敷書院。）

五河劉淇若生〔一四〕

絲竹中含金石聲，梨園新唱《後緹縈》。漢文復見雍熙世，救父重瞻孝女生。

一疏何由動聖顔，端緣至行重如山。秋風回首毗陵路，古木寒烏夕照殷。

崇祠迤邐峙城西，曲徑重尋路不迷。手擷白蘋供俎豆，廊陰細讀舊碑題。

彩筆何殊班孟堅，新詞十闋託冰絃。壽梨竟遇知音賞，此曲流傳五百年。歙縣洪元紱述葊〔一五〕

（以上均清光緒十一年泰州夏氏刻本《後緹縈南曲》卷首）

【校】

①間，底本作『問』，據文義改。

【箋】

〔一〕陳作霖（一八三七—一九二〇）：字雨生，號伯雨，又號可園，江寧（今江蘇南京）人。光緒元年乙亥（一八七五）舉人，三上禮部不第。歸事撰述，凡省府縣志局、書院學堂官書局、官報局、圖書館之屬，皆互董其役。工詩詞文，善畫。輯刻《金陵通紀》、《金陵通傳》、《金陵詩徵》、《先正言行錄》、《元寧鄉土志》等。著有《可園詩存》、《可園詞存》、《可園文存》、《壽藻堂詩文集》、《可園詩話》等。傳見林紓《畏廬三集·石表》、陳三立《散原精舍文集》卷一三《墓志銘》（《碑傳集三編》卷四一、《碑傳集補》卷五三）、盧前《別傳》（《民國人物碑傳集》卷六）等。參見張江裁《陳可園先生年譜》（稿本）。此組詩又見宣統二年（一九一〇）刻本《可園詩存》卷一三，題《後緹縈樂府題辭三首》，作於同治十一年壬申（一八七二）。

〔二〕秦際唐（一八三七—一九〇八）：字伯虞，號南岡，江寧（今江蘇南京）人。同治六年丁卯（一八六七）舉人，候選知縣。曾主講鳳池書院、奎光書院。著有《南岡草堂詩選》、《南岡草堂詩續編》、《南岡草堂文存》、《南岡草堂時文》等。傳見濮文暹《見在龕集補遺·傳》、陳作霖《可園文存》卷一二《誄》等。

〔三〕繆祐孫（一八五一—一八九四）：字孚民，一字稚鵠，號柚岑，一作右岑，江陰（今屬江蘇）人。生於蜀郡，弱冠遊學金陵。光緒八年壬午（一八八二），北榜舉人。十二年丙戌（一八八六）進士，官戶部主事。次年考取外國遊歷員，遊俄國，著《俄遊彙編》。調任總理衙門章京，陞員外郎，中風疾而卒。著有《漢書引經異文錄證》、《柚岑詩鈔》、《思誤書室賦鈔》、《繆氏制藝稿》等。傳見《光緒十二年丙戌科會試同年錄》、《清畫家詩史》壬上、民國《江陰縣續志》卷一五等。

〔四〕朱孔彰（一八四二—一九一九）：原名孔陽，字仲武，改字仲我，長洲（今江蘇蘇州）人。朱駿聲子。光緒八年壬午（一八八二）舉人，曾任江南通志協修、安徽存古堂教授。民國後，受聘於清史館。著有《半隱廬叢稿》、《題江南曾文公祠百詠》等。傳見夏孫桐《觀所尚齋文存》卷五《墓志銘》、朱師轍《行狀》（民國六年成都協和大學排印本《半隱廬叢稿》附）。

〔五〕夏丈少舫：即夏嘉穀，字少舫，泰州（今屬江蘇）人。貢生。輯刻《泰州育嬰堂紀略》。著有《泰州肄雅錄》、《蔡氏旌孝錄》等。評點、校刻《後緹縈南曲》。

〔六〕袁錦：字子文，泰州（今屬江蘇）人。諸生。殫精經學，尤工詩。享年六十八。著有《棣華吟館詩鈔》。傳見民國《續纂泰州志》。

〔七〕臧穀（一八三四—一九一〇）：譜名肇鏞（肇庸），字詒孫（貽孫），一作宜孫，一字善均，號雪溪，別署霜圃、種菊生、菊隱翁、菊叟，室名問秋館，江都（今屬江蘇揚州）人。同治四年乙丑（一八六五）進士，選庶吉士。遭父母喪，辭官歸里。主持冶春後社。工書。著有《臧雪溪詩稿》、《臧雪溪詩集》、《菊隱翁詩集》、《揚州劫餘小紀》、《問秋館菊錄》等。傳見臧穀《墓志》（民國五年長沙刻本《菊隱翁詩集》卷首）、《詞林輯略》卷八、《續詩人徵略》卷二等。

〔八〕黃樹臣：字建侯，漢軍鑲黃旗人。光緒十八年（一八九二）爲江蘇試用縣丞。三十二年，任睢寧知縣。

〔九〕朱域：字德甫，歸安（今屬浙江）人。生平未詳。

〔一〇〕顔馴（一八四四—？）：字仁卿，泰州（今屬江蘇）人。同治六年丁卯（一八六七）解元。著有《蠹餘草》。傳見《同治丁卯科江南鄉試錄》。

〔一一〕程朴生：字石洲，一作十洲，又作石舟，別署平常道人，室名省靜居，歙縣（今屬安徽）人。兩淮鹽運使程桓生弟。同治元年（一八六二），在曾國藩幕府。後署江西分宜、臨川、吉水等縣知縣。解組後，寓泰州。精六壬，工篆書。著有《大六壬課》。傳見民國《續纂泰州志》。

〔一二〕徐巽（一八六九—？）：字齊仲，號權伯，歙縣（今屬安徽）人。舉人。傳見《清代科舉人物家傳資料彙編》。

〔一三〕洪文翰：字筱圖，晚號緇翁，歙縣（今屬安徽）籍，泰州（今屬江蘇）人。增貢生，候選訓導。中歲絕意進取，以賦詩飲酒爲樂。創修同仁堂。卒年六十九。輯《洪氏立本堂支譜》。著有《晚薌吟館詩草》、《海上聯吟稿》、《二十四孝圖説試律》等。

〔一四〕劉淇：字茗生，五河（今屬安徽）人。跋同鄉劉德儀《黄溪書屋吟稿》。著有《桂海集》。

〔一五〕洪元紱：字述葊，一作述安，號睡庵，歙縣（今屬安徽）人。弱冠遊歙，隨侍泰州。工詩，不近名。傳見民國《續纂泰州志》。

後緹縈跋〔一〕

袁　錦

昔年作客安宜，同郡劉恭甫大令寓書垂問〔二〕，囑搜吾邑蔡孝女事實，云：『汪君仲伊將爲《後緹縈南曲》。』爲書報之時，孝女祠祀久廢。同里夏丈少舫遂有《旌孝錄》之刻。光緒丙子，過白門，恭甫以仲伊院本見示，題四截句歸之。癸未秋〔三〕，邑侯程公捐廉俸百金，以城内之振如庵改建孝女祠，復其祀事。祠實蔡氏舊地，夏丈《孝女祠記》中言之甚詳。祠落成，而仲伊副本寄至，夏丈既加評點，以祠中他款付梓，命錦校之。掃盡穠纖，立言有則，始信名賢筆墨，關繫匪輕。荏苒十年，兹編付梓，洵屬海邦佳話，惜恭甫未及見也。卷中漚宧主人，即恭甫别號，遂並識之。

光緒乙酉冬，泰州袁錦跋於棣榭。

（清光緒十一年泰州夏氏刻本《後緹縈南曲》卷末）

【箋】

〔一〕底本無題名。

〔二〕同郡劉恭甫大令：即劉壽曾（一八三八—一八八二），字恭甫，號芝雲，儀徵（今屬江蘇）人。劉毓崧（一八一八—一八六七）長子。同治三年甲子（一八六四）、光緒二年丙子（一八七六），兩中副榜貢生。以敵餉勞，得知縣。曾國藩招入金陵書局。著有《左傳疏》、《讀左劄記》、《春秋五十凡例表》、《昏禮重別論對駁議》、《南史校義集評》、《包氏文譜類釋》、《臨川答問》、《傳雅堂文集》、《傳雅堂詩集》等。傳見顧雲《盋山文錄》卷五《傳》、孫詒讓《籀廎述林·墓表》、劉貴曾等編《劉恭甫先生行狀》、《清史稿》卷四八二、《清史列傳》卷六九、《續碑傳集》卷七五、《碑傳集三編》卷三三、《清儒學案小傳》卷一六、《清代樸學大師列傳》卷六等。

〔三〕癸未：清光緒九年（一八八三）。

乘龍佳話（何鏞）

何鏞（一八四一—一八九四），字桂笙，別署高昌寒食生，山陰（今屬浙江紹興）人。諸生，屢試不第，遂絶意進取。同治七年（一八六八），於詁經精舍肄業半載。十一年起，任上海《申報》主筆。光緒十二年（一八八六），爲廣百宋齋主人《詳注聊齋志異圖詠》撰序。長於吟詩作詞。著有《⿰王雩琈山房紅樓夢詞》、《一二六存稿》、《劫火紀焚》等。撰雜劇《乘龍佳話》。傳見《何桂笙小傳》（《申報》一八九四年十二月八日）、陳玉堂《中國近現代人物名號大辭典續編》（浙江古籍出版社，二〇〇一)。參見徐載平等《清末四十年申報史料》(新華出版社,一九八八)、馬尚驥《壽鏡吾的兒女親家、〈申報〉老報人何桂笙》(壽永明等編《三味書屋與壽氏家族》,浙江大學出版社,二〇一〇)等。

《乘龍佳話》雜劇,《清代雜劇全目》著錄,現存光緒十七年(一八九一)上海石印本,《傅惜華藏古典戲曲珍本叢刊》第一一〇冊據以影印。阿英《晚清文學叢鈔·傳奇雜劇卷》收錄。

乘龍佳話序

何　鏞

自有京調梆子腔,而崑曲不興,大雅淪亡,正聲寥寂。此雖關乎風氣之轉移,要亦維持挽救者之無其人也。崑班所演,無非舊曲,絕少新聲。京班常以新奇彩戲,炫人耳目,以紫奪朱,朱之失色也宜矣。三雅崑班,近年來無人過問。去年秋,諸同志有欲振興正雅者,招崑班來滬開演。初時亦不乏顧曲之人,兩月以後,坐客漸稀,生涯落寞,漸將不支。班中人以爲舊戲不足娛目,奚將舊稿翻新,而卒無補於事。

余慨夫雅樂之從此一蹶恐難復振,因自撰《乘龍佳話》傳奇一本,取《唐代叢書·柳毅傳》中事,點綴成之,與李笠翁所著《蜃中樓》絕不相蒙。惟曲文取其少而易,排場取其奇而新,凡燈彩腳色,悉心處置,不使有重複牽强之弊。雖不敢自詡知音,然以較諸京班中之新戲,全係鋪排,別無意義者,覺迥乎不同。

奈以塡譜者濡遲時日，且老伶工皆不知通變，但知守舊，不欲謀新，至今年二月，崑班停歇，此曲仍未付氍毹，意頗惜之。及門黄險生茂才亦爲扼腕，因慫恿附入畫報，並爲各繪一圖。庶幾不能實見之於歌臺者，猶得虛擬之於報簡，並使見此戲者，不僅海上諸同志，其聲音笑貌直可播諸萬里而外，傳諸百世之遥，亦一大快意事。而正聲之所維繫者，亦將以是爲千鈞之一髮焉。遂許之，而敍其緣起如此。

光緒十有七年太歲在重光單閼，日月會於析木之次，古越高昌寒食生自識。

（《傳惜華藏古典戲曲珍本叢刊》第一一〇册影印清光緒十七年上海石印本《乘龍佳話》卷首）

小蓬萊仙館傳奇（劉清韻）

劉清韻（一八四二—一九一六），字古香，小字觀音，因排行第三，又稱劉家三妹，别署東海女史，海州（今江蘇連雲港）人。鹽商劉藴堂女，沭陽錢梅坡（號香巖）室。著有《小蓬萊仙館詩鈔》、《瓣香閣詞》、《小蓬萊仙館曲稿》等。參見周丹原《劉古香女史傳》（天虛我生編《著作林》第五期）、姚柯夫《女作家劉清韻生平考略》（《文獻》一九八三年第四期）、李志宏《清代作家劉清韻》（《淮陰文史資料》一九八九年第八輯）及《劉古香傳奇劇作及生平考證》（《清末藝壇二傑——現代軍樂創始人李映庚與中國劇壇第一才女劉清韻研究》，澳門文星出版社，二〇〇三）。

撰雜劇二十四種，僅存十種，題《小蓬萊仙館傳奇》，又題《小蓬萊閣傳奇》，簡名《小蓬萊傳奇》，《清代雜劇全目》著錄，現存光緒二十六年庚子（一九〇〇）上海藻文書局石印本，《傅惜華藏古典戲曲珍本叢刊》第一〇六冊據以影印。近年又發現《望洋嘆》、《拈花悟》二種雜劇之傳鈔本。參見苗懷明《記晚清女曲家劉清韻兩部曾佚失的戲曲作品》（《古典文學知識》二〇〇二年第四期）、夏冉《劉清韻戲曲研究》（華東師範大學碩士學位論文，二〇〇七）、劉軍華《明清女性作家戲曲創作研究》（山西師範大學博士學位論文，二〇〇七）、鄧丹《明清女劇作家研究》（首都師範大學博士學位論文，二〇〇八）等。

小蓬萊仙館傳奇序〔一〕

俞樾

丁酉之春〔二〕，余在西湖。海州張西渠大令〔三〕，以其同鄉劉古香女史詩詞見示，余爲序而歸之。聞女史尚有傳奇廿四種，余請觀焉，則以十種來。問其餘，曰：『在家中。』女史，海州人，而所適錢君梅坡，沭陽人，距吾浙絕遠，致之固非易也。是年秋，天大霖雨，洪澤湖溢。女史所居圮於水，於是傳奇稿本皆沈霾於泥淖瓦礫中，不可復得。其存者，止此十種矣。

余就此十種觀之，雖傳述舊事，而時出新意，關目節拍，皆極靈動。至其詞，則不以塗澤爲工，而以自然爲美，頗得元人三昧。視李笠翁《十種曲》，才氣不及，而雅潔轉似過之。此外十四種，既不可見，則此十種之幸存者，可不爲之傳播乎？

杭州吳君季英〔四〕，風雅好事，新得石印機器，願摹印以廣其傳。婁縣楊古醖大令〔五〕，又願任校讐之役。時古醖方權知龍游，簿書旁午，丹鉛不輟，亦可知其游刃之有餘。惜西渠已作古人，不及觀其成矣。女史留中，如有記事珠，能將湮沒之十四種重寫清本，以成全璧，尤余與吳、楊兩君所欣望也。

光緒庚子仲春，曲園俞樾（時年八十）①〔六〕。

（《傳惜華藏古典戲曲珍本叢刊》第一〇六冊影印清光緒二十六年庚子上海藻文書局石印本《小蓬萊仙館傳奇》卷首）

【校】

①《春在堂雜文》六編卷九本無題署。

【箋】

〔一〕底本無題名。此文又見光緒三十一年德清俞氏刻《春在堂雜文》六編卷九，題《劉古香女史十種傳奇序》。

〔二〕丁酉：光緒二十三年（一八九七）。

〔三〕張西渠（？—一九〇〇前）：名未詳，海州（今江蘇連雲港）人。以本班銓選得知縣。

〔四〕吳季英：杭州（今屬浙江）人。富商，曾任上海道員。清光緒二十二年（一八九六），創辦上海雲章衫襪廠。

〔五〕楊古醖：即楊葆光（一八三〇或一八三一—一九一二）。

〔六〕題署之後有印章二枚：陰文方章『俞樾長爵』，陽文方章『曲園叟』。

小蓬萊仙館傳奇跋〔一〕

俞　樾

傳奇例有下場詩，兹則缺焉。古醞欲爲補之，而余有趙孟視蔭之意，意在速成，援清容居士《九種曲》例，謂可不作，乃止。摹印既成，又書數語於後，勿使古醞之負諸責也。

曲園居士又書〔二〕。

（同上《小蓬萊仙館傳奇》卷末）

【箋】

〔一〕底本無題名。

〔二〕題署之後有葫蘆形陽文印『曲園』。

梨花雪（徐鄂）

徐鄂（一八四四—一九〇三），字午閣，號棣華，别署汗漫生、汗漫道人，室名誦荻齋，嘉定（今屬上海）人。光緒十一年乙酉（一八八五）順天舉人，遊幕燕、趙、齊、豫、魯數十年，以功敘同知，保知府，分浙江補用。著有《隸體尋源》、《經界求眞》、《籌算洪由》、《平方捷密》、《奇門反約》、

《奇方放觀》、《吉良合璧》、《追臆說十種》等。撰傳奇《梨花雪》、《白頭新》、《洛水犀》、《點額妝》四種，總題《誦荻齋曲》，僅存前二種。傳見民國《嘉定縣續志》卷一一。參見鄧長風《七位明清上海戲曲作家生平鉤沉·徐鄂》（《明清戲曲家考略》）。

《梨花雪》傳奇，一名《白霓裳》，《八千卷樓書目》著錄，現存光緒十三年（一八八七）大同書局石印本（《傳惜華藏古典戲曲珍本叢刊》第一〇八冊據以影印）、光緒二十一年上海書局本、光緒三十二年上海煥文書局石印本、宣統元年（一九〇九）上海煥文書局石印本。

《梨花雪》自序

徐鄂

烏虖！事之卓卓可傳者，豈獨古爲然哉？今亦有之，金陵黃烈女是已。烈女不幸生亂世，甫孩提，家陷於寇，汩沒狐城鼠社中十一年，所習聞厭見者，蓋可知矣。而突遇强暴，巢爲之傾，卒能智全其身，從容復讎，繯死逆旅，使道路之人讀其遺墨，咸深悉其骨肉之殘、之慘，求之古人中，亦不可多得焉。然脫非其母、其兄教舉古今貞烈事，使少焉耳濡目染，心悅誠服於展卷之餘、聞聲之際，其所底止，殆有不可問者。是烈女之德性堅定，百折不回，以至於死，其來也有自。而其母、其兄與嫂若弟，負冤而死者，亦得因烈女而名不朽，不可謂非食報之厚者矣。雖然，世豈少鬖髾男子哉？生長承平之時，少習師保之訓，其父兄教育而期望者未嘗不殷。一旦身膺艱鉅，昧厥由來，隳節末路，玷辱箕裘者，比比而然。夫何不幸而爲斯人之父兄耶？亦仍視其人之能自愛而已。因思人之生也，得讀祖父書，得聞倫常義，漸被於薰陶涵育中者，皆天心所以愛護而滋培也。即厄之以亂離，投之以殘酷，迫之以侵淩，磨礱激厲以成其志者，亦何莫非天之愛之也！天自愛之，人自棄之，天無尤焉。若烈女者，庶可謂克全其天者已，安得而不傳？

予與秦君乮聲，皆幼歷粵匪之劫，而幸保餘生於虎口者也。居相距僅五十里耳，其名初未之識也。今年春，遇於都，相視莫逆。偕來遼，途次談兵燹事，及烈女，屬爲文以傳之。夫必傳之文，烈女自爲之矣，余何贅焉？然恐吉光片羽，或易時而沈埋也；傳紀陳言，或難曉諸庸俗也。曷若播之歌謠，付之優孟，使百世下愚夫愚婦，莫不聞風興起之爲愈也。爰與乮聲商榷，按其事之次弟，晰爲條目，得《白霓裳曲》十有四折。懸想所歷，縱筆書之，若有助予者然。然則予之爲此書，與此書之得傳於後者，仍如烈女之自爲也爾已。烏虖！事之卓卓可傳者，豈獨古爲然哉！

光緒丙戌十有二月，練川汗漫生徐鄂序於陪都京兆署〔一〕。

（清宣統元年秋上海煥文書局石印本《梨花雪》卷首）

【箋】

〔一〕題署之後有印章三枚：陰文方章「徐鄂之印」、「汗漫道人」，陽文長方章「望古遙集」。

烈女黄婉梨詩並序跋〔一〕

徐　鄂

右序與詩及跋，係秦君乮聲自金陵鈔得者。余製曲既成，列諸卷首，將謀付梓矣。忽晤楊君伯馨〔二〕，談知平江李次青先生文集中已書其事〔三〕，亟索而讀之，不勝愉快。原序與詩俱繫文後，間有異同者廿餘字，蓋傳鈔互舛耳。先生一代文章鉅手，箸作宏富，據實乃書，更可信而有徵矣。並知當道者已采入《湘鄉新志》中，益可見人心慕善之同，而奇行之必不可磨没也。謹將先生原文録於左，而序與詩之異同者附識焉。

丁亥三月十一日，汗漫生記〔四〕。

【箋】

〔一〕底本無題名，置於《烈女黄婉梨詩（並序）》，及署『同治甲子九月十九日峨峯老人書』之跋，署『甲子十月十日同里人匪無匡衣爲襲下沒天上沒地山獨尊人來倚謨跋』之跋之後。

〔二〕楊君伯馨：即楊同桂（？—一八九六），字伯馨，通州（今屬北京）人。國學生，再應京兆試，報罷，援例官同知。任奉天支應局總理、發審營務總辦兼署翼長，歷充總理吉林邊務糧餉處發審局幫辦。光緒十七年（一八九一），充吉林地方志局提調兼分纂。二十年，署長春知府。以疾卒。著有《瀋故》、《吉林輿地略》、《盛京疆域考》等。傳見光緒《吉林通志》卷七一、民國《長春縣志》卷五、民國《永吉縣志》卷三八等。

〔三〕李次青：即李元度（一八二一—一八八七），字次青，又字笏庭，晚號超然老人，平江（今屬湖南）人。道光二十三年癸卯（一八四三）舉人，官至貴州布政使。著有《天嶽山館文鈔》、《養正草》等。傳見王先謙《虚受堂文集》卷八《神道碑》、《清史稿》卷四三八、《清史列傳》卷七六、《續碑傳集》卷三九、《清儒學案小傳》卷一八、《桐城文學淵源考》卷一一、《昭代名人尺牘續集小傳》卷一二、《清畫家詩史》庚下、《清代七百名人傳》等。其《天嶽山館文鈔》卷一九有《書江南黄烈女事》，後附黄氏《黄烈女詩並序》。

〔四〕丁亥：光緒十三年（一八八七）。按，此跋後附錄李元度《天嶽山館文鈔》卷一九《書江南黃烈女事》，並附識文後原序與詩異同字。

（梨花雪）敍

楊　頤〔一〕

嗚呼！專諸、聶政之事，史氏且豔稱之。若夫幽閨弱質，猝遭禍亂，從容鎮定，手刃讐仇，其智深而勇沈，雖古烈丈夫無以過，而史冊所紀，鮮有聞焉。豈非奇行卓絕，未易覯之巾幗中歟？抑不幸而不遇有心人表而章之，則其事不傳，即遇其人而文不工，則傳之不永歟？

嘉定孝廉午閣徐君，博學能文章，有聞於時。橐筆走關外，爲東諸侯揖客。乙酉冬〔二〕，與余訂交瀋陽，過從日密，稱莫逆焉。近以所製《白霓裳》曲，問序於余，蓋感金陵烈女黃淑華事而作也。余案，烈女事已載平江李次青先生集。今讀此編，敍亂離之慘，攄悲憤之情，發激楚之音，志壹鬱而誰語，聲哀厲而彌長。爲之掩卷太息，有不知涕之何從者。烈女有知，當亦快然無憾。

君生九日而孤，母葛太孺人撫而教之。幼卽嗜學，十餘歲遭寇掠，母子相失，太孺人投水以殉。君以痛母故，遇貞婦烈女事之可驚可愕、可歌可泣者，恒思作爲文章，以表揚幽懿，而寄夫思慕，此特其一耳。君旣績學工文，性復肫摯，操心尤苦。其文足以信今傳後，無疑也。顧奇人奇行，以奇文傳之，他日事以文傳，文以事傳，均可券之以理。而不敏如余，亦得綴名簡末，不可謂非厚幸也已。

光緒十三年丁亥仲春，茂名楊頤書於瀋陽官署〔三〕。

【箋】

〔一〕楊頤（一八二四—一八九九）：字子異，號容甫，一作蓉甫，别署蔗農，茂名（今屬廣東）人。咸豐二年壬子（一八五二）順天鄉試舉人，同治四年乙丑（一八六五）進士，選庶吉士，散館授編修。遷侍講，轉侍讀。光緒初，陞順天府丞。十一年，調奉天府丞兼學政。十四年，以大理寺少卿督學江蘇。累陞太常寺卿、都察院左副都御史、兵部右侍郎、左侍郎。主纂《茂名縣志》。傳見王先謙《神道碑》（《續碑傳集》卷一五）、《詞林輯略》卷八、民國《奉天通志》卷二三三等。

〔二〕乙酉：光緒十一年（一八八五）。

〔三〕題署之後有印章二枚：陰文方章「楊頤」，陽文方章「容甫」。

（梨花雪）序

秦本楨〔一〕

光緒壬午，鄉賦白門。閒步奇望街，見影壁黏有《黄烈女事略》，卒低徊，不覺移晷。返，語同人張君靜甫〔二〕，謂宜壽之梨棗，以廣流傳。遂於中秋後四日，同攜毫素，曝秋陽中，鈔錄以歸。北轍南轅，未遑檢點。乙酉七月，在海上送蕭生鶴儕赴金陵〔三〕，乃付手民，先得千本散之。而瀕行匆促，卷尾未能贅一辭。

丙戌〔四〕，再黜春明，與徐丈午閣偕之遼東。惘惘出都，自析津航海，至沒溝營，買小舠，泝遼河而上。荒沙蔽空，驕陽匿影。遠眺巫閭諸峯，出沒青蒼杳靄間。回首鄉關，感懷身世，孤篷蜷伏，同説經過。徐丈曰：『人生夢境，世事浮雲，變幻難憑，抑鬱誰語？就所聞所見而言，凡可泣可歌之事，今詎異於古所云？而亦聲聞闃寂。人間不平事，孰過於斯？盍舉奇之可傳者，譜入樂府，演出當場，慷慨淋漓，老嫗都解。不愈於酒杯之澆壘塊耶？』相與破涕爲笑。予即以烈女事爲請，遽應曰：『諾。』

比抵瀋陽，搜篋中刊本，已無存者。轉由家鄉郵致，重九方到。尋聲選韻，自是而始。相越二里許，徒步招尋，巾車過訪，無三日不見，見則非此不語，語他事若弗聞也者。一字未安，推敲至夜；忽有所得，歌以達旦。或不待旦，倚枕挑燈，捉筆暝寫。城頭畫角，更遞五番；門外嚴寒，雪積徑寸，弗顧焉。甚至夢寐中互相告語，往往出意想之外，驚詫以爲奇遇。

閱三月而書成，分目次第，悉依原序。至參伍錯綜之處，亦行文之法宜然。間綴時事，存是非之公；並紀賊氛，著蹂躪之迹，未嘗有妝點於其間。或曰：『墮劫返眞，非妝點乎？』予曉之曰：『原詩具在。一則曰「年年小謫住塵樊」，再則曰「長共貞靈在九垠」，不啻提耳而命之矣。』

徐丈謂予曰：『所躊躇審顧者，分宮配調。然則①至下筆時，輒赴節應弦，行所無事，幾不自解其何故。』予素不諳音律，獨此數月來，行歌互答，亦若有得，殆自有不可泯沒者在。吾曹之所爲，亦猶承不死貞魂之命也。他日攜歸，質之張君，或以爲不虛宿諸云。

江皋侍史竇山秦本楨眘聲甫識（五）。

【校】

①然則，底本作『則然』，據文義改。

【箋】

〔一〕秦本楨：字眉聲，別署江皋侍史，寶山（今屬上海）人。光緒八年壬午（一八八二）舉人。傳見民國《寶山縣志》卷一四。

〔二〕張君靜甫：即張淵，字靜甫，寶山（今屬上海）人。生平未詳。妻姚玉芝，錢塘（今浙江杭州）人。

〔三〕蕭生鶴儕：名字、籍里、生平均未詳。

〔四〕丙戌：光緒十二年（一八八六）。

〔五〕題署之後有印章二枚：陰文方章『秦本楨印』，陽文方章『江皋侍史』。

（梨花雪）題詞

太璞山人等

軼事流傳俗可移，出之巾幗更離奇。自從龐孝娥而後，又見江南黃婉梨。

十載猶完劫裏身，空江三月肯磨磷！腥羶已絕馨香在，烽燧難銷六尺珉。

遺詩鈔播秣陵城，環佩魂歸玉有聲。六代雲山千古秀，貞花壓盡美人名。

賓榻欣聯徐孺才，烘窗晴日筆花開。歌聲倘逐瀟湘去，應有餘音繞墓臺。太璞山人〔一〕

徐陵海內文章伯，頻年橐筆諸侯客。劫灰燼後談兵戈，聞者驚魂兼動魄。憶昔蒼鵝兆賊祲，烽火漫天紛髮逆。守土纍纍盡棄城，大軍縻餉無長策。坐令天險失洞庭，長江南北罹金革。何意髫齡弱女兒，觥觥矢志留清白。黃家女子眞奇絕，奇事奇文信稱烈。珠玉溫柔貌似花，聰明冰雪腸如鐵。建業城高嘆陸沈，十載燎原誰撲滅？天上雄師動地來，奔雷迅電横空掣。亂卒乘危肆殺傷，舉室須臾悲永訣。一舸鴟夷逐駭波，宛轉柔腸千萬結。白璧可碎不可玷，太阿可折不可缺。縱然一死亦何難？無奈奇冤待昭雪。吮忍相隨三月餘，兒心未死肾先裂。瑟瑟風摧嫛女魂，班班竹染湘妃血。大仇已報貞軀完，香泥三尺千秋潔。詞人弔往情遙矚，郵索遺詩抵金玉。廿年前事觸餘哀，淚點横飛忍卒讀。且就悲猿哀鳥聲，編入《霓裳羽衣曲》。烈拍淒腔楚動人，綺思纏綿恣華縟。此卷長留天地間，企景尋聲振流俗。茂名楊彥深淪靈〔二〕

世間萬事如雲烟，太空一瞬無俄延。惟有忠孝節烈永不朽，精誠奕奕通蒼天。天公似爲人愛惜，要令奇節彰黃泉。流傳偶焉到詞客，編珠綴玉書千篇。我讀《霓裳曲》，舊事頗棖觸。昔日潢池肆毒氛，賊爲刀几民魚肉。紛紛弱絮苦墮溷，孰挺戈矛剚鯨腹？卓哉黃氏有名媛，一朶芙蓉出汙濁。更生甫慶池魚殃，骨肉無辜慘屠戮。此時此際恨填膺，何日湛盧方喋血？扁舟一葉江滔滔，輕生何異投鴻毛。含愁斂怨不敢襮，腰間密密藏鸞刀。一朝舍舟就逆旅，星月爛兮漏幾許。明眸皓齒侑開筵，鴆膏送罷青鋒舉。揮來利刃再至三，頃刻豺狼作腐鼠。此身白玉終無瑕，笑向九天尋舊侶。壁間墨瀋餘淋漓，途人傳誦生悽楚。吁嗟乎！古來俠烈盡男子，易水荊卿尚徒死。嬌娃十七未離閨，智勇兼全乃如此。不有文人詠作歌，芳名何自標彤史。竭來披誦欽騷壇，臨川

綺語空污翰。新聲翻出叶宮徵，留與千秋巾幗看。江陰朱爾楷敬齋〔三〕

精衛難將劫海填，狂花滿地秣陵烟。箇中多少捐軀者，不遇文人事不傳。天心未肯没潛幽，巾幗爭傳第一流。雅樂三終詩十絶，紅牙碧血兩千秋。山陰史鍾駿蒓舫〔四〕

東南半壁烟塵驚，長蛇封豕憑江城。六朝金粉悉灰燼，惟有勁節完其貞。金陵黄氏良家媛，愁懷獨擁書千卷。十年不字珉無瑕，烽火光中寄巢燕。百萬雄師動地來，石城千雉雷轟開。泥犁一旦見天日，重培嘉種鋤蒿萊。籠中哀鳥驚魂息，到此無虞弋人弋。菱花偷照喜盈眉，猶賸當時舊顔色。血腥飛濺池魚焚，熊桓隊裏藏鯨氛。蛾眉求死不得死，扁舟逼渡江之濆。彼姝者子貞俠士，大讎未報誓没齒。淚眥積血全貞軀，天假之緣在潭市。當筵侑酒紿狂徒，陽爲歡笑陰爲圖。酒中置鴆賊腸裂，長鯨赤手青鋒屠。覆盆之冤今始雪，皎皎芳心證明月。投繯上叩天空濛，留題血淚千年碧。傳其事者爲伊誰？湘叟吳娃兩跋垂。沈江烈魄共不朽，途人能讀詩中詩。不脛而走不舟渡，翻入江南新樂府。登場演出後人看，一曲《霓裳》足千古。黄縣孫宗翰筱帆〔五〕

（以上均《傅惜華藏古典戲曲珍本叢刊》第一〇八册影印清光緒十三年大同書局石印本《梨花雪》卷首）

【箋】

〔一〕太璞山人：姓名、籍里、生平均未詳。

〔二〕楊彦深：字瀹靈，茂名（今屬廣東）人。楊頤（一八二四—一八九九）長子。廕生，候選知縣。浙江補用知府。光緒末年曾任廣東諮議局議員。評點《梨花雪》傳奇。

〔三〕朱爾楷：字敬齋，江陰（今屬江蘇）人。廩貢生。曾遊幕遼東，縣李桂林輯《吉林通志》一百二十卷。傳見民國《江陰縣續志》卷一五。

〔四〕史鍾駿：字蒓舫，山陰（今屬浙江紹興）人。生平未詳。

〔五〕孫宗翰：字筱帆，一作筱藩，黄縣（今屬山東）人。與楊同桂共輯《盛京疆域考》（《遼海叢書》本）。

梨花雪跋〔一〕

徐鼎襄〔二〕

午閣從叔祖流覽百家，多所研究，向不苟於著述。去年冬，忽因表闡幽潛，作此十四篇洋洋灑灑文字，郵寄來都。受而讀之，忽而神化如蒙莊，忽而離奇如《左》、《國》，忽而幽雅如楚《騷》，忽而謹嚴如遷《史》。意到筆隨，文成法立。其摹寫諸人性情口吻，始終一律，與夫起伏迴應，層折波瀾，大都得力於古來名大家文。乃知食古而化者，原無施而不可也。誰謂詞曲乃小道哉！爰繫數語，以志景行。

丁亥二月〔三〕，從姪孫鼎襄謹注。

（同上《梨花雪》卷末）

【箋】

〔一〕底本無題名。

〔二〕徐鼎襄：字仲謨，嘉定（今屬浙江）人。兵部右侍郎徐致祥（一八三八—一八九九）長子，鼎康（一八七六—一九三八)兄。承父蔭,襲正三品。清宣統元年(一九〇九),任候補道。民國間,署理蕪湖關監督。

〔三〕丁亥:光緒十三年(一八八七)。

(梨花雪)題詞〔一〕

秋元朗 等

歷盡紅羊劫。還留得、貞花兩樹,心眞鍊鐵。千里長江横匹練,拚向此中葬骨。更尺素、書殘鵑血。轉瞬鯨鯢都飲鴆,便投繯、悟徹無生偈。多少恨,一宵雪。青衫紅粉滄桑閱。拂塵封、重吟遺句,聲聲淒絶。感昔吊今無限事,都付傷心一跋。還怕與、蒼烟同沒。賴有詞人翻樂府,度新聲、按入銅琶撥。渾不管,唾壺缺。(調寄【貂裘換酒】) 山陰秋元朗肴白〔二〕

六年舊諾一朝償,借重詞壇爲表彰。回首白門疏柳畔,兩人橐筆倚斜陽。

策馬榆關賦壯游,吟朋巧遇偉長儔。燈前細把紅牙按,遼海風濤筆底收。

讀罷新詞感不禁,慟余三世殉妖祲。更憐抱膝聽經者,一曲桃溪一樣心。(粤寇之難,淵祖父殉焉。姊赴門前溪水死,溪名桃溪。)

嗚咽瓊簫奏鳳鸞,從今拍遍紫檀槽。請參墮劫歸眞諦,莫作才人好事看。寶山張淵靜甫

(清宣統元年秋上海煥文書局石印本《梨花雪》卷首)

【箋】

〔一〕此二首題詞,光緒十三年石印本無,此本接續於『黄縣孫宗翰筱帆』題詞之後,爲最末兩首。

〔二〕秋元朗：字定之，號詹白，山陰（今屬浙江紹興）人。光緒二十九年（一九〇三），曾爲長春知府王昌熾撰《杏花村記》，刻碑。

白頭新（徐鄂）

《白頭新》雜劇，《八千卷樓書目》著錄，現存光緒十三年（一八八七）大同書局石印本，封面題『誦荻齋第二種曲』，《傅惜華藏古典戲曲珍本叢刊》第一〇八册據以影印。

白頭新序〔一〕

徐鄂

《梨花雪》院本既成，假次青集以證之〔二〕，並見所書山陽程生夫婦事，蓋余曩所聞者，而未能悉其顛末若是之詳也。時詹聲爲楊容師延往吉林襄校〔三〕，燈窗寂坐，索居寡歡，爰就其事，演《白頭新》雜劇六折。自三月既望，訖四月朔末，半月而竣。

夫古今來奇事之足傳者，惟其難耳、罕耳。若程與劉，可謂絶無而僅有矣，宜鉛槧家爭筆之也。夢丸之説，固涉不經。或因程生尚有後人，故桑梓間猶樂爲附會乎？以劉女之賢，豈不計及於嗣續之大，爲之置媵容，非情所必無，因於末折及之。以是爲勸世也可，以是爲補陷也亦無不可。

丁亥四月〔四〕，嘉定徐鄂識〔五〕。

【箋】

〔一〕底本無題名。

〔二〕次青：卽李元度(一八二一—一八八七)，字次青，生平詳見本卷《烈女黄婉梨詩并序跋》條箋證。李元度撰《書程允元暨妻劉貞女事》，載諸此本卷首。

〔三〕䓗聲：卽秦本楨，字䓗聲，生平詳見本卷《(梨花雪)序》條箋證。楊容師：卽楊頤(一八二四—一八九九)，號容甫，生平詳見本卷《(梨花雪)敍》條箋證。

〔四〕丁亥：光緒十三年(一八八七)。

〔五〕題署之後有印章二枚：陰文方章「徐鄂私印」，陽文方章「誦荻齋」。

白頭新本事按語〔一〕

徐鄂

鄂按，允元事載《禮部則例》中，近人雜錄記其者不少，余獲見祇此兩篇〔二〕。黄爲淮人，所聞應較確矣，而年月銓次，反不及李公之詳。其以津令爲津守，以義貞爲義烈，皆失實者也。蓋得之里巷傳聞，而江督之疏、春官之書猶未之見耳。至玉環之聘，官牘所不及詳，而鄉曲婦孺能言之者，容是實事。余製《白頭新》院本，列二君文於卷首，以備當世參考焉。

徐鄂識。

(以上均《傅惜華藏古典戲曲珍本叢刊》第一〇八册)

影印清光緒十三年大同書局石印本《白頭新》卷首）

【箋】

〔一〕底本無題名。

〔二〕兩篇：指黃鈞宰《金壺浪墨·白首完婚》、李元度《書程允元暨妻劉貞女事》，均載此本卷首。黃鈞宰（一八二六—約一八七六），生平詳見本卷《鴛鴦印》條解題。

（白頭新）跋

秦本楨

丁亥客瀋陽，適楊蓉浦先生按試吉林，招往襄校。上巳俶裝，踰月遄返。甫下車，公子淪靈卽告曰〔一〕：『午丈《誦荻齋詞曲》，又成《白頭新》一種，盍就觀焉？』心竊訝其神速，亟詣之。已袖稿過予，還寓一揖外，不遑他及。展卷雒誦，如徑入松篁，笙竽自韻；如舟行苕霅，風水成文。其結構也，滅裁縫之鍼線；其運用也，化朽腐爲神奇。而趙友之懇摯，曹弁之戇豪，何媪之附熱，妙尼之使乖，旗丁夫婦之鄙俚，卽賓白科諢，亦各爲之頰上添毫。文入妙來，何施不可？故能於《梨花雪》外，另闢蹊徑，抑何變化之不可測耶！往歷邊外，羣山蒼莽，彌望荒涼，夢繞故鄉。暮春三月，輒歎丘希範『雜花生樹，羣鶯亂飛』二語，不著一字，盡得風流。不圖行塵未浣，竟於此卷中彷佛遇之。卽以此爲移贈何如？

浴佛日，寶山秦本楨跋〔二〕。

（同上《白頭新》卷末）

【箋】

〔一〕公子淪靈：即楊彥深，字淪靈。

〔二〕題署之後有印章二枚：陰文方章「本楨私印」，陽文方章「浴湯淮海春衫客」。

俠女記（龍繼棟）

龍繼棟（一八四五—一九〇〇），原名維棟，字松岑，一字松琴，號槐廬，別署槐廬生、味蘭簃主人，室名覓句堂，臨桂（今屬廣西）人。龍啓瑞子。同治元年壬戌（一八六二）舉人，十年（一八七一）官戶部候補主事。曾任《古今圖書集成》校讎，主持尊經書院。著有《槐廬詞學》、《槐廬詩學》、《鬧紅一舸詞》等，今存。傳見繆荃孫《藝風堂文續集》卷一《前戶部候補主事龍君墓志銘》（宣統二年刻民國二年印本）。撰傳奇《俠女記》、《烈女記》二種，總稱《味蘭簃傳奇》。參見黃義樞《清代節烈戲曲考論》第五章第四節「《味蘭簃傳奇》作者考」（福建師範大學博士學位論文，二〇一一，頁一〇八—一一二）。

《俠女記》傳奇，《古典戲曲存目彙考》著錄，作「醉鉤外史」撰；梁淑安等《中國近代傳奇雜劇經眼錄》著錄，作「味蘭簃主人」撰。現存稿本，湖南圖書館藏，署「槐廬生」撰；同治間刻本，署味蘭簃主人撰；光緒七年（一八八一）刻《味蘭簃傳奇》本，《傅惜華藏古典戲曲珍本叢刊》第一〇三冊據以影印；光緒間鉛印本；民國二十二年（一九三三）北平青梅書店排印本。

（俠女記）自序

闕名〔一〕

吾聞之友人：陳稺梅〔二〕，蓋道光間人，以第三人及第，不十餘年而官至總督，已足奇矣。其夫人遺事，則江漢人皆能道之，而吏部不能舉其姓名。夫人有任俠之才，能識稺梅於困阨，奇也！稺梅受金而去，卽舉於鄉，聯捷翰林，爲學使而聘之，不尤奇乎！原聘死，而以夫人爲義女，夫人嫁而爲正室。自古妓女適人，有如此之局耶？奇之甚者也。若稺梅之不他娶，人類能之，不足深論。

同治辛未十一月望夜序。

【箋】

〔一〕此文當爲龍繼棟撰。

〔二〕陳稺梅：卽陳鑾（一七八六—一八三九），字仲和，一字玉生，號芝楣，一作稺梅，江夏（今湖北武昌）人。嘉慶二十四年己卯（一八一九）舉人，次年庚辰（一八二〇）進士，歷任翰林院編修、松江知府、蘇州知府、蘇松太兵備道等，官至兩江總督，贈太子太保銜。輯《先正格言》、《楚帖》。著有《耕心書屋詩文集》。傳見方宗誠《柏堂集後編》卷一三《道碑銘》（《續碑傳集》卷二三）、《清史稿》卷三八一等。

俠女記題詞〔一〕

闕　名〔二〕

滎陽千古事，江夏許爭翹。不似摴蒲者，因人便得梟。
我是無爲子，尋樗未有詩。玉懷隨處熱，柳下不相師。
莫誚曲終雅，端爲曉者傳。井華勞遍飲，不許夢臨川。辛未嘉平〔三〕，《俠女記》成，自題。

（以上均《傅惜華藏古典戲曲珍本叢刊》第一〇三冊影印清光緒七年刻《味蘭簃傳奇》所收《俠女記傳奇》卷首）

【箋】

〔一〕底本無題名，據版心補。

〔二〕此題詞當爲龍繼棟撰。

〔三〕辛未：即同治十年（一八七一）。

（俠女記）主人雜記

闕　名〔一〕

辛未十月幾晦〔二〕，余偶倚聲爲《花感》一折，梨園被之管絃，則宮商鮮有舛錯。十一月朔，唐吏部爲說陳公遺事〔三〕。吏部去次日，即按譜填之，至望日而竣。中間以事閣二三日，猶惜成之不早也。

陳公及第之後，似尚遲數年，乃得使命道娶者。書中以無可載，牽合一年，略有不符。

陳公被揭參重游秦淮之事，諭旨不究，則摭寔者。因參而歸養，作書之旨也。

書中不能出陳公之母，究未定其就養否也。重游秦淮等，劇不能安放，故從未就養爲長。

此書痛戒傳奇前後述說、一事數見之弊，故觀者不能不嫌少略，作者蓋非無意也。

陳公奉使道娶之後，其間歷官行事，自有史傳，於其夫人無關。傳奇者，傳夫人之事奇，不並及之，故十一折即開府江南矣。閱者幸知此意。

（同上《俠女記傳奇》卷末）

【箋】

〔一〕此文當爲龍繼棟撰。

〔二〕辛未：同治十年（一八七一）。

〔三〕唐吏部：即唐景崧（一八四一或一八四二—一九〇三），字維卿，一作薇卿，灌陽（今屬廣西）人。咸豐十一年辛酉（一八六一）舉人，同治四年乙丑（一八六五）進士，選庶吉士，散館授吏部主事。光緒九年（一八八三），抗法立功。十七年，任臺灣布政使，三年後署巡撫。致仕後，居桂林，任經古書院山長、體用學堂堂務。組「春班」，撰桂劇。著有《灌陽唐景崧薇卿先生遺詩》、《詩畸》、《詩畸外編》、《請纓日記》、《看棋亭雜劇》等。傳見《清史稿》卷四六三、《同光風雲錄》卷上、《詞林輯略》卷八、《近代名人小傳·官吏》、《清代人物傳稿》下等。

烈女記（龍繼棟）

《烈女記》傳奇，《古典戲曲存目彙考》著錄，現存稿本，湖南圖書館藏，署「龍松琴」撰；光緒七年（一八八一）刻《味蘭簃傳奇》本，《傳惜華藏古典戲曲珍本叢刊》第一〇三册據以影印；清光緒間鉛印本；民國二十二年（一九三三）北平青梅書店排印本。朱寯瀛《金粟山房詩鈔》（光緒二十七年刻本）卷四有《題槐廬生烈女記院本》詩。

烈女記傳奇序

韋業祥〔一〕

夫堅金在冶，百鍊彌剛；潤璧沈淵，千年必焕。光幽逾發，節苦乃貞。《烈女記傳奇》之作，蓋重感於此矣。

烈女某氏，扶夷人也。鄉同季年，譜並梅妃。生小蓬門，十三織素；年光華綺，二八初笄。冰玉毓其幽姿，竹柏挺其貞性。小姑居處，寂本無郎；嬌女心情，少惟憐母。摽梅七實，恆迨吉以無愆；文杏一枝，尚遲春而未嫁。然且貧家作苦，季女恆飢。悵壓線之年年，每停機而唧唧。辟纑夜績，或分鄰女之光；提甕朝行，不濯文君之錦。給女紅於十指，貧有生涯；謝帝綠於雙眉，妝憐時世。空閨夜靜，絕少尨驚；香徑春深，何來雉餌？

乃有五陵劇族，三族豪宗，彼虎而冠，如蜂肆螫。慣倚將軍之勢，調笑胡姬；豈眞嘉偶之求，願言淑女。閒來溪上，詫西子之浣紗；不是漢皋，效鄭生之乞佩。然而辭未申夫感帨，拒已見於投梭。固宜息狼子之野心，醒蝶兒之癡夢矣。爾乃馬長卿之綠綺，不逢俊賞於佳人；秋胡子之黃金，能炫寧馨之老嫗。母兮天只，忍將姹女論錢；彼何人斯，强效公孫委幣。債臺廣築，西江水詎潤窮魚；巧械潛張，北山羅偏驚飛鳥。嗟乎！貧窮則父母不子，此恨可知；婚姻無媒妁之言，相偪何甚！斯卽蚤拚九死，寧非自竭孤貞。

然而干將出鍛，非屢淬不足厲其鋒；荼蓼含辛，非歷試無以徵其苦。況莫愁是盧家少婦，羅敷亦秦氏有夫。但許潔身，何妨變計？於是間關暗度，悽惻宵征。奔月而逸去素娥，向夜而飛來紅線。竟脱秦關百二，完璧而行；任教步障十重，留春不住。覲姑嫜於堂下，妾身本自分明；遠父母於閨中，婦道通乎權變。太息離娘之草，甘作寄生；可憐連理之枝，自傷獨活。猶謂鳳巢無恙，可以藏嬌；豈期虺毒弗摧，尚能爲厲也乎？嗟乎！錢何術而通神，花何辜而落溷？翁眞老悖，乃奇貨之可居；士本無良，況多財之爲祟。縱探巢之虐，誰憐驚鵲無枝；笑貪餌之愚，乃致引狼入室。斯時也，困在彀之鸚羽，有力難飛；慘叫夜之鵑啼，哀鳴誰訴？賸有一椽棲小，棲此殘魂；七尺梁空，寄斯薄命。三從已矣，一死奚辭？於是斷紅尺組，玉質長捐；慘綠半規，珠光竟碎。嚴霜塞地，摩笄之慘千年；冷霧霾空，葬玉之冤終古。天乎若此，傷如之何？

夫青陵臺有淫雨之謠，金谷園有明珠之曲。起黃鵠夜中之詠，題彩鸞橋上之詩。亦皆彤管徽流，紫綸光暎。然或倉猝而殉一時之變，或纏緜而敦同穴之懷。未有衿鞶未御，已貞不二之操；冰蘗屢嘗，不改靡佗之志，如斯完行，鬱此長湮者也。烏虖！縱竭江流，難洗湘靈之淚；不塡滄海，那平精衛之寃？聽彭溪嗚咽之波，瞻崀岫淒涼之月，孰不欷歔遺躅，仰止清風？是以才人弔古，思勒貞銘；詞客興懷，用繙樂府。筆端五色，開成旌節之花；笛裏雙聲，吹裂孤生之竹。無實不記，有奇斯傳。從茲留軼史於稗官，播新聲於菊部，聞之者能不酸鼻，閱之者定復裂眥。斯亦渡恨海之仙航，補漏天之靈石也。謂余不信，請看法曲之登場；愧我無文，聊贅蕪言爲嚆矢。

同治十年仲冬月既望〔二〕，醉筠外史譔。

(《傳惜華藏古典戲曲珍本叢刊》第一〇三冊影印清光緒七年刻《味蘭簃傳奇》所收《烈女記傳奇》卷首)

【箋】

〔一〕韋業祥(一八四五—？)：字伯謙，號北軒，別署醉筠外史，永寧(今屬廣西)人。同治三年甲子(一八六四)舉人，次年進士，選庶吉士，散館授編修。官至貴州學政、直隸河間知府，晉鹽運使銜。爲著名臨桂派詞人，有《醉筠居士詞》。傳見況周頤《粵西詞見》卷二龍繼棟撰《韋業祥小傳》、《清代硃卷集成》卷二八、光緒《永寧州志》卷一二等。按顧雲臣(一八二九—一八九九)《抱拙齋詩存》卷下《題韋伯謙同年業祥江烈女傳奇》云：『恨骨久蒿萊，豪奴未冷灰。門庭皆鬼域，冰玉自泉臺。貞木心先死，奇花禍竟胎。香名傳樂府，多謝煬爲媒。』(民國三年射陽顧氏鉛印本，轉引自鄧長風《明清戲曲家考略三編》頁三五八)當即題此劇，誤作韋業祥撰。

〔二〕同治十年：公元一八七一年。

烈女記傳奇跋〔一〕

闕　名〔二〕

古人有父母勸改適者，有翁姑逼改醮者，有夫私貨其婦者，而絕無骨肉相謀爲賤行如此。烈女之死，有以哉！烈女不通書，大節昭然，愧盡天下奇男子。其始逸也，既全孝，復全身。其後決於一死，有毅然不可奪志之概。果行育德，非烈女，其誰與歸？

烈女之死，里人莫敢道其事者，蓋在同治二三年之間。勢紳至今巍然，而烈女之丘，蔓草荒烟，無人識者。余居其里甚久，卒不知烈女。去年冬，始克聞之，悤悤志於篋。今年仲冬望後，成《俠女記》。與友人話烈女，友曰：『是可以傳也，盍詞之？』篝燈按譜，凡十五日而畢。醉筠之序，遂先成矣。

烈女不遇於父母舅姑，其夫者，亦甘心貨之。書中父商夫戍，皆假設之爾，實筆下所不忍言矣。

記中如烈女稱『某姊』，烈女稱其父母①曰『爺』、曰『娘』，其父謂其母爲『幾娘』，其姑稱烈女爲『某嫂』，皆方言也。

是記以傳烈女，使文人墨客、孺子婦人無弗知者，則傳奇貴焉。書中如《圖歡》不出陸婆，《續餌》亦然，不肯以筆墨爲此等人浪費也。《繯樓》竟無下場，使天下貞女、古今烈婦同聲一哭。後之演梨園者，無嫌此書唐突也。

辛未十二月自記〔三〕。

（同上《烈女記傳奇》卷末）

【校】

①母，底本無，據文義補。

【箋】

〔一〕底本無題名，據版心補。

〔二〕此文當爲龍繼棟撰。

〔三〕辛未：同治十年，十二月已入公元一八七二年。

再來緣（洪炳文）

洪炳文（一八四八—一九一八），字博卿，號楝園，别署楝園居士、綺情生、祈黄樓主人、花信樓主人、慕忠堂主人、雪齋主人、保華主人、保鑒堂主人、悼烈主人、悲秋散人、情禪居士、洪崖仙子、悟因主人等，瑞安（今屬浙江）人。諸生，屢試不售，以館幕爲生。光緒三十二年（一九〇六）優貢。宣統元年（一九〇九），授浙江餘姚教諭兼訓導。三年，入南社。編輯《史漢晉書捃華録》、《左傳分類法戒録》、《國朝先正事略吾師録》、《花信樓訪稿》等。著有《公事稟稿》、《楝園家訓》、

《瑞安鄉土史譚》、《花信樓文稿》、《花信樓詩稿》、《花信樓詞稿》、《花言樓散曲》、《十國春秋小樂府》、《東甌采風小樂府》、《花信樓燈謎》、《空中飛行原理》等。撰戲曲《三生石》、《留雲洞》、《黑蟾蜍》、《懷沙記》、《再來緣》、《撻秦鞭》、《水巖宫》、《簪苓記》、《警黄鐘》、《芙蓉孽》、《懸嶴猿》、《後南柯》、《秋海棠》、《孝子亭》、《靈瓊圖》、《信香夢》、《四時樂》、《清官鑒》等三十餘種，現存二十餘種。傳見《瑞安縣志稿》卷一九。參見洪震寰《洪炳文及其著作》（《中國科技史料》一九八五年第五期）、鄧長風《二十九位清代戲曲家的生平材料·洪炳文》（《明清戲曲家考略三編》）、沈不沉編《洪炳文集·洪炳文年表》（上海社會科學院出版社，二〇〇四）、姚大懷《洪炳文文學研究》（華東師範大學碩士學位論文，二〇一〇）、王坤敏《洪炳文戲曲研究》（華南師範大學碩士學位論文，二〇一一）、姜寧寧《洪炳文戲曲研究》（華東師範大學碩士學位論文，二〇一一）、胡俊平《洪炳文戲曲研究》（河南大學碩士學位論文，二〇一一）、袁偉坤《洪炳文劇作研究》（蘇州大學碩士學位論文，二〇一三）。

《再來緣》雜劇，未見著錄，現存光緒丁酉（二十三年，一八九七）序稿本，天津圖書館藏，《中國古籍珍本叢刊·天津圖書館卷》據以影印。參見董希平、邸曉平《〈再來緣樂府〉述考》（《圖書館雜志》二〇一二年第四期）、陳田珺《稀見稿本〈再來緣樂府〉三論》（《戲劇》二〇一八年第一期）。

再來緣樂府自敘

洪炳文

自有制科以來，糊名易書，暗中摸索，而懷才之士，終身不遇，往往有之。夫徵文取士，棄瑕錄瑜，理也，無所謂數也。若編中所傳蹇蘭修之事，數也，無所謂理也。若是，此何也？數，余之事。天道之窮，借以人事斡旋之；人事之窮，則以天道報施之。因果之說，於是乎起。君子不責始於天而爲善，小人不畏譴於天而爲①不善，是因果之說爲中人說法，聖賢所急，不爲動也。迨至作善降祥，作不善降殃，有視余機爲感召，有神事之，不必皆有神司之也，老儒之事是已。世有懷才不遇，謂之數，可也；妄謂其戰之罪，不可也。少年蚤達，理也，謂之數，可也；但謂其文之工，不可也。言其當然，則謂之數；言其所以然，則謂之因果。天實有之，終謂之報施之理可也。

余向持此說，不敢易也。今閱茲記，不禁怦怦心動焉。因爲之信，以爲樂府，俾傀儡登場，長歌當哭，感遇之士，同聲下淚，又不覺破涕爲笑也。願以質世之善設因果，如定峯先生其人者〔一〕。

時在光緒丁酉春三月，悟因主人自志於玉亭寓所之齋。

【校】

①『爲』字前，底本有『不』字，據文義删。

【箋】

〔一〕定峯先生：即沙張白（一六二六—一六九一），原名一卿，字介臣，一字介人，號定峯，江陰（今屬江蘇）

人。明崇禎間諸生。嘗入京，王崇簡延之家塾，尋謝歸。會奏銷案作，以布衣三上相國書。康熙十一年（一六七二），試秋闈不第。閉門著書終孝。著有《讀史大略》、《定峯文選》、《定峯樂府》等。傳見《清儒學案小傳》卷一、光緒《江陰縣志》卷一七等。

再來緣樂府凡例

闕　名〔一〕

一、是編事實，見之《虞初新志》沙張白（定峯）先生所撰《再來詩讖記》，並非子虛烏有。

一、是編大略均照記中鋪敍，惟情節太少，因爲補入數事。傳奇體製，自應如此，否則平直無味，一覽無餘。閱者幸毋以蛇足見譏。

一、是編篇法，應以老嫗襯老儒，以某生襯主考。但僅如此，是旦腳本色，並無上場梨園規矩，門面猶爲未全。因以杜氏主婢襯老嫗，則腳色俱備。

一、本記不載姓名，以事涉幽怪，且主司知遇之文，均在老儒稿内一節，不便直書其人。惟實有其事，反諱其名，觀此可見。

（以上均《中國古籍珍本叢刊·天津圖書館卷》影印稿本《再來緣樂府》卷首）

【箋】

〔一〕此文當爲洪炳文撰。

水巖宮（洪炳文）

《水巖宫》傳奇，《古典戲曲存目彙考》著録，現存光緒二十六年庚子（一九〇〇）稿本、永嘉鄉著會鈔本（沈不沉《洪炳文集》據以排印）。

水巖宫樂府自敍

洪炳文

昔人云：『扶輿清淑之氣，不鍾於男子，而鍾於婦人。』斯言也，殆有激而然歟？夫士人讀聖賢書，談①忠孝事，規行矩步，固循循於禮法之流也。及一旦躬值患難，往往張皇迷惑，自失其守者有之。而一二婦人女子，伏處窮閻，未聞大義，猝遇强暴，抗節捐生，卒以不辱。意者，清淑之氣鍾於人，不以才稱，而以節見歟？

《志》稱烈婦與夫同遇賊〔一〕，婦駡賊遇害，而夫卒以免死②。婦度賊行，去其夫處已遠，而後嗾賊，非圖得脱，實激賊殺己也，且以己餌賊，以計脱夫也。若胡氏者，非徒其烈足傳，其智亦③可稱也。慨自國初以來，海寇入境，有王兆炎妻陳氏，被掠④駡賊遇害，見邑志《烈女傳》，而未聞立廟。錢匪、髪逆之亂，其時婦女殉節者，指不勝屈，不得旌表，何況立傳？傳與不傳，亦有幸有不幸焉。傳一胡氏，凡如胡氏者，皆同斯例，則是編之本旨也。牖下書生，手無柯柄，語以激濁揚清之事，力有不能，維持世道人心，端藉文字。詞曲雖小道，僕竊有取焉。若夫鬼神離奇之説，寓言寄托之詞，是傳奇中應有之義。作者大旨與文之工拙，不繫乎此也。明眼人當自知之，豈待僕之贅言乎？是爲序。

光緒二十五歲次己亥嘉平十日，棟園氏自識於花信樓〔二〕。

【校】

①談，底本殘右半，據沈不沉《洪炳文集》本補。

②死，底本闕，據沈不沉《洪炳文集》本補。

③亦，底本闕，據沈不沉《洪炳文集》本補。

④掠，沈不沉《洪炳文集》本作『擄』。

【箋】

〔一〕《志》：指《瑞安縣志·烈女傳·胡廷相妻（陳氏）》，全文附於此劇卷首。

〔二〕題署之後有陽文長方章『棟園』。

水巖宮樂府緣起

洪炳文

余幼時在家，四月間紅花上市，女工之染衣者，必令傭工取水於城東附郭之滴水巖，云城內之水不及是水之清且冽也。水出自巖罅間，蓋潦不盈而旱不竭也。

傭之言曰：『巖之側，有宮焉，所供神①像也，有侮慢失禮者輒被譴。』並言：『昔有士人題詩廟壁，神怒譴之。』余詰神之姓氏，及立廟之由，則皆曰：『不知也。』又數日②，傭又言，已詢之土人矣，云是前朝村居民婦，爲倭寇所掠，驅之不行，負之背。婦嚙其耳，賊怒，將殺③之而不忍，又負之。嚙其背，賊痛甚，乃以刀反刃其腹而殞。問其姓名，則又曰：『不知也。』

稍長，閲邑志《烈④女傳》，有胡廷相之妻陳，遇倭殉節滴水巖，事與土人所言若符節也，而不言立廟事。意者，舊志失之歟？抑烈婦之靈，久而彌顯，後人爲之立廟歟？余蓋不能無疑焉。夫前明嘉靖至今，已四百餘年，何以里巷所傳，衆口如一也？若立廟在修志之後，何靈爽至數百年，猶能如是也？

往歲余傳樂清李烈女事〔一〕，客有見之者，謂余曰：『吾邑獨無義烈之人可傳乎？何舍近而圖遠也？』余聞而滋愧，擬即是事，編爲樂府，而未果也。曩昔之夜，若有促余者，自是心屢動，爰爲之填曲補白，成是編焉。□⑤列女⑥之靈，自在天壤，豈必藉是以傳乎？而俚□⑦俗語，感人易入，小説家言，較爲近之，大雅君子，或不余嗤也。編竟，爲識其緣起如此。

棟園又識〔二〕。

【校】

①神，底本闕，據沈不沉《洪炳文集》本補。

②『又數日』三字，沈不沉《洪炳文集》本無。

③殺，沈不沉《洪炳文集》本作『死』。
④烈，底本闕，據沈不沉《洪炳文集》本補。
⑤此字底本殘，沈不沉《洪炳文集》本無。
⑥女，底本闕，據沈不沉《洪炳文集》本補。
⑦此字底本闕，或作『言』。沈不沉《洪炳文集》本此句作『而俚俗之語』。

【箋】

〔一〕往歲余傳樂清李烈女事：待考。
〔二〕題署之後有陽文長方章『楝園』。

（滴水巖胡烈母祠記）存疑一則〔一〕

洪炳文

按《志》稱，烈婦居附郭之鳴珂里，寇至，扶夫至滴水巖，罵賊殉節云云。考鳴珂里即今小東外三聖門，是地近海濱。當是聞警扶夫入山避難，迨寇搜山，遂及於禍。核以當日時勢，與邑志所云自相符合。《碑記》則云，居城之虞池里，寇至，隨衆出城，獨後，被虜至滴水巖遇害云云。按明時倭寇入境，大都剽掠鄉村，未及攻城，村鎮大戶，有築堡以自衛者，寇不得犯。邑城勝於土堡，自是無慮，烈婦已在城中，何至出避？可疑一。《碑記》又云：蓋嘉靖壬子之變，此邑乘之所載也。是《碑記》所引，亦據邑志而說不同。可疑二。血痕成像一事，不詳其說所由來，所云參稽稗史，不知爲何人之書，記中未及敍明，亦缺筆也。姑爲存疑，附志於此。

此《碑記》見《茹古堂文集》中。集爲吾太年伯曹秋槎先生所著，係代胡禹門先生夢魚作。聞原稿爲禹門先生自撰，先生爲之潤色，今原稿尚存胡氏，可核也。集中是記題下亦有『代』字，想評閱時，記中所敍事實爲原稿所有，悉仍其説，或不及深究耳，非先生之疏也。

光緒庚子八月，後學年再姪洪炳文謹志。

【箋】

〔一〕《滴水巖胡烈母祠記》（代），曹應樞撰，附於此劇卷首。此文即書於《祠記》之後。

水巖宮胡烈婦碑記跋并詩二首

洪炳文

余既撰是編之明年，暮春望後一日，始克至水巖宮。宮在巖之麓，累石級而登，高於平地約丈餘。仰睇宮門，曰『烈母祠』。祠之中有神位一，大書『明欽褒節烈胡廷相之妻陳氏』，金字燦然，蓋新製也。宮之柱壁聯匾，殆半多新懸者，案上殘燭猶未滅，香火之盛可知也。内有匾，書曰『冰雪千秋』，余見之而心瞿。是編中以『冰雪』二字，託名二人，適吻合也。神座側有碑巋然，爲烈婦族人胡夢魚撰文，中言婦殉節時，血濺巖壁，久而不滅，與是編中《飲刃》一出，血成人形，洗之不去，又吻合也。碑末署『道光二十年庚子春三月』，與余讀碑謁祠之時又吻合也。溯余生平蹤迹，未至是地，何知有碑？何從知有血濺成形之事？編中所云，大都假託，不圖當日之實有其事也。然則是編之撰，與讀碑之時種種符合，若非偶然者，是可異也。記中又言：『如有同志，望爲表揚節烈。』余不文，那克當表揚之任？然異時采風者，思有以闡發幽光，以是編爲嚆矢焉可也。光緒二十有六年歲在庚子春三月，楝園居士謹跋。

讀碑畢，歸途有感，口占二絶，附志於此。

文字相同豈偶然，也知翰墨是前緣。後先歲月俱無易，回首春秋六十年。

碑記存疑莫浪猜，異時考證望通才。幽明路隔無消息，會待貞魂入夢來。

水巖宫樂府凡例

闕　名[一]

一、邑志係屬官書，凡紀載人物事實，宜以是爲凖。玆編情節，悉遵邑志，故不及被旌之説。

一、撰是編時，但據邑志，碑記實未之見。所敍情節，與碑記稍有不同，惟血像一事，與之暗合，洵是異事。所居在城、在郭，志、碑二説互異，而殉節則同。既已從志，遂不能强與記合，閲者幸毋以漏敍見譏。

一、碑中所云兄嫂夏氏，後亦死於節，得同旌焉。按，夏氏卽邑志《列女傳》中陳一鶚妻夏氏，夫故，抱幼女投井殉節，邑令爲之舉三喪。卽此碑中所云『眢井』，卽氏殉節之處。此説係得之陳氏後人者，蓋實事也。本傳云：『邑令爲之旌閭表墓』，志均詳及。而烈婦之旌，志獨遺之，何其略耶？今土人尚言姑嫂二人，合祀於滴水巖。而虞池衖故居，亦有二主，爲陳、胡二姓後人供奉，屢著靈異，已數百年於茲矣。編竟，偶聞是説，特爲之增入末齣，亦表揚節烈之一助云。倘二氏子孫，有能於其地建立專祠，爲之合祀，洵盛事也，跂予望之。

一、是編首齣以觀音佛母開場，末齣以觀音佛母結局，是首尾相應之法。其餘每齣，上場之人，均各不同，以避重複。

一、齣中以武義侯、許眞君作映襯，故鄉人物，亦是本地風光。其他神道，不多援引。

一、昔時倭寇，以戚將軍提兵到郡，遂爾敗遁。齣中《俘寇》一節，稱戚家軍，並非杜撰。

一、夏氏殉節，係後來事，不能先爲提及。惟末齣從佛母口中敍出，並及合祠之意，尚是預先指示。故投井一節，不能編衍情節，以爲闡揚。

一、眉批論事均朱筆，評文均墨筆，以醒眼目①。

（以上均清光緒二十六年庚子稿本《水巖宫傳奇》卷首）

【校】

①此條，沈不沉《洪炳文集》本無。

【箋】

〔一〕此文當爲洪炳文撰。

撻秦鞭（洪炳文）

《撻秦鞭》雜劇，《古典戲曲存目彙編》著録，現存宣統三年（一九一一）閏六月四日温州日新印書館排印本，沈不沉《洪炳文集》據以排印。

（撻秦鞭）自序

洪炳文

金鐵，重物也，置之水中不能浮也，此物性之常，無可易者。物反常則爲妖，妖由人興，於是乎有不能浮之物而浮者，其在五行，謂之『金不從革』，曰『咎徵』，怪物之所憑歟？氣機之感召歟？則不可得而知之也。

如近時《滬報》所列《杖責秦檜》一則，得毋類是歟？夫長江東西五六千里，而像之浮，何以適在安徽？鑄此像時，度亦數百餘年，而像之見，何以適在個日？莫之爲而爲，莫之致而致者，天也。某公以忠義之氣，下車杖責，觀者如堵，咸撫掌稱快，足見三代直道之公，猶在天壤。若檜者，雖有孝子慈孫，百世不能改也。獨怪已死之檜，人皆罵之詆之，而方來之檜，人多事之諂之。後之視今，亦猶今之視昔，則惑之甚者也。嘗觀戲劇中有《掃秦》一出，是詆檜於生前，攻發陰事，人不及知而檜獨知之。某公之鞭是責檜於身後，淋漓痛快，檜未必知而人皆知之。世之身秉國鈞者，亦何樂而爲檜之續耶？

或曰：『吾子好舉忠義節烈之事，編爲樂府。浮像受鞭一節，固絕好一大關目也；盍試爲之。』余應之曰：『自來精誠所至，金石爲開。浮像，奇聞也；撻像，奇事也，有奇斯傳，傳乃可久。異時傀儡場中，多一鞭秦之故事，又愚夫愚婦所抵掌樂道者也。欺君賣國之臣，倘聞之而愧悔，則是編之傳，亦猶《小雅》怨誹之旨歟？』編竟，遂述問答之語於簡端。

時在光緒戊戌清和月上浣三日，慕忠堂主人自識。

闕　名〔一〕

（撻秦鞭）例言

一、鞭秦一事，關目甚佳，而當時情節則甚短，因加意點綴陪襯，得成四出。所增曲折，幾十之七八。此傳奇體例，亦多如是，閱者幸無以空衍見譏。

一、蔣氏《紅雪樓九種》〔二〕，傳生存之人，如顧瓚園孝廉《空谷香》之事，直書原人姓名，全無借飾。惟《一片石》、《第二碑》傳婁妃事，當時方伯諸公，以籛易彭，以季易吳，並撰者以薛易蔣，餘則阮、伍諸人，均仍原名。以事關表彰貞烈，不妨直書，而先達諸公，則假借他姓，不敢直斥其名，有失尊敬之禮。茲編特仿斯例，如岳王均稱武穆，不復書名。所云華公，亦猶以籛易彭、季易吳之意。

一、是編鐵像能浮，本是異事，安知非鬼神使之？故中間不得不假神道以圓其説。若以文人狡獪之術目之，殊非作者本意。

一、《精忠譜》原有《掃秦》一出在前，編是者易犯其壘。兹編不拾前人牙慧，致涉雷同。看題以生前死後分界限，雖判若兩人。

一、是編間有涉及時政，大都感憤之意多而譏刺之詞少。且所以鞭秦之故，亦由激而然。若一味掩飾，恐犯時忌，諱而不言，有何旨趣？中間講白曲文，任情吐露，知我罪我，聽之而已。

一、是編係傳奇忠義故事，於旦腳本無上場。因於首出陪以曹娥，末出陪銀屏小姐，則腳色具備。

一、崑曲多用蘇白，以崑爲蘇屬邑之故。蔣氏《九種》，不盡用蘇白，間涉江右土音。兹編講白，亦不强效蘇州人口語，猶越人越吟之意。

【箋】

〔一〕此文當爲洪炳文所撰。

〔二〕蔣氏：即蔣士銓（一七二五—一七八五），撰《紅雪樓九種》等。

撻秦鞭題詞

李遂賢 等

題撻秦鞭

賊檜之頭人欲殺，賊檜之肉人惡食。六州頑鐵鑄何年？墓門長跪無人色。冥冥之報何昭彰，萬人唾罵猶未極。金不從革妖或憑，忽然鼠竄皖江北。巍巍古道忠清公，天壤共欽三代直。秦頭棒喝平王鞭，身前難誅身後力。吁嗟大義薄雲霄，今古姦雄心膽裂。天鑒不遠鑒在兹，掃秦公案從今結。演成樂府廣流傳，一編可當董狐筆！李遂賢（一）

撻秦鞭題詞

皖江江頭風夜吼，濁浪排空搖山阜。老蛟激水長鯨波，翻動沉沙鐵未朽。是何怪物甚奇醜？腥風滾滾奔童叟。細讀銘背認蝌蚪，賣國老姦記誰某。格天閣上稱勳臣，女直指揮作功狗。岳家軍召天水空，冤獄釀成莫須有。千古公憤在人心，已死權姦誅身後。鍛煉不饒長舌婦，屈膝荒墳兩怨偶。不知何時脱鎖紐，浙東不脛皖北走。琥珀拾芥磁引針，沙門善神豈傳授？棱棱風節忠清公，痛憾胡氛揚塵垢。和戎時局多掣射，未報涓埃除稂莠。秦頭棒喝沒奈何，怒氣撞胷滿牛斗。吁嗟乎！六州鑄錯鐵不消，賊檜今經幾擊掊？覆車借鑒宜引咎，鳩兹勿作逋逃藪。吴錦城（二）

題撻秦鞭樂府

秦頭壓日日無色，一統山河半壁立。荷枷披鎖跪庭前，權聚六州鑄頑鐵。橫江毒霧天溟濛，抱頭竄入水晶宮。馮夷駭走陽侯怒，鼓浪驅向東海東。從此浮沉乘潮上，隨波逐流依蕩槳。金不從革妖或憑，五行豈眞無應響？巍巍忠直大銀臺，主講文壇玉尺裁。春來曳杖閒散步，突有腥風撲鼻來。回頭忽見鐵漢賊，萬段碎屍求不得。今朝錚錚落跟前，任爾脱逃何處匿？倩人撈取跪泥塗，義憤塡胷膽氣粗。手中惜少昆吾劍，爲吾聖朝行天誅。蹴之無言雙膝屈，似聽嚶嚶忍淚泣。濤頭白馬來伍員，勸仿平王鞭六百。檜兮賊兮苦低頭，甘受鞭笞了不羞。鐵膽惺松今安在？贏得赤身背血流。萬眾聚觀各動色，鼓掌揚詹來擊節。消磨萬劫墮泥犁，應有權臣心膽裂。楝園仙才錦繡腸，大開樂府叶宮商。由來鐵案南山重，暫托黃粱夢一場。（謂是編以《夢圓》吊場。）我愛詞華工潤色，大書特書董狐筆。鞭秦一闋永流傳，從此《掃秦》公案結。（謂自題詞有『算《掃秦》公案未曾完，從今結』之句，故云。）我師歸里已挂冠，百年頤養總平安。他時高坐强臺上，想見掀髯帶笑看。李一鳴〔三〕

題撻秦鞭樂府

烏乎！檜賊惡貫靡滔天，婦孺三尺不知憐。身前慣抱權利想，身後長跪墓門前。祇憐頑鐵抑無辜，鑄就佞臣七尺軀。風塵消受復消受，苦厄豈知辱泥塗？雙膝屈下蜀山兀，傫然不知是鐵骨。牛溲馬勃恆河沙，拾把塡滿姦邪窟。無端竄入長江中，又遭天譴怒陽馮。浙東皖北揚屍走，任憑濁浪勢排空。突來腥風天際過，弄得大官苦荷荷。棒喝不動揮不去，何來八面夜叉十地魔？疑是三閭大夫聞雞欲起舞，靈魂不死赫然怒。疑是精衛銜石塡海東，冤情無訴裝一肚。否則定是潮州鰐，昌黎往矣肆餘虐。否則定是永州蛇，百變蛟龍出丘壑。靈耶、異耶、鬼蜮耶，黑風刮面認不得。政界變潮激動腦氣筋，原來認得鐵漢賊。斗然激怒忠情公，凜凜殺氣牛斗沖。鐵骸銘背今尚在，不比當年始皇頑石視夢夢。切齒加上子胥鞭，鞭得負痛口流涎。恨不碎作萬段屍，鼓起洪爐熱火煎。我想鐵券本是金玉牌，御製銘勒表忠骸。不然鐵板銅琵琶，騷壇鼓舞洗愁懷。爲何杞梓變作荊棘材？居然懸挂秦鏡臺。即使平王肉屍鞭，跳脱到此焉能留禍胎？豈非巨憝總是犯天誅，那管枯木與朽株。萬鞭千鞭消盡心頭氣，叱吒風雲大丈夫。賈生憤世原有由，漸離擊筑世所求。感慨欷歔九州錯，借鏡鑒形我心憂。巍巍銀臺訴其魂，棟園先生濯其源。一編樂府金花觀，淘汰二十世紀大千奴隸之鈍根。從此鐵血世界人人尚競爭，四大自由氣縱横。鐵兮鐵兮殷鑒在茲原不遠，掃秦鞭秦一重鐵案使我心怦怦！

跋撻秦鞭樂府（己亥〔四〕）

帚掃秦兮鞭撻秦，今人何必讓前人。姦雄孽報都如此，愧煞千秋賣國臣。

借得文通筆一枝，好將奇事譜新詞。他年借與梨園唱，想見揚鞭撻背時。張組成〔五〕

題撻秦鞭樂府

組織風波疑獄，三字斷送英雄。枉逞老姦手段，罪孽天通。鐵骸誰銘背？沉浮大海東。死後遭鞭撻，才雪精忠。（【雪花飛】詞一首） 張蓁〔六〕

自題撻秦鞭卷首

錯鑄何年？枉聚此、六州頑鐵。恨熏天宰相，口箝朝列。三字風波冤獄定，兩宮朔漠音書絕。惜姦臣身後墮泥犂，無人説。東窗事，悽惶色；南渡事，前車轍。想羞顔屈膝，伊誰模刻？喝棒當頭難愧悔，短棰鞭背應流血。算掃秦公案未曾完，從今結。（【滿江紅】詞一首）洪炳文

（以上均沈不沉《洪炳文集·戲曲劇本題詠》據清宣統三年閏六月四日溫州日新印書館排印本排印《撻秦鞭》卷首）

【箋】

（一）李遂賢（一八八一—一九三九）：字仲都，號寄堪，別署仲子、香山居士、吟香館主人，吳縣（今屬江蘇蘇州）。溫州同知李濱（一八五五—一九一六）子。光緒二十五年己亥（一八九九）諸生，肄業於蘇州、溫州、杭州等地書院。三十四年，肄業於浙江法政學校。民國間任職於鐵路局及交通部。二十四年退居北京。知音律，善繪畫篆刻。輯纂《古餘府君挽詞初編》。著有《古餘府君事略》、《學説》、《十三經説義》、《達生編韻言》、《客夢留痕集》等。撰傳奇《青衫怨》、雜劇《羅陽秋憶》等。傳見自撰詩譜《客夢留痕集》（稿本）、趙祿祥主編《中國美術家大辭典》（北京出版社，二〇〇七，頁七三三）。

（二）吳錦城：庠名琦，號少華，寶山（今屬上海）人。庠生。善畫。傳見徐渭田《吳嘐畫雅》、趙祿祥主編《中國美術家大辭典》（頁七九七）。

（三）李一鳴：字荻泉，瑞安（今屬浙江）人。宣統二年（一九一〇）恩貢。

（四）己亥：光緒二十五年（一八九九）。

（五）張組成（一八八七—一九五二）：字醒同，一字聖同，又作聖陀，號浣垞，又號蠡隱，瑞安（今屬浙江）人。張棡（字震軒，一八六〇—一九四二）姪。清光緒間庠生。曾留學日本明治大學，後任小學校長、鄉長多年。著有《醒同雜錄》、《張組成詩文鈔》、《組成瓿纂稿》、《浣垞尺牘》、《浣垞日記》等。

〔六〕張蓁：字次石，瑞安（今屬浙江）人。

信香夢（洪炳文）

《信香夢》雜劇，一名《信香秋夢》，未見著録，現存民國初油印本（殘，溫州市圖書館藏），沈不沉《洪炳文集》據以排印。

洪炳文贈李仲都〔一〕

洪炳文

重三燈火鬧春城，忽遇青蓮市上行。朋輩相邀看射虎，李將軍自此知名。（去春觀燈謎相識。）

鐵筆工夫非偶然，偏能神妙到毫顛。訂交自是逾金石，卻笑青田石不堅。

醉緑詞壇細品評，社中相應盡同聲。延陵門下眞如市，無異秀才望榜情。（君開『同聲詩鐘社』，初名『醉緑社』。）

栽竹裁紈巧樣妍，清冰同潔月同圓。出君懷袖來持贈，聽到秋風便棄捐。（社中贈紈扇。）

設色摹神媲化工，龍眠猶憶舊家風。天然好景天然畫，寫入冰紈便面中。

旖旎芳情本絕倫，詞中人屬意中人。金釵十二能題詠，可否怡紅是後身？

社友聞風各踵門，主賓相對並忘言。春燈會後直消夏，茶滿磁甌花滿園。（夏初，召集同仁於曾氏怡園，爲燈光之會，時花盛放。）

兒女私心怨別離，癡珠到底是情癡。何曾寄我新翻本，快覩才人絕妙詞。（君許《青衫怨》傳奇見示〔一一〕。）

家學淳風莫浪猜，就中奇想本天開。淡交君子原如此，乞取君家水錶來。（自製水錶。）

自從瓦特創雙行，汽罨今時制最精。機件中間開合處，得君指示便分明。（許以汽罨圖見示。）

幻景淩虛比蜃樓，神仙難到屢回舟。適園夢境無憑準，乞借丹青作臥遊。（拙撰《適園記》，乞君繪圖。）

臨行餽贈比投醪，未報瓊瑤愧木桃。菊有黃華君未主，重陽佳節不登高。（君於八月往白門，重陽後始歸。）

偶得魚書在武林，一千里外有同心。蠻箋有限情無限，卻比桃潭水更深。（秋間，文在省，得君通知，話別在即，良久憮然。）

未許他鄉遇故知，良朋覿面竟難期。勾留同在春江上，君太先時我後時。（九月廿四到申，越日離滬，君先一日過滬，相訪未值。）

昔憑翰墨通情愫，會擬金蘭訂後盟。一事便宜容占否？君須爲弟我爲兄。

鰍生官步入官軒，撤去關防是特恩。三府開門應久待，莫將懶惰責司閽。（昔省第一區通守溫州主任不通廣音，閉門待客，時有『三府開門』之諺。）

轉瞬霜風便歲寒，首途旦旦祝平安。珂鄉當有豚兒在，當作君家子姪看。（小兒就讀吳中。）

勞燕紛飛雖異地，鱗鴻南北自通書。楝園家食如無事，便托星郵問起居。（別後直時通音問爲佳。）

休論瓦釜與黄鐘，濁世知音實罕逢。院本商量須拍正，煩君爲我作先容。（拙撰傳奇，煩君就正有道。）

息壤尋盟願力堅，再來何必飲靈泉。仙姑靈氣龍湫瀑，他日同遊了夙緣。

七絶二十首，録呈仲都仁兄大人吟壇，即求誨政，並送榮行。時在光緒癸卯孟冬翔日，棟園洪炳文書於花信樓。

【箋】

〔一〕李仲都：即李遂賢（一八八一—一九三九）。

〔二〕《青衫怨》傳奇：李遂賢撰，取材於魏秀仁《花月痕》小説（現存清光緒十四年刻本等），未見著録，已佚。

李仲都贈洪炳文

李遂賢

癸卯冬〔一〕，將隨侍至浙，留别洪棟園主人。

先輩高名貫耳雷，天教海國識荊來。虞卿早訂名山業，廷佐咸推不世才。問字偶然親履杖，聯交何幸契苓苔。聲聲驪唱催人急，滿地霜華菊正開。（初擬九月首途。）

良緣天假訂交奇，猶記燈棚射覆時。祇有季心能愛友，卻憐衛玠善情癡。詞壇横掃千軍隊，贈句高吟十疊詩。相見太遲相别早，惹人惱煞是分離。（識君方匝歲也。）

茫茫滄海感狂流，孰把奇功砥柱收？濟世大才君獨勉，入時新樣我同羞。情因眞摯難爲别，說到將離祇益愁。珍重臨岐須記取，等身莫負志千秋。

醉綠題紅雅韻賡，忝操牛耳共齊盟。騷壇角逐無餘子，鹿邑詩歌有正聲。蹤迹萍蓬容易散，因緣金石始終貞。何時再誦珠璣句，好拂吟箋付驛程。

檀板新歌樂府篇，雕蟲餘技盡堪傳。鈞天奏罷無凡響，甌海觀來有夙緣。三日餘音留俗耳，千秋絶唱賴高賢。《陽關》一曲君休拍，江上青峯意惘然。

君返羅陽我入吳，參差行迹各征途。春江交臂嗟難遇，秋水盟心誓不渝。千里魚書休落寞，一聲玉笛意踟躕。沖波艇子歸何處？不是西湖便范湖。（時之浙、之吳尚未決計。）

江南庾信最攻愁，況復離懷萬緒抽。一別斗山勞慕蟻，三年甌海悵浮鷗。寡交我亦憐岑寂，眞契誰能叶應求？退步想來聊自慰，臨岐猶得小勾留。

大雅追隨近一年，無端分袂各愴然。丹青未屬雲林稿，梨棗空傳司馬編。（囑繪《適園圖》，索閲《青衫怨》。）細檢奇書歸鄴架，恐忘瑣事記雲箋。臨行歷歷安排就，天與從容十日緣。

四疊琳琅好護持，每吟團扇放翁詩。壓裝價比千金重，留别吟成十幅遲。瓜代有緣征去日，萍逢未敢訂來期。贈君壺漏分明在，記取思君十二時。（予製水錶，贈棟園。）

『渭城』歌處太匆匆，南北奔馳類轉蓬。此日分飛渾似燕，前番爪印已迷鴻。東嘉景物添新詠，西竺湖山訴舊衷。何日名聲君秉鐸，再隨宦轍謁詩翁。（棟園新選教諭。）吳門李遂賢仲都書於東甌

（以上均沈不沉《洪炳文集》據民國初油印本排印《信香夢》卷首）

【箋】

〔一〕癸卯：光緒二十九年（一九〇三）。

芙蓉孽（洪炳文）

《芙蓉孽》傳奇，《古典戲曲存目彙考》著錄，現存民國二年（一九一三）溫州公報館石印本（沈不沉《洪炳文集》據以排印）。

芙蓉孽樂府自序

洪炳文

天下物性，反常則爲妖孽。傳曰：『妖由人興，故有妖。』所謂妖孽者，皆敗亡之咎徵，發於此而應於彼者耳，而與妖孽無與也。且妖孽之興也，但在一時而非在畢世，徵之一二人而非在千萬人，其爲害小矣。若夫鴉片之物也，耗骨枯髓，甚於妖狐之媚人；傷心鑠肌，無異螟蝗之爲孽。中土四萬萬人，吸者幾半。嗜之者，直如布帛菽粟之不可一日無之，以爲療病提神，不以爲害，而以爲功，奉之爲金丹，敢目之以妖孽？噫！惑矣！

夫孽必有障，鴉片之迷人，甚於酒色，是孽障也。孽必有根，外洋售之，源源而來，中土種之，綿綿不絕，是孽根也。欲祛其障，除其根，非具法眼、提慧劍不可。太甲曰：『天作孽，猶可違；

自作孽，不可活。』鴉片之孽，天作之歟？人作之歟？肇於外洋而盛於中土，外洋禁之而中土嗜之，諉之於天可乎？

或曰：世之稱鴉片也，豔之曰『阿芙蓉』，而子目之爲妖孽，毋乃過歟？則將應之曰：世之以芙蓉稱之者，以表面觀之，固儼然芙蓉也，而以内容驗之，實則鴆毒也。以此比芙蓉，玷芙蓉矣。先正嘗言，鴉片不禁，百年以内，我中國無可練之兵，無可籌之餉。富者吸之，安於偷惰而不能守成；貧者吸之，無以爲生而流於盜賊。欲不貧且弱，焉得乎？以一花之微，馴至國計民生坐是而不振，人心風俗因此而益漓，貽笑於外人，見欺於鄰國，非細故也。雖美之曰『芙蓉』，直謂之『花孽』可也。編成，無以名之，遂名之曰《芙蓉孽》。

光緒三十年甲辰芙蓉生日，保華主人自序於懺孽庵。

（芙蓉孽）例言

闕　名〔一〕

一、是編以鴉片之禍關人事，不關天運，卽曰『劫數』，亦當以人力挽回之。宗旨如是，一編之中，三致意焉，閱者幸勿厭其煩絮。

一、毒物徧産於佛國云云，説本海寧王氏士雄《隨息居飲食譜》『鴉片』條下，並非杜撰。

一、棉花、番薯、洋豆入中國，鴉片亦卽隨之，此説見之於某氏筆記，亦非杜撰。

一、禁烟一事，此時並未舉行，編中云云，乃作者希望之詞，本非實事。然能如其法以行之，則又未始不可禁。無其事而有其理，並非不經之說。

一、是編所有情節，大都虛擬，不得不托之鬼神仙佛，以鋪張其事。閱者幸勿以《西遊》、《封神》目之。

一、是編於架空之中，間有實徵之語。徵實處多說理，枯寂無味，不能塡曲，祇得以賓白述之。

一、編中四民與兵所有小詞、道情，應以文言道俗，然雅不如俗，故不嫌其俚。

一、編中於吸烟之人，大都規勸之語多而譏刺之詞少，庶不失詩人忠厚之意。

一、鴉片之害，與國計民生大有關係，序文中已明言之矣。如有少年自愛之士，偶爾染指，觸目驚心，力求戒斷者，則不佞將下風頂禮，感激無涯，庶是編之作爲不虛云。

一、作者於鴉片一物，從未入口、染指，其中趣味甘苦，未曾領略，誠恐描寫不眞。

一、是編以《佛偈》、《佛悔》，《毒痛》、《毒銷》、《花圓》，先後呼應，爲之經；以《鬼哄》、《冥判》、《仙拯》、《獄釋》，穿插錯綜，爲之緯。

一、編中佛祖是主，冥王是賓，何大令、蘇知府、撫部爲賓中之賓；罌粟花神是主，水木芙蓉是賓，虞美人又爲賓中之賓。維摩爲救苦大仙之影子，地藏王又爲維摩之影子；花王爲佛祖冥司之影子，烟鬼公呈爲謝表之影子。第二出小令，爲第七出道情之影子。第二出四民兵丁，爲第七出四民兵丁之影子。第二出烟館、第七出酒樓，爲第三出枉死城之影子。醫生施藥，爲救苦大仙弟子送藥之影子；　寃鬼暗中救護，又爲醫生送藥之影子。有佛祖爲之開場，不可無花王爲之結束。有何大令之愛民，不可無黑知縣之反對。有八仙之冷眼，不可無救苦大仙之熱腸。有維摩之辯才，不可無罌粟神之供口。有冥司之惜物，不可無花王之憐才。有寃鬼之陳情，不可無地藏王之超度。有虞姬自述之駢詞，不可無曼卿謝表之驪體。賓主分明，陪襯恰當，原因結果，伏線埋根。作者固有心貫串，閲者幸勿泛眼相加。

一、是編雖系説部，實則於世道人心大有關係。勸誡者爲佛、爲仙、爲儒，是謂三教。受戒者爲士、爲農、爲工、爲商、爲兵，是謂四民。維摩現菩薩身而爲説法；　何大令現宰官身而爲説法；　救苦大仙現善男子身而爲説法；　罌粟花神及花王現美人身，不對衆説法，卻是爲衆説法。純是一片婆心，一腔熱血，勿目之爲莊叟寓言，豐干饒舌。

一、編中主義宗旨及説理評議之處，多在講白之中，均以藍筆圈點之，以清眉目。

一、編中每齣大旨，均於齣尾評語中敍明，庶令閲者易於領略。

（以上均沈不沉《洪炳文集》所收《芙蓉孽》卷首）

【箋】

〔一〕此文當爲洪炳文撰。

芙蓉孽題詞

陳祖綬等

芙蓉孽傳奇題詞

花信樓主人富著述，精音樂，説部傳奇流傳甚夥。兹編《芙蓉孽樂府》，廣東方譎諫之言，闡我佛慈悲之旨，苦口菩心，無微不至。願瀏覽者以金科玉律珍之，毋以紅腔紫調玩之，則庶幾晨鐘一覺，喚醒一人是一人也。謬題俚詞，卽希郢政爲幸。

烟霞窟宅號神仙，不斷愁根被孽纏。安得楊枝長灑水，火坑滅焰放青蓮。

人不如花花亦瞋，乞靈偏自向花神。一槍抵得虞兮劍，生死甘心托美人。

佛家具有通天眼，照見諸魔入世來。可怪桂枝香遍灑，藥爐丹盡劫餘灰。

天然鬼趣畫圖成，黄種中間黑種萌。不是撒鹽施手段，誰披雲霧見天青？ 古春堂居士〔一〕

題芙蓉孽樂府

博卿姻兄大人慨念時艱，潛心樂府，著有傳奇十數種。嶽崧取而讀之，皆爲有功世道之文。近又著成《芙蓉孽》、《後南柯》兩種，借物抒懷，危詞警世。卽此可見仁人君子之用心，固不獨藻麗爲工，詡爲玉茗風流已也。奉贈俚詞兩闋，錄請大吟壇誨政。

【金縷曲】最足移人處，莫良於、里巷歌謡，深情淺語。楝園主人心有感，製就等身詞譜。便指點、世人迷路。咀嚼宫商雖小技，救時心、悉自毫端露。風人旨，勸懲寓。朝廷令甲成虚具。

反輪茲、傀儡登場，醒人無數。互市當年張毒焰，香草美人爭慕。到處是、腥風蠻雨。劫運難回齊束手，轉移權、乃付騷壇主。遊戲筆，中流柱。王嶽崧〔二〕

題芙蓉孽傳奇

孽海深，深不測。孽種來，來無極。天生毒物禍中華，一朝嗜之久成癖。中華四萬萬人民，可憐半入廢民籍。

阿芙蓉，制鴉片。海禁開，商務戰。輪船火車通，內地傳之遍。進口關稅加，風氣爲之變。生利家，言自種。競爭場，供日用。出產稱大宗，可與絲茶共。優勝劣敗之大舞臺，多少蒼生𡚁獄訟？

紫霞膏，尋樂趣。媚人燈，成臥具。灼肺薰腸，吞雲吸霧。自詡學衛生，誰知遭劫數。安得文明人，微言開覺悟？張陔〔三〕

題芙蓉孽傳奇

大著拜誦數十百過，欽佩之至。熱心愛力與夫先見之明，恆人實不能及，一經點石，必傳無疑，不僅洛陽紙貴已也。兩載因循，近始奉繳。以弟愚昧，加以事冗心粗，相鉅制毫無贊助。間有一二參酌於字句之間，恃愛亂道，幸恕狂瞽是盼。

章安花信樓主人，中國新民一分子。保華具精神，傳奇協角徵。文章道俗情，組織成歷史。言由人事不由天，此乃作家大宗旨。大筆何淋漓，名詞何痛快。或者涉詼諧，或者間白話。不是老生常談，不是《聊齋》志怪。乃是一篇有功世道文，繪聲繪影如圖畫。暮鼓晨鐘，發揚學界。告爾同胞，挽回腐敗。杜孽緣，除孽債。孽障祛，孽根壞。團體堅，勿自懈。人格成，望風拜。大問題，在勸戒。吁嗟乎！黃種人心今不古，孽海頹流誰砥柱？原因結果證由來，古調獨彈授菊部。中華民智如未開，何不登臺演我《芙蓉孽》樂府？李遂賢

（沈不沉《洪炳文集·戲曲劇本題詠》據清宣統三年閏六月四日溫州日新印書館排印本《撻秦鞭》卷首移錄）

【箋】

〔一〕古春堂居士：此詩見於《墨宧詩鈔》卷四，然則古春堂居士即陳祖綬別署。陳祖綬（一八五七—一九一七），字經敷，一字印伯，號墨農，又號梅儂，別署天使堂居士、古春堂居士，永嘉（今屬浙江）人。光緒十四年戊子（一八八八）舉人，十八年壬辰（一八九二）進士。歷任安徽績溪及山西武鄉、靈石、趙城等縣知縣。民國後，任永嘉縣民政科長，擢參事。著有《東甌選勝賦》、《墨宧詩鈔》、《墨宧文鈔》、《墨宧詞》等。參見浙江省通志館編《重修浙江通志稿》第五十冊《著述考》（方志出版社，二〇一〇，頁四一七三—四一七四）。

〔二〕王嶽崧（一八五〇—一九二四）：原名黼廊，字叔高，號嘯牧，一作筱牧，又作小木，瑞安（今屬浙江）人。同治十二年癸酉（一八七三）舉人。光緒六年（一八八〇），大挑二等，授開化訓導。十五年己丑（一八八九）進士，攝安徽潛山知縣，調望江、蒙城，以母喪去官。服闋，調霍丘，因故罷官。晚年專事吟咏。著有《退思齋詩集》、《退思齋詞稿》等。參見余振棠主編《瑞安歷史人物傳略》（浙江古籍出版社，二〇〇六）。

〔三〕張陔：字小芙，一字選蘭，瑞安（今屬浙江）人。清光緒間諸生。著有《駢字通釋》、《讀經音義辨正》等。

懸嶴猿（洪炳文）

《懸嶴猿》雜劇，《古典戲曲存目彙考》著録，現存梅氏勁風閣鈔藏本、光緒三十二年（一九〇六）九月至十二月上海《月月小説》一至四號，光緒三十三年（一九〇七）《月月小説》出版單行本（阿英《晚清文學叢鈔·傳奇雜劇卷》據以排印），沈不沉《洪炳文集》（上海社會科學院出版社，二〇〇四）排印本。

自題本傳奇（懸嶴猿）卷首

洪炳文

頻年扈蹕歷重洋，監國君臣賸一航。猶是崖山風雨夜，拍天駭浪葬孱王。

錚錚鐵石比心腸，一曲悲歌和牧羊（見末齣）。爲愛鳳凰山色好，黃花時節近重陽。（公自四明至杭州，方巾葛衣，終日南面坐，不言不食，唯啜水而已。九月初七日臨刑赴市，遥望鳳凰山一帶，始一言曰：『好山色！』索筆賦絶命詞數章，挺而受刑。年四十有五。見《東海逸史》。）

惟有雙猿妙解人，來依窮島一孤臣。國家曆數俱先定，前有庚申後甲申。（元順帝少時依僧寺，有老猿三十六來爲執役，及帝去，猿俱跳擲而死。後帝崩於庚申，在位三十六年，人稱之爲庚申帝，適符猿數。見《庚申外史》。明亡於甲申。申禽爲猴，猴亦猿屬也。感雙猿事，涉筆記之。）

千古英雄盡浪淘，冤禽銜石尚悲號。一編當作西臺哭，異代知心有謝翺。

何時憑弔到南田？化鶴魂歸海外天。二百卌年如夢過，甲辰年遇甲辰年。（編中言，公於甲辰六月，散軍南田之懸嶴。於是年九月，抗節杭州。屆今甲辰〔一〕，已二百四十年，太歲適合。若非偶然，亦異事也。）

譜出新詞付妙伶，感時又見孔云亭。疑從巴峽瞿塘路，聽到哀猿第五聲。（昔徐青藤道人有《四聲猿》傳奇，茲編出，則增四爲五矣。）

【箋】

〔一〕甲辰：光緒三十年（一九〇四）。

懸嶴猿傳奇題詞

陳茗香 等

隆準無依臣無主，蘭草無根國無土。（宋鄭所南畫蘭，多不著土，人問之，泫然曰：『地已爲人奪去矣。』）廈將傾時木難支，天有缺時石難補。宋明末造若合符，龍種豈與他人殊？半壁江山思恢復，不在中原在海隅。魯王猶是朱家子，舟山願奉朱家祀。誓師酹酒事勤王，海上忽聞義旗起。金門奄忽遺詔來，散軍休土闢蒿萊。猿兮猿兮能守望，空林窮島鳴聲哀。男兒不屑無名死，抗節乃在武林市。留取丹心照汗青，文山而後一人耳。佚事流傳孰寫眞？甲辰年後又甲辰。（公就義在康熙甲辰，樂府編成今甲辰。）青藤《四聲》今嗣響，（徐青藤道人有《四聲猿》樂府。）興酣落筆如有神。菊部排場新聲出，（梨園子弟此劇已能演習。）擊節高歌唾壺缺。公若有靈顧曲來，大舞臺前一輪月。陳茗香〔一〕

窮島萍浮一首陽，逋臣雖去蕨薇香。誰歟酹酒西泠冢？聽到啼猿便斷腸。梅儂〔二〕

龍種飄零孤臣苦，南北軍書空旁午。金門驀地哀詔來，半壁江山又無主。君不見馬、阮儔，處堂燕雀不知愁？君國重事等兒戲，忝竊朝冠愧沐猴。魯王本是朱家肉，珠山本是朱家鹿。分所當爲豈不爲，胡勿當年思文陸？海角孤軍壁壘開，螳臂當轅殊可哀。史公以外張公耳，明季忠烈幾人哉！武林市中黯夜月，于岳祠邊好埋骨。稜稜生氣振秋霜，千載英靈同不沒。吾聞公有猿兮爲公守，生死不渝常左右。隨人意旨能通靈，精誠所感誠非偶。昔者晉卿有臣獒，陸機入洛仗黄耳。人心獸面尚如此，甲申之際誰義士？樂府譜成哀猿詞，托興亦是風人思。公靈化鶴一歸來，懸嶴山中明月時。醉中擊節高歌灑熱血，如意西臺徒今缺。我方掩卷發三歎，豈止《四聲》稱妙絶？

白雁高飛江南秋，六橋烟冷芙蓉愁。霹靂夜繞鎮南塔，杜鵑啼月聲啾啾。宋明末造如一轍，愧殺朝冠皆沐猴。王孫芳草飄泊盡，海嶠猶有孤臣留。蒼水苦心比信國，舟山形勢同厓州。金門忽頒遺詔至，眞龍化骨誰爲收？背城借一誓勿去，婺水獨抱杞人憂。容齋欲將貞忠傳，樂府一一勞披搜。菊部排場歌且舞，生氣稜稜千古遒。曲中有誤靈來顧，雲車風馬海東頭。鳳林〔三〕

（以上均清光緒三十三年《月月小説》第一號排印本《懸嶴猿》卷首）

【箋】

〔一〕陳茗香：名字、籍里、生平均未詳。

〔二〕梅儂：即陳祖綬（一八五七—一九一七）。

〔三〕鳳林：即唐鳳林，字翰臣，瑞安（今屬浙江）人。生平未詳。

警黄鐘（洪炳文）

《警黄鐘》傳奇，《古典戲曲存目彙考》著録，連載於光緒三十年至三十一年（一九〇四年——一九〇五）《新小説》九至十七號，有光緒三十二年丙午新小説社排印本（阿英編《晚清文學叢鈔·傳奇雜劇卷》據以排印，沈不沉《洪炳文集》據排印本轉録）、宣統三年（一九一一）上海羣學社圖書發行所排印本，及永嘉鄉著會鈔本（溫州市圖書館藏）。

（警黄鐘）自序

闕　名〔一〕

《警黄鐘》者何？警黄種之鐘也。黄種何警乎爾？以白種强而黄種弱也。黄種何以弱？以吾四百兆人，日醉生夢死於名韁利鎖之中而不自知，如燕雀之處堂，醯雞之舞甕，不自知其弱，遂終不能强。吁，可憐已！憐之，故思設法以警之。警之奈何？《記》有之：『鐘聲鏗，鏗以立號，號以立横，横以立武。君子聽鐘聲則思武臣。』孟子有言：『金聲也者。』聲之爲言宣也。古人覺世，必取物之善鳴者，假之使鳴。如遒人之木鐸，即此意也。《風》、《騷》而後，最善鳴者莫如詩；宋、元以來，則以詞曲鳴。皆文人之善鳴者也。詞曲者，詩之餘，其佳者能激發人心，動人以忠愛之念。詞曲雖小道，或可爲警世之用，非鐘而亦鐘，故作者效之，而假此以鳴者也。其體則院本傳奇，其事則子虛烏有，其義則風人托興之旨。言者無罪，聞者足戒，某嘗竊取之矣。他日者，梨園子弟絃管登場，使觀者恍然於黄種之受制白種，殆如黄蜂之受困胡蜂，而急思有以挽回之，振作之，則忠君愛國之念油然而生。彼蜂羣尚如此，而況人羣？女子尚如此，而況男子？《傳》曰：『蜂蠆有毒，而況國乎？』此言雖小，可以喻大。一杵蒲牢，發人深省，故名之曰『警鐘』。警鐘之編，爲黄種而作也，故名之曰『警黄鐘』。

【箋】

〔一〕此文當爲洪炳文撰。

（警黄鐘）例言

闕　名〔一〕

一、動物之中，團體之堅，惟蜂爲最，故以蜂爲喻。黄封者，黄蜂也；胡封者，胡蜂也；玄封者，黑蜂也。假借諧聲，是傳奇中應有之義，並非牽强附合。

一、蜂羣中以雌爲主，凡采花釀蜜，皆以雌蜂。雄蜂不能采花釀蜜，惟知食蜜，名曰相蜂。相蜂過冬不死，則羣蜂飢。茲編稱女主臨朝，卽本此意，並非沿歐洲大國有女主之説。

一、編中云烏大臣者，猶言烏有先生也；黑提督者，猶言子墨客卿也。並無所指，閲者不必滋疑。

一、編中演士、農、工、商人等十七字令詩，均爲插科打諢，亦無所指，閱者幸勿見罪。

一、梨園中本有正旦名目，而傳奇則無之，曰旦者，即正旦也。茲編派旦腳過多，因另加正字以別之。曰旦者，即俗稱當家旦是也。又有武旦名目，傳奇亦無有，以無所分別，特加武字，以別於他旦。蓋舍傳奇而從梨園名目，以便於派腳色也。

一、是編情節甚多，故講白長而曲轉略。以關筍轉接處，曲不能達，不得不藉白以傳之，並非討便宜也。

一、末二齣《計捷》、《團圓》云者，蓋言自强以禦侮，團體以立國，皆將來虛擬之辭，作者之希望也。曲終奏雅，庶愜觀者之意。

【箋】

〔一〕此文當爲洪炳文撰。

自題警黄鐘樂府〔一〕

洪炳文

【滿江紅】蕞爾黄封，固猶是、軒轅遺族。奈兩大、胡元鄰國①，强淩弱肉。巾幗獨慮②恢復志，朝廷③忍受要盟辱。惜么魔④世界化蟲沙，戰蠻觸。蕉鹿夢，伊誰續？《南柯記》，重翻曲。彼文人涉筆，感懷而作。牖戶無忘桑土徹，桃蟲應念弁蜂毒。慨黄民醉夢未曾醒，從今覺。

【校】

①鄰國，《晚清文學叢鈔・傳奇雜劇卷》本《警黄鐘》卷首作「之窺伺」。

②慮，《晚清文學叢鈔・傳奇雜劇卷》本《警黄鐘》卷首作「殷」。

③朝廷，《晚清文學叢鈔・傳奇雜劇卷》本《警黄鐘》卷首作「鬚眉」。

④魔，《晚清文學叢鈔・傳奇雜劇卷》本《警黄鐘》卷首作「麽」。

【箋】

〔一〕阿英編《晚清文學叢鈔・傳奇雜劇卷》據新小説社光緒三十二年丙午排印本排印《警黄鐘》卷首題作「宣略」。

跋警黄鐘〔一〕

洪炳文

舉世滔滔我獨醒，黄封恥作小朝廷。蜂羣借作人羣看，午夜鐘聲好細聽。

蜂蟻由來團體堅，《南柯記》後此餘編。若教驚醒黄民夢，待譜新聲入管絃。

（以上均沈不沉《洪炳文集・戲曲劇本題詠》據永嘉鄉著會鈔本《警黄鐘》卷首移録）

【箋】

〔一〕阿英編《晚清文學叢鈔・傳奇雜劇卷》據新小説社光緒三十二年丙午排印本排印《警黄鐘》卷末題作「總

束』，且其後有文字：『此折團圓，乃言團體之圓，非他本收場之團圓也。頭緒多，覆述繁，最難收束。然全部團圓亦在於此，故以之終篇云。黄封有臣如此，不憂外侮矣。』『一結提明作者主意，尤爲一部宗旨。餘音繞梁，三日不絕。』

後南柯（洪炳文）

《後南柯》傳奇，《古典戲曲存目彙考》著録，連載於民國元年（一九一二）《小説月報》第三卷第一至第六期（阿英《晚清文學叢鈔·傳奇雜劇卷》據以排印，沈不沉《洪炳文集》據排印本轉録），另有永嘉鄉著會鈔本（溫州市圖書館藏）。

後南柯傳奇自序

洪炳文

嘗觀天地之間，物必有偶。蜂知君臣，蟻亦知君臣；蜂知團體，蟻亦知團體；蜂嚴種族，蟻亦嚴種族。之數者，天賦之職任，亞聖所謂良知良能是也。惟其能是，此蜂蟻所以自成爲蜂蟻也；惟其能止於是，而不知進化，此蜂蟻所以止自成爲蜂蟻也。若人則不然。既知君臣，便知團體；既知團體，便嚴種族；既嚴種族，便效競爭；既效競爭，便攬利權。此十九世紀以來，爲物競之世界；二十世紀以後，便爲種族吞滅之世界。不此之察，坐待淪亡，幾智出蜂蟻之下，且不能如蜂蟻之得以自存也。吁！可畏矣。

蒙昔既有《警黄鐘》之編，而復有茲編之作者，正爲此也。《警黄鐘》但言爭領地，而茲編則言保種族。爭領地者，其患在瓜分；保種族者，其患在滅種。瓜分則猶有種族之可存，滅種則並無孑遺之可望，是瓜分之禍緩而滅種之禍慘也。二編之作，其警世同，而所以警世則不同。夫天下之禍，至滅種則烈甚矣。大水將至，蟻猶知避；大禍將至，而人不知懼。可以人而不如蟻乎？請以質之世之讀是編者。

乙巳元月〔一〕，祈黄樓主人識。

【箋】

〔一〕乙巳：光緒三十一年（一九〇五）。

（後南柯）又序

洪炳文

或問於余曰：『昔時湯臨川先生有《南柯記》之編，而子是作又名《後南柯》，亦借蟻爲喻，意者以湯意未盡，而爲東施效顰乎？抑羨慕成作，而爲邯鄲學步乎？』

余應之曰：否，否。臨川先生《南柯記》，大旨以世人之溺於富貴榮華，故託之於夢，欲人之以眞爲幻也。茲編大旨，以世人沈迷醉夢，故託之於蟻，欲人之以幻爲眞也。且《南柯》以淳于生爲主，而以蟻爲賓；茲編則以淳于生爲賓，而以蟻爲主。《南柯記》以解脱塵累爲指歸，覺後便能成佛；　茲編則以大聲疾呼爲宗旨，覺後尚須有爲。　雖取譬同，而主意則處處不同，事事反對，此其所以爲《後南柯》歟！　譬如尹、邢並列，雖同是面目，而體態神情必不能相肖，亦無取乎相肖，且妙在不相肖也。　是名同而實異，雷同重複之譏可以免矣。　明眼人自能知之，不待僕之贅言也。

編者又識。

（後南柯）例言

闕　名〔一〕

一、是編既名《後南柯》，所有地名、姓氏、官階均仍舊，不再添出，以免蛇足之譏。

一、前編以覺世爲宗旨，多用了悟之語；　茲編以儆世爲宗旨，多用危悚之詞。　義各不同，意亦各別。

一、茲編既以儆世爲主，一應禪宗内典語，不宜闌入。　第非是則無線索，故《情引》一齣，略借用之，蓋猶之插科打諢之例耳。

一、傳奇體制，必兼男女英雄，腳色方爲全備。　茲編以周弁之妹陪出公主，公主爲女中之才，周氏爲女中之俠，兩兩上場，方稱全備。

一、是編所重在軍國大事，本不應雜以兒女言情之語。　第無此一節，則淳于生不肯就職，周、田二人不能襄助，大事去矣，故必以『情』字爲關鍵。然忠君愛國，亦不外乎情，由情生文，乃合傳奇之體。

一、首齣及《分藩》一齣，不獨示以危悚之詞，並隱寓挽回之策。事屬可行，意有可取，閱者幸勿以說部小之。

一、蟻之爲物，雖甚細微，其力量之大，無物可比。語云：吞舟之魚，失水而制於螻蟻。百昌歸土，無不蠹蝕於蟻，是蟻爲銷化動植物之大機器，競爭力量亦爲最烈。人能如蟻，其國未有不能自立者，微物云乎哉！作者此編，殆有取爾。

【箋】

〔一〕此文當爲洪炳文撰。

（後南柯）題詞

王嶽崧

競爭時世，正列强環伺，狡焉思啓。眼見中原乾淨土，一任鯨吞而已。蠢爾微蟲，禦侮有心，戮力堅團體。物猶如此，何爲人不如蟻？　憶昔玉茗風流，南柯作記，幻想在空際。嗣響詞人期救世，危語切中時弊。因幻求真，反虛課實，保種心誠矣。休云小說，人心風俗關係。（【百字令】）

同邑王嶽崧嘯牧

（以上均民國元年《小說月報》第三卷第一期排印本《後南柯》卷首）

電球遊（洪炳文）

《電球遊》雜劇，一名《信香重夢》，未見著録，現存鈔本（温州市圖書館藏，沈不沉《洪炳文集》據以排印），題『電球遊樂府』，右欄署『光緒丙午季秋』，左欄署『好球子編』。光緒丙午，即光緒三十二年（一九〇六）。

（電球遊）自序

洪炳文

電球之製，曷仿乎？曰：仿自花信樓主人之臆想也。主人何以作是想？則以主人素喜格致製造之事，凡有新法，每思推究。有友吟香居士〔二〕，在千里之外，遠莫能致，結想而成夢也。然則夢境甚虚，何以知其可製而爲此説也？曰：夢境雖虚而理境則實。理實若何？以爲人身有空氣壓力百五十磅，故不能升空。乃以氣球上升之力亦百五十磅與之相抵，凡物重力以相抵而相定，球中之氣能托百五十磅，則人身可以托浮在空際而不墜。多一人則加球中之氣力，多寡相配有比例。

安球之法，則於現有電柱之上，加設一電綫，有瓷叉以架之，球之下用傘以遮雨，傘之下用籃以盛人，籃之下有瓷圈以貫電線。球至柱邊，線略升，既過，則仍架於叉。用瓷者，取其不傳電也。欲行此球，彼此發電，一推一吸，與電報同理而可以乘人，與電車同用而不用造路。遇不能造車路之處，用之甚便。多球則可以乘多人，形如聯珠，魚貫而行，不虞凌躐。

球之行也，如流星，如炮彈，循線以行，瞬息千里。或遇逆風，則球欹而籃正，不虞偏側。凡有電杆之處，皆可爲之。兩頭有臺有梯，以便人上下。

獨是主人之力不能備球，是以但有其說而不聞庀材。主人之巧又不能製球，是以但有其理而不見其用。世有般、倕者流，因是說而研究之，改良之，未始非製器前民之一助也。以主人曾夢乘是球，遊行竟日，遂名是編，謂之《電球遊》云。

光緒丙午九秋下浣，楝園居士自序於花信樓。

【箋】

〔一〕吟香居士：即李遂賢（一八八一—一九三九）。

信香重夢曲譜自序

洪炳文

蓋聞之：夢生於因，因生於想。信香之夢何因乎？曰：在《羅陽秋憶》也〔一〕。《信香重夢》何想乎？曰：在《鴻爪秋心》也〔二〕。

客曰：吾子與吟香，交久而情親，其見夢也宜矣。若適園中二女子，乃子夢中未相見之人，何以入夢耶？

余曰：天下有其想便有其事，有其事便有其人。天下大矣，安知無二女士其人者？如温氏之慕坡公，俞二姑之訪玉茗，此外姓名淹没、寂寂無聞者，所在多有。是圖中之人，安能責其有，安能決其無耶？佛言：『如夢幻泡影，如露亦如電，應作如是觀。』彼二人者，作如是觀者可也。譬之空花一現，轉眼成空，明霞麗天，逾時卽滅。心中有此人，卽夢中有此人，亦何足異之有？若夫壁間之畫可遊，意中之人可晤，近時精神之學，想能爲之，初非僕之誑語也。

事奇，夢奇，人奇，殆不可以無傳焉。以有前《信香夢》曲譜在，故編竣之後，名之曰《信香重夢》。

光緒丙午九秋下浣三日，花信樓主人識。

【箋】

〔一〕《羅陽秋憶》：李遂賢（一八八一—一九三九）撰，現存油印本（沈不沉《洪炳文集》據以排印），與洪炳文《信香夢》同訂一册，首頁署『泉唐陳栩蝶仙正譜』、『吳縣李遂賢仲都塡詞』、『元和陸澐子枚評文』，并附李遂賢繪《羅陽秋憶圖》一幅。

〔二〕《鴻爪秋心》：李遂賢撰，已佚。洪炳文《蝶戀花·和李仲都寄懷詞原韻（辛亥）》其二注云：『往年余在婺州，仲都來詩，有「誰知五載相思苦，不盡秋心一曲中」二句。仲都有《鴻爪秋心》曲寄懷，余有《電球遊傳奇》答復，故云。』（《花信樓詞存》）辛亥，爲清宣統三年（一九一一）。

（電球遊）例言

闕　名〔一〕

一、理想小說，貴乎徵實。是編之說，事虛而理實，不同於寓言八九之類，故可入理想小說門。

一、編中云云，大都朋友兒女倡和之語，多是言情之作也，故又可入言情小說門。

一、催眠術中，今已數見不鮮，第以他人精神，入圖畫中，與之同遊，尚不多見。將來此術益精，必有能爲之者。是亦理想之一端也。小說中有《環遊月球》一種〔二〕，已風行海內，不知人身在炮彈中，豈不悶殺？在炮中發出，豈不熱殺？飛行空中，豈不震殺？而人反喜而閱之者，以人情喜新，不責以理想也。電球可行，其與此種小說怪誕不經者，奚啻霄壤。

一、編中二女士詩，在《適園記》之內〔三〕。閱是編者，須再閱《適園記》，方知二女士所由來。

一、是編因《三秋圖》而作〔四〕，閱是編者，須再閱《三秋圖》，方知信香二人之履歷，故是編又名《信香重夢》。

一、是編名爲理想、言情，實則夢史也。凡小說中未有無夢者，是夢乃小說中一特別之境界也，一過渡之時代也，一未來之影子也，一化身之妙法也，一身外之幻緣也，一無形之歷史也，一獨聽之留聲機器也，一獨觀之電光影戲也。傳奇者，傳奇事也，非夢則不奇，非奇則不傳。世有嗤爲夢境無憑者，之人也，不知夢，並不知傳奇，爲小說中之門外漢，以閉門羹待之可矣。

一、是編若但云製球、行球之法，而不言乘球，是謂之電球學，不可入小說部。故必言乘球，乃合說部之宗旨。

（以上均沈不沉《洪炳文集》據鈔本排印《電球遊》卷首）

【箋】

〔一〕此文當爲洪炳文撰。

〔二〕《環遊月球》：指魯迅翻譯《月界旅行》，凡爾納撰，光緒二十九年（一九〇三）出版。

〔三〕《適園記》：洪炳文紀夢之作，收入沈不沉《洪炳文集·花信樓文存》（頁六〇八—六一七）。李遂賢爲繪《適園記圖》。

〔四〕《三秋圖》：洪炳文《蝶戀花·和李仲都寄懷詞原韻（辛亥）》其三注云：『往時仲都以《羅陽秋憶》等曲寄懷，余以《信香秋夢》曲答之，合爲《三秋圖》，仲都爲印行。』（《花信樓詞存》）辛亥，宣統三年（一九一一）。

電球遊總評

夢史氏〔一〕

夢史氏曰：花信樓主人，蓋妄人也。其心以爲電球可製，遂結想而成夢；以爲電球可用，遂夢乘之而去。嘻！何其妄也！主人又癡人也，己則喜夢，又强拉其友與之同夢，又以園中二女士亦邀之入夢。既作《記》以張之，又塡曲以傳之。始夢吟香之來，又夢訪吟香而去。其覓袖中物，既以夢爲眞；又索《三秋圖》，是以眞爲夢。夢中說夢，何其情之癡也！主人嘗題友人紀夢質言詩，有云『噫嘻！三千大千世界，何人何時何事而非夢，苦海恆河衆生衆』之句。夢時固夢，即醒時亦何嘗非夢？所謂浮生若夢也。其意謂兩間之内，一無形色，惟夢而已矣。古今之遥，一無人物，惟夢而已。夢史氏知之，特爲之論列如此。

又曰：吟香居士，蓋情人也，羅陽之憶，是爲倡首。曲中情深文明，善於言情者也。居士又才人也，《三秋圖》寫作俱佳，繪事亦妙，善於用才者也。其意謂宇宙之内，所有纏綿固結者，惟情而已矣；古往今來，爲人傾倒欣慕者，惟才而已矣。以妄人癡人而與情人才人遇，於是感其情，慕其才，而妄人癡人受惑矣。以情人才人而與妄人癡人遇，於是恕其妄，憫其癡，而情人才人受累矣。欲祛其惑，脱其累，當若何？則爲之誦《般若經》，曰：『是故空中無色，無受想行識。』又曰：『依般若波羅蜜多故，心無挂礙，無挂礙，故無夢想究竟。』維時妄人、癡人、情人、才人咸來問法，乃爲之正告之曰：『佛者，覺也。使先覺覺後覺，佛將以斯道覺斯民也。』我聞如是，請居士下一轉語。

（沈不沉《洪炳文集》據鈔本排印《電球遊》卷末）

【箋】

〔一〕夢史氏：姓名、籍里、生平均未詳。或即洪炳文别署。

古殷鑒（洪炳文）

《古殷鑒》雜劇，未見著録，現存鈔本（溫州圖書館藏，沈不沉《洪炳文集》據以排印），首封題『古殷鑒樂府』，右欄署『光緒丙午孟冬月』，左欄署『保鑒堂主人編』。光緒丙午，爲光緒三十二年（一九〇六）。

（古殷鑒）小引

闕　名〔一〕

昔唐太宗云：『以古爲鑒，可鏡得失。』《詩》云：『殷鑒不遠。』古巴亂事，凡有國者之殷鑒也。故編成，名之曰《古殷鑒》。

【箋】

〔一〕此文當爲洪炳文撰。

（古殷鑒）例言

闕　名

一、是編原本日報，情節關目不能臆造，以免失實。

一、報中敍事，尚未詳盡。如巴總統既爲政黨反對，何以民、政二黨，均各至宮，環求復位？其中必另有情節。報未敍明，殊難編演。

一、報中下半，均爲記者議論。美兵登岸會散之後，國中作何對付，尚未之及。編中只得作歇後語。如再有大關目，另當續編，以紀其事之始末。

一、巴君以反對之故，遂任衆紳痛哭環求，終不肯聽，似乎忘情國事者。不如多魯斯爲衆央求，熱心愛國，故編中以多君爲主。

一、是編以先刊登爲宜，遲則明日黄花，已成陳迹，失晨之鳴，識者嗤之。先覩爲快，閲者有同情焉。

（以上均沈不沉《洪炳文集》據鈔本排印《古殷鑒》卷首）

【箋】

〔一〕此文當爲洪炳文撰。

古殷鑒跋〔一〕

闕　名〔二〕

大凡人國，兩黨交爭，未有不召大亂者。況在列强之世，藉口保護，不能抵拒。事平之後，要求利益，逼開口岸，勒索兵費，暗萌干涉，皆於本國有大損，敵人有大利。黨人但呈一己之私，不顧公家之事，大亂甫定，外患紛來，雖欲悔之，已無及矣。亞聖謂：『國必自伐，而後人伐之。』古巴之事，非明驗歟？雖然，古巴小焉者也，殷鑒不遠。在厥後之世，凡有國者，請以古巴爲鑒；觀世變者，請以茲編爲鑒。

（沈不沉《洪炳文集》據鈔本排印《古殷鑒》卷末）

【箋】

〔一〕底本無題名。

〔二〕此文當爲洪炳文撰。

秋海棠（洪炳文）

《秋海棠》雜劇，《古典戲曲存目彙考》著錄，現存宣統三年辛亥（一九一一）冬月瑞安務本局石印本（沈不沉《洪炳文集》據以排印）、民國三年（一九一四）上海《小說月報》第一至十二期連載本。

秋海棠傳奇自序

洪炳文

有《三百篇》而後有詩歌，有詩歌後而有詞曲，三者體制各殊，而爲勸懲之用則一。《傳》曰：『溫柔敦厚，詩教也。』又曰：『《小雅》怨誹而不亂。』凡此，皆詩人忠厚之旨，比興之義也。由是言之，楚騷《九歌》所云『香草美人』，皆忠君愛國之用以寄託，非實有其事也。若夫女士之事，夫人已知之矣，其不正斥其名，明言其事者，有合乎詩人忠厚之旨。所云海棠、花判、木蘭諸名詞者，則有合於詩人比興之義。楚騷而後則有莊生，寓言八九，與靈均之托體同一用意，亦非實有其事也。茲編所云，言之者無罪，聞之者足戒，所謂『主文譎諫』，此編有焉。抑又聞之，萬物之情，近春者樂，近秋者哀，其取乎秋者何？悲秋也。悲秋云者，覩物思人，情不自禁也。編竟，遂本風騷之旨，取物興懷，遂以《秋海棠》名其編。

光緒戊申三月下浣，悲秋人志。

（秋海棠）例言

闕　名〔一〕

一、女士之事，近將一年，此編才出，不幾爲明日黄花，失晨之鳴乎？曰：去歲報章所列，筆記所載，衆口喧呶，迄未定論。迨至瞀兆以後，名流憑弔，作爲詩歌，乃爲女士之結局。故此編以《花弔》終篇，而女士之事乃畢。

一、近人有以一事而兩三人相類者，勒成一書，名曰『孿史』。茲編所云，謂指女士可，即非指女士亦無不可。故人名、地名、官名均用假託。

一、佛以過去、現在、未來三世界指示衆生，爲之説法。吾知前乎女士而以開新獲咎者，以茲編所云，吊過去之人可也；後乎女士而以憤時被禍者，以茲編所云，儆未來之人可也；但云指現在之女士，未免太泥。佛言：『一切有爲法，當作如是觀。』吾願閲是編者作如是觀可矣。

一、畫家有繪形繪影法。去歲報章雜記所列，繪形之法也；茲編所云，繪影之法也。繪形肖其迹，繪影肖其神。前所記者爲女士之眞身，茲所編者爲女士之小影。形乎？影乎？迹乎？神乎？非罔衆不能知，非莊叟不能述矣。請以質世之讀是編者。

（以上均沈不沉《洪炳文集》據清宣統三年辛亥冬月瑞安務本局石印本排印《秋海棠》卷首）

【箋】

〔一〕此文當爲洪炳文撰。

題秋海棠傳奇

水心居士〔一〕

【賀新郎】熱甚心頭血。有無窮、悲時眼淚，目眥皆裂。雄辯高談驚四座，推倒一時豪傑。嘆三字、獄成誰雪？不幸此身爲女子，論人材也是錚錚鐵，肝膽在，頭顱絶。齊婦含冤霜六月。古今來，天理人心，永難磨滅。我友悲秋心感慟，樂府才名無匹。便對著秋風嗚咽。一字一珠成一淚，似龍門列傳誇遊俠。一回讀，唾壺擊！

【箋】

〔一〕水心居士：姓名、籍里、生平均未詳。

自題秋海棠傳奇

洪炳文

一木難將廣廈支，豺狼當道問狐狸。練成十萬貔貅士，不斬樓蘭斬女兒。

東瀛負笈正西來，且喜文明女界開。兩字平權三字獄，美人竟上斷頭臺！

黨禍株連舉國狂，陰風暗淡日無光。覆盆冤獄同齊女，慘慘應飛六月霜。

埋玉經年墓草青，誰將杯酒酹南屏？一編譜出悲秋曲，檀板登場不忍聽。

（以上均沈不沉《洪炳文集·戲曲劇本題詠》據清宣統三年辛亥冬月瑞安務本局石印本《秋海棠》卷首移錄）

吉慶花（洪炳文）

《吉慶花》，一名《鵲橋會》，時調雜劇，未見著錄，刊載於宣統三年（一九一一）九月《小說月報》第二卷第七期，署『楝園綺情生編』。按，沈不沉《洪炳文集》據光緒三十二年（一九〇六）油印本洪炳文《楝園雜著》（溫州圖書館藏），收錄《吉慶花》（一名《鵲橋會》），但係彈詞，與此劇曲詞迥然不同。參見姚大懷、陳昌雲《〈洪炳文集·戲曲劇本〉補遺》（《重慶科技學院學報》社會科學版二〇一一年第一二期）。

（吉慶花）例言

闕　名[一]

一、七夕牛、女渡河，爲天地間離合悲歡、得未曾有之事，編爲戲劇，自應譜以崑曲。惟梨園中人每以崑曲難習，囑改塡時調，易於上口，閲者幸勿見哂。

一、橋下應用藍布帷鋪地，作天河狀，橋撤而河仍見，爲牛、女二人中間之界。

一、牛郎之笠，宜荷於背，勿戴之頭上，免礙雅觀。

一、月老本外脚出場，卽正生挂白鬚亦可。

（清宣統三年九月《小説月報》第二卷第七期《吉慶花》卷首）

【箋】

[一]此文當爲洪炳文撰。

白桃花（洪炳文）

《白桃花》雜劇，《古典戲曲存目彙考》著錄，現存民國五年（一九一六）十二月至六年（一九一七）二月《甌海潮》周刊第一至七期連載本（沈不沉《洪炳文集》據以排印）、鈔本（溫州市圖書館藏）。

附（白桃花）跋語

薛拱斗〔一〕

棟園居士編此劇成，以示拱斗讀之。拱斗曰：此非傳奇也，乃一篇瑞安守城記也；此非小說也，乃一則發軍犯瑞紀事本末也。其中有表微之筆，則項千戎雷橋之役也；有星命之學，則述神語桃花暗煞，命書所未及也；有壬遁之術，則白酋自述研究天神月將之法也；有兵家之法，則千戎『慮者實之』之用也；有地理之學，則白酋自述全境形勢，利用水師之說也；有摹神之語，則村民與白酋席間問答之詞也；有記異之文，則神示夢地讖之事也。世人讀是編者，以爲說部可，以爲吾邑防城方略，亦無不可。傳奇雖小道，亦視其引用、考證如何耳。

居士擬刺取溫屬先哲故事，可以編作傳奇者，命拱斗同作爲甌劇彙編，現尚屬稿未竣，不知可以附驥否？敬綴跋語以質，居士於意云何？

丙辰六月〔二〕，薛拱斗頑石氏謹跋。

（沈不沉《洪炳文集》據《甌海潮》周刊第一至七期連載本排印《白桃花》卷末）

【箋】

〔一〕薛拱斗：字頑石，別署西峴頑石，瑞安（今屬浙江）人。生平未詳。當與薛鍾斗爲兄弟行。薛鍾斗（一八九二—一九二二），乳名蓉果，字儲石，號守拙，別署西峴山民，瑞安人。民國初，肄業於浙江法政專門學校法律科。歷任瑞安中學國文教師、瑞安縣圖書館館長等。訂《孫籀廎年譜》，輯《綺語》、《東甌詞徵》等。著有《寄甌寄筆》、《西峴薛氏麇殘集》、《西峴山志》、《尚舞臺人物志》、《永嘉叢書拾遺》、《史記摘鈔》等。撰傳奇《泣冬青》、雜劇《女貞木》，今存；《使金記》、《雙蓮橋》、《越虎城》、《南樓記》、《水樂宫》等，已佚。傳見瑞安市地方志編纂委員會辦公室《瑞安人物録》第一集（瑞安市圖書館，一九九一）、《中國戲曲志·浙江卷》（中國ISBN中心，一九九七），余振棠主編《瑞安歷史人物傳略》（浙江古籍出版社，二〇〇六）等。

〔二〕丙辰：民國五年（一九一六）。

天水碧（洪炳文）

《天水碧》雜劇，未見著録，現存民國六年（一九一七）四月《甌海潮》周刊第八期至第十一期連載本（沈不沉《洪炳文集》據以排印）。

附 《天水碧》小引

洪炳文

《天水碧》者何？天水，趙之郡望；碧者，孤忠碧血之意也。昔五代時，南唐宫人貯雨水，染衣淺碧色，號『天水碧』，遂爲宋室受命之符，是宋所由興。今趙秀王以天潢之親，守正不阿，致被嫉忌，出爲瑞安守禦。元兵攻城，城亡與亡，大節卓著，萇弘碧血，不是過也。瑞城既下，括、婺、明、越隨之而陷，益王在閩，亦不久安其位。蓋宋之國祚，至德祐以後，已不可爲矣。謂今之《天水碧》，志宋之所由亡可也。

邑志既失載，都人士遂無有知其事者。不獨舊志之疏，亦留心文獻者之恥也。蒙嘗作詩以吊之。茲因編輯鄉哲遺事，演作傳奇，以爲通俗之用，俾天水孤忠是因，而稍傳事實，是亦生斯土者之所有事也。編竟，無以名之，遂以《天水碧》名其編。

民國五年歲在丙辰季夏月下浣，花信樓主人自識。

（沈不沉《洪炳文集》據民國六年四月《甌海潮》周刊第八期至第十一期連載本排印《天水碧傳奇》卷首）

附　天水碧跋

闕　名〔一〕

天水爲趙之郡望，碧者，孤忠碧血之意也。昔五代時，南唐宮人貯雨水，染衣淺碧色，號『天水碧』，遂爲宋室授命之符，是宋之所由興。趙秀王以天潢之親，守正不阿，致被忌妒，出爲瑞安守禦。城止興亡，大節克完，萇弘碧血，不是過也。從此益王在閩，不安於位。則此書稱《天水碧》，志宋之所由亡可也。此事邑志失載，故取《宋史》編爲傳奇，後之修方志者，尚望補入焉。

丙辰季夏成跋〔二〕。

（同上《天水碧傳奇》卷末）

【箋】

〔一〕此文當爲洪炳文撰。

〔二〕丙辰：民國五年（一九一六）。

木鹿居（洪炳文）

《木鹿居》雜劇，未見著録，現存民國六年（一九一七）六月《甌海潮》周刊第十三期排印本（沈不沉《洪炳文集》據以排印）。

附（木鹿居）跋

洪炳文

（舊志）元檄祖籍金陵，崇禎年拔貢。明亡匿迹於邑之五雲山胡嶴，托業於耕，屢徵不就。其答友人書曰：『古人避世，或將家澥外，或變名市井，或高臥故里，如管寧、梅福、陶潛諸公，種種殊轍，咸歸一致。僕於此三者，皆不能，而去國未遠，藏蹤不深，歸計不決，尚何先幾勁節，是塵聽聞』云云。觀此則孤臣去國之懷，大略可見。

往年孫季芃（詒棫）世講云：昔鄒忠介從弟，遁迹鹿彙山左近，尚有故迹在云。又聞人云：其地有公祠，昔有官郡中者，額其祠，文曰『天外冥鴻』，今尚在云。按湖嶴在三十二都，近五雲山，近年爲盜匪窟穴之所，上年土匪戕殺禁烟汪委員，卽在其地，是以人迹罕至也。

花信樓主人附記。

（沈不沉《洪炳文集》據民國六年六月《甌海潮》周刊第十三期排印本排印《木鹿居》卷末）

壺庵五種曲（胡薇元）

胡薇元（一八五〇—一九二一後），字孝博，號詩舲，又作詩林，别署壺庵、跛翁、玉津居士、七十二峯隱者、百梅亭長、天雲居士等，順天大興（今北京）人。光緒二年丙子（一八七六）舉人，次年進士，待選吏部。十五年起，任職四川、陝西等地，官至京兆府知府。辛亥（一九一一）以後，隱居四川，潛心著述。著有《玉津閣叢書甲集》十二種、《導古堂文集》、《玉津閣文略》、《授經室文定》等。撰雜劇《鵲華秋》、《青霞夢》、《樊川夢》三種，散套《緡書樂》、《壺中樂》二種，總稱《壺庵五種曲》，并附《壺庵論曲》。傳見高賡恩《胡玉津先生家傳》（《玉津閣叢書甲集》本《三州學錄》卷首）。

《壺庵五種曲》，吴曉鈴《國立中央研究院歷史語言研究所善本戲曲目録》著録；《清代雜劇全目》著録，誤作『胡元薇』撰。現存光緒至民國初刻《玉津閣叢書甲集》第六種本，《傅惜華藏古典戲曲珍本叢刊》第一一〇册據以影印。參見姚克《壺庵五種曲作者胡薇元小考》（《文獻》一九八八年第二期）、鄧長風《胡薇元和他的〈壺庵五種曲〉》（《明清戲曲家考略三編》）。

（壺庵五種曲）題詞

馮　煦〔一〕

平子工愁，安仁感逝，仙骨瘦無一把。忽漫相逢，攜手錦官城下。歸輿賦、一舫乘潮，奈東望瞿唐似馬。且爲立，斯須神武，有冠終挂。　遥知季子幽棲，飲明湖初淥，湘雲都化。謠詠方叢，新樣蛾眉休畫。巴峽遠、雨暗鐙昏，問甚日西窗同話？君記否，軟紅香土，尚沾吟帕。

右調【月華清】，奉題詩舲先生詞卷，卽用集中《寄惲孟樂》韻，並懷子脩杭州。余亦將賡《招隱》矣，録塵正是。乙巳六月朔〔二〕，金壇馮煦

【箋】

〔一〕馮煦（一八四四—一九二七）：字夢華，號蒿盦，金壇（今屬江蘇）人。光緒十二年丙戌（一八八六）進士，官至安徽巡撫。著有《蒿盦詩稿》、《蒿盦類稿》、《蒿盦續稿》、《蒿盦奏稿》、《蒿盦雜俎》、《蒙香室賦録》等。傳見蔣國榜《家傳》（《辛亥人物碑傳集》卷一三）、《清史稿》卷四四九、《碑傳集補》卷一五、《清代七百名人傳》、《清儒學案小傳》卷一八、《詞林輯略》卷九、《石遺室師友詩録》卷六、《近代人物志》、《清朝書畫家筆録》卷四等。

〔二〕乙巳：光緒三十一年（一九〇五）。

《壺庵五種曲》題詞

陳　亙〔一〕

《壺庵先生五種曲》甫經脱稿，值予過訪奇礓園，青苔午潤，緑樹秋陰，就而讀之。不意紅塵十丈中，尚有低徊慨歎，如桓大司馬者，不待金尊檀板，寫付旗亭，固已妙香四溢矣。因用元遺山【摸魚兒】詞韻，賦此就正。

亙塵寰、綱常名教，大都情性相許。秦川蜀國勾留客，宦轍幾經寒暑。烟霞趣，離别苦，老天最憫癡兒女。文山有語，記孔曰『成仁』，孟云『取義』，熱血自來去。湖西路，不比漁陽鼙鼓，桑田依舊平楚。堂廉邃遠嗟何及，虎口飽經風雨。天應妒，怎肯與、强粱軟媚俱黄土。高標萬古，定然有畸人載筆，來訪隱君處。吴興陳亙

【箋】

〔一〕陳亙：字西庚，吴興（今屬浙江）人。生平未詳。

壺庵論曲

胡薇元

曩讀涵虚子所記顧曲名家，不下五百餘種，今所存不及百種。南中時行【寄生草】之類，辭多

俚淺，可誦者十之二三耳。元人如喬夢符、鄭德輝輩，均以四折散套雜劇擅名，多工小令。馬東籬之『百歲光陰』，張小山之『長天落彩霞』，一時絶唱也。

元人工北曲，是其蒜酪本色。明人康對山、王渼陂，以北調擅絶，不染指於南。元美初學塡曲，延師閉戶三年乃出，其專精如此。

章丘李中麓太常，亦塡詞名手，與康、王相善。今誦其所作《寶劍記》，生硬不諧，蓋以《中原音韻》叶南曲，不知南音之有入聲也，見誚吳儂也亦宜。

南曲以『窺青眼』、『人別後』、『四時春』爲最古。吳中宗匠沈青門、陳大聲、祝枝山、唐六如，及臨朐馮海浮①、梁伯龍、張伯起輩，俱當行名家。今傳誦『東風轉歲華』、『東野翠烟銷』是也。

陳大聲名鐸，字秋碧，金陵人，官指揮使。所作『碧桃花外一聲鐘』全套，綿麗不減元人。

明丘文莊，理學中人，忽高興塡詞，曰《五倫全備》，手筆淺俚。大司馬王端毅微規之，大觸其忌，使御醫劉文泰特疏劾其怨望，王遂去位，非君子之所宜爾。

周憲王明藩邸所作雜劇，名《誠齋樂府》，雖警拔稍遜，而調入絃索，猶有金元風範。《繡襦記》、《玉玦記》出鄭山人若庸手，所謂『虛舟先生』，度曲高手，與教坊頓仁齊名。頓曾隨武宗入燕，盡傳北方遺音。沈吏部《南九宮》盛行二三百年，《北九宮》惟頓老知之耳。

南曲簫管唱調，不用絃索，所云『高不揭，低不咽』。好腔妙囀，以簫管輔之，既諳疾徐之節，且助轉換之勞，務頭音轉，無不入妙矣。凡時手所用之簫管，可入北調絃索，不入南詞，蓋南方不仗絃索爲節奏也。王實甫《北西廂》與簫管合，王本南人，其他北曲則入笑林。『望蒲東』引子，『望』字北音作『旺』，『葉』作『夜』，『急』作『紀』，『疊』作『爹』，幾從絃索入者，遇清唱則字哽而喉劣。癸甲間存崑調寥寥，小香、楊三而外，蚉蚉如絲，皆爲絃管所遏抑矣。

玉茗堂《四夢》一出，家傳戶誦，幾令《西廂》減價。淩仲子在揚州脩曲譜，則謂其任意用韻，《遊園驚夢》乃同躍冶之金。蓋若士以沈吏部《九宮》爲祕，淩教授則以周野哉《中原音韻》糾之，皆奉一先生之說，遂以爲定評也。

北九宮名《太和正音》。楊升庵塡詞極工，今刻本《太和記》，按二十四氣，每季六折，用六古人事，齣既曼衍，詞太冗長，不入絃索，似非用脩手筆。

何元郎謂《拜月亭》勝《琵琶記》，以其字字穩貼，與彈搊膠粘，南曲之入絃索者。其《走雨》、《錯認》、《拜月》，問答往來，不用賓白，固是高手。至旦而『髻雲堆』，摹擬嬌憨情態逼眞。《琵琶》惟《咽糠》描眞，可與抗手，餘則不及已。

《西廂》才華富贍，北曲大本之最，終是肉勝於骨，遂讓《月亭》一頭地。而《拜月》以後，爲俗工刪改，非復原本矣。

僕待銓郎署，年未三十，與炳半農、姚貽孫，過從龍樹院。半農宗室覺羅，官都察院，年已八十，隱居南窪，精音律，始學塡曲。己丑過津沽〔二〕，姚貽孫、于晦若招曲中一媼，工北曲大套，其粗婢銀兒，貌醜而音遏雲，曲中關捩妙竅，備得眞傳。今又三十年，于、姚皆謝世，不知星散何所？

金元以此取士，每出一題，任人填曲，多只四折。蔡中郎壻牛丞相，亦其一題，本未專指伯喈，播入江南，故陸放翁有『夕陽古道』之咏。自高則誠撰《琵琶記》而後，伯喈蒙垢。元人以鄭、馬、關、白爲四大家，鄭伯輝、馬東籬以四折雜劇擅名一時，亦散套也。

壬午、癸未〔二〕，與顧遠翁、蔡千禾、馮蕙衿，皆在岐紫蕙將軍署，酒闌茶熟，又復縱談南北曲。今皆歸道山，僕亦觀河皺面。昨與友人徐君季同言及茲事，乃彙錄生平所填雜劇散套一冊，以質知音〔三〕。

（以上均《傳惜華藏古典戲曲珍本叢刊》第一一〇冊影印清光緒至民國初刻本《玉津閣叢書甲集》第六種《壺庵五種曲》卷首）

【校】

①浮，底本作『桴』，據人名改。

【箋】

〔一〕己丑：光緒十五年（一八八九）。

〔二〕壬午、癸未：光緒八年（一八八二）、九年（一八八三）。

〔三〕此段文字，中國國家圖書館藏清光緒至民國初刻《玉津閣叢書甲集》本《壺庵五種曲》（索書號：一一一九八二五），作自序。

壺庵五種曲跋

半聾居士〔一〕

半聾居士曰：昔凌仲子在揚州曲局修曲譜〔二〕，又定金元人南北曲，論定別裁。於近人推洪昉思《長生殿》爲第一，及明人康對山、王渼陂、李中麓、沈青門、陳秋碧爲佳，梁伯龍《浣紗記》、張伯起《紅拂記》、鄭虛舟《繡襦記》，皆直逼元人，而雅不喜《玉茗堂四夢》，以《牡丹亭》爲下。至《驚夢》、《尋夢》，世所瓣香奉之者，幾同躍冶之金。僕質之壺庵，則謂湯義仍用韻依《南九宮》，與《中原音韻》不合，此當分别言之。《琵琶》，曲人之曲也；《西廂》，才人之曲也；《浣紗》、《紅拂》，曲人之曲也；《笠翁十種》，曲人之曲也；《九種曲》、《長生殿》，才人之曲也。僕謂精律吕者，詞未必工；工於詞者，詞工而調或相犯。然則君之此曲，亦才人之曲也。壺庵以爲知言。

（同上《壺庵五種曲》卷末）

【箋】

〔一〕半聾居士：姓名、籍里、生平均未詳。

〔二〕凌仲子：即凌廷堪（一七五七—一八〇九），字仲子。

壺庵五種曲跋

陳亙

自桑海變遷，文字駁落，不特爲古文者日少，卽雅歌投壺，亦幾於曠絶矣。蓋自金元迄今六百年來，爲之者固尠，矧茲束書高閣之日。無怪流風一墜，遂不可復□。魁岸振奇之士，鬱塞無憀，閉戶嘯歌，聊以自娛者，固亦有人。

予與胡詩林先生同里，仕宧又同在一方。隱退後，歲時過從。見其撰述閎富，《易說》、《古易求遐考》、《三禮雅言》、《授經室文》、《定孚經館詩》、《衡門詞公法導源》、《陝西山川考》諸作，已刊未刊者，美不勝收。而尤嗜其《壺庵五種曲》，以爲近世宿儒，一鄉孤秀，幽徑偶闢，倏焉已塵，良可嗟惜。因攜歸，爲釐定印行。誠欲此已碎之金，可語之石，與巢父詩卷，長留天地間也。至其砥節植義，足令頑廉懦立，讀者自能辨之。

胡君魯瞻則云〔一〕：『錦城絲管，自昔有名。倘遇知音，布諸氍毹之上，俾先生輩白髮遺老，躬覩身外之身，其必掀髯一笑。』斯言也，予固信之。

己未閏七夕〔二〕，陳亙西庚氏識於成都。

（轉錄自蔡毅《中國古典戲曲序跋彙編》卷九，頁一一三八〔三〕）

【箋】

〔一〕胡君魯瞻：字號、籍里、生平均未詳。

〔二〕己未：或爲乙未，光緒二十一年（一八九五）。

〔三〕中國國家圖書館藏兩種《玉津閣叢書甲集》本《壺庵五種曲》，皆無此跋。

續西廂（吴國榛）

吴國榛（一八六五—一八八六），字聲孫，號有山，别署一蘧居士，長洲（今江蘇蘇州）人。戲曲家吴梅（一八八四—一九三九）父。著有《甓勤齋詩殘稿》（民國十五年百嘉室刻本）。撰《續西廂》雜劇，《古典戲曲存目彙考》著録，現存光緒十年（一八八四）序甓勤齋稿本，未見。

續西廂序

吴國榛

余少好音律，讀《會眞記》，頗覺張、崔不情，而有所憾。繼讀《續西廂》，益覺太俗，蓋所注意者，祇在團圓而已，猶不足爲張生補過也。故塡詞四套，刻而傳之。狗尾續貂，自覺慚恧。知我罪我，不遑計耳。

光緒甲申中秋九月，有山氏吴國榛自記。

附　續西廂跋

任　訥

《續西廂》，清吳縣吳國榛《甓勤齋殘稿》本，四齣：《旅思》、《死别》、《悼亡》、《出家》。四套南北詞各半，每折後自有評語，稱一蘧居士。

（以上均清光緒十年序甓勤齋稿本《續西廂》雜劇卷首，轉引自任訥《曲海揚波》卷五）

武陵春（陳時泌）

陳時泌（一八六五？—一九〇七後），字季衡，武陵（今湖南常德）人。常年奔走南北，以遊幕爲生。光緒二十七年（一九〇一），曾應趙潤生（一八五〇—一九〇五）之聘，至湖南常寧襄校試卷。三十一年夏，嘗至巴丘。三十三年（一九〇七）尚在世。撰傳奇《武陵春》、《非熊夢》二種，均傳於世。

《武陵春》傳奇，《古典戲曲存目彙考》著録，現存光緒二十七年辛丑（一九〇一）鈔本、光緒末年裕湘機器局排印本（《傅惜華藏古典戲曲珍本叢刊》第一一〇册據以影印）。阿英《庚子事變文學集》（中華書局，一九五九）收録。

（武陵春傳奇）自序

陳時泌

時泌早年好吟詠，近好談經濟，凡遇有關時局升降得失之故，輒爲長短句。北轍南轅，足迹所至，十數年如一日。湘陰縣公趙柳溪司馬〔一〕，桂林名進士也，辛丑二月〔二〕，移官常寧，延時泌襄校試卷。適先期十數日至，花明晝永，客窗無事，因取上年庚子變局，爲南北曲八齣，名曰《武陵春傳奇》。雖茲事始末源流，諸缺未備，尚字字徵實，無一影響語。惟詞氣抑揚高下之間，多輕重失當耳。覽者不吝，隨筆抹正，下教是幸。

光緒辛丑歲花朝日，武陵陳時泌季衡自序於常寧縣署之西偏。

【箋】

〔一〕趙柳溪：　即趙潤生（一八五〇—一九〇五），字鍾霖，一字湘源，號柳溪，別署柳溪老人，全州（今屬廣西）人。趙炳麟（一八七三—一九二七）父。清光緒五年己卯（一八七九）舉人，屢試不售，家居以教授爲樂。十八年，壬辰（一八九二）會試及第，二十年甲午（一八九四）進士，以知縣簽發湖南，歷任新化、益陽、湘陰、常寧等縣。二十八年，陞南洲直隸廳通判。著有《御史法戒錄》，傳見岑春煊《墓志銘》（趙炳麟輯《庭訓錄》卷首）、趙炳麟《行述》、《碑傳集三編》卷二六等。

〔二〕辛丑：　光緒二十七年（一九〇一）。

（武陵春傳奇）序

閻鎮珩〔一〕

武陵陳君季衡出示近著傳奇二種，於庚子西幸之變，既歷著其本末，又設言倭人助戰於我，一舉平俄，獻俘告廟，而皆假武陵漁人爲名，蓋卽相如《子虛賦》所稱『烏有』、『亡是』之意也。自中國禮義之俗陵替衰微，士大夫不知君父之宜尊，而甘結援於外夷，彼亦貌厚而心薄之，命之曰『奴隸』。上自執政大臣，下至郡邑小吏，晏然受奴隸之名而不恥。如是而望國勢之復强，安可得乎？句踐困於會稽而歸，君臣日夜臥薪嘗膽，以求復强吳之怨。今之世，不見有文種、范大夫其人，蓋已久矣。上下爭利，貪欲無厭，僥幸全其富貴身家，而不顧民人之困於倒懸，此豈有意於生聚教訓，以備國家之緩急者乎？

昔淵明當義熙之季，去懷愍之事遠矣，然未嘗不追念而默傷之。其記桃花源，稱述武陵漁人，蓋寓言以見意而已。中原數千里淪爲犬羊異域，而內復有强臣之干紀，視孱主亂朝，傀焉不可終日，誠得地如桃源者，斯可以託其身矣。士君子生當亂世，能效淵明之高節，庶幾不愧爲完人。若夫蕩平戎鹵，中外乂安，必待天心厭亂而後可，非今日所敢議也。

石門閻鎮珩題。

【箋】

〔一〕閻鎮珩（一八四六—一九〇九或一九一一）：初名正衡，字鎮珩，以字行，又字季蓉，號嵩陽，别署北嶽山人，世稱閻北嶽，石門（今屬湖南）人。清同治初諸生，屢試不第，遂棄科舉，以遊幕、教授爲生。博覽羣書，精研理學，好詩古文辭。光緒二十八年（一九〇二），任石門天門書院山長。詔授湖北荊州教諭，加國子監正銜，不就。著有《六典通考》、《石門縣志》、《越遊日編》、《北嶽山房詩文集》、《惜唾編》等。參見張舜徽《清人文集别錄》卷二三、錢仲聯《清詩紀事・咸豐朝卷》、柯愈春《清人詩文集總目提要》卷五二等。

武陵春傳奇序〔一〕

鄭　藻〔二〕

乙巳夏四月〔三〕，在陳君肖皋家〔四〕，遇先生縱談世局，夜半乃散。次日，於旅次得讀《武陵春傳奇》一卷，都八齣，始《漁訊》，終《雜譚》；《非熊夢傳奇》一卷，都八齣，始《遼警》，終《夢明》。細繹兩書，發孤憤於彈詞，演忠愛於樂府，白石、遺山之繼起者也。藻頗知五聲二變之學，擬按曲步調，取正變之音，協宫商之律，擇詞譜入琴操餘曲，用唐人工尺，代律吕之法，審疾徐高下，吹箎笛笙壎，分配檀板，曲曲演出，豈不大快！殊料①先生回巴丘甚速，是以有志未逮。然先生之心，凡識字知書者，一讀而知爲孤憤忠愛也，何必起詞還宫，求逸志於絲竹之末耶？不揣固陋，敢以蕪語，以志向往云。

長沙紹華鄭藻。

【校】

①『料』字，底本無，據文義補。

【箋】

〔一〕底本無題名。

〔二〕鄭藻：字紹華，長沙（今屬湖南）人。生平未詳。

〔三〕乙巳：光緒三十一年（一九〇五）。

〔四〕陳肖皋：即陳天聰，字肖皋，閩中人。生平未詳。

（武陵春傳奇）題詞

李瑞清 等

萬里風濤一釣舟，武陵春色滿溪頭。休言避世桃源好，流水飛英處處愁。 江右梅龕李瑞清〔一〕

武陵春暖氣初融，傍岸漁舟敢釣篷。底事忽醒塵世夢，又添雙淚滿江紅。

元龍豪氣老江湖，萬里風塵賞自孤。憂樂未忘天下任，敢將時事論《潛夫》。

一曲銅琶唱不休，滿腔忠愛寄瓊樓。星辰隱伏天機發，慚愧帷中借箸籌。

孤憤紛紛逞少年，連雞未獲飽尊拳。可憐熱血郊原灑，一死難償誤國愆。

莽目腥飛海舶烟，權時悔禍謝蒼天。和親自古非長策，厝火積薪憂益煎。

莫怨津迷夾岸桃，蒼生屬望在吾曹。行施五餌單于繫，滄海一竿連六鼇。 寧鄉峙青鄧承鼎〔二〕

十萬聯軍入帝鄉，六龍西馭勢倉皇。書生不少勤王略，徒向溪頭話夕陽。
多事漁人問短長，從來理亂本無常。何如一葉烟波去，釣得鱸魚換酒嘗。閩中肖皋陳天聰
憂患丁年飽歷過，重提舊事涕滂沱。書生鹵莽春秋筆，那管人間忌諱多。
聚鐵應知鑄不成，傳神妙手寫來眞。猶驚彈雨鎗林裏，恐有宮車晚出聲。雲間炯甫沈德寬〔三〕
武陵原上春如海，鴨綠江邊夜似年。獨有幽人寄懷抱，風濤滚滚釣絲傳。
一片腥羶入國都，六街三市血模糊。信陵果有回天力，臥內何人竊虎符。
角祿無端爲李蔡，鞅非竟自作袁黿。局中黑白能分晰，手挽銀河御六韜。
誰將三箭定天山，胡馬南來此閉關。十萬橫磨新試劍，樓蘭已斬血痕殷。江夏筱厚董昌達〔四〕

武陵溪水，怎變作、傷時清淚？問石破天驚，干卿何事？那不漁竿閒倚。多少乾坤興亡感，棖觸自家心裏。嘆九列鉅公，三河年少，釀風烟起。重計，緇塵紫陌，茫茫誰語？聊譜出新詞，唾壺慷慨，不似紅兒旖旎。玉輦扶雲，金鰲捧日，莫再鼓鼙聲死。算一色、春雨桃花，都把舊年愁洗。（調寄【二郎神】〔五〕）　滿州蓮畦繼昌〔六〕

（以上均《傅惜華藏古典戲曲珍本叢刊》第一一〇冊影印清光緒間排印本《武陵春傳奇》卷首）

【箋】

〔一〕李瑞清（一八六七—一九二〇）：字仲霖，一作仲麟，號雨農，易號梅癡，又號梅龕，別署清道人、梅花庵主、玉梅花庵道士，臨川（今屬江西）人。清光緒十九年癸巳（一八九三）舉人，二十一年乙未（一八九五）進士，選

庶吉士。歷官署江蘇布政使。張勛復辟，曾任學部左侍郎。著有《清道人遺集》、《清道人佚稿》等。傳見蔣國榜《傳略》、柳肇嘉《傳》（二文並見民國二十八年臨川李氏排印本《清道人遺集》附）、《清史稿》卷四八六、《碑傳集三編》卷二一、《近世人物志》、《詞林輯略》卷九、《清畫家詩史》戊下、《清代畫史增編補編》、《清代畫史補錄》卷三、《書林藻鑒》等。

〔二〕鄧承鼎：字峙青，寧鄉（今屬湖南）人。光緒十九年癸巳（一八九三）舉人，授華容訓導，遷永順教授、華容教諭。辛亥（一九一一）後，歸構則止樓，貯書甚富。輯《陶村鄧氏家稿甄存》。著有《易雅》、《史學得失林》、《沱江訓俗編》、《鑒堂文草》、《桐坡詩草》、《通經表》等。

〔三〕沈德寬：字炯甫，雲間（今上海）人，寄籍河南。幕遊南北。光緒三十年（一九〇四），任永嘉知縣。解組歸，以弈自遣，時無敵手。書法渾勁。傳見民國《青浦縣續志》卷一八。

〔四〕董昌達：字筱厚，江夏（今屬湖北）人。光緒間舉人。二十五年（一八九九），在北京參加『公車上書』。

〔五〕此詞不合【二郎神】定格。

〔六〕繼昌（一八五一或一八四九—一九〇八）：字述之，一作述亭，號蓮畦，別署蓮溪、左庵（一作左厂），李佳氏，內務府正白旗漢軍人。光緒元年乙亥（一八七五）恩科舉人，三年丁丑（一八七七）進士，以主事簽分工部學習行走。十六年，傳補軍機章京。二十七年，授湖南鹽法長寶道，署按察使。二十九年，調補湖北鹽法武昌道，署按察使。三十二年，授江寧布政使。三十四年，調補甘肅布政使，旋受命護理安徽巡撫，卒於任。著有《行素齋雜記》、《忍齋叢說》、《藥禪室隨筆》、《左庵詩餘》、《左庵詞話》。《塵定軒吟稿》等。傳見《清代硃卷集成》卷四四履歷、《昭代名人尺牘續集小傳》卷二四、《清代官員履歷檔案全編》第六冊和第七冊等。參見裴喆《〈左庵詞話〉作者考》（蔣寅、張伯偉主編《中國詩學》第一一輯，人民文學出版社，二〇〇六）。

非熊夢（陳時泌）

《非熊夢》傳奇，《古典戲曲存目彙考》著錄，現存光緒三十年（一九〇四）裕湘機器局排印本，《傳惜華藏古典戲曲珍本叢刊》第一一〇册據以影印。

（非熊夢傳奇）序

陳時泌

時泌既成《武陵春》傳奇之二年九月，而奉事又起矣。是時，時泌在華容講席，念大局之阽危，憤壯懷之莫遂，爰將奉事，爲諸生演爲論説，以冀激發其志氣，而備國家異日緩急之需。未幾，解館來省。時已冬暮，天寒夜永，來日大難，俯仰身世之間，不無慨嘆。於是取前所爲論説之意，復演傳奇一部，名曰《非熊夢》，亦酒後耳熱，聊以自壯已耳，非敢有所希冀也。

光緒三十年甲辰春二月，武陵陳時泌季衡自序於長沙寓次。

（《傅惜華藏古典戲曲珍本叢刊》第一一〇册影印清光緒間排印本《非熊夢傳奇》卷首）

（非熊夢傳奇）題詞

張通典 等

人間莽莽成何世，天下紛紛老此才。獨有孤懷憂禹甸，苦思奇計救堯臺。平生大節兼忠孝，湖海扁舟自去來。努力英雄造時勢，文明天眷亞東開。湘鄉張伯純通典〔一〕

善卷壇口雲深處，中有元龍百尺樓。詩膽放開天地窄，酒懷消盡古今愁。笑看人世爭倀虎，恥向國門歌販牛。風急天高誰作健？非熊驚夢起漁謳。嘉禾雷筱秋飛鵬〔二〕

滿腔悲憤託填詞，不獨文奇事亦奇。樓閣五雲彈指現，燈殘酒渴夢醒時。

潞澤談兵意氣雄，海波萬頃挾長風。男兒第一開心事，竟有非熊入夢中。

一局殘棊可奈何？時危力挽魯陽戈。鐘聲幾杵驚殘夢，起舞中宵感慨多。

唾手平俄亦快哉，功名竟欲上雲臺。垂綸尚有磻溪叟，醒眼看君說夢來。同邑劉采九鳳苞〔三〕

熱血盈腔那得灰？文琴周夢不勝悲。羨君高臥扁舟穩，新自天山決勝回。

湖海元龍意自奇，幅巾旄節總相宜。一枰預算分明在，留待他年次第施。雲間沈炯甫德寬

臥榻酣眠可奈何？黃粱熟後又南柯。世間不少癡人說，翻笑春婆誤老坡。

大地風潮湧似雷，夢夢天意費疑猜。人間果有非熊兆，我亦聞雞起舞來。

玄黃血戰地天通，瀛海波濤在眼中。鐵馬金戈喧故紙，英雄都變可憐蟲。

帝醉鈞天客翦鶉，茫茫海國起黃塵。秋風吹散滄桑淚，遼海歸來獨愴神。

紅羊劫逼警啼鵑，淒絕遼東路幾千？非種未鋤心盡死，移山蹈海恨年年。

中原萬姓類俘囚，夢裏靈魂許自由。安得功成朝上帝，與君同跨赤麟遊。

英雄淪落美人冤，璞玉凋殘瓦缶喧。一夕無端魂九逝，高丘回首淚潺湲。

鐵板銅琶醉幾場，哀絲豪竹總堪傷。眼前幻夢何須醒，醒後難尋救國方。

樂府歌成淚欲零，騷情雅怨吐芳馨。我來祇當遊仙曲，說與他人不忍聽。

如此江山剩落暉，新亭風景認依稀。可憐噩夢爭王室，射虎屠龍願竟違。

桃花曾說武陵春，漁父空留劫後身。吊夢歌離須自重，漫將筆墨掃前塵。

蘭荃一紙惹相思，文采風流信可師。歲暮荒江人寂寞，微波何處解通詞？　同邑劉琴軒承薰〔四〕

如此江山，且不似、當年秦晉。空太息、幅員遼闊，都無乾淨。仙洞何方容隱匿，妖氛遍地皆蹂躪。嘆吾曹、生在亂離時，難安頓。　萇弘血，向誰噴？靈均淚，傷時恨。悵一拳搥碎，樓臺灰燼。天遣黃巾成禍種，人經紫塞添愁悶。痛兩宮、麥飯款征途，疇相贈。

紅樹鱸魚，莫貪戀、故鄉烟水。試北望、匈奴犯闕，兜鍪悲起。夢蝶莊周情本幻，熊飛呂尚才堪倚。請長纓、竟繫越王歸，書生耳！　申天討，雪羞恥；富才藻，工書史。把半生隱恨，譜成宮徵。此日雖疑蕉①下鹿，他年定躍潭中鯉。願前途、努力愛春華，輝桑梓。（右調【滿江紅】）　善化蔣蓉生壽彤〔五〕

【校】

①蕉，底本作『蕉』，據文義改。

【箋】

〔一〕張通典（一八五八—一九一五）：字伯蒓，別署天放樓主、志學齋老人，湘鄉（今屬湖南）人。張昭漢（一八八三—一九六五）父。由諸生授分部郎中。光緒十五年（一八八九）至金陵，入兩江總督曾國荃幕，兼江南水師學堂提調。二十二年，入湘撫陳寶箴幕，任湖南礦務總局提調。三十一年，入同盟會。民國間，任內務司司長及臨時大總統府祕書。後退隱湘中。著有《天放樓文集》、《袖海堂文集》、《匡言》、《志學齋筆記》、《志學齋類稿》等。傳見邵元衝《傳略》（《民國人物碑傳集》）。

〔二〕雷飛鵬（一八六三—一九三三）：字筱秋，號艾叟、止園，嘉禾（今屬湖南）人。光緒十九年癸巳（一八九三）恩科舉人，任綏寧、祁陽、湘潭、宜章等府縣訓導、教諭。二十一年，參與『公車上書』。二十八年，主講珠泉書院。歷官至遼寧鐵嶺、西安（今遼源）知縣。先後入興中會、同盟會。民國後，任湖南省圖書館館長、上海羣治大學教授等。著有《遼夢草》、《汗漫草》、《松江修暇集》（附《詩餘》）等。參見葉雷《雷氏三代傳奇：湘南嘉禾雷飛鵬家族史解密》（江蘇文藝出版社，二〇一四）。

〔三〕劉鳳苞（一八二六或一八二一—一九〇五）：字毓秀，號采九，一說字采九，武陵（今屬湖南常德）人。廩生，充國史館謄錄，考取國子監學正、學錄。咸豐七年丁巳（一八五七）舉人。同治四年乙丑（一八六五）進士，選庶吉士。散館改知縣，任雲南祿豐知縣，官至雲南道。致仕後，主講朗江、城南書院。光緒二十九年（一九〇三），任湖南師範館監督。纂《桃源縣志》。著有《南華雪心編》、《晚香堂詩鈔》、《晚香堂試帖》、《晚香堂賦集》、

《晚香堂駢文》等。傳見《詞林輯略》卷八、《清代硃卷集成》第二六冊《履歷》等。參見于以凡、周建剛《劉鳳苞生平探索》（中國人民政協常德市鼎城區委員會文史資料研究委員會編《常德縣文史資料》第六輯，一九九〇）。

〔四〕劉承薰（約一八七八—？）：字琴軒，武陵（今湖南常德）人。劉鳳苞三子。增生。光緒二十三、四年間（一八九七—一八九八），就讀岳麓書院。

〔五〕蔣壽彤（一八六六—？）：字蓉生，善化（今湖南長沙）人。附貢生。光緒十七年（一八九一），遵例報捐訓導。二十七年，加捐知府。次年以道員分江蘇補用。傳見《清代官員履歷檔案全編》第七冊。妻濮賢婳，字荔初，溧水（今屬江蘇）人。能詩詞，著有《拈花小社遺稿》。傳見《詞綜補遺》卷九五。

滄桑豔（丁傳靖）

丁傳靖（一八七〇—一九三〇），字秀甫，又作秀夫、琇甫，號闇公，別署松隱行腳僧、京口招隱寺行腳僧、鬼車子，丹徒（今江蘇鎮江）人。清光緒二十三年（一八九七）副貢，宣統二年（一九一〇）任禮學館纂修。民國六年（一九一七），任馮國璋總統府祕書，兼國史館纂修。精於文史。著有《清大學士年表》、《軍機大臣年表》、《六部尚書年表》、《督撫年表》、《歷代帝王世系宗親譜》、《清代名人齒表》、《東林別傳》、《兩朝人瑞錄》、《江鄉漁話》、《闇公雜著》、《福慧雙修盦小記》、《宋人軼事彙編》、《張文貞公年譜》、《闇公詩存》、《闇公文存》、《秋華堂詩文》、《紅樓夢本事詩》等。撰傳奇《滄桑豔》、《霜天碧》、《七曇果》三種，均傳於世。傳見陳寶琛《墓志銘》（《碑傳集三編》卷四一),參見丁志安《丁閣公先生年譜》(《鎮江文史資料》第六輯,一九八三)、江慰廬《丁傳靖年表》(《文教資料》一九九二年第六期)等。

《滄桑豔》傳奇,《古典戲曲存目彙考》著錄,現存光緒三十四年(一九〇八)刻《豹隱廬雜著》本,《傳惜華藏古典戲曲珍本叢刊》第一一一冊據以影印。

(滄桑豔)序

丁傳靖

明季陳圓圓事,《明史》流賊傳敍述雖不詳,而情事略盡。當時史館諸公,必參據精確,方敢下筆。至陸雲士、鈕玉樵兩傳,則似以梅村詩爲藍本,從而渲染之,故事蹟彌增煊爛。國朝人詩集詠此事者絕少,良以婁東絕作在前,不得不使後人擱筆。今年避暑山齋,偶檢陸、鈕兩傳,及他書所載圓圓事,薈撮而櫽括之,成傳奇二十齣。昔蔣清容就白傅《琵琶行》,作《四絃秋雜劇》,至今流播藝林。梅村《圓圓曲》,風格藻采遠出《琵琶行》之上,而鄙作乃不逮《四絃秋》萬一,何古今人之不相及也。

戊申七月〔一〕,丁傳靖自敍〔二〕。

(《傳惜華藏古典戲曲珍本叢刊》第一一一冊影印清光緒三十四年刻本《豹隱廬雜著》所收《滄桑豔》卷首)

【箋】

〔一〕戊申：光緒三十四年（一九〇八）。

〔二〕題署之後有陽文印章『豹隱廬』。

滄桑豔題詞〔一〕

繆荃孫　等

繆藝風師題詞〔二〕

肖寫春山臉暈霞，前身合是采蓮娃。如何桑海無窮恨，卻繫蘇臺第一花。

少年白皙位通侯，坐鎮雄關壓上流。忽奉父書甘附逆，匆匆兵已過灤州。

聞道名姝入僞宫，衝冠一怒氣如虹。秦庭頓首求師出，卻與包胥意不同。

開府滇南異姓王，翾風寵自擅專房。野心狼子終翻覆，何待紅閨預贊襄。

霞帔星冠出畫樓，永辭富貴慕清修。珠沈玉碎須臾事，生得蓮花尚並頭。

寶殿飄零翠瓦斑（《鷿影集》原句），游人何處訪商山？《舞餘詞》亦無完本，《鷿影》居然出世間。

黃金難買鹿樵生，更有丁鴻感慨并。孔氏《桃花》黃《帝女》，一般幽恨寄新聲。

宜興蔣醉園先生題詞〔三〕

天假蛾肖翊聖清，延陵晚節負卿卿。辭榮不戀侯王寵，尤勝黃絁卞玉京。

臆度紛紛語不經，錯疑煽處是娉婷。梅村但惜英雄誤，卻許紅妝照汗青。

商山隱迹復投池，何異妻妃殉國時。常使蓮花開並蒂，阿儂心事有天知，
玉貌還兼擅綺才，愁多歡少怕傳杯。《舞餘詞》在憑君讀，未向滇池化劫灰。

同里李吟白先生題詞〔四〕

拚將百口換名姝，翻爲紅顔慟鼎湖。爭怪英雄惜兒女，綠珠原不負齊奴。
悲歡歷盡斂雙娥，匹合侯王未足多。珍重天家名爵貴，受恩敢學顧橫波。
媚香夫壻是東林，不受閹兒暮夜金。留得千秋詩史在，才人一樣郤奩心。
中年哀樂托滄桑，一種閒情勝阮郎。比似清容新樂府，都從物外話興亡。

同里蔡禹言先生題詞〔五〕

浣紗人又入吳宫，彈指興亡一夢中。留得昆明遺事在，檳榔花伴劫灰紅。
碧玉生來是小家，長憐無分繫宫紗。蛾眉何預傾人國，獨有延陵解惜花。
烽火驚心劫翠娥，何期千里返明駝。論功只合歸巾幗，成就將軍報國多。
重翻新曲繼梅村，勾起吟懷共討論。恰似東風吹皺水，不干卿事也銷魂。

江寧陳伯雨先生題詞〔六〕

【薄幸】雄姿英度。總被這、柔情絆住。聽夜夜、遼陽笳鼓，千里夢魂歸去。悵神京、風鶴驚傳，樓頭柳色縈愁緒。奈一霎烽烟，家亡國破，問那人兒何處？　最薄是、紅顔命，敵不過、眼前君父。復仇憑大義，包胥一哭，奪回破鏡圓如故。翦茅苴土。論功名蓋世，乾坤再造由兒女。

修羅劫了，空色終能解悟。

同里葉中泠先生題詞〔七〕

【踏莎行】薄命臙脂，無情烽火。美人慣結興亡果。將軍春夢一宵圓，紅簫吹裂家山破。碧海萍飄，青溪花墮。梅村曲罷淒涼頗。多君環佩演吳宮，知他明月魂歸麽？

同里李丹叔先生題詞〔八〕

生在東塘後。讓南部、桃花扇子，盛名獨負。更向北都尋豔迹，壇坫儼分左右。況更是、興亡樞紐。忠孝大綱嚴斧鉞，藉英雄兒女絲絲繡。恨不示，梅村叟。　冶城從古稱詞藪。更名士翩翩，一卷豪蘇膩柳。典盡敝裘刊樂府，風調邇來希有。正花月、可憐時候。綠譜紅腔新配準，付與奴、妙絕琵琶手（句有所指）。當酌汝，奔牛酒。（右調【貂裘換酒】）

（同上《滄桑豔》卷末）

【箋】

〔一〕底本無題名，版心劇名下題「題詞」。

〔二〕繆藝風：即繆荃孫（一八四四—一九一九），號藝風。

〔三〕蔣醉園：即蔣蕚（一八三五—一九一五），字跗堂，號醉園，又號纘園，別署醉園居士，宜興（今屬江蘇）人。屢試不第，爲幕僚。光緒元年乙亥（一八七五）舉人，歷任高郵、丹徒教諭。著有《醉園詩存》。參見蔣兆蘭等《先考府君年譜》（光緒間刻本《醉園詩存》卷首）。

〔四〕李吟白：即李步青（一八五四—一九一二），字吟白，號遁齋，丹徒（今江蘇鎮江）人。光緒元年乙亥（一八七五）副榜，自是絕意進取，覃精乙部，熟《春秋左氏傳》。主講郡校，作育人才。著有《周禮講義》、《南朝評咏》、《春秋列女本事詩》、《春秋后妃本事詩》、《遁齋殘稿》等。傳見民國《丹徒縣志摭餘》卷八。

（五）蔡禹言：即蔡慶昌（一八六〇—？），字禹言，丹徒（今江蘇鎮江）人，僑居東臺（今屬江蘇）。蔡慶生（一八四九—？）弟，蔡子貞（一八七四—一九〇六）兄。光緒二十五年（一九〇〇），入東臺青冰文會。

（六）陳伯雨：即陳作霖（一八三七—一九二〇）：字雨生，號伯雨。

（七）葉中泠：即葉玉森（一八八〇—一九三三），字鑌虹，一字葒漁，號中泠，別署中泠亭長、五鳳樓主、夢頡庵主等，丹徒（今江蘇鎮江）人。宣統元年（一九〇九）優貢，入江陰南菁書院肄業。後赴日本明治大學學法律，入同盟會。民國元年（一九一二）入南社。後任蘇州高等法院檢察庭長。後入安徽督軍倪嗣沖幕，歷官安徽滁縣、潁上、當涂知縣。晚年任上海交通銀行祕書，兼上海大學教授。工書法篆刻。著有《殷契鉤沉》、《殷墟書契前編集釋》、《中泠詩鈔》、《嘯葉庵詞集》、《葉葒漁日記》等。撰小說《皇帝借債》、《蕭雲郁史》等。傳見民國《丹徒縣志摭餘》卷九等。

（八）李丹叔：即李恩綬（一八三五—一九一一），字丹叔，又字亞白，晚號訥庵，門人私謚文靖先生，丹徒（今江蘇鎮江）人。附貢生，候選訓導。輯《潤州賦鈔》。著有《冬心書屋詩存》、《冬心書屋詩續存》、《昚洲室帖體詩》、《讀騷閣賦存》、《訥庵駢體文存》、《訥庵類稿》、《縫月軒詞錄》等。傳見延清《墓志銘》（民國十三年李氏冬心草堂刻本《訥庵類稿》附）、民國《丹徒縣志摭餘》卷八、民國《續丹徒縣志》卷一三等。

霜天碧（丁傳靖）

《霜天碧》雜劇，《古典戲曲存目彙考》著錄，現存光緒間刻《闇公雜箸》本。

（霜天碧）提綱

闕　名[一]

鬱金堂上清歌發，彈到箜篌忽絃絕。噩夢驚飛楚岫雲，舊游淒絕秦淮月。兒家生小住淮陰，門外垂楊映碧潯。愛學彩鸞鈔韻譜，肯從司馬逗琴心。花枝漂泊春無賴，當筵衹自拈羅帶。板渚隋堤春復秋，愁心夜夜屏山外。江山金粉豔南朝，十幅蒲帆趁晚潮。春雨夢痕迷笛步，秋燈影事話蘭橈。懷人感事愁如織，啼徹紅鵑歸未得。水閣粧成獨倚欄，慧心絕世無人識。浪萍風絮偶相逢，《子夜》歌聲變《懊儂》。三疊新詞總惆悵，衹憑青鳥訴離蹤。別來空憶章臺柳，莫愁衹合盧家有。微聞季布諾千金，此事卿終呼負負。連理花開喜並頭，紅閨鎮日意綢繆。香車重過青溪渡，銷盡年時萬斛愁。世事悲歡如轉轂，鬼車夜向香巢哭。天上新成白玉樓，人間枉置黃金屋。當時珍重好腰身，不肯明珠輕許人。兩載可憐王、謝燕，雕梁轉眼又成塵。樽前不幸談言中，聰明終受天心弄。郎君家世舊邯鄲，累儂並入黃粱夢。聞道魚軒促大歸，下堂縞袂淚空揮。不堪春盡沾泥絮，更逐東風上下飛。闌心猶有江南客，消息傳聞感今昔。決絕雖無故舊情，飄零終爲傾城惜。淮濱北去古徐州，百尺崢嶸燕子樓。我是香山老居士，一詩望爾到千秋。

（清光緒間刻本《闇公雜箸》所收《霜天碧》卷首）

【箋】

〔一〕此詩當爲丁傳靖自題。

俠情記傳奇（梁啓超）

梁啓超（一八七三—一九二九），字卓如，一字任甫，人稱任公，號滄江，别署飲冰子、飲冰室主人，新會（今屬廣東）人。著有《飲冰室集》。生平參見丁文江著、趙豐田補《梁啓超年譜長編》（上海人民出版社，一九八三）。撰戲曲《新羅馬傳奇》、《俠情記傳奇》等，皆未完成。《俠情記傳奇》，爲《新羅馬傳奇》中之片斷，僅成《緯憂》一齣，刊於光緒二十八年（一九〇二）十月刊《新小説》第一號，常法寬、常大鵬編《近人傳奇雜劇初編》第三册據以影印。

俠情記傳奇跋〔一〕

梁啓超〔二〕

此記本《新羅馬傳奇》中之數齣，因《新羅馬》按次登載，曠日持久，故同人慫恿割出加將軍俠情韻事，作爲别篇，先登於此。

著者識。

（《近人傳奇雜劇初編》第三册影印清光緒二十八年十月刊《新小説》第一號刊《俠情記傳奇》卷末）

【箋】

〔一〕底本無題名。

瞿園雜劇（袁蟫）

袁蟫（一八七五—一九三〇），字祖光，一字小偁，號瞿園，别署曖初氏，室名綠天香雪簃，太湖（今屬安徽）人。光緒二十年甲午（一八九四）舉人，二十九年癸卯（一九〇三）進士，官吏部主事。歷任稽勛司、文選司主事、進士館法政，三年優等畢業，遊歷日本。陞候補直隸州知州、湖北候補道尹。著有《瞿園詩草》、《瞿園詩餘》、《綠天霜雪簃詩話》等。傳見民國《太湖縣志》卷一七。

光緒二十五年（一八九九）前後，撰傳奇《雙合鏡》、《支機石》、《鴟夷恨》、《紅娘子》數種，未見刊行流傳。二十九年（一九〇三）後，撰雜劇《仙人感》、《藤花秋夢》、《金華夢》（一名《孽海花》）、《暗藏鶯》、《長人賺》（一名《賣詹郎》）五種，總題《瞿園雜劇》，《清代雜劇全目》著録，現存光緒三十四年戊申（一九〇八）排印本（《傅惜華藏古典戲曲珍本叢刊》第一一一册據以影印）；復撰雜劇《東家顰》、《鈞天樂》、《一綫天》、《望夫石》、《三割股》五種，總題《瞿園雜劇續編》，《清代雜劇全目》著録，現存宣統元年（一九〇九）豐源印書局排印本（《傅惜華藏古典戲曲珍本叢刊》第一一一册據以影印）。另有《西江雪》、《神山月》、《玉津園》雜劇三種，未見刊行。參見劉于鋒《袁祖光〈瞿園雜劇〉〈瞿園雜劇續編〉創作考論》（《戲曲研究》第九五輯，文化藝術出版社，二〇一五）。

瞿園雜劇初編序〔一〕

袁　蟫

余性不喜聲伎，於紅氍毹場工尺譜未甚考究，而酷嗜元、明、國朝名人南北套曲。十年前，遊吳、楚、湘、汴，搜羅善本百數十家，握管輒一效顰，擬《雙合鏡》、《支機石》、《鴟夷恨》、《紅娘子》傳奇數種，各數十齣。以筆穉腕弱，排場多誤，未敢出與周郎一顧也。

癸卯後〔二〕，客京師，傭牘之外，笨車簸塗，恆苦無暇，暇亦不能構思。花晨酒夕，朋輩搬觀場，或有感觸，信口吾吾，伸指拍几。每劇作小套一二則，仿古人《四聲猿》、《龍舟會》之例，有《仙人感》、《藤花秋夢》、《金華夢》、《暗藏鶯》、《長人賺》、《東家顰》、《西江雪》、《神山月》、《玉津園》諸目。自忖際文明競爭、風雲騰踊之日，未克以寸長贊諸人才。後不得已，思付梨圈子弟輩以傳。鏡裏東施，可醜孰甚，仍蓄初志，恥以戴琴桓笛，求售於軟紅十丈間者，忽忽又六載矣。

番禺沈太侔〔三〕，詞曲家三折肱者也，索閱一過，慫恿付刊，謂：『詞人託諸謠諷，鳴所獨鳴。曲本彈詞，子虛烏有，供幾輩頑鈍窮迂，下酒噴飯，亦結習所宜然，不必深諱。』因勉徇所囑，擇稿本完全者，排印數則。非敢云莊生寓言也，東方俳優也，劉四罵人也，亦聊以戲吾之戲，且與友人之樂戲吾戲者，共覓一消遣之法而已矣。

瞿園自述，時戊申三月既望〔四〕。

【箋】

〔一〕底本無題名，版心劇名下題『序』。

〔二〕癸卯：光緒二十九年（一九〇三）。

〔三〕番禺沈太侔：即沈宗畸（一八六五—一九二六）。

〔四〕戊申：光緒三十四年（一九〇八）。

瞿園雜劇題辭〔一〕

袁　嬋

水龍吟（自題）

男兒不作夔龍，鬢絲無賴催人老。金門大隱，文章賤賣，筆花將槁。幾度逢場，先生南郭，濫竽才調。算團圓畫餅，好官滋味，夢不見、侏儒飽。　十丈軟紅難掃。錦氍毹、許多年少。個中局外，如眞似戲，幾篇殘稿。閱遍華鬘，勘穿塵夢，老僧微笑。付蕢江竹管，橫吹不斷，一聲聲好。

賣花聲

冷署耐吾曹。萬事鴻毛。閒花閒酒福能消。唱到《陽春》人不懂，自①已推敲。　著作等身高。也算勳勞。中郎家世舊檀槽。同是推袁今日事，我占風騷。

【校】

①自，底本作『白』，據文義改。

【箋】

〔一〕底本無題名，版心劇名下題『題辭』。

瞿園雜劇題辭〔一〕

沈宗畸　等

【壺中天】夕陽多處，颺絲絲烟柳，亂愁難理。漫怨西風悽緊甚，一笛玉關塵起。天壤伊誰，無端歌哭，演出傷心史。冰絃彈折，銅仙分與鉛淚。說甚冠蓋京華，知音識曲，我輩猶賢爾。忍譜新腔催醉舞，腸斷杜鵑聲裏。君是當年，《西樓》于令〔二〕，畸也初明是。且商宮呂，任他吹縐池水①。沈宗畸太侔

【金縷曲】吾道傷沈陸（用成句）。怪無端、是丹非素，瘦紅肥綠。啼煞蜀鵑天不管，恣意雨雲翻覆。更逼處、潛滋他族。一枕藤陰眠未穩，驀心頭、涌起彈棋局。千萬恨，楚騷續。西風滿地狂塵撲。更那堪、藏春塢裏，花飛鶯粟。兒女英雄都一例，胯下泥中受辱。倂譜入、哀絲豪竹。元氣淋漓眞辛訴，想空山、定有精靈哭。共我擊，漸離筑。張丙廉頑夫〔三〕

【水龍吟】京塵浣盡春衫，多情無奈春風老。夢華一瞥，淒凉如此，春花半槁②。流水高山，曉風殘月，幾人同調？問中郎詞筆，竟成底事，空自嘆，仙蟫③飽。時世蛾眉誰掃？醉喧闐輪他年少。閒愁閒恨，襟前舊淚，袖中新稿。玉笥長歌，錦袍狂放，衢悲髡笑。便江南花落，從頭細說，有誰知好？胡熙壽謂臣〔四〕

【滿江紅】鼙鼓漁陽，回首痛管絃凝碧。淒涼聽，梨園舊曲，淚如鉛滴。酣醉擊殘燕市筑，俳諧脫露陳思幘。把一腔恨事付塡詞，聲情激。　風流話，旗亭壁；哀怨譜，伊涼笛。儘悲歌當哭，欷歔今昔。圓海《春燈》誰逐臭，臨川《玉茗》應爭席。料琵琶不作《鬱輪袍》，君休息。王在宣彥遠〔五〕

【探春慢】蠻觸紛爭，鷄蟲得失，一笑壺盧而已。公子憑虛，衣冠優孟，愛管他人閒事。欲遣春愁去，算祇有文章遊戲。明知戲也還眞，旁觀常作如是。　名士有何滋味？任伏几呻吟，蠹魚枯死。君譜紅牙，我聆《白雪》，强付杜家知己。料理尊前曲，將十斛儒酸都洗。拚醉花叢，唬鵑行，勸歸矣。趙調梅壽臣〔六〕

題瞿園戲本

京國風塵想見之，五年郎署老袁絲。直將燕趙悲歌氣，寫入齊梁樂府辭。天上紫雲原易散，人間紅豆總相思。珍珠爲換盈盈曲，借重章臺舊柳枝。徐旭茗樵〔七〕

讀瞿園雜劇奉題小詩

妙合《南華》理，文奇不在多。龍鸞騰筆墨，神怪入包羅。游戲從時好，詼諧破睡魔。願將簪組④卸，袍笏試新歌。余寀節高〔八〕

再題瞿園五種四截句

錦瑟華年逝水過，聊將幽恨寄春婆。花陰睡足斜陽覺，醒眼人間涕淚多。

昏鴉一片亂投林，葉底黃鸝自好音。爲愛留香簾不捲，隔窗烟語碧紗深。

驚飆吹起劫餘灰，滿眼狂花劇可哀。紅粉青袍同墮落，傷心竈下哭琴材。

香蘭縷縷楚騷魂，于令《西樓》未足論。（國初，袁籜庵于令以《西樓記》傳奇得名。）一代風流兩才子，隨園而後又瞿園。張丙廉頑夫

（以上均《傅惜華藏古典戲曲珍本叢刊》第一一一冊影印清光緒三十四年排印本《瞿園雜劇五種》卷首）

【校】

①水，底本作『氷』，據文義改。

②槁，底本作『稿』，據文義改。

③蟫，底本作『蟬』，據文義改。

④組，底本作『祖』，據文義改。

【箋】

〔一〕底本無題名，版心劇名下題『題辭』。

〔二〕《西樓》于令：指袁于令（一五九二—一六七二）撰《西樓記》傳奇，參見本書卷五該條解題。

〔三〕張丙廉（一八六三—？）：原名堯燊，字夢蘧，號孟癯，別署頑夫，射洪（今屬四川）人。光緒二十一年乙未（一八九五）進士，宣統元年（一九〇九）任江蘇無錫知縣。民國初年，旅居京師，貧病而卒。著有《聞妙香室詞鈔》。傳見《清代官員履歷檔案全編》卷二八、《詞綜補遺》卷四三等。

〔四〕胡熙壽（一八八七—一九二三）：字謌臣，號舉齋，寧鄉（今屬湖南）人。光緒二十八年壬寅（一九〇二）

舉人。後入京師大學堂。民國後主撰《國民日報》。著有《紅豆相思館詞》。傳見民國《寧鄉縣志·先民傳》卷六一。

〔五〕王在宣：字彦遠，號鈍夫，一作遁夫，别署匏樽、匏樽泛隱，山陰（今浙江紹興）人。光緒三十四年（一九〇八），在北京入沈宗畸著湑吟社。

〔六〕趙調梅：字壽臣，涇縣（今屬安徽）人。光緒二十八年壬寅（一九〇二）順天鄉試舉人。

〔七〕徐旭：字茗樵，望江（今屬安徽）人。著有《青湖詩鈔》。

〔八〕余寀（一八八一—？）：字節高，望江（今屬安徽）人。曾任安徽諮議局議員、國會衆議院議員、湖北清鄉總辦、湖南武陵道尹等職。

瞿園雜劇續編敘

袁嬋

今之世，無地非戲也，無人非戲也，無時非戲也，無事非戲也。戲場未有如今之遼廓也，戲態未有如今之奇幻也，戲中之色目未有如今之風雲會合，雷霆奮迅，與人以不可測也。

余亦戲局中之一蝨耳，不敢議登場者之孰主孰客，孰是孰非，孰黑孰白，若某則合戲之排場，若某則舛戲之體例也者。第於每戲結局時，取其事之可歌可泣、可恨可恥、可感可興者，一一陰識之。故傳《東家顰》也，譏戲之不得其似也；傳《鈞天樂》也，惜戲之有始而無卒也；傳《一綫天》、《望夫石》、《三割股》也，痛戲中之人之不達時務，悠悠抱其志以終古也。均之，皆處無可如何之時，而後有此戲也。

人以爲眞也，吾戲視之；人亦以爲戲也，吾以戲中之戲視之。至於無戲非戲，而戲乃眞焉。吾惡知夫非戲之謂戲者？非卽非眞之謂，眞耶？吾又惡知夫人之戲、吾之眞有以異乎？吾之戲，人之戲耶？戲也，眞也？吾不得而辨之，人亦無從而詰之。向猶冀有樂戲吾戲者，與之優游乎戲之中，傲睨乎戲之外，於絕無聊賴之處，籌一消遣之法也。今則閱戲愈多，而戲之途亦愈窮。人各有戲，吾不敢强同人之戲，人亦不屑俯就吾之戲。於是吾之戲，乃戲中之極迂極腐，盡人唾之罵之，訕之笑之，至於千萬世後，而終莫之一顧矣。然吾亦自戲吾之戲云爾。

宣統紀元臘月朔日[一]，瞿園自敍於綠天香雪簃。

（《傳惜華藏古典戲曲珍本叢刊》第一一一冊影印清宣統元年豐源印書局排印本《瞿園雜劇續編》卷首）

【箋】

[一]宣統紀元：宣統元年。是年臘月朔日，公元已入一九一〇年。

東家顰（袁蟫）

《東家顰》雜劇，爲《瞿園雜劇續編》之第一種，現存光緒三十二年（一九〇六）杭州創刊之《著作林》月刊所載本、宣統元年（一九〇九）豐源書局排印本《瞿園雜劇續編》本（《傳惜華藏古典戲曲珍本叢刊》第一一一冊據以影印)。

東家嚬題詞〔一〕

金綬熙 等

讀東家嚬曲本奉題二絶句

本來面目最相宜,學步西家已可嗤。西子捧心還捧腹,笑他乃復效東施。

媚人有術未全工,摹仿蛾眉大致同。才識名場眞祕訣,能如婦女是雄英。桐鄉金綬熙勺園〔二〕

題東家嚬戲本

也無奇醜也無妍,眼底心頭各判然。忘卻自家眞面目,學人嚬笑總堪憐。

一分心病一分慵,病到深時味轉濃。便有妍皮裹媸骨,可堪憔悴對春容。古熙黄第半癡〔三〕

讀東家嚬劇贅語於右

東鄰何粗醜,西鄰何嬝娜。同在鏡中看,各有雙眉鎖。昨覓幻形術,花容換蓬顆。芙蓉出水鮮,楊柳迎風嚲。製成雙美圖,盈盈對花坐。昔醜今乃妍,式穀似螺贏。本質不自賓,乞此妍皮裹。膏沐雖足憑,效嚬計已左。脈脈照菱花,有人已無我。大雷戴述經惺吾〔四〕

題東家嚬曲本

別是人間一段春,本來無果亦無因。天風吹落吳宫粉,偷上蹣跚勃窣身。浣紗人在浣紗灘,灘水東流一線殘。餘唾有香將卻死，化形容易化魂難。可憐嘑笑可憐聲，描盡風流總未成。一曲晨鐘三百杵，苦心撞醒乞憐生。長沙黃兆枚芥滄〔五〕

（同上第一種《東家顰》卷末）

【箋】

〔一〕底本無題名。

〔二〕金綬熙（？—一九〇九後）：生平詳見本卷《隔夜花》條解題。

〔三〕黃第：一名甲第，號半癡，古熙（一作晉熙，今江蘇太湖）人。生平未詳。

〔四〕戴述經：字惺吾，別署雷岸隱人，望江（今屬安徽）人。諸生。能畫梅。著有《雷岸隱人詞》。傳見《畫家知希錄》卷七、《詞綜補遺》卷八八。

〔五〕黃兆枚（一八六八—一九四三）：派名經翊，字功卜，一字公樸，原字宇逵，號芥滄，又號倜齋，別署蛻盦、蘧盦、芥滄館主，長沙（今屬湖南）人。縣學增生，肄業思賢講舍、岳麓書院、城南書院。光緒二十三年丁酉（一八九七）舉人，二十九年癸卯（一九〇三）進士，官至直隸州知州。民國間以遺老自居，曾任武漢大學教授。編《湖南歷代鄉賢事略》。著有《芥滄館詩集》、《芥滄館文存》、《芥滄館文集》、《芥滄館詩集》等。傳見《清代硃卷集成》卷三三〇履歷等。

望夫石（袁蟫）

《望夫石》雜劇，爲《瞿園雜劇續編》之第四種，現存光緒三十四年（一九〇八）北京創刊之《國學粹編》半月刊所載者(宣統間廣益書局排印《晨風閣叢書甲集》據以彙編)、宣統元年(一九〇九)豐源書局排印本(《傳惜華古典藏戲曲珍本叢刊》第一一一冊據以影印)。

望夫石跋〔一〕

袁　嬗

曲本以望夫石命名，本至常之事，無奇可傳，不過爲吾輩繪一幅頑固行樂圖耳。日本維新四十餘年，聞至今尚有黄髮遺民，頽臥空山，老死不變者。我國變法，觥觥少年則傚歐美，徙周孔之經而畔漢宋之學者，比比皆是。安得持破篋遺編，遍訪深山窮谷之野人，握手欷歔共語也？

暖初氏記。

【箋】

〔一〕底本無題名。

(望夫石)題辭

黄甲第　等

讀望夫石劇率拈絶句簡暖初

蟬吟枯樹老成凋，瓦缶黄鐘各自調。唱到無聲嗚咽處，大家熱淚下如潮。

滄海無端忽變田，望洋興嘆自年年。登高流盡君山涕，直是媧皇石補天。晉熙黄甲第半癡

讀曖初氏望夫石書後

東風綠遍蘼蕪路，多少鞭絲趁好春。不信只君懷抱惡，有人攬轡幾逡巡。

泠①然一曲賞音稀，別有傷心發古悲。欲索解人還問石，百年容有點頭時。六噫先生〔一〕

（以上均《傳惜華藏古典戲曲珍本叢刊》第一一一冊影印清宣統元年豐源印書局排印本《瞿園雜劇續編》第四種《望夫石》卷末）

【校】

①泠，底本作『冷』，據文義改。

【箋】

〔一〕六噫先生： 姓名、籍里、生平均未詳。

三割股（袁蟫）

《三割股》雜劇，爲《瞿園雜劇續編》第五種，著錄、版本參見《瞿園雜劇》解題。

三割股跋〔一〕

闕名〔二〕

是劇傳三女子割股事，毅然行之，毫不遲疑，而於文氏郎君，則以出差在外，爲之出脫。夫三郎君，固京員也，京曹獲外差，非易易事也。有老且病之父，而營求出差，於高堂無所顧戀，其心已不可問矣。鍾氏出場第一句曰：『遠迢迢不歸來的夫壻』，此《春秋》嚴首惡之例也。

觀人者，必於其所類；其所不類者，非其稟不類，實其趨不類也。三賢毀身救親，同時並舉，此蘧伯玉恥獨爲君子之意也。《詩》曰：『教誨爾子，式穀似之。』諺曰：『蓬生麻中，不扶自直。』處衆賢之間，其一人獨汶汶無所聞，豈非孝烈門庭之缺憾歟？余撰《三割股》之文，怏怏不怡者累日，爲文氏之次婦惜也。定之爲新界女學生，非敢臆爲武斷也，抑亦不如是，不足以標異於三者之間耳。

（同上第五種《三割股》卷末）

【箋】

〔一〕底本無題名。

〔二〕此跋當爲袁蟫撰。

玉鉤痕（龐樹松、歐陽淦）

《玉鉤痕》，《晚清戲曲小說目》、《古典戲曲存目彙考》、《中國近代傳奇雜劇經眼錄》均著錄，作龐樹柏（一八八四—一九一六）、歐陽淦（原署惜秋生）撰，左鵬軍《近代傳奇雜劇作家作品考》（《文學遺産》二〇一一年第一期）考定爲龐樹松、歐陽淦撰。龐樹松（一八七九—？），字棟材，一字樗農，號病紅，别署獨笑、病紅山人，常熟（今屬江蘇）人。曾入南社。歐陽淦（一八八三—一九七九），字巨源，一作鉅元，别署惜秋、蘧園、茂苑惜秋生，蘇州（今屬江蘇）人。光緒二十四年（一八九八）至上海，爲《遊戲報》撰稿。後協助李伯元（一八六七—一九〇六）辦《繁華報》，代編《繡像小説》。撰小説《負曝閒談》。善戲曲，撰雜劇《新上海》，合撰《玉鉤痕》、《維新夢》。《玉鉤痕》傳奇，現存光緒間《游戲報》本。陳無我《老上海三十年見聞錄》（大東書局，一九二八）收《集宴》、《寫蘭》、《吊冢》三齣。

玉鉤痕傳奇敍

歸宗鄌〔一〕

霜嚴月黑，涼草如刀。紅心滿地，秋墳蕭蕭。獨不見蘇小小、眞娘之墓道乎？嗟乎！者局好結果，如梁紅玉輩有幾？面前强歡，面後掩泣。秋魂倏飛，化爲胡蝶。生也賣笑生涯，死也一抔①蒿葬，可痛哉！痛淪於賤，痛夫靡厥家，痛生前歡情移。而渺不知其所，游絲一縷，不辨是空是色，尚復望人家清明候，趁紙錢風麥，飯梨花祭耶？昔人有步出金閶門，傍山塘行者，覩兩流燈舫歷歷，放聲大一慟，植立三日不蹶，情痛也。數弓蒿萊，鵑血淋漓，敝蓋多情，矧茲女士。

戊年冬〔二〕，滬上金校書紹薌暨諸校書，放大蓮花，結大善果，集衆議，建叢花義冢。相地擇穴，廣爲勸布，其蕆事後已。異哉！支那四萬萬人之愛力，不漲於丈夫而於女子耶？吾友龐子感焉，作傳奇八齣，倏笑倏悲，淒楚動人，詞意豈清容而媲之，直北宋人手筆。書成，屬予序。夫此一妓家耳，而興感人若此，熱力一薄，薄焉復遏，橫感而決。《詩》詠美人，《騷》言佚女。龐子多情者，龐子蓋有深痛也。玉鉤古道，魂兮歸來。茲事體細，詞葩而正。使人知校書之微，其愛力有如此者。

戊戌冬，常熟歸宗郿蔭閣甫敍。

（陳無我《老上海三十年見聞錄》所收《玉鉤痕傳奇》卷末，大東書局，一九二八）

【校】

①抔，底本作「坏」，據文義改。

【箋】

〔一〕歸宗郿（一八八〇—？）：字蔭甫，號印侯，又號印閣、蔭閣，常熟（今屬江蘇）人。光緒二十三年丁酉（一八九七）舉人。

〔二〕戊年：光緒二十四年戊戌（一八九八）。

附　玉鉤痕傳奇説明

陳無我〔一〕

李君伯元，以花冢之舉，自創議以迄落成，其中情事，不乏可歌可泣、可觀可怨。復發起徵撰《玉鉤痕傳奇》，共分十齣。首《感義》，紀某名士暨林黛玉創議之始。次《集宴》，爲林、陸、金、張四校書集議於一品香。三《籌捐》，紀分派捐册。四《裂册》，紀高月鴻非特不肯書捐，且將捐册毁裂，擲諸地下。五《寫蘭》，紀金小寶寫蘭助義事。六《摧香》，紀蘇妓陳黛玉被惡鴇淩虐致斃。七《選地》，紀購買義冢地址。八《題碑》，紀此事之始終及集捐各校書姓氏。九《瘞玉》，紀林校書等決議，首將陳黛玉葬入花冢。十《吊冢》，花冢告成，四校書前來吊奠，爲一部書結穴。經虞山病紅山人龐樹柏、茂苑惜秋生歐陽巨元兩君合撰成書，文情悱惻，傳誦一時。惜稿已闕佚，兹僅搜得《集宴》、《寫蘭》、《吊冢》三齣，録於左方，俾後來者觀鑒焉。

（同上，頁一三七）

【箋】

（一）陳無我（一八八四—一九六七）：號法香，原籍錢塘（今屬浙江杭州），久居上海。曾任《太平洋報》、《民國日報》等編輯。創辦世界新聞社，自任社長。民國二十七年（一九三八），創辦大法輪書局，流通佛學書籍，編印《覺有情》月刊。著有《念兹筆談》、《老上海三十年見聞録》等。

軒亭冤（韓茂棠）

韓茂棠（一八八〇—約一九三九），字伯憩，一作伯谿、柏溪、柏谿、百谿，號天嘯，别署湘靈子、蕺山居士、海天樓主，蕭山（今屬浙江）人。韓紫宸（一八四九—一九〇九後）子。光緒末諸生。編《政治史事論匯海》（光緒二十八年璣衡書社校印）、《分類萬國時務策海大成》（光緒二十九年上海著易書局石印本）。三十二年起，先後入上海著作林社、文娱吟社、麗則吟社。宣統元年（一九〇九），輯秋瑾案資料爲《越恨》（載是年九月《女報》增刊第二號）。民國後，參編《之江日報》，入紹興叒社。民國三年（一九一四），在上海創辦《亞東小說新刊》。十一年，任職上海大陸圖書公司。十六年，在蕭山創辦《民治日報》、《蕭山公報》。著有小說《桃花血》、《寡孀淚史》、《名姬慘死》、《官眷恨史》、《未婚夫妻之哀史》、《戰場喋血之慘史》等，及彈詞《曇花夢》。撰戲曲《軒亭冤》、《愛國淚》、《鐵血關》、《苦海花》、《牡丹花》、《大陸夢》等十餘種。參見王煒常《秋瑾與蕭山》（《秋瑾革命史研究》，團結出版社，一九九七）、沈惠金《百年傳奇〈軒亭冤〉》（浙江省政協主辦《聯誼報》二〇〇七年六月十六日）、左鵬軍《〈軒亭冤傳奇〉作者考》（《晚清民國傳奇雜劇文獻與史實研究》，人民文學出版社，二〇一一）、鄔國義《〈軒亭冤傳奇〉作者湘靈子考》（《中華文史論叢》二〇一三年第二期，修訂稿收入《歷史的碎片》，《國義文存》第二集，上海人民出版社，二〇一六）。

《軒亭冤》傳奇，全稱《中華第一女杰軒亭冤傳奇》，又題《鑒湖女俠傳奇》、《秋瑾含冤傳奇》，《晚清戲曲小說目》、《古典戲曲存目彙考》著錄，題「湘靈子」； 梁淑安、姚柯夫《中國近代傳奇雜劇經眼錄》著錄爲浙江桐鄉人張長撰（頁一六〇）。現存光緒間上洋小說支賣社石印本（《近人傳奇雜劇初編》據以影印，《晚清文學叢鈔·傳奇雜劇卷》據此收錄，並參照《國魂叢編》），《女報》臨時增刊《越恨》第一卷第五號（宣統元年八月十五日，一九〇九年九月二十八日），民國元年（一九一二）上海振新圖書社石印本。

（軒亭冤）敍事

韓茂棠

秋瑾何爲而生哉？彼生於自由也。秋瑾何爲而死哉？彼死於自由也。自由爲彼而生，彼爲自由而死。秋瑾乎！秋瑾乎！中國規復女權第一女豪傑。

秋瑾字璿卿，又字瑜娘，自號鑒湖女俠，浙江紹興山陰縣人也。幼受家庭教育。及笄，博通經史，能詩能文，嘗以法國女豪瑪利儂自比。每演說，議論風生，有旁若無人之概。與同里徐、沈、陳三女①爲莫逆交。年十九，與王郎結婚，生一子一女。自庚子亂後，竄身於淒風苦雨中，以規復女權爲己任。凡一切書籍報章，靡不披覽，以此洞明中國衰弱之原因，而受歐美之風潮鼓蕩亦漸深。於是開會演說，唱自由，講平權，一躍而爲熱心愛國之女豪。

甲辰夏〔一〕，決意遊學日本，典釵質釧，窘迫萬狀，孑身走東瀛。長途觸暑，病莫能支。既之東，復因水土不服，抱病月餘。乙巳春〔二〕，與志士盧某（即虯髯客）、女士徐某創設青年學會，贊成者頗衆。丙午秋東歸，過滬，創《女報》，嗣因經費不足，中止。已而聞母喪歸里，旋膺明道女學校之聘爲教員。未幾，在倉橋諸暨冊局創設體育會，外省報名者踵至。此女士平生最得意事也。統觀女士一生行事，夫豈柔弱之男兒所可同日語哉！抱不可一世之氣概，雄姿豪骨，視人間無復有艱難事，其氣足以薄風雲，其勇足以驚天地，其義足以格鬼神，其②事業刺激於多數漢族之腦中。

丁未夏〔三〕，徐生之獄起於皖，浙省大吏指秋瑾爲同黨，下令逮捕。法官以種種僞證，誣陷秋瑾，而秋瑾含冤不白，竟授首於軒亭口。紅顏錯殺，呼告徒勞；黑獄釀成，平反莫望。嗚呼冤哉！以熱心愛國之女豪，竟斷送於野蠻官吏之手，天地爲汝震怒，山川爲汝崩裂，國民爲汝飲血！一抔黄土，俠骨長埋，傷心慘目，有如是耶！

湘靈子曰：吾對於紹城冤獄，而覺有千萬不可思議之感想，横梗於胷中，使吾怨，使吾怒，使吾歌，使吾舞，使吾懼，使吾哀。噫吁嘻，奇哉！眇眇一女子，何令吾驚心動魄一至於此也！將賦詩以寄恨耶？而恨已寄無可寄。將著論以辨誣耶？而誣亦辨不及辨。將作傳以寫怨耶？而怨實寫不勝寫。然則將奈何？無已，請譜之傳奇。

傳奇有益於女士耶？吾不得而知也。傳奇有損於女士耶？吾不得而知也。吾譜《軒亭冤》，恍若有詹軒軒、目炯炯、風致絕世、神光逼人之秋瑾靈魂侍立吾側，哀淚滂沱。吾熱血噴涌，吾於是一投筆東向望越城，乃沈沈焉，睊睊焉，志其里居，詳其姓氏，敍其遺事，述其冤情。合古今未有之壯劇、怪劇、悲劇、慘劇，迭演於舞臺，以激勵我二百兆柔弱女同胞。

（《晚清文學叢鈔·傳奇雜劇卷》卷上《軒亭冤》卷首）

【校】

①『女』字後，民國元年上海振新圖書社石印本有『士』字。

②『其』字後，民國元年上海振新圖書社石印本有『姓名其』三字。

【箋】

〔一〕甲辰：光緒三十年（一九〇四）。

〔二〕乙巳：光緒三十一年（一九〇五）。

〔三〕丁未：光緒三十三年（一九〇七）。

丁未九月九日軒亭冤傳奇告成因題七絶八首於後〔一〕

韓茂棠

共道蛾眉命保全，誰知皖案竟株連。年來官界糊塗甚，又見霜飛六月天！

登壇演説涕沾胷，彷彿歐洲瑪利儂。只恨沈冤無處洗，爲卿撞破自由鐘。

俠膽義肝聶隱娘，法庭長跪氣軒昂。滴來幾點傷心淚，化作庭前秋海棠。

東洋留學典釵環，腸斷離家淚暗潸。爲問九原秋女士，何堪重上望夫山。

軒亭慘死日無光，了卻浮生夢一場。爲訪當年諸伴侶，芳魂冉冉渡東洋。

秋風秋雨滿庭皋，愁煞重泉一女豪。可有精魂來月夜，冤情細細告同胞。

獨留孤冢草青青，黄土沈埋碧血腥。可奈返魂終乏術，麗娘不見《牡丹亭》。

繪聲繪影樣翻新，描寫秋娘事事真。定在夜臺含笑説，讀君詞曲感君恩。

【箋】

〔一〕丁未：光緒三十三年（一九〇七）。

（軒亭冤）序〔一〕

丁癡曇〔二〕

恨天難補，況乏媧皇；冤海空填，誰哀精衛？半生碌碌，幾無行樂之時；大地搏搏，絕少寄愁之所。贏得一支江筆，發洩雄心；那堪萬斛杞憂，沈埋壯志。哀女權之墜落，淚灑神州；痛女學之淪亡，駕回祖國。詎料令嚴逮捕，竟含不白之冤；劇憐案近牽連①，空灑飛紅之淚。獄成七字，軒亭竟殺蛾眉；恨抱九原，報界力攻雀角。惹得男兒笑罵，代抱不平；摧殘女界英豪，激成公憤②。縱異日平反黑獄，重泉③莫返芳魂；痛今朝坑煞紅顏，抔土長埋俠骨。又何怪傷時碩彥，憫世奇英，弔愛國之靈魂，發痛心之社說也乎。

嗟嗟！危詞竦論，祗堪表白於一時；協律和音，自足流傳於後世。譜入留聲機器，死竟如生；演來優孟衣冠，呼之欲出。此湘靈子所以有《軒亭冤傳奇》之作也。事實情眞，宮諧商叶。錦胷繡口，居然妙緒環生；麗句清辭，畢竟新聲獨創④。一唱而韻隨風遠，再歌而響遏雲行。俠氣豪情，都來紙上；腦漿心血，交洒毫端。鍊詞則媲美施、高，譜曲則追蹤湯、沈。繪聲繪影，描摩越郡奇冤；公是公非，髣髴秋娘歷史。

丁未中秋，同里癡曇序。

【校】

①連，民國元年上海振新圖書社石印本作『逆』。

②『惹得男兒』四句，民國元年上海振新圖書社石印本無。

③泉，民國元年上海振新圖書社石印本作『臺』。

④『錦胷繡口』四句，民國元年上海振新圖書社石印本作『抱不平摧殘女界英豪激』。

【箋】

〔一〕民國元年上海振新圖書社石印本題《秋瑾含冤傳奇序》。

〔二〕丁癡曇：字小鈍，蕭山（今屬浙江）人。生平未詳。

（軒亭冤）書後〔一〕

蠡城劍俠〔二〕

秋瑾奚爲而傳哉？秋瑾爲愛國之女豪，不可不傳也；秋瑾爲獨立之女豪，不可不傳也；秋瑾爲剗除奴性之女豪，不可不傳也；秋瑾爲主張平權之女豪，不可不傳也。湘靈子乃思所以傳之，乃皇皇然迫欲傳之，乃不辭勞瘁舞文嚼墨吮筆以傳之。傳其生，明彼蒼之篤生女豪也；傳其死，明酷吏之坑煞女豪也。姓氏與日月並明，事業與河山並壽。於是乎秋瑾傳，於是乎秋瑾竟傳，卽傳秋瑾之湘靈子亦傳。

（《晚清文學叢鈔·傳奇雜劇卷》卷上《軒亭冤》卷末）

【箋】

〔一〕民國元年上海振新圖書社石印本題《書軒亭冤傳奇後》。

〔二〕蠡城劍俠：蠡城爲紹興別稱，當爲紹興（今屬浙江）人，姓名、生平均未詳。疑卽徐惱公，上海文娛吟社社員，韓茂棠二十餘年好友。

秋女士贊並序

韓紫宸〔一〕

嗚呼！女士何不幸爲黨案株連，身膺顯戮，遽蒙此不白奇冤耶？女士亦何幸爲黨案株連，身膺顯戮，竟傳此不朽令名耶？伏思女士自別家鄉，隻身東渡，脫簪珥以爲資斧，一種豪俠之氣，爲數千年來女界所未有。迨學成回國，創《女報》，辨體育，演平權之論說，樹獨立之風聲，眞欲喚醒支那四萬萬同胞，愛國合羣，放一光大文明之異彩。乃一班昏墨官吏，施其野蠻手段，殺及無辜，竟使熱心毅力之豪俠家，斷送於軒亭市口，豈不冤哉！

詎知湮沒無聞，雖生猶死；流傳未艾，卽死如生。彼居高位，握大權，袞袞羣公，非不聲勢赫奕，一旦奄然物化，不與草木同腐也幾希。獨女士死於非命，噩電傳來，海內外男女英豪，莫不慟哭焉，追悼焉。或賦詩以寫怨，或著論以辨誣，更或有塡詞譜曲，摛①藻揚芳，撰小說以垂久遠者。一唱百和，衆口同聲，微特女士之冤可大白於天下，卽女士之名亦永傳於後世矣。爰摭蕪詞，藉伸葵獻。贊曰：

維皇誕降，巾幗英雄。登壇演説，拍手雷同。會開體育，果毅可風。昏昏大吏，忽構兵戎。學堂騷擾，誤指匪通。禍連女傑，熱血流紅。同胞慟哭，名播寰中。天長地久，奕世無窮。

蕭山庸閒叟。

【校】

①摛，底本作『擒』，據文義改。

【箋】

〔一〕韓紫宸（一八四九—一九〇九後）：一作紫辰，别署庸閒叟，蕭山（今屬浙江）人。韓茂棠父。廪生。屢試不第，以教館爲生。

（軒亭冤）題詞〔一〕用秋瑾女士原韻，詩見遺稿

謝企石　等

妖氛毒霧障天昏，此日難將法律援。七字竟教誣黨獄，一言未許别家門。那堪嗚呼錢塘水，淘盡沈淪女界魂。料得詞人搖筆處，墨花飛濺淚珠痕。東山後裔謝企石〔二〕

支那世界久昏昏，陷溺誰教女手援？具見熱心扶社會，詎甘裹足守閨門。黨誣縱有詞供口，獄枉終無術返魂。一死軒亭千古恨，同胞姊妹滿啼痕。古越庸閒叟〔三〕

冤氣衝天日月昏，捐軀片刻少人援。一腔熱血包寰宇，半夜寒潮咽海門。黄土無情埋俠骨，青鋒有恨泣幽魂。獨留荒冢誰瞻拜？秋雨秋風長蘚痕。越州狂士〔四〕

軒亭慘死斗牛昏，應悔當年結外援。一縷冤情沈海底，九原厲氣透天門。秋風漫灑英雄淚，夜月空歸俠女魂。曲譜傳奇垂後世，詎同春夢了無痕！ 庚辰人日生〔五〕

慘霧黏天四海昏，吳鉤笑試不求援。熱心編輯《軒亭記》，俠氣沈埋越國門。三字獄成悲宋室，《九歌》詞壯弔詩魂。停車異日山陰道，忍見新題壁上痕。 味菊軒主陳清泉〔六〕

野蠻法律宰官昏，黨案株連手孰援？七字沈沈冤下獄，九閽渺渺訴無門。鵑啼枉灑秋風淚，鶴化空歸夜月魂。幸有湘靈新譜曲，一編留得雪鴻痕。 折桂詞人〔七〕

風雨愁人日色昏，蛾眉慘死恨難援。空餘壯志浮滄海，誰訟煩冤入國門。黨禍株連成厲氣，自由花好泣芳魂。家庭革命糊塗案，忽見軒亭熱血痕。 浣花粱可榮〔八〕

聰明無奈有時昏，大陸將沈欲手援。事合閔妃空愛國，詩成崔護漫題門。遺容許識春風面，翦紙空招月夜魂。贏得軒亭傳不朽，長留鴻雪爪泥痕。 小純丁癡曇

雨雨風風一望昏，沈沈冤獄倩誰援？龍山嶺畔花無色，麟黨株連禍有門。底事家庭談革命，空餘寰海弔詩魂。殘碑落日山陰道，尋看他年墨血痕。 漱懷子〔九〕

萬丈陰霾女界昏，中朝政府苦無援。化龍難作豐城劍，逐兔空悲上蔡門。哀怨滿腔餘熱血，新詞一部慰幽魂。才人妙筆奇冤寫，淚漬濤箋點點痕。 閒雲館主李麗泉〔一〇〕

暗殺風潮大陸昏，紅①羊劫遇手難援。縱無赤血流寰宇，定有青蠅弔墓門。一部傳奇狂士筆，九原含笑美人魂。冤遭不白終須白，賴得同胞血淚痕。 湘靈子

官吏太糊塗，謠聽市虎誣。山陰陰到底，誰在九閽呼？我更觸鄉愁，枯腸枉自搜。而今翻擱筆，韻事讓荊州。四海同聲哭，分明死亦生。傳奇千古壽，地下可心平？慘絕浙東路，家家淚有痕。芳魂天上聽，聽譜《軒亭冤》。鑄錯生陳鉢〔一一〕

禍福循環相倚生，奇冤何必憤難平。芳魂地下應含笑，留得千秋女俠名。同胞追悼賦新詩，珍重湘靈筆一枝。學士才人齊下拜，滿腔熱血付塡詞。惜秋女史〔一二〕

錢塘夜涌蛟龍吼，中金光飛處寒光逗。斷送碧鬟紅袖。擲個頭顱如斗。血染軒亭口。外同胞眉皺。贏得傳奇垂後。名共河山壽。（調寄【虞美人影】）蠡城劍俠

（以上均《晚清文學叢鈔・傳奇雜劇卷》卷上《軒亭冤》卷末）

【校】

①紅，民國元年上海振新圖書社石印本作『昏』。

②光，民國元年上海振新圖書社石印本作『刀』。

【箋】

〔一〕民國元年上海振新圖書社石印本題《中華第一女杰軒亭冤傳奇題詞》。

〔二〕謝企石：即謝其璋，字企石，別署東山後裔，南匯（今屬上海）人。光緒三十四年（一九〇八），於上海創辦《國魂報》，同麗則吟社出版。謝爲『國魂九才子』之一。

〔三〕庸閒叟：即韓紫宸（一八四九—一九〇九後）。

〔四〕越州狂士：姓名、籍里、生平均未詳。

〔五〕庚辰人日生：姓名、籍里、生平均未詳。

〔六〕陳清泉（？—一九四一？）：號味菊，別署味菊軒主，浙江人。從事日本名著翻譯，譯有《元代蒙漢色目待遇考》、《元朝薛怯及斡耳朵考》、《元朝制度考》、《蒙古史研究》、《朝鮮通史》、《中國音樂史》等。著有《諸子百家考》。

〔七〕折桂詞人：姓名、籍里、生平均未詳。

〔八〕梁可榮：號浣花，籍里、生平均未詳。

〔九〕漱懷子：姓名、籍里、生平均未詳。

〔一〇〕李麗泉：別署閒雲館主，籍里、生平均未詳。

〔一一〕陳鉢：別署鑄錯生，蕭山（今屬浙江）人。光緒二十四年（一八九八），有《贈名優周鳳林》詩，載《趣報》是年七月初八第五七號。

〔一二〕惜秋女史：姓名、籍里、生平均未詳。

風洞山（吳梅）

吳梅（一八八四—一九三九），字瞿安，又字靈鳷，號靈厓，晚號霜厓，別署呆道人、癯庵、逋飛、厓叟等，長洲（今江蘇蘇州）人。清諸生。光緒二十九年（一九〇三），赴上海東文學社學日文。三十一年，任東吳大學堂教習。宣統二年（一九一〇）後，先後執教於蘇州存古學堂、北京高等師範、南京第四師範、東南大學、廣州中山大學、上海光華大學、北京大學、南京中央大學、金陵大學等。『七七』事變後，輾轉於湘潭、桂林、昆明等地。民國二十八年（一九三九），病卒於雲南大姚。致力於詞曲研究與創作。輯錄《奢摩他室曲叢》初、二集，選注《曲選》。著有《霜厓詩錄》、《霜厓文錄》、《霜厓詞錄》、《顧曲麈談》、《詞餘講義》（一名《曲學通論》）、《中國戲曲概論》、《元劇研究ABC》、《詞學通論》、《遼金元文學史》、《奢摩他室曲話》、《奢摩他室曲旨》、《霜厓曲話》、《南北詞簡譜》、《蠡言》、《瞿安筆記》等。撰雜劇《軒亭秋》、《煖香樓》（後易名《湘真閣》）、《落茵記》（後易名《落溷記》）、《雙淚碑》、《無價寶》、《惆悵爨》等，傳奇《血花霏》（又作《萇弘血》）、《風洞山》、《東海記》、《鏡因記》、《義士記》（又名《西臺慟哭》）等，改編傳奇《綠窗怨記》等。參見盧前《吳霜厓先生年譜》（民國二十八年石印本《南北詞簡譜》卷前）、王衛民《吳梅年譜》（一九八三年中國戲劇出版社排印本《吳梅戲曲論文集》附錄）和《吳梅評傳》（河北教育出版社，二〇〇二）、苗懷明《吳梅評傳》（南京大學出版社，二〇一二）。

《風洞山》傳奇，《古典戲曲存目彙考》著錄，現存光緒三十二年丙午（一九〇六）四月上海小說林總編輯所排印本、民國二十五年（一九三六）上海文盛堂書局排印本、民國二十七年（一九三八）上海風雨書屋排印本、舊鈔本（李一平原藏，今歸中國國家圖書館）等。

《風洞山》自序

吳　梅

敍曰：思宗殉國，王業偏安。東南人士，痛雪國仇。竭忠盡智，碎骨捐軀。閣部而外，莫如臨桂。新亭涕淚，故國河山。慷慨誓師，從容盡節。成仁取義，君子韙焉。秋齋寥寂，舊雨不來。摭拾遺事，衍爲院本。以廁藝林，瞠乎後矣。紺珠、茀懷，子虛烏有。憂傷憔悴，至是而極。庚子山云：『惟以悲哀爲主。』嗟乎！嗟乎！橋山弓劍，古雒衣冠。荒土一抔，夕陽千古。興亡離合，余亦不知其所以然也。風雨如晦，倏焉寡歡。略書鄙懷，長歌當哭。

乙巳秋八月〔一〕，呆道人題於奢摩陀室。

【箋】

〔一〕乙巳：光緒三十一年（一九〇五）。

風洞山傳奇例言

吴　梅

是編事實，見瞿錫元所著《庚寅始安事略》。錫元爲式耜後人，所言當有可信。余通本篇目，悉據此以爲排次。

是編原始，爲汾陽王薇伯所促成〔一〕，曾刊某報〔二〕。後以排場近熟，乃改定此本。凡費十二月之久，始得蕆事，可謂樂此不疲焉。

洪昉思敍《長生殿》云：『近人動作情詞贈答，數見不鮮，余故力爲更之。』拙作亦取此義，凡有礙風化，及前人所已發者，概從刪略。

九宮舊譜，音律雖精，而字句鄙俚，不堪卒讀。學者按譜填詞，此種文字容易攔入筆端。余力避其艱澀粗鄙處，一以雅正出之，故通本詞意瀏亮，無拗①折嗓子之誚。後有作者，可以爲法。

此本脱稿後，劉子子庚曾爲我點板〔三〕，黄子慕庵曾爲我評文〔四〕，翻新出奇，多有余意所未逮者，什襲藏之，以爲一時佳話。

舊本傳奇中之引子，幾於每齣皆有，幽豔如玉茗，亦有此病。不知此種引子，最無道理，既不起板，亦不足動聽，故葉譜盡去引子，良有以也。余填此詞，引子可省者省之，不可省者仍之，或以詩詞代之，面目一新，頗覺可喜。

少時與潘子養純承庠〔五〕，論詞曲甚契。養純謂：『嫻於音律，艱於文字；嫻於文字，艱於音律。』余曰：『然則玉茗、晁公、伯龍、云②亭、昉思，又何説之辭？』自是以後，所論各異。今作此本，窮日之力，僅得二三牌，而至艱難之處，如【雁魚錦】、【香柳娘】、【巫③山十二峯】、【九迴腸】、【字字錦】諸闋，往往以一字一音，至午夜而仍未妥者。乃思養純之言不置焉。嗚呼！泉路茫茫，誰待我范巨卿乎？

本朝詞曲，可謂大備。顧如趙、蔣諸公，曾不一思瞿起，由此亦詞場一恨事。豈當時有所忌諱，故不敢出之歟？而如史可法，則又現諸優孟之間，且入内廷也，此又何説之辭？至嘉、道間，瞿菊亭譜有《鶴歸來》一劇，可謂爲舉世所不爲矣。然此君宗旨，以填詞當立傳，昭示子孫，故通本家事咸備，反不足以襯忠④宣之忠蓋。余所尤不喜者，其開場結尾處，以自己登場，以賜謚結穴，我不知何所用心，而爲此狡獪技倆也，適成爲俗籟而已。此作力更其弊，煞費苦心。至文字之純疵，此在讀者之何如，揚之可使在天，抑之可使入地，爲龍爲蛇，吾不知其變化矣。《桃花扇》行世後，顧天石爲之删改；《長生殿》行世後，吴舒鳧爲之删改，率皆流譽詞林，傳爲美事。顧此本行世，雅不欲人之塗抹我文字，大雅君子，恕我狂也。

呆道人識。

【校】

①拗，底本作「吹」，據文義改。

②云，底本作「雲」，據人名改。

③巫，底本作「王」，據文義改。

④「忠」字後，底本衍一「忠」字，據文義删。

【箋】

〔一〕王薇伯：即王蔭藩（一八七九—？），字薇伯，一作微白，又作威伯，别署汾陽飛俠，汾陽（今屬山西）人。王敬銘（一八六四前—一九一五前）子。光緒三十年（一九〇四），留學日本大阪高等工業學校。次年，加入同盟會，爲山西分會主盟人。曾任東京華商古今圖書局撰述。辛亥（一九一一）後，先後於上海、北京創辦《民强報》、《日知報》，反對袁世凱稱帝。著有《粤遊百篇吟存稿》等。參見閆潤德《山西辛亥人物傳》（三晉出版社，二〇一一）。

〔二〕曾刊某報：《風洞山》首折，刊載於光緒二十九年十二月十五日（一九〇四年一月三一日）《中國白話報》第四期；第一折，刊載於次年一月十五日（一九〇四年三月一日）該報第六期。同年三月十日（一九〇四年四月二五日），《廣益叢報》第三十四期亦發表首折部分文字。

〔三〕劉子庚：即劉毓盤（一八六七—一九二八），字子庚，號椒禽，江山（今屬浙江）人。劉履芬（一八二七—一八七九）子。光緒二十三年（一八九七）拔貢，官陝西雲陽知縣。民國間，任教嘉興中學。後移居杭州，任教浙江第一師範。民國九年（一九二〇），應聘北京大學教授。著有《詞史》、《中國文學史略》、《唐五代宋遼金詞輯》、《詩心雕龍》、《詞學斠注》、《詞略》、《詞話》、《濯絳宧詞》、《椒禽詞》等。參見陳陽鳴《晚清民國詞人劉毓盤年譜簡編》（《泰山學院學報》二〇一六年第五期）、胡永啓《劉毓盤年譜（上）》（《詞學》第三七輯，華東師範大學出版社，二〇一七）、胡永啓《劉毓盤年譜（下）》（《詞學》第三八輯，華東師範大學出版社，二〇一八）。

〔四〕黃子慕庵：即黃人（一八六六—一九一三），原名振元，亦作震元，乳名安寶，字慕韓，慕庵，穆庵，中年更名黃人，字摩西，別署江左儒俠、野蠻、蠻、夢闇、夢庵、慕雲等，昭文（今屬江蘇常熟）人。光緒十六年（一八九〇）廩膳生。二十七年，受聘爲蘇州東吴大學總教習。三十年，在上海與徐念慈（一八七五—一九〇八）等創辦小說林書社。三十三年，創辦《小說林》月刊。三十五年，入南社。學問淵博，通曉經史、詩文、方技、音樂。編纂《國朝文彙》、《普通百科新大詞典》等。著有《中國哲學史》、《中國文學史》、《聞聲對影稿》、《蠻語摭殘》、《石陶梨烟室詩稿》、《摩西詞》、《小說小話》等。撰雜劇《紅勒帛》、《雁來紅》、《紫雲迴》三種，均佚。二〇〇一年上海文藝出版社出版江慶柏、曹培根編《黃人集》。傳見金天羽《天放樓續文言》卷四《蘇州五奇人傳·黃人傳》（《民國人物碑傳集》）、金鶴沖《暗涇文鈔·黃慕庵家傳》等。參見王永健《『蘇州奇人』黃摩西評傳》（蘇州大學出版社，二〇〇〇）、黃鈞達《黃人年譜》（朱棟霖、范培松主編《中國雅俗文學研究》第二—三合輯，上海三聯書店，二〇〇八）。

〔五〕潘子養純：即潘承庠（一八七九—一九〇一），字養純，一作養臣，滎陽（今屬河南）人。吳梅塾師潘霞客（？—一九〇一）子。諸生，屢應鄉試不第，抑鬱以卒。

風洞山傳奇題詞

竹泉生　等

自題八絕句(一)

唾月堆烟淚不波,青衫情味奈愁何。橫磨劍與坤靈扇,恨事人間爾許多。

一樹冬青吊國殤,牛車泥馬指南方。漢官遺①制無人識,窄袖蠻靴時世裝。

枉說嫖姚②大將臺,昆明浩劫早成灰。沙蟲猿鶴啼秋月,可有鵑魂入夢來?

戎馬河山戰一枰,哀絲豪竹不成聲③。上書④未見庚申帝,苦費當時轉六更。

一片降帆事可哀⑤,中原誰築蟄龍臺?西曹鑄就飛霜獄,十二金牛挽不來。

井水湯湯⑥咽古愁,紅牙且自按《梁州》。秣陵山色珠江月,不抵厓山一葉舟。

建安詞筆荒唐甚,值得遺民帶淚看。野史亭中秋草沒⑦,桂林雲氣勝臨安。

十載塡詞苦耐貧,說龍諸虎亦⑧前因。文章莫向西風哭,可道知音尚有人。

雨夜開編鼻準酸,桂林山色⑨逼人寒。漢官儀制歸優孟,日醉梨園未忍看。

一編青史四千年,多少興亡在眼前。水閣鶴巖何處是?只餘絲竹泣荒烟。

莫說前朝莫浪愁,養花時節且登樓。開筵坐⑩顧周郎曲,更遣吳姬點酒籌。瀨上竹泉生惠題(二)

一滴眞元血。是天公、撑持世界,作成豪傑。猿鶴沙蟲秋草化,了卻中原半壁。生不幸、謀人家國。欲乞黄冠歸里去，聽桃花扇底孤鶯泣。偏獨抱，女兒節。將軍別有肝腸鐵。儘昏昏、終朝醉夢，玉堦金穴。一木焉能支大廈，方寸靈光照澈。都付與、昆明殘劫。遍地皆非乾淨土，莽青山、抵苦收遺骨。休更向，老僧說。（【金縷曲】） 江山噙椒惠題〔三〕

夜鵑啼，野馬死。故國淒涼如此。興亡夢，比那日臨安，可還相似？夕陽紅，戰血紫。嘆息南中人士。重回首，奈悵望行宮，亂山千里。廢堡殘城，是舊日、朱家戰壘。土花零落，塞草荒寒，尚有暗風起。金粉凋殘矣。王氣全消，幽恨未已。倘秋魂、控鶴歸來，風洞山色暮靄裏。（【秋宵吟】） 長洲癡石〔四〕

江山半壁，嘆孤臣辛苦。碧血丹心照千古。算冬青一樹，了卻南朝，難禁得、流涕甘陵舊部。故鄉歸路遠，紅袖青衫，一樣飄零怨遲暮。且莫說興亡，倘說興亡，定惹起、閒愁無數。怕劫運黄楊驀重來，又滿地烽烟，亂山鼙鼓。（【歌洞仙】） 青溪慧珠〔五〕

帝子花消歇。莽南天、蠻烟春瘴，杜鵑淒絕。從古流離家國事，偏惹鸞吪鳳泣。只難望⑪、將軍死賊⑫。漢臘存亡天一角，數降王、譜系羞從逆。還奪我，女兒節。忠魂碧漢旌旛立。猛回頭、殘山拱木，血花凝碧。種界靈魂兒女共，埋玉埋名可惜。廝守著、茅庵半壁。後死餘生丁未日，一蒲團、了卻氤氳牒。亡國恨，永難滅。（【金縷曲】） 吳江松岑〔六〕

紅冷桃花血。撥檀槽、重歌軼事，是何雄傑？鳳泊鸞飄侯⑬門女，甘學枯禪面壁。還慘過、孤臣辭國。烽火燒殘鴛鴦牒，勝千山、杜宇三更泣。巾幗操，愧麾節。鏌鋣獨躍龍文鐵。儘輪它、倡隨師弟，魚腸同穴。宗社已墟家安在，兒女情緣悟澈。算共轉⑭、光音⑮初劫。剩水殘山重

黄粱⑯，問他年、誰拾降王骨？嘆天道，總難説。（【金縷曲】和喻椒均）昭文摩西〔七〕

神州沈矣，問天公何苦。做盡傷心⑰賺今古。剩青山一片，收拾英魂⑱，算配得、江左梅花閣部。瘴江風浪惡，慘緑愁紅，欲采芙蓉已秋暮。破碎舊山河⑲，青骨紅顔，總付與、無憑⑳氣數。正此際㉑、重看劫灰燃，有壯士耰鋤，美人桴鼓。（近日粤西之變，女酋黄九姑等甚勇鷙。）（【洞仙歌】和慧珠均）〔八〕　昭文摩西

（以上均清光緒三十二年四月上海小説林總編譯所排印本《風洞山傳奇》卷首）

【校】

①遺，舊鈔本作「儀」。
②嫖姚，舊鈔本作「中興」。
③成聲，舊鈔本作「平鳴」。
④書，舊鈔本作「都」。
⑤一片降帆事可哀，舊鈔本作「故國山川話劫灰」。
⑥湯湯，舊鈔本作「蕩蕩」。
⑦沒，舊鈔本作「滿」。
⑧亦，舊鈔本作「感」。
⑨色，舊鈔本作「水」。
⑩坐，舊鈔本作「好」。
⑪難望，舊鈔本作「望得」。

⑫賊，舊鈔本作『節』。
⑬俟，舊鈔本作『伶』。
⑭共轉，舊鈔本作『廿載』。
⑮音，舊鈔本作『陰』。
⑯重黄粱，舊鈔本作『玄黄染』。
⑰傷心，舊鈔本作『興亡』。
⑱魂，舊鈔本作『雄』。
⑲山河，舊鈔本作『河山』。
⑳無憑，舊鈔本作『蒼茫』。
㉑際，舊鈔本作『日』。

【箋】

〔一〕此八絕句，舊鈔本分爲兩組。一組題《七絕四首》，包括『建安詞筆荒唐甚』、『一樹冬青吊國殤』、『枉說中興大將臺』、『戎馬河山戰一枰』四首，末署『呆道人自題』；一組題《風洞山脫稿後諸同人各以新著投贈賦詩四首》，包括『唾月堆烟淚不波』、『故國山川話劫灰』、『井水蕩蕩咽古愁』、『十載塡詞苦耐貧』四首，末署『呆道人』。

〔二〕竹泉生：瀨上（今安徽郎溪）人，姓名、生平均未詳。

〔三〕江山噙椒：即劉毓盤（一八六七—一九二八），號椒禽，江山（今屬浙江）人。

〔四〕長洲癡石：長洲（今江蘇蘇州）人。或即華諟，字子敬，號癡石，別署桃花夢中僧，室名一葉秋庵，仁和（今浙江杭州）人。陳栩（原名壽嵩，字栩園，號蝶仙，別署天虛我生，一八七九—一九四〇）友。著有《詅癡符》、

《浣花石詩》、《敝裘詞》、《一葉秋庵曲稿》等。

〔五〕青溪慧珠：姓名、籍里、生平均未詳。或卽青浦（今屬上海）陸士諤（一八七八—一九四四）妻李友琴（一八八一—一九一五），曾撰《最近女界現形記》（新新小説社，一九〇九—一九一〇）、《新金瓶梅》（新新小説社，一九一〇）等，並爲陸氏《最新女界祕密史》、《新上海》、《新孽海花》、《新野叟曝言》、《新水滸》等作序撰評。參見田若虹《陸士諤年譜》（《明清小説研究》二〇〇二年第三期）、《陸士諤研究》（岳麓書社，二〇〇二）。

〔六〕吳江松岑：卽金天翮（一八七三—一九四七），初名楙基，又名天羽，字松岑、和岑、松琴，號鶴望，別署鶴舫、天放樓主人，筆名金一、麒麟、愛自由者等，吳江（今屬江蘇）人。清光緒十六年（一八九〇）諸生。二十四年，入南菁書院肄業。於吳江創辦自治學社、明華女校等。後赴上海，入興中會。民國後，選爲江蘇省議員，歷任吳江教育局長、江南水利局長等。二十八年，任上海光華大學教授。卒後，門人私謚『貞獻』。好《易》學、史學，工詩文。編纂《皖志列傳稿》、《元史紀事本末補》等。著有《天放樓文言》、《天放樓詩集》、《鶴舫中年政論》等。撰小説《女界鐘》、《孽海花》（前六回）等。傳見金元憲《伯兄貞獻先生行狀》（《民國人物碑傳集》卷一〇）、李猷《傳》（《廣清碑傳集》卷二〇等。參見劉紹唐主編《民國人物小傳》第九冊《金天翮傳》（三聯書店，二〇一五）。

〔七〕昭文摩西：卽黃人（一八六六—一九一三），字摩西。

〔八〕此詞又見《南社叢刻》第七集，小注作：『前年粵西建義，女將黃九姑等甚勇鷙。』（江蘇廣陵古籍刻印社，一九九六，頁一二九六）

風洞山跋

闕　名

傳奇滿二十齣者，必有首尾二折。首折必用副末出場，南曲則用【蝶戀花】、【滿庭芳】，或用

【滿江紅】；北曲則用仙呂調【賞花時】，或用正宫調【端正好】，此常例也。然而人云亦云，未免生厭。作者用副末而填雙調【新水令】全套，將全部事迹縷析條分，又假諸夢寐之中，出《風洞山》本書，離奇變化，脱盡尋常蹊徑，是爲奇文。

（阿英《晚清文學叢鈔・傳奇雜劇卷》據光緒二十九年《中國白話報》第四期排印《風洞山傳奇》首折《先導》文末，頁一〇七）

煖香樓（吴梅）

《煖香樓》雜劇，《清代雜劇全目》著録，現存光緒三十三年（一九〇七）《小説林》月刊第一期排印本，光緒三十二年（一九〇六）序蘇州登臨路藝林齋刻本（題《奢摩他室第二種曲》），日本東京大學圖書館雙紅堂文庫藏），宣統二年（一九一〇）刻長洲吴氏編《奢摩他室曲叢》第一集本。後易名《湘眞閣》，《清代雜劇全目》著録，現存民國十六年（一九二七）石印本，民國十九年（一九三〇）刊《戲劇月刊》第一卷第四期排印本，均附工尺譜；又有民國二十一年（一九三二）刻《霜厓三劇》及《霜厓三劇歌譜》本（《傅惜華藏古典戲曲珍本叢刊》第一一五册據以影印）。

燬香樓樂府題詞〔一〕

吴　梅

歲丙午鄉居〔二〕，杜門不出，雜取各家筆記讀之。高君梓仲命作新樂府〔三〕，余曰：『傳奇者，以奇事可傳者也。事不奇非惟不傳，亦可不作。』梓仲乃取《板橋雜記》中姜如須事爲請。布局措詞，一日而畢，題曰《燬香樓》①，蓋即李十娘所居也。

嗚呼！勝國末年，秦淮歌舞，甲於天下，不可謂不盛矣。乃江上師潰，喋血廣陵，而金陵舊院，鞠爲茂草。南朝士夫，爭以崖岸相高，究於天下事何補也？夫溺聲色而談氣節，君子羞之，乃②北里遺音③，反④多南朝野史，此邦人士，不其恧而？然則青溪一水，正足爲故家興廢之由。況蕩子狎客，又皆爲文人學士之所寄迹，不得已乃托諸兒女以自晦耶？果爾，則《燬香樓》之作，非獨寄豔情，亦且狀故國喪亂之態⑤，雖謂之逸史可也。

古人云：『不患才少，特患才多。』余自甲辰以來〔四〕，頹唐抑鬱，江郎才盡矣。今以兒女之事，乃⑥復盜我筆墨，馮婦下車，劉伶賭酒，豈故朝遺事，大足以醫我嬾耶？然而寄託如斯，亦足自傷。或者謂：『天不爲人之惡寒而輟其冬，人亦不爲窮困而劫其才。吾輩生於斯世，正賴絲竹陶寫。步兵隱於酒，祕演隱於浮屠，湯若士亦謂「其次致曲」。而子反以爲憂，夫子猶有蓬之心夫？』嗟乎！人世之事，猶桴鼓也，擊之則聲，勿擊則平。余不知何所感慨，而爲此言情之書也，抑亦有託而然也？以質梓仲，梓仲曰：『然。』爲序之如此。

長洲吳梅。

【校】

①煖香樓，《霜厓三劇》本作『湘眞閣』。下同。
②乃，《霜厓三劇》本作『顧』。
③音，《霜厓三劇》本作『聞』。
④反，《霜厓三劇》本作『較』。
⑤態，《霜厓三劇》本作『狀』。
⑥乃，《霜厓三劇》本作『輒』。

【箋】

〔一〕《霜厓三劇》本題《湘眞閣自序》。
〔二〕丙午：光緒三十二年（一九〇六）。
〔三〕高君梓仲：即高祖同，字梓仲，元和（今江蘇蘇州）人。
〔四〕甲辰：光緒三十年（一九〇四）。

煖香樓樂府題詞〔一〕

高祖同

余之得交於吳君癯盦有年矣。癯盦年少倜儻，喜讀書，於書無所不覽。工於詩，溺於文，倚馬千言，洋洋若陸海潘江也。而平生所嗜者，尤以歌曲爲最。瀏覽元明諸家之作，而獨瓣香於臨川湯先生，故於玉茗《四夢》，實能登其堂而嚌其胾矣。

歲甲辰，著第一種曲，曰《風洞山》，以悲哀爲主。歲丙午，又著第二種曲，曰《煖香樓》①，以冶豔爲主。煖香樓者，名妓李十娘之所居也，爲姜如須事，載在《板橋雜記》中，非如子虛烏有之妄託而已。

夫明季以來，世丁末造，而秦淮金粉，尤盛於往時。故學士文人，纏頭爭擲，豈眞借溫柔鄉以終老耶？抑亦大丈夫不得已之所爲也？《煖香樓》之作，蓋悲其才，哀其遇，而獨豔其情。情之所鍾，兒女爲甚。語曰：『英雄氣短，兒女情長。』其明季諸子之謂乎？且嬉笑怒罵，變幻百出，極其所至，雖盜跖之所爲，亦有所不避者，殆以愧夫當世士大夫歟？以彼攀附權門，薰天之勢，竊恐亦盜跖之不若，而隱以慨長安棋局之不可問耶，抑別有所指歟？然而癯盦氣雄萬夫，區區詞曲，何足以盡其才。淳于髡之滑稽，東方朔之嫚罵，顧愷之之癡絕，阮嗣宗之狂傲②，合四子之所爲，而癯盦可見矣。後之讀者，當晝然流涕，而慨想其爲人。

元和高祖同。

【校】

①煖香樓，《霜厓三劇》本作『湘眞閣』。下同。

②『東方朔之嫚罵』三句，《霜厓三劇》本作『宋大夫之好色，陶淵明之嗜飲，阮嗣宗之玩世』。

【箋】

〔一〕《霜厓三劇》本題《湘眞閣序》。

（燰香樓樂府）題詞

朱錫梁 等

舊院柳荒長板橋，秦淮嗚咽雜笙簫。開元、天寶都陳迹，冶夢春懷寄翠翹。

曲譜湘眞李十娘，燰香樓①上太郎當。憑君細數雙紅豆，回首鍾山已夕陽。朱錫梁②〔一〕

【八聲甘州】佐秦淮韻冶幻虹雙，鶼雲攬鴛衾。笑文章廉盜，烟花貞色，疑寇疑淫。錯累嬌眞裂膽，喚醒女蘿陰。聊狎紅粱飲，杯綠盈斟。青史明窗偷詠，算粉樓戲劫，濁運將侵。護靈均香草，心識戀芳深。是中人、存亡皆徇，恨半天離碧隱嵢岑。憑君手記銷魂事，冤海鉤沉。沈修③

【前調】怪隔江猶唱《後庭花》，飄零客悲秋。話南朝鉤黨，烏衣香第，金粉荒丘。誰譜《春燈》、《燕子》，斜月十三樓。終古青谿水，嗚咽東流。我亦過江詞客，寫故裙白練，鄉冷溫柔。嘆尊前人老，無夢繞西洲。認長淮、秦鬟妝鏡，怕五湖漁笛換扁舟。殘鵑淚賭籠紗句，紅燭題愁。張采田④〔二〕

一曲《春燈》、《燕子箋》，江山如夢化秋烟。板橋衰柳青溪雨，留與詞人妙筆傳。

回首秦淮易夕陽，紅牙按拍淚霑裳。《桃花扇》後新詞出，不使香君獨擅場。

頓楊舊院自風流，潮落空江鸜鵒愁。試向氍毹翻笛譜，依然璧月照瓊樓。

南都往事偶重論，寫到風懷總斷魂。三百年來無此筆，而今吳苑有梅村。

江總持兼杜牧之，屯田、玉茗繼塡詞。六朝以後才人語，都作君家五色絲。

梨園雲散但空梁，風雅銷沉事可傷。安得涼宵新曲奏，高燒樺燭聽《霓裳》。鄒福保⑤

（以上均清宣統二年刻《奢摩他室曲叢》第一集所收《煖香樓》卷首）

【校】

①煖香樓，《霜厓三劇》本作「湘眞閣」。

②朱錫梁，《霜厓三劇》本作「吳縣朱錫梁梁任」。

③沈修，《霜厓三劇》本作「長洲沈修綏成」。

④張采田，《霜厓三劇》本作「錢唐張采田孟敏」。

⑤鄒福保，《霜厓三劇》本作「元和鄒福保詠春」。

【箋】

〔一〕朱錫梁（一八七三—一九三二）：字梁任，號君讎、央膏，別署韋君、央廎、央廎居士、央膏居士等，吳縣（今屬江蘇蘇州）人。光緒二十五年（一八九九），赴日本東京弘文學院速成科學習，加入同盟會。宣統元年（一九〇九）入南社。民國間，先後任上海《商務報》、《民國新聞報》、蘇州《正大日報》主任編輯、社長，持志大學、東南大學、蘇州美術專科學校教授。著有《甲骨文釋》、《草書探源》、《詞律補體》等。傳見金天翮《天放樓續文言》卷四《蘇州五奇人傳·朱錫梁傳》（《民國人物碑傳集》）。

〔二〕張采田（一八七四—一九四五）：一名爾田，字孟敏，號遁庵，錢塘（今浙江杭州）人。清光緒間官候補知縣。民國間，參與纂修《清史稿》，先後任交通大學、燕京大學教授。著有《史微》、《玉谿生年譜會箋》、《遁庵文集》、《遁庵樂府》等。

觀演湘眞閣次梅溪韻

張茂炯 等

【壽樓春】尋南朝餘芳。認朱樓翠戶，低掩文窗。是處魂消桃渡，夢迷巫陽。偎倩影，縈纖腸。甚妒花春風顛狂。笑繫馬情癡，鶯鶯計巧，都爲醉來妝。青溪逝，紅橋長。盡云亭按律，圓海裁腔。但賸湖山淒麗，管絃悲傷。金粉澤，溫柔鄉。付曲詞今逢周郎。映猩色氍毹，濃歡未忘，羅綺香。元和張茂炯仲清〔一〕

【前調】過臺城探芳。更調脂弄粉，深掩文窗。只賸吹簫涼韻，墜鞭斜陽。施健手，迴柔腸。撼夢醒風狂人狂。甚露板輕傳，雲笙細語，依樣試啼妝。春池皺，秋江長。有西崑麗格，南部新腔。況又丁簾鶯老，午朝鵑傷。金馬客，華胥鄉。誤約他重來劉郎。算憐惜光陰，風懷便忘，魂返香。叔曾源伯淵〔二〕

（《傅惜華藏古典戲曲珍本叢刊》第一一五册影印民國二十一年刻《霜厓三劇》所收《湘眞閣》卷首）

【箋】

〔一〕張茂炯：字仲清，元和（今江蘇蘇州）人。光緒十三年丁亥（一八八七）進士，官度支部主事。五十歲以後，杜門無事，始刻意爲詞，著有《艮廬詞》。

〔二〕吳曾源（一八七〇—一九三四）：字守經，號伯淵，又號九珠，長洲（今屬江蘇蘇州）人。吳梅叔父。清光緒二十三年丁酉(一八九七)舉人,官内閣中書。民國間入詞社六一消夏社。編《全清詩鈔》。著有《井眉軒長短句》等。傳見《清代硃卷集成》卷一九七光緒丁酉科硃卷履歷。

落茵記(吴梅)

《落茵記》雜劇,一名《落溷記》,《古典戲曲存目彙考》著録,初載民國二年(一九一三)四月《小説月報》第四卷第一號(題《落茵記雜劇》,注『奢摩他室第三種曲』),又有民國五年(一九一六)張氏敬蒼水館校刻本(題《落溷記》,《傅惜華藏古典戲曲珍本叢刊》第一一五册據以影印)。

落茵記題記〔一〕

吴　梅

吾草此劇,吾重有所喟焉。方今女權淪溺,有識者議張大之,是矣。顧植基不固,往往脱羈叓駕,而身陷於邪慝。愚者又從爲之辭曰:『不得已①也。』嗚呼!守身未定,他何足道。一失千古,誰其恕之?北風怒號,瑟縮如蝟。起視燈影,照我如墨。依譜成詞,貢諸大雅。

辛亥季冬〔二〕,吴梅志於矑庵。

吾詞不敢較玉茗,而差勝之者有故也,玉茗不能度曲,余薄能之。春鳥秋蟲,雖有高下,至滯齒捩嗓之音,自知可免焉。江樓淒寂,獨絃不張。偶出酬接,交相怪詈,故祕諸篋中耳。飄茵、落溷，爲名花解惜者，有幾人哉？

壬子十月〔三〕，吴梅又記。

（民國二年四月《小說月報》第四卷第一號《落茵記雜劇》卷首）

【校】

①已，底本作『意』，據《傳惜華藏古典戲曲珍本叢刊》第一一五冊影印民國五年（一九一六）張氏敬蒼水館校刻本《落溷記雜劇》改。

【箋】

〔一〕底本無題名。

〔二〕辛亥：宣統三年（一九一一）。

〔三〕壬子：民國元年（一九一二）。

落溷記評〔一〕

栽　芝〔二〕

辛亥季冬，老瞿以此劇見示，爲之細加評語。老瞿飲我酒，遂大醉不可支。蓋自藏園、倚晴而後，百年來無此樂矣。

栽芝漫題。

（《傳惜華藏古典戲曲珍本叢刊》第一一五冊影印民

國五年張氏敬蒼水館校刻本《落溷記雜劇》卷末）

【箋】

〔一〕底本無題名。

〔二〕栽芝：姓張，籍里、生平均未詳。

附 落溷記跋〔一〕

張士櫟〔二〕

臞安《落溷記雜劇》，專用本色語，無明人赤水、昌朝餖飣之習。且其旨意正大，足以鍼世俗之膏肓。余最喜誦之，即置玉茗、百子間亦足鼎立，彼趙、蔣輩不妨平視之也。先曾刊於海上，流傳未廣。余因爲之重梓，行款大小，悉依《奢摩他室曲叢》之式。昌黎云：『可憐無益費精神。』余與臞安，當相視而笑矣。雖然哀樂中年，正賴絲竹陶寫，舉世懵懂，我輩逍遙，何必如桓子野聞歌輒喚奈何耶？

丙辰三月〔三〕，同里亦安張士櫟校畢並識。

（同上《落溷記雜劇》卷首）

【箋】

〔一〕底本無題名。

〔二〕張士櫟：號亦安，室名敬蒼水館，長洲（今江蘇蘇州）人。生平未詳。

〔三〕丙辰：民國五年（一九一六）。

附　落茵記跋〔一〕

香　雪〔二〕

辛亥季冬，老瞿以此劇見示，爲之點板，並倩九組歌之。予益喜，遂大醉不可支。蓋自藏園、倚晴而後，百年來無此樂矣。

香雪漫題。

【箋】

〔一〕底本無題名。

〔二〕香雪：姓名、籍里、生平均未詳。

附　落茵記題詞〔一〕

惲樹珏〔二〕

文從字順思無邪，差勝臨川洵不夸。錦繡文章名教語，荊釵貧賤勝如花。

不堪回首已飄茵，兩字傷心是失身。終竟自由産歐土，逾淮逾泗橘非眞。

歐、亞禮化既殊，風尚亦異。一夫多妻，彼邦所謂干紀犯法，不齒社會者，吾國以爲富貴之標幟。語以一夫一妻之制，其賢者引『不孝無後』之言以自辨獲，不肖者直悍然曰：『寡人好色，汝窮酸，擁黃臉婆娘，出於無奈耳。』吾入世二十年來，默察社會心理，鮮不如此，以言婚姻自由，宜其圓①鑿方枘。而今日開通，女子大有人盡可夫之雅，此又其反動力，難以理喻者矣。讀《落茵記》一過，爲之憮然，率題兩絕，並書所見。佛頭著糞之誚，所不計也。

鐵樵。

（以上均民國二年四月《小說月報》第四卷第一號《落茵記雜劇》卷末）

【校】

①圓，底本作『園』，據文義改。

【箋】

〔一〕底本無題名。

〔二〕惲樹珏（一八七八—一九三五）：字鐵樵，號藥庵，別署冷風、焦木、黃山等，武進（今江蘇常州）人。諸生。清光緒二十九年（一九〇三），入上海南洋公學。畢業後，在長沙、上海任教。辛亥（一九一一）後，任商務印書館編譯，《小說月報》主編。以翻譯西洋小說著稱。中年棄文從醫，創辦鐵樵函授中醫學校、鐵樵函授醫學事務所，著有《羣經見智錄》、《傷寒論研究》、《溫病明理》、《金匱方論》、《藥庵醫案》等，統名《藥庵醫學叢書》。參見李矢禾《歷代名醫傳略》（黑龍江科技出版社，一九八五）。

雙淚碑（吳梅）

《雙淚碑》雜劇，始撰於宣統三年（一九一一）秋，續成於民國二年（一九一三）冬，載民國五年

《小説月報》第七卷第四號、第五號。

附 雙淚碑傳奇自序

吴 梅

余讀明人院本，輒作數日惡。托興閨襜，寄情蘭芍，美談極於利祿，麗藻等諸桑濮，托體不尊，其蔽一也。搜神志怪，幽眇無稽，長陵宛若，竟司赤繩，茶陵耆老，乃主東嶽，導揚巫風，其蔽二也。南曲之工，莫如永嘉，而隸事協韻，時有乖舛。下逮臨川、松陵，各有獨擅。顧尋瘢索綻，論者牛毛，甚者且目爲野狐，悠悠之口，誰其雪之？

辛亥之秋〔一〕，偶讀秋心子《雙淚碑》，心竊喜之，以爲事奇而情合乎正，爲之塡詞，尋又輟業。而一時好事者，爭相傳唱，旗亭賭勝，不讓『黄河白雲』焉。今歲冬仲〔二〕，索居寡歡，漫續成之。既竭吾才，未知較明人何若？三風十愆，庶幾可免，而野狐之誚，聽之而已。

嘗謂飲食男女，出於至性，乃飲食可薄，而男女之際，獨纏綿固結而不自止。王生之過，雖不可逭，而我國昏禮，可議者正多。黄土一抔，迦陵並命，讀者兩恕之可也。

癸丑仲冬，長洲吴梅書於臞庵。

（民國五年《小説月報》第七卷第四號排印本《雙淚碑傳奇》卷首）

【箋】

〔一〕辛亥：宣統三年（一九一一）。

〔二〕今歲：民國二年（一九一三）。

附（雙淚碑傳奇）序

任光濟〔一〕

自家庭，而族黨，而社會，而極之四海内外，倫類至賾至繁，皆造端乎夫婦。夫婦之道得，乾坤以定，陰陽以序。《詩》三百篇，托始於《關雎》，王道本乎人情，一歸於正而已。洎乎叔季，禮崩樂壞，大道決防，野田蔓草之詠，桑中濮上之謳，君子憂之。何者？士女之苟合，足以證風運之污也。是故先王之定爲昏制也，納采而後問名，問名而後納吉，納吉而後納徵，納徵而後請期，請期而後親迎。非故爲是縟節，事誠有不容不慎且重者。若夫不待父母之命，媒妁之言，男女以意相授，而曰『予亦已有室家』，此其道在獉狉之民，儷皮未用之前，吾國固嘗有之，又何必詫爲夷狄之風哉？

長洲吴子瞿安，才氣卓犖。好讀書，於百氏多所瀏覽，而尤工詞學。以近所譜《雙淚碑傳奇》見示，且曰：『王生以一念之誤，幾爲名教罪人，幸而所遇賢也。不幸而不賢，生雖愧悔無益，其何以處之？』又曰：『婦人能捐軀以全所眷顧之人，不使陷於不義，其用心之苦，有什佰倍於孤嫠守節者。是宜寵之以聲，以惕薄俗也。』

余受而讀之，其情實悉如君言。而文章之勝，格韻之高，又自有獨到之處。昔臨川湯若士，謂『予意所至，不妨拗捩天下人嗓子』。吴江沈寧庵，則謂『寧可讀之不成句，須歌之使協律者』。二公各有所偏如是。今瞿安以若士之筆，協寧庵之律，爲之不懈，其將執牛耳於騷壇也必矣。

余今歲來滬上，與同臥室，夜半輒不寐。瞿安睡方酣，忽開口而歌，泠乎其清，渢渢乎其移人，斷乎續乎，若可聞，若不可聞。然則君之技，其有契於神者乎？余於聲樂之事，未嘗肄習，不敢自附於知音。喜是作有當乎風人之旨，足使少年後進，引以爲戒也，於是乎序。

癸丑十月，宜興任光濟。

（民國五年《小說月報》第七卷第四號排印本《雙淚碑傳奇》卷末）

【箋】

〔一〕任光濟：字澍南，宜興（今屬江蘇）人。民國三、四年間（一九一四—一九一五），曾任上海民立中學教員。

綠窗怨記（吴梅）

《綠窗怨記》傳奇，《古典戲曲存目彙考》著録，云：『稿本。二卷四十九齣，按有短序曾載《南社叢選》中……無刻本流傳。今存稿本，趙景深曾見之。』此稿本未詳藏所。現存民國三年至四年（一九一四—一九一五）《游戲雜志》第十期至第十三期、第十五期至第十八期排印本，共十折，未完。該劇實爲明孟稱舜《嬌紅記》傳奇之改編本，參見王季思《吴瞿安先生〈詩詞戲曲集〉讀後記》（《求索小集》，廣東人民出版社，一九八六）。

附　綠窗怨記序〔一〕

吴　梅

往余所編諸院本，率有所寓托，而言情之作，不多下筆。此其故有二也：一則眷言閨襜，易涉輕褻，卽無法秀之訶，亦恐墮泥犁之劫；一則元明以來，號稱詞家者，往往喜以情詞贈答，數見不鮮，尤難制勝。蔣心餘云：『安得輕提南董筆，替人兒女寫相思？』此之謂也。癸丑之秋〔二〕，蝨處海濱，迫憶舊事，忽忽不樂。友人任澍南光濟，屬爲新樂府，漫走筆成四十折。折成則嗚咽自歌，人嗤爲痼，余不之迕也。中述諸節，極人世所不堪，顧自我言之，既有此事，則不妨有此文；卽無此事，亦不妨有此想。夫人而能鍾情一人，不爲外情所奪，死而無怨，此豈可望於今世之所謂才子佳人哉？彰之以詞，非誨淫也。澍南云：『如卿言，亦復佳。』余笑而頷之。

癸丑冬孟，靈鳷吴梅敍於奢摩他室。

（民國三年《游戲雜志》第十期排印本《綠窗怨記》卷首）

【箋】

〔一〕底本無題名。此文刊發於《南社叢刻》第十四集（一九一五年五月），題《綠窗怨記序》。

〔二〕癸丑：民國二年（一九一三）。

無價寶（吴梅）

《無價寶》雜劇，《清代雜劇全目》著録，載民國六年（一九一七）《小説月報》第八卷第七號、第八號，民國十三年八月《學衡》第三十二期，又有民國二十一年刻《霜厓三劇》及《霜厓三劇歌譜》本（《傅惜華藏古典戲曲珍本叢刊》第一一五册據以影印）。

附　無價寶自敍

吴　梅

乙卯之夏〔一〕，表叔祝君心淵秉綱〔二〕，攜黄蕘翁《玄機詩思圖》屬題，且謂余曰：『詩文雜體，無美不備，君盍譜一散套乎？』余唯唯。塵事雜遝，無暇走筆。丙辰臘月〔三〕，歸自海上，追思宿諾，乃就圖中題詠諸作，排比成套。除夕蕆業，題曰《無價寶》，取魚詩意也。

余觀《三水小牘》，紀緑翹事，陳振孫《書録解題》：『玄機坐妒殺女婢抵死。』且云：『婦女從釋入道，有司不禁，亂禮法、敗風俗之尤者。』意其人悍戾不情，無足費我筆墨。而顧爲之填詞者，蓋爲蕘翁也。翁得此集後，有『千金不易』之語；其自題此圖詩注，又有『魚集以宋刊，獨登《百宋一廛賦》』云云，則珍貴可知矣。夫蕘翁，佞宋者也。余不能佞宋，乃至佞黄，不更荒唐可樂乎？吁！發篋無度歲之貲，填詞作逐貧之賦，措大舉動，殊堪發噱。因呼酒痛飲，浩歌達旦。

丙辰除夕，長洲吳梅。

【箋】

〔一〕乙卯：民國四年（一九一五）。

〔二〕祝秉綱（一八六七—一九四九）：字籌雲，號心淵，一號塞盦，元和（今江蘇蘇州）人。清光緒十二年丙戌（一八八六）府學附生。光緒三十一年（一九〇五），任長、元、吳學務公所議董。宣統二年（一九一〇），任長、元、吳三縣議事會議員，翌年任江西視學。民國間，任蘇州公安局行政科長等職。曾據《永樂大典》手摹《元經世大典地理圖》。

〔三〕丙辰臘月：公元已入一九一七年。

附　無價寶敍

孫德謙〔一〕

《百宋》藏書，博珍奇祕，近今得其篇籍，自經品題者，往往貴越兼金，珍同美玦。斯非所謂『一登龍門，聲價十倍』者乎？然蕘圃先生以精於鑒賞〔二〕，或錄其辯慧，規通德之論；或敍其生平，循編年之史，凡譜系跋語，嗜古之士，類多記述。惟夫墮歡遠尋，愜玩素繪，新聲乍起，流唱紅椒，則未之前聞。

吾友吳君瞿安，特善度曲，論世則備詳始末，校律則細審陰陽。此《無價寶》雜劇，爲《玄機詩思圖》而作。觀其比事屬辭，尋變入律，足使先生當日市希駿骨之求，窺詡豹斑之見，別傳佳話，益播芬流者也。聞先生得魚集後，寫仿此圖，亦既廣徵題記，以志其盛。厥後其子同叔〔三〕，以設果良辰，同苔彥會，又復簪帶聯吟，笙磬互答，一時觴詠之樂，蓋可知矣。瞿安追芳昔娛，捃逸前藻。張袖而舞，玄鶴欲來；應弦而歌，潛魚出聽。所以標松陵之高韻，紀蓮社之勝游。先生若在，必置之學山海居，與詞曲諸家，粲然披覽焉。

顧先生寶愛魚詩，至千金不易者。卒之一經莫守，三篋云亡，流落人間，豈不可嘆！惟其圖妍迹長留，靈光傑峙，獨不隨襄陽月夜，霧滅烟銷。是赤軸永爲家珍，青箱傳其世學，亦後賢護持之力也。瞿安窺枕中之祕，振弦上之音。江夏飆流，志在修禊。與夫依附故實，申舒性靈，緣情而失之綺靡者，焉可同語！

余未覩斯圖，往歲祝君心淵爲余言之，固欲妄炫鄭璞，濫吹齊竽。今瞿安詞成，授簡命序。余雖識愧聽眞，敢辭喤引？嗚呼！話開、天之遺事，白髮生新；溯王、謝於舊時，青衫同濕。俯仰今昔，感慨繫之，蓋不第爲藏家興衰，切情怊悵已也。

丁巳閏二月〔四〕，隘堪孫德謙。

【箋】

〔一〕孫德謙（一八六九—一九三五）：字受之，一作壽芝，號益葊，晚號隘堪，別署隘堪居士，元和（今江蘇蘇州）人。清光緒間諸生。曾任江蘇通志局纂修、浙江通志局纂修、江蘇存古學堂教員。民國間，歷任東吳大學、交通大學、國立政治大學、大夏大學教授。工駢文。著有《太史公書義法》、《漢書藝文志舉例》、《劉向校讎學纂微》、

《諸子要略》、《諸子通考》、《稷山段氏二妙年譜》、《古書讀法略例》、《六朝麗指》、《四益宧駢文稿》等。傳見王蘧常《清故貞士元和孫隘堪先生行狀》（《民國人物碑傳集》）。參見吳丕績《孫隘堪年譜初稿》（民國三十三年南京學海社編印）。

〔二〕蕘圃先生：即黄丕烈（一七六三—一八二五），號蕘圃、蕘翁。

〔三〕其子同叔：即黄壽鳳（一八〇三或一七九一—？），字桐叔，一作同叔，長洲（今江蘇蘇州）人。黄丕烈三子。清道光間諸生。善書法篆刻。著有《書印譜》。傳見《皇清書史》、光緒《蘇州府志》卷八三等。參見《黄蕘圃先生年譜補》、《江蘇藝文志·蘇州卷》。

〔四〕丁巳：民國六年（一九一七）。

附（無價寶）題詞

曹元忠等

浣溪紗·集玄機詩

《唐女郎魚玄機集》，沈先生綺雲刻之，亡友江京卿建霞又刻之，皆南宋臨安府棚北睦親坊陳氏書籍鋪本。凡詩五十首，疑即《直齋書録解題》所著録者也。據《太平廣記》引《三水小牘》云：「其詩有『綺陽春望遠，瑶徽秋興多』，又『殷勤不得語，紅淚一雙流』，又『焚香登玉壇，端簡胡金闕』，又『雲情自鬱爭同夢，仙貌長芳又勝花』，此數聯爲絶矣。又『明月照幽隙，清風開短襟』，此其美者也。」此集皆無之。則陳道人本，亦非復唐時舊觀已。至集中有《情書寄李子安補闕》諸詩，當卽《北夢瑣言》所謂咸通中適李億補闕，後愛衰下山，隸咸宜觀爲女道士是也。『易求無價寶，難得有心郎』之句，恐卽爲是人而發。近瞿安戲取蕘翁得魚集後宋廛觴詠事，譜爲雜劇，授簡徵題。因集氏《玄機詩》得《浣溪紗》三首。深惜原集亡佚太多，掇拾篇章，言不盡意。第世無皇甫枚原刊本，則亦莫可如何。翦燈寫稿，未知視蕘翁所集諸詩何如也？

不料仙郎有別離。鴛鴦一隻失羣飛。江淹橋映暮帆遲。朝露綴花如臉恨，晚風楊柳認娥眉。終期相見月圓時。

卻恐相將不到頭。閒居作賦幾年愁？況當風月滿庭秋。睡覺莫言雲去處，恩情須學水長流。阮郎惟有夢中留。

聞道鄰家夫壻歸。柳絲梅綻鬥芳菲。秦樓幾夜愜心期？河漢期賒空極目，《陽春》歌在換新詞。不堪吟苦寂寥時。吳縣曹元忠君直(一)

韻事爭傳士禮居，盛時絲管記藏書。咸宜一卷臨安本，盡識蕘翁老蠹魚。

襄陽松竹久荒蕪，難得雲礽寶此圖。(《襄陽月夜》、《蝸廬松竹》諸圖，皆流落無存，獨此卷尚存黃氏。)眞是蘇州無價寶，試敲檀板唱烏烏。

我住懸橋東復東，酒壚何處覓黃公？詞山曲海都零落，付與高樓一笛風。(蕘翁藏詞曲處，名『學山海居』，蓋取李中麓『詞山曲海』意也。)崑山王德森嚴士(二)

一闋新歌付舞筵，春風不放柘枝顛。酒酣唱罷梅村曲，回首滄桑淚黯然。

主人佞宋客吳趨，曾寫《玄機詩思圖》。如此詩才如此曲，一春風月占姑蘇。

丁歌甲舞睡崑崙，都是君家淚漬痕。偏爲情場作翻案，香魂不弔弔詩魂。

妙絕文章雜白科，青衫紅袖墨香多。吳儂按拍休訛記，不是弘農得寶歌。

蘼蕪未采斷情苗，我自傷心爲綠翹。此事終嫌殺風景，焚琴煮鶴意無憀。

陶軒宋甲勝麻沙，刻劃無鹽到我家。聞得才人嫁廝養，請君重譜鳳隨鴉。（宋本《魚集》，先藏長沙黄荷汀所，後歸吾友周海珊所，余曾影寫刻之。今爲一紈絝子，以八百番餅購去。） 長沙葉德輝煥彬

集魚集句

紅箋開處見銀鈎，潘兵多情欲白頭。字字朝看輕碧玉，片時已過十經秋。

透幌紗窗惜月沈，瀟湘夢斷罷調琴。春來秋去相思在，一首新詩百度吟。

自嘆多情自足愁，篇篇夜誦在衾裯。珠歸龍窟知誰見，仙籍人間不久留。

恨想無端有了期，《陽春》歌在換新詞。西山日落東山月，柳拂蘭橈花滿枝。 吳縣朱錫梁夬青

千載賢愚論定難，女兒身世太無端。可憐朱泚非堯舜，一例傷心李季蘭。

畫桁摩挲記復翁，傳家緗素感秋蓬。遥知此夜西窗燭，塡罷新辭別樣紅。 淳安邵瑞彭次公(三)

一日三摩愛古香，吳郎亦是有心郎。憑將爨①弄生花筆，白髮蕘翁竟上場。

得寶弘農亦女冠，無情京兆苦摧殘。西堂再譜《鈞天樂》，玄禮蒲鞭莫漫寬。（尤展成《鈞天樂》傳奇，平反馬嵬驛事，陳玄禮蒲鞭三百付泥犁。） 順德羅惇曧癭公(四)

菩薩蠻·集玄機詩

鴛鴦帳下香猶煖。一雙笑靨纔回面。神女已相和。禪心笑綺羅。　清詞歡舊女。駐履聞

鶯語。驚夢復添愁。相將不到頭。

珠歸龍窟知誰見。暫持清句魂猶斷。未起蕙蘭心。清風開短襟。　殷勤重回首。筆硯行隨手。幾度落粱塵。相思又此春。歸安朱祖謀古微〔五〕

【夜飛鵲】京華遍冠蓋，憔悴斯人。心力好付《陽春》。情深一往旨難曉，青衫空貯啼痕。斜陽小樓外，漫愁縈絲柳，望冷孤雲。堂前舊燕，勸歸來、莫誤黃昏。　翻羨畫羅長擁，今古鎮相憐。紅淚殷勤，還信文章有價，縣橘月夜，茶夢重溫。素弦乍拂，問天風海水誰聞？但寒山無語，南枝自繞，特地傷神。江寧陳世宜小樹〔六〕

佞宋聲馳黃一廛，蘇臺文物故翩翩。愁余獨過閶門路，曲海詞山總惘然。（余孑身遊蘇，赴肆中購詞曲書，所獲甚鮮。）

女郎才調説咸宜，贏得飛卿屢和詩。合是君才八叉手，自翻新譜自填詞。

玉京琴韻賦梅村，一樣清才屬女冠。舊日么絃擬重譜，卻愁哀怨不堪彈。（梅村聽玉京道人彈琴事〔七〕，余曾作一劇，稿久佚，欲重填未果也。）　番禺許之衡守白

（以上均《傅惜華藏古典戲曲珍本叢刊》第一一五冊影印民國二十一年刻本《霜厓三劇》所收《無價寶》卷首）

【校】

①夔，民國十三年八月《學衡》第三十二期排印本《無價寶雜劇》卷首羅惇曧《瞿安先生屬題無價寶雜劇》作『戲』。

【箋】

〔一〕曹元忠（一八六五—一九二三）：字夔一，號君直，別署淩波居士，吳縣（今屬江蘇蘇州）人。清光緒二十年甲午（一八九四）優貢，遂舉於鄉，報捐内閣中書。宣統元年（一九〇九），官内閣侍讀、資政院議員。辛亥後，以遺民自居。著有《禮議》、《司馬法古注音義》、《三儒從祀録》、《蒙韃備録校注》、《楚語集》、《箋經室遺集》等。傳見曹元弼《家傳》（民國三十年吳縣王氏學禮齋鉛印本《箋經室遺集》卷首）。

〔二〕王德森（一八五六—一九四三）：字嚴士，號鞠評，別署歲寒居士，崑山（今屬江蘇）人。廩貢生。以醫爲業。著有《歲寒詩稿》、《歲寒文稿》、《市隱廬醫學雜著》等。參見《江蘇藝文志·蘇州卷》。

〔三〕邵瑞彭（一八八八—一九三七）：一名壽籛，又作壽錢，字次公，又字次珊，號梧丘，別署小黄昏館主，淳安（今屬浙江）人。光緒三十四年（一九〇八），就讀於慈谿浙江省立優級師範學堂。後入光復會、同盟會，爲南社重要成員。民國初，任衆議院議員、清史館協修。後棄政從文，任河南大學國文系主任。著有《齊詩鈐》、《揚荷集》、《山禽餘響》等。參見李靜《邵瑞彭研究——以生平、交游、詞作爲中心》（河南大學碩士學位論文，二〇一三）。

〔四〕羅惇曧（一八七二—一九二四）：字孝遹，號掞東，別署癭庵、退賓，世稱癭公，順德（今屬廣東）人。光緒間優貢生。二十九年（一九〇三），入貲爲主事，官至郵傳部郎中。民國間，歷任北洋政府總統府祕書、參議、顧問，國務院祕書等職。著有《癭庵詩集》、《鞠部叢譚》、《太平天國戰記》、《庚子國變記》等。工詩詞戲曲，撰《龍馬姻緣》、《梨花記》、《紅拂傳》、《花舫緣》、《花筵賺》（又名《玉鏡臺》）、《鴛鴦冢》、《青霜劍》、《風流棒》、《賺文娟》、《玉獅墜》、《孔雀屏》、《金鎖記》等皮黄戲劇本。傳見《近代詩鈔》、《民國人物小傳》等。

〔五〕朱祖謀（一八五七—一九三一）：原名孝臧，字古微，號彊村、漚尹，歸安（今屬浙江）人。清光緒九年

（一八八三）進士，改庶吉士，授編修。官至禮部右侍郎。晚居上海。輯刻《彊村叢書》、《湖州詞徵》、《國朝湖州詞錄》等。著有《彊村遺書》等。傳見夏孫桐《觀所尚齋文存》卷四《行狀》、陳三立《散原精舍文集》卷一七《墓志銘》、《碑傳集》三編卷八、《清代七百名人傳》、《詞林輯略》卷九等。

〔六〕陳世宜（一八八四—一九五九）：字小樹，號倦鶴，筆名匪石，江寧（今江蘇南京）人。光緒間，肄業尊經學院。二十七年（一九〇一），任南京幼學堂國文教席。三十二年（一九〇六），留學日本。入同盟會、南社。民國間，主編《七襄》、《民權報》、《生活日報》、《民國日報》等。先後任教於上海中國公學、華北大學、南京中央大學。一九五二年，任上海文物保管委員會編纂。著有《宋詞舉》、《聲執》、《舊時月色齋詞譚》、《舊時月色齋論詞雜著》、《倦鶴近體樂府》、《陳匪石先生遺稿》等。傳見李玉安、黃正雨《中國藏書家通典》（中國國際文化出版社，二〇〇五）等。

〔七〕梅村：即吳偉業（一六〇九—一六七二）。其《聽女道士卞玉京彈琴歌》，見《梅村家藏稿》卷三。

附　無價寶識語〔一〕

屈　爔〔二〕

瞿安此劇，純用商調。【解連環】引子，蓋依清眞「怨懷無託」；【秋夜雨】則倚古曲，而所用入聲皆在魚模韻中，足見詞律之細。詞中「倦眼」、「避暑」、「細檢」，皆去上聲。而「風散古香」，用平仄仄平，尤與周詞合。

【二郎神】、【集賢賓】，腔本耐唱，其妙在低。自《琵琶·廊會》多加襯字，後之作者，字數遂至模糊。【二郎神】合處，本二字一句，如『説甚麼簪花』是也。今作者皆用三字句，而以一字作襯，此承《浣紗》、《明珠》之舊，至此時未便改易矣。其第四句第一字，是此曲揭調，法當用陽聲，《琵琶》『誰知別後』、《連環》『繁華庭院』、《明珠》『徘徊燈側』，第一字皆陽平，今云『瓊思瑤想』、『秦樓送遠』，最能發調。又【集賢賓】首句，應平平去上平仄平，今云『情書寄遠香夢孤』、『蘭塘舊稿重手摹』，又極美聽。自昉思以後，能注意陰陽去上間者，雖藏園不如焉。

犯調謂之集曲，《九宫》所載，未盡其變。自來作者，往往標新立異，如祝希哲之【九迴腸】、梁伯龍之【巫山十二峯】皆是也。第此事頗難，一須擇曲之同管色者，二須取板式疏密相同者。松江范香令，稱集曲妙手。今【鶯集鶯】二曲、【鶯集林】二曲、【雙貓隊】四曲，皆出瞿安自運，絲絲入扣。而『掩流蘇』、『怕妝梳』二句，各用掣板，以還【簇御林】之舊，更是細密。蓋【黄鶯兒】與【簇御林】，末三句句法同，所區別者卽在此也。至八曲中去上陰陽，無一淩亂，可謂觀止矣。

己未六月下旬〔三〕，當湖屈爔。

（民國二十一年刻《霜厓三劇歌譜》所收《無價寶》卷末）

【箋】

〔一〕原本無題名。

〔二〕屈爔（一八八〇——一九六三）：字伯剛，號是閒，别署彈山、屈疆，平湖（今屬浙江）人，寓居江蘇蘇州。光緒間諸生。留學日本早稻田大學，歸國後授舉人銜。民國初，於南京臨時政府、北京政府實業部、農商部任參事、僉事。後執教於聖約翰大學等校，任商務印書館舊書股主任及館外編輯。曾於北京設書肆，名穆齋。南歸後，設書肆於蘇州臥龍街，曰百雙樓。一九五〇年後，任浙江文史館館員。著有《彈山詩稿》等。參見鄭偉章《文獻家通考》卷二七（中華書局，一九九九）。

〔三〕己未：民國八年（一九一九）。

惆悵爨（吴梅）

《惆悵爨》，雜劇劇本合集，含《香山老出放楊枝妓》、《湖州守甘作風月司》、《高子勉題情國香曲》、《陸務觀寄怨釵鳳詞》四種短劇，載民國六年（一九一七）《小說月報》第八卷第九號、第十號，又有民國二十一年刻《霜厓三劇》及《霜厓三劇歌譜》本（《傅惜華藏古典戲曲珍本叢刊》第一一五冊據以影印）。

附　惆悵爨自序

吴　梅

往歲甲寅〔一〕，讀桂未谷《後四聲猿》，殊不愜意。《放楊枝》、《題園壁》二劇，出辭平直，尤不稱題，戲爲重作，藏諸篋衍。嗣交曹君君直元忠，以二詞就正。君直曰：『君詞甚工，惟二折不成書，盍取他事足之？』復以涪翁《水仙花詩》及高子勉《國香曲》示余，且曰：『此佳題也。』余笑而許之。顧奔走衣食，未遑命筆。客京師五年，冬夏多暇，讀黄石牧《四才子》、陳浦雲《維揚夢》諸傳，心怦然動，遂有《湖州守》之作。授徒南雍，鬱伊善感，追念君直，墓木已拱，而宿諾未償，用爲耿耿。今歲長夏，杜門養疴，始取《山谷詩注》，證以宋人説部，成《國香》一劇。總題曰《惆悵爨》，蓋歷十六年而畢事也。

昔人工南詞者，輒不工北曲，寧庵先生其尤著者。青藤《四聲猿》，非北詞正聲，而《辭凰》一種，易作南詞，體制乖矣。余致力北詞，垂二十年，及作此曲，自謂可追元賢。脱稿讀之，能妍麗而不能矗醜，能整煉而不能疏放，去元人蒜酪之風，尚瞠乎後也。乃嘆古今人不相及如此。《武林舊事》云：『宋徽宗見爨國人來朝，衣冠鞵履，裹巾傅粉墨，因使優人效之以爲戲。』當時《官本雜劇》，以爨名者有四十餘種。余書之名本此云。

庚午中秋〔二〕，長洲吴梅書於大石橋寓齋。

（《傅惜華藏古典戲曲珍本叢刊》第一一五册影印民國二十一年刻本《霜厓三劇》所收《惆悵爨》卷首）

【箋】

〔一〕甲寅：民國三年（一九一四）。

〔二〕庚午：民國十九年（一九三〇）。

霜厓三劇（吴梅）

《霜厓三劇》，《清代雜劇全目》著録，包括《湘眞閣》（即《煖香樓》）、《無價寶》、《惆悵爨》三部雜劇，現存民國二十二年（一九三三）刻本（《傅惜華藏古典戲曲珍本叢刊》第一一五册據以影印）。另有《霜厓三劇歌譜》，與此本合訂。

附　霜厓三劇自序

吴　梅

霜厓居士，少習舉子業，不能工；繼學詩古文辭，又不能工。年近弱冠，讀姜堯章、辛幼安詞，王實甫、高則誠曲，心篤好之。操翰倚聲，就有道而正，輒謦多而規少，心益喜，遂爲之不厭。初取戊戌政變事，成《萇弘血》十二折；後取瞿忠宣事，成《風洞山》二十四齣，其實無所得也。居數年，遊梁，過金梁橋，緬想周憲王風流餘韻，往往低徊不能去。而《誠齋樂府》，是時猶未見也。歸吴後，節衣食以購圖書，力所能舉，皆置篋衍，詞曲諸籍，亦粲然粗具。於是益肆力於南北詞，春秋佳日，引吭長吟，世或以知音稱之，居士謙讓未遑也。

此《三劇》中，《惆悵》五折，用力稍勤。《湘眞》則潤色少作，宋廛觴詠，不過陳藏家故實，所謂案頭之書而已。又譜謝翺西臺慟哭、唐玨冬青行事，曰《義士記》者，擬合成四劇，卒以排場近熟，未脱古人範圍，既存復删之。

嗟乎！居士行年五十矣，苟全性命，刻意聲歌，思之不禁自笑。顧沈君庸《秋風三疊》，光焰萬丈，流譽旗亭。余書固不足録，而劇數正與之同，則又欣然自壯焉。

癸酉元旦〔一〕，長洲吴梅。

（《傅惜華藏古典戲曲珍本叢刊》第一一五册影印民國二十二年刻本《霜厓三劇》卷首）

【箋】

〔一〕癸酉：民國二十二年（一九三三）。

附　霜厓三劇歌譜自序

吴　梅

製譜之學，有三要焉。一曰識板：北曲無定板，輒上下挪移以就聲；南詞則板有定式，不可更易，而音調之高下，又各就諸牌以爲衡。二曰識字：一字數音，去上分焉。聲隨去上以定，而以小學通其涂，則棘喉滯齒之弊鮮也。三曰識譜：古今諸譜，雖有定程，而同一歌牌，有用贈板者，有不用贈板者，則就劇情之冷熱，而異其緩急。故有二三曲後，始用緩歌者。他若集曲之糅雜，借宫之卑亢，又須釐訂以就範，此豈易於從事哉？

余《三劇》之譜，作者非一人。居京師時，劉君鳳叔〔一〕，先成《無價寶》、《楊枝伎》、《釵鳳詞》三譜。南歸後，吳君粹倫〔二〕，成《風月司》二折；徐君鏡清〔三〕，成《國香曲》一折。余所自製者，《湘眞閣》一劇而已。夫以吾國人才之衆，度曲家之多，而據舊律以諧新聲，瞻望南北，僅有數人，又何其難也？

嗟夫！當遜清乾隆間，吾鄉葉懷庭先生，以故家裙屐，主藝苑壇坫。所著《納書楹譜》，雕心刻腎，字字穩協，世稱宋以後一人。然而相與揚榷者，猶有王禹卿、許穆堂諸子，不盡出葉氏手也。今三劇之譜，合四人以成書，此與葉先生略同。而身丁陸沈，倉皇風鶴，舊藏叢曲，焚燬十三。撫頭顱之如雪，對爨弄而若夢。吾生經歷之苦，又先生所不及料者矣。刻既成，爲述訂譜之難若此，益慨想承平於夢寐間也。

壬申十月朔〔四〕，長洲吳梅書於大石橋寓齋。

（《傅惜華藏古典戲曲珍本叢刊》第一一五冊影印民國二十二年刻本《霜厓三劇歌譜》卷首）

【箋】

〔一〕劉君鳳叔：即劉富樑（一八七五—一九三六），字鳳叔，桐鄉（今屬浙江）人。清末諸生。精通音律，曾應劉世珩之請，爲暖紅室訂《通天臺》、《臨春閣》、《大忽雷》三種曲譜。民國九年（一九二〇），在北京發起成立聽春曲社。十二年（一九二三）起，歷時二年，助王季烈訂定《集成曲譜》。著有《歌曲指程》等。傳見吳新雷主編《中國崑劇大辭典》（南京大學出版社，二〇〇二）。

〔二〕吴君粹倫：即吴孝友（一八八三—一九四一），字粹倫，以字行，崑山（今屬江蘇）人。清宣統二年（一九一〇），畢業於蘇州兩江優級師範學堂。歷任崑山樾閣學堂、蘇州省立第一師範、省立第二中學教師，崑山中學首任校長，上海澄衷中學教務長、校長等職。嗜愛崑曲，爲蘇州道和曲社社員、崑劇傳習所創始人之一。傳見吴新雷主編《中國崑劇大辭典》。

〔三〕徐君鏡清：即徐鑒（一八九一—一九五九），字鏡清，蘇州（今屬江蘇）人。肄業於東吴大學。尤好崑曲，唱做兼優，精通曲律，爲蘇州諧集、道和曲社社員，崑劇傳習所創始人之一。傳見吴新雷主編《中國崑劇大辭典》。

〔四〕壬申：民國二十一年（一九三二）。

附　霜厓三劇序

張茂炯〔一〕

霜厓校刻《三劇》將竟，屬序於予。予不知曲，何足以爲霜厓序？辭之固，索之乃益堅。嘻！霜厓之意，予知之矣。憶予初耳霜厓名，固鄉之人所稱爲曲家者也。已而同客宣南，識之於其外舅鄒丈松如所〔二〕，時都人士亦籍籍以曲家稱之。比歸里閈，所居密邇，昕夕相過從，尊酒論文，從容談讌。然後知霜厓富藏書，博聞見，自經史大義，以至古今學術源流、文章派别，無不融會貫通。所爲詩文，亦出入古作者林，自成一家，詞曲特其緒餘耳。則向之籍籍以曲家稱霜厓者，蓋猶未深知霜厓者也。

予素不通音律，近集詞社吴中，始從諸君子後，稍稍談倚聲之學。然宋詞宫譜久亡，所可知者，四聲陰陽而已，不如曲譜具存，可以循聲按拍，當筵而立唱也。霜厓屢勸予製曲，予謝不敏。予亦語霜厓，生平所爲文字，皆可付之後人編訂，惟詞曲必及身手定。蓋平日剖析聲律，所斤斤於陰陽去上間者，後人不察，稍一錯亂，卽足以滋讀者之疑，而作者苦心，亦爲之湮晦。曩讀前人詞，見其中疵纇，多有出於後人校訂之疏者，未嘗不爲之廢書三嘆也。今霜厓舉所爲《三劇》，手自校訂，必詳必慎，其於聲律，庶乎無毫髮憾矣。顧霜厓著述甚富，乃獨出其曲本，先授梓人，恐是編一出，海内人士，益將以曲家目霜厓也。則霜厓之所以屬序於予者，其亦以予爲相知稍深也夫？

艮廬張茂炯序。

（《傅惜華藏古典戲曲珍本叢刊》第一一五册影印民國二十二年刻本《霜厓三劇》卷首）

【箋】

〔一〕張茂炯（一八七五—一九三六）：字頌清，一作仲清，號君鑒，别署艮廬，吴縣（今屬江蘇蘇州）人。金華知縣張茂鏞（一八六三—一九二四）弟。光緒三十年甲辰（一九〇四）進士，任度支部司長、鹽政院總務所長。民國初，任財政部鹽務署。年未五十卽告歸，杜門無事，始刻意爲詞。著有《清鹽法志》、《艮廬詞》、《吴門百詠》等。傳見《光緒三十年甲辰恩科會試同年齒録》。

〔二〕鄒丈松如：卽鄒福偉，字松如，元和（今江蘇蘇州）人。吴梅岳父。清諸生。

碧血花(王藴章)

王藴章(一八八四—一九四二),字蓴農,號西神,别號窈九生、紅鵝生、二泉亭長、鵑腦詞人、西神殘客等,室名菊影樓、篁冷軒、秋雲平室,金匱(今江蘇無錫)人。光緒二十八年壬寅(一九〇二)副榜舉人,先後任上海滬江大學、南方大學、暨南大學國文教授,上海《新聞報》編輯,上海正風文學院院長等。編《然脂餘韻》等。著有《秋平雲室詞》、《梅魂菊影空詞話》、《雪蕉吟館集》、《玉臺藝乘》、《雲外朱樓集》,及小説《可中亭》、《鐵雲山》、《霜華影》、《鴛鴦被》、《玉魚緣》、《緑綺臺》、《西神小説集》等。撰雜劇《碧血花》、《香桃骨》、《緑綺臺》,今存。參見朱文華、許道明主編《上海文學志稿·人物傳》(上海社會科學院出版社,二〇一四)。

《碧血花》雜劇,《清代雜劇全目》著録,現存宣統三年(一九一一)《小説月報》增刊本(題《碧血花傳奇》,《晚清文學叢鈔·傳奇雜劇卷》據以排印),民國間古吴蓮勺廬鈔本《清人雜劇四種》本(題《碧血花雜劇》,《鄭振鐸藏古吴蓮勺廬鈔本戲曲百種》第二五册據以影印)。

碧血花跋[一]

王藴章

溽暑初闌①,積雨無俚。會心石自里門來[二],偕過菊影樓,見案頭有《板橋雜記》、《桃花扇》

等書，朗聲讀之，若有所感。心石屬以《雜記》中孫武公、葛蕊芳事譜爲傳奇。燃炬竟夕，達旦而成，以示心石。謂聲情節拍，庶幾近之。既泛覽曲譜，及諸名家著述，始覺疵纇②百出。業付手民，無緣藏拙，書此自懺。並望當世紅友、白石輩，示我倚聲綳律之正則也。

雙星渡河之夕，錫山③尊農王蘊章識於篁冷軒。

（《鄭振鐸藏古吴蓮勺廬鈔本戲曲百種》第二五冊影印古吴蓮勺廬鈔本《碧血花雜劇》卷末）

【校】

①闌，底本作「開」，據《晚清文學叢鈔·傳奇雜劇卷》改。

②纇，底本作「累」，據《晚清文學叢鈔·傳奇雜劇卷》改。

③「錫山」二字，《晚清文學叢鈔·傳奇雜劇卷》無。

【箋】

〔一〕底本無題名。

〔二〕心石：當即倪中軫，字心石，號羲抱，别署劍天、無齋，無錫（今屬江蘇）人。一説上虞（今屬浙江）人。與王蘊章同授業於秦晉華門下。無錫果育小學教師。清宣統元年（一九〇九），創辦《錫金五日新聞》，自任主筆，次年即停刊。曾入南社。民國四年（一九一五）於上海創辦《國學雜志》（月刊）、《雙星雜志》（月刊，後改名《文星雜志》）。著有《無齋漫録》、《無齋課剩》、《羲抱室文鈔》、《願讀書齋文録》等。

香桃骨（王蘊章）

《香桃骨》雜劇，現存民國三年（一九一四）《中華小説界》第六期本，古吳蓮勺廬鈔本《清人雜劇四種》本（《鄭振鐸藏古吳蓮勺廬鈔本戲曲百種》第二五册據以影印）。

附　香桃骨跋〔一〕

王蘊章

壬子之春〔二〕，戢影申江，杜門卻掃，謝絶人事。間惟驅車過菊影樓，焚香烹茗，揮麈清談。一日，菊影語余：『傳奇者，非奇不傳。若鈕玉樵所記紅桃事，紅桃之節烈，于生之多情，帳中人之豪俠，非奇而可傳者歟？子盍譜而出之，以詔來者。』余頷之，而未有以應也。

天南落魄，小劫歸來，樓中人已作彩雲飛去。墜歡難拾，斷簡重翻，挑燈塡詞，凡三夕而畢。素心人杳，誰復相知？定有文者，聊完宿諾而已。比事屬辭，與原書略有變易，以甄喻假，亦猶越縵生譜唐小説施弄珠事，改支兹題例也。讀者幸無拘泥求之可耳。

甲寅三月三日〔三〕，蓴農跋於一花一蜨亭。

又題

【念奴嬌】客何爲者？怪頭顱如許，不傳青史。卿本佳人胡作賊，應嘆生逢叔世。紅拂憐才，黄衫任俠，别樹漢家幟。男兒南八，笑他碌碌餘子。我是斫地王郎，酒杯借得，炙一行銀字。塊壘胷中澆不盡，芒角森森而起。塞外琵琶，尊前桴鼓，幾灑滄桑淚。吹簫擊劍，不知知己誰是。

（以上均《鄭振鐸藏古吴蓮勺廬鈔本戲曲百種》第二五册影印古吴蓮勺廬鈔本《清人雜劇四種》所收《香桃骨雜劇》卷末）

【箋】

〔一〕底本無題名。

〔二〕壬子：民國元年（一九一二）。

〔三〕甲寅：民國三年（一九一四）。

緑綺臺（王藴章）

《緑綺臺》雜劇，凡六齣，刊載於《小説叢報》第四期至第十期（一九一四年九月一日至一九一五年四月三〇日）。

附　緑綺臺跋〔一〕

王藴章

土司秦良玉，猺女雲嚲娘，遥遥兩女子，一黔一桂，奇氣獨鍾。良玉事，楬櫫史册，絃管聲歌，雲韡娘顧鮮所稱述。微獨雲韡娘，彼鄺湛若者，非世所稱嶔奇磊落之男子乎？上元忤令，隻身走萬山中，以無家張儉作王粲依劉，蠻花笑客，蓮幕倦游，舉其抑塞悲憤之致，一發之於書：飛頭勾漏，一《山海經》也；寨結相思，一《孫吳兵法》也；槃瓠禋祀，蝶綃鳳裘，一《西京雜記》也。明季國事蜩螗，一二握政柄者，競爲門戶之爭，既視珠崖之棄爲不足惜，更視遺賢在野而屏之，惟恐稍後。遂使蘆笙吹夢，僅傳結隊之天姬；銅柱銘勛，不數遁荒之畸逸。遭遇既殊，名之隱晦亦異焉。余覽之而忽忽若有所感，秋燈坐雨，寒蟲訴愁，日援筆爲作長短句樂府，共得若干齣。

昔河東序赤雅，曰：『因病致妍。』余病於文妍乎云爾？抑海雪堂中，佳話不可聽其湮沒而已。至於書斥懷寧，門完節義，一本於吳桐蓴、鮑夕陽兩家所紀載，讀者勿因史闕有間，而疑余故曼衍其說也。

甲寅七月七日〔二〕，蒓農識於梅魂菊影室。

（民國三年《小說叢報》第四期排印本《綠綺臺傳奇》卷首）

【箋】

〔一〕底本無題名。

〔二〕甲寅：民國三年（一九一四）。

碧血碑（龐樹柏）

龐樹柏（一八八四—一九一六），字檗子，號芑庵，別署龍禪居士、綺盦、劍門病俠，常熟（今屬江蘇）人。曾執教於江寧思益、蘇州木瀆、常熟兩等學堂。辛亥後，任教於上海澄衷、愛國等校。著有《玉琤瑽館詞稿》、《龍禪室詩》等。撰雜劇《碧血碑》，現存光緒三十四年五月（一九〇八年六月）《小説林》第十一期排印本，《近人傳奇雜劇初編》據以影印，《晚清文學叢鈔·傳奇雜劇卷》據以排印。

碧血碑自敘〔一〕

龐樹柏

秋女士殃戮，識與不識，無不冤之。其遺事已有同學吳君靈媯及某女士撰爲樂府，自足播黼璇閨，流馨彤管矣。惟吳芝瑛夫人爲秋女士營葬一事，其義俠亦令人聞而欽敬。乃援吳君與某女士之例，作《碧血碑》，藉記其懺。且豪竹哀絲之後，添此一段嫋嫋餘音，使天下傷心人讀之，尤足低徊慨想而不置也。吳夫人或不以余爲多事歟？

戊申三月〔二〕，常熟龐樹柏龍禪父自敘。

【箋】

〔一〕底本無題名。

〔二〕戊申：光緒三十四年（一九〇八）。

夫子撰碧血碑成題此三絶句

程嘉秀〔一〕

湖山清響入哀詞，埋玉埋香不諱癡。如此深情兼俠骨，愧他男子號鬚眉。

棠梨落盡弔斜陽，一角棲霞暗斷腸。留得墓碑三尺在，青山青史自生香。

幽草幽花護殯宫，香苓薦罷怨東風。千年碧血千行淚，收入零絲斷笛中。髫男程嘉秀書於靈芬閣

（以上均《近人傳奇雜劇初編》影印《小説林》第十一期排印本《碧血碑雜劇》卷首）

【箋】

〔一〕程嘉秀：字靈芬，號髫男，常熟（今屬江蘇）人。龐樹柏室。著有《鏡臺螺屑》等。爲龐樹柏編《今婦人集》作注。

鏡圓記（章慶恩）

章慶恩，别署醉月山人，籍里、生平均未詳。撰傳奇《鏡圓記》，又名《三義圓》、《八義圖》，《古

典戲曲存目彙考》著錄，現存清鈔本。按，同治間，浙江會稽人章慶恩任雲南尋甸知州。未詳是否其人。光緒十四年（一八八八）厚敦堂刻醉月山人《繡像狐狸緣全傳》，未詳是否章慶恩撰。

（鏡圓記）自敍

章慶恩

余於倚聲之學，素未深考，而强欲效顰。適見俗演《借妻》一劇，悖理太甚，導淫怙惡，其傷於風化者多矣。檢篋中得《桃花扇》曲本，倚牆傍壁而爲之，乃閒中遣興之作，不計工拙也。至凡傳奇第一齣，謂之正生家門；第二齣，謂之正旦家門，定例也。今詞影以丑腳爲之，仍原本而不改者，昔唐莊宗以丑腳領班，院中呼爲『李天下』，至今梨園猶尊丑腳，是丑腳非不重也。《桃花扇》云：『腳色所以分君子小人。亦有時正色不足，借用丑、淨者，潔面花面，若人之妍媸然，當賞識於驪牡牝黄之外耳。』又云：『凡正色借用丑、淨者，如柳、蘇、丁、蔡出場時，暫洗去粉墨。』今用此例，丑扮張詞影，而洗去粉墨，既不失詞影眞面，亦不失丑腳本色，化板爲活，顧曲者鑒之。至小生仍配以小旦，生以招還駙馬作補筆，所謂五雀六燕，銖兩悉稱焉。

韓昌黎謂『歡娱之言難工，愁苦之音易好』，兹則兼歡娱愁苦而錯綜之。毛聲山謂：『《西廂》近於風，《琵琶》近於雅。』《西廂》之情而情者，不善讀之，而情或累性；《琵琶》之情而性者，善讀之，而性化乎情。要之通乎情性之眞者，非深於風雅不能也。所謂『别裁僞體』者，亦欲歸於風雅之正而已。

辛亥五月〔一〕，醉月山人敍〔二〕。

（清鈔本《鏡圓記》卷首）

【箋】

〔一〕辛亥：或爲咸豐五年（一八五一）。

〔二〕題署之後有印章二枚：陰文方章「章慶恩印」，陽文方章「寸階」。

（鏡圓記）跋

章慶恩

《鏡圓記》之作，以原本悖理太甚，不足以示懲勸，故窮思極構，以歸於醇雅。近聞之友人云，原本之李金龍卽指李洪吉，而言是以淫兇而肆狂妄，固然無足怪，則是編之饒舌，又爽然自失矣。既而思之，亦不爲多事也。如果係李洪吉之實事，何妨直斥其名，如吳梅村之製《圓圓曲》，以成詩史，俾觀者得了然於心目？後卽以李洪吉之敗亡結之，垂爲炯戒，以快人心，則張古董之被紿①，其妻之遭陷，俱昭雪於破鏡重圓之日矣。余是記之名，不已有暗合者乎？然李洪吉之人無足齒數，是記之作，卽爲另一人、另一事可也。昔人以《琵琶記》爲譏王四而作，毛聲山已辨之矣。

辛亥孟秋之月，醉月山人跋。

（清鈔本《鏡圓記》卷末）

【校】

①給，底作『紿』，據文義改。

雙旌記（陳學震）

陳學震，字子揚，山陽（今江蘇淮安）人。以教館、佐幕爲業。撰傳奇三種，《雙旌記》、《生佛牌》，現存；《水月緣》，已佚。《雙旌記》傳奇，一名《雙旌忠節記》，又名《忠烈記》，《古典戲曲存目彙考》著錄，現存同治十一年（一八七二）淮安刻本，《傅惜華藏古典戲曲珍本叢刊》第九七册據以影印。

雙旌記原序

陳學震

戊辰仲夏日既夕〔一〕，停琴待月，荷逕香來。史漢章表弟適至〔二〕，與予促膝於綠筠軒竹陰深處，言及陳鐵臣將軍夫婦忠節事，相與慷慨激昂，唏噓流涕。漢章曰：『子何不爲傳奇以記之耶？』予謝不敏，未敢率爾操觚。

迨九月間，郡中王子鴻先生〔三〕，陳將軍所從遊者也，於將軍未遇難時得一夢兆，見高祠臨水，傑閣留雲，旁有人指示云：『此忠節祠，爲陳鐵臣將軍建也。』夢境惝恍，醒而異之。不數日，而將軍噩音至，先生且驚且痛。師弟情深，逾於骨肉，先機之示，理固然矣。至是，命漢章作書招予，亦以傳奇事相屬。予適有采薪之憂，不果往。

蓋傳奇者，傳其事之奇者也，事不奇不傳。將軍之忠，夫人之節，奇而正者也，奇而法者也。董狐筆之是也，太史書之宜也，而亦借詞曲以章之，科白以表之，可乎哉？予固知未能道將軍、夫人於萬一也。今勉承先生意，又閲吾友黄子叔丹所爲《將軍夫人啓》〔四〕，略知將軍、夫人梗概，因作傳奇三十餘首，述將軍夫人始末。事工與拙，固非所計也。

夫搜神筆妙，隱語難憑；點鬼詞工，寓言罔實。如將軍、夫人者，人天共仰，日月同昭，殫見洽聞，略無假借，固不堪作《禹鼎》之離奇，又安可爲《齊諧》之怪異者哉？然則，何爲而䟽者？作敍述觀可也，作紀載觀可也。敲金戛玉，愧難登鮑老之歌場；刻羽引商，奚足補雪兒之檀板？惟冀同志諸君子，郢斤宋斧焉爾。

同治歲次己巳仲春上浣，子楊氏自序。

【箋】

〔一〕戊辰：　同治七年（一八六八）。

〔二〕史漢章：　字號、籍里、生平均未詳。或爲山陽（今江蘇淮安）人。王錫祺《山陽詩徵續編》卷二八有秦煥（一八一八—一八九一）《贈史漢章》，又見秦氏《劍虹居古文詩集·劍虹居詩集》卷上。

〔三〕王子鴻：　即王賓，山陽（今江蘇淮安）人。恩貢生，候選教諭。

〔四〕黄叔丹：　即黄振墀，字叔丹，山陽（今江蘇淮安）人。道光二十五乙巳（一八四五）諸生，同治九年庚午

（一八七〇）貢生。著有《棣華書屋古文詩詞》、《晚學齋詞》。傳見《山陽詩徵續編》卷三一、《清詞綜補續編》卷六等。

（雙旌記）序

胡士珍〔一〕

珍先嚴少日，以疾廢學。然嗜書，暇日輒藉稗官爲消愁具，凡傳奇等部，搜羅幾遍。唯家誡嚴，毋許珍等寓目。比珍稍長，從友人處借觀，然後知童年習此等書，誠有大不可者在。而其中所心賞者，有二册焉：一《琵琶記》，爲其可以教孝也；一《桃花扇》，爲其可以勵節也。且一則筆情雋上，純以單行；一則筆力清剛，絶無凡響。展讀再三，幾歎觀止。其他亦遂不復流覽，謂此外縱多佳著，恐難與並而爲三矣。

今夏，倪晉階同學盛稱子楊先生爲陳勇烈公及節烈夫人作《忠節傳奇》〔二〕，據事直書，毫無粉飾，而前後摹寫，英風亮節，物理人情，以下及山川塗徑，並廝養走卒之類，色色盡善。予聞之，急欲索觀。蓋雙節之事，耳熟已久。而自軍興以來，大節懔懔者，雖未可以枚舉，然如斯之奇，則固不多聞也。且予向之所以不欲流覽者，謂此等書不過文人墨士，酒闌茶倦，游戲文章，任情編次，以消遣世慮而已，無從徵實，抑亦不必徵實也。今得此册，可以信今，可以傳後，可以勵節烈，可以瀹才思，則豈在尋常傳奇之列哉？故欲觀之志，倍亟亟也。

中秋下旬八日辰刻，忽奉遞到，盥手莊誦。甫開卷二三齣，而穎思雋語，已能咄咄逼人。讀至中間，或英姿颯爽，或清麗芊綿。其雋上也，如《琵琶記》；其清剛也，如《桃花扇》。乃歎向之所欲廣二爲三者，今得之矣。愛不忍釋，益復手不停披。自《佳期》以下，興高采烈，名句絡繹，如行山陰道上，目不暇接。維時午鐘巳響，館餐適至，於是口飯目注，漸至後篇。忽覺胷臆塡塞，不堪卒讀，亦遂不能下咽。掩卷三嘆，勉强進餐。飯罷，終其篇，且讀且涕，不能自已。嗚呼！雙節之奇，足以興起好惡之心，使我至於此極耶？抑傳雙節之奇者，足以寫忠義憤發之忱，而發人深省，乃使我至於此極耶？

古今來忠孝節烈之傳，固傳之於其人，而亦傳之於傳其人者之人也。無此冊，而雙節傳於士大夫、文人學士之有心世故者；有此冊，而雙節並傳於販夫牧豎、野老童孺之不識時務者。然則子楊先生具此清逸之才，何不於豆棚瓜架、酒香茶熟之時，取事之不甚奇者而煊染之，亦或以意造境，極人生未有之奇而描寫之，而皆不然，獨罄情於雙節！且祉亭高君之序曰〔三〕：『先生斗酒萬言，經旬而篇就。』苟非以其可以信今，可以傳後，可以勵節烈，而並不自謂其可以濬才思，而曷爲有此耶？

雙節之事，處處徵實，不待贅言。音律，珍未之學，何敢贊辭？其間有管窺所及者，簽於冊內，亦冀先生見之，或不疑珍之草草一閱，未嘗竟覽也。書志拜讀顛末如此，即繫以詩，質之子楊先生，並質之晉階、祉亭兩先生焉。

吾淮風俗重氣節，代有忠貞百不折。那知雙節炳日星，亦傍淮流昭節烈。干戈世界名將多，公號鐵臣心果鐵。受知一日感終身，君恩師恩兩無缺。單騎直如免脱鞲，百戰不辭馬汗血。英雄那繫兒女情？纔賦新婚遽離别。相期掃盡北山賊，歸來重綰同心結。豈知不死名不奇，大樹傾頹驚一瞥。天南地北聞噩耗，士庶哀思同一轍。無知宵小驫螯牛，千古奇聞靈軟竊。靈軟竊，增嗚咽。未亡人，腸寸裂。夫死君師妾死夫，少留塵世竟不屑。日色兮昏黄，雲容兮没滅。惟聖主兮鑒至誠，建崇祠兮榜高揭。有高人兮董筆掣，翻作新詞成白雪。半空鸞鳳嘯有聲，一曲《廣陵散》未絶。吁嗟乎！勇烈駐軍吾淮久，夫人本爲吾淮傑。傳雙節者亦淮人，信乎吾淮重氣節！

同治十年歲次辛未，郡城學晚聘三胡士珍拜手初稿。

【箋】

〔一〕胡士珍：字聘三，山陽（今江蘇淮安）人。道光三十年庚戌（一八五〇）諸生，同治間廩貢。傳見《山陽詩徵續編》卷四四。

〔二〕倪晉階：山陽（今江蘇淮安）人。生平未詳。

〔三〕祉亭高君：即高承慶，字子和，號祉亭，山陽（今屬江蘇）人。生平未詳。爲《雙旌記》傳奇正譜。

《雙旌記》序

高承慶

子楊先生，予姻伯也。戊辰、己巳間〔一〕，予館於宥，晦明風雨，薄飲清談，甚蒙先生獎掖。及再過時，先生欣然出一卷示予。予視之，乃所著《忠節傳奇》院本也。展讀之餘，炳炳麟麟，詞條豊蔚。紀其人，堪與日月爭光輝；論其文，直與典冊相表裏。非徒若玉茗堂中離奇變幻，桃花扇底憑弔興亡已也。

夫忠節不可不傳。矧如將軍、夫人者，至情至性，可泣可歌，事本見聞，略無附會，傳之尤不可不淋漓盡致也。沙場威震，熊羆著百戰英名；故壘星沉，肝腦乃一朝塗地。迨至迓歸魂於袁浦，英雄之骨肉未寒；無何亡旅櫬於梵宮，巾幗之音容頓萎。縱令名垂麟閣，典重酬勳，猶未若譜之管絃，協之音律，俾愚賤之耳目，亦足以觀感勸懲之爲快也。

噫嘻！西城祠宇，餘他年古柏蒼松；南郭丘墳，剩幾處斜陽荒草。曲異離鸞之譜，倩誰人檀板輕敲？功徵汗馬之勞，待他日梨園低唱。弔一抔之黃土，感數闋之新詞。眞令人慷慨悲歌，唏噓流涕，相與低徊而不置焉。

夫長卿作賦，工而不敏；少孺爲文，敏而不工。聞先生塡是曲時，率斗酒萬言，甫經旬而篇就，乃知倚馬才雄，非同雕蟲小技者比也。予檢至後幅，淚凡數墮，幾於不忍卒讀。倘持是篇，以質諸一時之賢豪君子，苟非鐵心石腸，見之者能無泣數行下乎？噫！

同治庚午重九前二日，愚姪高承慶拜序於淮東孫氏之桐蔭書屋。

【箋】

〔一〕戊辰、己巳間：同治七年（一八六八）、八年（一八六九）。

(雙旌記)序

王炳奎〔一〕

壯士捐軀，烈婦殉義，自古有之。然史書記載，藏之册府，學士大夫見而知之，愚夫愚婦弗知也。則必托之音律，播之管絃，當場指點，局外傳神，如是而勸懲明，風俗醇，文家之有關於名教，豈淺鮮哉？

辛、壬以來〔二〕，小醜跳梁，賊氛不靖。封疆大吏，以及守土牧令，盡忠而死節者，指不勝屈。所最悉者，軍門陳公鐵臣夫婦死節事。當軍門避亂吾鄉也，纔十餘齡耳，頭角崢嶸，知爲偉器。其後卒能建大功，立奇節，而夫人亦視死如歸，不尤戛戛乎難之哉！

奎一介書生，身不踐戎馬之場。然聞其慷慨捐生，從容赴義，每欲敍其顛末，惜無韓、歐之筆以發揮之，故有志而未之逮。辛未春杪，表伯子楊先生寄一册示奎，展讀之下，知爲陳公鐵臣夫婦盡節作也。揆勢揣聲，曲盡其妙，蓋已先我而言，又言我之所未能言。咏嘆之餘，嗚咽不能卒讀，其感人何切與！

先生，今之臨川也。向著《水月緣》〔三〕，奎曾爲製序。今所譜《忠節傳奇》，聲調節目，較昔更上。凡讀是編者，無不欷歔流涕，低徊久之而不能釋。假令優孟登場，聲情激越，其感人更當何如耶？是爲序。

同治十年清和月，愚表姪王炳奎拜撰。

【箋】

〔一〕王炳奎：字鏡堂，山陽（今江蘇淮安）人。諸生。卒年七十一。著有《怡蔗軒詩鈔》。傳見宣統《續纂山陽縣志》卷十。

〔二〕辛、壬：即辛亥、壬子，咸豐元年（一八五一）、二年（一八五二），太平軍起事。

〔三〕《水月緣》：傳奇，《古典戲曲存目彙考》著錄，已佚。

雙旌記題詞〔一〕

梁　法　等

砲火轟天雲色紫，營門角聲悲不起。欃槍横掃烟塵昏，大星墮地華峯圮。憶昔軍門遊吾鄉，爭梨覓棗凡童耳。不謂束髮建奇勳，銘鐘勒鼎有如此。軍門之師吾良友（謂王子鴻），韜鈐訓迪韓侯里。所嘆麒麟閣上人，竟從落鳳坡前死。（君姓陳，死於陳灘，是猶鳳雛之死於落鳳坡也。）仰君奇節壯千秋，詎料香閨節並侔。翻恨幽蘭風韻弱，未能手斫血髑髏。（國初，畢韜文父死賊中，韜文帥數百人直擣賊營，殲其渠魁，奪父屍而還。其《殺賊》有句云：『手提仇頭血漉漉。』眞奇女子也。充吳夫人之志，恨少此耳。）一灣淮水去悠悠，人競言愁我亦愁。竊恐風徽日頹喪，願將此冊鎮三洲。古鹽小廉氏梁法題辭〔二〕

吁嗟乎！世間有此奇男子，世間還有女丈夫。夫殉節兮妻殉夫，爲國爲夫同捐軀。臣綱妻綱從此立，臣道婦道世所無。天子賜謚祀以祠，勇烈節烈天恩敷。前有陳公大節已顯赫，後有陳

何其愚！君大筆能染濡。功業文章同不朽，我輩咋舌成小儒。吁嗟乎①！豈若匹夫匹婦之爲諒，自經溝瀆

同治辛未孟秋月下浣，愚弟李錫恩雪琴氏拜題於半日静坐之齋〔三〕

兒女英②雄天下知，巍然雙烈仰靈祠。明朝好貰旗亭酒，聽唱詩人絶妙詞。叔丹弟黄振墀題

一死聲名重泰山，乾坤正氣在人間。殉夫報國原常理，出自一門非等閒。袁江芷香劉衛題〔四〕

忠魂何處著英靈？抔土猶存戰血腥。閒向墓門尋斷句，棠梨一樹草青青。

乾坤正氣屬蛾眉，玉盌金魚尺土埋。我到荒丘一憑弔，那堪和淚讀豐碑！

霽雲授命眞千古，赴死碭磯事更奇。扶植綱常光日月，怎教巾幗讓鬚眉！

戰敗龍堆痛裹屍，桃花血濺命如絲。丹心留照清漣水，兒女能將偉節持。阜邑曉城常春錦題〔五〕

臨難從來就義難，忠君無那自摧殘。只今城下如霜月，猶帶沙場劍氣寒。

湘娥垂涕不勝哀，環佩淒清月下來。回首家山何處是，落花零亂墮樓臺。

河山一帶陣雲平，百戰英名婦孺驚。魂魄夜歸關塞黑，不堪殘角兩三聲。

倉卒災殃痛覆兵，殉夫義重此身輕。他年青史褒奇節，好著千秋列女名。子和高承鈞題

杜鵑啼處九京驚，入耳無非變徵聲。翁仲有靈應墮淚，傷心不獨是苕生。

塡詞席上仰鴻才，急管繁絃處處哀。底事輕提南董筆，爲他忠節寫生來。珠江階平吴家泰題〔六〕

大塊無非傀儡場，淨生丑旦任裝潢（借讀平聲）。死忠死節俱千古，贏得人間姓字香。

節婦忠臣生面開，奇人奇事仗奇才。傳神不倩熙、筌筆，疑有英靈紙上來。

教歌度曲老閒身，紅豆香拈秋復春。此筆自應當代少，識荊家欲見斯人。

飢軀碌碌困青氈，嫁線依人誤少年。安得問奇時載酒，豆花籬落坐談天？（辛未秋七月〔七〕，牟鶴笙兄以子楊先生此冊見示，並囑題詞。盥誦之餘，悲喜無端，唾壺頓缺。竊歎合蘇玉局鐵板銅琶、柳郎中『曉風殘月』爲一手，得此闡揚奇忠奇節。想優孟衣冠，得才人筆墨，足令千古同傳也。因贅俚詞，用識嚮往。）同邑朱占鼇湘山氏拜題〔八〕

人羨將軍生，吾羨將軍死。多少苦戰身，功名付流水。

人謂將軍天，吾謂將軍壽。忠義足千秋，死生曾何有？

人重將軍身，吾重將軍匹。節烈出一門，永播才人筆。

人爲將軍悲，吾爲將軍頌。百世薦馨香，酬勳何鄭重！丙卿朱占科拜題〔九〕

肄業門牆記勝游，輕裘緩帶擅風流。救援誰是知音者？祖逖先鞭只爲劉。

男兒衣錦慶榮歸，合巹堂前繡一圍。羽檄忽傳星夜至，雲間雙鳳已先飛。

將星如斗落營門，慘入香閨夢裏魂。何事風波驚不測？花鈿委地泣黃昏。

馬鬣崇封曠典施，馨香俎豆薦叢祠。英雄兒女同千古，都付才人筆一枝。鶴笙牟晉康拜題〔一〇〕

髫年曾坐春風裏，嚼徵咀宮③旦夕聞。特把綱常昭大義，豈徒水月屬奇文（先生舊有《水月緣》傳奇）。

橫開筆陣雲分色，雙寫旌銘日頓曛。我有待傳忠節事，欲從函丈竊餘芬。受業丁純拜題〔一一〕

詞客多情，英雄飲恨，百戰沙場裏革。卻值小喬初嫁，敵遇紅巾，兵鏖赤壁。問陳家谷口，抵今日、陳灘血碧？早教人、罷市停春，婦孺同聲灑泣。　誰料操戈同室，奪葬洶洶，利我皇家封衄。痛哭一軍縞素，夫也死忠，婦還死節。嘆孤墳秋早，剩嗚咽、淮流湍急。全憑仗、賀老鴻裁，快

寫千秋特筆。(【奪錦標】)　蕓溪弟張葵拜題〔一二〕

滚滚河如許。怎無端、聲情嗚咽,雨風酸楚? 天地絪緼留浩氣,付與奇男義女。任往古來今細數。百戰沙場身莫贖,仗英靈骸骨歸鄉土。忠和烈,有誰伍? 何來又值狂烽阻? 已拚將、珠沉玉碎,恨天難補。大事既完雙節重,馬鬣崇封淮浦。算同是、一般艱苦。史筆流芳光日月,更紅牙鐵板翻新譜。一字字,傳千古。(【金貂换酒】)　古鹽伯泉梁德廉題〔一三〕

萬古青霄月。照長淮、遙遙千里,挺生雙傑。滿地烽塵天作合,成就一家冰雪。才顯出、雄姿英烈。汗馬功名蕉鹿夢,好男兒消得夫人節。名字好,臣心鐵。　表揚忠義文人業。十年前、填詞角藝,雄心銷歇。忽見詞壇宫譜曲,摹繪聲情激越。要不使、英名磨滅。如此齊眉千載幸,笑人間鶯燕傷離别。情至者,心同熱。(【金縷曲】)(曩聞陳勇烈公及其夫人殉節事,欲爲填成院本,以廣其傳。會子楊仁兄先我爲之,殊有珠玉在前之愧。異日倫閒握管,未知能步後塵否? 書此奉呈,以識欽服。)　壬申天中節後七日〔一四〕,天河弟黄振均〔一五〕

偉節精忠,如此事、足傳千古。説甚的、孤臣碧血,美人黄土。報國身殲銘竹帛,殉夫義重光華宇。痛歸魂、入夢説封侯,雄而武。　怒欲碎,漁陽鼓;憤欲破,東山斧。問大官軍政,有誰與伍? 鶴唳碧空楊柳月,鵑啼紅豔桃花雨。斷人腸、何必聽猿聲,新詞譜。(調寄【滿江紅】)　愚表姪王炳垣拜題〔一六〕

馬革奇男子,蛾眉女丈夫。立祠宜浦上,同穴此城隅。偉節足今古,靈旂知有無。並傳忠烈事,巨筆與描摹。　吟仙郝雲臺拜題〔一七〕

易名勇烈耀旂常，兒女英雄兩擅場。誰似茗生好詞筆？秋風重唱《桂林霜》。賓華徐嘉拜題〔一八〕

（以上均《傳惜華藏古典戲曲珍本叢刊》第九七冊影印清同治十一年淮安刻本《雙旌記》卷首）

【校】

①平，底本作『于』，據文義改。

②英，底本作『吳』，據文義改。

③宮，底本作『官』，據文義改。

【箋】

〔一〕底本無題名，據版心補題。

〔二〕梁法：字審之，號小廉，鹽城（今屬江蘇）人。寓居山陽（今江蘇淮安）車橋鎮。道光四年甲申（一八二四）諸生，八年戊子（一八二八）、二十二年壬寅（一八二四）兩薦不售，遂肆力經史。咸豐間恩貢。工書法。終年七十八歲。著有《諸經淺釋》、《聊寄齋詩草》。傳見《山陽詩徵續編》卷四四。該卷收錄梁法《題忠烈傳傳奇》詩一首，即此詩。

〔三〕李錫恩：號雪琴，山陽（今江蘇淮安）人。著有《醉棠樓詩集》。

〔四〕劉衛：號芷香，袁江（？）人。生平未詳。

〔五〕常春錦：字曉城，號蜕巢，別署湖鄉野史，阜寧（今屬江蘇）人。同治八年己巳（一八六九）貢生。光緒五年（一八七九），授按察司知事銜。教讀終身，成才甚眾。以俠義自任，創建保孀會。長於詩文。年七十八卒。與修《阜寧縣志》。撰《湖湘分志》、《鰕溝里乘》、《前明淮郡忠義合傳》、《蜕巢課徒詩賦草》、《蜕巢彙存》、《柳塘集》、《吳水浪遊筆記》等。與陶雪人合撰《詩帕傳奇》，已佚。傳見民國《阜寧縣新志》卷十七。

〔六〕吳家泰：字階平，珠江（今屬廣東）人。生平未詳。

〔七〕辛未：同治十年（一八七一）。

〔八〕朱占鼇：字湘山，山陽（今江蘇淮安）人。朱占科（一八四五—？）兄。光緒三年丁丑（一八七七）歲貢，試用訓導。五年己卯（一八七九）房薦，選贛榆訓導，丁艱未赴任。善書法，能詩。著有《雪窗集》、《雜感集》。傳見宣統《續纂山陽縣志》卷一〇。

〔九〕朱占科（一八四五—？）：字丙卿，一作炳青，號季魏，山陽（今江蘇淮安）人。占鼇弟。廩貢生，試用訓導。光緒九年癸未（一八八三）進士，由戶部郎中簡放至滇，補順寧府。蒞任年餘，引疾歸。傳見《光緒九年癸未科會試同年齒錄》、宣統《續纂山陽縣志》卷一〇。

〔一〇〕牟晉康：號鶴笙，山陽（今江蘇淮安）人。同治六年丁卯（一八六七）諸生。傳見《山陽詩徵續編》卷四〇。

〔一一〕丁純：山陽（今江蘇淮安）人。生平未詳。

〔一二〕張葵：號蕓蹊。道光二十四年鈔錄張觀瀾《蒙齋文鈔》（現存南京圖書館）。

〔一三〕梁德廉：字伯泉，鹽城（今屬江蘇）人。同治六年丁卯（一八六七）恩貢。

〔一四〕壬申：同治十一年（一八七二）。

〔一五〕黃振均：即黃鈞宰（一八二六—一八七六？）。

〔一六〕王炳垣：字峻山，山陽（今江蘇淮安）人。同治二年癸亥（一八六三）諸生。傳見《山陽詩徵續編》卷三九。

〔一七〕郝雲臺（？—一八八一）：字瀛洲，號吟仙，寶應（今江蘇淮安）人。咸豐七年丁巳（一八五七）諸生，同治九年庚午（一八七〇）舉人。光緒初年，官丹陽訓導。七年（一八八一），卒於官。著有《蜀遊草》。傳見徐賓華《遁庵叢筆》、《曹甸鎮志》等。

〔一八〕徐嘉（一八三四—一九一三）：字賓華，號遁庵，别署東溪漁隱，山陽（今江蘇淮安）人。屢試不售，授徒爲生。同治九年庚午（一八七〇）舉人，春闈不第，家居授徒。光緒五年（一八七九），大挑二等，例授教職，以母老辭。於徐州、金華等地坐館。十七年起，主講精勤文社、鹽城書院、尚志書院。二十九年，任崑山教諭。次年任蘇州師範學堂監院。著有《顧（炎武）詩箋注》、《味靜齋詩存》、《味靜齋文稿》、《味靜齋集》、《遁庵叢筆》、《拾瀋錄》、《夜存錄》。傳見民國《續纂山陽縣志》卷一〇。

生佛碑（陳學震）

《生佛碑》傳奇，《西諦善本戲曲目錄》、《古典戲曲存目彙考》著錄，現存清同治間刻本。

生佛碑傳奇原序

陳學震

司馬君實，宋之名相也。初入相時，人以爲天下寒極而春，譬猶窮陰凝閉，忽值豔陽和煦。憶公當日惠澤及民，抑何浹洽之深也！時誦公爲「萬家生佛」。夫所謂佛者，能登斯民於袵席，濟眾生於極樂者也。以佛擬公，尤未若以生佛擬公之廣大無際也，運化無窮也。且天下至大，東西南朔，八埏九垓，豈僅萬家？稱萬家者，概言其衆，抑舉成數耳。

若夫淮郡爲江北之名區，袁浦爲赴都之孔道，四方之廣，民生之繁，戶口何止以萬計也？乃能出生入死，親冒矢石，馳驅於金戈鐵馬之場，縱横於劫火飛紅之地，卒能保人之室家，拯人之性命，孰有如提督軍門卿雲陳公者耶？軍門之心，卽佛之心也；軍門之德，卽佛之德也。以佛況軍門可也，以生佛況軍門，亦無不可也。予故作《生佛碑》以志之。

蓋碑者，紀功頌德者也。昔羊叔子有愛人之心，濟人之德，人爲之立碑峴山，望之者輒墮淚。今予所作之《生佛碑》，卽當日羊公叔子峴山墮淚之碑與！後之流覽斯文，有不感極涕零者，幾何人哉？

同治八年仲春中浣一日，子楊氏自序。

（清同治間刻本《生佛碑傳奇》卷首）

生佛碑傳奇題詞（二）

梁德沛　等

西塞雲荒賊信頻，大僚無計靖烟塵。守陴那復籌郊野，滿目流離痛士民。

袁江底事遘陽九，怒馬雄兵動地來。劫掠靡遺人去盡，幾家焚卻好樓臺。

逼近烽烟到楚州，延燒村郭陣雲稠。當時未有軍門在，鶴唳風聲萬戶愁。

欃槍百萬迅如霆，楚水淮山戰血腥。一路幸逢飛將至，掃除殘暴仗青萍。古鹽石洲梁德沛題〔一〕

天生樑棟衛長淮，虎略龍鈐邁等儕。兵氣潛消光日月，邗溝那復見陰霾？

眾鳥驚弓飛欲盡，鯨鯢那更去來頻。如逢久旱雲霓望，婦孺相攜仰偉人。

層層虜騎渡横潭，砂走雲飛戰欲酣。衛、霍功名今復見，千秋遺烈著淮南。

鼙鼓西來聲震天，亂離人世動經年。若無大將威名著，萬戶傷心痛徙遷。博支深甫邵臨孚題〔二〕

野花紅豔斷人腸，一帶清淮水渺茫。燕子不歸林木盡，誰家廚竈晚烟蒼。

紛紛賊寇滿東皋，馳馬彎弓意氣豪。突把淮干鴟獍掃，將軍此日戰功高。珠江弼卿吳家輔題〔三〕

賞識英雄稱巨眼，收羅俊傑亦奇才。振威殉節光華宇，爭說軍門將將材。

巾幗嬌姿著懿輝，夭桃紅綻詠于歸。軍門代把雲英聘，閨閣完人世所稀。皋邑樾城裴蔭森題〔四〕

禮佛由來稱善信，誰知虎拜竟皈依。一從殿宇增雄闊，老衲焚修日掩扉。

名詞巍奐矗城隅，一水盈盈繞綠蕪。自得軍門修建後，花光林色兩清娛。鹽瀆滋生王樹徵題〔五〕

百戰英風傳絕塞，千尋浩氣吐長虹。將軍偉績知多少？總在金戈鐵馬中。

口碑到處誦無遺，爭說英雄酣戰時。詎料功成樂閒散，探求禮樂復敦詩。

無端風鶴驚山左，更賴雄才仗策奇。挫鋭摧鋒經屢戰，跳梁醜類怎支持？

逐寇飛車趨豫省，烽烟已復逼中州。好同猛鎮馳風雪，萬里長驅壯遠猷。受業丁純拜題〔六〕

維揚風景畫中看，鎮日間遊一釣竿。志豈在魚惟自得，絲綸動處海天寒。

騎驢湖上看春山，口不談兵心自閒。從古功成必求退，陶朱風範喜追攀。受業張懋森拜題

細展碑文誦讀頻，峴山勒石已同倫。沙場奮力英雄健，書室拈毫褒貶眞。斬將搴旗功已振，引商刻羽筆通神。旗亭他日傳歌板，何異雲臺圖畫新？世姪孟柱臣拜題

乾坤正氣屬軍門，誓掃鯨鯢壯志存。山左閭閻幪廣廈，淮干村郭被殊恩。清蓮幕捲千夫肅，細柳營開萬馬屯。碑勒巨功傳董筆，待敲檀板細評論。姪鼎昌鳳軒拜題

金戈鐵騎斬雄關，直把淮山作峴山。司馬仁聲光史冊，元龍豪氣壓塵寰。帥旌搖日香花擁，戎服歌風鼓角環。勒石銘勳誰秉筆？天留南董在人間。

旗亭貰酒敞瓊筵，曲奏《陽春》暢管絃。風掃戰場爭擁甲，塵銷野幕盡投鞭。孤城春老鵑啼月，廢壘秋高雁拍烟。檀板輕敲千載唱，英風浩氣薄雲天。後學海門陳雲墀拜題〔七〕

（清同治間刻本《生佛碑傳奇》卷首）

【箋】

〔一〕梁德沛：字石洲，鹽城（今屬江蘇）人。同治九年庚午（一八七〇）貢生，任蕭縣訓導，陞教諭。

〔二〕邵臨孚：字深甫，博支（？）人。生平未詳。

〔三〕吳家輔：字弼卿，珠江（今屬廣東）人。生平未詳。

〔四〕裴蔭森（一八二三—一八九五）：字樾城，一作樾岑，阜寧（今屬江蘇）人。咸豐十年庚申（一八六〇）會試中式，同治二年癸亥（一八六二）補殿試成進士，授工部主事，歷官湖南道員、福建按察使、船政大臣、光祿寺卿。

工書法。著有《裴光禄遺集》、《他山剩簡》。傳見王慶善《也儂遺稿》卷一《書事》。參見裴士騏等輯、徐嘉編《裴光禄年譜》（光緒二十五年家刻本）。

〔五〕王樹徵：字滋生，鹽城（今屬江蘇）人。生平未詳。

〔六〕丁純：與以下張懋森、孟柱臣、徐鳳軒，字號、籍里、生平均未詳。

〔七〕陳雲墀：字嶰澶，號海門，山陽（今屬江蘇）人，世居阜寧（今屬江蘇）。附貢生。民國七年（一九一八）《阜寧志》局成立，送訪稿甚多。傳見民國《阜寧縣新志》卷一七。

芙蓉碣（張雲驤）

張雲驤，一名毓楨，字南湖，别署南湖居士，室名浩然堂，直隸文安（今屬河北）人。光緒元年乙亥（一八七五）拔貢（一説同治十二年癸酉拔貢，見民國《文安縣志》卷四《選舉志》），曾宦濟南，官内閣中書。著有《南湖詩集》、《冰壺詞》、《浩然堂文集》、《鐵笛樓集》等。撰雜劇《桃花源》、傳奇《芙蓉碣》。傳見馬鍾秀《古燕詩紀》卷一〇。

《芙蓉碣》，《曲錄》著錄，現存光緒四年（一八七八）清稿本、光緒九年自刻本（《鄭振鐸藏珍本戲曲文獻叢刊》第四五冊據以影印），《傅惜華藏古典戲曲珍本叢刊》第一〇五冊影印此二本。

芙蓉碣傳奇自序

張雲驤

予幼時，每聞談李蓉姑事，多未詳。後讀高寄泉①《蝶階外史》載東安兩烈女事迹②〔一〕，又與傳聞詳略不同。考之邑乘，猶未采入。辛未〔二〕，客東安道。出蓉姑墓，剔碣讀之，知爲道光二十四年奉旨旌表，昌其事則明府倪公也〔三〕。寒鴉落日，爲之徘徊不能去③。時維冬月，而墓草不凋，亦一奇矣。晚歸兀坐，悵惘④者久之。會李子伯澄來〔四〕，蓉姑之鄉人也。坐未定，即詢以兩女事，唏噓悲悼，語之甚詳。惟其兄與夫，並忘其名。既而謂予曰：『去女之死，不過四十年；去君之居，僅逾五十里，而傳聞異辭。此猶天語煌煌，曾經朝廷敕命⑤者也。若夫天下之大，貞烈之多，無地無之，而淹没於蒿萊骼胔中者，豈能一一在人耳目間？兩女其可傳矣。與爲腐儒長言之，何若宣之愚衆之耳目，未始非廣勸懲、維風教之一助也⑥。』因囑予塡詞寫其狀，予唯唯⑦。頃游金臺，碌碌未及此，而未嘗一日忘於懷也⑧。

兹來歷⑨下，湖山風雪中，時復多病。侘傺無聊，默念夙諾，忽忽八年，而伯澄之墓亦宿草⑩矣。感今追昔，茫茫百端。時予銜恤甫十八閲月，不獲終其制。而奔走千里外，橫扼之淚，惟毛穎、陳玄輩可代灑之。因拈是題，喜其性情之正也⑪。爰取祥琴之禮，構局爲詞，仍不比之絲竹。每夕挑燈成一折，閲十四日而脱稿，題曰《芙蓉碣》。

嗚乎！李氏以弱女而不失其貞，陳氏以婢妾而能成其烈，時窮勢迫，慷慨捐軀，烈丈夫可也。所有篇中，或借神仙以爲呼吸，或添腳色以助波瀾，皆援筆時想當然耳。至於刻劃小人，語多過激，然⑫皆十餘年目覩身歷，格格於胷臆間者，必思有以吐之而後快，非敢徒以嬉笑怒罵爲文也。知我者憐其志，不知我者觀其戲。

光緒四年戊寅⑬二月，文安張雲驤自識於⑭鬘花行館〔五〕。

（《傅惜華藏古典戲曲珍本叢刊》第一〇五冊影印清光緒四年清稿本《芙蓉碣》卷首）

【校】

①高寄泉，底本無，據光緒九年自刻本補。
②迹，清光緒九年自刻本無。
③『寒鴉落日』二句，清光緒九年自刻本無。
④悵惘，清光緒九年自刻本作『倀倀』。
⑤天語煌煌曾經朝廷敕命，清光緒九年自刻本作『此猶朝廷旌卹』。
⑥『兩女』四句，清光緒九年自刻本無。
⑦因囑予塡詞寫其狀予唯唯，清光緒九年自刻本作『因囑余按譜傳其事』。
⑧『頃游金臺』二句，清光緒九年自刻本作『京邸碌碌未遑及此』。
⑨歷，清光緒九年自刻本作『稷』。

⑩亦宿草，清光緒九年自刻本作『草宿』。
⑪性情之正也，清光緒九年刻本作『情之正味之苦有與余近狀默相感者』。
⑫然，清光緒九年自刻本作『亦』。
⑬『戊寅』二字前，清光緒九年自刻本有『歲在』二字。
⑭自識於，清光緒九年自刻本作『南湖氏志於濟南官廨之』。

【箋】

〔一〕高寄泉：即高繼珩（一七九八—一八六五），字寄泉，直隸遷安（今屬河北）人。早孤，依寶坻（今屬天津）外家王氏居。嘉慶二十三年戊寅（一八一八）舉人，授欒城教諭，移大名。以軍功，擢廣東博茂場鹽大使。同治二年（一八六三），以病乞休。輯《畿輔詩傳》，爲長洲名士陶梁攘爲己有。編《欒城縣志》。著有《培根堂全稿》（含《培根堂詩鈔》、《鑄鐵硯齋詩》《續編》、《味經齋制藝》、《養淵堂古文》、《駢體文》）、《海天琴趣詞餘》、《蝶階外史》等。傳見《清代官員履歷檔案全編》卷二六、《大清畿輔先哲傳》卷二五、《清畫家詩史》庚上等。

〔二〕辛未：同治十年（一八七一）。

〔三〕明府倪公：待考。

〔四〕李伯澄：東安（今屬湖南）人。生平未詳。

〔五〕題署之後有印章二枚：陰文方章『張雲驤南湖印』，陽文方章『中書舍人』。

芙蓉碣自題詞〔一〕

張雲驤

【水調歌頭】情恨是何物？入骨不能消。仰天忽發長嘯，風雪莽瀟瀟。自古殘花缺月，多少長愁短恨，一半付瓊簫。憒筆苦拉雜，伎①倆亦秋毫。男兒氣，中年志，忍輕拋！他人酒杯肯借，壘塊不妨澆。一肚皮中煩惱，覓個傷心紅粉，聊作楚詞②招。僕本恨人也，淚雨瀉如潮。南湖居士自題〔一〕

（同上《芙蓉碣》卷末）

【校】

①伎，清光緒九年刻本作『技』。

②詞，清光緒九年刻本作『魂』。

【箋】

〔一〕底本無題名。清光緒九年自刻本，此詞置於《題辭》之末。

〔二〕題署之後，有『壬午秋九月雲笙讀』字樣，並『己卯閏二日倉葉庵侍者讀過』、『民國十四年丙寅元月晉齋讀』兩行墨字，尾鈐『薔生眼福』朱印。

（芙蓉碣）序

樊增祥〔一〕

一雙倩女，同爲紫玉之烟；百里秋江，不抵明珠之淚。卷湘波於側理，大半離憂；譜延露以清商，自成悽戾。南湖舍人，京兆風流，靈和身世。清池自照，則秋柳將波；鏤管傳家，則遠山在握。善言兒女，無慚《國風》之遺；圖繢屏風，將續中壘之傳。間者鳴鞘歷下，賭唱明湖。憒且甚於觸山，怨有深於蹈海。乃搜彤史，譜入紅簫。珠字三千，清歌二七。不忘清白，死生蘭茝之叢；托興虛無，城郭芙蓉之裏。么禽並命，終化青鸞；貞木連枝，無非碧玉。概其終始，可略而言。

爰有兩易名姝，三河美媛。仙人居處，翠水千重；善女前身，青蓮一朵。忽飛瓊之入世，挈小玉以隨身。火澤同居，霜冰靡改。藥烟在竹，不箋紅豆之詞；花露調鉛，惟描白衣之象。東南孔雀，未許雙飛；西北牽牛，空憐獨旦。屬孤雛之離乳，更丘釜之然萁。女嫛無歸，兄魋作惡。霜紈擣月，咽辛虀而自傷；黃蘗①吟風，寧苦蘗其何極！鸚爲貍餌，鳳肯鴉隨？惟綠屬之與偕，指清流而並赴。

嗟乎！未識有生之樂，寧知將死之哀。壽莫壽於娥江，甘莫甘於岳井。是故靈澤生別離之世，三間轉鉛黛之身。終能濯魄霜波，脫身膏鑊。化人間之熱惱，大是清涼；作花裏之神仙，幸存根蔕。至於十行芝綍，替書紫府之銜；一樹紅梨，永護青珉之字。則金棺已闕，玉骨安知？亦猶第方干於九原，未足塞炎娥之東海者矣。

南湖《騷經》熟讀，塊壘借澆。短笛吟商，天地鬱其秋色；孤花照水，一生不怨東風。是用爨演鬼神，鋪張節誼。撥懷中之鐵鳳，最足移人；認鏡裏之娥眉，焉知非我？中間益之賓白，間以嘲詼。極命風謠，殫窮幽怪。袁山松之度曲，流涕無從；郭茂倩之解題，怨歌居半。懺鵑成鶴，古來無此情天；鋤蕙傷蘭，所見殊多恨事。捶琴有托，抱玉何心？悲且填膺，淚堪洗面。試聽雍門之曲，人盡田文；倘操漁陽之撾，吾其鼓吏矣。

光緒九年癸未臘日〔二〕，武威樊增祥敍。

（清光緒九年癸未十二月自刻本《芙蓉碣傳奇》卷首）

【校】

①蘗，底本作『孽』，據植物名改。

【箋】

〔一〕樊增祥（一八四六—一九三一）：原名樊嘉，又名樊增，字嘉父，一字樊山，號雲門，晚號天琴老人，恩施（今屬湖北）人。光緒三年丁丑（一八七七）進士，歷任渭南知縣，陞陝西、浙江、江寧按察使、布政使，護理兩江總督。袁世凱執政時，官參政院參政。『同光派』重要詩人。著《樊山全集》。傳見錢海嶽《海嶽文編·事狀》、《清代七百名人傳》、《近世人物志》、《詞林輯略》卷二等。

〔二〕光緒九年癸未臘日：已入公元一八八四年。

芙蓉碣跋

吴孝緒〔一〕

古歙方仰松云〔二〕：『工尺卽律呂，樂器無古今。』誠哉言也！盈天下之間，凡有聲者，莫不有其中聲焉。聖人造律，以律閑音，此時卽有工尺，無待後人吹灰纍黍之紛紜也。降而至於近世之度曲，雖與古樂有雅俗清濁之分，而某宫某調，仍不外古之六律五音。惟世之言律呂者，病在求之太深，無異談龍。而俗伶度曲，又習於江湖惡派，牢不可破。雖靡靡悦耳，而宮商姦亂，甚有改辭就腔，不成文理者。卽有老曲師，亦能先定板眼，次塡工尺，知其當然，仍不知其所以然。近時京師度曲，除葉懷庭《納書楹》一書外，無他曲也。詞場至此，不絕如線。

余謂文字至於傳奇，其品雖卑，而爲之則甚難。法律波瀾，音韻文藻，不可偏廢。就國朝言之，兼之者惟孔東塘、洪昉思、蔣心餘三家。李笠翁音調賓白，並皆佳妙，而文近俳優，非貴品也。余留心於音律，幾三十年。向有《雙燕樓》、《鷫鸘裘》雜劇二種，南京之亂，燬於兵燹。今已垂垂老矣，不敢向旗亭樂府，賭唱『黃河』也。

近識南湖舍人於大明湖上，風采遙秀，佳士也，而談論古今，眉宇間時露英爽之氣。余心重其人。繼出新曲《芙蓉碣傳奇》十四折，謬以余爲老馬識途，囑爲按拍。余受而讀之，音節圓朗，清濁適宜，無咽不出、揭不起之病。間有一二未合者，量爲增減，續凫之誚，知不免焉。至其文則疊矩重規，其意則青天白日，淋漓酣透，哀豔纏緜，洵有關風教之文，未可僅以詞曲目之。卽起東塘、昉思、心餘諸君於地下，亦當引爲同調。因倚聲譜之，並書其後云。

時光緒四年歲在戊寅暮春之初，上元愚弟吴孝緒拜跋。

【箋】

〔一〕吴孝緒：字雲在，上元（今江蘇南京）人。工詩文，留心音律，幾三十年。爲張雲驤《芙蓉碣傳奇》訂譜。撰雜劇《雙燕樓》、《鷫鸘裘》二種，葉德均《戲曲小説叢考》卷上《曲目鉤沉録》、《清代雜劇全目》著録，已佚。

〔二〕古歙方仰松：卽方成培（一七三一—一七八九）。

芙蓉碣總評〔一〕

闕　名〔二〕

合觀十四折，才情富有，波瀾老成，有云亭音節之高，兼藏園書卷之富。視笠翁輩專以場面見長，直臥之樓下矣〔三〕。

【箋】

〔一〕底本無題名，置於第十三齣齣末。

〔二〕此劇正文首頁署『武陵王以慜夢湘評點』，則此評當爲王以慜撰。王以慜（一八五五—一九二一），一作以敏，字子捷，號夢湘，別署檗塢，武陵（今屬湖南常德）人。同治十二年癸酉（一八七三）舉人。光緒九年（一八八三）應試，揭發科場舞弊事，被黜。十六年庚寅（一八九〇）進士，選庶吉士，散館授編修，調御史。後出任瑞州、撫州知府，選江西大學堂提調，轉南康知府。辛亥後，棄官歸鄉，易名文悔，號古傷。工詩詞。輯《湘烟閣詩鐘彙鈔》。著有《檗塢詩存》、《檗塢詞存》、《檗塢詩存續集》、《檗塢詩存別集》、《檗塢詩存別集唐詩》、《自題詩》等。傳見王乃徵《墓志銘》（《碑傳集三編》卷四一）、《詞林輯略》卷九等。

（芙蓉碣）題辭

劉湝焴　等

烟江渺渺芙蓉水，蘭橈晚唱相思子。鯉魚風起秋水寒，翠袖紅衣抱香死。尋常兒女天不妒，容易雙栽合歡樹。鼇柱踏翻天地愁，鮫宮垂淚無朝暮。碧城十二仙人宅，蒼龍吹篪虎鼓瑟。天風環佩歸去來，羅韈分明照波白。絳闕新翻冰雪篇，紅絲嗚咽鵾雞絃。天花手散眞奇絕，碧雲吹墜寥天月。鹽山劉溎焴星岑〔一〕

直奪藏園席。慾雕鎪、天驚鬼哭，一枝詞筆。斗墨難書兒女恨，攙入銅琶鐵笛。卻不是、無端歌泣。湖海青衫千種淚，吊花魂香土秋苔積。感身世，共哀抑。亭亭瘦影鑒霜立。寫娥眉、兩般貞烈，愧他巾幘。點綴排場生丑淨，嬉笑自攄胷臆。便怒罵、何嫌太激？塵海衣冠徒一鬨，只枯碑不滅千秋蹟。翦燈讀，字痕碧。（右調【貂裘換酒】）上元蔣師轍紹由〔二〕

萬淚積成海，有長斷無消。因君使我欲哭，香草吊沅瀟。千古貞姬烈女，幾箇情仙豔鬼，烟葬小紅簫。安得借君手，盡寫入湘毫。　只一事，爲君計，筆宜拋。芙蓉十分秋豔，猛雨便來澆。大抵才人抑塞，也似美人磨折，都算自家招。有酒且須飲，今夜月如潮。（右調【水調歌頭】，即用自題原韻。）常德易順鼎實甫〔三〕

天語煌煌勒石碑，捐軀慷慨兩娥眉。世間多少奇男子，節烈英雄付女兒。

風流誰似張三影？彩筆能飛五色霞。綺歲輸君好才調，武陵春水唱桃花。（南湖十七歲時，譜《桃花源雜劇》，詞甚瑰麗。）同邑王璞十樵〔四〕

年來憶汝長爲客，得讀新詞便當歸。拍到纏綿哀豔處，落花啼鳥一時飛。伯兄雲鴻吟初〔五〕

風流子野。一曲《陽春》誰和者？豔絕才華。江上芙蓉筆上花。茫茫大地。千古難消兒女淚。綠酒銀箏。我欲同尋石曼卿。（右調【減蘭】）宗室盛昱伯希〔六〕

（以上均清光緒九年癸未十二月自刻本《芙蓉碣傳奇》卷首）

【箋】

（一）劉淮焇（一八三九—？）：字東生，號星岑，一號徵梅，鹽山（今屬河北）人。咸豐五年乙卯（一八五五）順天鄉試舉人，報捐內閣中書。同治五年（一八六六）署侍讀，遷員外郎。光緒八年（一八八二），陞貴州鎮遠府。二十年，調福建漳州府知府。傳見《清代硃卷集成》卷一〇二、《清代官員履歷檔案全編》等。

（二）蔣師轍（一八四七—一九〇四）：字紹由，號穎香，一號遁庵，上元（今江蘇南京）人。蔣永齡（一八一八—一八八五）次子，師軾（一八四四—一八七六）弟。同治十二年癸酉（一八七三）拔貢。光緒十六年庚寅（一八九〇）順天鄉試副榜。富經濟才，十八年，入臺灣巡撫邵友濂幕，輔修《臺灣通志》，聘爲總纂，旋辭歸。二十四年，授安徽知州，歷任壽州、鳳陽、桐城、無爲。三十年，病逝於任上。著有《青溪詩選》、《臺遊日記》等。傳見陳作霖《可園文存》卷一一《傳》、鄧嘉緝《扁善齋文集》卷下《墓志銘》、《續碑傳集》卷四五、《皇清書史》卷二六、《重修臺灣省通志》卷九等。

（三）易順鼎（一八五八—一九二〇）：字實甫，亦作碩甫、實父、石甫，又字仲碩，亦作中實，號眘伽，晚號哭庵，別署懺綺齋、種石山農，龍陽（今屬湖南漢壽）人。光緒元年乙亥（一八七五）舉人，捐貲爲刑部山西司郎中。後六度會試，均落第。改官河南候補道，遷三省河圖局總辦，加按察使銜。後入山爲僧。旋復出，累遷至雲南臨安開廣道、廣東欽廉道等職。袁世凱復辟，任政事堂印鑄局代局長。擅長考據、經濟、詩文、詞賦，著述頗豐，有《哭庵叢書》、《琴志樓叢書》等。傳見《碑傳集三編》卷四一、《近世人物志》、《寒松閣談藝瑣錄》卷三等。參見王飆編、陳松青補訂《易順鼎年譜簡編》（熊治祁編《湖南人物年譜》第五冊，二〇一三）。光緒四年（一八七八）清稿本《芙蓉碣》卷末有此詞，題《讀芙蓉碣後卽僭自題原韻，南源居士詞宗正之》，署『鬘天舊掃花僮塡於謚簫樹』。

（四）王璞（一八一九—一八八八）：字十樵，一作十橋、石橋，晚號迂叟，室名蕉雨軒，直隸文安（今屬河北）

人。年二十，補博士弟子員，屢躓秋闈。同治間任安州訓導，遭喪去。服闋，署新樂縣學官，調署永平府學。著有《蕉雨軒詩草》、《望古遙集鐘鼎詩存》等。傳見徐志祥《墓志銘》（民國《文安縣志》卷九）。

〔五〕張雲鴻：字吟初，直隸文安（今屬河北）人。張雲驤兄。光緒十五年己丑（一八八九）舉人。音律之學，尤爲擅場。著有《芳草斜陽館集》。傳見馬鍾秀《古燕詩紀》卷一〇。

〔六〕盛昱（一八五〇—一八九九或一九〇〇）：一名煜，字伯希，一作伯熙，號韻蓢，別署意園，愛新覺羅氏，滿洲鑲白旗人。光緒三年丁丑（一八七七）進士，選庶吉士，散館授編修。歷官文淵閣校理、國子監祭酒。性喜典藏，精本極多。著有《八旗文經》、《雪屐尋碑錄》、《鬱華閣遺集》、《意園文略》。傳見楊鍾羲《事略》（宣統二年刻本《意園文略》附）、《清史稿》卷四五〇、《續碑傳集》卷一七等。

附　芙蓉碣題跋

吳梅

近人傳奇，以此爲最不堪入目。老瞿。

乖音舛律，全不合度，由見元明人雜劇少也。瞿安〔一〕。

十四折僅一折可觀，而又全胎心餘，才儉也。老瞿。

傳奇以自出心裁爲主，元人雜劇猶六經、四子也。不以此入手，而惟於近人中討生活，俱屬荒唐，全無是處。老瞿〔二〕。

（中國國家圖書館藏清光緒九年癸未十二月自刻本《芙蓉碣傳奇》）

【箋】

〔一〕以上二段題跋，墨筆書於卷端。

〔二〕以上三段題跋，墨筆書於卷末總評之後。

桃花源記詞曲（李崇恕）

李崇恕，別署顛悟主人，書齋名寓形齋，蔚縣（今屬河北）人。生平未詳。撰雜劇《桃花源記詞曲》，《清代雜劇全目》著錄，現存光緒五年己卯（一八七九）夏寓形齋刻本，《傅惜華藏古典戲曲珍本叢刊》第一〇五册據以影印。

桃花源記詞曲小序

李崇恕

從來小說家流，皆傳奇諷託於世，使人觀而不知者衆矣。今主人閒居，以《桃花源記》爲前賢歌詠，美不勝收，而詞曲則無，乃降一等，用昔人之糟粕，供腕下之揮毫，另出機杼，寫梨園之情況。於主人其有寄意乎？曰：『未也。』然主人喜怒笑駡，顛狂醉癡，居獨樂之境，而空空象色，是以譜此曲也。

或曰：『主人其有超世之心矣，而主人不言，吾儕何歸哉？』乃趨叩主人，則聽室内歌曰：

『蒼蒼生人於世兮，不須問矣。餐氤氳欲辟穀兮，察生殺之權矣。觀《易》象以敬道兮，孰知吾之胷臆矣。』

吉凶莫辨，光陰若箭。事存破紙，供誰嚼咽。惱彼心情，而主人與客，倏忽不見，乃留斯板片。

光緒丙子歲季春中浣日，顛悟主人評於寓形齋〔一〕。

【箋】

〔一〕題署之後有陽文方章『蔚州李氏崇恕之印』。

桃花源詞曲後序

李崇恕

或問主人曰：『子不作禮學書勸世，而演此詞曲，得毋自棄爲小說家流，豈不惜乎？』主人曰：『禮學書，有過於九經歟？九經之言，洋溢華夏矣。而逐名利場者，視爲具文，又何言哉？又何言哉？且夫導人於至善之地，原不在乎文章體裁①。而《桃花源》劇，智者見之謂之智，愚者見之謂之愚，且使頑夫廉，懦夫立，希必律人爲善也。至若可仕可不仕，可久可不久，抑非主人所能知，乃命之所致，而況於富貴哉？』刊此書時，主人發譫一則。

顛悟主人錄於寓形齋〔一〕。

【校】

①裁，底本作『栽』，據文義改。

【箋】

〔一〕題署之後有陰文方章『頗悟主人』。

（桃花源記）題詞

了　因〔一〕

多少英雄消磨盡，榮華畢竟無情。推遷日月使人驚。嘆山河帶礪，博得箇虚名。　我這裏清閒遣興，東塗西抹縱横。但隨他佳客閒評。任毛錐畫景，聊寄託浮生。（調寄【臨江仙】）　了因題

（以上均《傳惜華藏古典戲曲珍本叢刊》第一〇五册影印清光緒五年寓形齋刻本《桃花源記詞曲》卷首）

【箋】

〔一〕了因：姓名、籍里、生平均未詳。

海棠夢（孫大武）

孫大武，别署蘅蕪清夢人，山陰（今浙江紹興）人。生平未詳。撰《海棠夢》傳奇，現存光緒十八年（一八九二）緑絲欄鈔本，《傳惜華藏古典戲曲珍本叢刊》第一一一册據以影印。

海棠夢敍〔一〕

孫大武

夫衆音合縟，斯成文章；新聲謬迷，備兹煩怨。誰解《懊儂》，怕聽《子夜》。吴趨唱遍，春花慘紅；蜀錦歌殘，秋月舒白。六朝如夢，悵啼鳥之聲淒；千古傷心，問驚鴻以老去。試撥銀琶，便揮玉筯。

海棠館主，清愁若秋，深怨如訴。酒盞共把，琴心乃傳。則有容華内侍，紫蘭宫人，價豈兩環，家原碧玉。圓姿柔些，華質婉如。燕鬢初妝，鳳笄待綰。眥萼綻緑①，含波送青。非宋玉之窺，異何㯳之遇。清月籠霧，黯絕提鞮；明河在天，浪傳解佩。愛憐方深，蕊茹斯起。羌鳴鳩以策勛，驚鴛鴦之斷夢。奪匙崑崙，將歸沙叱；奔無紅拂，殞痛緑珠。

嗟乎！瓊葩不春，素靈掩彩。墉宫天上，難招密香之魂；錦瑟人間，怵悷玉谿之句。哀矣怨矣，聞者悽欷。因彼綺情，發爲斯譜。蜜燭光冷，猊爐篆烟。時擊銅斗，繪其曼容；倘按紅牙，請付紫玉。庶幾曉風殘月，翻屯田之變聲；微雲秋山，唱淮海之别調云爾。

蘅蕪清夢人記〔二〕。

【校】

①『緑』字前，底本有『柳』字，據文義刪。

【箋】

〔一〕底本無題名。

〔二〕題署之後有陽文方章「薄負才郎自憔悴」。

（海棠夢）題詞

楊益之　等

回首西州感不禁，新詞譜就劇多情。鴛鴦湖上淒涼路，怕聽紅牙按曲聲。

夢醒江湖不計年，東風幾度愴啼鵑。泥人錦瑟歸何處，舊事思量只惘然。

鶗鴂聲中魂暗銷，恩恩話別忒無聊。海棠池館春無語，吹斷江南紫玉簫。

一鈎冷月漾罘罳，好夢如烟獨繫思。誰把雲和訴幽怨，水晶簾底立多時。

珠玉何年豔莫秋，酒旗歌扇惹新愁。可憐香火三生約，日暮蘅皋沮蹇修。

緑窗人去夢惺忪，碧漢紅牆鎖萬重。聽遍梨花深夜雨，也應愁煞負情儂。

蕙心紈質慨飄零，清淚浪浪溢鏡屏。狼藉桃花渾不管，春風無力護樵青。

烟鳥空啼亦太癡，春愁難綰惱遊絲。鉛華拚盡轉無那，莫向東風舞柘枝。

《白紵》歌殘獨悄然，萬千愁夢愴難圓。玉璫莫寄雲羅信，盼斷青禽莫靄邊。

載酒江湖杜牧之，琴心幾疊最相思。紫雲老去空傳恨，惆悵三生我獨癡。

白楊蕭瑟莽淒淒，子夜歌殘烏亂啼。試問綺懷何處著，陰雲無色月痕低。

最是青楸冷裊霜，芝焚蕙嘆忒淒涼。恩恩埋玉從何說，檀板金樽總斷腸。醴泉楊益之〔一〕

迷離香夢渺難圓，檀板聲聲唱可憐。錦瑟新思翻別調，青琴舊恨悵安絃。烏啼夜月桃花淚，燕舞江風楊柳烟。試問綺懷何處著，紅牙深按碧雲天。

海棠睡醒劇堪憐，腸斷東風莫靄邊。流水落花空有怨，美人香草悵無緣。行雲響遏悲青鳥，鍊月魂歸泣杜鵑。珠閣銀櫳春寂寂，那堪重聽唱《河傳》。星沙湯之晉〔二〕

無端錦瑟數年華，舊事淒涼祗自嗟。打槳漫經桃葉渡，斷腸愁唱《後庭花》。

桃娘生小便工愁，纔學低眉已自羞。背立雙鬟呼欲出，怕歌《團扇》一停眸。

紫薇軒外漾晴烟，花瘦如人春可憐。讀罷新詞倍惆悵，鏡臺回首月華圓。

爐烟低颺翠罘罳，珠閣深沈玉漏遲。清霧滿身人悄立，隔牆花影夜來時。

落花飄泊怨春風，鸚鵡前頭語未通。淒絕雷聲車過去，門前溝水別西東。

繡履花鈿百蝶裙，緘情潛寄暗銷魂。可憐一幅鵝溪絹，灑盡斑斑血淚痕。

幽香三尺葬青泥，墓草萋芊沒馬蹄。祗恨芳魂招不得，郊原落日鬼車啼。

藏嬌漫說屋成金，九折迴腸百感侵。簾隱碧桃人已去，一窗風月賸孤吟①。

銀牀冰簟怕經秋，夢裏分明喚莫愁。一種離懷何處訴，海棠枝上月如鉤。

畫屏深鎖鳳簫寒，碎佩臨風響玉環。瘦盡燈花眠不得，□□□□□□□。

金籠香透鸘鷞裘，十二朱簾半上鈎。絕憶曉風殘月冷，開窗嬌鳥喚梳頭。

按盡紅牙悵所思，東風愁損瘦腰肢。傷情荒草天涯遍，試唱東坡絕妙詞。　馬平楊霖〔三〕

飄零身世若萍浮，靜鎖葳蕤燕子樓。煮茗添香甘淡泊，紫雲憔悴劇新愁。
空濛花霧捲湘簾，小憩園庭理翠鈿。驀見新詞情繾綣，更添愁緒上眉尖。
緋桃弱絮悟前因，羅綺魂銷嬌上春。花底潛來魚鑰顫，紫薇軒裏語曾親。
繁華事散轉成空，鶗鴂聲聲泣晚風。流水桃花春去也，一簾烟雨夢惺忪。
剩粉殘脂付彩箋，淒涼重認舊釵鈿。檀郎從此應添恨，莫把心情問碧天。
啼鳥聲聲亦太癡，桃花狼藉雨絲絲。悤悤死別何堪說，零落青衫不自持。
贏得蟬紗漬淚痕，亭亭倩女竟離魂。烏啼月落愁無那，炧盡蘭釭靜掩門。
香銷珠碎劇堪憐，紫玉紅牙曲曲傳。薄命眞成千古恨，曉風殘月泣啼鵑。　山陰沈瀚〔四〕

酒罷新愁黯似雲，篝燈細讀《瘞花文》。佳人命薄良緣短，不必重尋李少君。
碧玉銷沈劇斷腸，深深埋玉淺埋香。奇芬化作雙蝴蝶，長伴春陰護海棠。　山陰孫大武〔五〕

十年清夢悲桃葉，一種風華閱鬢絲。我亦人間惆悵客，爲他兒女寫相思。
自拈紅豆譜新歌，有客當筵喚奈何。一曲曉風千古恨，玉笛聲裏淚痕多。　德清蔡公釆〔六〕

挑燈偶讀《海棠詞》，旖旎溫柔總是癡。我亦閑情苦無奈，悔拋紅豆種相思。　南州沈媺美〔七〕

桃根髣髴見當年，嫵媚臨風絕世妍。漫唱王郎《打槳曲》，天涯有客淚如泉。
檀槽敲斷夢魂癡，落盡桃花悵所之。莫向東風怨憔悴，人間何處不相思。　善化周培懋〔八〕

黃泉碧落兩茫茫，說到春歸總斷腸。依舊王孫芳草暮，年年青冢有斜陽。

相思到此不能刪，人面桃花豈等閑。我識襄王也愁煞，忍將畫筆寫巫山。南州陶公簡〔九〕

（以上均《傅惜華藏古典戲曲珍本叢刊》第一一一冊影印清光緒十八年綠絲欄鈔本《海棠夢》卷首）

【校】

①吟，底本作『呤』，據文義韻腳改。

【箋】

〔一〕楊益之：醴泉（今陝西禮泉）人。題署之後有陽文長方章『伯撝』。所撰《桃芬事略》，附載此劇卷首。

〔二〕湯之晉：星沙（今湖南長沙）人，字號、生平均未詳。

〔三〕楊霖：馬平（今屬廣西柳州）人，字號、生平均未詳。題署之後有陽文橢圓章『肝膽皆冰雪』。

〔四〕沈瀚：又作沈翰，字詠生，一字詠蓀，山陰（今屬浙江紹興）人。同治、光緒間候補湖南通判。工山水，爲王原祁曾孫王宸再傳弟子，以賣畫授徒爲生。題署之後有陰文橢圓章『此中有眞意』。

〔五〕題署之後有陽文方章『蘅蕪清夢』。

〔六〕蔡公采：德清（今屬浙江）人，字號、生平均未詳。題署之後有陽文異形章『未妨惆悵』。

〔七〕沈婌美：南州（或爲南昌？）人，字號、生平均未詳。

〔八〕周培懋：善化（今湖南長沙）人，字號、生平均未詳。

〔九〕陶公簡：南州（或爲南昌？）人，字號、生平均未詳。

太守桑（吴寶鎔）

吴寶鎔，字蔗農，錢塘（今浙江杭州）人。光緒十八年壬辰（一八九二）進士，授江西知縣。著有《繭蕉庵詩錄》。傳見《詞綜補遺》卷一〇。撰《太守桑》雜劇，《清代雜劇全目》、《古典戲曲存目彙考》著錄，現存光緒間清稿本、光緒二十二年丙申（一八九六）澧陽刻本。

太守桑跋〔一〕

李瀚昌〔二〕

右《太守桑》曲一卷，吴蔗農明府所以美觀察陳公守括時善政也〔三〕。蔗農傲岸不可一世，獨於此加詳焉，其必實有可傳矣。天下之患，不在無善政，在無實心。實心所嚮，靡堅弗破。吾聞陳公守台州，犯羣疑，殄巨盜，勒碣腐鼠山頂，勳業照人。括州，瀰之磽瘠區也，迺更憊心罷精，興利百世。如此，《桑》曲之作，蓋可忽乎哉？今天下多事矣，天下之人皆師其實心，以爲天下，庶於時有豸云。

光緒丙申秋日，長沙李瀚昌署尾。

【箋】

〔一〕底本無題名。

〔二〕李瀚昌（一八五二—？）：派名興灝，字叔愚，號植生，一號石貞，别署癡生、鷗叟，寧鄉（今屬湖南）人。光緒二年丙子（一八七六）舉人，官澧州學正，轉大梁。民國初署河南高等檢察廳長。著有《史要便讀》、《澧州學田志》、《顫頗室詩稿》、《識眞玄學》、《清季宫詞》、《南蟬樓詩集》、《南蟬樓文集》等。傳見《清代硃卷集成》卷三二五履歷。

〔三〕觀察陳公：即陳璚（一八七二—一九〇五後），字六笙，一作鹿生、鹿笙，號滄園，室名隨所遇齋，貴縣（今屬廣西）人。貢生。同治初，以軍功官杭嘉湖道。以事忤上司，降同知。光緒間授處州知府，力行勤儉，頗著循聲。嘗刻《栽桑摘要》一書，並捐廉購運桑秧，勸民勤織。官至四川按察使、布政使，護理四川總督。後被議罷官。著有《滄園吟稿》。傳見《詞綜補遺》卷一九。

（太守桑）題辭

吴正濂〔一〕

【喜遷鶯】括州古郡，介甌越之間，民豐物阜。企望雙旌，瞻依五馬，幸遇鬱平賢守。慈惠比肩召父，仁愛追蹤杜母。君不信，聽《勸桑》一曲，碑留萬口。　舉首，望一帶嫋娜柔枝，新緑分榆柳。牆下成陰，宅邊弄影，奚止閑閑十畝。從此飼蠶煮繭，喜煞丁男子婦。都道是，只恩深衣被，緜延不朽。丙申重陽後三日〔二〕，舊治年家子吴正濂詩儕甫敬謹倚聲

（以上均清光緒二十二年刻本《太守桑傳奇》卷末）

【箋】

〔一〕吴正濂：字詩儕，籍里、生平均未詳。

〔二〕丙申：清光緒二十二年（一八九六）。

隔葉花（金綬熙）

金綬熙（？—一九〇九後），字韍青，一作紱青，號綺佛，一號勹園，別署勹園主人，桐鄉（今屬浙江）人。附貢生，官補知縣。光緒三十四年（一九〇八），與沈宗畸（一八五七—一九二六）等在北京宣南創著涒吟社，創辦《國學粹編》雜志。著有《清雅堂詩文集》、《豔雪詞鈔》等。撰傳奇《隔葉花》、《可憐蟲》、《青樓烈》，均存；雜劇《梁園雪》、《紫雲迴》，均佚。傳見吳仲《續詩人徵略》卷一。

《隔葉花》傳奇，《古典戲曲存目彙考》著錄，現存光緒三十年（一九〇四）以文鈔本（《傅惜華藏古典戲曲珍本叢刊》第一〇九冊據以影印）、民國間河南開封地方審判廳通用稿紙鈔寫本（中國國家圖書館藏）。

（隔葉花）自序

金綬熙

甲午鄉試〔一〕，寓杭之涌金門，邂逅元公子於西子湖，亦來自大梁也。握手傾倒，形影追逐，文章歌泣，心致如一。一日，讀余所撰《紫雲迴》、《梁園雪》各雜劇，喟曰：『吾子乃能傳人如此，吾幾失子。吾有所欲傳之人，與所可傳之事，恨吾無以傳之，吾欲藉人以傳。吾幸遇子，子必爲我傳之。』余曰：『唯唯。』則又曰：『子來自梁，梁之地所親歷也，梁之事所熟聞也，梁之人所盡知也。舍吾子，其誰傳之？』余曰：『唯唯。』則又曰：『若是雲，若雪儂，子必知其爲何如人也。』曰：『固識之。若一時某某者，當無不知其爲何如人也。』曰：『概識之。』距躍三百，無語而去。

明日，置酒兩宜樓，竟一日談。所欲傳事與所可傳之人，且詳且確。或悄然怨，或肅然敬，或撫掌狂笑，或齊其口而喟。酒痕淚漬，淋浪衫袖。坐客愕眙，亦稍稍引去。乃起揖曰：『言盡於是，子必爲我傳之。我與子亦得牽連而書及之。』而華公子者，固亦試於杭，日徜徉於六橋三竺間，欲一見其人，乃竟不可得。吁！公子遠矣。

又明日，入闈。試畢，遽歸。自是亦不復見元公子。乃即其事，編次之，經緯之。兩校書，特書名。諸君子，則姓氏不無廋詞，所謂『微而顯』者。閲兩月脱稿，成三十六折。文之工拙所不必計，其深切著明，固吾夫子所謂『見之行事』者也。其人可傳，事可傳，其諸人與事之可以傳吾文也，吾文又烏足以傳可傳之人與事哉？爰摭其顛末以爲序。

青龍次閼逢敦牂〔二〕，招搖指大淵獻〔三〕，勺園主人書。

（《傅惜華藏古典戲曲珍本叢刊》第一〇九册影印清光緒三十年以文鈔本《隔葉花》卷首）

【箋】

〔一〕甲午：光緒二十年（一八九四）。

〔二〕青龍次閼逢敦牂：指甲午年。

〔三〕招搖：北斗七星。大淵獻：亥。

（隔葉花）評語

梅生等

昔人云：『畫龍虎易，畫狗馬難。』讀此乃知吳道子寫生之技，龍虎狗馬，無不可以鉤其魂而攝其魄也。按拍三日，不知肉味。

乙未七夕前八日〔一〕，梅生識於瀨江舟次〔二〕。

傳奇兩冊讀訖。格律精嚴，情辭細密。尤佩者科白關目，如李鄴侯九仙骨，節節靈通，固玉茗才子、藏園主人所不能兼者也。《結彩》折【榴花泣】，籠罩全局；《課蘭》折【黄鶯兒】，細膩熨貼，尤當擊節。高明以爲然否？惜匆匆未窺全豹耳！

松齡傅伯貞甫〔三〕。

激昂俊爽，不僅以緣情綺靡見長，是抑塞磊落才也。《幕懺》一齣，尤極詞人忠厚之旨，讀之令人增交道之重。

光緒丁酉八月拜讀一過〔四〕，半塘王鵬運〔五〕。

【箋】

〔一〕乙未：光緒二十一年（一八九五）。

〔二〕梅生：字號、籍里、生平均未詳。

〔三〕傅松齡（一八五四—一九〇七）：字伯貞，一作伯楨，號留仙，別署佩弦齋主人，鹿邑（今屬河南）人。光緒八年壬午（一八八二）舉人，在亳州、汝州等地任塾師。二十四年戊戌（一八九八）進士，任四川巴縣知縣，調蓬州、涪州知州。著有《留仙詩集》、《佩弦齋雜記》等。

〔四〕光緒丁酉：清光緒二十三年（一八九七）。

〔五〕王鵬運（一八四九—一九〇四）：字幼霞，又作佑遐、幼遐，號半塘，別署鶩翁、半塘僧鶩，臨桂（今廣西桂林）人。同治九年庚午（一八七〇）舉人，歷官内閣侍讀、監察御史、禮科給事中。光緒二十八年（一九〇二），主揚州儀董學堂。校輯《四印齋所刻詞》、《四印齋彙刻宋元三十一家詞》。著有《味梨集》、《半塘定稿》、《半塘剩稿》、《校夢庵集》等。傳見《碑傳集補》卷一〇、《碑傳集三編》卷一一、《昭代名人尺牘續集小傳》卷二四、《近世人物志》、《近代名人小傳·官吏》、《國朝書畫家筆録》卷二、《清代畫史補録》卷三等。參見朱存紅《王鵬運研究》（廣西師範大學博士學位論文，二〇一一）。

隔葉花題辭〔一〕

周焌圻

大箸浣誦至再，詞筆之妙，無美不備，洵足頡頏前賢。科白語語寫生，有繪影繪生手段。我友傅伯貞，歎爲玉茗、藏園所不能兼，可謂知言。夜闌鐙灺，僅成小樂府一篇，奉題卷末，尚希進而教之。

運日知宴，陰諧知雨。弄彼伎倆，害我佚女。一解。姒王鑄鼎，能狀神姦。不能狀彼，讒慝心肝。二解。貝錦工鑄，蠅糞善汙。顛倒鴛鴦，粉啼朝暮。三解。媧天石腐，生此僉壬。氤氳大使，淚下霑襟。四解。金粱俊友，誓師壇坫。萬唾齊施，口誅代劍。五解。勺園公子，大書特書。離合悲歡，反復嗟吁。六解。我譜此歌，告諸情俠。欲護名花，先掃惡葉。七解。

再題六絶句

兩樹桃花萬種情，夢中蹤迹甚分明。騷人空抱淩雲筆，離恨天高補未成。
汴河清折繞平堤，奼紫嫣紅供品題。寫得淒涼幽咽處，野猿林鳥一時啼。
從來好事每生魔，跛鱉公然占鳳窠。滴盡青衫紅袖淚，斷腸人譜斷腸歌。
菉葹自昔妒蘭荃，妒到夭桃更可憐。寫出雙雙奇女子，前因後果最纏綿。
雪苑桃花扇底開，千秋獨爲李香哀。東塘才調桐鄉續，落筆珠璣萬斛來。
豪竹哀絲唱綺筵，夷門舊事泣嬋娟。雲英嫁後裴航惱，慘緑愁生幾少年。商城周焌圻季俠〔二〕

（以上均民國間河南開封地方審判廳通用稿紙鈔寫本《隔葉花傳奇》卷首）

【箋】

〔一〕底本無題名。

〔二〕周焌圻（約一八四〇—？）：原名清祺，字季俠，號嘯卿，商城（今屬河南）人。光緒十七年辛卯（一八九一）舉人，直隸候補知縣。著有《拜梅書屋詩鈔》。

附　隔葉花傳奇題詞

何樹檳〔一〕

賦就洛神八斗才，桃花桃葉費疑猜。良緣自有天成就，先遣芳魂入夢來。

生花妙筆燦文章，兒女英雄兩未忘。無限傷心無限語，紅牙檀板譜宫商。

一種相思兩種情，牽紅結綠太癡生。青燈梵語《陽關曲》，攪碎文心話不成。

亂踏槐花馬不停，青雲得路奮鵬程。驪歌唱斷繁臺路，數點峯頭江上青。

丁亥九秋〔二〕，流昉園主何樹檳題。

【箋】

〔一〕何樹檳：字右賓，别署流昉園主，菏澤（今屬山東）人。工詩，曾入曹南詩社，《曹南詩社唱和集》收録其詩作。又曾入開封衡門詩鐘社（後改名衡門詩社）。民國二十五年（一九三六），任職於河南省財政廳。此本《隔葉花傳奇》或即由其鈔録。

〔二〕丁亥：民國三十六年（一九四七）。

附　隔葉花傳奇題詞並序

劉子良〔一〕

吾與陳君子儒，相識於殘山剩水間。每酒闌燈灺，暢談『大江東去』，劇中事所述甚詳，而黜曲無由得見也。歲丁亥，余濫竽於豫魯監察使郭公幕，案牘之餘，時藉詩畫自娱。幕友何君樹檳，尤好吟哦。一日至其室，正伏案苦吟。審其所觀，蓋鈔本也。翻其首頁，瞥見『隔葉花』三字，恍如失物重得，喜極欲狂。數年夙願，一旦得償，文字信有緣也。何君謂我曰：『是集也，行將付梓，子其爲詞紀之。』余敬謝不敏而不可得。噫！喪亂以來，此調久不彈矣。商柴計米，猶虞弗給，誰復有閒情逸致，而徜徉於金尊檀板之間者乎？固辭不可，勉成絕句八首，工拙不計也。外贈是雲七律，並附簡末，蓋亦哀其遇而志其慨焉。

豔曲聞名已數秋，焚香淺度恨無由。而今得償平生願，翰墨因緣結汴州。
相逢已屬前生事，信有銀河界女牛。趙地才人歸走卒，風情妒煞秣陵秋。
桃花桃葉鎮相憐，底事綺懷欲化烟。名士坎坷紅粉老，離歌一曲補情天。
夢裏情郎一旦遭，抽觴何必待三挑。誰知好事偏生障，自古良緣屬鳳毛。
卻聘殉情有李香，是雲遭遇亦淒涼。同心結與桃花扇，惹得詞人淚數行。
昔年舊夢已全非，省識春風素願違。遍覓塞鴻悵不遇，無雙消息至今稀。
黃葉西風冷素秋，梁園歌舞幾時休。風塵漫說有知己，末路幾人認舊遊？
莫把情場太認眞，當年我亦曲中人。經營獨少黃金屋，辜負雲英未嫁身。

贈是雲

遁入禪門不計年，天長地久恨綿綿。枉將福慧盼來日，都把幽情付逝川。月影花魂愁莫慰，鐘聲梵韻佛猶憐。也知前路風波險，後會茫茫總黯然。

丁亥九秋望日，共城劉子良題於夷門寄廬。

【箋】

〔一〕劉子良：共城（今河南輝縣）人。生平未詳。

附 讀隔葉花傳奇賦題

熊伯乾〔一〕

花好葉偏隔，根同性不同。好緣原是夢，世界本空空。

情場屬扮演，碎語絡珠璣。百讀誰能厭，形容盡入微。

儷詞眞絕妙，香草美人心。爲抱情天恨，如聽澤畔吟。

戊子暮春〔二〕，桐韻齋主人熊伯乾。

【箋】

〔一〕熊伯乾：即熊紹龍（一八八三—一九五〇），字伯乾，別署桐韻齋主人，社旗（今屬河南）人。清諸生。民國間，歷任山東欒城、郯城知縣，福建清田、河南中牟縣知事。後入河南政法專門學校進修，畢業後任河南高等法院書記官。工詩，入衡門詩社，《衡門詩社選》收錄其詩作。參見熊振黃《南陽文人熊伯乾》（《河南文史資料》一九九二年第一輯）。

〔二〕戊子：民國三十七年（一九四八）。

附　勺園隔葉花傳奇題詞四首小引

許鈞平〔一〕

耳《隔葉花》之名久矣，五十餘年，今始快讀。但覺綺情麗藻，阿堵神傳，才人例有妙詞，狹邪亦饒正氣。梁園風雅，迥異尋常。玉茗、菰谷，詎能專美於前乎？勺園先生介弟宜園八兄，數十年詩社老友也。頃以此卷囑題，輒作小詩四首，聊識向往之意云。

在昔宣和多韻事，兒家門巷説枇杷。巫雲泥雪留鴻爪，五十餘年《隔葉花》。

嚴灘才士梁園客，雅擅蘇、辛絕妙詞。繡口俠腸香豔迹，借澆壘塊譜傳奇。

好事多磨憐二美，情天難補夢成空。士窮瓊士無金屋，一曲驪歌恨未終。

情天恨海兩茫茫，敗葉殘花各自傷。爲怕多情翻惹恨，從來不識綺羅香。

丁亥孟冬，大梁許鈞平石甫對雪書於醉筆草堂。

（以上均民國間河南開封地方審判廳通用稿紙鈔寫本《隔葉花傳奇》卷首）

【箋】

〔一〕許鈞平：字石甫，開封（今屬河南）人。生平未詳。

青樓烈（金綬熙）

《青樓烈》傳奇，一名《黑海蓮》，《古典戲曲存目彙考》著錄，現存宣統二年（一九一〇）勺園稿本，《綏中吳氏藏鈔本稿本戲曲叢刊》第一八册據以影印。

（青樓烈傳奇）跋

金綬熙

一姑之以烈死也，僕在梁園，諗其事，思有所彰癉，爲撰《青樓烈傳奇》，成六折。南北往返，僕僕道路，遂擱筆，置得篋者十二餘年。今年正月，晤蕭子緒髯於京師〔一〕，剪燭話舊。讀緒髯别後各著作，見《一姑傳》〔二〕，憶往事，乃取昔所撰之傳奇，次第而足成之。書中人之姓名，及年月日，皆紀其實，徵信也。言神仙事，則因周觀察處，實有乩訴一事，略有渲染，以堅爲善者之心。書成，以緒髯所爲傳弁於首。書名《青樓烈》者，張鴇爲勾欄之魁，逼一姑入青樓，一姑以死拒之，因以『青樓』二字，暴張之惡，而哀一姑之遇；更以『烈』之一字，揚一姑之奇馥絢彩。蓋三字中互有衮鉞也。緒髯謂一姑未入青樓，或不應以『青樓』字揭於篇。僕曰：唯唯。可又名《黑海蓮》。

宣統庚戌仲春上浣，書成之二日，勺園自跋。

【箋】

〔一〕蕭子緒髯：即蕭亮飛（一八六〇—一九三六），字雪蕉，號緒髯，又號重梅，祖籍嘉應（今廣東梅州），開封（今屬河南）人。著有《遇園詩鈔》、《梅縣蕭氏四代詩詞曲選集》等。

〔二〕《一姑傳》：見現存《青樓烈傳奇》稿本卷首《烈婦胡一姑傳》。

青樓烈傳奇後序

蕭亮飛

昔余客大梁，嘗爲《烈婦胡一姑傳》。閲二十四年，而迄今上之庚戌，居京師日久，逆旅坐無憀，出門悠悠靡定所，任足所之，而至金勺園。僦寓入室，寂不見主人，一老僕垂頭倚几睡，呼之，未遽醒。乃據胡牀坐，取案頭書閲之，則主人新著《青樓烈傳奇》，所以表烈婦胡一姑也，而列余所爲《傳》於卷首，可慚孰甚哉！是書也，事實而義嚴，情摯而詞贍，舉當日之顛末纖微，無一不躍躍墨楮間。嗚呼，一姑不死矣！余《傳》不足傳一姑，而一姑適以傳余《傳》。爰抽架上筆，書數行，以作是書之後序，擲筆徑去，不復俟僕醒、主人歸。

宣統二年二月六日，嘉應蕭亮飛雪蕉甫。

（青樓烈）題詞

袁蟫等

座客當筵笑語譁，霎時淒切上紅牙。盲風瞎雨春無主，又墮梁園短命花。

茫茫天意總難猜，黑海蓮花劫運來。無位英雄無命女，人間一例委塵埃。

錚錚奇俠三君子，濁酒澆胸熱血多。留得《春秋》一枝筆，何勞刀劍驗森羅。

宮商十二特删繁，局外觀枰案漫翻。大有《香樓》、《空谷》感，詞壇賡續蔣藏園。太湖袁祖光瞿園〔一〕

莫唱《蔡中郎》，且聽《青樓烈》。一歌一淚珠，歌盡珠成血。一枝薄命花，嫁得東風惡。賸有一絲魂，冷笑秋雲薄。打棗尚憐枝，棗落枝無恙。况此可憐花，詎受盲風蕩？烏飛南山左，羅列北山右。兒是韓憑妻，怎作韓憑母？伊何據巢人，置之於死地？賴有不平鳴，鳴此不平事。鐵案無不翻，匪石終不轉。碧海雖無情，青天尚有眼。卓哉桐鄉君，珠玉在懷抱。譜成《烏夜啼》，當作傷心稿。是乃玉臺詞，莫認新臺咏。余今秉筆題，欲喚花魂醒。大興張瑜郁庭〔二〕

又集六朝人詩句四首

畫梁朝日盡（陰鏗），桂帳瑟絃空（薛德音）。悲君感義死（江總），流恨滿青松（沈約）。

驚心眩白日（吳邁遠），峻節貫秋霜（顔延之）。彼夫既不淑（傅玄），朱脣徒自傷（梁簡文帝）。

枕席秋風起（劉孝成），房櫳月影斜（何遜）。可憐獨立樹（王僧孺），淪迹委泥沙（沈約）。

丹綵既騰迹（江淹），白圭終不渝（王融）。誰云愁可任（張載），對此淚如珠（陸厥）。前人

糞壤生芝事果眞，花殘玉碎付羅巾。堅貞正賴淫兒見，莫怪陰謀毒手人。

忍聽冤沉地下銜，人心不死口難緘。都知冥漠英靈在，縱不成仙也不凡。

張子遭家亦可憐，好姻緣變惡姻緣。代僵別有傷心處，嫁得癡郎勝玉川。（劉玉川約倡同死，紿其飲毒而獨生。後文信國將就義，問幕客：『何爲？』客曰：『一團血。』公曰：『何故？』客曰：『公死，某等請皆死。』公曰：『將無效劉玉川耶？』客皆大笑。）

譜入絃歌當品題，雪毫不惜涴青泥。傳來碧玉家雖小，名與千秋列女齊。懷寧姜筠潁生（三）

高文直入元人室，奇節應同竇婦傳（元人有《竇婦冤傳奇》）。血染桃花漫持較，深情兒女總堪憐。海鹽朱與渭劍侯（四）

小家碧玉，苦娉婷瘦骨，誤嫁東風定愁絕。任百般磨折，玉碎花殘，亦祇算留得，一生清潔。陰謀施毒手，了卻蛾眉，撒手人天有誰惜。鵑血總啼紅，上格蒼穹，料此後銜冤終白。這一卷新聲，表幽貞與列女齊傳，千秋不滅。（調寄【洞仙歌】）嘉興錢耆孫仲英（五）

天夢何嘗醒？墮名花、無端溷濁，無端陷穽。碧玉雖然家世小，正氣乾坤獨秉。甘生受、諸般苦境。刀鋸椎繩渾不怕，只成全、一己身清淨。談姓氏，動悲哽。遊梁仙客文章領。闡幽光、褒誅一字，令人深省。鐵案如山平斷處，業已兇鋤邪迸。借樂府、細書情景。從此千秋編《列女》，汴州娃遺事眞彪炳。惟節烈，壽方永。（調寄【金縷曲】）（俚言奉題扶青同社《青樓烈傳奇》，即書郢政。）商城周焌圻嘯卿甫稿

吉祥合主人屬再題六絶句

桃花誤嫁恨東風，薄命紅顔命太窮。百涅千磨金石性，一姑名與李三同。（胡稚威《烈女李三行》，載《隨園詩話》。李三，鹿邑縣人。一姑之烈，當與之並傳也。）

黑海狂瀾未有涯，霎時斷送白蓮花（是編又名《黑海蓮》）。誰知小小蓬門女，奇烈光爭萬丈霞。

魔劫般般萃此身，拚將玉碎了前因。大梁烈女知多少？似爾全貞尠替人。

一死能將大義完，世風賴此挽頽瀾。上天所重惟奇節，應許成眞到紫蘭。（西王母紫蘭宫，見《漢武帝内傳》。）

表揚難得遇文星，寫出紅妝照汗青。名教綱常關係重，是編突過《牡丹亭》。

汴州懷古弔荒蕪，詞采如君感慨殊。尚有遺徽須補撰，詩吟《絶命》李香珠。（李香珠，亦祥符縣人，美而能詩。父業成衣，家貧甚。有廣西賈人，以十金啖其父，求夜合。香珠峻拒之。父威逼再三，香珠遂賦《絶命詞》六首，仰藥而死。予囑何吟秋廣文〔六〕，爲作小傳，刻入《天根文鈔》。其《絶命詞》，載予《騷餘胠錄》中。）

（以上均《綏中吳氏藏鈔本稿本戲曲叢刊》第一八冊影印清宣統二年勺園稿本《青樓烈傳奇》卷首）

【箋】

〔一〕袁祖光：即袁蟫（一八七五—一九三〇），字祖光，號瞿園。

〔二〕張瑜：字郁庭，一作郁廷，大興（今北京）人。著有《鐵花仙館詩餘》。傳見《詞綜補遺》卷四四。

〔三〕姜筠（一八四七—一九一九）：字潁生，號宜軒、宜翁，别署大雄山民、大雄山人，懷寧（今屬安徽）人。

光緒十七年辛卯（一八九一）舉人，官禮部主事。工書畫。

〔四〕朱興渭：字劍侯，海鹽（今屬浙江）人。生平未詳。

〔五〕錢耆孫：字仲英，嘉興（今屬浙江）人。錢儀吉（一七八三—一八五〇）曾孫。庠生，附貢，宣統間任郵傳部主事。傳見《詞綜補遺》卷二八。

〔六〕何吟秋：即何家琪（一八四三—一九〇四），字吟秋，號天根，别署天根子。原籍河南封丘，以父官東阿、黄縣等地知縣，遂留寓濟南。後以弟何家珍任萊陽典史，寄寓萊陽。光緒元年乙亥（一八七五）舉人，屢應會試不第，遂改教職。七年任洛陽教諭。二十四年，遷汝寧府教授，卒於任。著有《天根詩鈔》、《天根文鈔》等。傳見《中州先哲傳》卷二八、《桐城文學淵源考》卷二等。

春坡夢（支碧湖）

支碧湖（？—一九〇六後），名恩，字蘇翕，號碧湖，别署半更生，洛陽（今屬河南）人。光緒間進士，曾任廣東吳川縣知縣，後擢定州刺史。著有《續義和拳源流考》，附刻於《春坡夢》之後。撰傳奇《春坡夢》，《明清傳奇綜錄》著錄，現存光緒三十二年（一九〇六）序刻本，《傅惜華藏古典戲曲珍本叢刊》第一〇九册據以影印。

（春坡夢）序

夢生子虛氏〔一〕

昔有嫗見蘇東坡曰：『學士富貴，一場春夢。』遂名爲『春夢婆』。春坡者，春婆之諧聲也。支恩者，氏譜之等韻也。蘇翁、半甦，皆隱語也。支君歷官畿輔，既出其死力以遏拳鋒，又值優勝劣敗、物競人爭之世，前後三年，備極險阻，功成而名不加顯。回頭往事，如夢初醒。而向之倚支君如長城，略分言情，相與共濟艱危者，非南遷，即薨逝，遂無有知支君者。支君不忍自没其勞，於是被諸管絃，託諸優孟，以發其抑塞不平之氣。而拳禍之烈，外侮之强，胥見於此。是書全篇大意，以夢作結。未來之事，固屬渺茫，然綜支君生平所歷，自寒素以及服官，無不可以一夢視之，不待黄粱飯熟時也。

時光緒三十二年孟秋月，夢生子虛氏拜識。

（《傅惜華藏古典戲曲珍本叢刊》第一〇九册影印清光緒三十二年序刻本《春坡夢》卷首）

【箋】

〔一〕夢生子虛氏：姓名、籍里、生平均未詳。

鏡中圓（管興寶）

管興寶（約一八八二—？），字藴珩，白下（今江蘇南京）人。生平未詳。

《鏡中圓》傳奇，《明清傳奇綜錄》著録，誤題《鏡中緣》，現存光緒二十六年（一九〇〇）清稿本，北京大學圖書館藏。

（鏡中圓）自序

管興寶

今夫詞賦之學，始於六朝，迨於元，而塡詞之道興焉。國朝自定鼎以來，名士迭興，多因塡詞成傳奇者，《桃花扇》等書是也。迨後洪君昉思、張君齊元等，又有《長生殿》、《夢中緣》各種行於世。時殊世異，於是茲道漸廢矣。

寶自入大學以來，詩書之暇，輒取諸名士之傳奇，細讀而玩味之。時既久，覺是道與心微有所合，而苦於不得其門。歲庚子〔一〕，董捷臣司馬自山右歸里〔二〕，寓居於寶之別墅。董君爲子賓太守喆嗣〔三〕，與寶爲兩世交，且居僅一牆之隔，誦讀之餘，輒就與談論今古，茅塞頓開。董君工詩詞，寶與唱和有日，漸及詞，答以未能。董君爲寶開導講解，少發其矇，以詞唱和者又有日矣。

是歲秋，洋寇入犯，徧地滋擾，竇因暫綴學。閑居有暇，取《青瑣記》讀之，見有『樂昌合鏡』一事；讀其詩，有『新官對舊官』之句。夫記載舍人言『主之貌美，國亡必入權貴之家』，是早知其不能完璧矣。無以乃破一照，以爲相會之證，斯時舍人亦無他求，惟得相會爲冀耳。後主果入於越公之家，寵遇甚厚，市照得會，賦詩如此。璧乎，其尚能完乎？合前後之情，度之公主之不爲完人也，可知矣。

竇讀罷，因自悲感，轉而復恨。悲感者何也？公主爲陳國之女，國亡被虜，其耳所聞，目所覩，已非陳國之景象，其淒楚已不可言矣。乃又失身於人，上之無顔可對於祖宗，下之空惹旁人之談笑。彼時公主所以不死者，非貪生也，特因前約在耳，完不完，無暇顧論，亦惟以得相會爲冀焉。人誠可悲，志誠可感矣。轉而復恨者何也？陳國雖微，亦一代也；公主雖被虜，陳國之女也。彼蒼不惟不迴護公主，乃竟坐視公主之失身，不爲一救劫乎？抑公主有罪而當然乎？

竇益不解而難釋也，於是援筆而草此傳奇，上以雪公主之恥，下卽少洩胸中之抑鬱，非敢變亂舊典也。然不過一時之戲玩，不可以示於人。而董君欲爲編次，推卻再四，總不獲釋。無已，其獻醜於人矣。因草數語，質之董君，董君其以爲何如？

光緒庚子仲冬哉生明，白下管興竇蘊珩氏識於豐利之小滄浪館。

【箋】

〔一〕歲庚子：光緒二十六年（一九〇〇）。

〔二〕董捷臣：卽董標，字捷臣，別署燕臺吏隱，文安（今屬河北）人。董汝觀（一八四一—？）子。

〔三〕子賓太守：即董汝觀（一八四一—？），字子賓，號少坡，文安（今屬河北）人。董標父。附監生，捐翰林院學習待詔。同治九年庚午（一八七〇）順天府舉人，十二年（一八七三）授翰林院待詔。光緒十八年（一八九二），分發山西補用知府，署寧武府。

（鏡中圓）凡例六則〔一〕

管興寶

一、嘗見今世之婦女，夫死之後，率多改嫁，雖子女在前，有不顧者，甚則攜之以嫁。蓋凡夫死之後，人輒曰：『夫已死，又無子，將何以守？』無子者之言如此，曷有子者亦作如此之言乎？青年少艾者則曰：『吾年尚少，至老甚難，將何以守？』青年少艾者之言如此，曷皤然老婦亦作如此之言乎？問之則曰：『再嫁則多享富貴，且飲食可以不虧。夫不見某也，夫死而嫁，子女成行，歡樂如斯，宛勝不嫁。吾何故自相困苦，而不效彼之改志以圖安樂乎？』又有甚者，凡婦人因其夫久出不歸而不爲守待，其語亦多矯情淆理。合而觀之，將舊日之天下，變爲夫死而嫁之天下也，變爲夫出不歸、婦竟改適之天下也。吾意不然。夫天豈故設此美境，以誘婦女夫死戀之而無節乎？豈天竟令遠出者無與妻帑再會之日乎？非也。早夜以思其意，天蓋設此美境，以試婦女之貞節何如，兼以鑒其志之專否。夫何以言之？有節者，雖見此等美境①，亦毫無動念於心中，而守之如舊；有志者，雖夫出不歸，而待之如前。無節無志之不如此，自不待言矣。況人既苦以自守，天必以甘境與之；既久以自待，天必以圓會與之。彼無節無志，所羡者，不過區區之美境，豈足道乎？果如彼之所行，是天故設此美境，以誘婦女夫死戀之而改節也；是天徒見人遠出不歸，夫婦分離，而不爲一救也；是天不眷憐苦節之人也。總而言之，是節不可守也。其然，豈其然乎？當無事之時，尚然如此，則值亂離之際，其志更不可言矣。以視夫彼值亂離之後，而完身以與故夫相會者，相去不綦遠哉！傳曰：『妻者，齊也。一與之齊，終身不改，故夫死②不嫁。』《柏舟》之詩，就木之誓，庶幾得之。凡吾之所以填此詞者，將藉此以規戒於世，故並論之，非僅爲公主洗恥、優伶扮演而已。閲之者當自會焉。

一、傳奇雖屬小道，亦貴有所本。若《桃花扇》則多本於《明史》，《長生殿》則多本於《唐書》，《懷沙記》則多本③於《史記》。下至湯臨川《四夢》、張齊元之《四種》，雖無所本，而意亦有寓託。余不敏，未能多讀書籍，《通鑒》等書則常觀之，以爲填此詞之根本，若韓、賀破金陵，後主與后死井，任忠募民更戰等處是矣。

一、陳國亡後，公主本歸於越公，而是則歸於韓擒虎，復以美名與越公，有似變亂典籍者，然實非也。非也者何？《鑒》稱擒虎以奸淫陳後宮，不與爵，故不妨以欲汙公主之事誤賴。然實無迹可指，故以《祝壽》一齣解之，此文章救急法也。又稱越公權傾人主，位壓羣僚，舉朝莫敢與之抗者，若此則非賢者也。既非賢者，又實歸之，似不容爲之掩飾，而竟爲之掩飾者，非尊重越公，乃迴護公主也。不第迴護公主，亦爲文章生新。何以曰『爲文章生新』？若照原事敷演，而無旁枝異葉則太板直，無大波瀾則不成文法。故曰：迴護公主，亦爲文章生新。至於金陶、余仲諸人，則又文章烘托展局之一法云爾。

一、余素不諳④音律，又不明宫商，而讀前輩大作，心竊慕之，因不揣孤陋，以塡湊此書。詞之平仄，既不能準；曲之排調，又未相符。或曰：『詞貴能譜，子之所塡，其亦能乎？』余曰：否否。夫前輩之塡詞也，平仄有一定，排調不相紊，故可以扮演，爲萬人聽聞，今之崑劇是也。若余則不然，平日於此道未甚通熟，不過妄⑤希執筆，適足貽譏大方。且志在代樂昌雪失身之恥，而不敢計詞之工拙，供案頭之笑玩則可，豈足付之優伶，傳之絲竹之盛哉？故一書之中，平仄多訛舛，亦多變更，去、入二聲，尤難明晰，排調又不能宫商一律。要之非傳奇之正格，良由素不通熟故也，閱之者其諒之。

一、云亭山人云：『長調一齣六折，中調則八折。』又觀各種傳奇，自齣之始，至齣之終，無論六折、八折、十餘折，平仄皆一韻。夫長調六折、中調八折之說，湯、張諸前輩多不遵。湯、張諸前輩不遵則可，余不遵則不可。余將以余之不遵之不可，學湯、張諸前輩之不遵之可，故敢就湯、張而違云亭之說，諸前輩其許乎？否乎？若始終皆一韻，余不敏，不諳韻學，且無多典籍，故敢更其法。然凡二人之言相似者，用一韻，如舍人與公主⑥破照後，對天設誓二曲是也。凡一調再用者，則雖數調一韻，如韓擒虎頒師時二曲是也；與舍人見惡少戲己，因自標身分二曲是也。下則尾聲從本調之韻，如各齣下場時尾聲是也。儻云亭、湯、張諸前輩在九原聞吾之言，不責怪而原諒之，則幸甚矣。

一、是詞遵前輩格律，先塡虚冒一齣，將全部包孕在内，如文章之有起講然；末後續一齣，兜起全部，若文章之有束比然；中間此齣言舍人，彼齣則言公主，錯綜變化，若文章之有段落排耦然。舍人踰垣，公主毁粧，是全部之大波瀾、大綱領。《辭壻》一齣，舍人是主中賓，全翁乃賓中主，然意少虚，故寫處無沾實語，陶仲諸人則純乎賓矣。《憐節》一齣，公主是主中賓，越公乃賓中主，韓、賀諸人則純乎賓矣。陶、余二人爲舍人之小難星，金翁乃全部之橋梁，以渡濟舍人之小難；韓擒虎爲公主之大難星，越公爲全部歸宿，以庇解公主之大難。若全部之大意，則總括於續之一齣矣。士君子欲觀之以汙目否？此例。

辛丑孟陬吉日〔二〕，藜牀醉隱⑦偶筆〔三〕。

【校】

①境，底本無，疑脱，據文義補。
②死，底本無，疑脱，據文義補。
③本，底本無，疑脱，據文義補。
④諳，底本無，疑脱，據文義補。
⑤妄，底本作「忘」，據文義改。
⑥主，底本無，疑脱，據文義補。
⑦「藜牀醉隱」四字，底本作「養浩山人」，以墨筆點去。

【箋】

〔一〕版心題《鏡中圓傳奇凡例》。

〔二〕辛丑：光緒二十七年（一九〇一）。

〔三〕題署之後有印章二枚：陰文方章『管興寶印』，陽文方章『蘊珩』。

鏡中圓傳奇序

董標

蓋聞詩詞之道，足遭理學之絀，而遺文人之辜。何也？夫漢唐之際，以策問取士，有學術卽可應仕，而才華無論矣。至六朝則尚詞賦。宋王荊公出，始興文章，明時因之，國朝因之，以此取士，而學術不講矣。然尚有可諉者，曰『代聖賢立言』也。乃後世竟徒尚聲調，而無眞實之功，又以詩詞相尚，風流之士多能爲之，以致以詩詞沽名譽，涉淫亂，各種之事，無一不至，緣與褻穢近也。胷中所有，藉此達出，而全身之禍，名教之誅，風流之士，鮮不如此。如斯言之，則詩詞非正道也。卽非正道，緣何興之？蓋始興之時，不過文人藉此以陶淑性情，非以沽名譽、涉淫亂也。後人因之以爲各種之事，後世之風俗使然，非是道故欲害人，亦非興之者故欲遺患於後世焉。如上所言，是詩詞之道不可爲也。然亦視爲之者爲何如人。風流之士以之涉淫亂，肫誠之士以之陶性情，非僅能吟壇贈答已耳。

若傳奇者，褒貶善惡，是《鑒史》也；名分筆削，是《麟經》也；抑揚反正，是文章也；清新綺麗，是詩賦也。嗚呼！斯道大矣，廣矣！不知者輒曰：『優伶之事，何可以爲學業？』豈知此道可以警世人，可以供吟詠。付之梨園，則韻叶宫商，聲傳簫管。聽迭奏笙簧，元音孰和？看形分善惡，殷鑒在兹。詩腸俗耳，積學應呑篆之才；《白雪》、《陽春》，吉夢垂生花之筆。『今之樂，猶古之樂也。』優伶之事，何可爲學業云爾哉？

庚子荷夏〔一〕，標自山右歸里，未暇構室。承管君不鄙，許我暫寄萍蹤。贈答之事，日不離手，而管君亦與焉。君才人也，工詩賦，喜塡詞，平日細參熟讀此道，久矣貫通，惟未得其門路，問於余。余不敏，何敢謬談文學？而管君成此傳奇，非才學兼至，何能如此之速乎？不知者將謂彼官家之公子，何書無有？雖於此道未精，欲鈔寫焉以博其名譽，甚易易耳。而標謂不然。夫君之先世，遭粤匪之難，金陵瓦解，闔門殉節，家物一空。幸尊翁琢堂世伯，應禮部試入都，得免於難。迨後捷南宫，宰畿輔，薨於潞河撫民府任。管君幼，未能旋里，遂扶櫬來文寄居。標與君有世誼，先君監督漕務時，與琢堂世伯時相往來，深知君家事。每談及之，未嘗不代爲感慨焉。而藴珩與標，昔未謀面。以舊雨而聯新雨，梓鄉快聚，何幸如之！見其淵源家學，庭訓素承，誦讀之餘，兼習吟詠。傳奇譜就，幸獲觀瞻，不意俗塵煩惱中有此一段眼福也。管君年方八九〔二〕，卽如此英敏。『忠節之後，必有達人』，古訓殆非欺我矣。考君之爲人，端正不苟，不尚時趨，年雖未弱冠，實若老儒。然知志乎古，不知同乎俗；知信乎道，不知合乎世，是以人多目爲迂魯。南豐所謂『有志乎古必違乎俗，有信乎道必離乎世』矣。管君當征戰之秋，未嘗一日棄學，蛟龍得雲雨，固非池沼中物也。古云『大凡物不得其平則鳴』，吾固知管君之不平，而可以鳴國家之盛也。閲之者當不以余言爲河漢矣。是爲序。

光緒二十六年歲次上章困敦日，躔玄枵之次，世愚兄董標拜序於鐵如意齋〔三〕。

【箋】

〔一〕庚子：光緒二十六年（一九〇〇）。

〔二〕年方八九：參照下文所云『年雖未弱冠』，則光緒二十六年，管興寶十八九歲，其生年當在光緒八年（一八八二）頃。

〔三〕題署之後有印章三枚：陽文方章『燕臺吏隱』，陰陽文方章『蕭書生』，陽文方章『江都相裔』。

（鏡中圓）序

紀昌文〔一〕

蓋聞星輝雲爛，盛世之元音；《白雪》、《陽春》，騷人之韻事。梨園曲譜，足寫風流；桃扇歌傳，如聞太息。古之有詞，由來尚已。管君蘊珩，吾甥也。祖居金陵，父以名進士宰畿輔，擢東西路郡守。蘊珩聰穎過人，幼隨侍讀書，淵源家學。年未及冠，靡書不讀，腹笥便便。窮經之暇，究心史鑒，詳察夫興衰治亂之由，細參夫忠佞賢姦之品，深悉夫悲歡離合之情，切按夫美刺貞淫之俗。於陳、隋鼎革時，編輯《鏡中圓》傳奇一書，索序於余。余不諳律吕，聲音一道，自認爲門外漢，何敢妄贊一辭？惟細心披閲，而無語不典，無字不新，用筆之參伍錯綜，用法之反正開合，簡練揣摩，不難力追古人，置之古詞中，幾無以辨。此不過管中窺豹，略見一斑，即可卜將來之經濟文章，必有大爲世用者，取青紫如拾芥耳。倘從此播爲謳歌，叶以絃管，未始非國家和聲鳴盛之一助也。是爲序。

光緒重光赤奮若陬月上元日〔二〕，愚高外祖紀昌文拜序。

（以上均清光緒二十六年清稿本《鏡中圓傳奇》卷首）

【箋】

〔一〕紀昌文：字葆慧，文安（今屬河北）人。廩貢生，光緒二十四年（一八九八），署山西晉州學正。遷天津高陽訓導，正定府、保定府教授。傳見民國《文安縣志》卷四。

〔二〕光緒重光赤奮若：光緒辛丑（二十七年，一九〇一）。

雙奇傳（沈振照）

沈振照，字心亮，别署古洛心亮氏，或爲洛陽（今屬河南）人。生平未詳。《雙奇傳》傳奇，全名《爲善終得吉雙奇傳》，《古典戲曲存目彙考》著録，列入明清闕名作品；《明清傳奇綜録》著録，作『沈振照』撰。現存光緒十八年（一八九二）序稿本，北京大學圖書館藏。

雙奇傳序〔一〕

沈振照

嘗見前輩先生作詞之法，種種不一，極其快樂。吾友不識其法，委余述幾曲名以快其心。余亦不識律呂，謹效惺齋先生之法，擇錄百餘全詞，編一《爲善終得吉》之名耳。何爲『爲善終吉』？亦不過兩箇極姦極庸之人，姦者自有天誅，庸者得其天助。斯以曲名，勾介、句點、韻圈，使吾友觸目了然也。

龍飛上章①攝提格〔二〕，新編斯書，古洛心亮氏自敍。〔三〕

【校】

①章，底本作『辛』，據文義改。

【箋】

〔一〕底本無題名。

〔二〕龍飛上章攝提格：『上章攝提格』即庚寅，爲清光緒十六年（一八九〇）。

〔三〕題署之上有陰文長方章『古洛但居』。題署之後有印章二枚：陰文圓章『心亮』，陽文方章『沈振照印』。

雙奇傳序〔一〕

孫福申〔二〕

余嘗讀惺齋先生《六種曲》，調調有法。余亦嘗記三五，以濟餘興，意爲不復有此。余今釣於伊濱，有執斯書命余以序，余疑爲惺齋門徒。查其年，相隔數輩；觀其法，調調有律。是門徒也？非門徒也？然則心亮先生讀書之巧也。觀其《爲善終得吉》，意欲平心行如許善事，百般修煉，始末未見其一念之善，一朝之修，始知『爲』字當讀去聲。又有《雙奇》之名，以平心中得奇，元吉生得奇；平心中得奇，不如元吉生得奇。或曰世無此事。有此事也？無此事也？寔情禮之所有也，並非揑造。半路出神，空中降仙，斷而復斷，續而復續，何言無此事也？何言有此事也？是先生有斯心也。先生心亮，果心亮也，心如皓月，眼如明鏡。惜乎博學而無所成名，識者必以先生有出世之心，但不知先生高人也，天人也。爲友之樂以自樂，可謂快樂君子也。是爲序。

時龍飛光緒壬辰年春三月之上浣，嵩陽錫五氏題於高都書屋。

（以上均清光緒十八年序稿本《雙奇傳》卷首）

【箋】

〔一〕底本無題名。

〔二〕孫福申（一八四六—？）：字錫五，號竹軒，嵩縣（今屬河南）人。光緒元年乙亥（一八七五）舉人，六年庚辰（一八八〇）進士，欽點内閣中書。傳見《光緒六年庚辰科會試同年齒錄》。

顛倒鳳（謝曉）

謝曉，字開沕，又名賜，字錦堂，上虞（今屬浙江）人。諸生。性疏古，尚畫梅。撰傳奇《顛倒鳳》，葉德均《戲曲小説叢考》卷上《曲目鈎沉録》據光緒《上虞縣志》卷三六著録，已佚。

顛倒鳳序

沈奎

其曲三十齣。曰梅狀元者，隱然以繪梅自命爲一人也。（此外尚有白貞心、梅偉人等）憑空結撰，可謂奇矣哉！

（轉録自葉德均《戲曲小説叢考》卷上《曲目鈎沉録》）

扶鸞戲（林芝雲）

林芝雲，字號、籍里、生平均未詳。《扶鸞戲》，未見著録，現存舊鈔本，《綏中吴氏藏鈔本稿本戲曲叢刊》第二册據以影印。

（扶鸞戲）題詞

林芝雲

少日不隨徐悱死，高年翻怯褚淵生。愁紅怨綠相料理，斷送風流鄭翰卿。淡烟濃墨寫清愁，兩眼茫然兩鬢秋。絕勝玉人墳上宿，月明相對擊箜篌。芙蓉城裏知無分，傀儡場中幸有人。月影昏黃燈慘綠，管絃猶誤後堂春。一層樓上一層霜，照見驚鴻哭上場。不待盲翁閒負鼓，生前先唱蔡中郎。主人自題

（《綏中吴氏藏鈔本稿本戲曲叢刊》第二册影印舊鈔本《扶鸞戲》卷首）

靈山會（幻園居士）

幻園居士，姓、名、字、生平均未詳。汪超宏《清代傳奇三種考述》（《明清曲家考》）考證，據楊廷福、楊同甫《清人室名别稱字號索引》，清代以幻園、幻園居士爲號者兩人，一爲清宗室奕繪（一七九九—一八三八），一爲諸生王新銘。《靈山會》傳奇始撰於咸豐四年甲寅（一八五四）暮冬，完成於次年（一八五五）七月，奕繪已故十數年，則此劇或當爲王新銘撰。王新銘，字幻思，一作浣思，號幻園，嘉定（今屬上海）人。諸生，著有《晚晴軒率意稿》、《自鳴草》、《病榻雜詠》等。傳見光緒《嘉定縣志》卷二七《藝文》。然乾隆《嘉定縣志》卷一一《藝文志》已著錄王新銘《晚晴軒率

意稿》，則其爲雍正、乾隆間人，當非此劇作家。按楊廷福、楊同甫《清人室名別稱字號索引（增補本）》，清人號幻園者尚有江蘇青浦（今屬上海）人鄒尊德，字葆蓀（上海古籍出版社，二〇〇一，頁一〇九二），錄以備考。

《靈山會》傳奇，未見著錄，現存咸豐五年乙卯（一八五五）序清稿本，臺灣文海出版社《清代稿本百種彙刊》第七九冊據以影印。

靈山會傳奇序〔一〕

幻園居士

甲寅暮冬〔二〕，客居南塘。荒村風雪，觸目無聊。俯仰身世，忽忽不樂。漫塡詞爲傳奇，率日一齣，齣成，則以酒澆之，歌呼自若。已而殘年逼促，未及卒業。今春，試事牽率，輒復置之。五月中，重赴邨舍。長日炎炎，盤旋一室中，煩悶欲絕。因復從事於斯，揮汗握管，不自知其苦也。閱旬日而事竣，前後共得三十六齣，質諸懺癡道人、借緣龕主，頗蒙許可。

然予竊滋恧焉。知予於詩，致力多年，故凡樂府歌行，頗能涉筆成趣。至於詞曲一道，實未嘗學問。明知此中腔調，未必盡協，有不能強梨園子弟而使被諸管絃者。然敝帚自珍，雅不欲使潦倒伶工，斟酌我輩。祇藏篋中，與二三知己，浮白歌呼，以消塊礧。蓋惟作者別有深意在哀絲豪竹之外，初不於區區節奏間求工也。後之君子覽是編者，因之有感，或者垂涕，想見其爲人。

咸豐五年乙卯秋七月，幻園居士自序。

【箋】

〔一〕底本無題名。

〔二〕甲寅：咸豐四年（一八五四）。

靈山會傳奇題詞〔一〕

懺癡道人〔二〕

莽莽乾坤，一半是可憐蟲也。嘆我輩蘭盟竹訊，詩壇酒社。不望人間知寂寞，祇應天上憐風雅。六書生一樣困窮途，憑君寫。靈山上，緣都捨；紅塵裏，魔偏惹。嘆神仙鬼怪，紛來腕下。死去生來蹤半幻，離多會少情非假。待氍毹演出看當場，真瀟灑。（調寄【滿江紅】）懺癡道人學塡

（以上均清咸豐五年乙卯序清稿本《靈山會傳奇》卷首）

【箋】

〔一〕底本無題名。

〔二〕懺癡道人：姓名、籍里、生平均未詳。

金陵恨（浮槎仙客）

浮槎仙客，姓名、籍里、生平均未詳。撰《金陵恨傳奇》，《中國近代傳奇雜劇經眼錄》、《明清

傳奇綜錄》著錄，今存咸豐七年（一八五七）序稿本，上海圖書館藏。

（金陵恨傳奇）敍

浮槎仙客

粤匪之亂，迄今數載。其間忠貞之士，或慷慨捐生，或從容就義，已如繁星閃爍霄漢，然未有如張炳垣之著者也〔一〕。金陵癸丑變後〔二〕，予避亂村居，杜門謝客，不與人事。會有以張君之事告者，余猶謂道路之訛，而勿敢信也。後友人自圍逸出，予因詢之，友言張君事甚詳，凡三易燭而哽不成聲，予亦泫然。遂欲爲張君作傳奇，使海内之人，皆知張君忠節，亦一大快事。於是當獨坐時，心口輒汩汩然，欲有所吐，而終不果。

丙辰秋〔三〕，予寄居楊氏廢園中。秋風怒號，涼月無語，寒蟲唧唧，夜不成寐。因挑燈塡詞，若有神助，洋洋灑灑，奔赴筆端，舒手疾書，凡匝月而成《金陵恨》十八齣。遂與二友共讀之，未竟，二友皆唏噓泣數行下，予亦泣涕而不能已。噫嘻！先生忠義之氣，足以感人，遂至於此耶？設有一丈氍毹，兩牀絲竹，使諸伶演習之，其有裨於風俗人心，又當何如也。

咸豐丁巳十一月朔，浮槎仙客自序。

（上海圖書館藏清咸豐七年序稿本《金陵恨傳奇》卷首）

【箋】

〔一〕張炳垣：即張繼庚（？—一八五四），字炳垣，江寧（今江蘇南京）人。廩膳生。咸豐四年（一八五四），策反金陵太平軍，事敗，授首。上元管同次子嗣復（？—約一八六〇，字小異）撰《張炳垣傳》，見葉廷琯《鷗陂漁話》卷二（亦收入韓啓榮《太平天國軼聞》卷三）。

〔二〕癸丑：咸豐三年（一八五三）。

〔三〕丙辰：咸豐六年（一八五六）。

醉吟秋（醉吟鄉里人）

醉吟鄉里人，姓汪，名字未詳，休寧（今屬安徽）人。生平未詳。撰雜劇《醉吟秋》，未見著錄，現存同治間刻本，中國社會科學院圖書館藏。首封有楊沂孫題簽，程士爽題『仙人遊戲』，汪開培題『樂府新聲』。

（醉吟秋）自序

醉吟鄉里人

阮生失路，澆淚無端；屈子問天，寄愁何處？水以不平而激，木因有鬱而奇。我輩鍾情，癡人說夢。夫豈偶然，烏能已也？

僕命薄於花，愁深似海。執一卷之經，守三災之石。秋駕四年，春婆一夢。犀無觸忿之功，蟲有可憐之號。然脂弄墨，作無聊之極思；滴粉搓酥，攻不急之先務。箋裁十錦，紅豆歌殘；秋控四弦，青衫淚濕。爰以沈鬱之意，寫爲縹緲之音。《子夜》新聲，託彼吴歈越調；丁香舊恨，付諸桓笛嬴簫。此《醉吟秋》四齣所由作也。

夫天之生我，壯不如人。自憐骨裏無仙，又恨眼中有鐵。桂枝莫折，月府難遊。便當偃息東籬，寄情北里。願從曲秀才游，而餐秋色之英；懶隨村夫子偕，而就冬烘之試。束書高閣，放艇清谿。魚得一寸兩寸，便呼酒友詩朋；花開十枝五枝，相對梅妻菊婢。不攤南面之書，甘受北山之檄。惺惺誰惜，咄咄空書！憑空結撰，原非學劉四之罵人；游戲文章，並不作陽五之伴侶。方思檻匿，欲共書焚。乃同社羣公，不許葫蘆之祕；而及門諸子，且爲梨棗之災。雖知非分，何敢固辭！播諸絃管，自慚信口無腔；登厥歌場，或謂現身說法。

同治戊辰仲夏，醉吟鄉里人自序於支風借月樓。

（轉錄自《中國古典戲曲序跋彙編》卷一四，頁二三二八）

（醉吟秋）跋

佘　鋭〔一〕

丁卯之夏〔二〕，就試南闈，買舟東下，赤雲如火，綠水生波。時與醉吟先生偕，一篷撐月，半帆挾雲。風來停楊柳灣頭，暑甚泊蘆花洲畔。或大江東去，隨擊鐵板以高歌；或殘月西斜，共吹玉簫而低唱。人愧杜、房，居然弟子；舟同李、郭，卽是神仙。尋胭脂於北里，吊金粉於南朝。每見其展裁月縫雲之手段，述吞花臥酒之行蹤。一詞偶出，三昧獨傳，宛然接蘇、柳、姜、辛於千載上也。

迨秋風報罷，公歸梓里，鋭羈蘭陵，兩地葭思，三秋友結。今年春杪，寄示《醉吟秋》雜劇。一再讀之，無嬉笑怒罵之文章，脱離合悲歡之故套。哀樂過人，風流絶世。寫陳思渺渺之愁，姣矣美矣；擬漢武珊珊之曲，是耶非耶！蓋先生一經世澤，萬選英才。襟期空凡俗之羣，俯仰極蒼茫之感。醉裏乾坤本大，誰尋王績之鄉？吟來神鬼皆驚，詎等蘇門之嘯？未謾馬周之才，屢下劉蕡之第。棘闈頻躓，桂籍難通。而乃悟空泡影，功名早醒春婆；方且視若浮雲，歌泣豈同秋士？一杯獨酌，瘦倚黄花；萬卷閒抛，愁殘緑鬢。放艇青溪之畔，人誇夫婦皆仙；還家黄葉之村，或與漁翁爲侣。信口彈詞，衣冠優孟；現身説法，遊戲神通。證三生慧業，想入非非；蔚兩大奇觀，怪成咄咄。世人皆醉，夫子狂吟。不設妄因，逢場作戲；莫尋幻境，達人大觀。試問茫茫塵海，誰非一部梨園？何如落落醉吟，長在千秋槐國。

受業姪佘鋭謹跋。

（轉録自《中國古典戲曲序跋彙編》卷一四，頁二三二九）

【箋】

〔一〕佘鋭：字號、籍里、生平均未詳。

〔二〕丁卯：同治六年（一八六七）。

（醉吟秋）題詞

倪星垣　等

三年市隱俗難醫，醉侶吟儔感別離。今日雙眸堪一洗，焚香掃地讀新詞。
縱食萍蒿不解饞，神仙才子是頭銜。從前誤被名韁束，扯破襴衫便脱凡。
廣寒仙子笑人癡，《白雪》何如唱《竹枝》！高閣早知書可束，木樨攀折已多時。
靖節冷看三徑菊，陶朱空泛五湖船。溯游擬伴先生醉，烟水茫茫别有天。
洛神山鬼本荒唐，絕勝風流玉茗堂。占斷人天無量福，槐華黄裏笑人忙。
清歌細按首頻搔，我亦無聊强自豪。爲得佛名經上客，幾人飲酒讀《離騷》？偶然道人倪星垣拜稿〔一〕

滴盡文人淚。看匆匆秋風幾度，少年過矣。共説廣寒原有路，怪煞嫦娥未指。空受此、槐黄滋味。一盞青燈辜負久，甚生涯、癡羃尋仙字？今勘破，大歡喜。濁醪在手休辭醉。況依舊東籬爛漫，老陶知己。熱血滿腔消欲冷，付與樵歌牧吹。盡寫出、牢騷之氣。酒國何方容小隱？任扁舟、别自開天地。心印處，半潭水。（調寄【賀新涼】）

大筆追風雅。霎時間引商刻羽，墨痕飛灑。放眼乾坤眞個闊，依樣胡盧不畫。莫誤認、狂歌當罵。只有黄花堪解意，想科頭、綠螘傾壺瀉。心上事，醉中寫。回思我亦驚秋者。到而今支離病骨，倦棲籬下。人世幾逢開口笑，底事紅塵整駕。問塊壘、何年能化？詩酒因緣曾一面，

待攜杯、抑鬱從君話。窺枕祕，應無價。（調寄【賀新涼】）浦珊朱明燦稿〔二〕

一握臨川筆。問如何拈髭擁鼻，非非想入。縱使元人多院本，別豎詞壇一幟。脱離合悲歡故習，也算霓裳天上曲。待登場、付與紅牙拍。好喚醒，甜鄉黑。黄粱好夢休重覓。嘆人間功名富貴，前程如漆。差羨先生終日醉，悟到空空色色。效優孟衣冠過客，作戲逢場聊復爾。笑紛紛、傀儡工裝飾。新樂府，可歌泣。（調寄【金縷曲】）心蓮姪汪念曾題〔三〕

不是尋常下第詩，《醉吟秋》唱自家詞。一生占盡聰明福，别有癡情似牧之。

西風吹散一天秋，冷露無聲桂影浮。還是醉吟鄉裏好，也應悔作廣寒遊。

老圃黄花昨夜開，先生瘦倚畫簾隈。幾人能醒春婆夢？共向情天醉緑醅。

風流天縱豔如何？六代烟花惹恨多。黄卷青燈盡抛卻，一家偕隱醉吟窩。

楓葉蘆花一望收，夕陽人泛碧天秋。閒情付與漁翁話，翻出新聲滿釣舟。

不須急管與繁絃，毷氉歌餘九月天。從此梨園增樂府，一珠一字響千年。

我是彭宣到後堂，絳帷絲竹細平章。先生自得醉吟樂，遊戲仙人傀儡場。戊辰秋七月上旬〔四〕，受業吳鴻傑〔五〕

（轉録自《中國古典戲曲序跋彙編》卷一四，頁二三二九—二三三一）

【箋】

〔一〕倪星垣：別署偶然道人，蕭山（今屬浙江）人。官桐鄉訓導。曾評點魏熙元《儒酸福》傳奇。

〔二〕朱明燦（一八五〇—？）：榜名銘瓚，字補山，號浦珊，休寧（今屬安徽）人。同治十二年癸酉（一八七三)舉人,光緒三年丁丑(一八七七)進士。傳見《清代硃卷集成》卷四四、《光緒三年丁丑科會試同年齒録》等。

〔三〕汪念曾: 號心蓮,休寧(今屬安徽)人。生平未詳。

〔四〕戊辰: 同治七年(一八六八)。

〔五〕吴鴻傑: 字號、籍里、生平均未詳。

養怡草堂樂府(東仙)

東仙,錢塘(今屬浙江杭州)人,姓名、生平均未詳。道光、咸豐、同治間人。撰雜劇《芋佛》、《賦棋》、《逼月》、《平濟》四種,總稱《養怡草堂樂府》。《清代雜劇全目》著録,現存同治十三年甲戌(一八七四)春刻本。

養怡草堂樂府自序

東仙

古來詞曲之佳者,《西廂》、《琵琶》尚已。余尤愛湯臨川《還魂》一劇,才氣横溢,得意處純用白描,三百年來配食元人,可以無愧。乃猶有病其音律偶乖、字句多寡之未符者,豈非以北曲爲南曲之過歟! 近人洪稗畦作《長生殿》傳奇,字斟句酌,一準宫譜,説者謂『愛文者喜其詞,知音者賞其律』,考之於譜,良信。余於二子無能爲役,然而玉茗風流,尤令人神往也。

拙宦無俚，塡雜劇數種。夫天地間可歌可泣之事，傳不傳亦有數焉。若奪他人之酒盃，澆自己之磊塊，則事又不關古人也。況明知傀儡場頭，隨人起伏，即使文章勳業，足以炫耀一時，能無湮滅，殆未可知。乃僅託菊部以自存，亦自哀其志矣。昔臨川進《還魂記》於其座主，座主繫節歎曰：『有如此才而不講學，可惜也。』臨川曰：『門生正是講學。先生講者，性也；門生講者，情也。』然則絲竹兩行，亦何異於皋比三尺哉？世不乏周郎，能顧余誤，願北面以事。

時同治乙丑秋七月七日，東仙序。

（清同治十三年甲戌春刻《養怡草堂樂府》卷首）

書養怡草堂樂府自序後

黃之驥〔一〕

詞場之足資感發示勸懲者，莫如樂府院本，而世多不解。爲此，解之者非淺俚妖豔，得罪名教，卽筆鈍才迂，令閱者不快。此事不推玉茗爲情天，可乎？

東仙詞人見示新製傳奇數種，櫪叟讀之，有觸於懷，遂奮筆書其《自序》後，曰：樂府者，詩之流也。詩發乎情，止乎禮義，故《三百篇》爲言情之書。《國風》好色而不淫，《小雅》怨誹而不亂，史公以爲《離騷》兼之。則知情之所鍾，正在我輩，而腐儒乃以講學故，等諸太上之忘情，何其謬歟！慨自元祐以來，士大夫擢巍科、居膴仕者，皆衍輯語錄之流，所爲詩歌，要不出《擊壤》一派。

陳湘眞遂謂：『終宋之世無詩，其歡愉愁苦之思，動於中而不能自抑者，惟詞曲爲獨工。』論雖過激，然與其讀唐以後腐澀無情之詩，詢未若詞曲之長言婉諷，短歌微吟，猶不失『發乎情，止乎禮義』之本也。理學大儒，若紫陽，若西山，偉矣。而紫陽有《九日》【水調歌頭】，西山有《紅梅》【蝶戀花】，乃皆能洗盡千古頭巾氣，謂非緣情造端而能然乎？故識者謂：『詩至於詞曲而詩亡，詩至於詞曲而詩復存。』蓋亦情之自有不可磨滅者在耳，情不亡故詩不亡。彼講學者乃曰：『吾第明吾心之禮義而已，而暇爲情役哉！』夷考其行，又皆不近乎人情，而道學之病劇矣。君子思補救之，而其勢有不可以力爭者，則婉爲之辭曰：『先生講性，門生講情。』落落兩言，已足箴宋以後道學之膏肓，起宋以後詩教之廢疾，延《三百篇》言情之書之脈，以扶持人心世運於不敝，雖其師，有不爲之心折者哉？

東仙既效玉茗之爲書，又自序以表其微尚，而半生坎坷，沈淪下僚，感喟低徊之意，畢見於字裏行間。蓋詩之比興，風雅之變，以及騷人之歌，胥於是乎得之，而其情彌悲矣。嗟乎！滔滔皆是，抑鬱誰語？苟非櫪叟，不足以知東仙；苟非東仙，亦不足以發櫪叟之狂言也。題詞一解附錄，調寄【垂楊】，依陳西麓『日湖漁唱，銀屏夢覺』一闋體，並乞拍正是荷。

瑤華寄到。正鯉鱗漾碧，一江波淼。字水巴雲，兩心都繫相思草。（筆劄往還，先後數日耳。）天涯珍重同襟抱。奈愁起、不堪悲愀。藉傳奇、傾寫衷情，訴舊游知道。彈指韶光又老。料宮譜按餘，竹酣絲嫋。醉墨烏闌，幾回磨勘初成稿。知音那怪塵世少。繼玉茗、流風窈窕。聽長安、曲院蜚聲，人叫好。

　　櫪叟弟黃之驥拜稿。

【箋】

〔一〕黃之驥：號櫪叟，忠州（今重慶忠縣）人。貢生，曾任忠州州判。工詩文。

（養怡草堂樂府）題詞

王埜

樂府新腔譜【綠么】，詞華頑豔寄牢騷。勳名風月尋常事，付與才人便不驕。

當筵爭唱【鷓鴣天】，兒女英雄各有緣。講性那如講情好？風流千古拜臨川。同邑小鐵弟王埜拜題

（以上均清同治十三年甲戌春刻《養怡草堂樂府》卷首）

兩世因（洗心道人）

洗心道人，姓王，字號未詳，析津（今北京）人。《兩世因》傳奇，現存清鈔本，《綏中吴氏藏鈔本稿本戲曲叢刊》第三四冊據以影印。

（兩世因）序

洗心道人

夫戲文之作也，原爲導人趨善避惡起見耳。善書尚待識字人方知，戲則無論婦孺，一望皆可知也，感人甚速。奈今人失其本意，以新奇鬧熱是尚，且兼作淫亂等戲，將一切醜態兇惡之情描盡，反將果報收煞處删而不作，或草草了事，閲者無可觸目警心，未免誤人甚深。余讀《吉祥花勸善書》中，偶覩《石獅巷》一段事迹，曾詢之土人，皆云眞實不虚。因有感於懷，微加點綴，本以作爲戲文，名曰《兩世因》。倘能譜以絃歌，雖未必易俗移風，實可賞心悦目，或亦扶持世道之一助耳。

齣中蔡公慈母，原文未詳姓氏。稱甄氏者，非敢妄捏，乃借甄爲眞，又甄、貞亦同音，乃表蔡母眞貞潔不虚之意。且不言姓氏，亦與戲文不合。齣中風、雲、雷、電、功曹、龍王、仙童等神，原文雖未及，然人生善惡，絲毫有報，上天皆知，則暗中神明監察無疑矣，雖屬陪襯，亦必然之勢也。齣中三見何老者，原文亦無何老其人，然結朱陳之好，必有冰人，故以合事老渾言之。蔡公遭風後，其家已知，傳此凶信之人，使人合家不安，何意而爲之？故又用何老相傳，命其自稱何苦來、何瘋子等名。稱何瘋子者，又爲蔡孝婦安慰其姑之地耳。蔡公起建廟宇，必用司香火之人，其人之姓名，作者莫得知，卽詢之蔡府，恐亦莫得知。故仍以何老作爲道士，以見蔡府惜老憐貧、好善不倦之意。《誅鱷》一齣，鱷者，『惡』音，卽借鱷作惡，以見上蒼逢善必賞、遇鱷卽誅之意，且借以引出獅子大王，預伏於海底，庶不突如其來。贈魚雖屬實事，惟素不相識，忽然强要，似覺不情，故加《傳方》一齣，以顯孝子向人强討，乃出於無奈耳，且使閲者，醒目知源。齣中工人、房主、丫環等，不過隨場陪襯，故卽代手收什去矣。蔡公搭船遇友，名石友仁者，暗寓交如金石，以仁義爲懷，並表實（音『石』）有（音『友』）其人（音『仁』）之意。原文雖有其人，而未詳名姓，故用魏（音『僞』）杳（同『姓』）、賈（同『假』）明（同『名』）以隱言之。蔡公既富且貴矣，家中必用紀綱之僕，其僕之姓名，更無稽考矣，故仍用魏杳、賈明充之，以省另生枝節也。《示因》一齣，原文係當面明言，兹改爲夢中示果，亦恐滋後人之疑耳。蔡公四子，按原文揣度，似既富之後所生，雖云均有功名，亦未言何官。若按既富之後始得子，則難貫串，且無以勸世，並使閲者無可暢心。故暗寓回家多年方復出，離鄉時，已有四子，再歸時，四子已貴矣。其年分之緊促，非敢妄改，期貫串也。其餘皆本原文而作，惟閲者恕其鄙陋，斯可耳。

洗心道人閒筆。

（兩世因）跋

悟誤居士（一）

《兩世因》戲文十八齣，析津王君作也。王君自號洗心道人，與余有鍼芥之投。其平生於惜字、戒殺諸善舉，皆能實踐躬修，講求不倦。其後飢驅各出，不晤者數年。今夏薄宦嶺南，而王君適作幕於鹾務局中，因得日相過從。偶覩斯本，披閱一再，知借粉本於《吉祥花勸善書》中。而難在事皆徵實，語復精工，無意不搜，無筆不妙。其中之從無生有，補原文所未詳，所謂筆補造化者也，豈野調村歌可比哉？夫古人作樂象德，固難生今復古，然今之戲文，仍其遺意。嘗見通都大邑之演劇者，旁觀或爲之歡欣，或爲之悲泣，感人抑何深耶！此《兩世因》之作爲作也，其用心不亦善乎？誠使梨園子弟，摹其聲容，被之絃管，雖王君自謙曰『衹可悦目賞心，未能移風易俗』，而余謂潛滋暗長，興其樂善之心，其俗易風移，有不期然而然者矣。閲竟，聊題數語，以志嚮往之意焉。

時光緒丙子嘉平月下澣，書於羊城客舍之興善齋，長白悟誤居士附識。

（以上均《綏中吴氏藏鈔本稿本戲曲叢刊》第三四冊影印清鈔本《兩世因》卷首）

【箋】

〔一〕悟誤居士：長白人，姓名、生平均未詳。

心田記（漁莊釣徒）

漁莊釣徒，姓名、生平、籍里皆不詳。撰《心田記》傳奇，現存民國間鈔本，南京圖書館藏。參見孫書磊《〈心田記〉雜劇考述》（《南京圖書館藏孤本戲曲叢考》）。

（心田記）自序

漁莊釣徒

吾嘗竊怪《繡襦》、《玉簪》等記，雖極尋宮按羽，未免導人夢想。雖湯臨川、袁籜庵輩，難離覆轍，其它概可數矣。而李笠翁演明武宗事，孔東塘纂香君傳奇，文極雅馴。而廣陵易散，但將《浣紗①》、《金印》粗鄙之詞狂呑大嚼，吾未許爲知音者。

是編寥寥數齣，雖方言讕語，雜出其中，然花面登場，難免科諢擅長，至其描摹世態，調弄炎涼，曲終奏雅，亦諷一勸百之旨云。然塡詞草率，雖模稗畦，猶冀博雅家躬親潤色，是我所厚望焉。

同治甲戌夏四月望日，漁莊釣徒自題於吟碧山房。

【校】

①紗，底本無，疑脫，據文義補。

（心田記）題句

半禪〔一〕

院本翻來心曲新，歌裙舞扇總傳神。爲無青眼憐才客，甘作紅牙譜曲人。想像是非原一笑，顛狂筆墨豈無因。憐他高、孔塡詞輩，風雅如誰繼後塵。

換羽移宮恰費思，夏蟲幾見雪霜姿？不插科諢家常話，那寓《春秋》諷刺辭。天地戲場餘半折，古今夢幻有幾時？雙聲紅豆頻拈記，唱到花窗月上遲。

到底知音自古難，雍門琴劍漫勞彈。風吹屋冷朝雲濕，花落樓空夜雨殘。清脆歌嘯鶯囀樹，回旋舞態雪飛欄。好將一曲《心田記》，留得燈前我自看。曙溪半禪甫題。平江吳子文雲駿氏錄〔二〕

（以上均民國間鈔本《心田記》卷首）

【箋】

〔一〕半禪：疑爲江蘇蘇州人，姓字、生平均未詳。

〔二〕吳子文：字雲駿，平江（今江蘇蘇州）人，生平未詳。

附　心田記跋〔一〕

闕　名

此雖寥寥數齣，而滑稽盡致，描寫深刻，仍不失忠厚之意，閱之頗堪發噱。尤妙在純作吳儂軟語，同治間情形距今不遠，恍若現世話也。

癸酉五月鈔〔二〕。

（轉引自周妙中《江南訪曲錄要》，《文史》第二輯，中華書局，一九六三）

【箋】

〔一〕底本無題名。周妙中《江南訪曲錄要》云，此爲夾於書中一紙條。而後來孫書磊《〈心田記〉雜劇考述》中稱此紙條已不可見。

〔二〕癸酉：民國二十二年（一九三三）。

崖山哀（漢血、愁予）

漢血、愁予，姓名、籍里、生平均未詳。《崖山哀》，一名《亡國痛》，第一齣《胡鬧》，刊載於光緒三十一年（一九〇五）十二月《民報》第二號；第二齣《漢姦》，刊載於光緒三十二年（一九〇六）六月《民報》第五號。阿英《晚清文學叢鈔·說唱文學卷》（中華書局，一九六〇）據以排印。

崖山哀亡國痛導言

漢血愁予

（一）本劇一名《亡國痛》，乃知人生之痛，莫大於亡國也，而身家無足論矣。痛莫大於亡國，則當使國民於未痛之先，能自救其痛；既痛之後，毋自忘其痛。語云『痛快，痛快』，蓋世未有不經痛而能快，又未有既經痛而不快者。咄！咄！咄！我國民其欲報復異族屠毒、黄漢淪夷之大痛，而博我中國前途之無量數大快乎？則請視茲劇。

（一）本劇專寫胡元亡宋之慘狀。其於異族之猖獗，宋廷之昏憒，刀兵屠戮之暴，人民流離之苦，類皆噴血揮汗，滴淚嘔心。無非以使我國民引古鑒今，明夷辨夏，激動種族之觀念，喚醒社會之良知爲目的。

（一）此劇本從《新小說》中《痛史》編出〔一〕。以彼小說之功用，間接於通人者爲多，普及於社會者尚少，故取而編爲戲曲，則曉譬而諷喻，詞俚而情眞。作者聞之，當亦附掌而表同情也。惟原書尚未出完，如能續出更妙。倘其書中止，亦當繼續編以他價值相當者爲償。

（一）原書本小說體裁，結構自能一致，按諸戲曲，則有排場起伏轉折之分。故本劇中截長補短，刪繁就簡之處，似與原書稍有牴牾。然細察之，仍絲毫不漏也。

（一）原書中亦有《水滸》上其人者，作者命意，蓋欲使我國民生英雄之氣概，起復仇之腕力也。本劇如此類之排場，唱白，亦當慷慨激昂，使英雄豪傑之面目胷襟，直集於閱者之視線，而奮起尚武之精神。

（一）原書已出至第十四回，其於忠臣勇將、烈士義夫之熱誠血性，描寫十分精細，可謂語語刺心，字字結淚矣。然尚無提及女界，如李香君其人者。本劇重在振吾族之疲風，拔社會之積弱，則女權不可不尊。蓋我中國女同胞，至今日已沉淪極矣！斯時編劇，大率以改良班本爲目的，倘復插入弱女子故態，非但舞臺不足以生色，卽女界閱之，亦有餘憾。故本劇於葉宮人一場，從原書稍稍變更，改爲罵權盡節。特排入正齣，配以正旦，寫以沉痛激烈之詞，亦《桃花扇·罵筵》之意，非故意附會改竄，作者諒之。至若寫呂文煥妾媚媛等，當仍從原書。

（一）中國何以亡？以漢姦故。漢姦何以能亡中國？以其所學媚外事敵故。蠢爾禽獸，起釁邊陲，不過肆咆哮而圖利欲，固不知中國有所謂帝王也，制度也，禮樂也，典章文物也。自有漢姦爲之捉刀，然後異族始知中國專制君主之尊榮，世界無匹，益盤踞而無退志，日新月異，乃大張其養奴隸、防家賊之威。彼漢姦者，誠戮屍碎骨，夷族滅宗，不足蔽其辜也。故本劇於漢姦之聲音笑貌，摹繪惟恐不盡，或從正入，或從旁襯，無非使其失心爛肺之醜態，生生活活，現於舞臺之上。我國民覩之，自能勃生痛恨悲憤之心。

（一）原書以『制朝儀劉秉忠事敵』爲開卷第一回，本劇亦如之。惟於制儀之前，特增一齣，以描寫胡元野蠻情狀，直呼起下齣漢姦劉秉忠所以昧心事敵之由。其間排場、科白，不免近於滑稽詼諧，閱者當於言外尋之。若繩以風人之旨，則大誤矣。

（一）本劇目的重大，當收絕大之效力，非尋常酣歌恆舞可擬。故於神仙鬼怪之荒唐，功名富貴之俗套，淫邪綺膩之醜狀，自當一概屏絕。然間有合於第二、第三者，亦必出於嬉笑怒罵之反射力，皆有所爲而言，非主目的所關也。

（一）編劇最忌太文，文則滯，滯則不能雅俗共賞，且不能流露於管絃，而一般社會中人，尤難深印腦蒂。近來編之者多，而演之者少，職是故也。編者蓋素有周郎癖，於此中曾三折肱矣。故本劇力反前弊，排場唱白，設科打諢，均從時伶所演諸劇中胎出。其要在變其大而易其重，尤在坐而言者，能起而行也。

（一）本劇以唱少白多爲主。然劇中如腳色重大者，凡其哀痛悲壯之情，有非說白所能盡者，則以長辭詠歎之。又述前事之處，已有說白，則代以唱；無說白者，仍以簡括說白表之。

（一）本劇說白，以中國通行語演之，以便閱者易明，而造句亦須新警有趣。

（一）唱辭皆時伶諳熟，出口成歌之句。不攔入新字及新名詞，以免拉雜成文，一般社會中人，難於探討。

（一）腳色者，本隨其人之身分而定也。本劇重在華夷之別，其當場腳色，於宋人則能確定，於胡人則不能。然揣其野蠻酋種，腥膻騷臭之形狀，總不過牛鬼蛇神之類也。故生丑淨旦，則多定以宋人，若胡人雖有配以此等腳色者，亦爲暫時借用。至於排演時，當事者宜隨時變通，如時下諸劇之排場，亦無不可。胡人衣服，亦如此例。

（一）以上所述，皆本劇之宗旨及其內容，用特瑣陳，以告閱者。

（清光緒三十二年《民報》第二號《崖山哀》卷首）

【箋】

〔一〕《痛史》：吴趼人（一八六六—一九一〇）撰。吴趼人，原名寶震，又名沃堯，字小允，又字繭人，後改趼人，並以字行，號沃堯，別署我佛山人、繭叟、中國少年、嶺南將叟等，南海（今廣東佛山）人。光緒二十三年（一八九七）起，於上海創辦小報，主持《字林滬報》、《采風報》、《奇新報》、《寓言報》等。三十二年，任《月月小說》雜志總撰述。撰小說《電數奇談》、《九命奇冤》、《瞎騙奇聞》、《二十年目睹之怪現狀》、《恨海》、《痛史》、《新石頭記》、《劫餘灰》、《情變》等。

海天嘯（劉鈺）

劉鈺，字步洲，江陰（今屬江蘇）人。生平未詳。撰《海天嘯》傳奇。《海天嘯》，又名《大和魂》、《日東新曲》，現存光緒三十二年（一九〇六）《小説林》社鉛印本，常法寬、常大鵬編《近人傳奇雜劇初編》第二册據以影印。

海天嘯傳奇序〔一〕

劉　鈺

昔朱明革運，紹興遺老朱舜水先生，浪遊日本，爲水戶幕賓，源光國待以師禮。時適日本編纂歷史，先生備顧問，深感夫赤穗諸俠之復仇，乃譯坊間所演之劇本，題曰《日本忠臣庫》。是爲吾國人譯述日東小説之濫觴。蓋慷慨慕義之情，出於人之天性。朱先生痛本朝之破裂，其身世與四十七義士同，而烈烈轟轟做一場，則又四十七義士所獨。寓公海外，顧影生憐，恢復難圖，壯心不死，於是托之傳奇，以自寫其不平。

今者先生往矣，而二百餘年來，我國民氣之不奮日甚一日，呰窳縮朒，膜視他族之憑陵，儼成社會之習慣。究其原理，實無人焉以提倡尚武精神，上以文求，下以文應，弱冠弄柔翰，致爲繻弛筋骨之媒。藤田東湖云：『寧爲武愚，勿爲文弱。』其語蓋深可味也。

然則日本其武愚國乎？非也。我觀日本武士道，源流實起於神人二代。當時無論朝野，舉國皆兵。其人咸知崇拜祖先，畏敬君上，而具有勇武、信實、簡質諸德，實爲大八洲人種之特徵。至於中世，丕振武功。應神以後，儒教流傳，思想益固。貞觀、延禧而降，武家有特別之教育，構成特別之倫理。追鐮倉開霸行，武門政治，創立制度，而武士道於以完成。時有臨濟、曹洞兩禪宗，流入域內，高上超脱，了徹死生，益收武士修養之效。北條泰時，有勇將、達吏、名僧十二人，合編《貞永式目》一書，備陳三義：一敬神而知愛國，二信佛而尚仁慈，三守分而盡忠實。此種武士儀式，其後織田、豐臣二氏，至江戶武士，咸師範之。及南北朝新田、名和、菊池、土居、得能諸氏，皆感動風烈，奮德邁進，以成眞武士資格，而尤以忠勇義烈、誓殲國賊之楠木一家爲代表焉。德川氏興，獎勵武門教育，復有《成憲》百條，及《武家法度》、《諸氏法度》諸作，勸仁義忠孝，兼學文武，並具智勇，又重禮儀，尚節儉，致忍耐。以正義爲萬事之主宰、萬行之準的，苟合於正義矣，或殺身，或殺人，挫彊扶茶，以保四海之平和，而圖三民之安樂。江戶幕府，由是安享三百年之昌平。然則日本之尚武，實爲倫理學之精英，道德家之模範也。愚乎？不愚乎？

不佞固弱國中之弱民，又弱民中之代表者也。一日，思袪弱以武吾，並思武吾同族，以進而武吾國，談何容易。然本此旨以鼓吹社會之一部分，則亦吾人應盡之天職也。爰摭拾東瀛史事，不揣譾陋，排演成篇，共得雜劇十六齣，分爲上下二編，本忠義慈孝之風，寫雄武俠烈之概。俾我國上下社會，閲是書者，如覩海邦人物，激發武情，或有『舜何人，予何人』之歎，則余雖雞肋不武，亦將投袂奮起，而爲之執鞭矣。

光緒三十一年仲冬月上浣，著者志。

【箋】

〔一〕底本題名下小字注：『一名《大和魂》』。

（海天嘯傳奇）例言

闕名

一、是稿原名《日東新曲》，自熱血動物采入《揚子江白話報》，易其名曰《大和魂》，今易名爲《海天嘯》。要之，『大和魂』者，日本平城朝始有此語，至德川時代，提倡國學者盛稱之，殆所以表尊皇愛國之精神，調仁義忠誠之氣魄，與日本所稱武士道者，實已融合爲一焉，洵足代表日本國民之道德也。

一、是稿宗旨，在激發吾國社會志氣，提倡尚武精神，補述日本正史之所遺而不載或載而不詳者，務爲之一一筆繪其神情，彌縫其疏略。又於每齣之後，附加批評。然不敢過涉煩冗，貽詬通才。

一、是稿雖稗官野乘之流，而引用地名、人名，無一鑿空杜撰者。當今事事崇實，何堪臆説欺人。故雖一屋一園，亦必確有證據，傳閲者如置身場中。

一、凡曲本第一齣，必以本書主人翁登場，所謂正生、正旦也。是稿本係雜劇，故不拘拘常例。

一、是稿詞浮於意，注過於評，蓋初學雕蟲，不免麒麟楦之誚。且於脚色花名、砌末位置，均有淩轢缺漏、羼雜糾紛之弊，唯幸大雅正之。

（以上均《近人傳奇雜劇初編》第二册影印清光緒三十二年《小説林》社鉛印本《海天嘯傳奇》卷首）

海天嘯傳奇自跋

劉鈺

作者按：望東夫家，姓野村氏，夫名新三郎，同爲福岡人。夫没後，望東削髮爲尼，遊歷京畿間。喜讀馬場支英所著《公武沿革志》，故夙奉尊王主義。日本維新之始，望東與有力焉。其事蹟略載日本長田偶得所著《日本維新豪傑情事》。此外尚有津岡村崎、黑澤李公，亦以女子而助維新之業者，當另作傳，兹不羼入。

步洲劉鈺自跋。

（同上《海天嘯傳奇》第八齣《救俠》末）

海國英雄記（浴日生）

浴日生，姓名、籍里、生平均未詳。撰傳奇《海國英雄記》，《晚清小説戲曲目》、《古典戲曲存目彙考》著録，現存光緒三十二年九月二十九日（一九〇六年一一月一五日）《民報》第九號、三十三年三月二十三日（一九〇七年五月五日）《民報》第十三號連載本（阿英《晚清文學叢鈔·傳奇雜劇卷》據以排印）。

（海國英雄記）序言

浴日生

夏日炎烈，溽暑蒸汗，腦膜震蕩，乃偷往江島，爲海水之浴。時則濤聲大作，如萬馬奔騰，轟震耳際，吾之神興若甚旺者。乃若攝衣登高，西望祖國，夕陽明滅，高堂大廈，據於妖狐，則又臨風灑涕，欲狂訴帝天也。

路人告余曰：『君其南京人歟？何思之深也！君知君之國有英雄鄭成功其人歟？其母乃吾國士人女也，』吾聞其語而益愴然悲也。夫自莊烈殉國，韃靼入關，其不愧爲黄帝子孫，泣血誓師，不共天日，與逆胡抗戰，卒據臺灣一片乾淨土，延明祀於二十餘稔者，眞吾國英雄鄭成功之力也。雖然，其家庭歷史，不亦奇乎！父則叛賊也，母則豪俠也，而外國女也，其氣魄之沈雄也，可以撼天地；遭遇之悲哀也，足以泣鬼神。倘天假與年，王師再討，滿之爲滿，未可知耳。何圖天不助明，壯歲淹殁，祀僅再傳，終降於虜，而漢室聲靈，亦隨海角波濤而竟逝也。此吾《海國英雄記》所以作也。

嗚呼！鼎湖龍去，哀號不可攀髯；中原陸沈，奴隸慘於流血。維我伯叔兄弟，邦人諸友，念祖宗締造之艱，痛異族鞭笞之酷，則請讀茲劇可乎？長歌當哭，以詠消愁，雲水蒼茫，伊人安在？昔孔子之思狂簡不得，其次則思狷者，斯記之作，亦斯志也。嗚呼哀歟！都爲十五齣：曰《航海》，曰《結婚》，曰《訣別》，曰《投誠》，曰《迎母》，曰《降虜》，曰《誓師》，曰《討賊》，曰《征臺》，曰《星殞》，曰《連兵》，曰《拒撫》，曰《乞師》，曰《漢亡》，曰《餘痛》。

黄帝紀元四千六百零四年八月上旬〔一〕，浴日生記於日本江島之旅舍。

（阿英《晚清文學叢鈔·傳奇雜劇卷》據《民報》排印本《海國英雄記》卷首，頁六二五）

【箋】

〔一〕黄帝紀元四千六百零四年：光緒三十二年（一九〇六）。

六月霜（嬴宗季女）

嬴宗季女，紹興（今屬浙江）人。姓名、生平均未詳。撰傳奇《六月霜》，《晚清小説戲曲目》、

《古典戲曲存目彙考》著録，現存光緒三十三年（一九〇七）改良小説社排印本（《近人傳奇雜劇初編》據以影印、阿英《晚清文學叢鈔·傳奇雜劇卷》據以排印）、舊鈔本。

六月霜序〔一〕

嬴宗季女

僕故越人，流寓海上。性不諧俗，終日閉關。然而拳拳桑梓之心，未嘗一日少忘。屬吾鄉秋瑾女士之獄起，申江輿論，咸以爲冤，幾於萬口一辭。而吾鄉士夫，顧噤若寒蟬，僕竊深以爲恥。會坊賈以采摭秋事演爲傳奇請，僕以同鄉同志之感情，固有不容恝然者，重以義務所在，益不容以不文辭。爰竭一星期之力，撰成十四折，匆匆脱稿，卽付手民。潤色補苴，俟諸再版。觀者儻鑒其愚而亮其率也，則幸甚。

古越嬴宗季女偶述。

【箋】

〔一〕底本無題名。

（六月霜）題詞

嬴宗季女　等

南鄉子

滿紙潑臙脂。不是心花是血絲。縷縷鵑魂和蠟淚，相思。六月霜飛遍會稽。　秋怨付填詞。簾卷西風瘦不支。贏得聰明銷盡福，癡癡。身後微名那復知。古越嬴宗季女自題

鷓鴣天

六月雪霜飛粵城，秋風秋雨葬秋魂。花都冷落休論我，詞太牢愁莫示人。　仙露盥，妙香熏，此中元不著纖塵。水痕都是雪英化，光景長隨日月新。南徐香雪前身敬題〔一〕

大江東去

曹娥江上慎風波，收入美人詞料。姽嫿新歌剛唱罷，萬樹秋花齊笑。飆舉雲搖，霆撐月裂，拍得聾蟲覺。蟄龍海底，捉來爲譜高調。　可惜熱血深盃，壯心末路，衹許天知道。閒卻斫鯨屠鱷手，權辦噓花拂草。精衛沈冤，木蘭豪舉，一曲兼雙妙。酒酣起舞，剨然更發長嘯。宛溪雙玉詩媛敬題〔二〕

浣溪紗

解道情天色卽空。莫教兒女笑英雄。大王風蕩美人虹。　名世文章稀有鳥，悲秋心事可憐蟲。江花江草夢惺忪。蘇臺桂宮仙史敬題〔三〕

浪淘沙

釵釧易冠纓。慷慨東行。拚將情愛作犧牲。話到痛心惟二字，黑暗難論。　熱淚向人傾。演說縱橫。憑空結撰詫無因。秋雨秋風何太惡，摧落花魂！初雲女史倚聲〔四〕

前調

一髮繫千鈞。閨俠留名。是讐是敵不分明。二六鵾絃新譜出，悽楚鵑聲。　匣劍作龍鳴。憤恨難平。淋漓書記拜芝瑛。女子平權非革命，詮解須眞。巫雲女史倚聲〔五〕

（以上均清光緒三十三年改良小說社排印本《六月霜》卷首）

【箋】

〔一〕南徐香雪前身：『南徐』當即徐州（今屬江蘇），姓名、生平均未詳。

〔二〕宛溪雙玉詩媛：『宛溪』當即宣城（今屬安徽），姓名、生平均未詳。

〔三〕蘇臺桂宮仙史：『蘇臺』即姑蘇臺，在蘇州西南姑蘇山上。姓名、生平均未詳。

〔四〕初雲女史：姓名、籍里、生平均未詳。

〔五〕巫雲女史：姓名、籍里、生平均未詳。

蒼鷹擊（傷時子）

傷時子，姓名、籍里、生平均未詳。撰傳奇《蒼鷹擊》，《晚清小說戲曲目》、《古典戲曲存目彙考》著録，現存民國間上海改良小説公社排印本（《近人傳奇雜劇初編》據以影印、阿英《晚清文學叢鈔·傳奇雜劇卷》據以排印）。張庚、黄菊盛主編《中國近代文學大系·戲劇集一》收録（上海書店，一九九六）。

（蒼鷹擊）題詞

闕　名〔一〕

日月昭昭寖已馳，誓心天地影衾知。聞雞實下蒼生淚，得鹿應鞭國賊屍。兒女情懷漸平淡，少年積習半推移。從今剗卻閒愁種，不作流連風景詞。曾寄相思秋復春，等閒翰墨亦前因。若爲借得江郎筆，賦恨偏教迴入神。冷盡初心恨未休，吞聲忍淚幾春秋？而今痛極憑君灑，不爲鄉情爲國讐。試聽猿鳴入耳悲，斷腸聲裏惜驊騏。千金千里空凡品，卻被胡兒買去騎。劇腎鏤肝作越吟，恩仇何止限山陰？願將一滴癡兒血，沁入皷天智士心。

（《近人傳奇雜劇初編》影印民國間上海改良小説公社排印本排印《蒼鷹擊》卷首）

【箋】

〔一〕此題詞當爲傷時子撰。

開國奇冤（華偉生）

華偉生，字號、籍里、生平均未詳。撰傳奇《開國奇冤》，《晚清小説戲曲目》、《古典戲曲存目彙考》著録，現存民國元年（一九一二）尚古山房石印本（阿英《晚清文學叢鈔·傳奇雜劇卷》據以排印）。

（開國奇冤）旨例

闕　名〔一〕

丁未五月〔二〕，伯森先生皖省之舉，一時新聞社記述甚夥，然未能盡得眞象。著者身在事中，特就當日確實情事，聯綴補葺，成此院本。其間事實，在在親見親聞，無一語臆造也。書中詞曲科白，率就各人之志趣及其平日之言論雜傳於外者，摹擬而敷衍之，著者初未容心其間，閲者諒之，慎毋以未當哂也。

書名『奇冤』，自以先生爲正脚，而以恩銘諸人雜錯其間，此詞家定例也。惟旦脚當家排場絕少，只得假借用之，亦元人所恆有。

奇冤傳宗旨，僅爲傳此案之實，故如先生以前事蹟及與本案一無干涉者，概不雜入。閲者幸勿以疏略致誚。

本書自《開學》至《圓案》，計十六折。先以《約敍》，閏以《賸義》，共成一十八齣。均據事直書，初無臆造。惟《夢警》一折，似涉神怪。然著者當日曾親聞先生口述，確有狐嬲之事。妖怪學之未明，究無從而論定。特其種種反對規阻之詞，則著者以理想出之，蓋亦非無謂也。

著者此本，戊申卽已起草〔三〕，因事羈牽，或作或輟，歷數年之久，甫能脫稿。而行篋中曲譜不備，僅《桃花扇》傳奇一册，卽用爲格調之規矩，閱者其亦譏其固陋否？

（阿英《晚清文學叢鈔·傳奇雜劇卷》據民國元年尚古山房石印本排印《開國奇冤》卷首，頁二四四）

【箋】

〔一〕此文當爲華偉生撰。

〔二〕丁未：光緒三十三年（一九〇七）。

〔三〕戊申：光緒三十四年（一九〇八）。

指南夢（孤）

孤，姓名、籍里、生平均未詳。撰傳奇《指南夢》，《晚清小說戲曲目》、《古典戲曲存目彙考》著錄，現存報刊本，阿英《晚清文學叢鈔·傳奇雜劇卷》據剪報本排印。

指南夢序〔一〕

闕　名〔二〕

秋風寂寂，密雨打簷。旅夜淒其，一檠靜對。偶讀文文山《指南錄》，見其自涕泣勤王，皋亭奉使，羈留北館，免脱眞州，翻以賺城見疑，崎嶇瀕死，其間流離困苦之狀，與夫忠貞不貳之志，一一以詩寫之。每讀一節，輒爲之拍案大叫，不禁推卷嘆曰：脱令文山當日於酬對之間，偶一失當，則白刃在後，卽死於偵諜之手，眞有如文山詩所云『一團冤血有誰知』者矣。天下事離奇變幻，黑白難分，竟有如是者耶！嗚呼！當亂離之際，殺人如麻，其含冤莫白，作沙場枉死鬼者，安在其無人耶！以是知士之樹立貴有素，而應變之際，機鋒又不可稍鈍矣。作《指南夢》傳奇。

（阿英《晚清文學叢鈔·傳奇雜劇卷》據剪報本排印《指南夢》卷首，頁一一八）

【箋】

〔一〕底本無題名。

〔二〕此文當爲孤撰。

百花亭（闕名）

《百花亭》傳奇，撰者未詳，《明清傳奇綜録》著録，現存光緒十一年（一八八五）稿本，《傅惜華藏古典戲曲珍本叢刊》第一三〇册據以影印。

百花亭新劇跋〔一〕

闕　名

六老爺可謂好學之士，看《聊齋》而撰《異記録》，瞧太爺所編之《百花亭》而編崑腔。好學之士，故如是乎？

光緒六年七月七夕書。

（《傅惜華藏古典戲曲珍本叢刊》第一三〇册影印清光緒十一年稿本《百花亭新劇》卷末）

【箋】

〔一〕底本無題名。

潛龍佩（闕名）

《潛龍佩》傳奇，撰者未詳，現存舊鈔本，《不登大雅文庫珍本戲曲叢刊》第二四冊據以影印。

潛龍佩跋

玉芝亭主人〔一〕

偶從廠店得此曲，不著填詞名號，考《元人百種》及《六十種》，均所不載。細玩科白詞意，似非元人手筆。翻閱一過，因記此以備查。

光緒戊寅正月十日，玉芝亭主人識於京師之永光禪寺書室。

（《不登大雅文庫珍本戲曲叢刊》第二四冊影印舊鈔本《潛龍佩》卷末）

【箋】

〔一〕玉芝亭主人：姓名、籍里、生平均未詳。

雙義緣（闕名）

《雙義緣》傳奇，撰者未詳，現存清鈔本二種，一種北京師範大學圖書館藏；一種吴曉鈴舊藏，現歸首都圖書館，《綏中吴氏藏鈔本稿本戲曲叢刊》據以影印。

（雙義緣）凡例

闕名

一、傳奇家多避梨園俗套，爲其無關文義，殊形傷雅，故付之伶人，自爲添演。余於古人傳奇，未窺涯涘，安敢妄意摹擬？兹編是齣，僅擬爲伶人脚本，取其便於搬演，故皆從俗，庶可自别於傳奇之體也。

一、傳奇家選用曲牌，多有兩宫參用者，甚有三宫相參者，取其移宫換羽，聲音錯雜也，然必不戾於音調，乃爲盡善。余未能悉其意，且見《九種曲》、《雙仙記》等書，多有統用一宫者，謹遵其體，庶不致有戾於本調也。

一、曲牌有互犯者，坊刻多不細注，易致混淆。如【梁州新郎】，祇爲【梁州序】；【錦纏樂】，祇爲【普天樂】。若【金絡索】、【十二紅】，又不注集牌，以訛傳訛者甚多，不可枚舉。今依《納書楹》體例，於每齣用某宮，先分注某宮，接注牌名，用□圈之，其有互犯者，於牌名下再分注某牌，及數句後又換牌名，仍分注某牌，俱用□方圈以別之。各按本牌點板，庶可考校易明也。

一、坊刻曲本，多不分正襯字。其有分者，正字用正書，襯字用細書，其接白介科亦用細書，最易相混。今於每曲正字用正書，襯字用細書，接白介科俱用跨書，介科又用▯長圈以別之。其於正白，乃低書一格，介科祇用跨書，庶可開卷了了。

一、曲句所調平仄，皆有定式，不可少差。緊要處上、去、入亦須分清，此笠翁所謂『謹遵曲譜』也。然按之程曲，殊不盡然。卽曲譜所列各曲，亦有相差者，只注明宜平、宜仄、宜上、宜去，非絕無出入也。細究其義，雖有出入，亦必不戾於音調方可，如①詩家所謂『一三五不論』之類。故平仄俱不宜連用四五字。然亦間有用五平、五仄者，至上、去尤不宜連用，或間有連用二字，若三上三去、四上四去者，斷不可叶矣。惟入聲可諧用。此皆參考程曲，體驗而得，所謂法有定，用法無定。

一、是齣以谷青臣爲經，芳、婉、蘭、貞爲緯。若按梨園所排脚色，自宜以二生二旦排四緯，以外排谷青臣；若考副末擊靚，谷青臣又宜用副末。傳奇家多以副末開場，入文卽不用是脚。今既不敢擬傳奇之體，故不用開場。惟以谷青臣外脚直起，亦遵《雷峯塔》法海之例，而稍從變格也。

一、脚色正規，命意所在者用生、旦，次者用小生、旦。若祇用一生一旦，亦有卽用小生、旦者。若二生二旦，勢不能不兼用生、旦。然臨場搬演，脚色多者，不妨並用小生、旦。且既用旦，雖有長於旦者，不妨用小旦，如《桃花扇》李貞麗是也；既用生，雖長於生者，不妨用小生，如《風箏誤》戚補臣是也，若臨場，均可不拘。且古本只用生、旦，如《琵琶》、《幽閨》皆是。後來演排脚色較多，遂加二小，其寔可通用也。

一、梨園丑脚，多用蘇白，而傳奇家②無之，惟俟伶人自易。今擬爲伶人脚本，亦當仿用蘇白。然苦不能爲其語，僅就訪於蘇人口角數字，如『我』爲『伍』，『你』爲『乃』，『他』爲『伊』③，『這』爲『骨』，『那』爲『囉』，及『哉』、『箇』等字用之。若純蘇白，則亦俟諸伶人也。

（北京師範大學圖書館藏清鈔本《雙義緣傳奇》卷首）

【校】

①『可如』二字，吳曉鈴藏鈔本作『知』。
②家，吳曉鈴藏鈔本作『者』。
③伊，吳曉鈴藏鈔本作『哩』。

達觀記（闕名）

《達觀記》傳奇，全名《劇晉美新達觀記》，撰者未詳。《明清傳奇綜錄》著錄，現存清鈔本，上海圖書館藏。

達觀記總評[一]

福仲等

此記落想奇而正，抒一腔忠憤；摛詞豔而新，寫滿腹牢騷。處處維持風化，言言針刺澆漓。蓋生平抱負，鬱而未伸，聊借此吐露一斑，有識者自不作傳奇觀也。

兄福仲[二]。

玩其詞詞秀韶，寔爲當代之風雅；取其義義謹嚴，卽爲異日之《春秋》。

弟聖俞[三]。

觀古名人才士，其有牢騷磊落氣者，悉寓諸詞賦間。是傳記者，傳其事，傳其情，並傳其神也。閱者視爲無影小傳奇，作者寔爲有心大議論。細閱此記，其構思也峻而奇，如波涌層巒；其命詞也秀而雅，如嬌花新月。且譏刺處，字字工巧；原情處，句句靈逸，可謂沐浴於古矣。

雲奕[四]。

（清鈔本《達觀記》卷首）

【箋】

[一]底本無題名。

[二]福仲：按，樓震（一八二〇或一八二五—？），字福仲，號次園，仁和（今浙江杭州）人。父延齡，胞弟謙、葆泰（兩淮候補鹽知事）、觀。咸豐九年己未（一八五九）進士，選庶吉士，散館授編修。擢刑部主事，官至廣東惠

州府知府。博通經史，擅長書法。傳見《咸豐九年己未科會試同年齒録》、《詞林輯略》卷七。未詳是否其人。

〔三〕聖俞：按，吳諮（一八一三—一八五八），字聖俞，號哂予，又號適園，武進（今江蘇常州）人。官山東鹽運使。未詳是否其人。

〔四〕雲奕：姓名、籍里、生平均未詳。

勴堂樂府（闕名）

《勴堂樂府》，撰者未詳。

勴堂樂府跋

勴堂氏

洪昉思《長生殿》於前人名作逐一摹仿，其《哭像》一齣，前用【正宮端正好】，後用【般涉耍孩兒】，與長亭調正同。而其事乃明皇在蜀爲楊妃建祠落成，哭奠之作，事不同而調則從同。【耍孩兒】諸曲層次極清，頗能突過實甫。湯臨川《紫釵記》折『柳陽關』曲前用【寄生草】，後用【解三醒】，調不同而其事爲才子佳人惜別，且皆不終好合，則又從同。南曲【解三醒】與北曲【耍孩兒】調極相似，亦是有意摹仿，惟以《西廂》語多質實，特於詞句間求勝。又用生旦互唱，愈覺情致纏綿，此則文人之善變也。

戊申歲楝花風信日，勱堂氏又識。

附記：韓竹均司馬論《西廂》一則：韓竹均司馬（名筠，官袁州府同知）嘗謂余曰：『金本《西廂·驚豔》曲文云：「這邊是河東開府相公家，那邊是南海水月觀音院。」平板無味。聞別本云：「你道是河東開府相公家，我只說南海水月觀音院。」改去上數字，便活潑有神，寫「驚」字十分完足矣。』余思之誠然。惟所見究係何本，竹均未能指實，如果聖歎前已有此本，必應見采。以余考之，『院』字舊本有作『現』字者，這邊、那邊就屋宇呆說『院』字對『家』字，雖工而實無味，若句首用你道是、我只說，而句末用『現』字，眞乃毫髮無憾。想亦文人一時興到，以意改竄，不必果有別本也。爰附識於此。

（《國立北京圖書館由滬運回中文書籍金石拓本輿圖分類清冊》內夾頁，中國藝術研究院圖書館藏。）

卷十　戲曲劇本　明清地方戲

錯中錯（紀樹森）

紀樹森（一七六四—一八二九後），字蔭田，號勉癡，別署瀛海勉癡子，獻縣（今屬河北）人。監生，曾官南河、淮安、揚州等地，後入四川，任順慶、綿州、雅州、龍安、忠州、邛州、敍州等地知府。著有《癡說》、《闡四子書》等。撰傳奇《芝龕記》，已佚；皮黄《錯中錯》，現存道光九年己丑（一八二九）懷清堂刻本、清内府鈔本。傳見王培荀《聽雨樓隨筆》卷四、咸豐《初續獻縣志》卷四、光緒《畿輔通志》卷二三四等。參見孫致中等《紀曉嵐文集》（河北教育出版社，一九九一）附錄《景城紀氏家譜》。並見黄義樞《〈錯中錯〉作者考辨》（《中華戲曲》二〇一〇年第二期）、邸曉平《〈錯中錯〉作者考》（《中國典籍與文化》二〇一一年第一期）。

（錯中錯）偶識

紀樹森

奇以錯傳，亦萬一之想也，而謂或有寄託深情，則非鄙思所及。蓋以人生日在錯中，而偶知反躬自省者，百無二三。惟喻自勉之難，益悲聚生之苦，妄想覺世，隱切婆心。奈以形奇志異之書，既邀時趨共賞；而蕩女狂兒之調，更爲世逐同歡。語近方嚴，聞者倦聽；事涉平易，説者羞談。然而春懷秋怨，固屬淫情之媒；鬼妄神玄，尤皆賊理之寇。而如矯枉過正，勢又過强，衆難無已，杞憂兼防已甚。以故輕憑臆見，權騁强詞。寫奇錯於意想天開，不外實理；敍男女之隱誠幽緒，一衷至情。不惜煞費苦心，無非珍護完節。俠男貞女，如無錯巧奇緣，便拂時好；竹潤蘭芳，苟非霜嚴冰淨，亦弗敢傳。而因錯生奇，一腔百轉，欲將出彼，必先入茲。端發民心所同然，機投世俗所共好。無情無理，至理至情，而樂而不淫，悲而有節。儻得聰明自是，偶一猛省沉思，猶或不止慨泣流連於一時。此誠婆心妄想所不揣，偶傳錯奇，而實别無他意也。如謂不然，試繹全本三十六折之中，遠伏如《獫謀》、《義救》，近逼如《遇劫》、《横辱》，與夫《籌代》、《認嫂》之諸凡類此，似寫本文之詳情，實借共策爲引線。而《證奇》總結，十韻弔場，非皆意之顯然易見者乎？

己丑如月〔一〕，瀛海勉癡子率記。

【箋】

〔一〕己丑：道光九年（一八二九）。

錯中錯序

郭彬圖〔一〕

文無定格，而千古壽世之書，則又未有不從至理至情，推勘而出。蔭田先生性成方嚴，志尚質素，而折衷今古，尤精而無奇，認理之眞，推情之恕。故凡生平吐屬，悉有關於世道人心。無論一切歌舞繁華，大拂所好，而胷中錦繡，珍若宮坊，即於風雲月露，亦從未見虚拋一筆。

乃者箕山牽志，空谷興思，適出《錯中錯傳奇》一編，以示同好，曰：『此予游戲之作也。』而論者亦曰：『先生素不爲此，得無儻視功譽，情馳鄉井，意藉筆墨，預爲自娱林泉計歟？』吁！是誠淺之乎視此編，亦淺之乎視先生也。

先生克己勵行，涉歷宦場者幾四十年，洞鑒人生，是非轇轕，日在錯中。固有知錯故錯，亦有將錯就錯；或無錯而疑錯，或見錯爲不錯；或陽爲悔錯而陰實護錯，或意冀改錯而求全更錯。有心無心，朋阿踵效；誤人誤己，互相欺容。顛倒異同，等歸於錯。是固非中之是，是中之非，深者見深，淺者見淺，而反躬自省者，百無二三。先生熱中雖無，婆心難已，而又深知世趨同歡，斷非莊言能奪。於是慷慨悲歌，偶托傳聞，翻成絶調，機投世俗之好，端發民心所同。或於簫鼓板絃之會，偶得聰明。予知觸目驚心，當局夢夢，旁觀了了，而彼苟情恕己，善文其錯者，誠不啻如當頭棒喝，恍嘆昨非，而更何敢侈言今是乎？況寫男女隱誠，借寓經權妙略，會變交錯，因錯生奇，無理無情，近情近理。而於言關義體，事著節行，尤皆一衷於至理至情。畫筆戲文，傀場炯鑒，以之行世，其有裨於世道人心者，猶尚不止功著於一時，而又烏得以筆墨游戲目之耶？

予素受知於先生者最深，故所以知先生者亦最切。矧念切婆慈，文工化妙，不惟於徐西雲先生批點全本盡之，而吊場十韻偶識一篇，并經質明其意。爰綴斯語，以志欽服云爾。

己丑仲春月，古樵郭彬圖撰〔二〕。

【箋】

〔一〕郭彬圖（一七九五—一八四七後）：字永餘，號班香，閩縣（今福建閩侯）人。嘉慶二十四年己卯（一八一九）舉人，道光二年壬午（一八二二）進士。五年（一八二五），任四川高縣知縣，調江津、彭縣。傳見《道光二年壬午恩科會試同年齒錄》。

〔二〕日本天理圖書館藏懷清堂刻本《錯中錯》，此序後有題識：『余曾少覽有書幾部，殊四大奇書、《西廂》、《聊齋》之外，此書亦矯矯獨立者矣。看吳生膽氣、義氣、脾氣，令余心花頓開。若非有許多兒女氣，吾將愛如珍寶矣。錯中錯裏論豪英，頓使心花一旦生。世事不平無可奈，權憑此卷快吾情。以非爲是是爲非，□者腴來橫者肥。世事不平竟如此，舛乖無奈淚徒揮。』未署名。據黄仕忠《日藏中國戲曲文獻綜錄》迻錄（頁二三二八）。

錯中錯小引

周道昌〔一〕

一麾出守，下車自丹荔亭邊；千里提封，報最只綠荷廳上。面寒似鐵，心淨於冰。榻小小以高懸，屐雙雙而不著。縱教早退，肯徵西閈之歌；便到中年，懶聽東山之竹。何以瓊英絳萼，宋廣平忽賦梅花；鐵板銅絃，蘇學士豪吟赤壁？呼彩雲之舊部，試紅豆之新詞。蓋其佛性三生，婆心一片。翻《江南》之七曲，對酒烏烏；借《河滿》之一聲，示人了了。此《錯中錯》傳奇所由作也。

夫朝雲暮雨，高唐神女之篇；回雪流風，洛水麗人之賦。命意自歸於烏有，選言可柰其不莊？下及傳奇，尤乖正始。即非卓女，而面定芙蓉；未是小蠻，而腰仍楊柳。袖一雙之鳳舄，胡爲徑出閨闈？登百丈之蜃樓，何乃自求夫壻？況復西廂待月，青瑣偷香。東閣牀前，悄入尋梅之夢；南柯郡罷，多逢薦枕之姝。作家原是色是空，觀者輒如癡如醉。所以才人之綺語，欲懺已遲；而樂府之新聲，雖刪亦可也。先生則自抽寒白，一浣春紅。描俠客之雙身，劍鋒三尺；貌貞姬之幾輩，冰影一壺。出閫無聲，碧玉非小家之女；名門通德，青衣知大禮之書。信乎宜雅宜風，亦葩亦正者矣。

顧其以錯名篇者，豈唯是寫燈月之迷離，賦江風之靈幻，使目無停眩，情有餘耽云爾哉？抑意主於省躬，而道通於覺世也？獨是浮生似夢，爲樂幾何？自在優游，且論三萬六千是；留些混沌，安知四十九年非？笑檢點以空勞，即模棱其亦可。不知大千著腳，方寸捫心。成國公之省三，昌黎伯之箴五。失之忙裏，悟自閒中。半枕剛醒，百端交集。正恐聚六州之鐵，鑄亦無方；更教披三絕之編，寡終未得。又況佩漆園之高論，彼一是非，此一是非；參齊相之微詞，可而有否，否而有可。譬之鏡開四照，看面面以都圓；路介三叉，問頭頭其孰是？車指南而不定，樓更上以奚從？雖然，履愬愬考其祥也，震蘇蘇未有當也。惟辟咎而後能無咎，思厥愆而何必罔愆？日在過中，大君子幸言提其耳；人誰無者，我衆生盍謀及乃心？

外江癡鶴周道昌撰。

（以上均清道光九年懷清堂刻本《錯中錯》卷首）

【箋】

〔一〕周道昌（一七八一—？）：號癡鶴，宜賓（今屬四川）人。乾隆六十年乙卯（一七九五）副貢，嘉慶九年甲子（一八〇四）舉人，道光十三年（一八三三）任洪雅縣教諭。傳見嘉慶《宜賓縣志》卷三五、光緒《敍州府志》卷三一等。

錯中錯跋

曾守銳〔一〕

古人云『文章亦如女色』，似也；而曰『好惡之繫於人』，則殊不能無疑焉。苟覩絕色，妒婦亦憐；而間有弗憐者，知必粉白脂紅，仍非絕色也。果爲至文，老嫗亦解；而恆多未解者，自必踵成附派，究非至文也。

蔭田先生性直行方，雖於賦月吟風，均非所好，而闢論卓議，類皆至理名言。非惟炙教親承，莫不傾心餒氣。而於所著《癡說語錄》一集，傳讀者尤多銘座書紳。論者猶謂先生生平吐屬，率發前人所未發，而附倡爭和，或亦眾情喜奇之故耳。

乃適卒讀先生《錯中錯傳奇》一編，而益恍然於文章、女色之論。因更心折於先生，識蘊原自迥不猶人，而發爲文章，自無異乎名言出人意表，而至理入人情中也。人用白描，事多虛寫，而尤獨開從來傳奇法門所無者。敍兒女之玉志冰盟，不事春懷秋怨，而俠誠媲美，摯情倍篤於鍾情；繪閨閣之貞娟淑秀，無煩引柳比花，而雁采爭殊，素影尤妍於麗影。然則以至文傳絕色，既無豔贊之詞，又無膩飾之句。況止魂呈魄現，並非實覩其人，而珍仰同情，有目共賞，豈鏡涵月印之絕色也！猶然而於傳此絕色之至文，乃反好惡繫人乎？矧以錯名篇，悟空道竅，顛倒寰宇，誰則能無？是又先生婆心覺世，一任天機流行。不但至文造妙，已於徐西雲先生批點全本，與前後序跋內互相發明。而化工之筆，亦非譾陋所能窺到。率附所見，藉志誠服云爾。

鈍庵曾守鋭跋。

【箋】

〔一〕曾守鋭：號鈍庵，遂寧（今屬四川）人。嘉慶九年甲子（一八〇四）舉人，十四年己巳（一八〇九）恩科進士。道光八年（一八二八），任敍州府學教授。

錯中錯跋

應錫介〔一〕

傳奇之作，汗牛充棟，至今日濫觴極矣。花晨月夕，選部徵歌，不出楊柳風月之詞，蕩婦狂且之態，神鬼荒誕之說。義既絕於勸懲，教何關於風化？其他之悖理害義，陷人心而漫風俗者，尤不可更僕數。

夫劇部之設，昔止視爲俳優，今並沿爲樂府。自唐設教坊，而流風遂暢。其咏歌舞蹈，擬諸形容而發爲聲音者，原皆本於興觀羣怨之旨，與夫事父事君之節，以及夫婦、昆弟、朋友之行。而其貞邪醜正，離合悲歡，能使觀者油然自動於中，怒髮上沖，鼓掌稱快，良心之發，不能自已。其感人也，視教令爲甚速。故雖戲劇，而化道存焉，所謂『今樂猶古樂』也。

蔭田先生深識此義，慨俗劇之失其旨，因於箕潁①興思，寄情高蹈，適著《錯中錯傳奇》一集。其立意也新，其取義也正，其構思也巧以麗，其類情也雅以則。道不越乎倫理之常，事則盡乎物情之變。絕去一切風月、狂蕩、荒詭之習，而反之於親義、序別、忠信之行，所謂『發乎情，止乎義禮』者，誠哉！其含興觀羣怨之雅思，足以感人心而維風俗，有合於古人作樂化民之意也。

夫先生居官行法，皆關風俗人心之大計，生平著作，已彙爲成書。曾命介參與讎校，丕績嘉猷，不一而足。而是編也，雖以將退之身，適情游藝，而不忘世道若此。其用意之深遠，讀者即末以探其本，亦可想見先生之爲人矣。傳奇云乎哉！

己丑中和月，南屏應錫介謹跋。

（以上均清道光九年懷清堂刻本《錯中錯》卷末）

【校】

①潁，底本作『穎』，據水名改。

【箋】

〔一〕應錫介：一名錫价，永康（今屬浙江）人。附監生，捐納府經歷，分發四川。道光五年（一八二五），署中江縣巡檢。十一年，任南溪縣典史。十七年，署涪州鶴遊分州州同。歷官大竹、鹽源知縣，廣安州知州。傳見民國《永康縣志》卷六、《義烏應氏宗譜》卷上等。

錯中錯題詞

熊夢吉 等

梨園豔調逐時新，舌底蓮生總效顰。一部中聲追正始，主持風教屬斯人。

三生石上話前因，鏡影悲歡幻亦眞。共仰冰心堅似石，紅樓夜月不知春。

茫茫孽海幻緣多，敢向奇男眼底過。一劍淩霄剛在手，頓教平地不風波。

人生每向錯中求，覆雨翻雲死不休。一自金繩開覺路，英雄兒女各千秋。

幾回東閣綺筵開，樂府新聲次第裁。唱到『大江東去』後，天風海雨逼人來。

臥閣風高二十年，此心如佛亦如仙。悟空道竅遊三昧，總是婆心覺大千。

晚節淩霜鬢未殘，東山絲竹借盤桓。此行不爲秋風起，肯向嚴灘寄釣竿。

數卷琳琅寓性眞，圓冰四照指迷津。復從南國翻新譜，留贈棠陰愛樹人。中江熊太占吉堂〔一〕

《蜃中樓》，《南柯夢》，荒唐虛把墨兵弄。《牡丹亭》，《長生殿》，迷人空帶風流箭。鎖江飛銅虎，月照鬚眉古。平生不徵歌，倦弄催花鼓。人畏金剛面如鐵，天邊花雨飛不徹。那識菩提心，多運廣長舌。綺語浣盡得虛通，半鬼邊神都謝絕。綠荷廳，敲醒木，摹就俠兒貞女圖一幅。明珠九曲一線穿，平擁奇峯三十六。詞成付與菊部頭，銅絃鐵板歌高樓。招得揚州二分月，綠酒一洗江南愁。竹君周道立〔二〕

人不必仙與佛，事不必鬼與狐。偶弄江侯五花管，描來一幅兒女圖。圖成六女競如玉，脂紅黛綠一字無。詞白戰，意子虛。磯亦無彭郎，山亦無小姑。胡爲二分明月裏，有人姍姍來遲麗且都？乃知文章非小技，中有大力者負之趨。吁嗟乎！百花生日成此書，登場絲管歌烏烏，那得不銷他北海酒千瓠！午橋黃伯暄〔三〕

山行馬易隳，江行舟易覆。三千大千世界中，偶一投足便失足。見功遲，見過速。百年三萬六千朝，何時不與過相逐？韓箴五，寇悔六，衆生胡爲自鹿鹿？我今手此編，四座鏡影圓。絲管當場付菊部，如聽雅材百五唱賓筵。噫嘻！人苦不自覺，晨鐘一聲天外落。問他六州四十二縣鐵，可能鑄者《錯中錯》？湘浦周東星〔四〕

蜃樓海市，幻影無窮。獨開生面，力挽頹風。牟尼個個，貫串玲瓏。參透消息，心在天中。浮生夢夢，日在過中。風雷誰凜？厥蔀已豐。新聲譜就，唤醒愚蒙。愈錯愈巧，鬼斧神工。

南屏應錫介謹題

（清道光九年懷清堂刻本《錯中錯》卷首）

【箋】

〔一〕熊太占：原名夢吉，字吉堂，中江（今屬四川）人。嘉慶六年辛酉（一八〇一）舉人，十二年丁卯（一八〇七）大挑二等，道光七年（一八二七）任敍州府訓導。嘉慶十七年（一八一二），與修《中江縣志》。著有《春煦堂詩文稿》、《管見瑣言》、《逸園文集》。傳見道光《中江縣新志》卷五、民國《中江縣志》卷六等。

〔二〕周道立：號竹君，籍里、生平均未詳。

〔三〕黃伯暄：號午橋，籍里、生平均未詳。

〔四〕周東星：號湘浦，宜賓（今屬四川）人。道光五年乙酉（一八二五）副貢。

藥會圖（郭廷選）

郭廷選，字秀升，壺關（今屬山西）人。撰梆子腔劇本《藥會圖》，全名《草木春秋藥會圖》，一題《草木傳》，未見著錄，現存道光十九年（一八三九）鈔本（楊燕飛、賈治中《〈藥會圖〉（鈔本）校勘》（《山西中醫學院學報》二〇〇一年第三期）據以校點整理）、光緒二十三年丁酉（一八九七）積善堂重鈔本、民國十八年（一九二九）山西靈石陳菜鈔本、民國十三年甲子（一九二四）張德山鈔本（題《藥性梆子腔》）等。參見張亞傑《〈草木春秋藥會圖〉劇本考述》（《蒲松齡研究》二〇〇四年第三期）、趙懷舟《〈藥會圖〉稽考散論》（《中華中醫藥學會第十六次全國中醫藥文化學術研討會論文集》，二〇一三）。

藥會圖自序〔一〕

郭廷選

余嘗留心於醫道者，非一日矣。甲子夏〔二〕，在汴省公寓，與原任寶豐縣丘公〔三〕，忽談及《草木春秋》〔四〕，乃謂其無益於人也。余不禁有感於藥性，擇其緊要，正其錯誤，不必整襟而談，但從戲言而出。或寄情於草木，或托興於昆蟲。無口而使之言，無知識情慾而使之悲歡離合。名士見之，固可噴飯；俗人見之，亦可消遣。

乃吾之意不在此。合《本草》一大部，鍛煉成書，始①起死人而活之，先活草木金石之腐且朽者。如甘草，金石斛之屬，盡使著優孟衣冠，歌舞笑啼於紙上，以活藥藥死人，未有不霍然起者。且其固活藥而活②，縱不曰③用乎活藥，亦不④肯忘情於活藥，鼓舞歡誦。則人人知其藥，亦卽人人知其性，用藥者不至有錯誤之遺憾⑤，服藥者不至有屈死之冤魂⑥，而吾之心願⑦足矣。

然則⑧好高之病⑨多，藥活而人則未必盡活也。故卽有呼我爲迂者，我卽應之以爲迂；呼我爲狂者，我卽應之以爲狂。但求不愧於吾心，庶於醫道不無小補焉，是則吾之志也夫！

嘉慶十三年冬月，古晉壺關郭廷選秀升氏序於直隸滿城縣官署編次⑩。

（光緒二十三年丁酉積善堂重鈔本《梆子腔藥會圖全本》卷首）

【校】

①始，據民國十三年甲子張德山鈔本《藥性梆子腔》卷首《藥性圖自序》作『欲』。

②且其固活藥而活，楊燕飛、賈治中《〈藥會圖（鈔本）校勘〉》本無。
③曰，楊燕飛、賈治中《〈藥會圖（鈔本）校勘〉》本作『日』。
④不，楊燕飛、賈治中《〈藥會圖（鈔本）校勘〉》本作『豈』。
⑤錯誤之遺憾，民國十八年山西靈石陳棻鈔本《梆子腔藥會圖全本》卷首《藥性圖自序》作『冒昧之失』。
⑥屈死之冤魂，民國十八年山西靈石陳棻鈔本《梆子腔藥會圖全本》卷首《藥性圖自序》作『蒙蔽之冤』。
⑦願，楊燕飛、賈治中《〈藥會圖（鈔本）校勘〉》本作『已』。
⑧則，楊燕飛、賈治中《〈藥會圖（鈔本）校勘〉》本作『自』。
⑨病，楊燕飛、賈治中《〈藥會圖（鈔本）校勘〉》本作『流』。
⑩楊燕飛、賈治中《〈藥會圖（鈔本）校勘〉》本無此題署。

【箋】

〔一〕底本無題名。
〔二〕甲子： 嘉慶九年（一八〇四）。
〔三〕原任寶豐縣丘公： 即丘世俊，大定（今屬貴州）人。乾隆三十五年庚寅（一七七〇）恩科舉人。嘉慶四年（一七九九）至六年，任河南寶豐知縣。傳見道光《寶豐縣志·職官志》、道光《大定府志·俊名志》等。
〔四〕《草木春秋》： 即《草木春秋演義》，題『雲間子集撰』、『樂山人纂修』，現存最樂堂刻本。

（藥會圖）序

丘世俊

醫之一道，甚難言也。醫者，意也，必得心領神會，方能應手。而藥性之補瀉寒熱，攻①表滑濇，種種不一，更得深識其性，然後可以隨我調度。故用藥，譬之行兵，奇正變化，神明莫測。

晉之郭子秀升②，儒醫也。究極《素問》，闡扶《靈樞》。而居心慈祥，人品端方，非市井者儔。余與訂交，不殊金蘭。其暇譜有傳奇一則，乃羣藥所會。余閱之，不勝佩服。遂觀其首，曰《藥會圖》，要知非遊戲也，實在使諸藥之寒熱攻補，簡而甚明，則顯而易學。業仁術者，果會心於此，庶於醫道不無小補云。

黔南丘世俊拜識③。

（清道光十九年鈔本《藥會圖全本》卷首，轉引自趙懷舟《〈藥會圖〉稽考散論》）

【校】

①攻，底本作『功』，據楊燕飛、賈治中《〈藥會圖（鈔本）校勘〉》本改，下同。

②楊燕飛、賈治中《〈藥會圖（鈔本）校勘〉》本『升』後有『先生』二字。

③楊燕飛、賈治中《〈藥會圖（鈔本）校勘〉》本無此題署。

題藥會圖

周寓莊　等

得病雖殊各有因，良醫心苦費精神。漫將起死回生手，且作徵歌逐舞身。木葉草根成幻相，祕方靈笈盡陽春。他年演出梨園隊，舉世應無不療人。浙紹周寓莊〔一〕

祖述①岐黄意獨新，聊將優孟話前因。繪成一幅有形像，畫極千秋弱體人。格外文章能贊化，局中草木自生春。紫團深處琴音奏，誰作高歌步後塵。屯邑暴銘〔二〕

藥性精時意欲神，別開生面出奇新。演來一派幻中相，繪得羣芳②分外明。喜怒曲得傳甘苦，衣冠直肖木花春。老年學問皆成趣，聊出戲言喚俗人。霸州吳邦慶〔三〕

醫術源流借筆伸，修成絶唱獨標新。一圖繪盡千方祕，十齣傳來百藥神。誰識青囊翻《白雪》，宜將《素問》奏《陽春》。聖門遊醫無如此，愧煞尋常摘句人。姪溫敬讀〔四〕

稿本傳佳製，才同史國公。玄明徵佛手，神曲見天雄。心細青絲髮，文含紫石英。淩霄存遠志，推此白頭翁。河南李秉衡〔五〕

（民國十八年山西靈石陳菉鈔本《梆子腔藥會圖全本》卷末〔六〕）

【校】

①述，底本作『迷』，據文義改。

②芳，底本作『方』，據文義改。

【箋】

〔一〕周寓莊：紹興（今屬浙江）人，字號、生平均未詳。

〔二〕暴銘：屯邑人，字號、生平均未詳。

〔三〕吳邦慶（一七六五—一八四八）：字霽峯，霸州（今屬河北）人。以拔貢官昌黎訓導。嘉慶元年丙辰（一七九六）進士，選庶吉士，散館授編修，遷御史。十九年，擢鴻臚寺少卿，累遷內閣侍讀學士。二十年，出爲山西布政使。尋調河南，護理巡撫。道光十年（一八三〇），授貴州按察使，未之任，予三品卿銜，署漕運總督，尋實授。十二年，授河東河道總督，尋坐事免職。著有《畿輔水利叢書》。傳見《清史稿》卷三八九、《續碑傳集》卷三三等。

〔四〕郭溫敬：壺關（今屬山西）人，字號、生平均未詳。

〔五〕李秉衡：河南人，字號、生平均未詳。

〔六〕此本未見，據趙懷舟《〈藥會圖〉稽考散論》迻錄。

尋鬧（弋腔金瓶梅）（褚龍祥）

褚龍祥，生平詳見本書卷八《紅樓夢塡辭》條解題。《尋鬧》，《清人雜劇全目》著錄，現存咸豐間希葛齋稿本，題『弋腔金瓶梅』，傳惜華藏。天津圖書館或有影印本。

（尋鬧弋腔金瓶梅）自跋

褚龍祥

壬子九月立冬前一日廿五日編〔一〕，十二月朔日謄清。

（清咸豐間希葛齋稿本《尋鬧（弋腔金瓶梅）》卷末〔二〕）

【箋】

〔一〕壬子：清咸豐二年（一八五二）。謄清時，已入公元一八五三年。

〔二〕此本未見，轉錄自傅惜華《清人雜劇全目》卷六（頁三一〇）。

極樂世界（惰園主人）

惰園主人（一七八七—？），又署觀劇道人，姓名、籍里、生平均未詳。撰皮黄劇本《極樂世界傳奇》，現存光緒七年（一八八一）北京聚珍堂書坊活字擺印本，首封題『觀劇道人原稿、試香女史參訂』。

（極樂世界傳奇）自序

惰園主人

戲至二簧陋矣，而吾謂非二簧陋，作之者陋也。使執筆者得《西廂記》之王實甫，《離魂記》之湯若士，《長生殿》之洪昉思，吾知天下錦繡才子，必有拍案叫絕者，戶戶銀箏，家家檀板，安在遜南北九宮哉！

或曰：『二簧之陋，非其詞陋也，音節陋也。』是又不然。自元迄今，爲南北曲者不啻數千家，而傳者不過數十，每家傳者又不過數折。其湮沒不彰者，音節非不諧也，特以詞不雅訓，爲識者所擯耳。不然，則空歌工尺，不更超超玄箸乎？且聲音之道，隨時變遷，自雅頌而樂府、而倚聲、而雜劇，作者必不是古非今者，唯欲投時好，叶俚耳，使吾可歌可泣之情，家喻而戶曉。必求音節之正，則《關雎》、《鹿鳴》，宮商具在，胡不規而橅之？南北九宫已陋，而必陋二簧，是眞五十步笑百步矣。

今日二簧盛行，而雅訓者殊少。僕思在無佛處稱尊，因製《極樂世界傳奇》，以娛人而自娛其詞。雖未知於《西廂》、《牡丹》、《長生殿》何如，然較之梨園所演者，卽以爲能掩其陋也可。

道光二十年九月十六日，惰園主人書於如是住庵雨窗下，時年五十有四矣。

元、白、張、王皆古意，不曾辛苦學妃狶。解人自知耳。

試香女史〔一〕。

【箋】

〔一〕試香女史：姓名、籍里、生平均未詳。

（極樂世界傳奇）凡例

闕　名〔一〕

一、梨園腳色，向止十人，邇來踵事增華，指不勝屈。稿中唯於貼旦外，增一小旦，其餘皆以雜概之，俟排演者斟酌。

一、龍珠、一枝花絕不同場，故皆以貼扮之，然一枝花究當另用今日所謂花旦扮之爲宜。

一、南曲每以數人雜唱，文氣最難貫串，亂彈更甚矣。今遵北曲例，皆用一人唱，間有合唱者用崑。

一、二簧之尚楚音，猶崑曲之尚吳音，習俗然也。今將以悅京師之耳，故概用京音。間有讀仄爲平者，元人北曲已有其例，幸勿嗤爲謬妄。

一、曲子向不禁重韻，今局於詩賦成例，概不重壓，非敢因難見巧，結習未除耳。

一、二簧上句入韻，最利歌喉，故稿中前後皆平仄入韻。

一、上場引子，爲諸傳奇所無，然頗爲排場生色。惜缺而未備，且於得意急書之際，科白亦多未詳。有欲排演者，當爲補之，僕自樂此不疲也。

一、羅叉國、夜叉國，皆取材異史，以蠻觸相爭，無干忌諱也。馬駿號龍媒，故三女皆以龍起義。徐商者，徐姓商人也。其餘不過率意命名，絕無譏刺，閱者幸勿刻舟求劍。

（以上均清光緒七年北京聚珍堂書坊活字擺印本《極樂世界傳奇》卷首）

【箋】

〔一〕此文當爲惰園主人撰。

（極樂世界）跋

嚳道人〔一〕

英雄兒女，福貴神仙，人情之極樂也。然使生而得之，或不知其樂。唯於四者也，幾幾乎得之，又幾幾乎失之；幾幾乎失之，而卒畢得之。既得之矣，然後歷歷追憶其未得之時，幾幾得樂矣，幾幾乎失亦樂，幾幾乎失而卒歸於得爲尤樂。於是，或笑、或涕、或驚駭，或慶幸，七情交作，皆樂之變相矣。

身歷者如此，心歷者何獨不然？先生之作此也，予自①侍左右，見其或瞑目危坐，或繞徑緩行，或拔劍起舞，或奮筆疾書，以至或浩嘆，或痛哭，或悻悻如怒，或融融似喜，千態萬狀，如顛如狂。予固知先生之以一心實履乎極樂世界之地，以一心遍化爲極樂世界之人，其幾幾得，幾幾失，以至得無不得，皆實以一心縈繞乎其中，故七情交作而不自覺也。

夫相由心生，一念之輾轉，卽與一生之閲歷等。然則英雄兒女，富貴神仙，先生固已備有其樂。從此晴窗燈案，朗誦一通，卽享受一度，念念不忘，誰謂非世世生生長有此英雄兒女、富貴神仙之樂哉？嗟乎！造化弄人，詩書誤我，才人薄命，今古同悲。天下如先生而終身困頓者，知不乏人。讀是篇時，吾②願其皆以一心縈繞乎英雄兒女，富貴神仙。

己卯夏六月〔二〕，從意園主人處假讀一過，瞿道人志。

（同上《極樂世界傳奇》卷末）

【校】

①自，底本作「白」，據文義改。

②吾，底本作「無」，據文義改。

【箋】

〔一〕瞿道人：姓名、籍里、生平均未詳。

〔二〕己卯：光緒五年（一八七九）。

庶幾堂今樂（余治）

余治（一八〇九—一八七四），字翼廷，號蓮村，别署晦齋、木鐸老人、寄雲山人等，無錫（今屬江蘇）人。五次應試不第。咸豐間，以附生舉訓導。同治二年（一八六三），移居蘇州。於玄妙觀開設得見齋書坊，刻印發賣勸善書。六年，與吳熾昌等在上海創設普育堂，主持其事。晚年曾自組童伶戲班。卒，私謚孝惠先生。著有《得一錄》、《江南鐵淚圖》、《學堂日記故事》、《尊小學齋集》等。傳見俞樾《春在堂雜文續編》卷四《墓志銘》、彭慰高《墓表》（光緒九年得見齋刻《尊小學齋集》卷首）、《墨花吟館感舊懷人集》等。參見吳師澄《余孝惠先生年譜》（光緒元年序刻本，《尊小學齋文集》附）、《中國戲曲志·江蘇卷》（一九九二）、《蘇州戲曲志》（一九九八）等。

撰皮黄劇本《庶幾堂今樂》，又稱《勸善雜劇》，凡四十種，今尚傳《岳侯訓子》、《英雄譜》、《義犬記》、《朱砂痣》等二十八種，存光緒六年（一八八〇）重刻本。

（庶幾堂今樂）自序

余　治

古樂衰，而後梨園教習之典興。原以傳忠孝節義之奇，使人觀感激發於不自覺，善以勸，惡以懲，殆與《詩》之美刺、《春秋》之筆削無以異，故君子有取焉。賢士大夫主持風教者，固宜默握其權，時與釐定，以爲警瞶覺聾之助，初非徒娛心適志已也。無如沿習既久，本旨漸失。賢士大夫既不暇留心及此，一任優伶子弟顛倒錯雜於其間，所演者遂多不甚切於懲勸。近世輕狂佻達之徒，又作爲誨淫誨盜諸劇，以悦時流之耳目。演《水滸傳》，則以盜賊爲英雄，而姦民共生豔羨；演《西廂記》，則以狹邪爲韻事，而少年羣效風流。其他一切導欲增悲，不可爲訓者，且紛然雜出，使觀之者蕩心失魄，以假爲眞，而古人立教之意，遂蕩焉無存，風教亦因以大壞。

甚矣，樂章之興廢，實人心風化轉移向背之機，亦國家治亂安危之所繫也。周子《通書》有云：『移風易俗，莫善於樂。』又云：『不復古禮，不變今樂，而欲至於治者，遠矣。』竊以爲周子名世大儒，所見必非細故。古禮之復，誠非易易，若變今樂，則祇在賢士大夫一反手之間耳。當有宋之初，樂章之敗壞未有甚於今日也，誨淫誨盜之風亦未有如今日之極也，周子已重慮及此，則今日今樂之當變，更何可緩耶？

余不揣淺陋，擬善惡果報新戲數十種，一以王法天理爲主，而通之以俗情。意取勸懲，無當聲律；事期徵信，不涉荒唐。以之化導鄉愚，頗覺親切有味。自知下里巴人，不足當周郎一顧，而彰善癉惡，歷歷分明，觸目驚心，此爲最捷。於以佐聖天子維新之化，賢有司教育之窮，當亦不無小補也。《孟子》云：『王之好樂甚，則齊其庶幾乎！』天下之禍亟矣，師儒之化導既不見爲功，鄉約之奉行又歷久生厭。惟兹新戲，最洽人情，易俗移風，於是乎在，卽以是爲蕩平之左券焉，亦何不可也？名曰《庶幾堂今樂》，庶幾哉一唱百和，大聲疾呼，其於治也，殆庶幾乎！

咸豐十年春正月，梁溪晦齋氏余治自序。

（庶幾堂今樂）題辭

余　治

蒿目首頻搔，嘆人生大劫遭，老蒼架起無情炮。（天老爺本來好生，忽然大變面孔。）大戲場焰騰霄，赤緊的搖山震谷，崑岡烈火一齊燒。（何等光景。）風蕭蕭，雨飄飄，鬼哭神號，羽書絡繹心如擣。（岌岌乎殆哉！）豈尚能苦中作樂，效山人伎倆，持簡板把漁鼓輕敲。（有那如許閒情。）不過是草野臣一片心，半生來杞憂竊抱。（原是愚公之見。）到今朝不忍瞧，平白地自尋煩惱，把今古閒愁一擔挑。（『吹皺一池春水，干卿底事？』）獨無奈樗散材不合時宜，頗不耐趨投熱鬧。（薄福書生，天生窮骨。）只合與二三父老話桑麻，吹《豳》擊壤，私念感皇朝。（天良未昧。）

想我朝開國來舜日堯天，那一代不是聖明有道。（想想看。）二百年承平日月，吾宗吾祖那一個不同被恩膏。（享了多少平安日子，不見恩德，直到今朝方見。）即如今我皇上待爾曹，也算得如天浩浩同怙冒。（到底不會待差你。）爲甚的跳梁小醜奮螳臂，忘恩負義反面做長毛？（可惜都是大清朝好百姓，不過念頭一錯，便反轉面孔。）最可憐愚俗人被招謠，誤歸邪教，癡心都想天門跳。（上了圈套，個個做夢。）誰知他說天話父，多半是胡言亂道送命殺人刀。（到頸方知，悔不及了。）可恨他自命高，滅像欺神，不管你三教門頭，都弄得七顛八倒。（惟我獨尊，夜郎王由他自大。）聽呼號，淚暗拋，霎時間城門失火，池魚一例受煎熬。（醜人帶累好人，莫甚於此。）到此時鐵心人也動心，誰無父母，誰無妻小？（身家一樣。）也應該戴天不共，怎讓他殺人如草，到處肆咆哮？（急煞。）想世間受他人一飯恩，尚且思感激圖報。（良心人人皆有。）爲師友出身犯難，方不愧氣誼投膠。（道理固應如此。）況且是君父恩地厚天高，尤不可尋常計較。（君恩與親恩，同一罔極。）

只如今國家有難，還望我小百姓竭誠報效，敵愾奮同袍。（望眼將穿，義旅誰起？）想皇上爲我們籌餉招兵，那一日不愁腸似攪？（苟有人心，也應感泣。）卽如那各將帥各當道，那一個不臥薪嘗膽忠義薄雲霄？（誰人體及？）只恐怕費用煩、度支空，兵糧缺少糧臺吵。（千難萬難。）不得已勸我們勤王助餉，章服待勛勞。（如能捐餉，在國家原未嘗虧負一點。）有肝膽，有天良，極應的樹義旂爲國分憂，毀家紓難伸天討。（現在遭劫地方，多是毀家濟賊，並無一個肯毀家紓難。）方見得百姓們報君父，同心戮力熱血一腔包。（必如此，方爲可敬。）

最可憐守錢奴緊握雙拳，生平度量胡椒小。（比芥菜子略大些兒。）兀自的醉酕醄盤樂怠傲，幾人花底正吹簫？（好心緒，眞適意。）勸捐餉，勸完漕做啞裝聾，爲兒孫多作千年料。（方自以爲傳家祕訣。）豈知道米爛陳倉，金藏地窖，只落得天災一到，子撇妻拋。（一聲《河滿子》。）路迢迢背一個衣包，走三徑蓬蒿，遇强梁赤條條性命依然要。（不比聖朝寬典，由你推三阻四，多方規避呢。）幸而逃顛連無告沿門鈔，光景苦難描。（還是聖王宇下，可以謀生苦度。）急忙忙走西東鶴唳風聲，魂靈兒早已飛天表。（如畫。）悔當初惜財如命昧大義，自把禍殃招。（原來自取。）

提起來髮沖冠、刀出鞘，恨不得一口氣把那賊兵掃。（耳後風生，心頭火出。）方出我胷中氣虹霓萬丈，赤手捕靈鰲。（過屠門而大嚼，雖不得肉，行且快意。）苦無奈七尺軀，學劍未遑，縛雞力少，奮空拳只把蒼天叫。（奈何！）卽欲效涓埃報，又無奈半生來不事生産，家徒四壁剩簞瓢。（更奈何！）只有那舌三寸筆一枝不厭勞叨，苦衷一點天堪告。（自分迂疎，只求天鑒。）庶藉以貢芻蕘、宣聖教、化鴟鴞，略拄急流篙。（惟恐篙短力綿，吃他不住。）只指望化一人做良民，幸得他南柯夢覺。（所期化莠爲良，同歸善道。）卽爲我國家少一敵，薪抽釜底内患暗中消。（區區之心，竊慕此耳。）況今朝亂嘈嘈劫共遭，强半是天下人心腸不好。（無奈自己總不肯認錯。）因此上天心震怒，森羅鐵網未肯寬饒。（知戒懼否？）若不是回天怒、挽人心勸忠勸孝，恐以後災殃未了。（正恐後患方深。）。但願得人心轉卽天心轉太和感召，賽過他虎略龍韜。（願爲小助。）

嘆人生數十年石火電光，今朝未識明朝保。（人命在呼吸間，誰能説得嘴響。）糊塗塗把一生錯過了，豈不是入寶山空走一遭？（白做了一世人，不曾做一點好事，豈不大可惜耶？）舌如劍筆如刀錦繡才華，到頭來難與閻王拗。（閻王老子那管你才華好歹。）力拔山氣蓋世石崇豪富，惟有那臭皮囊難把光叨。（看你有本領，保得此身常在否？）一寸陰，一寸金，看日月如梭不住的東西繞。（看慣了不覺其快。）猛回頭把手招，同舟共濟劫海浪滔滔。（『公無渡河』。）

嘆世人積習深非一朝，問狂瀾孰回既倒？（那個問及？）古文詞汗牛充棟，半多覆瓿蠹魚銷。（可惜。）學時髦自詡風流，見幾多豔曲淫辭災梨祝棗。（文章之厄，莫甚於此。）美年少習輕佻傷風敗俗，人心蠱毒此中包。（眞堪痛恨。）所以俺近年來編幾本勸世文，帶病醫人也不過是管中窺豹。（老實話。）只求他愚蒙易曉，初何敢效文人結習感憤更牢騷。（光天化日之下，何用牢騷感憤？）《兔園冊》訓童蒙信手揮毫，猢猻王頭腦冬烘自吟自嘯。（咦！）化愚民、作歌唱，聊自比候蟲時鳥，無暇細推敲。（方家見諒。）又嘗在鄉約檯話嘵嘵舌敝脣焦，羣嗤木鐸人稱老。（掀髯一笑。）反脣誚、白眼遭，總由我周身病痛，莫怪世風刁。（惟有反躬自疚。）再四想沒路跑百折千迴，而今只得翻新調。（窮極計生。）老著臉、粗著話，竊自願從梨園子弟一例混漁樵。（予向有句云：『老我面皮三寸厚，願他聾瞶一齊開。』今日做戲班頭，頗爲確切。）遂演出新戲文矢口成吟，把許多《白雪》、《陽春》都變做常言道。（但求屬和者多，何敢自矜高調。）試看他善有報惡有報，只認定昭昭天道，姑學那詼諧曼倩試偷桃。（笑罵由他笑罵。）演一回唱一回，一任他顧曲周郎批評我南腔北調。（試看班門弄斧。）忽而啼忽而笑，更自笑獃頭獃腦，聊靠著衣冠優孟權做一時豪。（以窮措大雄據梨園，萬戶侯不願封也。）

悔當初瞎奔跑，經幾度秋風毷氉，科名何物催人老。（半生上當。）把有限光陰、把有用精神消磨多少，喜沾沾小技蟲雕。（不值一笑。）舊面目不堪描故紙，蠅鑽幾上他兩個圈兒套。（幾乎套住。）幸而今夢醒早，硬頭皮把名韁利鎖一筆勾銷。（快哉！）遇著那素心人把臂邀，浮大白開顏一笑。（笑什么？）笑年來獨腳登場，生涯迂拙越做越蹊蹺。（什么蹊蹺？）

話蹊蹺古樂淪亡，鞠部新腔多半是誨淫誨盜。（習慣已極。）致愚民觀而感教升猱，防閑潰裂，作姦悖亂此根苗。（著眼。○咸豐七年，山東東平州知州吳公獲盜，供稱結義兄弟已有一百零五人，照梁山水滸天罡地煞之數，各有混名。尚少三名，待一百零八人數滿，即將起事云云。始知此夥謀反，都是爲《水滸》所誤。幸早破案，得免大患。○又有揚州某，好點淫戲。一日看戲回，其女已隨廚夫逃逸，中途被獲解官。某立時氣死。）干天怒壞人心流毒貽殃，釀成大劫何人曉？（召亂之階，大半由此。）如洪水如猛獸，亂紛紛誰司樂正，尼山不料有今朝。（不意老夫子反魯正樂之後，流極至此。）

竊自撫舊頭顱，把窮措大的老頭巾一朝撇了，編撇不了的七寸三分帽。（所謂『天下事各樣穿破，惟有高帽子尚不破也』。）初何敢靦然人面向當場多方弄巧，妄誇欲挽世風澆。（更不自量。）況我生動得咎是非招，說不盡怪怪奇奇捫心清夜千般懊。（不堪自問。）說什么『屈、宋風騷』，說什么『應、劉才調』，不堪回首嘆無聊。（通身汗下。）忙碌碌急煎煎主人翁東扯西牽，開場應識收場早。（『下不來』三字，誤盡了多少英雄。其實眞正英雄，最能自己收場，斷無『下不來』事。）願終身杜門思過，菜根咬，回光照，眼睜睜自求至寶，何心再斬水中蛟。（再不敢學馮婦。）失人身萬劫難帶水拖泥，神龍尾大將難掉。（幾幾乎矣。）生何來、死何去黑漫漫半生昏眊，此中容易失釐毫。（死生事大，安得不自己細細打算。）且放下萬慮消，一任他六賊縱橫，我只是照管宮中、靜觀妙竅。（不足爲外人道。）一杯水一爐香安排鼎竈，一腔心事托歌謠。（妙吓！）

安得遇有心人題倡登高，主張風教，領袖我潤色隆平、長言舞蹈。（倘得有仔肩世道大君子，分布梨園，登高提倡，吾願瓣香以奉。）憂悄悄，樂陶陶，上下千秋，風行四海，無人不識貶和褒。（所願惟此。）並願得播絃管叶笙匏，轉瞬間默化潛移同風一道。（此班頭第一癡想。）卽是我區區志與人同善，書生報國此勤勞。（野人獻曝，原是一點愚誠。）每日裏禱祀求，願亂民聾聵齊開，卜得他悔過投誠改頭換貌。（聞此中大半悔恨，無奈欲罷不能，可見得從賊的到底各有天良，都是好好百姓。所恐招撫不得其人，致此輩投誠無路，幾回新戲，權當楚歌。作者固有微權，觀者亦應心動。）庶幾乎化暴爲良，風移俗易，依舊是清平世界，普天率土頌簫韶。（說到此，不自覺鼓之舞之，奮袂而起。）

獨自念傷孤露感君親大恩未報，畢生恨事眞難了。（千古罪人，不堪自問。）思手澤愧頭銜虛聲純盜，予懷渺渺碧天寥。（每懷靡及。）更孤負舊師友眼垂青樂育熏陶，生平知遇逢多少。（知己感深，屈指可數。）只有把新院本當凱歌斡旋小補，寸心聊當報瓊瑤。（别無他物。）我本是田舍翁伏泥塗，想當年荷笠荷蓑護良苗，學得箇誅茅鋤草。（想見本來面目。）到於今芸人田何時得了，歸來好，閒雲野鶴青山有路任飄飆。（到此方認清路頭。）從此後意囂囂，竿木隨身，任呼牛馬，浮名不上香鈎釣。（向又有句云：『纔有貪心便上鈎』，此中久已識破。）且同來試觀場閒憑眺，放開雙眼北望九天遥。（深情無限。）

（庶幾堂今樂）引占

闕　名〔一〕

陶石梁曰〔二〕：『今之院本，即古之樂章也。每演戲時，見有孝子悌弟、忠臣義士，激烈悲苦，流離患難，雖婦人牧豎，往往涕泗橫流，不能自已。此其動人最懇切、最神速，較之老生擁皋比、講經義，老納登上座說法，功效百倍。至於《渡蟻》、《還帶》等劇，更能使人知因果報應，秋毫不爽，殺盜淫妄，不覺自化，而好善樂生之念油然生矣，此則雖戲而有益者也。近時所撰院本，多是男女私媟之事，深可痛恨。而世人喜爲搬演，聚父子兄弟，並幃其婦人而觀之，見其淫謔褻穢，備極醜態，恬不知愧。曾不思男女之慾，如水浸灌，即日事防閑，猶恐有瀆倫犯義之事，而況乎宣淫以導之！試思此時觀者，其心皆作何狀？不特少年不檢之人，情意飛蕩，即生平禮義自持者，到此亦不覺津津有動，稍不自制，便入禽獸之門，可不深戒哉！』

王陽明先生曰〔三〕：『古樂不作久矣。今之戲子，尚與古樂意思相近。今若要民俗反樸，還□取今之戲子，將妖淫詞調去了，只取忠臣孝子故事，使愚俗百姓，人人易曉，無意中感激他良知起來，卻於風化有益。』

丘嘉穗《訂音律文》云〔四〕：『今之演劇，卽古樂之遺也；今之詞曲，卽古詩之遺也。然古之詩、樂，粹然一出於正，而今之劇場詞曲，皆流於淫僻而不可訓。蓋不獨中聲之亡，以至如此，抑亦劇場詞曲中所譜之事，悉屬增悲長欲之具，而人無所視以爲法戒故也。自漢以來，儒者類欲復古詩樂，而徒較其音節於聲律字句之末，至使議論紛紛，而未有以決。而古樂古聲，卒不可復，卽幸而復之，而不以其事見之舞蹈，則亦使斯人無所感觀興起，如爰居之聽鐘鼓而卻走耳。竊謂居今之世，而欲追求古樂之聲，以復於先王之舊勢，必不能。何如仿古樂詩遺意，召集名儒，取今之所謂劇場詞曲者，一一較而訂之，其淫豔而傷風教，與其善之不足以爲法、惡之不足以爲戒者，概從禁絶。而其所編撰成曲，頒行天下者，必皆古今忠孝節義，可歌可泣，可法可傳之事。至其器與聲，亦不妨從今之優伶，稍取其明白正大、抑揚有節者可也。安在今之樂不猶古之樂也？如曰演劇不足以當古樂詞曲，不足以當古詩，而欲離而二之，以聽其自止自行於天下，則古之詩樂既不可以卒復，而劇場詞曲之流於今者，將日入於鄭衛之淫靡，而未知其所止，雅與俗，兩失之矣。草莽私憂，願與司風教者商之。』（竊嘗謂：是非者，天下之定理，是非存，而人心於以不死。自《水滸》戲文出，而是非顛倒，定理亡矣。夫英雄好漢，義士美名也，以之加於盜賊，顛倒孰甚焉？卽如《辰州會》一齣，其主將陳元擺列擂檯，招集義勇，其意固欲團練一方，殺盡梁山大盜，爲國滅賊者，豈非眞英雄、眞好漢耶？顧竟至爲逆賊所敗。敗矣，而看戲諸人，或尚能爲之惋惜，爲之不平，是是非尚未盡泯，人心猶然不死也。乃遍察今日看戲之人，則異口同聲，無一人不笑陳元之敗績，而快梁山之得勝者。嗚呼，人心死矣！無怪乎結黨爭雄者，效尤日甚，舉凡貪財亡命之徒，均以《水滸》落草爲逋逃藪也。有世道之責者，可不急爲之加意也哉。○又見秦叔寶《三擋》一齣，末有程咬金勸叔寶數語，云：『兄弟還做甚麼官？不如隨我到瓦岡山上做强盜的好。』試思此數語，雖一時憤激之詞，竊恐觀場萬衆，不盡有識，必有聞之而動心起念者矣，尚可令其再播梨園，流毒無盡耶？）

張横渠先生曰〔五〕：『鄭衛之音悲哀，令人意思流連，又生惰怠之氣，從而啓驕淫之心。雖珍玩奇貨，其始惑人也，亦不如是之切。故聖人必放鄭聲，亦是聖人經歷過，但聖人不爲物所移耳。《孝經》曰：「移風易俗，莫善於樂。」有以夫。』

李文貞公《奏定樂章劄子》有云〔六〕：『《孝經》曰：「移風易俗，莫善於樂。」故樂無分於朝野也。後世雖有議及樂章者，典之有司，不過施之宗廟朝會而已。而教坊詞曲，儒者每鄙其淫褻荒唐不之道。《孟子》曰：「今之樂，猶古之樂也。」古之田夫歌曲，即如今之優伶所演也，故皆足有所感發興諷云云。臣兒時，見所演凡忠臣孝子、貞女義士，雖宿儒端士，靡不沾襟。惟近時所唱，則皆流爲淫靡荒亂，而俗樂亦亡。宋時太常雅樂及教坊俗樂，皆以有司領之，猶存古意。倘取今之坊曲，删其荒淫悖謬，但存其忠孝節義之事，其底本則采之史傳志説，其姓名與事不全無徵者，以演唱化導，未必非轉移風俗，鼓吹休明之一助也。』

李文貞公《榕村語録》有云：『某看禮樂，亦不是難事。如今把禮斟酌，令至易簡，人不難行，自然樂從。樂，便把如今的戲整頓起來，就是樂。孟子斷得直截：「今之樂，猶古之樂。」人多在律管上講究，即使得了虞舜的律管，作起韶樂，亦不必一時便鳳儀獸舞。安上治民，莫善於禮；

移風易俗，莫善於樂。若只郊廟中作樂，就是《雲門》、《咸池》、《韶》、《頀》、《大武》，亦只天地鬼神聞之，如何天下風俗，就會移易？自然是人人見聞，才能移風易俗。如今人看戲，到那忠孝苦難時，便涕泗交流，移風易俗，可見不難。』

又云：『朝廟之樂，實能歌詠祖宗功德，字字確實，明創業之艱難，道君臣之一德，憫將士之憔悴，咨黎庶之勤劬，便好。然古之作樂者，非徒以朝廟爲重也，移風易俗，全以用之鄉黨，用之閭巷者爲要。蓋朝廷郊廟之樂，臣民得與聞者有幾？惟家家户户，皆得見之，方能興感。』

又云：『至於詞，漢卽用樂府，唐卽用詩，宋以後卽用詩餘曲子，無不可者。編纂皆要設一局，禮局，樂局，天文局，書算局，講求在这裏，便有舉而用之之時。』

又云：『各省大吏多以優伶爲性命，無怪其然，卽吾輩之幾本書也。不爾，政事之暇，如何度日？古人暇時，便有琴瑟歌舞。先王知道人身心必有所寄，因其勢而利導之，以歸於正。樣樣都動得手，故有用，不是全靠讀書。如今禮樂久廢，只得守幾本書，檢束身心，開廣知識。若移而之他，則放僻邪侈，不可言已。古時必有民間之樂，《韶》、《武》豈士庶可用？「《宵雅》肄三」，亦不可用於燕間。使徒九廟明堂之間作《韶》、《頀》，而天下卽風移俗易，恐無此事。』

又云：『如今卽將古書中忠孝廉節之書，製爲詞曲，去其聲容之無情理者，令人歌舞之，便足以移易風俗。感動人心，不妨粗處做起。』

又云：『連日因讌藍總兵演戲，做到入情時，未有不感動者，以此見得樂之效速。若就《元人百種》中，選其忠孝節義有事實者，改其義理不通處，每事四齣，此外誨淫導欲者禁之，亦粗足以感人心而成風俗矣。』

先輩評論梨園處甚多，略舉數則，以見一斑。

【箋】

〔一〕此文當爲余治撰。

〔二〕陶石梁：即陶奭齡（一五七一—一六四〇），字君奭，一字公望，號石梁，會稽（今浙江紹興）人。與其兄望齡（一五六二—一六〇九）並稱「二陶」。著有《小柴桑喃喃錄》、《今是堂集》等。傳見《明史》卷二一六、道光《會稽縣志稿》卷一七等。以上引文見於《小柴桑喃喃錄》卷上（明崇禎間吴寧李爲芝校刻本）。參見何冠彪《陶望齡、奭齡兄弟生卒考略》（《中華文史論叢》一九八五年第一輯，上海古籍出版社，一九八五）。

〔三〕王陽明：即王守仁（一四七二—一五二九）。

〔四〕丘嘉穗：字秀端，號實亭，上杭（今屬福建）人。清康熙四十一年壬午（一七〇二）舉人，官歸善知縣。著有《考定石經大學經傳解》、《東山草堂詩箋》、《東山草堂詩集》、《東山草堂文集》、《東山草堂邇言》等。傳見《晚晴簃詩匯》卷五九。丘氏《訂音律文》，收入魏源《皇清經世文編》卷六八。

〔五〕張横渠：即張載（一〇二〇—一〇七七），字子厚，鳳翔郿縣（今陝西眉縣）横渠鎮人。世稱横渠先生。著有《正蒙》、《横渠易說》、《經學理窟》、《崇文集》等，後世編爲《張載集》。傳見《宋史》卷四二七。

〔六〕李文貞公：即李光地（一六四二—一七一八），字晉卿，號厚庵，別署榕村，安溪（今屬福建）人。清康熙九年庚戌（一六七〇）進士，選庶吉士，散館授編修。官至直隸巡撫、文淵閣大學士。謚文貞，加贈太子太傅，後人稱李文貞公。著有《周易通論》、《周易觀象》、《詩所》、《古樂經傳》、《榕村語錄》、《榕村文集》、《榕村別集》等。傳見李紱《穆堂別稿》卷二九《傳》、彭紹昇《二林居集》卷一五《事狀》、《清史稿》卷二六八、《清史列傳》卷一〇、《漢名臣傳》卷六、《碑傳集》卷一三、《國朝耆獻類徵初編》卷一〇、《國朝先正事略》卷三〇、《文獻徵存錄》卷九、《清代七百名人傳》、《國朝學案小識》卷六、《清儒學案小傳》卷四等。參見李清馥《榕村譜錄合考》、李清植《李文貞公年譜》(道光九年李維迪刻《榕村全書》附)。

(庶幾堂今樂)例言

余治

一、坊本《綴白裘》,所選多係崑曲,久已風行海内,惟《陽春》、《白雪》,賞雅而不能賞俗。茲刻原爲勸喻愚蒙起見,皆係皮簧俗調,習之既易,聽者亦入耳便明,詞白粗鄙,明知不足以登大雅,識者當能諒之。

一、傳奇全部太長,若摘取一二齣,又覺沒頭沒腦,觀者毫不知其源委,有何意味? 茲所刻皆就其事之始末,演成一回,不分段落,不能摘取,庶觀者一望而知。

一、傳奇往往憑空①結撰,未免海市蜃樓。茲刻所選,均屬眼前實事,庶可徵可信,不落荒唐。

一、古曲本多有非情非理,不可爲訓者。《西廂》、《水滸》各種,足爲風俗大害者無論矣,即如《三國志》《關侯訓子》一齣,不過對小孩子說一篇誇張大話,全不像聖人訓子口吻,何足言訓? 又《單刀會》,不過把關侯做成一个恃蠻倨傲之人,與當時一心爲漢、權詞回謝情節,大有不合。至《清風亭》、《善寶莊》等曲,更出於情理之外,世上斷無此人,不足以爲懲戒。茲刻所取,均準情酌理，不敢矯誣古人，庶足以悚觀聽。

一、古人不作無益事，況演戲一檯，破費多少錢鈔，鬨動多少男女，耽誤多少工夫，而不於其中略寓些些懲勸，便是玩物喪志，與流蕩忘返者無異。茲所選，處處在風化人心上著眼，讀法耶？振鐸耶？鄉評月旦耶？吾不敢言，然而其義，則竊取一二矣。

一、舊劇中間有遺漏其事節，有足爲悚動之具者，卽擬添補一二，均屬事所必有，一經補插，更覺耳目一新，質諸古人，當亦心許也。

【校】

①空，底本作『恐』，據文義改。

（庶幾堂今樂）答客問

余　治

庶幾堂主人既作新戲，合班試演，客有見而嗤之者，謂：『曲必求高，《陽春》、《白雪》，所以見重於世也。若吾子之所爲，《下里》、《巴人》耳，村歌野曲，何足登大雅之堂？而子顧斤斤以此爲務，靦然播諸絃管，妄冀賞音，毋乃太不自量？』予聞之，蹶然起曰：『唯唯，客責我良是。顧鄙人尚有下情，可容一畢其說乎？』客曰：『嘻！子姑言之，我姑聽之。』予乃前席而請曰：『古人作戲之意，非將欲以忠孝節義故事當場演出，使人觀而感乎？』客曰：『是固然矣。』予曰：『既欲以忠孝節義使人觀感，則欲使觀而感者，以多爲貴乎，以少爲貴乎？』客曰：『自宜多多益善。』

予曰：『吾子既欲使觀感者多，則《巴人》、《下里》，屬和者數千人，豈不足以資哄動？既欲求其多，而仍從事《陽春》、《白雪》，何異緣木求魚也？客亦可以諒我矣。』

客又問：『舊時梨園雜齣，所演忠孝節義，多有善惡果報，何一不可勸人爲善？今吾子必欲另開局面，竊恐標新領異，總不脫前人窠臼，毋乃畫蛇添足？』予又應之曰：『客所言亦是。請問古人作戲，爲上等人說法耶？爲下等人說法耶？』客曰：『大約上下兼該耳。』予曰：『上等人讀書明理，有經史訓言、儒先格論在，無取乎戲也。即中等人，亦有近時所傳勸善諸書在，亦無取乎戲也。所以演戲者，爲不識字之愚夫愚婦耳。彼愚夫愚婦既不能讀書明理，又不能看善書，即宣講鄉約，以曉愚蒙，而近世人情又皆厭聽，故特借戲以感動之。譬如醫者之用藥，須對病立方，乃得見效，既爲下等人說法，自須切定下等人用意，乃爲對病。予之所作，大約按切近日下等人所犯惡習，多作對病方，期以補舊時梨園所未備耳。若以云標新領異，吾又何敢？』

客顧而笑曰：『有是哉。子既以「下里巴人」自居，吾亦不多求於爾。顧俚辭巷語，賞俗而不能賞雅，子竟自以爲對病方，可乎？』予因再詰之曰：『醫家治病，膏粱之體，藜藿之體，有異治乎？』客曰：『膏粱、藜藿，體既不同，用藥安得不異？』予乃曰：『吾子既知此，即可知近日梨園雜劇，大都藥不對病者矣。古人作傳奇，命意各有所在。如《長生殿》，立意在諷諭人主，是爲居南面者作前車之鑒，宜演於宮闈，與鄉民無涉。《精忠記》，立意在勸戒人臣，是爲食祿者作當頭棒喝，宜演於官場，與鄉民亦無涉。至一切戰陣勝負、設計用謀之戲，是皆爲行伍兵勇，激發忠義而作，宜演於戎行，鄉民觀之，適以開好勇鬭狠之習，是何異以治膏粱之體者，治藜藿之體耶？不特此也。古人立方，君臣佐使等分，各協其宜。如應用一二分者，或用至一二錢，已嫌太過；若用至一二兩，則非但不能愈病，害且立見矣。古人傳奇，又往往牢騷感憤，借題發揮，畸重畸輕，未免形容太過。不知寫人之惡，必寫到十二分，非理非情，無不人人髮指，竊恐爲惡者見之，非特不引以爲戒，必反藉以自寬。（若謂：「古人之惡，過我十倍，以我之過較之，特小焉者耳，庸何傷？」）是何異應用一二分之藥，而用至一二錢，或竟用至一二兩，恐適足以益其病而速之死也。徒有妙方，苦不對病，此予所由忘其弇鄙，不禁怦然勃然，竊欲一貢其愚也。』

客佛然起曰：『噫，子言過矣！古之人心思才力百倍於今人，舊劇中所演忠孝節義，豈無爲鄉曲小民作對病方者？如子言，毋乃以良藥自居，而爲古人所作無一可取也？坐井觀天，夜郎自大，何其妄也！』予以客素好合藥施送，因復進而詰之曰：『吾子喜合藥濟人，請問所合之藥，治何病居多？』客曰：『大約時疫急痧，瘧痢瘡瘍，世人常犯之病爲多耳。』予又問客：『有奇病、怪病，如人面瘡、百鳥朝王之藥乎？』客曰：『此奇怪之病，千萬人中所僅見，何煩製備耶？』予乃曉之曰：『客更見及此，亦知近日梨園所演，皆奇病、怪病，而非人人共犯之通病乎？予之所作新戲，雖俚俗不文，卻頗切近人通病，而奇病、怪病不與焉，非與古人爭勝也。』

客又問予：『所言通病，可一一聞乎？』予乃爲屈指數之曰：『五刑之屬三千，罪莫大於不孝，故王法最重，而逆倫大案，尤爲地方官第一干係事，無不思設法化導者。近世鄉里間不孝子媳不少，通病也。問舊戲中有足爲逆子逆媳警戒者否？』客曰：『古來傳奇中，如《琵琶記》、《蘆林記》、《尋親記》，均屬孝子孝婦，何得云無？』予曰：『此皆有勸無懲，終難悚動。且《琵琶記》爲狀元夫人，《尋親記》則事值其變，而《蘆林》亦屬古賢人之事，皆小民所不敢望且不常有，非對病方也。』客又言：『逆婦戲卻少見，至逆子雜齣，則《清風亭》、《雷打張繼寶》，豈非佳劇乎？』予笑問曰：『是矣。然試問天下古今有如張繼寶其人者乎？世人有犯此病者乎？是奇病也，怪病也。（張繼寶自幼家貧，過繼異姓，作螟蛉子，繼父母恩養多年。因躲學，竊去過房文據，逃歸本生母家。後竟中狀元。繼父母已貧而丐，非但不知迎養，而且到門不禮，再三哀告，僅擲錢二百文，逐出，閉門不納。卒至二老人氣憤，撞死門外，始見張繼寶天雷打死。）千萬人中所不一見者也，天下古今亦斷無有其人其事者也。戲場千百人中，豈無一二不孝子，及觀此戲，以狀元而遭雷殛，不孝子何嘗不同聲稱快？而描寫逆狀，出於情理之外，竊恐撫掌之餘，適足爲逆子自寬之地，豈非非徒無益而又害之耶？（若謂：「我雖不孝，然較之此人，尚爲遠勝。設我若中元，斷不至此，小小悖逆，又何妨也？」）是無異立方用藥，應用一二分者，竟用至一二觔矣，不適足以益其病而速之死耶？至逆婦，則有《變狗記》，而以狗糞包糰奉姑，亦屬太過。夫逆子逆婦，罪大惡極，有心世道者，無不痛心疾首，思欲挽救於萬一，而舊戲中警戒子媳者，僅見有此，猶失之過當，而不可爲訓，此吾新戲中所爲於逆子逆婦三致意也。』

『盜賊風起，通病也，地方官亦最爲關切，而亟思有以清其源者也。試問舊戲中，有一回足爲盜賊作當頭棒喝者否？吾見盜賊也，而以爲英雄好漢矣，觀劇者且無不人人豔羡矣。官長亦明知其害俗，而不遑加意嚴禁，以遏其流，何怪乎盜賊之侈然膽大而犯案重重耶？偷鷄毛賊也，盜皇墳大逆也，乃公然搬演，以爲皆梁山好漢之所爲，又何怪乎發棺之案之接踵而起也？』客應之曰：『梁山水滸之誨盜，是固然矣。如《白羅衫》一部傳奇，豈非盜賊之對病藥耶？子何得云然？』予曰：『《白羅衫》之盜，天下古今有第二箇者乎？是奇病也，怪病也。爲盜者非但不引爲戒，反藉以自寬者也。（謂：「我輩雖爲盜，尚不至此，必無人議我後，而破我案者也。」）此予新戲中所爲處處與梁山水滸作對面攻擊者，職此故也。』

『賭風、訟風、詐風，通病也，地方官無不切齒痛恨者也。試問舊戲中有足爲賭風、訟風、詐風小懲大誡者否？無有也。他如墮胎、溺女、焚棺、搶孀、騙寡、宰牛、捕蛙、輕生自盡、藉屍圖害、爭田奪產，無一非世俗通病也，亦官長所屢出示諭，思欲嚴行禁止者也。而舊戲中及此者，亦不多見。其他作孽造罪之事不一端，如輕棄字紙、五穀，殺生害命，好談閨閫，奢華暴殄，虐婢虐媳，皆通病也，而按之舊戲中，總屬寥寥。又何異合藥施送者，多合奇病、怪病之藥，而於時氣通病之藥，反不多爲之備也。概目之爲忠孝節義，恐囫圇吞棗，而於古人隨方立教、委曲裁成之意，殊無當也。客又以爲何如也？』客固好施藥，至是乃恍然稱快，曰：『吾過矣。吾鄉者所言，眞隨聲附和，囫圇吞棗，而未及悉心考核者矣。不意眼前道理，一經說破，有如此之切中時弊者也。』乃相與把臂劇談者竟日。

（庶幾堂今樂府）序

俞　樾

天下之物，最易動人耳目者，最易入人之心。是故老師鉅儒，坐皋比而講學，不如里巷歌謠之感人深也；官府教令，張布於通衢，不如院本、平話之移人速也。君子觀於此，可以得化民成俗之道矣。《管子》曰：『論卑易行。』此余君蓮村所以有善戲之作也。

今之戲，古之優也。《左傳》有觀優魚里之事，《樂記》有優侏儒之語，其從來遠矣。弄參軍之戲，始於漢和帝；梨園子弟，始於唐明皇。他如《踏搖娘》、《蘇中郎》之類，無非今戲劇之權輿。而唐咸通以來，有范傳康、上官唐卿、呂敬遷等弄假婦人爲戲，見於段安節《樂府雜錄》。然則俳優不已，至於淫媟，亦勢使然乎？夫牀笫之言不踰閾，而今人每喜於賓朋①高會，衣冠盛集，演諸穢褻之戲，是猶伯有之賦『鶉之賁賁』也。

余君既深惡此習，毅然以放淫辭自任，而又思因勢而利導之，卽戲劇之中，寓勸懲之旨。爰搜輯近事，被之新聲，所著凡數十種，梓而行之，問序於予。予受而讀之，曰：『是可以代遒人之鐸矣。』《樂記》云：『人不能無樂，樂不能無形，形而不爲道，不能無亂。先王恥其亂，故製雅頌之聲以道之，使足以感動人之善心，不使放心邪氣得接焉，是先王立樂之方也。』夫製雅頌以道之，誠善矣，而魏文侯曰：『吾聽古樂，則唯恐臥；聽鄭、衛之音，則不知倦。』是人情多喜鄭、衛而厭雅頌也。今以鄭、衛之聲律，而寓雅頌之意，所謂『其感人深，其移風易俗易』者，必於此乎在矣。予願世之君子，有世道之責者，廣爲傳播，使此戲通行於海內。誰謂周郎顧曲之場，非即生公説法之地乎？

同治十二年，德清俞樾序於吴下寓廬春在堂。

（以上均清光緒六年重刻本《庶幾堂今樂》卷首）

【校】

①朋，底本作『明』，據文義改。

庶幾堂今樂跋〔一〕

謝家福〔二〕

《庶幾堂今樂》四十種，梁溪余孝惠先生撰。原刊備優伶肄習，匆遽付雕，字句脱誤甚夥。同治甲戌春，重加編勘，並擬補撰六種，分爲三集，精刊行世，旋歸道山，未竟厥志。及門人薛君景清、李君金鏞、繆君啓濬、方君仁堅，搜羅遺稿，得原刊本九種，鈔本十一種，殘稿十四種，訂正弁言一卷，因先取《後勸農》、《活佛圖》、《文星現》、《劫海圖》、《綠林鐸》、《同科報》鈔本六種，募資付刊，卷帙整齊，校勘精當，足稱定本。

越五年，光緒己卯，香山鄭君陶齋，謀以全稿付剞劂。予因就殘稿十數種，删存黏合，得成《義民記》、《海烈婦記》、《屠牛報》（《義牛冢》並入此本）、《回頭岸》（《鐵蓮花》、《滾釘板》並入此本）、《風流鑒》（係

《義俠傳》末卷）、《燒香案》（係《義俠傳》首卷）、《陰陽獄》（《靖逆記》、《狂吠記》、《劫海圖》後並成此本）、《福善圖》（《賣老記》並入此本）八種，又取原刊本《同胞案》（亦名《式好圖》）、《英雄譜》（亦名《窮極圖》）、《延壽籙》（亦名《脩心改相記》）、《育怪圖》（亦名《紅蛇記》）、《老年福》（亦名《惜穀記》、《齋僧記》）、《前出劫》、《後出劫》、《公平判》、《硃砂痣》及鈔本《岳訓》、《掃螺記》、《義犬記》、《推磨記》、《酒樓記》十四種，弁言一卷，詳加校正，俾付梓人。合之薛君諸人募刊者，凡得二十八種。

考之余君重編目錄，初集凡十六種，今已全璧。餘十二種，因即編爲二集，各繫小序，仍初集例。惟閱原刊目錄及劄記所載，尚有《苦節記》、《狀元匾》、《巧還報》、《人獸記》、《五雷報》、《孝友圖》六種，今未及見，搜羅有得，當編成三集，勉副先生之志。若云『戲者敬之敵，三代上無戲而人心厚，三代下有戲而人心薄。與其勸善而失之於戲，不如禁戲以反之於敬』，則請俟禁絕梨園之後，斧此板，火此書，以歸於三代之治。不然，此書豈無裨哉？

光緒庚辰春日，望炊樓主人識於桃花塢之廢園。

（清光緒間刻本《庶幾堂今樂》卷首）

【箋】

〔一〕底本無題名。

〔二〕謝家福（一八四七—一八九六）：字綏之，一字銳止，號望炊，別署銳庵、桃源主人、望炊樓主人、藺階主人等，吳縣（今屬江蘇蘇州）人。邑庠生。光緒間，入輿圖局，分校各國輿圖。直隸總督李鴻章舉薦，由知縣擢同知，累保官至直隸州知州。參與洋務，創蘇州電報傳習所（又稱『蘇堂』）。輯《兵事紀略》、《通商簡要》、《善後私議》、《善後章奏》、《和約彙鈔》、《交涉新案》、《柔遠成案》等，刻印《望炊樓叢書》、《磷血叢鈔》等。著有《望炊樓詩文稿》等。傳見《清史稿》卷四五一、《碑傳集補》卷五五（費樹蔚《傳》）、民國《吳縣志》卷七〇等。

庶幾堂今樂跋〔一〕

鄭官應〔二〕

金匱余蓮村先生，敦行善事，垂五十年。大江南北，無賢愚疏戚，目之曰『余善人』。其徒數十人，承其師說，凡濟物利人之事靡弗爲。而先生晚年，獨取近世足爲勸戒事，演爲雜劇，收童豎之無告者，令梨園老優，教以歌歈，而自爲之行列節奏，攜以出遊。資用屢困，謗譏間作，先生力經營之，不少衰。至病作，不能自强，乃散諸僮，各爲之所，而以所演雜劇，編訂付梓，將俟有力者終成其事，工未竟而先生歸道山，故世未盡見也。

余求之有年。光緒己卯，望炊樓主人爲轉輾搜輯，得先刻小板九種，近刻六種，稿草十餘種，參互釐定，得二十八種，盡付梓人。凡孝弟節義，可戒可勸之事，約略備具。刻成，將約同志，牘呈當路，頒諸梨園，令日演一二折，而嚴禁淫媟諸戲，猶先生志也。

先生嘗謂：人紀之壞，亂獄之豐，其始無不起於耳目濡染之微。自懸象讀法，教化不行，常人耳目所傾注而易於感動者，惟觀劇時尚有其機。其聲容情事，入於人心而不能忘，而不識字愚無知人，其感尤至。通都大邑，鞠部盛鳴，男女雜遝，每爲靡聲妖態，以供謔浪。鄉村賽社，尤而效之，則淫僻之罪，寖不可制。以其習於惡而惡之易，則知習於善而善之無難也。君子於此，宜爲之防而導於正，不當相與縱任，如見溺而不爲援，見焚而不之撲滅也。

嗟乎！以先生閲世之深，用心之切，而窮老盡氣所自任者，惟是之爲亟，則非闊疏迂淺而無效可知也。苟推行而無廢，使世人聞見所及，油然以興，怵然以戒，罪罟消於無形，善良薰而成俗，斯豈惟先生之幸，抑亦凡有耳目者所共幸者矣。

先生殁之日，出所著《袪邪崇正條議》、《教化兩大敵論》，貽廉訪使應公寶時，謂：『淫書宜燬，淫戲宜禁。』又嘗自撰楹帖云：『自晉頭銜木鐸老人村學究，羣誇手段淫書辟板戲翻腔。』其惓惓如此。今淫書之禁且十數年，而演戲如故，未有以改革之。余故於是刻之成，中敍其説，以要同志大雅君子，或不以爲小道末務而鄙忽之也夫。

光緒庚辰春，香山鄭官應書後。

（清光緒六年重刻本《庶幾堂今樂》卷首）

【箋】

〔一〕底本無題名。

〔二〕鄭官應（一八四二—一九二二）：又名觀應，字正翔，號陶齋，別署杞憂生、慕雍山人、羅浮侍鶴山人，香山（今廣東中山）人。科舉不第，家貧作賈。清光緒間，歷任上海電報局、上海機器織布局、輪船招商局、漢陽鐵廠、粤漢鐵路公司等總辦或幫辦。著有《盛世危言》、《易言》、《救時揭要》等。一九八二年上海人民出版社出版《鄭觀應集》。參見夏東元《鄭觀應傳》（華東師範大學出版社，一九八一）、《鄭觀應年譜簡編》（《鄭觀應集》附）。

庶幾堂今樂初集小序〔一〕

闕　名〔二〕

後勸農（勸孝弟力田也）

院本《勸農》一齣，想見循吏風流，與民同樂，近世梨園競演之，田夫野老樂觀之，誠佳劇哉！顧力田而不知孝弟，厚其生未有以正其德，亦長吏之缺事也。省春耕，更應省秋斂。作《後勸農》。

活佛圖（勸孝也）

孝道之衰久矣。燒香不遠千里，奉親缺於一堂，俗情顛倒，比比皆是。不知佛法首重報恩，未有不孝其親而可以求生西方者。此披衾倒屣之說，所以自古傳聞，足爲忘親求道者作當頭棒喝也。作《活佛圖》。

同胞案（勸悌也）

手足同胞，誼關一體，至情至性，本乎彝良。奈何變起天倫，情傷同氣，區區財產，輒肇爭端。噫！蔽也甚矣。良知自具，非動以至誠，則蔽不能開，此當湖先生斷案，所以妙絕千古也。作《同胞案》。

義民記（勸助餉也）

世教久衰，民皆忘本，食毛踐土，帝力渾忘。既尊君親上之不知，竟作姦犯科而無忌。一旦有變，非但不能同仇敵愾，甚至抗霸錢糧。噫，風俗至此，岌乎殆哉！尚可以教化爲迂遠事耶？作《義民記》。

海烈婦記（表節烈懲奸惡也）

奸徒狹邪，往往乘人之急。貧寒難婦，於風塵漂泊中依人作計，而欲保全白璧，難矣。毗陵道上，穹碑卓立，廟貌煥然。過往士民，瓣香展拜，引領欷歔，無不羨烈婦之完貞，快奸徒之授首，百世而下，可以風矣。作《海烈婦記》。

岳侯訓子（教忠教孝也）

院本有《關侯訓子》一齣，命題極好，而按其曲白，滿紙都是誇張威武，詡詡自矜，全不似以父教子口氣。蓋傳家庭訓，貴有義方，以教忠教孝爲大旨，庶觀感激發，於風化人心大有裨也。作《岳侯訓子》。

英雄譜（懲誨盜也）

英雄好漢，爲千古義士美名。自《水滸》一書出，而大姦巨猾，公然冒其名以相誇耀。近世更演成戲文，則無識愚民，多從而豔羨之、附和之。及至效尤無忌，法網躬罹，始悟戲文之誤我，爲世人笑。此趙文雄除暴鋤姦，所以正名定義也。作《英雄譜》。

風流鑒（懲誨淫也）

導淫一端，莫甚於戲，亦莫捷於戲。而近世士大夫觀劇，每喜點演，以博風趣。少年子女，情寰初開，環觀羣聽之下，有不蕩心失志者，罕矣。取樂祇在一堂，流禍且及海内，奸拐之案，層見疊出，職此故耳。不知天道好還，害人終當自害，請君入甕，蓋有不旋踵而自及者，勿疑造物者之巧而毒也。作《風流鑒》。

延壽籙（記修心改相也）

人之修短本乎天，定數也，而相即應之，有不爽纍黍者。然相由心造，心一改而相亦應之，理之所在，數自可回。救人即以自救，其予奪之權天主之，而亦未始非人心主之也。作《延壽籙》。

育怪圖（懲溺女也）

近世惡俗，至溺女一端，忍極矣，亦慘極矣。呱呱墮地，即遭戕害，蔑倫傷化，言之痛心。訪問各鄉，往往而是。在官長既不遑訪求而嚴禁，紳士復不爲設法而救援，輾轉效尤，無人喚醒，卒之草菅人命，相習成風。積此殺機，上干天怒，久之必釀成大劫，此世道之大可憂者。作《育怪圖》。

屠牛報（儆私宰也）

私宰耕牛，本干例禁，而匪徒藐法，毫不顧忌。官長既視爲不急之務而不加禁，即或循例出示，而役吏復從而賄庇，地棍因得以逞姦。究之殺氣血光，上昏天日，亦造劫之一端也。作《屠牛報》。

老年福（勸惜穀也）

天生五穀，所以活人，其恩等於父母；不惜者，其罪即等於逆父母。雷霆之震，半爲此輩，非無故也。世人習焉不察，任意狼藉。於修齋供佛，則不惜千金，獨於惜穀一事，不肯歲費數十金，另雇一二貧老，專司其任。莫大功德，眼前錯過，此天台老僧所以不免饒舌也。作《老年福》。

文星現（勸惜字也）

聖賢垂教，首重文字，師無此卽無以爲教。百世之師，受恩何似？故不敬字卽爲背師。蚩蚩之民，固不足責，而身列士林者，亦且憚舉手之勞，高視闊步，以爲瑣屑而忽之。『禮失而求諸野』，所以猶望之田夫野老也。作《文星現》。

掃螺記（勸放生也）

放生之說，本於佛氏，儒者或非之。不知聖人萬物一體，故仁民必兼愛物。蓋天心好生，物情畏死，卽螺螄魚鳥，莫不皆然。故能放生者，卽上合天心，下盡物性，彼法中一念慈悲，卽吾儒胞與全量也。作《掃螺記》。

前出劫圖（勸孝也）

語云：『在數者難逃。』數之所在，理不可知，而實不知數，仍以理爲斷。往往有本在劫中，而一念之誠，感動天地，因之頓超大劫者。百行之原，莫先乎孝，至性所發，自足動天地而泣鬼神，豈有不默爲護佑耶？作《前出劫圖》。

後出劫圖（勸救濟也）

急難遇救，關係性命，最爲天心所喜。張煥文以十五金，救難民於垂死，而在劫之人竟能留於刀下，無他，救人心切，其心本有生機也。救人卽以救己，此好生之天，一定之理。理之所在，數自可回，祗在本人轉念間耳。作《後出劫圖》。

【箋】

〔一〕底本無題名。

〔二〕此文當爲余治撰。

庶幾堂今樂二集小序〔一〕

闕　名〔二〕

義犬記（懲負恩也）

生人食祿受恩，便有報主之誼，不獨臣之於君也，東賓主僕之間，無不各有所當盡。然趨炎避禍，相習成風，樂人之樂者，幾不知憂人之憂。嗚呼！犬馬戀主之爲何而顧舊巢卻走也？先生以是作《義犬記》。

回頭岸（嘉賢妻、孝女也）

糟糠之妻，貧賤求去；犁牛之子，幹蠱自豪，世風涼薄久矣。如張大年者，嗜賭濫交，受誣論死，妻女宜何怨恫，乃間關求雪，死訴冥廷，誠之所至，鬼泣神驚。謂不足勵薄俗而爲獄吏敗子作棒喝乎？先生以是作《回頭岸》。

推磨記（儆虐童媳也）

視親生骨血罔不慈，然孝子卒鮮，況責隔膜之媳以孝哉？至於貧家養媳，適遇悍姑，上既不慈，下豈能孝？然惟孝不慈之父母，斯爲純孝。『夔夔齊慄，瞽瞍允若』，竟於弱女子中見之。盍舉錢秀貞爲逆媳，風逆子愧耶？先生以是作《推磨記》。

公平判（懲不悌也）

錢財重而骨肉輕，弟兄姑嫂之間，每如陌路。甚以愛博不專，怨望父母，漸而腹誹，漸而犯顔，無復人子之禮。不知毆罵親長，律有明條，國典倖逃，冥刑不赦。朱福郎、周大郎兩案，足爲龜鑒也。先生以是作《公平判》。

陰陽獄（懲邪逆也）

禍亂之興，必有藉口處。至仁至聖之朝，忽無端而思逞，苟無一説焉，陷其心於禽獸，何至喪心謀逆至此？雖然，曾幾何時，血肉糜爛，誰爲戎首？宜各寒心。神道設教，或補刑政之窮乎？懲逆以作忠，黜邪以崇正，先生以是作《陰陽獄》。

硃砂痣（勸全人骨肉也）

世有不孝父母，未有不愛妻子者，至不得已而生離，肝腸寸寸裂矣。兵荒之後，子女流離，不仁者或賤畜之，或利市之，但聞息嬀不言，不見文姬歸漢。嗚呼！天道好還，韓氏還妻，可慕也，先生以是作《硃砂痣》。

同科報（勸濟急救嬰也）

報應之理，夫豈無憑？然曷可有爲而爲哉？誠使見義所在，不計利害以爲之，斯不求報而報自神。觀於畢君卹嬰，林公救急，幾置榮辱於不問，然無不於十六年後，獲報意外，是尚可刻舟求劍也耶？先生以是作《同科報》。

福善圖（儆輕生圖詐也）

諺云：『三場人命一場火，絶大人家也要破。』是人心中甚不願有人命也。恕道日衰，動欲加人所不欲，或以死恫①喝，或藉尸要求，自害害人，事外生事。不舉李承紀冥罰以告世，案獄日滋繁矣，先生以是作《福善圖》。

酒樓記（戒爭毆也）

禮讓之風寖衰，眦睚小故，動至角口揮拳，視身命如兒戲。甚者蓄怨而施暗箭，假端以圖買禍，此心尚堪問哉？不知問官，卽難發覆，冤鬼豈肯相饒？狄三之成事可鑒也，先生以是作《酒樓記》。

綠林鐸（儆盜也）

盜賊不無漏網，國憲若有窮時。不知官吏訪拏可避，冥司勾攝難逃，事主追捕可寬，冤鬼相隨不脫。計、蔣兩盜，足爲謀財害命者殷鑒矣。至於禁賭以靖盜源，又望賢有司作先事謀也，先生以是作《綠林鐸》。

劫海圖（分善惡、勸投誠也）

兵戈既作，死喪無算，一若玉石之俱焚。不知死忠死節，與惡貫滿盈者，先各有一不避死之心，天故不必其不死。外此者，天無不遂其所志，求生得生，冥冥中自有微權也。疑團不破，懲勸無權，先生以是作《劫海圖》。

燒香案（戒婦女入廟也）

男子狎邪，衆人側目；婦女入廟，習爲固然。不知天下之害，每在不及防檢之中。三姑六婆，無非淫盜之媒，名門閨媛，被誘自盡，且不敢舉發者，所在多有。雖曰果報相循，冥冥中樞機默握，然亦風教之大害也，先生以是作《燒香案》。

（以上均清光緒間刻本《庶幾堂今樂》卷首）

【校】

①惆，底本作『啁』，據文義改。

【箋】

〔一〕底本無題名。

〔二〕此文當爲謝家福（一八四七—一八九六）撰，參見本卷謝家福《庶幾堂今樂府跋》條箋證。

施公案新傳（史松泉）

史松泉，易名重旭，别署嘉平種松主人，會稽（今浙江紹興）人，入宛平（今北京）籍。曾任戶部書吏、銀庫經承等職，因事被參，革官遣戍。期滿歸京，以觀劇自遣。與京中福壽班名伶諸多往來，編撰皮黄劇本《施公案新傳》、《戰郢城》等。

《施公案新傳》又一名《施公新傳》，凡十二本，《京劇劇目辭典》著錄，現存光緒二十一年（一八九五）序鈔本，《綏中吳氏藏鈔本稿本戲曲叢刊》第三四冊據以影印。

（施公案新傳）原序

史松泉

余於光緒乙未春[一]，在于家園別墅小住。雨窗寂寞，無可消閒。偶憶及《施公案》小説，擇其意可采取者，重加删訂，今編成十二本，名爲《施公新傳》，以備梨園演唱。不外於忠孝節義，姦盜邪淫，其中亦無格外新奇。所可觀者，各有生成性質，各有舉止神情，決非千人一面，顛倒懸殊，較各班所演之戲，迥不相同。事迹雖繁，前後貫成一線，情理通順，章句分明，使登場者可以盡文武之技藝，坐聽者可以見果報之循環。幻假成眞，不啻現身説法；裝男扮女，勝於醒世良言。藉可悦目怡情，以供同好。而且內多京白，雅俗易聽，不至有向隅之憾。惟京白字韻，每不合音類，俠義之『俠』，讀平聲是也。信意率成，不計工拙，魯魚亥豕，難免參差。此無聊之遊戲，知我笑我，聽其自然。於是乎序。

時光緒乙未嘉平月，吟香館主人史松泉自志。

（《綏中吴氏藏鈔本稿本戲曲叢刊》第三四冊影印清光緒二十一年乙未序鈔本《施公案新傳》卷首）

留仙鏡（無我道人）

無我道人，字小杠，或姓吴，名未詳，籍里、生平均未詳。撰皮黃劇本《留仙鏡》，全名《新編皮黃調留仙鏡傳奇》，現存同治十一年（一八七二）鈔本。

新編留仙鏡皮黃調緣起詞

無我道人

皮黃亦由古樂，變宮變調呈奇。奈何逾變逾支離，難怪人嗔鄙俚！每聽無稽村語，輒思刪改文儀。偶然拾得鼈爲題，聽我從頭說起。浴佛場中巧遇，留仙鏡裏緣奇。無辜獄繫太多疑，好事全憑巧計。知道酬恩報德，居然誠感天機。青童綠女順親頤，老鼈笑人無義。

纔看弋陽奏伎，又聆崑曲呈奇。曼聲高唱賞音稀，焉得人人耳洗？漫說彈腔鄙俚，質言還勝侏儷。英雄兒女共神祇，一樣登場演戲。自笑非能免俗，塡成時尚傳奇。雖然信手逞頑皮，卻也粲然可喜。也學曲終奏雅，也能絕處生機。崑腔也有幾枝兒，也算《四愁》備體。無我道人戲筆

（留仙鏡）序

王增年

事既恢奇，文尤雅飭。關目開合，巧接無痕。彩切生新，更爲前所未有。當行出色，洵非時下傳奇可比。固知老斲輪手，胷中自有經緯也。欽佩！欽佩！逸蘭王增年拜讀。

（留仙鏡）題詞

吴春煊〔一〕

文武全才，鍾情花燭，小康快樂妝樓。任烹鮮宵飲，舉案情投。何事富家附益，良不昧、水族恩酬。還牽强，宮闈禁孌，烜赫王侯。優優！義兒乾女，巧慧奪天工，著意營謀。更鋤姦護善，煞費綢繆。富貴糟糠不棄，憑織女、下嫁牽牛。團圞鏡，歡喜照他，二美都收。（調寄【鳳凰臺上憶吹簫】）小杠吟丈見示《留仙鏡》大著，拜讀一過，遂成長調，錄塵哂政。宗後學春煊次楡甫草。

（以上均轉錄自蔡毅《中國古典戲曲序跋彙編》卷一四，頁二三五六）

【箋】

〔一〕吳春煊：字榮百，號次榆，仁和（今浙江杭州）人。諸生。屢應鄉試不售。中年遭寇亂，顛踣山澤，妻孥盡喪。亂定再娶，又卒。一遊山左，抑鬱不得志。比歸，復橐筆衢州、湖州者數年而卒。生平酷嗜詞曲，撰傳奇三種，已佚。傳見《杭郡詩三輯》卷八一。

四書巧合記（闕名）

《四書巧合記》，撰者未詳，未見著録。現存鈔本，中國藝術研究院圖書館藏。鈔本目録頁題『君子亭新刊四書巧合記題目，姑蘇聖歎金先生評選』，則當據刻本鈔録。

新刻四書巧合記序

震　明〔一〕

昔唐玄宗集民間髫秀子弟，選入梨園，彙前朝故事，演爲詞曲，播之聲歌，亦當年風流韻事。迄今樂府家，沿習益盛，然亦不過逢場作戲耳。而不知天地一戲場也，古今一戲局也，人物一戲偶也。中散以琴爲戲，五柳以酒爲戲。阮之嘯，林之鶴，杜之詩，倪之畫，皆達人曠觀，託物寓意，以世爲戲者也，則戲而匪戲也。若夫豔詞麗曲，描情寫態，總屬世俗鄙者，無關大雅。

惟是取四書成語，組織合節，纂集叶律。覽其辭而字字敲金，聆其音而聲聲雅奏。可以緒注訓，可以洽絲竹。豈《玉樹》、《後庭》、《風雲》、《月露》可比擬哉？名曰《四書戲》。尹什襲藏之久矣。

茲欲付之梓人，問序於予。予讀而愛之，因贅數言，以見作者深情，妙合書旨，所以嬉笑謾駡，皆成文章，直宜與中散、五柳、阮、杜諸賢，琴鶴寄嘯，詩酒放懷，同爲賞識可也，又寧敢作尋常俚調觀哉？則又戲而非戲也。嗚呼！斯文道廢，雅樂云亡，猴冠牛裾，都成白眼。則茲篇又未可許肉食面牆輩語之。是爲序。

丙戌仲春〔二〕，來陽散人震明題。

（鈔本《四書巧合記全本》卷首）

【箋】

〔一〕震明：別署來陽散人，姓名、籍里、生平均未詳。

〔二〕丙戌：或爲光緒二十年（一八八六），或爲道光六年（一八二六），待考。

藥性巧合記（闕名）

《藥性巧合記》，撰者未詳，未見著録。現存道光二十三年（一八四三）會文堂刻本《甘國老請醫藥性巧合記》、同治九年（一八七〇）鈔本《新刻藥性巧合記》（美國哈佛大學燕京圖書館藏，無序跋）、光緒十年（一八八四）刻本《新刻藥性巧合記》、光緒二十九年（一九〇三）活命堂鈔本、席氏鈔本、某堂刻本《新刻甘國老藥性巧合記》、民國間忠善堂刻本《藥性巧合記》、民國十九年（一九三〇）磁縣明善堂書局印本。另有題『乾隆三十五年桃月四友堂』序之刻本《新刻藥性巧合記甘國老請醫》，当爲書坊作僞。參見賈治中、楊燕飛《清代藥性劇》（學苑出版社，二〇一三）。

藥性巧合記叙（一）

闕名

嘗聞伏羲畫八卦，而陰陽以分；神農嘗百藥，而《本草》以著；黄帝與岐伯天師，明五臟六腑十二經絡，又命雷公究脈息、精炮製、明運氣，而醫道以立。凡行醫者，尤當先明藥性。誠如藥性不明，醫道賴何以成？茲編《藥性記》，假藥而設爲戲，而識者以爲非戲也，其中有意義存焉。行醫者以及請醫者，俱宜知之。

夫藥有寒熱溫涼之性、和平之性①，宣通補瀉滑澀之能，且又有②有毒之藥，又有十八反、十九畏，並有婦人胎氣不可用之藥，倘一一講論，方可以言醫。且前已見藥性歌子，韻調不叶，因即其論而復編之。與前不同，將某藥性治某病、入某臟腑、行某經絡，分寒熱溫平，前後情理序明。使世之行醫者，不至有誤用之藥力③，治壞人之病體；即請醫者，亦知可用與不可用，庶幾兩無所失。以此治人病症，救人性命，豈不無小補云爾。

且濟世莫先於醫，療病又莫要於藥。聖人之愼者，疾也；而未達不敢嘗者，藥也。是書之所關，亦豈淺鮮哉！況人之所秉不同，有强弱盛衰之殊。其得病也，有内傷七情，外感六淫，寒熱虚實，血氣痰火之異。俗云：『藥不對症，仙方不應。』又云：『認症若是合竅，是方都效。』兹編《藥性記》④，雖曰是戲，而實不同尋常之戲。審而明之，濟世之道在焉，療病之法存焉。世之行醫者與請醫者，觀之可以爲一笑，察之亦可以於醫道、疾病、苦難者⑤微有一助焉。是爲序。

（賈治中、楊燕飛《清代藥性劇》影印民國十九年磁縣明善堂書局印本《説唱藥性巧合記》卷首〔二〕）

【校】

①寒熱溫涼之性和平之性，賈治中、楊燕飛《清代藥性劇》校點本改作『寒熱溫涼和平之性』。

②又有，底本作『又』，《清代藥性劇》校點本改作『又有』，據以改。下同。

③力，《清代藥性劇》校點本删。

④記，底本作『歌』，《清代藥性劇》校點本改作『記』，據以改。

⑤者，底本作『之』，《清代藥性劇》校點本改作『者』，據以改。

【箋】

〔一〕民國三年（一九一四）衡水三義堂刻本《新增藥會圖全集・稽古摘要》有此序，題作《稽古摘要序》。

〔二〕賈治中、楊燕飛《清代藥性劇》據此本整理點校。

溫生才打孚琦（闕名）

《溫生才打孚琦》，一名《溫生才暗殺孚將軍》，粵劇傳統劇目。溫生才（一八七〇—一九一七）刺殺署理廣州將軍孚琦（一八六九—一九一一）之事，發生於一九一一年四月，後數日即有此戲，首演於香港，初無定本，隨演隨改。現存崇德書局石印本，中國戲劇家協會廣東分會廣東省文化局戲曲研究室一九六二年一月編印《粵劇傳統劇目匯編》第一一冊據以影印，張庚、黃菊盛主編《中國近代文學大系（一八四〇—一九一九）·戲劇集》第二冊（上海書店，一九九五）據以排印。

溫生才暗殺孚將軍序原序

闕　名

嗚呼！暗殺之禍，豈自今始哉？昔人以行刺起點，踵其轍者，有暗殺之惡潮，劇烈黨出，揆厥原因，必有所激而成此舉動。安重根之炸伊藤，徐錫麟之轟恩撫，類皆犧牲性命，視死如歸。不轉瞬間，又有溫生才奮身繼起，揮殺自如，睨政界若兒曹，仇滿人爲主義。余不知有何激憤，而與孚將軍爲難。但就目前報章，砌成班本四卷，爲閱者一新眼簾，爲同胞共明宗旨云爾。是爲序。

（中國戲劇家協會廣東分會廣東省文化局戲曲研究室一九六二年一月編印《粵劇傳統劇目匯編》第一一冊『改良新戲』《溫生才打孚琦》卷首）